btb

Aus Freude am Lesen

Kommissarin Elina Wiik steht vor zwei großen Herausforderungen: Zum einen muss sie einen Mordfall aufklären, der bereits 25 Jahre zurückliegt; zum anderen hat sie es mit einem Doppelmord zu tun, bei dem ein junges Paar grausam mit einer Axt erschlagen wurde. Während sich die Kommissarin im ersten Fall wundern muss, woran sich so mancher Zeuge nach so vielen Jahren noch erinnern kann, hat es Elina Wiik im zweiten Fall mit dem schwedischen Geheimdienst zu tun, der eine offizielle Version des Falls veröffentlicht, an die Elina Wiik so gar nicht glauben kann …

THOMAS KANGER, geboren 1951, lebte lange Jahre in Västerås, Schweden, und später in Kalifornien, Neu-Delhi und Jerusalem. Er war als Journalist tätig und berichtete unter anderem viele Jahre aus Israel, bevor er zurück in die Nähe von Stockholm zog und sich dem Schreiben von Kriminalromanen widmete.

Mehr Informationen über den Autor finden Sie unter: www.thomaskanger.com

Thomas Kanger

Der Sonntagsmann
Der tote Winkel

Zwei Romane in einem Band

btb

Die schwedische Originalausgabe von »Der Sonntagsmann« erschien 2004 unter dem Titel »Söndagsmannen« bei Norstedts Förlag, Stockholm; die schwedische Originalausgabe von »Der tote Winkel« erschien 2003 unter dem Titel »Den Döda Vinkeln« bei Norstedts Förlag, Stockholm.

MIX
Papier aus verantwortungsvollen Quellen
FSC® C083411
FSC www.fsc.org

Verlagsgruppe Random House FSC-DEU-0100
Das für dieses Buch verwendete FSC®-zertifizierte Papier *Munken Pocket* liefert Arctic Paper Munkedals AB, Schweden

1. Auflage
Einmalige Sonderausgabe Januar 2011

Umschlaggestaltung: semper smile, München
Published by agreement with Salomonsson Agency
Umschlagmotiv: © plainpicture / Arcangel
Druck und Einband: CPI – Clausen & Bosse, Leck
NB · Herstellung: SK
Printed in Germany
ISBN 978-3-442-74149-6

Besuchen Sie unseren LiteraturBlog www.transatlantik.de
www.btb-verlag.de

Der Sonntagsmann

Aus dem Schwedischen von
Lotta Rüegger und Holger Wolandt

PROLOG

Die Zeit des Wolfs

1. KAPITEL

Vor langer Zeit begegneten sich Wolf und Ren zum ersten Mal. Der Wolf erschrak vor dem großen Geweih und den dunklen Augen des Rens.

»Wozu brauchst du dein spitzes Geweih?«, fragte der Wolf.

»Du hast Recht, mein Geweih ist spitz«, antwortete das Ren. »Aber ich habe gerade erst das Licht der Welt erblickt und weiß nicht, wozu das Geweih verwendet wird.«

Doch den Wolf beruhigte das nicht.

»Warum starrst du mich mit deinen großen schwarzen Augen so an?«, wollte er wissen.

»Ich will dich nicht ängstigen, also wende ich meinen Blick ab«, sagte das Ren.

Jetzt war das Ren an der Reihe den Wolf zu befragen.

»Und wer bist du? Ich zittere vor Schreck, wenn ich deine gelben Zähne und deinen roten Rachen sehe.«

Als der Wolf hörte, dass das Ren Angst vor ihm hatte, wedelte er sachte mit dem Schwanz und knurrte: »Nimm dich vor mir in Acht, denn ich bin sehr hungrig.«

Seither ist der Wolf mächtiger und das Ren seine Beute.

Routiniert ließ er die Leine mit den Haken ins Wasser gleiten. Der Himmel war grau und bedeckt, Regen lag in der Luft, und es herrschte eine für das Nordmeer ungewöhnliche Stille. Das kleine Boot wippte behutsam voran. Aus Erfahrung wusste er, dass das Wetter abrupt umschlagen konnte. Aus der Flaute wurde schnell ein Unwetter, aber das hatte ihn nie davon abgehalten hinauszurudern. Auf offener See, weit entfernt vom Ufer, fühlte er sich wohl.

Die Berge hinter ihm wirkten wie Kathedralen. Sie erhoben sich senkrecht aus dem Meer, groß und mächtig, alt und zerklüftet, jeder mit seinem eigenen grauen Gesicht. Obwohl selbst ein ganzes Leben nicht ausreichte, um es zu bemerken, veränderten sie ständig ihr Aussehen. Unendlich langsam, aber unerbittlich verwitterten sie durch die Orgelmusik der tosenden Winde.

Er bemerkte sie nicht einmal mehr. Sie waren immer da gewesen. Andere Menschen kamen hierher, um sich von den Bergen verzaubern zu lassen, um sie zu besteigen und dem Himmel näher zu kommen, vielleicht um mit den Göttern in Kontakt zu treten. Aber er war wie die anderen Ansässigen. Für ihn waren die Berge eine Selbstverständlichkeit. Wenn er einen Hang zum Philosophieren und Grübeln gehabt hätte, hätte er sie sicher als Wachtposten betrachtet, als Schutz vor allen Bedrohungen. Einmal hatte er die Inseln verlassen, hatte versucht, sie endgültig zu verlassen, doch das war ihm nicht gelungen. Seither hatte er nur die notwendigen Fahrten aufs Festland erledigt und die eine oder andere Pauschalreise in den Süden unternommen.

Er war jetzt ein anderer. Lebte ein geregeltes Leben. Wer hätte das früher geglaubt? Es kam vor, dass seine Gedanken in die Vergangenheit wanderten. Immer seltener, es war besser, Gewesenes ruhen zu lassen. Aber das glückte ihm nicht immer. Wohin war sie verschwunden? Würde er es je erfahren?

2. KAPITEL

Die Berghänge waren mit einem satten Grün überzogen. Die Zikaden lärmten. Ein Vogel mit roten, grünen und blauen Federn flog dicht über die Äste hinweg. Unten im Tal schlängelte sich der Weg Richtung Sonnenuntergang. Das Meer funkelte.

Was habe ich hier verloren, dachte Kari Solbakken, als sie sich nach der kurzen Toilettenpause wieder in den Bus drängte. Es hatte keine Klobrille und erst recht kein Klopapier gegeben. Die Kleider klebten ihr auf der Haut, es war immer noch heiß, und die Luft war so sauerstoffarm, dass ein Streichholz erloschen wäre, falls man es bei dieser Feuchtigkeit überhaupt hätte anzünden können. Sie hatte einen Fensterplatz, aber das Fenster ließ sich nicht öffnen. Der Mann neben ihr war dick und saß deswegen halb auf ihrem Platz. Das Ticket war billig gewesen.

Drei Stunden später schulterte sie am Giap Bats-Busbahnhof mit steifen Bewegungen ihren Rucksack. Eine Traube erwartungsvoller Unternehmer bot sofort ihre Dienste an. »Motorbike?« Kari suchte in ihren Taschen nach einem Zettel. »To here«, antwortete sie. Ein junger Mann beugte sich vor und las. »Hang Bac. Three dollar.« Kari war so müde, dass sie den Überpreis akzeptierte.

Er fuhr recht schnell und bahnte sich durch die Flut der Honda Wave-Motorräder geschickt seinen Weg. Ein junges Mädchen bog aus einer Seitenstraße vor ihnen ein, ohne sich umzusehen, aber Karis Fahrer wich ihr elegant aus. Dies war das Land, in dem sich die Verkehrsteilnehmer stillschweigend darauf geeinigt hatten, nicht miteinander zusammenzustoßen.

Sie fuhren an einem kleinen See vorbei, vielleicht handelte es sich auch nur um einen Teich, als er sich, ohne das Tempo zu drosseln, zu ihr umdrehte. »Old town. Hanoi old town«, sagte er. Sie nickte und wünschte, er würde geradeaus schauen, statt den Fremdenführer zu spielen. Einige Häuserblöcke weiter hielt er, deutete auf eine Tür und sagte: »Hostel.« Neben der Tür hing ein Schild in Druckbuchstaben: »LOVE PLANET.« Kari gab dem Mann mit dem Motorrad die drei Dollar, die er sich verdient hatte, und trat ein. An der kleinen Rezeption saß eine Frau. Sie beantwortete Karis Frage nach einem freien Zimmer nicht, sondern drehte sich um und nahm einen Schlüssel von einem Haken. »Toilet in corridor. Pay in advan' plea«, sagte sie und hielt ihr den Schlüssel hin.

Das Zimmer war klein und mit einem Bett, einem Tisch und einem Stuhl möbliert. Kari streckte sich auf dem Bett aus. Sie sehnte sich weit weg, obwohl das hier schon *weit weg* für sie war. Vor nicht allzu langer Zeit hatte sie sich hierher, an das Ziel ihrer Träume, gesehnt. Als sie von Stockholm aufgebrochen war, hatte dies die Reise werden sollen, auf der sie sich endlich selbst finden würde. Sie hatte das Gefühl, von ihrer Umwelt abgeschnitten zu sein, ablegen wollen. Sie reiste allein, aber sie wollte Menschen treffen, die sie *sahen*. Sie würde alles besser verstehen. Aber die echte Kari Solbakken wollte in dieser fremden Umgebung nicht zum Vorschein kommen.

Das Bett war unbequem, oder taten ihr ohnehin schon die Knochen weh? Sie setzte sich auf und grub mit der Hand in einem der Fächer ihres Rucksacks. Schließlich fand sie einen kleinen, weichen, braunen Würfel. Sie zerkrümelte ihn und stopfte sich damit eine Pfeife. Sie trat an das kleine Fenster, öffnete es und zündete die Pfeife an. Der Rauch in den Lungen betäubte ihre Unruhe.

Sie erwachte erst am Spätnachmittag. Es dauerte eine Weile, bis sie wusste, wo sie war. Alle Zimmer, in denen sie während der letzten zwei Monate übernachtet hatte, sahen ungefähr gleich aus. Am Fußende des Bettes lag ein zerschlissenes Handtuch. Das musste reichen, da ihr eigenes immer noch feucht war. Sie trat auf den Korridor. Die Dusche lag am anderen Ende neben der Gemeinschaftstoilette. Als das Wasser auf ihre Haut rieselte, fühlte sie sich etwas besser.

Anschließend zog sie langsam die Bürste durch ihr schulterlanges, blondes Haar. Sie sah sich im Spiegel in die Augen und begegnete einem verständnislosen Blick, dem alles Angst machte. Es war der Blick eines Kindes, jedoch ohne kindliche Freude an Entdeckungen. Das Gesicht wirkte mit seiner Stupsnase jünger als fünfundzwanzig. Die schmalen Brauen waren in einem hübschen Bogen geformt. Die Oberlippe war schmal, die Unterlippe dafür sehr ausgeprägt. Die Sonne hatte ihr sonst stets blasses Gesicht gebräunt.

Sie nahm ein Paar Shorts aus ihrem Rucksack, das nicht allzu schmutzig war. Sie trat auf die Straße und schlug eine Richtung ein, ohne zu wissen, wo sie hinführte. Die Bürgersteige waren mit Motorrädern zugeparkt, die die Fußgänger auf die Straße zwangen. Das Gedränge auf der Straße war groß. Frauen jeden Alters trugen mit wiegenden Schritten zwei schwere Körbe an einem Joch auf den Schultern. Kleine Jungen rannten herum und versuchten, hellhäutigen Ausländern Ansichtskarten und Lonely-Planet-Reiseführer anzudrehen, und zwar jenen hellhäutigen Ausländern, die nach billigen Dienstleistungen verlangten, sich dann aber nicht damit abfinden konnten, als Geldbeutel auf zwei Beinen behandelt zu werden.

Ein Schlepper rief »*welcome, good vietnamee food*« und Kari trat ein. Sie erklomm eine schmale Treppe und trat auf eine Terrasse mit einfachen Tischen. Die Klientel bestand aus Ihresgleichen, aus Rucksacktouristen, die Geborgenheit in der Gesellschaft der anderen suchten. Ein Kellner legte eine

Speisekarte auf ihren Tisch, und sie bestellte Frühlingsrollen und eine Suppe. Ihr Magen schmerzte vor Hunger und sie hoffte, dass das Essen rasch serviert wurde.

»Hallo.«

Sie sah auf. Ein Bursche mit Pferdeschwanz und Sonnenbrille. Er lächelte. »Ich heiße Jack. Darf ich mich dazusetzen?«

Kari nickte. Er bestellte zwei Bier, eins für sich und eins für sie. »Woher kommst du?«, fragte er und nahm die Sonnenbrille ab.

Fünf Fragen, dachte Kari. Das übliche Spielchen der Rucksacktouristen. Dann fragt er mich, wo ich schon war, wie es mir in Saigon, Na Trang, Hoi An oder Hue gefallen hat, wohin ich noch will und wie viel Geld ich für die Reise habe. Dann wird er sich endlos über alle Widrigkeiten auslassen, die ihm widerfahren sind, und mir seine kleinen Expertentipps zuteil werden lassen.

»Aus Schweden.«

»Ich bin aus den USA«, sagte er und griff von unerwarteter Ausgangsposition an: Den eigenen Reiseerfahrungen. »Ich bin jetzt schon ein halbes Jahr unterwegs, Indien, Nepal, Thailand, Kambodscha, und jetzt bin ich hier.«

Kari trank einen Schluck Bier. *Who fucking cares?*, dachte sie. Das Essen kam.

»Vietnam ist wirklich was ganz Besonderes für mich«, fuhr er fort. »*Really special.* Mein Vater war hier. Früher. Als Hubschrauberpilot.« Er hob die Hände als hielte er eine Maschinenpistole und ahmte das Geräusch nach. »Als ich klein war, hat er oft von Vietnam erzählt. Er ist schon tot, aber ich wünschte, er könnte das hier miterleben. Dass wir hier willkommen sind. Niemand macht uns wegen des Krieges Vorwürfe. Wenn man sie wie Seinesgleichen behandelt, funktioniert alles sehr gut.«

Er lächelte Kari an.

»Dieser Krieg war ein Fehler«, meinte er. »Jahrelang, Unzählige unserer Soldaten sind gestorben. Der Krieg wurde auch auf die falsche Art geführt, nicht wie heute. Ich bin froh, dass Dad überlebt hat. Sonst säße ich jetzt nicht hier.«

Er strich seinen Pferdeschwanz glatt und lächelte. »Hast du Lust auf was anderes als Bier?«

»Und das wäre?« Sie sah ihn an, nun etwas interessierter.

Er krümmte die Hand, sodass sie einem Pfeifenkopf ähnelte, und hielt sie an den Mund.

Das Piece, das sie von dem Australier in Hue gekauft hatte, hatte sie am Vorabend aufgebraucht. »Okay«, sagte sie.

Sie gingen die schmale Treppe hinunter. Das Gedränge auf der Straße hatte abgenommen. Es begann zu dämmern, und ein Gemüsemarkt um die Ecke schloss gerade. Alle schienen auf dem Weg nach Hause zu sein. Jack ging voraus, an Hang Bac vorbei, der Straße, in der ihr Hotel lag. »Die alte Straße der Silberschmiede«, erläuterte Jack und lächelte sie wieder an. Offenbar war er zufrieden mit sich. Sie drangen weiter in die Altstadt vor. Kari fragte sich, ob sie noch zu ihrem Zimmer zurückfinden würde.

Jacks Zimmer war ebenfalls klein, verfügte aber über ein größeres Bett und eine Toilette. Kari setzte sich aufs Bett. Jack nahm auf einem Stuhl Platz, öffnete seine Tasche und nahm eine kleine Pfeife und ein mit Plastikfolie umwickeltes Paket heraus. Er wickelte es aus. Eine schwarzbraune Platte kam zum Vorschein. Groß, dachte Kari. Sicher mehrere hundert Gramm schwer. Vielleicht sogar ein halbes Kilo. Wo er das wohl her hat? Jack zerbröselte ein Stück zwischen Daumen und Zeigefinger und stopfte damit die Pfeife. Er zündete sie an, inhalierte zweimal tief und reichte sie Kari. Sie nahm einen tiefen Zug und behielt den Rauch in der Lunge. Das Wohlgefühl breitete sich rasch in ihr aus. Sie nahm einen weiteren Zug, ehe sie Jack die Pfeife zurückgab. Dieser inhalierte erneut und setzte sich zu Kari aufs Bett. Er beugte sich zu ihrem Gesicht vor, drückte seine Lippen auf ihre und blies den Rauch in ihren Mund. Sie atmete ein und legte sich hin.

Er gab ihr die Pfeife, und während sie rauchte, knöpfte er ihr die Hose auf. Da sie wegen der Wärme weite Kleidung trug, bereitete es ihm keine Mühe, seine Hand zwischen ihre Schenkel zu schieben.

»Nein«, sagte sie. »*Aah, come on*«, erwiderte er und packte etwas fester zu. Sie versuchte seine Hand hochzuziehen, aber er war stärker. »Du willst doch auch«, sagte er. »Ich weiß, dass du auch willst.« Der Druck seiner Hand wurde stärker. Sie spürte, dass er stärker war als sie.

Als er fertig war, stellte er sich hin und knöpfte seine Hose zu. Er sah sie nicht an. Sie drehte ihren Kopf zur Wand. »Wenn du nicht gewollt hättest, hättest du schreien können«, meinte er, »hast du aber nicht.«

Als sie erwachte, war er weg. Es dauerte einige Sekunden, bis ihre Erinnerung zurückkehrte. Ihr Kopf war schwer. Wie lange war sie schon hier? Sie stand auf und suchte nach ihren Kleidern. Die Hose lag auf dem Boden, ihr Slip am Fußende des Bettes. Sie zog sich an und öffnete die Tür, drehte sich dann aber noch einmal um. Am Boden unter dem Bett stand die Tasche. Rasch machte sie einen Schritt auf sie zu und griff hinein. Die mit Plastikfolie verpackte Platte lag unter ein paar Kleidungsstücken. Sie ließ sie unter ihrer Bluse verschwinden und rannte auf die Straße. Es war dunkel und vollkommen menschenleer. Sie versuchte sich daran zu erinnern, welchen Weg sie gekommen war, aber alle Straßen sahen gleich aus. Sie hörte sich selbst winseln: ein leises Geräusch, wie das eines Tieres. Sie lief durch die Straßen, an einem Häuserblock nach dem anderen entlang.

Plötzlich sah sie das Schild: »LOVE PLANET«. Es tauchte aus dem Nichts auf. Sie atmete auf und hämmerte an die Tür. Nach einer Weile kam die Frau, die an der Rezeption gesessen hatte. Wortlos ließ sie Kari ein.

Am Morgen bat Kari darum, das Telefon benutzen zu dürfen. Sie wählte die örtliche Nummer, die sie vom Reisebüro in Schweden bekommen hatte. Der Vertreter ihrer Fluggesellschaft meinte, es gebe noch einige wenige Plätze für den Flug an diesem Tag, aber die Umbuchung koste einhundert Dollar. Kari zählte ihre Geldscheine und war einverstanden. Auf der Straße stoppte sie ein Taxi. »How much to the airport?« »Fifteen dollar.« »I have twelve.« Der Taxifahrer öffnete die Tür auf der Beifahrerseite.

Siebzehn Stunden und zwei Zwischenlandungen später landete die Maschine in Arlanda. Kari konnte sich nur noch mit Mühe auf den Beinen halten, als sie die Empfangshalle betrat. Sie fühlte sich schmutzig, sowohl innerlich als auch äußerlich. Sie hatte das Gefühl, dass alle sie anstarrten. Das Paket unter ihrer Bluse brannte auf ihrem Bauch. Sie folgte dem allgemeinen Strom, ohne zu wissen, wohin sie gehen musste, um ins Freie zu gelangen. Sie kam an einer Reihe Läden vorbei, fuhr eine Rolltreppe hinunter und ging durch Glastüren, die sich automatisch öffneten. In einer großen Halle kreisten die Fließbänder mit dem Gepäck. Sie sah sich um. »Paris« stand auf einem Monitor an der Decke. Dort war sie das zweite Mal zwischengelandet. Sie stellte sich vor das Band. Etwas weiter entfernt hing ein Schild an der Wand: Zoll. Kari spürte, dass ihre Knie weich wurden. »Irgendetwas nicht in Ordnung?«, fragte sie ein Mann in Anzug. »Wo sind die Toiletten?«, wollte sie mit schwacher Stimme wissen. Der Mann wies ihr den Weg. Sie ging, so rasch sie konnte, doch es gelang ihr trotzdem nicht, den Kopf noch rechtzeitig über die Kloschüssel zu halten, bevor sie sich übergeben musste.

Als sie wieder hinaustrat, nahm sie ihren Rucksack vom Band, es war der letzte, der verwaist seine Runden drehte. Sie steuerte auf den Ausgang und auf ein Schild mit der Aufschrift: *Reisende aus EU-Ländern* zu. Sie hielt ihren Rucksack mit beiden Händen wie einen Schild vor der Brust und blickte starr geradeaus. Hinter einem Tisch unterhielten sich zwei uniformierte Männer, offenbar Zollbeamte, schienen aber nicht zu bemerken, dass sie vorbeiging. Eine Schiebetür glitt zur Seite, davor warteten Menschen. Noch ein Schritt und sie war bei ihnen, in Sicherheit.

»Entschuldigung!«

Sie hörte eine Stimme hinter sich. Als sie sich umdrehte, standen die beiden uniformierten Männer vor ihr. Einer von ihnen lächelte. Er wirkte nett.

»Dürfte ich Sie bitten, noch mal zurückzukommen? Nur für eine kurze Kontrolle.«

3. KAPITEL

Eine Frau eilte durch die Straßen Oslos. Sie rannte nicht, ging aber sehr schnell, als wolle sie entkommen. Sie wollte das Unbehagen hinter sich lassen. Gerade eben noch war sie in einem Geschäft gewesen und hatte sich die Waren angesehen. Ein Kaufhausdetektiv war ihr gefolgt. Er war nicht einmal sonderlich diskret gewesen. Er hatte sich in geringer Entfernung von ihr postiert und gestarrt. Um die anderen Kunden hatte er sich nicht gekümmert.

Sie war das gewohnt. So war es eben, in einem weißen Land schwarz zu sein. Obwohl sie schon seit fast zwanzig Jahren in diesem Land wohnte. Obwohl sie die Sprache beherrschte und obwohl sie nach ihrem Studium immer ihr eigenes Geld verdient hatte. Sie war allen erdenklichen Normen gemäß angepasst und verhielt sich genau so, wie es ihre neuen Landsleute wünschten und forderten. Sogar dieser Politiker, der aussah wie ein amerikanischer Fernsehprediger, konnte mit ihr zufrieden sein. Der, der immer davon sprach, wie wichtig es sei, dass auch die Einwanderer nach den norwegischen Werten lebten.

Sie war es gewohnt, aber sie würde sich nie daran gewöhnen. Deswegen eilte sie durch die Stadt. Es kam vor, dass sie erwog zurückzukehren. Aber zu was? In ihrem alten Heimatland würde sie sich wie eine Touristin vorkommen. Außerdem hatte sie Verpflichtungen, denen sie nicht einfach entfliehen konnte. Und Bindungen. Sie fuhr neuerdings sogar Ski.

Als sie den Schlüssel in die Wohnungstür steckte, hatte sie sich wieder beruhigt. Das war ihr Zuhause. Sie trat über die Schwelle, bückte sich und hob die Post vom Boden auf. Zwei Umschläge mit Reklame. Eine Rechnung. Und ein Brief mit einer handgeschriebenen Adresse. Weiß, klein und mit einer undeutlich abgestempelten Briefmarke.

Ihr Name und ihre Adresse mit blauer Tinte. Kein Absender. Nur ihr Name und ihre Adresse.

ERSTER TEIL

Countdown

4. KAPITEL

So kann das nicht weitergehen. Ich muss mich zusammenreißen.

Elina Wiik starrte aus dem Fenster ihres Büros im Polizeipräsidium. Vor ihr stapelten sich die Ordner mit ungelösten Fällen. Jeder einzelne schien sie anzuklagen.

Acht Monate waren vergangen, seit Elina Annika Liljas und Jamal Al-Sharifs Mörder gefasst hatte. Das war 2003 gewesen, am Tag vor Heiligabend.

Anfänglich hatte sie sich noch rational verhalten, als wäre nichts passiert, als könnte sie auch weiterhin Polizistin bleiben, ohne dass sich etwas verändert hatte. Dass ihr Leben bedroht wurde, tangierte sie nicht, schließlich war es nicht das erste Mal. Die Animositäten innerhalb des Präsidiums perlten an ihr ab. Ihre psychische Verfassung war unerschütterlich. Ein weiterer goldener Stern in ihrem Lebenslauf, etwas mehr Aufmerksamkeit von Seiten der Medien, das war alles.

Dann war in ihrem Privatleben Tabula rasa gemacht worden. Danach war ihr alles entglitten. Oder vielleicht hatte sie auch freiwillig losgelassen, nachgegeben, sich treiben lassen. Nur der Autopilot hatte sie davor bewahrt, jenseits des Horizonts zu verschwinden.

Es war nicht einmal eine Qual gewesen. Eher interessant. Manchmal hatte sie es sogar genossen. Es hatte sie immer gereizt, ihre inneren Türen zu öffnen, doch sie war jedesmal davor zurückgeschreckt. Der Frühling und der Sommer waren wie ein stürmisches Meer gewesen, und sie hatte noch keinen festen Boden unter den Füßen.

Jetzt war der Sommer zu Ende, es war bald September, aber immer noch warm. Wie gewohnt war sie früh auf, sie hatte noch größere Schlafprobleme als früher. Jeden Morgen machte sie einen Spaziergang. Eine halbe Stunde, manchmal länger. Das war die schönste Zeit des Tages. Um halb acht hatte sie ihre Bürotür aufgeschlossen und sich an den Schreibtisch gesetzt. Vermutlich würde dieser Tag genau wie der vorhergehende verlaufen. Sie wusste, dass sie sich endlich wieder in den Griff kriegen musste, hatte aber keine Ahnung, wie.

Es klopfte leise, und sie rief: »Herein!« John Rosén öffnete die Tür. Er war Chef für die Ermittlungen der »Mordgruppe«, einer Spezialeinheit, die die komplizierteren Mordfälle in der Provinz lösen sollte. Er schloss die Tür hinter sich und hielt inne. Elina fand, dass er irgendwie bedrückt wirkte. »Hast du schon gehört?«, fragte er. Elina schüttelte den Kopf. Sie hatte nichts von dem gehört, was John ihr offenbar zu berichten hatte. Ein neuer Mordfall? Elina spürte ein erwartungsvolles Kribbeln.

»Es geht um Kärnlund. Er hatte einen Herzinfarkt.«

Elina griff sich an die Brust.

»Er hat ihn überlebt«, fuhr Rosén fort, »aber ich glaube, es ist ziemlich schlimm.«

Egon Jönsson konnte bei der Acht-Uhr-Besprechung Genaueres berichten. Es war am Vorabend gegen zehn passiert. Oskar Kärnlund war plötzlich vor dem Fernseher zusammengesackt. Der Krankenwagen war schnell zur Stelle gewesen, was ihm das Leben gerettet hatte. Sein Zustand war jedoch kritisch.

Sie sammelten Geld für einen Blumenstrauß, 280 Kronen. Die vierzehn anwesenden Kriminalbeamten entschieden, dass Jönsson, Kärnlunds Nachfolger als Dezernatschef, und

Elina Wiik, die einzige Frau ihrer Einheit, so bald wie möglich ins Krankenhaus fahren sollten. Elina versprach, sich um die Blumen zu kümmern.

Beim Verlassen des Präsidiums wurde sie von John Rosén eingeholt. »Ich begleite dich in den Blumenladen«, sagte er.

Sie gingen über den Svartån Richtung Zentrum zu dem Blumengeschäft im umgebauten Domushaus. Es war ein strahlend schöner Morgen mit berauschend klarer Luft, einer dieser allerersten Herbsttage. Aber die zufriedenen Gesichter der Passanten ärgerten Elina. Wussten die denn nicht, was passiert war?

»Das ist so schrecklich, dass es mir die Sprache verschlägt«, meinte sie. »Er ist doch erst vor einem halben Jahr in Rente gegangen. Er darf einfach noch nicht sterben. Das wäre nicht gerecht.«

»Kärnlund ist so schnell nicht kleinzukriegen«, erwiderte Rosén. »Ein Herzinfarkt bringt so einen Mann nicht gleich um. Er wird es schon schaffen.«

Elina schüttelte den Kopf. »Ich fahre gleich hin. Ich werde so lange dort sitzen bleiben, bis die Krise überstanden ist.«

»Mach das«, meinte Rosén, »er mag dich.«

»Oskar Kärnlund hat immer an mich geglaubt.«

»Ich weiß.«

»Deswegen habe ich jetzt auch vor, an ihn zu glauben.«

Egon Jönsson fand, es sei noch zu früh, ins Krankenhaus zu fahren. Sie würden nur im Weg sein und vielleicht auch Kärnlunds Frau stören. Vermutlich wollte sie mit ihrem Mann allein sein. Dann gab er jedoch Elinas Entschlossenheit nach. Gemeinsam betraten sie die Intensivstation der Kardiologie und fragten sich zu Kärnlunds Zimmer durch. Mit einer Sauerstoffmaske vor dem Gesicht lag Oskar Kärnlund im Bett, reglos und nichts um sich herum wahrnehmend, aber das Kardiogramm neben ihm zeigte, dass er noch am Leben war. Vera Kärnlund saß bedrückt auf einem Stuhl. Sie wirkte schmächtig und gab den Besuchern schweigend die Hand, als sie eintraten.

Drei Tage später saß Elina Wiik allein an Oskar Kärnlunds Bett. Vera Kärnlund hatte zwei Tage und Nächte bei ihm gewacht, immer nur kurz geschlafen und war schließlich nach Hause gefahren, um nicht auch noch ihre eigene Gesundheit zu riskieren. Elina hatte zweimal am Tag vorbeigeschaut, war eine halbe oder eine ganze Stunde geblieben, hatte aber auch nichts anderes tun können, als abzuwarten. Jetzt hatte sie Vera versprochen, einige Stunden zu bleiben.

Schwer und grau lag Oskar Kärnlund im Bett. Er schien zu schlafen, aber plötzlich schlug er die Augen auf und drehte seinen Kopf in Elinas Richtung.

»Sitzt du immer noch hier?«

»Wusstest du, dass ich hier war?«

»Natürlich, ich habe dich schon gestern gesehen. Das war abends, nicht wahr?«

»Du bist über den Berg, Oskar. Die Ärzte meinen, dass du wieder gesund wirst. Weißt du das schon?«

Er lächelte schwach.

»Ich glaube, du hast mich zum ersten Mal mit Oskar angesprochen.«

»So ist das nun mal mit diesem Polizistenjargon, man nennt sich eben beim Nachnamen. Für mich warst du immer nur Kärnlund.«

»Im Augenblick habe ich nicht mal das Kommando über mich selbst. Es ist wirklich fürchterlich.«

Elina wollte ihre Hand auf die Seine legen, wollte ihm sagen, es werde alles wieder gut, aber Oskar Kärnlund wandte den Kopf zur Seite und schloss die Augen.

Als sie ihn zwei Tage später besuchte, saß er bereits im Aufenthaltsraum der Station in einem Rollstuhl.

»Vera hat mir erzählt, dass du mich mehrmals täglich besucht hast, während ich bewusstlos war. Vielen Dank.

»Das ganze Dezernat hat sich Sorgen gemacht. Wie geht es dir heute?«

»Die Ärzte finden, dass ich einen Bypass brauche. Ich muss wohl noch eine Weile bleiben. Sie wollen die Sache im Auge behalten, sagen sie. Die Operation ist in ein paar Wochen. Dann ist alles wieder wie vorher. Ich werde wieder der Alte. Als wäre das so erstrebenswert.«

Er fuhr fort, noch ehe Elina etwas erwidern konnte.

»Als ich erwachte, kamen mir als erstes Vera und Nils und seine beiden kleinen Mädchen in den Sinn. Als Nils klein war, habe ich eigentlich nur gearbeitet. Vera hat sich um ihn gekümmert. Diese Zeit wünsche ich mir manchmal zurück. Aber jetzt ist es zu spät.«

»Und die Mädchen? Kannst du nicht mehr Zeit mit ihnen verbringen?«

»Es ist schon wahr. Wenn es ans Sterben geht, wird das ganze Leben noch einmal vor einem abgespult. Man rechnet mit sich selbst ab, ohne Wenn und Aber. Man wird brutal ehrlich. Diese Tage … es war nicht leicht, sie zu überleben.«

»Du wirst nicht sterben«, sagte Elina und merkte sofort, dass sie falsch reagierte. Oskar Kärnlund sprach von seinem Leben und nicht von seinem Tod. »Geh nicht zu hart mit dir ins Gericht«, meinte sie dann.

»Weißt du«, überlegte er und sah ihr durchdringend in die Augen, als sei der Kommissar wieder in ihm erwacht, »ich dachte an meine Familie, aber da ist noch ein anderes Gesicht aufgetaucht.«

»Und das wäre?«

»Das einer Frau.«

»Die du mal geliebt hast?«, fragte Elina rasch und ohne nachzudenken.

»Nein, aus einem Fall. Lange her. Frühe Achtziger ungefähr, ich erinnere mich nicht mehr genau. Es handelte sich um eine junge Frau. Sie ist in der Wildnis gefunden worden, irgendwo in Norrbotten. Ein Kollege von dort oben hat die Ermittlung geleitet. Sie war allerdings wohnhaft in Västerås, deswegen bin ich am Rande auch an dem Fall beteiligt gewesen.«

»Und im Einzelnen?«

»Erdrosselt, wenn ich mich recht entsinne. Die Leiche war jedoch schon sehr stark verwest gewesen. Sie hatte mehrere Monate lang im Freien gelegen. Wir haben alle verhört, die sie irgendwie gekannt hatten, haben aber nicht einmal jemanden gefunden, den wir hätten verdächtigen können. Der Fall wurde nie gelöst.«

»Und weshalb musstest du ausgerechnet jetzt an sie denken?«

Er versuchte zu lächeln und verzog dabei das Gesicht.

»Vielleicht weil es sich um ein weiteres Versagen meinerseits handelt.«

John Rosén erhob sich und öffnete die Tür, als Elina anklopfte. Er war der einzige im Präsidium, der nie »Herein« rief, wenn ihn jemand in seinem Büro aufsuchte. Er rückte sogar den Stuhl für Elina zurecht. Roséns Höflichkeit war bei allen Angestellten des Präsidiums bekannt und hoch geschätzt.

»Wie geht es ihm?«

»Besser. Jedenfalls physisch. Aber er wirkt niedergeschlagen.«

»Vermutlich ist niemandem nach Lachen zumute, wenn er so brutal an die Endlichkeit des Lebens erinnert wird.«

»Wir haben uns recht lange unterhalten. Er erzählte sogar von einer alten Mordsache.«

»Fehlt ihm die Arbeit?«

»Ich glaube schon. Als er letzten Winter aufhörte, hat er sich darauf gefreut, endlich Zeit für sich zu haben. Das behauptete er zumindest. Aber du weißt ja, wie Kärnlund ist. Er ist durch und durch Polizist. Mit der Arbeit verschwanden auch die Kollegen. Vermutlich war das recht einsam.«

»Über welchen Fall hat er gesprochen?«

»Über den Mord an einer gewissen Ylva Malmberg. Eine junge Frau. Ich hatte noch nie von der Sache gehört, aber der Fall liegt auch recht lange zurück, vor meiner Zeit. Offenbar wurde der Mörder nie gefunden. Ich dachte … ich schaue mir die Sache mal an.«

John Rosén lächelte. »Um Kärnlund aufzumuntern?«

»Ja, warum nicht? Die Frau wohnte hier in der Stadt, aber die Tat geschah in Norrbotten. Wo liegen denn die Akten?«

»Wenn niemand mehr an dem Fall arbeitet, dann liegen sie vermutlich im Archiv. Hast du Norrbotten gesagt?«

Er drehte sich um und zog ein Verzeichnis aus dem Bücherregal.

»Die Akten müssten in Piteå sein. Die Polizei dort verwaltet das Archiv der gesamten Provinz. Schreib dir die Telefonnummer doch einfach auf.«

Elina nahm sich einen Kugelschreiber vom Tisch. »Danke«, sagte sie und erhob sich.

»Elina«, meinte Rosén. »Das ist wirklich nett von dir, Kärnlund auf andere Gedanken bringen zu wollen. Aber sieh zu, dass du das nicht während der regulären Arbeitszeit tust. Das ist nicht unser Fall, und du kennst unsere Anweisungen. Wenn wir nicht gerade in einer Mordsache ermitteln, müssen wir uns genau wie alle anderen um die Routineangelegenheiten kümmern.«

»Nichts könnte mich davon abhalten, mich mit ganzer Seele den Einbrüchen und Körperverletzungen, die sich auf meinem Schreibtisch türmen, zu widmen«, erwiderte Elina.

»Vergiss es nur nicht«, erwiderte Rosén.

Vorsichtig machte sie die Tür hinter sich zu. Das war nicht nur ein beiläufiger Hinweis, dachte sie. Sie war drauf und dran, noch einmal umzukehren, um ihn zu fragen, was er eigentlich damit gemeint hatte, besann sich dann aber eines Besseren. Im Grunde wollte sie es gar nicht wissen.

5. KAPITEL

»Ein Paket für dich. Beim Hausmeister.«

Es dauerte nur zwei Tage, bis die Ermittlungsakten aus Piteå eintrafen. Sie waren sorgfältig in einen Karton verpackt, der Elina, als sie ihn das erste Mal anhob, zehn Kilo schwer zu sein schien, und fast doppelt so schwer, als sie ihn in ihr Büro trug. Sie schob die Papiere auf ihrem Schreibtisch mit einer Hand beiseite und ließ das Paket fallen. Mit einem Brieföffner schlitzte sie das Klebeband auf und öffnete den Karton. Obenauf lag ein Brief, den ein Kriminalkommissar aus Piteå unterzeichet hatte:

»Beschlagnahmte Gegenstände vom Tatort, d.h. Briefe, persönliche Gegenstände etc. liegen weiterhin bei der Polizeibehörde in Piteå. Sichergestelltes humanbiologisches Material befindet sich im Staatlichen Kriminaltechnischen Labor in Linköping. Die Fotos liegen dieser Sendung bei.«

Wie eine Mitteilung aus dem Weltall, dachte Elina. Sie blätterte die Papierstapel durch und überschlug rasch: etwa 3000 Seiten.

Mehr als eine unwesentliche Freizeitbeschäftigung, dachte sie und schaute auf die Uhr. Es war zehn. Um eins musste sie eine Frau vernehmen, die ihren Mann zum dritten Mal wegen Misshandlung angezeigt hatte. Vorher musste sie die Akte dazu ansehen. Sie lag in der Dokumentenablage auf ihrem Schreibtisch. Sie schaute wieder auf die Uhr. Der Stapel aus Piteå war interessanter. Zum ersten Mal seit dem Winter empfand sie einer Aufgabe gegenüber so etwas wie Vorfreude. Sie ließ sich auf ihren Stuhl sinken und begann, im obersten Ordner zu blättern.

Das Opfer hieß Ylva Marieanne Malmberg, geboren am 30. September 1954, wohnhaft in der Sandgärdsgatan in Västerås. Schülerin der Tärna Folkhögskola zwischen 1977 und 1979. Sie hatte Kurse in Entwicklungshilfe und Kunsthandwerk belegt.

Elina suchte in den Papierbergen nach einem Foto der Frau, um ein Bild vor Augen zu haben, während sie weiterlas. Sie stieß auf eine vergilbte Plastikmappe. Auch die Fotos waren ein wenig verfärbt. Auf dem obersten Bild waren drei lachende Mädchen zu sehen, oder handelte es sich bereits um Frauen? Sie fragte sich, welches von ihnen Ylva Malmberg war. Auf dem nächsten Bild saß eine Frau an einer Schreibmaschine und lächelte in die Kamera. Auf die Rückseite hatte jemand, vermutlich ein Ermittlungsbeamter, »Ylva M.« geschrieben. Die Frau hatte langes, glattes Haar, weder dunkel noch hell, und trug einen gestrickten Pullover. Recht hübsch, dachte Elina. Aber auch recht durchschnittlich.

In einer Broschüre, in der alle Schülerinnen und Schüler der Tärna Folkhögskola des Jahres 1978 abgebildet waren, kniete Ylva Malmberg neben vier anderen Frauen. Hinter ihnen standen vornübergebeugt drei Jungen, oder handelte es sich bereits um Männer? Einer von ihnen stützte sich auf Ylvas Schultern ab. Er hatte langes, blondes Haar, trug einen Rollkragenpullover und sah recht kindlich aus.

Sie warf erneut einen Blick auf die Uhr. Es war fast halb elf. Mit einem Seufzer legte sie die Fotos beiseite und griff nach der Dokumentenablage auf dem Schreibtisch.

Der Frau, die vor Elina Platz genommen hatte, fehlten oben zwei Zähne, und über ihrem linken Auge hatte sich die Haut blau, gelb und rot verfärbt. Das Auge war blutunterlaufen. Sie sah zehn Jahre älter aus, als sie tatsächlich war. Elina hatte sie vor einem Jahr schon einmal getroffen. Der Grund war derselbe gewesen. Ihr Mann war zu einer Gefängnisstrafe verurteilt worden und es war ihm untersagt worden, sich ihr zu nähern, aber sie war freiwillig zu ihm zurückgekehrt. Genau wie sie es bereits nach der ersten Verurteilung wegen Körperverletzung getan hatte.

»Dieses Mal verlasse ich ihn«, sagte sie. »Ich hoffe, er schmort in der Hölle. Schauen Sie sich nur meine Zähne an!«

»Warum sind Sie denn das letzte Mal zurückgekehrt?«, fragte Elina, obwohl sie die Antwort kannte.

»Er hatte versprochen, dass es nie wieder vorkommen würde. Ich weiß, ich bin eine dumme Gans. Schließlich verspricht er es jedes Mal.«

»Die erste Verurteilung war 1999«, erklärte Elina, »also vor fünf Jahren. Sie sind seit vierzehn Jahren verheiratet. Wann hat er Sie zum ersten Mal geschlagen?«

»In den Flitterwochen. Wir waren auf den Kanarischen Inseln, und er war betrunkener als je zuvor.«

Sie beugte sich zu Elina vor. »Ich habe ihn damals nicht angezeigt, aber ein paar Jahre später habe ich es dann getan. Er stritt alles ab, und die Polizei hat das Verfahren eingestellt. Es kümmerte einfach niemanden. Dann gab es irgendwie kein Zurück mehr, irgendwie. Ich kam nicht weg. Wenn Sie ihn schon beim ersten Mal eingebuchtet hätten, wäre es nicht soweit gekommen.«

Elina nickte. Sie konnte ihr nur recht geben.

Als die Frau wieder gegangen war und sie das Verhör protokolliert hatte, nahm Elina sich die Akten aus Piteå wieder vor und las den restlichen Nachmittag darin. Es fiel ihr immer schwerer, nicht in dem Fall aufzugehen; ihr Gehirn arbeitete wie ferngesteuert. Unbewusst begann sie nach Lücken in der Ermittlung zu suchen, nach Fehlern, die ihre Kollegen gemacht hatten. Ylva Marieanne Malmberg war von zwei Skiläufern in der Nähe von Jäkkvik, einem kleinen Ort etwa achtzig Kilometer von der norwegischen Grenze entfernt, gefunden worden. Die Kopie einer Landkarte lag den Akten bei, und der Fundort war mit einem Kreuz markiert. Er lag ganz in der Nähe des Fernwanderwegs Kungsleden, der an Jäkkvik vorbeiführte. Elina war nie in diesem Teil des Fjälls gewesen und konnte sich daher die Gegend nicht besonders gut vorstellen.

Dem Gerichtsmediziner zufolge hatte die Leiche mindestens ein halbes Jahr dort gelegen. Als man sie entdeckt hatte, war sie fast komplett mit Schnee bedeckt gewesen. Elina fuhr mit dem Finger über die Zeilen des medizinischen Gutachtens, versuchte sich einen Reim darauf zu machen und den Fachjargon in allgemein verständliches Schwedisch zu übertragen.

Plötzlich zog sie ihren Finger zurück, als habe sie sich verbrannt. Die Beine des Opfers … wiesen Spuren von Fangzähnen auf. Die Abdrücke waren charakteristisch. Elina schauderte: Ein Wolf hatte an Ylva Malmbergs Waden genagt. Das war nach Eintritt des Todes passiert. Sie war zweimal von Raubtieren angefallen worden, das erste Mal war sie noch am Leben gewesen.

Sie legte die Papiere beiseite. Ihre Hand zitterte leicht. Nach einigen Minuten setzte sie ihre Lektüre fort.

Die Frau war erdrosselt worden, genau wie Kärnlund gesagt hatte. Da so viel Zeit bis zum Auffinden der Leiche verstrichen war, hatte man verschiedene Zeugenaussagen mit Funden vom Mordplatz in Zusammenhang gebracht, um einen offiziellen Todestag zu bestimmen. Das war der 1. Oktober 1979.

Kärnlund hatte Unrecht gehabt, der Mord war nicht in den Achtzigerjahren begangen worden, sondern 1979 … vor bald fünfundzwanzig Jahren. Elina warf einen Blick auf ihren

Tischkalender. Freitag, der 3. September 2004. Sie rechnete zurück. Bis zum fünfundzwanzigsten Jahrestag waren es noch 27 Tage. Danach war der Mord verjährt. In genau drei Wochen und sechs Tagen würde der Mörder ungeschoren davonkommen. Falls er nicht vorher gefasst wurde.

6. KAPITEL

Elina hatte den Samstag im Dojo mit zweistündigem Training, einem harten Zweikampf mit Sadegh, begonnen. Sie kannte ihn nur vom Karatetraining. Als sie vor bald elf Jahren nach Västerås gezogen war, war er noch nicht Mitglied des Clubs gewesen, sie meinte sich zu erinnern, dass er erst mehrere Jahre später begonnen hatte, dort zu trainieren. Seit zwei Jahren besaß er nun den schwarzen Gürtel. Elina musste insgeheim zugeben, dass er ihr technisch überlegen war, obwohl sie bedeutend mehr Erfahrung besaß und weitaus mehr Jahre auf den Wettkampfmatten verbracht hatte. Sie tröstete sich damit, dass sie nicht in Form war, in diesem Frühjahr und Sommer waren andere Dinge wichtiger als das Training.

Aber heute lief es gut. Sie hatte am Vorabend kein einziges Glas Wein getrunken, es war der erste Freitagabend seit Ewigkeiten, an dem sie keinen Tropfen angerührt hatte. Dieses Jahr war wirklich anders.

Nachdem sie ihre Sporttasche in ihrer Wohnung im Lidmansvägen abgestellt hatte, spazierte sie die Stora Gatan hinunter. Sie wollte sich mit Susanne, ihrer besten Freundin, treffen, um ihr zu helfen, Gardinenstoff für die scheinbar zahllosen Fenster im neuen Haus der Familie Norman in Stallhagen auszusuchen. Es handelte sich um eine Villa, für eine Anwältin und einen Anwalt, die zielsicher die Karriereleiter erklommen, durchaus standesgemäß.

Das Wetter war umgeschlagen, Regen lag in der Luft, und

es war fast kühl. Die Passanten, die im Zentrum ihre zielbewusste samstägliche Shoppingrunde drehten, trugen bereits Herbstjacken.

Susanne war stiller als sonst, und als sie nach dem Stoffkauf im Café saßen, fragte Elina, wo der Schuh drückte.

»Nichts. Eigentlich ist alles in Ordnung. Das Haus ist super, und Emilie geht es gut.«

»Aber dir nicht?«

»Emilie ist jetzt fast vier. Ich habe eigentlich das Gefühl, Johan und ich sollten ... aber Sex ... hab' schon fast vergessen, was das Wort bedeutet.«

»Als wir uns das letzte Mal darüber unterhalten haben, hast du gesagt, dass alles in Ordnung wäre.«

»Wir waren die ganze Zeit so damit beschäftigt, eine Familie zu sein und haben die Partnerschaft darüber irgendwie vergessen. Zu Anfang war das gar nicht so übel. So soll es vermutlich sein, wenn man gerade ein Kind bekommen hat. Und als wir letzten Winter das Haus gekauft haben, hat mich das vollkommen beschäftigt. Aber jetzt ... jetzt ist mir das zu wenig.«

»Und was sagt Johan dazu? Habt ihr darüber gesprochen?«

»Nein, es ist ihm unangenehm. Aber ich muss darüber reden. Ich weiß nicht, was ich machen soll. Bist du heute Abend zu Hause? Ich würde gerne kurz bei dir vorbeikommen.«

»Klar. Dann reden wir darüber. Dann kannst du dir ein paar gute Ratschläge von einer richtigen Partnerschaftsexpertin abholen.«

Susanne lachte. »Man kann auch aus Fehlern lernen«, meinte sie. »Erzähl mir, was du seit letzter Woche getrieben hast.«

»Immerhin sind mir keine neuen Fehler unterlaufen. Gestern Abend habe ich eine alte Akte gelesen. Ich weiß, das klingt bescheuert, aber so lustig geht's bei mir freitagabends zu.«

»Die muss wirklich interessant gewesen sein.«

»Eigentlich habe ich die Akte wegen Kärnlund gelesen. Er schien über diesen Fall reden zu wollen, das ist wohl seine Art, am Leben festzuhalten.«

»Kommt er durch?«

»Die Ärzte sind ganz zuversichtlich.«

»Was war das für eine Akte?«

»Es ging um eine gewisse Ylva Marieanne Malmberg. Sie wurde vor vierundzwanzig Jahren und elf Monaten ermordet. Der Fall ist nie aufgeklärt worden.«

»Aha«, sagte Susanne und lächelte breit. »Ich verstehe. Es fing mit Kärnlund an, aber jetzt geht es um dich. Nicht mal mehr ein Monat, bis der Fall verjährt. Wieder eine passende Herausforderung für unser Polizei-Ass aus Västerås!«

»Das ist nicht mal unser Fall«, wehrte Elina ab. »Sie hat zwar hier gewohnt, aber die Leiche wurde in Norrbotten gefunden, irgendwo in der Gegend von Arjeplog. Die Polizei aus Arvidsjaur war damals mit der Ermittlung befasst.«

»Aber die haben sich schon des längeren nicht mehr damit beschäftigt? Erzähl doch einfach deiner geliebten Anwältin die ganze Geschichte!«

»Das letzte Verhör liegt fast zwanzig Jahre zurück. Seitdem scheint nichts mehr unternommen worden zu sein.«

»Schlamperei?«

»Nein, im Gegenteil. Nach meinem Eindruck waren sie ziemlich gründlich. Ich habe nach Versäumnissen gesucht, das gewöhnt man sich in diesem Beruf vermutlich an, aber ich konnte auf den ersten Blick nichts entdecken. Bisher habe ich die Unterlagen allerdings nur durchgeblättert. Sie enthalten tausende von Dokumenten und Unmengen von Verhören, die ich noch nicht gelesen habe.«

»Und worum ging es bei dem Fall?«

»Sie war fünfundzwanzig. Genauer gesagt fünfundzwanzig und einen Tag. Einen Täter müsste man also spätestens an ihrem fünfzigsten Geburtstag fassen.«

Elina schaute sich um, um sich zu vergewissern, dass niemand zuhörte. Schließlich waren die Ermittlungen noch nicht abgeschlossen. Vor zwei Jahren war sie im Vasapark unwissentlich einem Mörder begegnet. Natürlich konnte sie nicht im geringsten ahnen, was er getan hatte oder wer er war. So konnte theoretisch jeder im richtigen Alter Ylva Malmbergs Mörder sein. Sie beugte sich vor und sprach etwas leiser.

»Sie hat in Västerås gewohnt, aber Sommer und Herbst 1979 hat sie in dem Häuschen ihrer Großmutter väterlicherseits in Jäkkvik verbracht. Das ist so ein Nest oben im Norden. Anfang Mai des folgenden Jahres wurde sie erdrosselt im Fjäll aufgefunden.«

Elina überlegte, ob sie erwähnen sollte, dass sie von einem Wolf angenagt worden war. »Ihre Leiche lag dort über ein halbes Jahr, ohne dass sie jemand vermisst hatte. Ihr Körper wies Bissspuren von einem Wolf auf.«

Susanne verzog angeekelt das Gesicht. »Und wer war sie?«, fragte sie.

»Ich weiß nicht. Aber es gibt ein paar Tagebücher und Taschenkalender von ihr. Wenn ich dazu komme, werde ich sie lesen. Hauptsächlich aus eigenem Interesse.«

»Hat dein Job nicht auch so schon genug Geheimnisse zu bieten?«

»Doch … aber …«

»Aber was?«

»Das hier ist anders.«

»Inwiefern?«

Die beiden Freundinnen sahen sich an. Susanne wartete.

»Dieses Mordopfer war etwas Besonderes«, sagte Elina. »Sie hatte nämlich einige Monate vor ihrem Tod ein Kind zur Welt gebracht. Dieses Kind wurde jedoch nie gefunden.«

7. KAPITEL

Kari Solbakken starrte an die Decke. Sie lag rücklings im Bett. So hatte sie schon fast eine Woche lang dagelegen. Immer wieder war dieselbe Situation vor ihrem inneren Auge aufgetaucht. Die Zollbeamten baten sie, ihre Tasche auf den Tisch zu stellen.

»Haben Sie etwas zu verzollen?«, fragte der Mann, der sie aufgehalten hatte.

»Nein. Ich habe nur eine Stange Zigaretten dabei.«

»Woher kommen Sie?«

»Aus Paris.«

Der andere Beamte begutachtete ihre Tasche. »Diese Tasche kommt aus Hanoi.«

»Ja, stimmt, ich auch, aber ich bin in Paris zwischengelandet.«

Einer der beiden Männer öffnete die Tasche und durchsuchte sie. Anschließend bat er sie mitzukommen. Sie musste sich setzen. Nach einer Weile erschien eine Zollbeamtin mit einem Hund an der Leine. Der Hund zerrte an der Leine und gab Laut in Richtung Karis Bauchregion.

»Wir müssen Sie einer Leibesvisitation unterziehen«, sagte die Beamtin, »würden Sie so freundlich sein und Ihre Kleidung ablegen?«

»Mir geht es nicht gut. Ich bin krank. Ich habe mich gerade eben übergeben müssen.«

»Das geht ganz schnell.«

Kari knöpfte ihre Hose auf und zog sie aus. Die Bluse zog sie über den Kopf.

»Den Slip auch«, sagte die Zöllnerin und zog sich ein Paar Plastikhandschuhe über. Als sie mit der Untersuchung von Karis Körperöffnungen fertig war, wies sie Kari an, sich wieder anzukleiden.

»Warten Sie hier.«

Die beiden männlichen Kollegen betraten wieder den Raum. Der eine setzte sich Kari gegenüber und sah ihr in die Augen. »Unser Hund hat bei Ihnen deutlich Laut gegeben. Das bedeutet, dass Sie in Kontakt mit Drogen gewesen sein müssen. Stimmt das?«

»Nein.« Kari versuchte nicht zu weinen.

»Können Sie uns erklären, warum der Hund dann auf Sie reagiert hat?«

Kari schüttelte den Kopf. Der Beamte bat sie um ihren Namen und ihre Adresse und verglich die Angaben mit ihrem Pass. »Sie können jetzt gehen«, sagte er. Kari bat um ein Glas Wasser.

Daran, wie sie in ihre Wohnung in Gröndal gelangt war, konnte sie sich nicht mehr erinnern. Die ersten Tage hatte sie die Angst, der Spürhund könnte Spuren des Dopes, das sie ins Klo gespült hatte, entdecken, fast gelähmt. Jetzt waren sechs Tage vergangen, und sie wagte allmählich wieder zu hoffen, dass nichts mehr passieren würde. Andernfalls hätten sie sich sicherlich bereits gemeldet, die Polizei hätte sie abgeholt, dessen war sie sich fast sicher. Sie stand auf und ging ins Badezimmer. Ihr Gesicht war verquollen, die Sonnenbräune der zwei Monate in Vietnam war fast ausradiert. Sie stellte sich auf die Waage. 48 Kilo. Sie hatte mehr als fünf Kilo abgenommen. Jack, dachte sie. Vielleicht findet er mich und rächt sich an mir. Aber wie sollte er das anstellen? Wie soll er herausfinden, wie ich außer Kari noch heiße? Habe ich ihm überhaupt meinen Namen genannt? Vielleicht hat er ja in den Hotels gefragt und meinen Namen und meine Passnummer erfahren? Aber würde er nur deswegen nach Stockholm fahren?

Sie betrachtete ihre spiegelverkehrten Gesichtszüge. Die Angst stand ihr wie ein Kastenzeichen ins Gesicht geschrieben. Der Gedanke an Jack und an das, was er ihr angetan hatte, ließ sie in Tränen ausbrechen. Ihre Wehrlosigkeit war schlimmer gewesen als seine Tätlichkeit. Und jetzt hatte sie Angst, dass er sich rächen, an ihr rächen könnte!

Sie kehrte zum Bett zurück und ließ sich darauf niedersinken. Es stand in der Ecke des einzigen Zimmers. Kleider lagen am Boden verstreut, und auf dem kleinen Tisch in der Küche stand schmutziges Geschirr. Sie hatte noch ein paar tausend Kronen übrig von damals, als sie abends bei 7-Eleven gearbeitet hatte. Das Geld hatte sie auf ihrem Konto gelassen, als sie weggefahren war. Sie besaß auch ein Sparbuch, wusste aber nicht, wie viel Geld sich darauf befand. Vielleicht ein paar weitere tausend? Einige Wochen lang würde sie zurechtkommen, vielleicht einen Monat. Aber dann? Sie hatte keine Arbeit und niemanden, den sie anrufen und mit dem sie reden konnte. Niemand konnte ihr helfen. Der Druck hinter ihrer Stirn wurde stärker. Sie hätte jetzt gern etwas geraucht und bereute eine verwirrte Sekunde lang, das gestohlene Haschisch weggeworfen zu haben.

Sie zuckte zusammen, als es klingelte. Der Schreck erfasste sie wie eine Welle. Sie schaute durch den Spion. Es war der Nachbar von oben. Sie wusste nicht, wer er war, sie kannte ihn nur vom Sehen. Sie öffnete die Tür einen Spaltbreit.

»Hallo«, sagte er. »Ich habe gesehen, dass du wieder zu Hause bist. Ich heiße Robert und wohne…«

»Was willst du?« Karis Stimme klang barsch.

Er trat eine Schritt zurück. »Ich wollte nicht stören.«

»Was willst du dann?«

»Ich dachte nur… vielleicht willst du eine Kleinigkeit essen? Meine Mutter hat mir einen Hühnereintopf vorbeigebracht, und das ist so viel, dass es vielleicht…«

Sie schwieg einen Augenblick und starrte ihn an. Er sah harmlos aus, war etwas jünger als sie. »Okay. Ich komme in ein paar Minuten.« Dann machte sie ihm die Tür vor der Nase zu.

Schweigend aßen sie an seinem Küchentisch. Als sie fertig waren, schob Kari den Teller beiseite.

»Was machst du so?«, fragte sie.

»Nicht viel. Manchmal helfe ich Freunden mit so allem Möglichen. Das bringt in der Tat allerhand ein. Außerdem spiele ich noch in einer Band.«

»Tretet ihr irgendwo auf?«

»Gelegentlich. Letzten Sommer beispielsweise in Söderorts Hiphoparena. Das war ein Festival für Bands aus der Gegend, vielleicht hast du davon gehört?«

»Alle die wollen, dürfen mitmachen. Ich weiß.«

Robert nickte. »Es bringt noch nichts ein. Aber wir haben große Pläne. Außerdem male ich. Kunst.«

»Auf Wände? Im Freien?«

Er schwieg eine Weile. Sie musste lachen.

»Habe ich Unrecht? Du bist arbeitslos und malst Graffiti.«

Er lächelte. »Und du hast gelacht. Sonst wirkst du meist deprimiert.«

Sie stand auf und verließ die Küche. »Danke für das Essen. Vielleicht sehen wir uns ja mal wieder.«

»Stimmt's?«, fragte er, während sie in ihre Schuhe schlüpfte.

»Was?«

»Dass du deprimiert bist?«

»Warum sollte ich das ausgerechnet dir erzählen?«

»Weil ich frage. Hat dich sonst schon mal jemand gefragt?«

Sie wandte ihm ihr Gesicht zu. »Nein«, antwortete sie. »Sonst hat noch niemand gefragt.«

»Ich bin auch recht allein. Ich habe einen guten Freund, aber der arbeitet tagsüber, dieser verräterische Aktivist. Hast du keine Eltern oder Geschwister?«

Sie schüttelte den Kopf.

»Meine Alten sind geschieden«, sagte Robert. »Wo mein Vater abgeblieben ist, davon habe ich keine Ahnung. Aber Mutter kocht immer für mich. Sie sagt, dass ich sonst nicht ordentlich esse. Sie ist okay. Gibt mir auch Geld für die Miete. Sind deine Eltern tot?«

»Mama ist vor acht Jahren gestorben, Papa als ich klein war. Sie waren schon recht alt, als sie mich bei sich aufgenommen haben.«

»Was soll das denn heißen, aufgenommen?«

»Sie haben mich adoptiert.«

»Und jetzt sind sie tot, und du hast keine Geschwister?«

Kari schüttelte wieder den Kopf.

»Wer sind denn deine richtigen Eltern?«

»Mama wusste das nicht, also meine Adoptivmutter. Oder sie wollte es mir nicht sagen.«

»Würdest du es denn wissen wollen?«

Sie sah ihn an. Seine Augen waren blau, in seinem Gesicht lag überhaupt nichts Berechnendes.

»Ich rede jeden Tag mit ihr.«

»Mit deiner Mama? Am Telefon? Aber du hast doch gesagt, dass du nicht weißt …«

Kari schüttelte den Kopf. »Du bist wirklich nicht der Hellste, weißt du das?«

Sie merkte, wie verlegen ihn sein Fehler machte und dass ihre Worte ihn verletzt hatten.

»Hast du keinen Wein?«, fragte sie. »Ich könnte jetzt ein Glas vertragen.«

»Die Spirituosenhandlung hat noch auf«, sagte er. »Ich kann noch schnell hingehen.«

Er zog seine Schuhe an, drehte sich aber in der Tür noch mal um.

»Ich habe nur noch zwanzig Kronen«, meinte er. »Klauen kann man da auch nicht. Als ich es das letzte Mal versucht habe, haben sie mich gleich erwischt. Hast du ein bisschen Geld?«

8. KAPITEL

Der Abend war in die Nacht übergegangen, bis sie endlich ins Bett gekommen war. Sie hatten sich lange unterhalten und Wein getrunken.

Es regnete. Sie trat ans Fenster und sah nach draußen. Die Straße war leer, nur eine Reihe geparkter Autos war zu sehen. Niemand schien den Ratschlag »nutze den Tag« zu beherzigen. Sie verabscheute diesen Ausdruck, der in seiner auffordernden Munterkeit etwas Unangenehmes an sich hatte.

Bei der Unterhaltung war es nicht so sehr um sie gegangen, als um ihre Freundin. Aber sie erkannte sich in Susannes Frustration wieder, allerdings aus einer anderen Perspektive betrachtet. Elina hatte eher widerstrebend erzählt, wie es ihr während des Frühjahrs und Sommers ergangen war. Das war bei weitem nicht alles gewesen, sie sprach nicht gern über sich selbst, niemandem gegenüber, gleichgültig, wie nahe ihr die andere Person stand. Susanne hatte zugehört, aber nicht sonderlich viel gesagt. Elina hatte die Reaktion ihrer Freundin nicht recht deuten können.

Elina hatte mit dem Auto auf die Insel Ängsö oder Björnö fahren wollen, um dort einen langen Vormittagsspaziergang zu machen, am liebsten zusammen mit Nadia, ihrer zweiten Busenfreundin. Aber bei dem Regen überlegte sie es sich anders. Sie legte sich aufs Bett und begann in den Ermittlungsakten über den Mord an Ylva Marieanne Malmberg zu lesen. Sie hatte sie mit nach Hause genommen, was sicher gegen die

Regeln verstieß, aber hatte Rosén nicht selbst gesagt, dass sie keine reguläre Arbeitszeit darauf verwenden durfte? Schließlich konnte ihr niemand einen Vorwurf daraus machen, dass sie sich in ihrer Freizeit für einen alten Fall interessierte. Falls es ihr gelang, die Akte jetzt am Sonntag zu lesen, würde sie Kärnlund gegen Abend besuchen. Besuchszeit war um sieben Uhr. Dann hatten sie auch etwas, worüber sie reden konnten, und er würde sich über die Ablenkung sicherlich freuen.

Das Material bestand wie meistens überwiegend aus Verhörsprotokollen. Elina holte sich einen Block und einen Stift, um die Namen und Personennummern und anderes, was ihr an den Verhörsprotokollen wichtig erschien, zu notieren.

Als sie den Stift in der Hand hielt, wurde ihr bewusst, dass sie das Material ernsthaft durchzuarbeiten begann. Der Prozess in ihrem Gehirn war in Gang gesetzt worden. Susanne hatte am Tag zuvor Recht gehabt. Sie las die Akte für sich, nicht etwa wegen Kärnlund. Noch fünfundzwanzig Tage. Der Countdown lief. Eigentlich war es ein unmögliches Unterfangen, so etwas war noch niemandem gelungen. Aber Ylva Marieanne Malmberg hatte sie bereits in ihren Bann gezogen.

Zunächst beschäftigte sie sich mit den erwiesenen Vorkommnissen, also den reinen Fakten des Falls. Ylva Malmberg war in Uppsala aufgewachsen, in dem damals neugebauten Stadtteil Sala Backe. Ihre Eltern hatten sich scheiden lassen, als sie vierzehn Jahre alt gewesen war. Sie und ihr älterer Bruder Roger waren mit der Mutter in der Wohnung wohnen geblieben. Laut ihres Bruders hatte Ylva in den Kreisen »dieser linken Phantasten« verkehrt. In der vorletzten Klasse hatte sie das Gymnasium geschmissen, um in eine Kommune aufs Land nach Björklinge zu ziehen. Dort hatte sie bis Mitte der Siebzigerjahre gelebt, Roger hatte sich an das genaue Jahr nicht erinnern können.

Elina suchte in den Aufzeichnungen nach Vernehmungen anderer Kommunenmitglieder. Davon gab es drei, zwei Frauen und einen Mann. Sie legte die Protokolle erst einmal beiseite und blätterte weiter um herauszufinden, wann genau Ylva die Kommune verlassen hatte. Das war 1975 gewesen.

Ylva Malmberg war anschließend in eine Wohnung in einem Abbruchhaus an der Ringgatan in Uppsala gezogen. Im Sommer 1976 war sie mit zwei Freundinnen per Interrail in Europa unterwegs gewesen, eine Reise, die sie schließlich bis nach Indien geführt hatte. Elina blätterte. Beide Reisegefährtinnen waren vernommen worden.

Im März 1977 war Ylva nach Uppsala zurückgekehrt und hatte angefangen, in einer Wäscherei zu arbeiten. Im Herbst desselben Jahres hatte sie einen Kurs an der Tärna Folkhögskola bei Sala in der Provinz Västmanland belegt. Erst hatte sie in der Schule gewohnt, war aber Ende des ersten Jahres nach Västerås in eine Einzimmerwohnung in der Sandgärdsgatan gezogen. Eine Erklärung für den Umzug, der während der Unterrichtsmonate tägliches Pendeln nach Sala erfordert hatte, gab es nicht.

Elina suchte weiter. Die Akten enthielten außerdem Verhöre von Nachbarn und Bekannten aus Västerås. Ungefähr die Hälfte der Vernehmungen hatte Oskar Kärnlund durchgeführt.

Im März 1979 hatte Ylva Malmberg aufgehört, ihre Kurse an der Folkhögskola zu besuchen. Sie war zu diesem Zeitpunkt hochschwanger. Am 2. Mai 1979 brachte sie im Centralkrankenhaus in Västerås ein Mädchen zur Welt. Es wog 3340 Gramm, war 49 Zentimeter groß und bekam den Namen Carolina.

Ylva Marieanne Malmberg hatte sich geweigert, den Namen des Vaters anzugeben. Trotz umfassender Nachforschungen im Zusammenhang mit der Ermittlung des Mordfalles konnte seine Identität nicht festgestellt werden. Keinem der Verhörten gegenüber hatte Ylva je den Namen des Kindsvaters erwähnt. Es konnte sich auch niemand erklären, warum sie ihn geheim gehalten hatte.

Nach der Tärna Folkhögskola schien sie von einem geringen Mutterschaftsgeld sowie von dem Kindergeld gelebt zu haben, das ihr ausgezahlt wurde. Außerdem hat sie Geld von der Unterhaltsvorschusskasse der Gemeinde Västerås erhalten, da der Vater nichts gezahlt hat. Die Sozialarbeiterin vom örtlichen Jugendamt, die die Mutter in der Sandgärdsgatan besucht hatte, hatte an der Pflege des Kindes und an den Verhältnissen in der Wohnung nichts auszusetzen gehabt. Der Besuch war Ende Mai 1979 erfolgt.

Zu Beginn Sommers, wahrscheinlich in den ersten Junitagen, hatte Ylva Malmberg Västerås zusammen mit ihrer kleinen Tochter verlassen und war nach Jäkkvik gereist. Sie war in ein kleines Haus gezogen, das ihrer Großmutter gehört hatte und in dem ihr Vater aufgewachsen war. Weshalb sie dorthin gezogen war, wusste niemand. Die Großmutter hatte zu jener Zeit noch gelebt. Sie hatte in einem Altersheim gewohnt und war beim Verhör ein wenig wirr gewesen. Sie konnte die Frage, weshalb ihre Enkelin plötzlich in ihrem Haus hatte wohnen wollen, nicht beantworten. Es lag einen guten Kilometer von den anderen Häusern des kleinen Ortes entfernt. Der Lebensmittelhändler des Dorfes hatte Ylva am häufigsten getroffen. Er hatte ausgesagt, dass sie mehrmals in der Woche zu Fuß mit dem Kinderwagen in den Dorfladen gekommen war. Der Dorfladen erledigte auch den Postdienst. Ylva hatte dort die wenigen Sendungen abgeholt, die aus Västerås nachgeschickt worden waren.

Elina suchte das Protokoll der Spurensicherung heraus. Im Haus waren etwa zehn verschiedene Briefe gefunden worden. Bei den meisten hatte es sich um Reklame für Babyprodukte gehandelt. Es gab jedoch auch eine mit Mia unterzeichnete und auf Mallorca am letzten Julitag 1979 abgeschickte Ansichtskarte. Ein leerer Umschlag ohne Absender war ebenfalls gefunden worden, abgestempelt am 15. September 1979. Alle Sendungen waren an Ylva Malmberg, Sandgärdsgatan, Västerås, adressiert gewesen.

Irgendwo war notiert, dass Ylva sich die Post an Ylva

Malmberg, poste restante, Arjeplog, hatte nachsenden lassen. Von dort aus war die Post dann an den Lebensmittelhändler in Jäkkvik weiterbefördert worden.

Nach dem 1. Oktober hatte niemand mehr ihre Post abgeholt. Der Lebensmittelhändler hatte die Briefe nach Arjeplog zurückgeschickt, wo sie auf einem Postamt verwahrt worden waren, bis die Polizei sie im Mai 1980 beschlagnahmt hatte.

Alle Dorfbewohner hatten nur oberflächlich Kontakt zu Ylva gehabt. Zumindest einmal hatte sie den Hauptort der Region, Arjeplog, besucht, der etwa 100 km weiter im Landesinneren lag. Bei dieser Gelegenheit hatte sie auf dem Sozialamt um Geld gebeten. Als Grund des Geldmangels hatte sie die kostspielige Reise von Västerås angegeben. Das Sozialamt hatte Ylva Malmberg eine Sonderzahlung von 370 Kronen bewilligt, aber die Sachbearbeiterin hatte verlangt, dass Ylva mit ihrer Tochter einen Kinderarzt aufsuchte. Das war an dem Montag nach dem Mittsommerwochenende gewesen. Niemandem war an der jungen Mutter und ihrer Tochter etwas Ungewöhnliches aufgefallen.

Niemand in Västerås, an der Tärna Folkhögskola oder in Uppsala hatte etwas von Ylva Malmbergs Umzug nach Jäkkvik gewusst. Niemand hatte herauszufinden versucht, was aus ihr geworden war. Niemand hatte etwas über sie gewusst, als sie tot aufgefunden worden war.

Niemand, abgesehen von dem Mörder.

Zum letzten Mal hatte der Lebensmittelhändler Ylva Ende September 1979 gesehen, das Datum hatte er nicht mehr genau gewusst. Im Haus war ein Exemplar der Tageszeitung Norra Västerbotten vom 26. September gefunden worden, die Ylva wahrscheinlich im Dorfladen gekauft hatte. Der Lebensmittelhändler hatte angenommen, dass sie wieder in den Süden gezogen sei und daher nicht mehr in den Laden gekommen war. Ein Angler meinte, er hätte sie am 22. September gesehen, an dem Tag, an dem er Jäkkvik verlassen hatte, um in einem anderen Angelgewässer sein Glück zu versuchen. Ein Kunde des Dorfladens glaubte, sie irgendwann in der zweiten Septemberhälfte gesehen zu haben. Er konnte sich noch so gut daran erinnern, weil an jenem Tag der erste Schnee gefallen war. Laut Wetteramt hatte es zum ersten Mal am 23. September geschneit.

Die einzige Zeugenaussage, die zeitlich ein wenig von den anderen abwich, stammte von einem 73-jährigen Bewohner des Samendorfes Semisjaur-Njarg. Am ersten Tag des zehnten Monats habe er das Mädchen am Felsen getroffen. Elina fand, dass das irgendwie hübsch klang, fast biblisch. Auf die Frage, ob er sich noch genau erinnern könnte, welcher Tag das gewesen sei, hatte der Same geantwortet: »Das war der heilige Tag.« Es war weder der letzte Tag des neunten noch der zweite Tag des zehnten Monats, sondern genau der erste. Der Polizist, der das Verhör durchgeführt hatte, hatte nicht herausfinden können, was daran heilig gewesen war, meinte jedoch, dass sich der alte Mann seiner Sache sehr sicher gewesen zu sein schien.

Seither war Ylva von niemandem mehr gesehen worden. Daher wurde als Todestag der 1. Oktober 1979 bestimmt.

Am 4. Mai 1980 hatten sich eine Skifahrerin und ein Skifahrer aus Göteborg den Kungsleden entlang gemüht. Die Sonne schien, und der Schnee hatte zu schmelzen begonnen. Die Frau war in einer Niederung in ein Wäldchen gestapft, um ihr natürliches Bedürfnis zu erledigen. Dort war sie auf einen Körper gestoßen, den sie anfangs für einen Tierkadaver gehalten hatte, der sich jedoch später als Leichnam Ylva Marieanne Malmbergs herausstellte.

Die Leiche war ursprünglich vergraben worden, hatte aber teilweise offen gelegen.

Die gerichtsmedizinische Untersuchung kam zu dem unschönen Ergebnis, dass ein wildes Tier den Leichnam auf der Suche nach Nahrung ausgegraben hatte. Die Experten staunten, dass es sich dabei um einen Wolf gehandelt haben musste, da die Wölfe in der Gegend so gut wie ausgerottet waren.

1980 war man der Meinung gewesen, dass es in Schweden keine Wölfe mehr gab. Vielleicht hatte es sich um ein Tier gehandelt, das von Norwegen über die Grenze gekommen war?

Obwohl die Leiche übel zugerichtet gewesen war, hatte man die Todesursache zweifelsfrei feststellen können: Erwürgt.

»Mit den Händen oder mit einer Schlinge?«, notierte Elina und ärgerte sich, dass mit den Details gegeizt worden war.

Der Gerichtsmediziner hatte Spermareste in Ylvas Scheide gefunden. Doch es deutete nichts darauf hin, dass Ylva Malmberg vor ihrem Tod sexueller Gewalt ausgesetzt worden war, was allerdings schwer festzustellen gewesen war, da der Leichnam bereits stark verwest gewesen war.

Elina vermutete, dass es sich bei dem »humanbiologischen Material«, das der kryptische Kriminalkommissar aus Piteå im Begleitschreiben erwähnt hatte, um die Spermareste handelte, die sich noch in Linköping befanden. Elina versuchte zurückzudenken. Vor 25 Jahren hatte es noch keine DNA-Tests gegeben. Ob die Menge und die Qualität für einen solchen Test ausreichten?

Vielleicht sollte ich damit beginnen, nach einem Verdächtigen zu suchen, dachte sie.

Das Haus der alten Großmutter war abgeschlossen gewesen, als man die Leiche gefunden hatte, und nichts dort hatte auf eine gewaltsame Auseinandersetzung schließen lassen, obwohl es in den Zimmern recht unordentlich gewesen war. Ob diese Unordnung jedoch auf einem Streit vor dem Mord oder darauf, dass schon eine Weile nicht mehr aufgeräumt worden war, beruht hatte, hatte sich nicht feststellen lassen. Man hatte ebenso wenig sagen können, wo der Mord begangen worden war.

Und das Kind ... Elina wollte sich gar nicht erst ausmalen, was Ylvas Tochter widerfahren sein konnte. Sie wusste, dass diese Gedanken sie verfolgen würden, wenn sie weiter las, wenn sie einschlief, wenn sie morgens erwachte oder wenn sie eine Frau mit einem Kinderwagen auf der Straße sah. Sie machte eine kurze Pause, ging in die Küche und erhitzte Wasser in der Mikrowelle. Mit einer Tasse Instant-Kaffee in der Hand kehrte sie wieder zu ihren Unterlagen zurück.

Der Kinderwagen hatte hinter der Haustür gestanden. Von den Sachen für das Baby schien nichts gefehlt zu haben, obwohl niemand wusste, ob es Fläschchen, Bettwäsche, Windeln oder ähnliche Dinge im Haus gegeben hatte. Nur eines war sicher gewesen: Das Kind war weg. Carolina, fünf Monate alt, als ihre Mutter des Lebens beraubt worden war, war verschwunden. Spurlos verschwunden.

Die Suche war umfassend gewesen. Buchstäblich jeder Stein in der Umgebung war umgedreht worden. Aber sie war und blieb verschwunden. Es bestand der Verdacht, dass der Mörder das Baby vergraben hatte. Aber weder ein Spaten noch Spuren, die darauf hätten schließen lassen, dass gegraben worden war, waren gefunden worden. Das Fjäll war allerdings auch unendlich, wie einer der Polizeibeamten lakonisch festgestellt hatte. Eine andere Vermutung hatte gelautet, dass der Mörder das Kind hatte entführen wollen und dass es sich um eine kinderlose Frau gehandelt hatte, die das Mädchen anschließend versteckt hatte.

Einem Gerücht zufolge, das sich rasch verbreitet und wie eine Giftgaswolke über der Gegend gehangen hatte, hatten die Samen die Kleine geklaut. War es nicht ein alter Same gewesen, der die Mutter als letzter noch lebend angetroffen hatte?

Elina legte die Blätter beiseite und stützte den Kopf in die Hände.

Es konnte sich um einen ungeplanten Mord gehandelt haben, dachte sie. Einem Mann aus der Gegend oder einem, der zufällig vorbeigekommen war, war aufgefallen, dass die junge Frau allein wohnte, und er hatte sie aufgesucht. Dann hatte er sie zum Sex gezwungen. Im Gewaltrausch hatte er sie anschließend ermordet.

Aber Elinas Überlegungen gingen in eine andere Richtung. Ylva Malmberg hatte sich geweigert, den Vater ihres Kindes preiszugeben. Warum nur? Das ließ auf Verängstigung oder eine drohende Gefahr schließen. Dann hatte sie sich, ohne jemandem Bescheid zu sagen, in die Wildnis abgesetzt, was wie eine Flucht wirkte. Und zuletzt war sie ermordet worden. Sollte das etwa eine zufällige Verkettung von Ereignissen gewesen sein? Außerdem war es eine Tatsache, dass Frauen meist von ihnen nahestehenden Männern ermordet wurden.

Ganz offensichtlich hatten die Ermittler in ähnlichen Bahnen gedacht. Sie hatten ebensoviel Energie darauf verwendet, den unbekannten Vater aufzuspüren wie den unbekannten Mörder. Aber trotz unzähliger Verhöre mit Männern in Ylva Malmbergs Umfeld konnte kein potenzieller Vater ermittelt werden. Blutgruppenuntersuchungen hatte man ebenfalls nicht durchführen können, da die Blutgruppe des Kindes unbekannt gewesen war.

Bislang waren Elina keine Versäumnisse der Ermittler aufgefallen, aber sie hatte ja auch nur ein wenig in den Vernehmungsprotokollen gelesen. Ylva Marieanne Malmbergs Tagebücher sowie ihren Taschenkalender hatte sie noch nicht angesehen. Sie musste sich eingestehen, dass es ein unrealistisches Unterfangen war, einen Zusammenhang entdecken zu wollen, der bisher übersehen worden war. Aber sie konnte sich des Gefühles nicht erwehren, dass sie, gerade sie, die Gabe habe, unsichtbare Zeichen zu deuten und zwischen den Zeilen zu lesen, das Unbegreifliche zu verstehen und zu erkennen, was allen anderen entgangen war.

Sie stand auf, zog ihre Schuhe und ihre Jacke an und löschte das Licht in der Diele. Es war Viertel vor sieben und Zeit, Kärnlund zu besuchen. Sie ging die Treppe hinunter und ließ ihre Gedanken schweifen: Finde den Vater, dann hast du den Mörder.

9. KAPITEL

Die Klappe am Briefkasten schepperte, und Kari Solbakken erhob sich vom Bett. Auf dem Dielenfußboden lag ein Fensterumschlag. Sie drehte ihn um und las sie den Absender: Kriminalpolizei Stockholm.

Ihr wurde kalt. Mit zitterndem Zeigefinger riss sie den Umschlag auf und klaubte den Brief heraus. Er war in der Mitte geknickt. Sie zwang sich, ihn aufzufalten: »Hiermit werden Sie dazu aufgefordert, sich am Dienstag, den 7. September, um 9.30 Uhr zum Verhör beim Drogendezernat der Kriminalpolizei einzufinden.«

Sie setzte sich aufs Bett und ließ den Kopf hängen. In dieser Haltung blieb sie mehrere Minuten lang sitzen. Dann glitt ihr der Brief aus der Hand und fiel zu Boden. Sie stand auf, ging in die Diele und zog eine Jacke über.

Es regnete. Ziellos lief sie zwei Stunden lang draußen herum. Als sie in ihre Wohnung zurückkam, ging sie wieder zum Bett und hob den Brief auf. Sie fand einen Stift in der Küche und schrieb mit großen Buchstaben quer über die Mitteilung der Polizei: »ICH MUSS MEIN LEBEN IN DEN GRIFF KRIEGEN.«

Es klingelte. Sie zuckte zusammen. Als sie die Tür öffnete, hielt Robert ihr ein Blatt Papier vor die Nase.

»Die habe ich heute Morgen bekommen«, sagte er.

Kari beugte sich vor und las.

»Vorladung zur Gerichtsverhandlung. Was hast du angestellt? Einmal zu oft Grafitti gesprayt?«

Er öffnete den Mund, um zu antworten, aber Kari fiel ihm ins Wort.

»Steh nicht so rum. Komm rein.«

Er zog die Schuhe aus und ging in die Küche. Sie setzte einen Topf Wasser auf.

»Sie haben mich in der U-Bahn erwischt«, sagte er. »Ein Freund und ich haben einen Wagen ausgestaltet. Und dann habe ich Sachen geklaut. Eine Jacke und Esswaren bei Åhléns. Dann bin ich auch noch ohne Führerschein Auto gefahren. Den Lappen bin ich seit ein paar Monaten los. Aber wie haben die sich das eigentlich vorgestellt? Ich muss manchmal einfach fahren. Ohne fahre ich auch nicht schlechter.«

»Hast du ein Auto?«

»So'ne alte Karre. Läuft aber gut.«

»Was brummen sie dir dafür auf?«

»Dieser Anwaltstyp, den sie mir gegeben haben, sagt, dass ich zwei Monate Gefängnis kriege, weil ich nicht zum ersten Mal straffällig geworden bin. Und dann muss ich Schadenersatz zahlen für diesen U-Bahnwagen. Das ist real scary.«

Sie nahm zwei Tassen aus dem Schrank. Er setzte sich an den Küchentisch.

»Was ist das?« Er las den Brief auf dem Tisch, ehe sie ihn daran hindern konnte. »Drogen? Hast du gedealt oder was?«

Sie riss den Brief an sich. »Kannst du nicht lesen? Da steht Vernehmung. Undenkbar, dass ich mir etwas hätte zu Schulden kommen lassen.«

»Es war also jemand anders? Erzähl! Scheint ja wirklich heavy zu sein.«

Er wartete. Sie schwieg. »Ich habe schließlich auch erzählt«, sagte er. Als sie weiterhin schwieg, versuchte er es anders: »Du rauchst doch ziemlich viel, nicht wahr? Deswegen hast du ja wohl auch geschrieben, dass du dein Leben in den Griff kriegen willst.«

»Willst du jetzt einen Tee oder nicht?«

Sie schenkte ein, ohne seine Antwort abzuwarten.

»Hast du je daran gedacht, deinen Vater und deine Mutter zu suchen?«, fragte er plötzlich. »Ich meine, die richtigen.«

Kari sah ihn erstaunt an.

»Nein… wieso?«

»Ich habe darüber nachgedacht, unlängst abends, nachdem du gegangen warst. Die Art, wie du davon erzählt hast. Dass du mit deiner Mutter jeden Tag redest. Und irgendwo müssen sie schließlich sein.«

Er beugte sich zu ihr vor. Er klang eifrig.

»Du brauchst eine Pause. Ich auch. *No way*, dass ich dieser Vorladung Folge leiste! Ich dachte, wir könnten einfach mit dem Auto irgendwohin fahren. Und ich helfe dir suchen.«

»Und wo? Wir können doch nicht einfach losfahren und mal hier hinter einem Busch und da um eine Hausecke gucken! Hallo! Mama! Bist du da?«

Robert zuckte die Schultern. »Im Fernsehen finden irgendwelche adoptierten Kinder ihre Eltern sogar noch in Thailand. Wir könnten es doch wenigstens versuchen. Was meinst du?«

»Wenn du dich mit so einer alten Schrottkarre auf den Weg machen willst, dann hält uns die Polizei schon auf, ehe wir die Stadt verlassen haben. Schließlich halten sie nicht unbedingt Janne Steinreich mit seinem BMW auf, sondern Leute wie dich, nicht wahr? Wann haben sie dich zuletzt angehalten?«

»Letzten Monat zweimal.«

»Da siehst du. Und das ohne Führerschein. Bei dir mitfahren ist was für Loser.«

»Aber hättest du denn keine Lust? Zu suchen?«

Kari antwortete nicht. Sie setzte sich aufs Bett. Robert wartete.

»Wie sollen wir das denn anstellen?«, fragte sie dann und sah ihn an.

»Ich stelle mir das folgendermaßen vor: Ich habe schließlich einiges an Mist gebaut…« Er hielt die Vorladung hoch, um seine Worte zu unterstreichen. »… und meine Alte hat eine Menge Post von der Schule, vom Jugendamt und von der Polizei gekriegt, ehe ich zu alt dafür und von zu Hause ausgezogen war. Über mich muss es unendlich viel Papier geben. Sicher haben sie dafür einen ganzen Wald abholzen müssen! Wenn du adoptiert worden bist, gibt es darüber bestimmt auch irgendwo eine Unmenge Papier. Okay, deine Adoptivmutter wusste nicht, wer deine richtigen Eltern waren, aber vielleicht steht das ja irgendwo in diesen Papieren. Verstehst du, was ich meine?«

»Ich habe Mama gefragt. Sie hat gesagt, sie hätte keine Ahnung.«

»Und wenn das nicht die Wahrheit war? Sie hat das vielleicht nur gesagt, damit du dich nicht statt für sie für deine richtigen Eltern entscheidest. Das wäre vermutlich nicht so cool für sie gewesen.«

Er setzte sich neben sie aufs Bett. »Wie alt warst du, als sie dich aufgenommen haben?«

»Noch ganz klein. Auf jeden Fall noch kein Jahr alt.«

»Wo habt ihr damals gewohnt?«

»Auf den Lofoten.«

»Wo ist das?«

»In Norwegen, ziemlich weit im Norden. Mein Adoptivvater war Norweger. Ich war erst fünf, als er starb, ich kann mich kaum an ihn erinnern. Mama war aus Schweden und zog sehr schnell nach seinem Tod wieder nach Schweden zurück.«

»Dann fahren wir in dieses Foten und schauen da mal nach.«

Er stand auf. »Oder hast du was Besseres vor?«, fragte er.

»Nicht wirklich«, antwortete sie und hielt ihm das Papier von der Polizei unter die Nase. »Aber ich hatte vor, morgen zu diesem Verhör zu gehen. Reicht es nicht, dass einer von uns polizeilich gesucht wird?«

10. KAPITEL

Elina ließ ihr Auto meist zu Hause stehen, da sie im Stadtteil Oxbacken wohnte, nur ein paar Straßen vom Polizeipräsidium entfernt. Außerdem hatte sie es sich angewöhnt, einen Morgenspaziergang zu machen. Heute nahm sie allerdings ihren Wagen. Nach der Acht-Uhr-Besprechung wollte sie sich dünn machen. Sie wollte zur Tärna Folkhögskola fahren. Vielleicht gab es dort noch Unterlagen über Ylva Malmberg, Zeugnisse, Aufsätze, oder was es damals an diesen Volkshochschulen sonst so gab. Vielleicht erinnerte sich noch jemand an sie, ein Lehrer, ein Hausmeister oder jemand vom Küchenpersonal. Es würde sich wohl kaum etwas ergeben, was nicht schon in den Ermittlungsakten stand, aber Elina wollte sich Ylvas damaliges Umfeld ansehen. Sie wusste zwar nicht genau warum, aber dieselben Schritte zu tun wie die Opfer ihrer Mordfälle brachte ihr diese Personen stets näher. Genauso hatten die Dielenbretter damals schon geknarrt, so war die Aussicht gewesen, in diesem Zimmer hatte ein Mensch geredet und gelacht, den es jetzt nicht mehr gab. Auf dem Weg dorthin wollte sie auch bei Ylvas Wohnung in der Sandgärdsgatan vorbeifahren, einfach nur um sich das Haus anzusehen.

Am Nachmittag wollte sie die Ermittlungen, mit denen sie gerade befasst war, zum Abschluss bringen. Vor allen Dingen wollte sie die Unterlagen über die misshandelte Frau vervollständigen. Der Mann saß in U-Haft, es ließ sich also nicht länger aufschieben.

Die Acht-Uhr-Runde hatte sich fast vollzählig zur Besprechung eingefunden, so war es montags eigentlich immer. Auch John Rosén war anwesend, und Elina nahm neben ihm Platz. Auf der anderen Seite des Tisches saß Henrik Svalberg, ihr Kollege aus der Mordgruppe. Den vierten Kollegen, Erik Enquist, hatte sie schon lange nicht mehr gesehen. Zwischen den Mordfällen arbeitete er in Hallstahammar.

Egon Jönsson trat als Letzter ein und setzte sich ans Tischende. Seit fast einem halben Jahr leitete er nun als Kärnlunds Nachfolger das Kriminaldezernat. Es war eine chaotische Zeit gewesen, nicht weil Jönsson persönlich ungeeignet gewesen wäre, sondern weil das gesamte Polizeiwesen in einer tiefen Krise steckte. Auch die Västeråser Polizei war davon nicht verschont geblieben. Die Konflikte innerhalb der Behörde hatten sich zu reinen Machtkämpfen zwischen verschiedenen Gruppen ausgewachsen. Während sich die Polizisten gegenseitig bekämpften, sank die Aufklärungsquote der Alltagskriminalität in den Promillebereich ab. Die Polizeiführung fast aller Ebenen erstellte Einsatzpläne, die den Verbrechern ausgezeichnet passten: Wenn sie arbeiteten, hatten die Polizisten frei. Während Hunderte von Beamten abkommandiert wurden, um sich Fußballspiele anzusehen, wurden Wachen in dünn besiedelten Gebieten geschlossen und durch Anrufbeantworter ersetzt. Neue Arbeitsmethoden zur Verbrechensbekämpfung waren zwar bekannt, wurden jedoch nicht angewendet, da sich eine allgemeine Gleichgültigkeit breitgemacht hatte. Hinzu kam, dass sich die Justiz nach Krawallen von Autonomen in Göteborg politischer Einflussnahme ausgesetzt sah. Der schwedische Schutzmann wurde nirgendwo mehr mit Jubel begrüßt.

Die Polizei in Västerås war weder besser noch schlechter als andernorts. Überdies hatte sie genügend eigene Probleme: Die Ermittlungen des vergangenen Jahres im Mordfall Annika Lilja und Jamal Al-Sharif hatte ihr Selbstbild verändert. Es war nicht hübscher geworden.

Trotz alledem musste Egon Jönsson versuchen, den Betrieb in Gang zu halten. Da er vor allem wegen langer und treuer Dienste und weniger wegen seiner Eignung zum Nachfolger des geschätzten Oskar Kärnlund als Chef des Dezernats auserkoren worden war, hatte er zu kämpfen. Seine Gefühle für Elina Wiik waren ebenso warm wie eine sibirische Winternacht.

In der ersten Zeit als Chef hatte er sich Elina gegenüber versöhnlicher gezeigt, obwohl er sich insgeheim vermutlich wünschte, sie möge vom Erdboden oder zumindest aus Västerås und Umgebung verschwinden. Sie wusste, dass er sie nie akzeptieren würde. Der Konflikt hatte vor drei Jahren mit einer Brandstiftung in Surahammar begonnen und hatte mittlerweile viel zu große Ausmaße angenommen. Sie vermutete, dass er bisher nur deshalb einen Bogen um sie herum machte, weil er nicht richtig wusste, wie er seine neue Verantwortung handhaben sollte. Vielleicht handelte es sich auch nur um Rücksichtnahme, weil sie gegen Ende ihres letzten Mordfalles Morddrohungen erhalten hatte.

Aber diese Neutralität verringerte sich stetig, und seine knappe, abweisende Haltung kehrte zurück. Vielleicht weil sie zu wenig auf ihn einging. Sie hatte ihren Entschluss gefasst und sich vorgenommen, sich ihm gegenüber professionell zu verhalten, wie eine Angestellte eben, die unter einem Chef arbeiten muss, den sie sich nicht selbst ausgesucht hat. Nicht mehr und nicht weniger. Sie erwartete von ihm, dass er sich ebenso verhielt. In der Verfassung, in der sie sich im Frühjahr befunden hatte, hatte es keinen Platz für good vibrations Jönsson gegenüber gegeben. Wenn er das persönlich nahm, war das sein Problem und nicht ihres.

Mit Rosén war es anders. Ermittelten sie in einem Mordfall, war er ihr operativer Chef, in den Zwischenphasen waren sie Kollegen. Vom ersten Tag an hatten sie sich gut verstanden. Vielleicht weil er ihr gestattete, ihren eigenen Weg zu gehen, und weil sie seine Integrität respektierte. Sie kannte seine

Motivation. Sie war die einzige im Präsidium, die von seiner Abstammung von einer Sintifamilie wusste. Sie wusste, wie schwer und wohldurchdacht seine Entscheidung gewesen war, Polizist zu werden.

Jönsson eröffnete die Sitzung mit einer Personalangelegenheit, und ließ anschließend alle referieren, wie weit sie mit ihren laufenden Ermittlungen gekommen waren. Als Letzte war Elina an der Reihe.

»Von dir haben wir in letzter Zeit nicht sonderlich viele Ergebnisse gesehen, Wiik«, bemerkte er.

Sie zuckte zusammen und schaute auf. Alle am Tisch waren verstummt.

»Wir haben ständig zu wenig Leute«, fuhr Jönsson fort. »Jeder muss seinen Teil der Akten bewältigen. Auch wenn die keine Schlagzeilen einbringen.«

So läuft das also, dachte Elina und spürte, wie sie zu zittern begann. »Ich schließe heute eine Körperverletzungssache ab«, erwiderte sie verbissen.

Ein Kopf an der Längsseite des Tisches wurde hervorgestreckt. Es war der von Jan Niklasson, mit dem sie bei mehreren Ermittlungen zusammengearbeitet hatte. Er war einige Jahre älter als sie, hatte sich aber nie sonderlich hervorgetan. Als Ermittler war er weder gut noch schlecht, fand Elina.

»Wir haben alle sehr viel zu tun«, sagte er. »Jeder hat seine Arbeit zu erledigen.«

Jönsson nickte und stand auf. »Dann wollen wir uns mal den Torturen dieser Woche zuwenden«, meinte er und verschwand auf den Korridor.

Elina sah Rosén an. »Komm einen Moment zu mir rein«, sagte er.

Sie zog die Tür zu seinem Büro hinter sich zu, blieb aber stehen. »Setz dich«, forderte Rosén sie auf und zog ihr den Besucherstuhl heran. »Ich will dir erklären, was Jönsson und Niklasson gemeint haben.«

Schweigend nahm sie Platz. Ihre Wut mischte sich zunehmend mit Unsicherheit, ein nicht sonderlich bekömmlicher Mix.

»Bist du damit einverstanden, wenn ich direkt zur Sache komme?«, fragte er. Sie nickte. »Es wird geredet. Nicht viel, aber ab und zu mal eine Bemerkung. Du seist so was wie die Prinzessin auf der Erbse. Du würdest dich nur mit großen Fällen abgeben, solchen, die Schlagzeilen machen. Um unwichtigere Fälle würdest du dich gar nicht erst kümmern. Andere müssten deine Arbeit machen.«

»Das ist nicht wahr! Ich erledige genauso meinen Teil dieser Dreckssachen. Ich hatte ein Tief, klar, aber nach dem, was war…«

Sie nahm noch einmal Anlauf: »Der einzige Unterschied zwischen den meisten anderen und mir ist, dass eine Menge über die Arbeit der Mordgruppe geschrieben worden ist. Die Presse liebt schließlich Morde! Dass ich dann die meiste Aufmerksamkeit erhalten habe, weil ich eine Frau bin, ist nicht meine Schuld. Glaub mir, ich hätte gerne auf das Rampenlicht verzichtet!«

Rosén hob die Hände. »Ich weiß, ich weiß. Es ist ungerecht, und Jönsson hätte das im Beisein der anderen nicht sagen sollen.«

»Jönsson«, sagte Elina und schüttelte den Kopf. »Er erträgt es einfach nicht, wenn andere Erfolg haben. Was will er denn? Dass bei mir alles den Bach runtergeht und die Mörder frei herumlaufen?«

»Ich werde mit ihm reden. Aber du scheinst dich in der Tat nicht besonders für die Alltagskriminalität zu interessieren, vor allem im letzten halben Jahr. Du bist ab und zu richtiggehend abwesend, sowohl mental als auch physisch. Erst seit Kärnlunds Erkrankung bist du wieder ansprechbar. Ich dachte, du bräuchtest vielleicht etwas Zeit, um über die Ereignisse im vergangenen Herbst hinwegzukommen. Du hast auf gar nichts mehr reagiert. Ich habe dich nicht fragen und auch keine Bemerkung machen wollen, aber ich glaube, du solltest mehr darauf achten, was du hier bei der Arbeit eigentlich tust.«

Er seufzte. »Dieses Gespräch hätte Jönsson mit dir schon früher führen sollen, und zwar unter vier Augen.«

Elina saß stumm da. Sie wusste, dass Rosén recht hatte, sie hatte nur nicht kapiert, wie sehr es aufgefallen war, dass sie die Routinearbeit leid war. Sie erhob sich. Sie hatte keine Lust, sich noch länger darüber zu unterhalten.

»Okay«, meinte sie. »Danke für deine Aufrichtigkeit. Ich werde darüber nachdenken.«

»Versteh das nicht falsch«, sagte er, »und fasse um Himmels Willen keine unüberlegten Entschlüsse. Meines Erachtens bist du die Beste, die wir haben. Zumindest wenn es um komplizierte Fälle geht.«

Ein leises Lächeln huschte über seine Lippen. Sie nickte und erwiderte sein Lächeln.

Als sie wieder in ihrem Büro war, schloss sie die Tür und drückte auf den Knopf, mit dem draußen die rote Besetztlampe anging. Dann verharrte sie fünf Minuten reglos auf ihrem Stuhl. Mit den Augen folgte sie einer Fliege, die vergeblich versuchte, durch das geschlossene Fenster zu entkommen.

Sie klappte den Karton auf, der auf dem Schreibtisch stand. Es war der Karton, den sie am Morgen wieder ins Büro zurückgetragen hatte. Ylva Marieanne Malmberg, dachte sie und ließ den Deckel wieder zufallen. Nur noch ein paar Wochen, dann haben dich alle vergessen. Ich bin deine letzte Chance. Gegen dich ist Jönsson vorgegangen, wenn auch ohne selbst davon zu wissen. Was soll ich jetzt mit dir machen?

Sie nahm sich die Akte über die misshandelte Frau vor und startete ihren Computer. Vor dem Mittagessen wollte sie mit der Akte fertig sein. Tärna musste warten.

Um Punkt zwölf war sie fertig. Gerade als sie alles abspeichern wollte, hielt sie noch einmal inne. Das Gefühl, etwas übersehen zu haben, überkam sie. Dieses Gefühl kannte sie von früheren Fällen, und sie wusste, dass sie ihm trauen konnte. Irgendetwas bei dieser alltäglichen Körperverletzungssache hatte mit Ylva Marieanne Malmberg zu tun. Sie versuchte zu ergründen, was es sein konnte. In beiden Fällen handelte es sich um Gewalt gegen Frauen. Die Betroffenen in den beiden Ermittlungsakten konnten kaum etwas miteinander zu tun haben. Der Ehemann der Frau, dieser feige Typ, war nur siebenunddreißig Jahre alt, also zwölf gewesen, als Ylva Malmberg ermordet worden war.

Sie ließ den Gedanken fallen, war es etwas Wichtiges, würde es früher oder später an die Oberfläche ihres Bewusstseins dringen. Sie klickte auf Ausdrucken, nahm den Stoß Papier und ging damit zu Jönsson. Die Genugtuung, dass sie ihm auswich, wollte sie ihm nicht gönnen. Sie legte die Akte auf seinen Tisch und verließ das Zimmer wortlos.

Niemand kann mich davon abhalten, meine Mittagspause nach eigenem Gutdünken zu verbringen, dachte sie, als sie das Präsidium durch den Haupteingang verließ und auf ihr schwarzes Saab Cabrio zusteuerte. Sie fuhr auf den Ringvägen, am Bahnhof vorbei und bog Richtung Röda Torget ab, dem Roten Platz, wie die Kreuzung jenseits der Eisenbahnunterführung im Volksmund genannt wurde. Die Sandgärdsgatan lag noch ein Stück weiter entfernt hinter der E 18.

Sie parkte ihren Wagen und begab sich zum Haus. Die Fassade schien Ende der Neunzigerjahre renoviert worden zu sein. Sie fragte sich, wie das Haus wohl 1979 ausgesehen hatte, ob es verwahrlost gewesen war, wer damals dort gewohnt hatte? Sie zählte ab, zu welchem Fenster Ylva Malmbergs Wohnung gehört haben musste. Dort sah es heimelig aus, mit Gardinen in freundlichen Farben und Blumentöpfen auf der Fensterbank. Elina hatte plötzlich das Bedürfnis, das Treppenhaus zu betreten und dort zu klingeln. Über dem Briefkastenschlitz stand der Name *Eriksson* und auf einem Zettel darüber handgeschrieben *Hedlund*. Mit Erstaunen vernahm sie Schritte aus der Wohnung. Sie hatte nicht erwartet, dass jemand zu Hause war. Ein Mädchen öffnete. Sie wirkte wie Anfang zwanzig.

»Entschuldigen Sie die Störung«, sagte Elina und stellte sich vor. »Ich bin mit einer Ermittlung betraut, bei der es um eine Frau geht, die hier vor langer Zeit gewohnt hat. Könnte ich wohl einen Augenblick reinkommen?«

»Aber natürlich«, erwiderte die junge Frau und trat beiseite. Elina zog ihre Schuhe aus und trat ein. Es handelte sich um eine Einzimmerwohnung mit einem kleinen Balkon, der zur Hofseite zeigte. Sie war mit einem breiten Bett möbliert, auf dem viele Kissen und ein großer Stoffteddy lagen. Auf der gegenüberliegenden Seite stand ein Schreibtisch mit aufgeschlagenen Büchern und einer brennenden Schreibtischlampe darauf. Elina warf einen Blick auf die Lektüre. Es schienen Chemiebücher zu sein.

»Ich war gerade am Lernen«, erklärte das Mädchen. »Was ist der Frau, die hier gewohnt hat, denn zugestoßen?«

»Etwas sehr Schlimmes«, erwiderte Elina. »Ich versuche herauszufinden, warum und wer der Täter war.«

»Wie lange ist das her?«

»Fast fünfundzwanzig Jahre.«

»Oh. Da war ich noch gar nicht auf der Welt. Wer war sie?«

»Sie hat auch studiert. Sonst weiß ich eigentlich kaum etwas über sie.«

»Und deswegen sind Sie hier? Um sich anzuschauen, wie sie gewohnt hat?«

Elina lächelte. »Ja, so ist es.«

Das Mädchen nickte. »Wenn Sie wissen, wer sie war, finden Sie vielleicht den, der es getan hat. Alles hängt schließlich miteinander zusammen.«

»Glauben Sie?«

»Wie hieß sie?«

»Ylva. Jetzt will ich Sie aber nicht länger stören. Vielen Dank.«

Das Mädchen begleitete sie in die Diele und Elina schlüpfte wieder in ihre Schuhe.

»Ich heiße auch Ylva«, sagte sie.

Elina drehte sich um und öffnete den Mund, um etwas zu sagen. Doch die Worte blieben ihr im Hals stecken. Das Mädchen lächelte sie an und sah ihr in die Augen, als sie die Tür schloss.

Ylva. Wer hatte Ylva gesehen? Elina versuchte, sich die Namen der Beamten ins Gedächtnis zu rufen, während sie ins Präsidium zurückfuhr. Wer waren sie? Kärnlund natürlich, er hatte die meisten Vernehmungen in Västerås und an der Tärna Folkhögskola durchgeführt. Ein Beamter namens Lestander in Arvidsjaur hatte die Ermittlung geleitet. Hieß er Åke mit Vornamen? Sie erinnerte sich an drei weitere Namen. Natürlich waren da noch andere gewesen. In der Anfangsphase hatte es sich um eine Ermittlung in großem Stil gehandelt. Aber alle waren Männer. Keine einzige Frau war beteiligt gewesen. Wahrscheinlich weil es damals kaum Frauen bei der Polizei gegeben hatte. Vielleicht hatte auch niemand gefunden, dass es besonders wichtig war, gerade in diesem Fall eine Frau dabei zu haben.

Hatte das Mädchen in der Wohnung Recht? Ging es darum, herauszufinden, wer Ylva Malmberg gewesen war? Lag das Rätsel, das die Kollegen damals nicht gelöst hatten, in Ylvas Persönlichkeit verborgen? Elina verwarf diesen Gedanken. Die Schlussfolgerungen wären abwegig gewesen. Dann hätte man genauso gut behaupten können, ihr Tod wäre vom Schicksal bestimmt oder ihre eigene Schuld gewesen. Aber konnte man nur die äußeren Umstände betrachten? Es gibt Menschen, die sich bewusst einer Gefahr aussetzen. Bergsteiger und Kriegsberichterstatter. Andere suchen soziale Umfelder und Menschen auf, wo sich die Gefahr der Gewalt vervielfacht. Einige werden Opfer ihrer eigenen Entscheidungen. Sie nähern sich freiwillig dem Tod.

Elina besaß etwas, was den Ermittlern damals gefehlt hatte. Sie besaß die Augen einer Frau. Wenn sie diese nutzte, entdeckte sie vielleicht etwas, das die anderen übersehen hatten. Sie würde Ylva sehen können.

11. KAPITEL

Kari zog beim Anblick des Polizeipräsidiums die Schultern ein. Die Angst verzehrte sie von innen, höhlte sie förmlich aus. Es blieb nur eine zerbrechliche Hülle, die beim kleinsten Schlag einen Sprung bekommen würde. Sie hatte das Gefühl, bereits ihr ganzes Leben lang Angst gehabt zu haben. Jedoch ohne zu wissen, wovor. Der Polizeibeamte führte sie in ein Zimmer. Er wirkte desinteressiert und würdigte sie kaum eines Blickes, sondern schob ein paar Papiere, die vor ihm auf dem Schreibtisch lagen, hin und her. Er legte ein Blatt umständlich auf ein anderes, dann ein drittes darunter.

»Mal sehen... Verdacht auf Drogendelikt, gemeldet vom Zoll, genauer gesagt vom Zoll am Flughafen Arlanda. Sie kamen aus Hanoi, das liegt wohl in Vietnam, und der Spürhund gab in der Nähe ihrer Taille kräftig Laut. Was bedeutet, dass Ihre Kleider oder Ihr Körper mit Rauschgift in Kontakt gekommen sein müssen. Stimmt das?«

»Was? Dass der Hund an mir herumgeschnüffelt hat?«

»Das wissen wir bereits. Ich meine den Kontakt mit dem Rauschgift. Was haben Sie dazu zu sagen?«

»Nein. Ich hatte keine Drogen bei mir.«

»Dann möchte ich Sie davon unterrichten, dass der Spürhund ein Stück Plastikfolie auf einer Toilette gefunden hat, die neben der Gepäckausgabe liegt. Im Labor haben wir festgestellt, dass sich auf der Folie Spuren von Cannabis befinden. Wissen Sie etwas von dieser Folie?«-

»Nein«, flüsterte Kari.

»Dann will ich Sie weiterhin darüber informieren, dass auf der ebenerwähnten Folie ein Fingerabdruck sichergestellt wurde. Wollen Sie immer noch behaupten, dass Sie diese Folie nicht bei sich hatten?«

»Darüber weiß ich nichts.«

»Dann muss ich Sie bitten, mitzukommen, damit wir Ihre Fingerabdrücke nehmen können.« Er erhob sich, und gab Kari ein Handzeichen, ihm zu folgen. Willenlos folgte sie ihm auf den Korridor. Er wirkte unendlich lang.

12. KAPITEL

Ich habe bereits gepackt«, sagte er. »Wir können sofort fahren.«

Robert fragte nicht einmal, was sie zu diesem schnellen Entschluss bewegt hatte. Sie hatte bei ihm geklingelt, und als er geöffnet hatte, hatte sie nur gesagt: »Wir fahren.« Sonst nichts. Dann: »Ich muss noch packen.«, und war die Treppe wieder hinuntergegangen. »Ich warte in einer halben Stunde unten mit dem Auto auf dich«, hatte er ihr hinterher gerufen.

Aufgekratzt legte er ihre Reisetasche in den Kofferraum. Er schien es als lustiges Unterfangen zu betrachten, sich ins Auto zu setzen und einfach loszufahren.

»Schau mal«, sagte er und deutete. »Meine Mutter hatte ein Zelt, Luftmatratzen und außerdem noch zwei Schlafsäcke. Praktisch, was? Wenn wir keine Lust haben, das Zelt aufzustellen, können wir einfach im Auto schlafen.

Schweigend fuhren sie auf der E 4 nordwärts. Robert machte das Radio an und stellte einen Hiphop-Sender ein. Mit fragender Miene wandte er sich an sie. »Nicht meine Musik«, meinte sie. »Aber lass ruhig an. Ich sag schon Bescheid, wenn mir die Ohren wund werden.«

Es war zwölf Uhr, als sie bei Norrtull die Stadt hinter sich ließen. Es war recht viel Verkehr, aber kein Polizeiauto in Sicht.

»Der ist nicht so schnell«, meinte Robert, als sie auf der Autobahn von allen überholt wurden. »Wenn man zu viel Gas gibt, will er einfach nicht. Das ist bei den Menschen genauso.« Er lachte.

»Was passiert dann?«, fragte Kari.

»Dann kocht der Kühler über«, antwortete Robert. »Ich fahre im Schnitt neunzig. Dann braucht man auch keine Angst zu haben, dass man in eine Geschwindigkeitskontrolle gerät.«

Durch das Seitenfenster betrachtete sie die platte Landschaft, die nach hinten flitzte. »Weißt du den Weg?«, fragte sie.

»Bis zu den Lofoten? Da fährt man einfach nach Karte«, antwortete er. »Ich habe von der Tanke eine mitgenommen. Ich finde, wir sollten den kürzesten Weg nehmen, das braucht weniger Benzin.«

Als sie Uppsala hinter sich gelassen hatten, schlief sie ein. Er betrachtete ihren Kopf, der in den Kurven leicht zur Seite kippte. Es fiel ihm schwer, seinen Blick von ihrer Unterlippe loszureißen. »Schlaf nur«, sagte er leise. »Es wird eine lange Reise.«

Nördlich von Gävle wachte sie auf. »Ich bin hungrig«, sagte sie. »Ich habe nicht gefrühstückt.«

Er gab ihr die Landkarte. »Ich bin gerade an einem Schild vorbeigefahren, auf dem es Richtung Bollnäs ging«, sagte er. »Was kommt dann?«

Kari suchte. »Hier sind wir«, sagte sie. »Die nächste Stadt heißt Söderhamn. Davor kommen noch Ljusne und dann an der Küste Sandarne.«

»Ist das weit von der E 4 weg?«, fragte er.

»Nur ein kleines Stück. Zumindest laut Karte.«

Robert bog von der E 4 ab, und nach einer Weile verkündete ein Schild, dass sie sich in Ljusne befanden. Die Straße wurde von dreigeschossigen Mietshäusern ohne Gardinen in den Fenstern gesäumt. »Wo sind all die Menschen?«, wollte Kari wissen und sah sich um. »Das da könnte ein Laden sein«, meinte Robert und deutete auf einen kleinen Platz. Er fuhr ein Stück weiter und parkte direkt vor dem Eingang. Der Laden war genauso menschenleer wie die Straße davor, und es gab auch kaum etwas zu kaufen. Ein dunkelhaariger Mann mit Schnurrbart kam durch eine Hintertür. »Willkommen«, sagte er, »ihr seid heute meine ersten Kunden.«

Robert nahm ein großes Brötchen, Käse und eine Tüte Milch, Kari eine Cola und Süßigkeiten. »Gibt es noch einen größeren Laden, in dem alle einkaufen?«, fragte Robert als sie bezahlten.

»Alle sind weggezogen«, erwiderte der Mann. »Hier ist alles tot. Nur ich, Mustafa aus der Türkei, wohne noch hier. Und niemand will meinen Laden kaufen.«

»Wo liegt das Meer?«, fragte Kari.

Der Mann deutete in eine Richtung. »Ihr könnt es haben, wenn ihr wollt«, sagte er.

»Was?«, fragte Robert.

»Das Geschäft. Ihr könnt es haben. Gratis.«

»Danke, sehr freundlich«, meinte Robert. »Aber ich glaube nicht, dass wir es haben wollen. Außerdem haben wir die Sachen bereits bezahlt. Das hätten wir ja nicht gebraucht, wenn wir das ganze Geschäft bekommen hätten.«

Der Mann nickte. »Das ist natürlich wahr. Aber wenn ich nur das Geschäft loswerde, dann kann ich zu meiner Zukunft zurückfahren.«

»Dorthin will ich auch«, meinte Kari.

»Viel Glück«, wünschte der Mann.

Sie gingen ans Wasser und fanden einen Felsen, auf den sie sich setzen konnten. Robert brach das Brötchen in zwei Teile. »Ich habe Angst«, sagte Kari. »Das ist, als würde man eine Tür aufmachen. Ich weiß nicht, was sich hinter ihr verbirgt.«

Robert schaute über das Wasser. »Was ist damals geschehen? Als du klein warst?«

»Ich weiß nicht viel. Ich lag in einem Korb vor ihrer Tür. Ein richtiges Findelkind, wie im Märchen. Sie hatten keine eigenen Kinder und haben mich adoptiert. Mama hat mir das so erklärt, als ich zwölf war. Das war krass.«

»Und über deine richtigen Eltern weißt du überhaupt nichts?«

»Nein, nichts. Mama wollte nicht darüber reden. Sie hat nur erzählt, wie ich zu ihnen kam und dass sie sonst nichts wüsste. Ich fragte ihr immer wieder Löcher in den Bauch, aber sie wurde dann wütend oder ging einfach weg. Meinen Stiefvater konnte ich nicht fragen, der war schon tot.«

»Warum hast du Angst?«

»Ich weiß nicht. Hast du keine Angst?«

»Nur wenn die Bullen kommen, und ich eine Spraydose mit Farbe in der Hand habe. Dann nehme ich die Beine in die Hand. Einmal hatte ich auch eine Riesenangst, als ein Trupp Skinheads plötzlich der Überzeugung war, ich hätte von einem von ihnen die Jacke ruiniert. Sie schikanierten uns, und einer dieser Superidioten hatte plötzlich Farbe auf seiner Jacke. Das war weniger cool.«

Kari schaute weg. »Ich habe irgendwie auf eine andere Art Angst«, meinte sie. »Wollen wir weiterfahren?«

Bei Timrå bog Robert von der Küstenstraße ab. Sie fuhren in die Wildnis, die Kiefern erhoben sich imposant hinter dem Straßengraben. Kleine Dörfer reihten sich aneinander: Viksjö, Graninge, Helgum, Edsele, Ramsele, Hoting. In Hoting ging die Sonne gerade unter. Ein Ica-Laden war dabei zu schließen, aber Kari fragte, ob sie noch rasch einkaufen dürften. In den Einkaufskorb legte sie einen Ring Fleischwurst und eine Schachtel Makkaroni. Robert nahm zwei Dosen Bier.

Auf der Straße kam ihnen eine alte Frau entgegen. Sie war klein, dick und im Oberkiefer fehlte ihr ein Zahn. »Entschuldigen Sie«, sagte Robert, als sie an ihnen vorbeiging. Die Frau blieb stehen und drehte sich um. »Können wir das Essen hier irgendwo zubereiten?«, fragte Robert und deutete auf die Fleischwurst und die Makkaronischachtel. »Ich habe einen Herd und bin allein«, sagte die Alte. »Ich wohne in der Nähe. Gehen wir.« Robert und Kari trotteten hinterdrein, bis sie ein kleines Haus am Ortsrand erreichten.

»Setzt euch, dann mache ich das warm«, sagte die Greisin und nahm Robert die Ica-Tüte aus der Hand. »Mein Alter ist nicht zu Hause.«

»Wo ist er denn?«, fragte Kari.

»Auf dem Friedhof«, antwortete die alte Frau. »Schon seit zwanzig Jahren. Aber ich stelle ihm trotzdem immer einen Teller hin, falls er vorbeikommen sollte. So genau kann man das nie wissen.«

Die alte Frau schwieg, während Kari und Robert aßen. Als sie fertig waren, räumte sie die Teller ab. »Jetzt mache ich euch das Bett«, sagte sie. »Ihr könnt das große Bett haben.«

»Wir sind nicht zusammen«, sagte Kari.

»Man soll im selben Bett liegen«, sagte die alte Frau. »Sonst gibt es keine Kinder. Und Kinder brauchen ihre Eltern. Das muss ich schließlich wissen, obwohl mich meine nie besuchen.«

Robert zuckte mit den Achseln und grinste Kari dümmlich an.

»Immerhin ist es warm hier drinnen«, meinte er.

»Bilde dir bloß nichts ein«, sagte Kari.

Am Himmel war immer noch ein heller Streifen, als sie auf dem Rücken nebeneinander im Bett lagen. Er rechts und sie links wie ein altes Ehepaar mit festen Plätzen. Er drehte sich in ihre Richtung und legte ihr eine Hand auf den Bauch. Sie nahm sie weg.

»Nein, habe ich doch gesagt.«

»Ich dachte, wenn wir schon mal so hier liegen«, sagte Robert.

»Enttäusch mich jetzt nicht«, erwiderte sie.

Robert ließ sich wieder zurücksinken. »Ich hatte noch nicht so viele Frauen«, sagte er.

»Aber ich hatte schon zu viele Typen«, entgegnete sie. »Und gerade jetzt brauche ich keinen neuen.«

Er faltete seine Hände über der Brust. Eine Weile später schliefen sie beide.

13. KAPITEL

Sie träumte, dass sie gerade ein Kind geboren hatte. Sie konnte nicht sehen, ob es sich um einen Jungen oder ein Mädchen handelte. Die Hebamme nahm das Kind und sagte, sie sei gleich wieder da, kam aber nie zurück.

Als sie erwachte, hatte sie Tränen in den Augen. Sie setzte sich im Bett auf, und eine Weile lang bereute sie es. Sie hätte es nicht tun sollen. Die Abtreibung letztes Jahr war ein Fehler gewesen, sie hätte es behalten sollen, dann wäre das Kind jetzt schon auf der Welt gewesen. Ihr Körper war leer, wusste aber trotzdem, dass es jetzt an der Zeit gewesen wäre.

Neun Monate und eine Woche. So lange dauerte es, um einen Menschen zu formen, und so lange war das Kind vor der Umwelt geschützt. Dann begann die große Einsamkeit. Elina versuchte an etwas anderes zu denken. Sie ging zu dem Karton mit den Akten über Ylva Marieanne Malmberg, den sie am Vorabend wieder mit nach Hause genommen hatte. Ylvas Lebensgeschichte hatte in einem Karton Platz.

In einer Plastikhülle lag ein Taschenkalender für das Jahr 1978. Neun Monate und eine Woche … Ylva hatte ihre Tochter am 2. Mai 1979 zur Welt gebracht. Das Mädchen war normalgewichtig und vollständig entwickelt zur Welt gekommen. Elina rechnete nach. Sie musste also etwa am 25. August 1978 schwanger geworden sein. Wenn der Kindsvater Ylva ermordet hatte, dann musste sie zu diesem Zeitpunkt mit ihrem Mörder zusammen gewesen sein.

Sie schaute auf die Jahresübersicht in dem kleinen roten Taschenkalender. Der 25. August 1978 war ein Freitag gewesen. Kein ungewöhnlicher Tag, um schwanger zu werden, dachte sie. Sie nahm ihren Notizblock zur Hand. »Ylvas Sexleben?«, schrieb sie und machte einen dicken Strich darunter. Sie blätterte den Kalender bis zum 25. August durch, hielt inne und legte den Kalender beiseite. Den Gedanken erhaschen, wenn er vorbeischwebt, dachte sie und griff wieder nach ihrem Stift. Sie setzte sich ins Wohnzimmer auf das Sofa und schlang ihren Bademantel enger um die Beine.

Es gibt eine einzige Möglichkeit, diese Sache aufzuklären, dachte sie. Und zwar, wenn der Vater der Tochter auch der Mörder war. Wenn es jemand anders war, ist schon ein Wunder nötig, damit ich das Zeichen sehe, dieses winzige Zeichen, das bisher niemand gesehen hat. Der Kindsvater, der Liebhaber … ein Mann, der in Ylvas Leben eine Rolle gespielt haben musste, und das nicht nur bei ihrem Tod. So kann man ihn sichtbar machen. Er kann sich schon viel früher in ihrer Nähe befunden haben, oder er könnte eine neue Bekanntschaft gewesen sein. Nur dass sie an einem der Tage um den 25. August herum zusammen waren, ist sicher. Elina schlug den Taschenkalender auf und sah beim Montag in derselben Woche nach, dem 21. August. »Schulanfang«, stand da.

Elina schüttelte den Kopf. Eine ganze Schule, viele Männer, sowohl Lehrer als auch Schüler. Sie sah unter dem 25. August nach. »War im Monaco.« Ein Musiklokal voller junger Männer. Das Angebot an möglichen Mördern schien gerade an jenem Tag unerschöpflich gewesen zu sein.

Jeder Tag wies im Taschenkalender sechs Zeilen für Notizen auf. Ylva hatte sie gelegentlich vollgeschrieben, an anderen Tagen nur einzelne Worte notiert. Elina fiel auf, dass es zwei verschiedene Zeitperspektiven gab. Mit »Schulanfang« war etwas in der Zukunft Liegendes gemeint, es wies auf etwas hin, was geschehen würde oder getan werden musste und war im Voraus notiert. »War im Monaco«, bezog sich auf etwas,

was bereits geschehen war. Es handelte sich um einen Tagebucheintrag, der im Nachhinein niedergeschrieben worden war. Elina blätterte in dem Taschenkalender vor und zurück. Jeden Tag, das ganze Jahr über, gab es einen Eintrag. Meist ging es darum, was Ylva an diesem Tag unternommen hatte. Bei dem Taschenkalender handelte es sich vor allen Dingen um ein Tagebuch. Sicher war es eine Gewohnheit gewesen, und sie hatte mehrere Jahre lang Tagebuch geführt, dachte Elina. Bei den Unterlagen hatten drei Tagebücher sowie ein weiterer Taschenkalender gelegen.

Elina wollte in Ylvas Welt eindringen. Sie wollte, wünschte und erhoffte sich, dass ihr die Kalender und Tagebücher verraten würden, welche Männer Ylva getroffen hatte. Aber das würde ihr kaum eine konkrete Spur liefern, die ihre Kollegen nicht bereits gefunden hätten. Bestenfalls gab es irgendwo eine Andeutung, die den anderen Ermittlern entgangen war, oder irgendein Muster, das nur Elina erkennen konnte. Aber auch das war nicht sehr wahrscheinlich. Sie musste sich selbst ein Bild davon machen, wer Ylva gewesen war. Ein eigenes Bild. Sie musste sie mit den Augen einer Frau sehen, nicht mit den Augen ihrer männlichen Kollegen. Die Tagebücher und Taschenkalender waren nur Ausgangspunkte für andere Fragestellungen. Sie musste mit Menschen reden, die Ylva gekannt hatten. Aber die Zeit war knapp und sie konnte das nicht während der Arbeitszeit erledigen. Sie musste die Zeit irgendwo anders abknapsen und nur einige wenige Personen auswählen. Aber welche?

»Roger, Bruder«, schrieb sie auf ihren Block. »Jemand aus der Kommune. Jemand, mit dem sie in Indien war. Mitstudent von der Tärna Folkhögskola. Eine Freundin oder Bekannte aus Västerås. Ein Mann, mit dem sie sexuellen Kontakt hatte.«

Sieben Leute, dachte sie. Damit müsste ich recht rasch fertig werden. Ich muss nur die Richtigen finden.

Sie blätterte in den Akten. In der Mitte des Papierbergs

stieß sie auf ein Heft mit etwa dreißig DIN-A4-Seiten. Auf dem Titelblatt stand: »Zusammenstellung der Angaben aus den Kalendern und Tagebüchern.« Darunter wurden acht Tagebücher aus den Jahren 1965 bis 1977 aufgelistet und ein Kalender von 1978.

Es gab also fünf weitere Tagebücher. Elina fragte sich, ob sie verschwunden oder zurückgegeben worden waren, und wenn Letzteres der Fall war, an wen. Wieso gab es keinen Kalender für 1979?, überlegte sie und machte sich eine Notiz auf ihrem Block.

Sie schlug den Kalender für 1978 auf und begann mit dem 1. Januar. Das erste Wort lautete »verkatert«. Darauf folgte: »Gegen 16 Uhr hingelegt. Mit P.*** (glaube ich, war zu betrunken).« Elina nahm den Kalender des Vorjahres zur Hand. An Silvester hatte Ylva eingetragen: »Fest Västergård 19.00.«

P. kam ein weiteres Mal im Frühjahr vor, im März, dieses Mal mit zwei Sternen hinter dem Anfangsbuchstaben. Im Kalender gab es mehrere Einträge dieser Art. S., S-n, K., D., L. und J. Auf sämtliche Buchstaben folgten Sterne. Nur ein Stern für D., aber S-n hatte mehrmals vier Sterne bekommen. Elina kam zu dem Schluss, dass die Initialen für Männer standen, mit denen Ylva geschlafen und die sie dann benotet hatte. Nirgends wurde angedeutet, dass sie von einem von ihnen schwanger geworden sein könnte. Es fand sich auch nirgends eine Andeutung, dass sie mit ihnen eine andere Beziehung außer der rein sexuellen unterhalten hatte. K. wurde außerdem in einem anderen Zusammenhang erwähnt, Ylva war mit ihm nach Västerås gefahren. Wahrscheinlich von der Schule aus, vermutete Elina.

Nirgendwo stand ein Männername, der nicht abgekürzt war, mit Ausnahme von Roger. Einmal im Frühjahr und einmal im Herbst hieß es: »Roger angerufen«, aber nicht, worüber sie sich unterhalten hatten. Elina vermutete, dass der Roger aus dem Kalender Ylvas Bruder war.

Frauennamen waren jedoch ausgeschrieben. Den Frauen blieb es erspart, auf ihre Anfangsbuchstaben reduziert zu werden. »Fellinis Casanova mit Ingrid gesehen.« Oder: »Mit Tarja gelernt.«

Fünfmal tauchte ein weiterer Anfangsbuchstabe auf, zum ersten Mal am 18. März: »Ganz unerwartet N. getroffen.« Der nächste Eintrag zu N. fand sich eine Woche später: »N. 19.« Einen Monat später stand da: »N. 200.« Am 4. Juli nur »N.« und sonst nichts. Und schließlich am 27. August: »N. kommt.«

27. August … die Schwangerschaft. Elina legte den Kalender beiseite und betrachtete die Zusammenstellung der Tagebücher und des Kalenders, die ihre Kollegen angefertigt hatten. Ein langer Abschnitt handelte von dem unbekannten N. Elf Personen, deren Vornamen mit N begannen, waren verhört worden. Die meisten waren Schüler oder Lehrer der Tärna Folkhögskola gewesen. Unter ihnen hatten sich aber auch ein Nachbar und zwei Personen aus Västerås befunden. Die Ermittler waren davon ausgegangen, dass es sich um den Vornamen handelte, da die übrigen Initialen für die Vornamen verschiedener Männer gestanden zu haben schienen. So war es zumindest in den drei Fällen gewesen, in denen die Identifikation gelungen war. P. war Petter, S-n Staffan, und K. war Kenneth gewesen. Ganz richtig hatten alle drei zugegeben, mit Ylva geschlafen zu haben. Aber N. war für die Polizei ein Unbekannter geblieben. Keiner der elf Verhörten schien der Richtige gewesen zu sein.

Elina griff zum Telefonhörer und wählte 118 118. »Gibt es in Arvidsjaur einen Åke Lestander?«, fragte sie. Einige Sekunden später hatte sie die Telefonnummer. Sie zögerte einen Moment. Wie sollte sie erklären, dass sie halbprivate Nachforschungen in einem von Lestanders Fällen betrieb? Das konnte zu Rückfragen führen. Aber sie beschloss, offen zu sein, falls jemand nachfragte.

»Lestander«, ließ sich eine helle Stimme mit einer Dialektfärbung vernehmen, die nahelegte, dass die Person am anderen Ende der Leitung ihrer Heimat ihr ganzes Leben lang treu geblieben war. Elina nannte ihren Namen und erklärte, sie suche den Beamten, der die Ermittlung des Mordes an Ylva Marieanne Malmberg geleitet hatte.

»Da sind Sie an den Richtigen geraten. Das ist schon seltsam. Ich hatte selbst vor einigen Tagen wieder an die Sache gedacht.«

»Wieso das?«, frage Elina, und dachte, dass er ihr eigentlich diese Frage hätte stellen müssen.

»Dieser Fall hat mich nie richtig losgelassen. Die Sache ist jetzt fünfundzwanzig Jahre her, und bald wird man den Täter nicht mehr belangen können. Warum interessieren Sie sich denn für diese Sache, wenn ich fragen darf?«

»Mein Chef, also mein ehemaliger Chef, hat sie erwähnt, und ich wurde ganz einfach neugierig.«

»Ich vermute, Sie meinen Oskar Kärnlund. Wie geht es denn dem alten Schlitzohr?«

»Nicht so gut. Er hatte unlängst einen Herzinfarkt und das nur ein halbes Jahr nach der Pensionierung. Er hat ihn zum Glück überlebt.«

»Das ist ja schlimm. Grüßen Sie ihn von mir und wünschen Sie ihm gute Besserung. Womit kann ich Ihnen weiterhelfen?«

»Ich habe mir erlaubt, die Akten anzufordern.«

»Aha, ja, das kann wohl nie schaden. Vermutlich lange her, dass jemand sie in den Händen hielt. Ich bin jetzt auch schon seit sieben Jahren in Rente.«

»Ich glaube, dass der unbekannte Kindsvater Ylvas Mörder war«, sagte Elina. »Gibt es etwas, was direkt dagegen spräche?«

»Nein, jedenfalls nicht, soweit ich mich erinnere. Aber wir haben ja damals weder den Vater noch den Mörder gefunden. Wer will es also wissen? Und das Kind im Übrigen auch nicht.«

»Wenn man das Geburtsdatum des Kindes zurückrechnet, muss Ylva um den 25. August 1978 herum schwanger geworden sein. In ihrem Kalender taucht ungefähr zu dieser Zeit der Anfangsbuchstabe N auf. Aber diese Person konnte nicht identifiziert werden …«

Åke Lestander unterbrach sie.

»Wir haben wirklich mit allen Kräften versucht, ihn, wenn er es nun gewesen sein soll, ausfindig zu machen. Aber es ist uns nicht gelungen.«

»Wie sicher waren Sie sich, dass es sich nicht um einen jener Männer, deren Vornamen mit N begann, die Sie damals vernommen hatten, gehandelt hat?«

»Daran erinnere ich mich nicht mehr. Steht das nicht in den Akten?«

»Nicht direkt. Könnte das N auch die Abkürzung eines Nachnamens gewesen sein?«

»Vermutlich ist alles möglich.«

»Wo haben Sie damals die Kalender und Tagebücher gefunden?«

»Meine Güte. Wo könnte das gewesen sein? Ich meine mich zu erinnern, dass sie in einem Schrank in dem Haus in Jäkkvik lagen.«

»Und wo befinden sich die fünf Tagebücher, die nicht bei den übrigen Unterlagen liegen?«

»Etliche Gegenstände aus Ylvas persönlichem Besitz wurden nach einigen Jahren der Mutter übergeben. Sie wollte sie haben.«

»Wissen Sie, warum es keinen Kalender für das Jahr 1979 gibt?«

»Es muss einen gegeben haben. Mehrere Personen, mit denen wir gesprochen haben, waren sich sicher, dass sie auch in diesem letzten Jahr einen Kalender besessen hatte. Aber wir haben ihn nie gefunden. Er war ganz einfach weg. Entweder sie hatte ihn verloren, oder jemand hatte ihn mitgenommen.«

»Was glauben Sie, ist aus der Tochter geworden? Ich meine, Ihrer persönlichen Ansicht nach?«

»Am naheliegendsten ist es natürlich, dass das Mädchen demselben Täter zum Opfer fiel und dass sie irgendwo im Fjäll begraben liegt. Aber ich würde gerne glauben, dass sie überlebt hat. Früher ist sie mir manchmal im Traum erschienen und hat nach ihrer Mutter gerufen.«

14. KAPITEL

»Du redest im Schlaf, weißt du das?«

Robert spaltete das nächste Holzscheit. Kari kam gerade aus dem Haus.

»Was habe ich denn gesagt?«

»Du hast einfach drauflos geredet und Geheimnisse über dich ausgeplaudert. Jetzt weiß ich jede Menge.«

»Hör auf, Witze zu machen. Was habe ich gesagt?«

»Du hast gesagt: ›Kari Solbakken heiße ich auch.‹«

Sie lächelte.

»Heiße ich auch? Was ich damit wohl gemeint haben kann? Und mit wem ich geredet haben könnte?«

»Und dann war da noch etwas.«

»Was?«

»›Mama.‹ Vielleicht hast du mit ihr geredet. Vielleicht willst du ihr ja sagen, wie du heißt, wenn wir sie finden.«

Kari schwieg. Robert fuhr mit dem Holzhacken fort. Kari sah sich suchend um.

»Sollen wir noch länger bleiben?«, fragte sie.

»Ich habe der alten Frau versprochen, Holz zu hacken. Wir können anschließend fahren, wenn du willst. Aber ich dachte, wir könnten noch einen Tag bleiben. Die alte Frau meinte, dass wir noch bleiben dürfen, wenn wir wollen. Sie wollte Elchgulasch mit eigenen Kartoffeln und Preiselbeeren kochen.«

»Dann bleiben wir noch. Ich habe es nicht eilig.«

Sie trat aus der Einfahrt und ging die Landstraße hinunter. Ein Holzlaster kam ihr auf dem Weg nach Süden entgegen. Sie verspürte plötzlich das Verlangen, ihn anzuhalten um mitzufahren. Der Fahrer würde bei einer Frau bestimmt anhalten. Sie hob unentschlossen die Hand. Der Fahrer schien zu verstehen, dass sie nicht wusste, was sie wollte und donnerte vorbei. Die Erde bebte unter Karis Füßen. Ihr Haar flog durch den Luftzug hoch. Dann wurde es wieder still. Sie begann Richtung Ort zu gehen. Warum sie diesen Weg einschlug, wusste sie nicht. Ihr Geld hatte sie im Haus gelassen, sie konnte also nicht einkaufen. Etwas anderes gab es dort nicht zu tun. Ihre Füße bewegten sich wie von selbst. Sie konnte sich nicht erinnern, je eine eigene Richtung eingeschlagen zu haben. Meist war sie einfach den anderen gefolgt.

Und jetzt Robert. Am Abend zuvor hatte sie ihn energisch abgewiesen. Sie war resolut und abweisend gewesen. Genau genommen hatte sie gar nichts dagegen, mit ihm zu schlafen. Verglichen mit vielen anderen, mit denen sie zusammen gewesen war, war er bisher zumindest ein lieber Mensch. Trotzdem hatte sie nein gesagt. Sie hielt ihn auf Abstand. Sonst würde es doch nur so werden wie immer. Sie würde verwendbar sein, verfügbar.

Robert. Wie alt war er eigentlich? Zweiundzwanzig, dreiundzwanzig? Er bekam sein Leben nicht in den Griff. Ein Junge, kein Mann. Aber er hatte nichts von ihr verlangt. Er war nicht einmal sauer gewesen, als sie nein gesagt hatte. Dass er im Bett scharf auf sie gewesen war, war wohl ganz normal, das hätte ihr genauso gehen können. Nach ihren Eltern zu suchen, war sein Vorschlag gewesen. Auf diese Idee war sie seltsamerweise selbst nie gekommen, obwohl sie seit dem Tag, an dem sie davon erfahren hatte, jeden Tag im Stillen mit ihrer Mutter geredet hatte. Sie hatte sie um Rat gefragt, sie gefragt, was sie in verschiedenen Situationen getan hätte, und sie hatte getröstet werden wollen. Aber an die Möglichkeit, dass sie sie finden könnte, hatte sie nie gedacht. Auch ihren

Vater nicht, aber er war ihr auch nicht so gegenwärtig. Sie fragte sich, was sie erwarten würde, wenn sie erst einmal dort waren. Inwieweit sie die Suche verändern würde. Die Angst ließ sie nach dem nächsten Holzlaster Ausschau halten.

Sonderlich viele Läden gab es nicht in Hoting. Kari betrat den erstbesten. Eine Frau begrüßte sie fröhlich. Sie grüßte zurück. »Ihr wohnt bei Nanna, nicht wahr?«, fragte die Frau.

Kari sah sie ratlos an. »Nanna?«

»Ja, die alte Frau.«

Kari nickte. »Wir fahren morgen weiter«, meinte sie.

»Seid ihr mit ihr verwandt?«, wollte die Frau wissen.

»Nein«, antwortete Kari. »Wir kennen sie nicht einmal.«

Die Frau räumte ein paar Dinge in die Regale und fuhr fort: »Nein. Nanna hat vermutlich keine Verwandten. Sie wohnt schon ihr ganzes Leben lang hier, und alle kennen sie. Wahrscheinlich wurde sie ein bisschen verrückt, als ihr Mann im Wald umkam. Ihre Tochter starb bereits als Kind. Nanna ist fast dauernd auf dem Friedhof.«

»Sie hat erzählt, dass ihr Mann dort begraben liegt. Und dann hat sie gesagt, dass ihre Kinder sie nie besuchen würden.«

Die Frau schüttelte den Kopf. »Sie hat keine Kinder. Sie hatte nur das Mädchen. Sie war fünf Monate alt, als sie starb. Jetzt lebt Nanna in der Vergangenheit.«

Am folgenden Tag ließen die beiden Nanna allein in ihrem Haus zurück. Sie schenkte Kari ein Glas Preiselbeermarmelade. Das Auto rollte weiter Richtung Norden. Die Gegend wurde immer einsamer. Die Vegetation wurde niedriger, flacher. Unbewohnte Häuser lagen weit verstreut auf den Sommerweiden der Rentiere. Dann gab es wieder über weite Strecken nur Robert und Kari.

15. KAPITEL

Elina wusste nicht recht, wie sie vorgehen sollte. Gestern hatte sie pflichtbewusst alles erledigt, was von ihr erwartet worden war. Sie hatte eine Anzeige wegen Betrugs aufgenommen, hatte sie dann aber mehrmals lesen müssen, bis überhaupt etwas hängengeblieben war.

Die Tage vergingen ... Sie schaute auf ihren Tischkalender. Den 1. Oktober hatte sie rot markiert. Heute war Mittwoch, der 8. September. Uneingeschränkte Konzentration, und zwar nicht nur Teilzeit, war die einzige Chance, um Ylva Marieanne Malmbergs Mörder näher zu kommen. Aber das würde Jönsson keinesfalls zulassen. Die Kritik an ihr bei der Besprechung hatte ihren Bewegungsspielraum komplett zunichte gemacht. Sollte sie die Zeit weiterhin heimlich abknapsen? Sie wollte John Rosén nur ungern hintergehen. Urlaub nehmen? Es stand ihr keiner mehr zu. Sie hatte bereits im Februar drei Ferienwochen verbraucht. Ihre Gedanken schweiften zu der Reise und dem Mann, mit dem sie verreist war, ab ...

Nur mit Mühe konnte sie sich wieder auf die Gegenwart konzentrieren. Die Wochenenden und nach Feierabend? Das war zu anstrengend und würde auch nicht genügen. Möglicherweise ließ sich Jönsson an der Nase herumführen, sie konnte zwei Ermittlungen miteinander verquicken und auf diese Art Zeit gewinnen? Vielleicht. Das war ihr vergangenen Herbst einmal gelungen. Und diese Körperverletzung hing auch irgendwie mit dem Mord an Ylva Malmberg zusammen. Wenn ihr bloß einfiele, wie?

Sie saß in ihrem Büro. Vor ihr stand die Ablage mit den unaufgeklärten Fällen: Ihr Teil der Arbeit. Elina warf den Unterlagen einen wütenden Blick zu. Sie suchte in den Vernehmungsprotokollen aus dem Herbst 1979 nach der Personennummer von Roger Malmberg und trug sie in das entsprechende Feld auf dem Bildschirm ein. Eine Adresse tauchte auf. Salabacksgatan 6, Uppsala. Elina kannte die Adresse. Dort hatte Ylvas Mutter gewohnt. Es war das Haus, in dem Ylva aufgewachsen war. Die Telefonnummer ließ sie sich von der Auskunft geben. Eine Männerstimme gab sich als Roger Malmbergs Anrufbeantworter zu erkennen und verwies auf eine Handynummer. Malmberg antwortete beim zweiten Klingeln.

»Ich rufe an, weil der Mord an Ihrer Schwester in drei Wochen verjährt«, sagte Elina, nachdem sie sich vorgestellt hatte.

»Mir war nicht klar, dass das schon so bald ist«, erwiderte Roger Malmberg. »Ich erinnere mich nur, dass wir im Frühjahr 1980 von ihrem Tod erfahren haben. Ich glaube, es ist zwanzig Jahre her, dass ich oder meine Eltern mit irgendwem von der Polizei Kontakt hatten.«

»Leben Ihre Eltern noch?«, fragte Elina.

»Nein, sie sind inzwischen verstorben. Hat sich in der Sache etwas Neues ergeben?«

»Leider nein. Aber angesichts der Tatsache, dass der Fall bald verjährt und der Mörder dann straffrei ausgehen würde …«

Elina betonte jedes Wort, damit Roger Malmberg sie zweifelsfrei richtig verstand.

»… habe ich mir die Akte noch einmal angesehen. Ich glaube, es gibt einen Weg, in der Sache weiter zu kommen. Dank den Möglichkeiten der DNA-Technik und neuen Ermittlungsmethoden ließe sich vielleicht etwas herausfinden, was den Kollegen bisher verborgen geblieben ist.«

»Sie eröffnen die Ermittlung also erneut und unternehmen einen Versuch? Da wäre ich Ihnen sehr dankbar. Ich kann zwar nicht behaupten, dass mich die Sache ständig quält, aber ich habe irgendwie jeden Tag daran gedacht, seit es passiert ist.«

»Ich muss Sie leider enttäuschen. Ich arbeite in Västerås, und formell gehört der Fall nicht zu unserem Dezernat. Er müsste in Arvidsjaur bearbeitet werden. Aber die Kollegen zu bitten, den Fall wieder aufzurollen, ist sinnlos. Dort sind kaum die notwendigen Mittel dafür vorhanden.«

»Aber können Sie die Ermittlung nicht einfach übernehmen? Alles andere wäre doch absurd!«

Sie hörte, dass er wütend wurde. Gut, dachte sie.

»Es ist ein formeller Beschluss notwendig. Und da die Zeit so knapp ist, wäre es vielleicht hilfreich, wenn sich einer der Angehörigen an die entsprechende Behörde wenden würde.«

»Das kann ich machen, wenn Sie meinen, dass das sinnvoll ist«, erwiderte Roger Malmberg. »Sie müssen mir nur sagen, an wen ich mich wenden soll.«

»Rufen Sie beim Chef der Reichskriminalbehörde in Stockholm an.« Sie nannte ihm den Namen und die Durchwahl. »Ich würde an Ihrer Stelle sagen, Sie hätten gehört, dass Anstrengungen unternommen würden, die vielen Hundert ungelösten Mordfälle im Lande zu lösen, und dass es für Ihre Schwester jetzt bald zu spät sei. Sie hätten sich mit mir unterhalten, mit Kriminalinspektorin Elina Wiik mit W, zwei I und K. Sie können erwähnen, dass mir mein ehemaliger Chef Oskar Kärnlund ein paar Ideen geliefert hätte, denen ich gerne nachgehen würde, dass ich aber aus formellen Gründen nichts unternehmen könne.«

»Ich rufe ihn sofort an.«

»Danke. Leider kann ich im Augenblick nicht mehr veranlassen. Falls sich die Situation jedoch ändern sollte, könnten Sie mir dann kurzfristig zur Verfügung stehen?«

»Sie können jederzeit mein Handy oder bei mir zu Hause anrufen.«

Um halb fünf klingelte Elinas Telefon. Sie nahm beim ersten Klingeln ab.

»Hier ist Abteilungsleiter Klinga«, ließ sich eine Stimme vernehmen, »vom Stab des Reichskriminalchefs. Ich glaube wir hatten noch nicht das Vergnügen, aber das kann sich ja jetzt endlich ändern.«

»Ja …«, erwiderte Elina unsicher.

»Können Sie morgen in die Stadt kommen? Ich meine natürlich, nach Stockholm, wir Eingeborenen haben die schlechte Angewohnheit, Stockholm einfach als die Stadt zu bezeichnen. Dann essen wir zusammen Mittag?«

»Das dürfte kein Problem sein, aber …«

»Richtig, worum es geht. Ich möchte eine Ermittlung mit Ihnen diskutieren. Sagen wir halb zwölf? Eingang Polhemsgatan. Fragen Sie einfach nach Klinga.«

»Dann bis morgen um halb zwölf.«

16. KAPITEL

Ihr Körper brachte sich in Erinnerung. Er wehrte sich. Sie fror. Das war die erste spürbare körperliche Reaktion, an die sie sich erinnern konnte, seit sie sich auf der Flughafentoilette in Arlanda übergeben hatte. Seither hatte sie das Gefühl gehabt, mitzutreiben wie die Schaumkrone einer Welle.

Sie betrachtete Robert, der das Zelt zusammenfaltete. Es kam ihr nicht in den Sinn, ihm zu helfen, und er bat sie auch nicht darum. Am Vorabend hatten sie an einem See angehalten. Robert hatte das Zelt aufgebaut, die Luftmatratzen aufgeblasen und mit etwas Treibholz ein Feuer gemacht. Sie hatte währenddessen daneben gestanden. Als alles fertig gewesen war, hatte sie ihren Einsatz geleistet. Sie hatte den Rest der Fleischwurst aufgeschnitten, auf gebutterte Brotscheiben gelegt und diese mit Senf bestrichen. Dazu hatten sie Bier getrunken. Kari hatte es geschmeckt.

Robert hatte von seinen Plänen erzählt. Am liebsten wollte er Musiker und Künstler werden. Graffiti sei angesagt, hatte er behauptet. Genau wie Hiphop und Rap die alten Säcke mit ihrem Rock verdrängt hatte, würde Graffiti die langweiligen Gemälde ablösen. Es frage sich nur, wann. Er sei richtig gut. Dann hatte er angefangen, seinen Stil zu beschreiben. Auf Kari wirkte die Beschreibung, als hätte sie all das schon mal gesehen. Aber sie hatte ihn nicht wieder ausgelacht.

Sie waren nebeneinander eingeschlafen, diesmal enger aneinandergeschmiegt, weil es im Verlauf der Nacht kalt geworden war. Sie hatte tief geschlafen und war davon aufgewacht, dass sie fröstelte. Als sie aus dem Zelt gekrochen war um zu pinkeln, hatte ein Raubvogel über sie gewacht.

Jetzt stand sie am Wegrand und hoffte, dass Robert bald mit dem Zelt fertig war, damit er den Motor anlassen und sie sich endlich im Auto aufwärmen konnte. Sie wusste nicht, wo sie waren. Robert hatte erst entschieden, dass sie den direktesten Weg nach Norwegen nehmen würden, es sich dann aber anders überlegt und eine weniger stark befahrene Straße gewählt. Ihr war es egal gewesen. Robert schleppte den Zeltsack zum Auto und warf ihn in den Kofferraum. Sie stiegen ein, und Robert drehte den Zündschlüssel. Nur ein Klicken ertönte, sonst nichts. Er versuchte es erneut. »Shit«, fluchte er und betätigte einen Hebel unter dem Armaturenbrett. Er stieg aus und öffnete die Motorhaube.

»Ein Kabel von der Batterie ist abgegangen«, rief er. »Verdammte Scheiße.«

»Kannst du das nicht reparieren?«, rief Kari zurück.

»Es muss ausgewechselt werden«, antwortete er. »Wir müssen warten, bis jemand vorbeikommt, der uns zur nächsten Werkstatt abschleppen kann. Oder ein Starthilfekabel im Auto hat.«

Sie stellte sich neben den Wagen und schaute sich um. Soweit ihr Auge reichte, schlängelte sich nur der schmale unbefestigte Weg. Wie spät es war, wusste sie nicht, aber nach der kühlen Luft zu urteilen, war es noch früh. »Nicht gerade Stoßverkehr hier«, meinte sie.

Sie setzten sich wieder in den Wagen. Kari zog die Beine hoch und stützte das Kinn auf die Knie. Robert wollte seinen Arm um sie legen, um sie zu wärmen und ihr das Gefühl zu geben, dass alles gut werden würde. Aber er wagte es nicht. Stattdessen schaute er in den Rückspiegel, damit ihm kein Auto aus dieser Richtung entging.

»Wohin das wohl unterwegs ist?«, fragte Robert als vor ihnen ein Ren den Weg überquerte.

»Dorthin, wohin Rene immer gehen, um das zu tun, was Rene immer tun«, erwiderte Kari. »Als ich in die sechste Klasse ging, wollte ich Verhaltensforscherin werden«, fuhr sie fort. »Ich beobachtete Spinnen beim Bau ihrer Netze. Ich fragte mich, ob eine Spinne jemals Freizeit hatte oder einfach immer faul war. Wenn ich einen Hund sah, der vor einem Laden angeleint war, blieb ich stehen, um zu sehen, was er tat. Was denkt ein Hund, wenn Herrchen oder Frauchen ihn an einem Pfosten festbindet und einfach weggeht? Weiß er, dass er wartet, oder glaubt er, dass er für alle Ewigkeit dort sitzen bleibt? Das fand ich interessant. Als ich etwas älter war, wollte ich Entdeckungsreisende werden. Da sagte ein Lehrer zu mir, alles auf der Welt sei bereits entdeckt. Das Einzige, was übrig sei, sei die Tiefsee. Da kam ich auf die Idee, Archäologin zu werden. Dieser Lehrer hatte im Übrigen nicht recht. Es gibt immer noch Unzähliges zu entdecken. Es ist nur so, dass man es nicht sieht. Man muss es erst ausgraben.«

»Hast du etwas in der Richtung studiert?«, fragte Robert.

»Nein… ich hatte ganz gute Abiturnoten. Aber dann konnte ich mich nicht entscheiden. Wenn ich jetzt das Falsche gewählt hätte? So habe ich damals gedacht. Mama starb im vorletzten Schuljahr. Ich habe etwas Geld von ihr geerbt. Ich konnte eine Weile lang tun und lassen, was ich wollte. Studieren oder reisen. Obwohl die Erde, jedenfalls die Oberfläche, bereits entdeckt war, hatte ich sie schließlich noch nicht gesehen. Für mich war sie neu, genau wie…«

Sie deutete auf die Sumpflandschaft vor der Windschutzscheibe.

»… all das hier. Aber ich blieb zu Hause und starrte an irgendeine Wand. Und ich rauchte. Bis letzten Sommer. Da bin ich nach Vietnam gefahren. Ich glaubte, dass danach alles anders werden würde. Besser, wenn ich mich endlich zusammenreißen und etwas unternehmen würde. Aber dann passierten solche Sachen wie… und ich weiß immer noch nicht, was ich will.«

»Vielleicht ist es gar nicht so lustig, in die Welt zu reisen, wenn es keinen Platz zum Zurückkommen gibt?«, schlug Robert vor. »Dann wird man so etwas wie ein Flüchtling.«

»Ich war auch eine Weile in der Klapse, nur ein paar Monate, und das ist auch schon ein paar Jahre her. Seitdem nehme ich Antidepressiva.« Sie wandte sich ihm zu. »Ich habe die Tabletten zu Hause vergessen.«

»Du musst neue kaufen, falls du welche brauchst«, meinte Robert. »Sind die teuer?«

»Nicht, wenn man sie wie ich dauernd nimmt. Es gibt eine Obergrenze für das, was man selbst zahlen muss. Wie viel Geld haben wir eigentlich? Wird die Reparatur teuer?«

Robert kramte in seiner Tasche und fischte ein paar zusammengefaltete Hundertkronenscheine heraus. »Ich habe nicht so viel«, meinte er. »Wir sollten vielleicht mit einem Schlauch Benzin aus anderen Autos klauen, statt zu tanken. Dieses Kabel kostet vermutlich nicht so viel. Ich kann es auch selbst einbauen.«

»Ich habe ein paar Tausend auf meinem Konto«, meinte Kari. »Schau mal!«

Er drehte seinen Kopf ganz nach hinten. In einer Staubwolke tauchte ein Auto auf. Robert sprang aus dem Wagen, stellte sich mitten auf die Straße und fuchtelte mit den Armen. Der Wagen blieb stehen, und der Fahrer kurbelte das Seitenfenster herunter. Robert ging auf ihn zu. »Haben Sie ein Starthilfekabel? Ich kriege ihn nicht mehr an.«

»Leider nicht«, erwiderte der Mann, der eine Baseballmütze verkehrtherum aufhatte. »Aber ich habe ein Abschleppseil. Ich kann euch anschleppen. Zur Werkstatt ist es nicht weit.«

»Wie weit ist es denn?«, wollte Robert wissen.

»Zu Martinssons? Um die siebzig Kilometer. Ich fahre ein Stück vor.«

Er fuhr um den liegengebliebenen Wagen herum, und gemeinsam befestigten sie das Abschleppseil.

»Versuch das Seil gespannt zu halten«, sagte der Mann.

»Leg den zweiten Gang ein und drück auf die Hupe, wenn der Motor läuft.«

Der Motor sprang auf Anhieb an, und sie machten das Abschleppseil wieder los. Dann ging es einige Dutzend Kilometer geradeaus. Vor einer Abzweigung bremste der Mann vor ihnen. Er streckte den Arm aus dem Seitenfenster und deutete. Robert bog ab, und der Mann hob die Hand zum Gruß, ehe er weiterfuhr.

Kari schien es, als führen sie weiter ins Fjäll hinein. Die Bäume wurden niedriger und knorriger. Sie kamen an vereinzelten Häusern vorbei, sahen dann eine halbe Stunde lang kein einziges mehr. Schließlich gelangten sie zu einem Gehöft und fuhren auf den Hof. Ein Mann mit Schnurrbart, Koteletten und einem Ring im Ohrläppchen trat aus einer Garage. Über der Einfahrt hing ein Schild: »Martinssons Autos & Reparaturen.« Davor standen mehrere Schneeskooter und ein Lastwagen.

»Ich kann das wieder anlöten«, sagte er, nachdem er einen Blick unter die Motorhaube geworfen hatte. »Oder ihr müsst warten, bis ich neue Sachen geholt habe. Ich fahre heute Nachmittag in den Ort.«

Kari sah sich um. Sie fragte sich, wo dieser Ort lag.

»Anlöten«, sagte Robert.

»In der Küche gibt es Kaffee«, sagte der Mann mit den Koteletten, ohne sich umzudrehen. Er steuerte schon wieder auf die Garage zu.

»Komm«, sagte Robert zu Kari und ging auf das Haus zu.

In der Küche saß ein alter Mann. Robert ging auf ihn zu und hielt ihm die Hand hin. »Guten Tag«, sagte er. Der Alte regte sich nicht.

Kari war in der Diele stehengeblieben. Sie wusste nicht, was sie tun sollte und wagte kaum einzutreten. Robert ging zum Herd, auf dem eine Kaffeekanne stand. »Dürfen wir uns eine Tasse eingießen?«, fragte er an den alten Mann gewandt.

Obwohl er keine Antwort erhielt, nahm er zwei Tassen vom Abtropfständer auf der Spüle und schenkte ein.

»Sollen wir wirklich?«, fragte Kari.

»Der da draußen meinte, wir dürfen«, erwiderte Robert. »Ich bin hungrig. Komm jetzt.«

Kari nahm zögernd und mit etwas Abstand von dem alten Mann Platz. Robert öffnete die Tür zur Speisekammer und fand dort einen Korb mit Knäckebrot. Im Kühlschrank stand Butter. Er bestrich zwei große runde Knäckebrote und reichte Kari das eine.

»Ich bin blind«, sagte der Alte plötzlich, »aber ich habe viel gesehen.«

»Was haben Sie gesehen?«, fragte Robert.

»Ich habe den Flug der Eule gesehen.«

»Hier draußen vor dem Haus?«

»Die Eule fliegt immer draußen.«

»Ja, natürlich«, meinte Robert und biss ein großes Stück von seinem Brot ab.

»Ich habe die Zeit vergehen sehen«, sagte der alte Mann. »Sie ging an meinem Fenster vorbei. Und ich habe Rutus' Hund gesehen.«

»Wessen Hund?«

»Ich sah Rutus' Hund.«

Dann verstummte er. Er saß schweigend auf seinem Stuhl, ohne ein einziges Körperteil zu bewegen. Als Robert ihn fragte, wie alt er sei, antwortete er nicht. Kari aß rasch auf. Sie zog Robert am Ärmel.

Als sie wieder draußen auf den Hof traten, war dort kein Mensch zu sehen. Das Tor der Garage war geschlossen. Robert drückte auf die Klinke, aber es war abgeschlossen. »Er scheint weggefahren zu sein«, meinte er und wandte sich an Kari. »Ich will hier weg«, entschied sie. »Ich will hier nicht bleiben.«

Robert setzte sich in sein Auto und drehte den Zündschlüssel. Der Motor sprang sofort an. Er stieg aus und sah sich um.

»Hallo«, rief er. »Mehr als hundert Kronen kann das nicht kosten«, murmelte er und zog einen Geldschein aus der Hosentasche. Er steckte ihn in das Garagentor. Im selben Augenblick bog der Mann mit den Koteletten um die Hausecke. Er nahm das Geld, ohne etwas zu sagen.

»Wo sind wir eigentlich?«, fragte Robert.

»Wir sind hier«, antwortete der Mann.

»Wir wollen nach Norwegen«, meinte Robert.

Der Mann deutete auf den Weg. »Fahrt einfach immer das Fjäll hinunter. Nach einer Stunde kommt ihr auf einen breiteren Weg. Norwegen liegt nach links.«

Robert setzte sich hinters Steuer, und Kari stieg rasch ein. Langsam fuhren sie vom Hof. Als Kari sich umdrehte, war der Mann verschwunden.

17. KAPITEL

Einen Augenblick.«

Der Wachmann an der Pforte griff zum Telefonhörer und wechselte ein paar Worte mit der Person am anderen Ende.

»Er kommt in ein paar Minuten«, meinte er dann. »Sie können gerne da drüben Platz nehmen.«

Elina setzte sich auf eine Bank mit Blick zum Fenster. Es war zwei Jahre her, dass sie zuletzt im Stockholmer Polizeipräsidium auf Kungsholmen gewesen war. Bei der Erinnerung daran musste sie lächeln. Sie hatte einen unkooperativen Abteilungsleiter der Sicherheitspolizei beleidigt. Hatte er Karlsson geheißen? Karlsson mit der Warze? Zweifellos ein wenig geglückter Einsatz ihrerseits. Aber dieses Treffen würde besser verlaufen. Ein hochgewachsener Mann tauchte aus dem Inneren des Gebäudes auf und sah Elina an. Sie vermutete, dass es sich um Abteilungsleiter Klinga handeln musste, und erhob sich. Recht stattlich, dachte sie. Er wird das Vergnügen haben, mich von meiner besten Seite kennen zu lernen. Das war nicht allen vergönnt. Sie lächelte strahlend.

»Klinga«, sagte der Mann und erwiderte ihr Lächeln. Er schüttelte die Hand, die sie ihm hinstreckte. »Aber sag doch Steve.«

Der mit dem Lloyd?, dachte Elina, und es gelang ihr nur mit Mühe, ein lautes Lachen zu unterdrücken.

»Meine Kollegen nennen mich Wiik«, sagte sie, »meine Freunde sagen Elina. Du kannst es dir aussuchen.«

Er lachte. »Dann nehme ich Elina. Bei deinem Ruf würde ich auch gar nichts anderes wagen.«

Er nahm ihren Arm und führte sie zum Ausgang. »Ich dachte, wir könnten in ein Restaurant in der Nähe gehen, man erreicht es zu Fuß.«

Sie gingen zu einem Italiener in der Hantverkargatan mit grünkarierten Stoffservietten und mehr Prosciutto als Pizza.

»Wir haben mit Interesse deine Abenteuer verfolgt«, begann er, als sie an einem etwas abgeschiedeneren Tisch Platz genommen hatten. »Wir sind alle sehr beeindruckt.«

Elina lächelte aufmunternd. Nur weiter so, dachte sie. Das fängt ja schon mal gut an.

»Es gab natürlich Kollegen, die sich nach deiner letzten Ermittlung erst einmal von dem Schock erholen mussten. Du bist dir doch im Klaren darüber, dass du einer der Gründe dafür warst, dass der Chef der Sicherheitspolizei seinen Hut nehmen musste?«

»Soweit ich gehört habe, gab es dafür andere Gründe«, widersprach Elina.

Klinga machte eine wegwerfende Handbewegung. »Es gibt immer andere Gründe. Wirkliche oder vorgeschobene.«

Er lehnte sich in einer vertraulicheren Haltung vor. »Du weißt sicher, dass im Augenblick alles etwas auf der Kippe steht. Alle gehen sich gegenseitig an die Gurgel. Dass die Kollegen der Reichskriminalbehörde glauben, dass sie benachteiligt werden, was den Lohn angeht, hat die Stimmung auch nicht gerade verbessert. Dass uns die Öffentlichkeit allmählich ihr Vertrauen entzieht, ist noch schlimmer. Teilweise zu Recht, muss ich sagen. Der Palme-Mord oder ein Einbruch, manchmal wird alles gleich ernst genommen.«

Sie schwieg und fragte sich, worauf er mit seinen Ausführungen hinauswollte.

»Kurz gesagt, wir brauchen Leute wie dich. Engagierte Mitarbeiterinnen und Mitarbeiter, die auch mit komplizierten Aufgaben fertig werden und nicht so schnell aufgeben.«

Er lehnte sich zurück. »Und die auch bei den Medien ankommen, nicht zu vergessen.« Er lächelte. Offenbar war er mit sich zufrieden. »Nun gut«, fuhr er mit ernsterer Miene fort. »Gestern rief ein Angehöriger eines Mordopfers bei mir an. Alter Fall. Ich glaube, es war der Bruder. Er sagte, in einem Monat würde der Mörder straffrei ausgehen, aber dass du einen neuen Versuch unternehmen wolltest.«

»In drei Wochen«, berichtigte ihn Elina. »Die Schwester heißt Ylva Malmberg. Sie wurde vor fast fünfundzwanzig Jahren erdrosselt aufgefunden. Du hast Recht, ich habe mir den Fall angesehen, aber es ist nicht einer von unseren eigenen Fällen in Västerås, und mein Chef will nur ungern Leute für einen anderen Fall abstellen. Leider kann ich nichts machen.«

»Genau so ist es«, sagte Klinga. »Ein Eingreifen unsererseits könnte die Situation vielleicht verändern. Aber es ist natürlich immer heikel, wenn sich das *Zentrum* in Angelegenheiten der *Peripherie* einmischt. Das sind dann immer die aus der Großstadt, und das ist nicht unbedingt beliebt, da draußen auf… tja…«

Auf dem Acker?, dachte Elina. »Ich würde mich gern um diesen Fall kümmern«, sagte sie, ohne zu lächeln. »Obwohl nur noch ein paar Wochen Zeit bleiben. Aber ich glaube, es gibt eine Möglichkeit, ihn zu lösen.«

Im selben Augenblick bereute sie bereits ihre Wortwahl. Man würde sie für eine wirklichkeitsfremde Irre halten, wenn ihr die Sache misslang. Warum konnte sie nicht auf irgendein übergeordnetes Prinzip verweisen, auf Pflichtbewusstsein oder Verantwortungsgefühl, eben auf die Dinge, über die Chefs und Politiker immer schwafelten? Aber Klinga schien gar nicht so genau hinzuhören.

»Na dann«, meinte er. »Ich werde sehen, was sich machen lässt.«

»Und wieso interessiert sich der Stab des Reichspolizeichefs dafür, wenn ich fragen darf?«

»Wie ich schon sagte. Die Polizei gibt sich nie geschlagen.«

Gute PR also, dachte Elina. Kriminalinspektorin Wiik, die beharrliche Polizeibeamtin aus der Provinz, standhaft im Kampf für Recht und Ordnung. Von mir aus gerne, solange man mich an diesem Mordfall arbeiten lässt.

Das Mittagessen verging mit Anekdoten aus dem Polizeialltag. Elina fand es erstaunlich, dass Klinga sich mit keiner einzigen Frage nach dem eigentlichen Fall erkundigte.

Kurz vor drei war Elina wieder im Polizeipräsidium von Västerås. Fast sofort klingelte ihr Telefon. Ihr Display verriet, dass Jönsson am Apparat war. Er wollte sie sehen. Seine Stimme klang unfreundlich.

Sie klemmte sich die Akte über das Betrugsdelikt unter den Arm und ging zu Jönssons Büro.

»Gut, dass du bei mir angerufen hast«, sagte sie, ehe er noch den Mund öffnen konnte. »Ich wollte dich nämlich nach ein paar Sachen in diesem Fall fragen.« Sie fuchtelte mit den Papieren und lächelte verbindlich.

»Ein andermal«, sagte Jönsson. »Ich hatte gerade einen Anruf von einem Abteilungsleiter Klinga aus Stockholm. Weißt du möglicherweise, worum es dabei gehen könnte?«

Elina hätte am liebsten nicht geantwortet und strengte sich an, möglichst treuherzig auszusehen. Jönsson hob den Zeigefinger und sah aus, als könnte er jeden Moment explodieren, sagte aber keinen Ton. Erst als er die Hand wieder hatte sinken lassen, öffnete er den Mund.

»Besagter Abteilungsleiter hält es für eine gute Idee, wenn du und niemand anders sich um einen Fall kümmern könnte, der bald verjährt. Er sagt, du hättest eine gewisse Kreativität im Zusammenhang mit Mordermittlungen bewiesen, und dass du deswegen vielleicht die richtige Person dafür seist. Er sagt weiter, der Reichspolizeichef würde es gerne sehen, dass wir alten Mordsachen erneut nachgingen, da dies zeigen würde, dass die Polizei bei der Jagd auf Schwerverbrecher nie aufgibt. Kurz gesagt glaubt er, damit kurzfristig in Stockholm punkten zu können, und das ist wichtiger, als dass wir mit unserer Arbeit nachkommen.«

»Um welchen Fall geht es denn?«, fragte Elina.

»Tu nicht so, Wiik. Du weißt genau, worum es geht. Eine deiner normalen Intrigen. Jetzt muss ich dir also entweder erlauben, dass du dich um diesen hoffnungslosen alten Fall kümmerst, oder den Reichspolizeichef bitten, mich am Arsch zu lecken.«

Elina setzte eine verärgerte Miene auf. »Und was soll dann aus dieser Sache werden?«, fragte sie und hielt ihm das Betrugsdelikt unter die Nase.

Jönsson hob erneut seinen Zeigefinger. Dieses Mal deutete er zur Tür.

Sie schloss die Tür leise hinter sich. Dann ging sie zu John Rosén und erzählte ihm, was vorgefallen war. Rosén seufzte.

»Du hast mir offensichtlich das letzte Mal nicht zugehört«, sagte er.

»Doch«, erwiderte Elina. »Aber ich finde, das hier ist wichtiger. Zumindest meiner Einschätzung nach. So einfach ist das.«

»Jönsson wird seine Geschütze nicht abziehen«, meinte er. »Du wirst in nächster Zeit oft in Deckung gehen müssen.«

»Das wird ihm sicher schnell verleidet sein, wenn er mich nie erwischt.«

»Er wird dich erwischen. Glaub mir. Früher oder später. Dass er nicht sofort etwas unternimmt, liegt nur daran, dass er sich nie mit seinen Vorgesetzten anlegt. Aber wenn sie gerade nicht hinschauen, wird er sofort eine Attacke starten. Gegen dich.«

Elina schüttelte sich, als wollte sie Roséns Warnungen abgleiten lassen.

»Schlimmer wäre, wenn andere glauben, dass ich mich aus der Affäre ziehe. Das muss ich in Kauf nehmen. Kannst du mir bei einer Sache helfen, John?«

»Jönsson wird es nicht zulassen, dass ich auch noch in diese Sache hineingezogen werde. Das muss dir doch klar sein.«

»Ich will doch nur, dass du mir einen Staatsanwalt besorgst. Sozusagen in Bereitschaft für das Ermittlungsverfahren, falls ich einen Verdächtigen auftreibe. Dann kann es wirklich eilig werden, und ich will nicht irgendwo in dem überlasteten Bereitschaftssystem hängenbleiben. Kannst du nicht jemanden finden, der bis zum 1. Oktober keinen Urlaub nimmt? Das ist der Tag, an dem die Sache verjährt.«

Rosén nickte. Er wirkte resigniert.

»Und dann würde ich den Fall gern mit dir diskutieren. Ich brauche jemanden, mit dem ich reden kann.«

»Das kann ich mir denken«, erwiderte er und sah noch resignierter aus.

»Danke«, meinte sie fröhlich und schaute auf die Datumsanzeige ihrer Armbanduhr. »Es bleiben mir nur noch drei Wochen. Ich muss anfangen. Das ist nicht mehr viel Zeit.«

Zu allererst rief sie von ihrem Büro aus Roger Malmberg an, um einen Termin zu vereinbaren. Er könne sich von der Arbeit freinehmen, falls das nötig sei. Sie einigten sich auf neun Uhr morgens am nächsten Tag.

Dann nahm sie sämtliche Vernehmungsprotokolle aus der Akte. Sie wollte sie in zweifacher Hinsicht lesen: Einmal, um die Personen herauszufiltern, die für neue Vernehmungen wichtig waren, zum anderen, um den ganzen Fall in einem möglichst neuen Licht zu sehen, und alle Namen einer erneuten Beurteilung zu unterziehen. Welche Person oder Personen kam oder kamen als Vater/Mörder in Betracht? Gab es jemanden, der wissen konnte, wer der Vater war, aber einen Grund gehabt hatte zu schweigen? Wer verbarg sich hinter dem Buchstaben N?

Sie beschloss, die Protokolle in verschiedene Stapel eingeteilt zu lesen. Die Reisegefährten nach Indien getrennt von den Mitgliedern der Kommune, die Verwandten separat und die Lehrer ebenfalls. Sie sortierte, bis sie schließlich neun Stapel vor sich liegen hatte.

Sie unterbrach die Lektüre nur, um in der Datenbank nachzusehen, ob eine Person immer noch lebte und wo sie wohnte. Fast alle Personen, die zu dem Mordfall befragt worden waren, schienen noch am Leben zu sein. Alle, die Ylva 1979 gekannt hatten, waren damals zwischen zwanzig und fünfunddreißig Jahre alt gewesen. Folglich waren sie jetzt zwischen fünfundvierzig und sechzig. Nur wenige Lehrer der Tärna Folkhögskola mussten inzwischen über sechzig sein.

Stück für Stück kreiste Elina diejenigen ein, die sie anrufen wollte. Ylva hatte mit einem der Männer aus der Kommune ein längeres Verhältnis gehabt. Der Mann war sieben Jahre älter als Ylva gewesen und hieß Bernt Högstedt. Sie waren fast drei Jahre lang zusammen gewesen. Er müsste einen recht guten Einblick in Ylvas Verhältnis zu Männern haben, dachte Elina. Sie entschloss sich, zuerst mit einer der Frauen aus der Kommune zu sprechen, mit Tina Möller, die immer noch in Uppsala wohnte.

Die Situation schien sich wiederholt zu haben, als Ylva nach Indien gefahren war. Sie war mit einem der Männer zusammen gewesen. Elina beschloss, mit dem anderen Mann aus der Reisegruppe Kontakt aufzunehmen, mit Peter Fäldt. Auch er wohnte in Uppsala.

Auf der Tärna Folkhögskola schien sie am meisten mit einem jüngeren Mädchen namens Mikaela Andersson unternommen zu haben. Sie wohnte in Sala. Sie hatte zu Protokoll gegeben, sie habe keine Ahnung, von wem Ylva schwanger geworden sei. Am Ende der Vernehmung hatte sie etwas erzählt, was wichtig sein konnte: Mitte des Herbstsemesters hatte Ylva einen großen Bluterguss am Unterarm gehabt. Mikaela Andersson hatte nach der Ursache gefragt, und Ylva hatte geantwortet, sie sei gestürzt.

Mitten im Herbstsemester, dachte Elina. Ungefähr zu der Zeit musste Ylva gemerkt haben, dass sie schwanger war.

Mehrere Lehrer waren befragt worden, aber keiner von ihnen hatte etwas Konkretes gewusst. Elina beschloss, erst mit Mikaela Andersson und anschließend mit den Lehrern zu sprechen.

Unter Ylvas Sexpartnern suchte sich Elina den mit vier Sternen aus, Staffan. Ein richtiger Steher, dachte sie. Er hieß mit Nachnamen Wallén und wohnte praktischerweise in Tillberga, nur etwa zehn Kilometer von Västerås entfernt.

Etwa zwei Stunden und etliche Telefongespräche später hatte Elina sowohl Tina Möller als auch Peter Fäldt erreicht. Tina Möller hatte sofort eingewilligt, Elina am nächsten Tag zu treffen. Peter Fäldt hatte sich anfänglich gesträubt, war aber bereit gewesen, sich später mit ihr am Telefon zu unterhalten.

In den Akten wurden über zweihundert Personen erwähnt. Elina hatte eine Datei über sämtliche Namen angelegt und diese mit knappen Vermerken wie »Mitschüler«, »Nachbar« etc. versehen, um einen besseren Überblick zu haben, wer wo in den Unterlagen vorkam.

Genau genommen gab es weder einen Verdächtigen noch einen potenziellen Kandidaten für die Vaterschaft. Abgesehen von dem geheimnisvollen N. aus dem Taschenkalender, dessen Identität ein Rätsel blieb. Elina fragte sich, ob ihre Kollegen den Mörder schlicht übersehen hatten. Normalerweise tauchte der Schuldige irgendwo in den Akten auf und war entweder vernommen oder erwähnt worden, eine Person, der es durch Zufall oder Geschicklichkeit gelungen war, in der Vielzahl von Namen unterzutauchen.

Die Ermittler waren Ylva auch nie wirklich nahe gekommen. Alle Antworten hatten etwas Vages an sich. Zwischen Ylva und ihrem Umfeld schien ein undefinierbarer Abstand zu liegen. Niemand schien sie wirklich gekannt zu haben. Dass sie einsam im Fjäll gestorben war, sprach für sich.

Die Ermittlungen hatten jedoch etwas anderes ergeben: Die Stimmen der Vernehmungen hatten sich zu einem Chor vereinigt, der zwar in verschiedenen Tonarten und Stimmlagen sang, aber von einem Grundton beherrscht wurde. Elina war sich nicht sicher, ob das den Ermittlern aufgefallen war. Sie wollte diese Gemeinsamkeit auch noch gar nicht benennen, sondern erst mit den Personen sprechen, die sie sich ausgesucht hatte.

Es war bereits halb sieben. Elina hatte Überstunden gemacht. Es war Donnerstagabend. Sie überlegte, ob sie Staffan Wallén in Tillberga anrufen sollte. Sein Name stand im Telefonbuch. Sie zögerte. Falls er eine Familie hatte, war es vielleicht nicht so einfach, mit ihm über seine sexuelle Beziehung zu Ylva zu sprechen, auch wenn inzwischen fünfundzwanzig Jahre vergangen waren. Sie griff zum Hörer. Er sollte selbst entscheiden, ob er mit ihr sprechen wollte.

»Kommen Sie in einer halben Stunde vorbei«, hatte er nach langem Zögern gesagt. Elina verließ sofort ihr Büro und ging zu ihrem Auto. Vor dem Besuch bei dem Vier-Sterne-Liebhaber, wollte sie schnell in der Sandgärdsgatan vorbeischauen. Sie notierte sich die Namen der beiden Personen, die seit 1979 in dem Haus wohnten. Sie hatte bereits versucht sie anzurufen, aber niemand hatte abgenommen. Jetzt wollte sie eine Visitenkarte in den Briefkasten legen mit der Bitte, bei ihr anzurufen. »N. kommt« hatte am Sonntag, dem 27. August, in Ylvas Taschenkalender gestanden. Vielleicht konnte sich einer der Nachbarn an etwas erinnern.

Elina klingelte zuerst an der Tür, die vis-à-vis von Ylvas Wohnung lag. Als niemand öffnete, steckte sie ihre Visitenkarte in den Briefkastenschlitz. Im Gehen blieb sie plötzlich wie angewurzelt vor der Tür der Wohnung stehen, der sie wenige Tage zuvor einen Besuch abgestattet hatte. Der Namen über dem Briefeinwurf war verschwunden. Hedlund hatte dort gestanden. Ob Ylva Hedlund, das Mädchen, mit dem sie gesprochen hatte, umgezogen war? Seit Montag? Elina klingelte. Niemand öffnete. Sie trat vor das Haus und schaute hoch. Es standen keine Blumen mehr im Fenster. Auch auf der Rückseite, auf dem Balkon, nicht mehr. Die Wohnung schien leerzustehen. Elina runzelte die Stirn. Das war ihr unbegreiflich. Langsam ging sie zu ihrem Auto zurück und fuhr Richtung Tillberga.

Staffan Wallén wohnte am Rand des kleinen Ortes, der einst um einen Bahnhof herum entstanden war. Sein Haus lag in der Pistonggatan. Die Straße war nach der Kolbenstange benannt. Sehr passend, dachte Elina. Als Wallén die Tür öffnete, erweckte er kaum den Eindruck eines Star Lovers. Er war 54 Jahre alt und hatte offenbar seit Ylvas positiver Beurteilung jährlich ein Kilo zugenommen. Er nahm ihr die Jacke ab und hängte sie auf. Dann bedeutete er ihr, ihm ins Innere des Hauses zu folgen. Elina musste zugeben, dass er seinen Bewegungen nach zu urteilen früher einmal vielleicht wirklich mehr zu bieten gehabt hatte.

»Die Jungs sind gerade beim Fußball«, sagte er. »Sie sind fünfzehn und siebzehn. Ich fand es nicht so passend, in ihrem Beisein über einen Mord zu sprechen.«

Keine Jacken oder Mäntel an der Garderobe und keine Schuhe im Flur ließen darauf schließen, dass eine Frau im Haus wohnte. Es war recht unordentlich. Vielleicht ist das so, wenn man mit zwei Teenagern allein wohnt, dachte Elina.

Staffan Wallén stellte zwei Tassen auf den Tisch und goss Kaffee ein, ohne zu fragen, ob sie welchen haben wollte.

»Ich muss schon sagen, dass ich sehr überrascht war«, meinte er, »schließlich hat sich diese schreckliche Sache nicht erst gestern ereignet.«

»Ich will Ihnen nur ein paar Fragen über Ylva stellen«, erklärte Elina, »und über Ihr Verhältnis zu ihr.«

»Ich stehe doch wohl nicht unter Verdacht?«, fragte er und lachte um zu zeigen, wie abwegig dieser Gedanke war.

»Ganz und gar nicht«, sagte Elina. »Aber ich will aus einem bestimmten Grund mit Ihnen sprechen. Sie haben mehrfach mit ihr geschlafen. Das geht aus den Akten und aus ihrem Kalender hervor.«

Staffan Wallén saß jetzt vollkommen reglos auf der Couch. »Ja?«, sagte er nur.

»Was hatten Sie für eine Beziehung zu ihr, einmal abgesehen von der sexuellen?«

»Das steht doch vermutlich auch in den Akten?«

»Die Beschreibung dort ist sehr kurz. Erzählen Sie mir einfach davon.«

Nachdem er lange ausgeatmet hatte, erwiderte er: »Ich weiß nicht, wie das heutzutage ist, mit Aids und so. Aber als ich jung war, schlief man mit so vielen Mädchen wie möglich. Ich tat das jedenfalls. Sie war eine. Und mehr war auch nicht.«

»Was bedeutete sie für Sie?«

»Eine Nummer. Entschuldigen Sie, dass ich so direkt bin. Aber so war es. Die meisten meiner Freunde waren auch so. Richtige Schweine waren wir, aber das war uns damals vermutlich nicht bewusst. Erst wenn man sich in jemanden verliebt hatte, wurde es anders. Erst dann sah man irgendwie auch den Menschen.«

Er blickte sich um, als würde die, in die er sich verliebt hatte, plötzlich wieder auftauchen. Elina bemerkte die Trauer in seinen Augen.

»Genügte ihr das? Eine Nummer zu sein?«

Elinas Stimme klang scharf. Im selben Augenblick verfluchte sie bereits ihren Mangel an Professionalität. Sie wollte schließlich, dass er ihr antwortete. Aufrichtig, ohne drumherum zu reden. Er hatte die Schärfe in ihrer Stimme bemerkt, entschuldigte sich aber nicht.

»Das war nicht unbedingt das Erste, was man sagte, wenn man eine Frau anbaggerte. Man machte ihr Komplimente, versuchte, originell zu sein. Ich erinnere mich nicht mehr genau, wie das bei ihr war und was ich gesagt habe. Aber sie ließ sich relativ leicht flachlegen.«

»Wie verhielt sie sich?«

»Wie meinen Sie?«

»Wie verhielt sie sich Ihnen gegenüber?«

Er schwieg, lehnte den Kopf zurück und schien nachzudenken.

»Das war doch eine Art Spiel, nicht wahr? Ich versuchte immer, die richtigen Sachen zu sagen, um sie für mich zu interessieren. Aber dann hing es davon ab, dass man auch zuhören konnte. Ich glaube, sie gehörte zu denen, die wollten, dass man zuhört. Das wollen an sich natürlich alle, aber sie war irgendwie dankbar dafür, dass man sie ernstnahm.«

»Aber aus Ihrer Sicht handelte es sich doch um eine Art Betrug, nicht wahr? Wenn man bedenkt, was Sie gerade über die Frauen gesagt haben. Sie brachten sie dazu zu glauben, dass Sie sie als Mensch wahrnahmen, aber eigentlich war sie nur eine Nummer?«

»Wie will man das wissen? Vielleicht war sie mit den Spielregeln einverstanden? Sie wollte vielleicht dasselbe wie ich. Sind denn Frauen und Männer so verschieden?«

Das war eine Diskussion, auf die Elina sich nicht einlassen wollte. Wenn sie ehrlich geantwortet hätte, hätte sie zu viel von sich preisgegeben. Alles andere wäre sinnloses Geschwätz gewesen. Staffan Wallén war erstaunlich aufrichtig, aber das Gespräch war eine Vernehmung und keine vertrauliche Unterredung.

»Ich glaube tatsächlich, dass es so war«, fuhr Staffan Wallén fort. »Obwohl sie nach Bestätigung suchte, um die Sache einmal so auszudrücken, behielt sie eine gewisse Distanz. Sie war nicht unentschlossen, sondern eher zwiespältig.«

»Laut ihrem Taschenkalender haben Sie sie vier Mal getroffen. Oder war es öfter? Wo haben Sie sich getroffen?«

»Zu Hause bei ihr. Vier Mal … ja, so oft könnte es gewesen sein. Es ist schwer, sich genau zu erinnern.«

»Warum nicht öfter?«

Er zuckte mit den Achseln. »Wir waren schließlich nicht zusammen. Das erste Mal war es irgendwo in der Stadt, vermutlich in der Kneipe, und danach rief ich einige Male bei ihr an und wollte sie besuchen. Die Initiative ging von mir aus. Vermutlich war ich noch öfter bei ihr, ohne sie zu Hause anzutreffen. Dann verlief die Sache wahrscheinlich von selbst im Sand.«

»Und wann war es das letzte Mal?«

»Daran erinnere ich mich nicht mehr. Aber es war lange bevor sie ermordet wurde. Ich glaube, ich habe es noch einmal nach dem Sommer probiert, aber sie war nicht zu Hause.«

»Nach dem Sommer 1978?«

»Ja, vermutlich.«

»Eine direkte Frage«, sagte Elina. »Sie hat im Mai 1979 ein Kind zur Welt gebracht. Könnte das von Ihnen gewesen sein?«

»Die Frage hat mir die Polizei damals auch gestellt. Aber soweit ich mich erinnere, habe ich zuletzt im Sommer 1978 mit ihr geschlafen. Und das wäre dann doch unmöglich. Außerdem habe ich immer ein Kondom oder den Interruptus angewendet. Wenn ich das nicht getan hätte, dann hätte ich vermutlich viel mehr Kinder als die zwei da draußen auf dem Fußballplatz.«

»Ihr Kürzel im Taschenkalender war S-n. Wissen Sie, wen sie N. genannt hat?«

»Nein. Keine Ahnung. Wir hatten kaum gemeinsame Bekannte. Und im Grunde kannte ich Ylva auch gar nicht.«

Elina schlug das alte Vernehmungsprotokoll auf. Es war auf den 6. Juni 1980 datiert. »Lesen Sie sich das bitte durch, und sagen Sie mir, falls etwas nicht stimmt oder falls Sie noch etwas ergänzen wollen.«

Zwanzig Minuten lang las er konzentriert. »Das ist genau so, wie ich mich jetzt auch daran erinnere. Es gibt jedoch etwas, das ich ergänzen möchte.«

»Und das wäre?«

»Ich vermute, das ist inzwischen verjährt?«, fragte er und sah Elina an.

»Das Einzige, was nicht verjährt ist, ist der Mord«, erwiderte sie.

»Wir haben in ihrer Wohnung immer einen Joint geraucht. Ich habe damals geraucht, allerdings nie gedealt. Eigentlich war das auch nicht so oft. Als ich die Mutter der Jungs kennen gelernt habe, habe ich ganz damit aufgehört.« Er deutete mit dem Kopf zur Tür, durch die die beiden Teenager jeden Moment hereinstürmen konnten.

Elina nahm das Protokoll wieder an sich.

»Haschisch?«, meinte sie. »Nirgendwo steht, dass Ylva Drogen genommen haben soll, nur dass sie ab und zu ganz gern ein Glas getrunken hat. Sind Sie sicher?«

»Was die Joints betrifft? Ich war schließlich dabei.«

»Warum haben Sie das bei der Vernehmung nicht angegeben?«

»Habe ich das nicht eben gesagt? Indirekt. Als ich gefragt habe, ob das verjährt ist?«

»Der Konsum von Drogen war damals noch nicht strafbar.«

»Trotzdem. Wenn ich der Polizei gesagt hätte, dass ich Hasch rauche, dann wäre ich garantiert in Ihre Kartei geraten. Wer will sich schon gern als Junkie outen? Und der Besitz war doch wohl damals schon strafbar?«

»Wissen Sie, wer ihr Dealer war?«

»Nein. Ich habe das Dope immer mitgebracht. Und habe sie dazu eingeladen.«

Draußen war es bereits stockdunkel, als Elina Tillberga wieder verließ. Sie konnte kaum glauben, was Staffan Wallén ihr erzählt hatte. Sollte es den Ermittlern vollkommen entgangen sein, dass Ylva Drogen nahm, obwohl Staffan Wallén natürlich nur einige wenige Male bezeugen konnte? Sie hätte viel mehr konsumieren können. Oder hatte Ylva einfach nur mitgeraucht? Staffan Wallén hatte das Dope dabeigehabt, und Ylva hatte eben geraucht. Sonst wäre sie vielleicht nie auf den Gedanken gekommen. Wie hatte er sich ausgedrückt? Sie war irgendwie dankbar dafür gewesen, dass man sie ernstnahm.

18. KAPITEL

Es herrschte ungewöhnlich geringer Verkehr, überwiegend Lastwagen. Der Regen der letzten Tage hatte aufgehört, aber es war immer noch bewölkt. Elina sehnte sich nach Sonne und etwas Wärme, um ein letztes Mal, bevor der richtige Herbst kam, das Verdeck ihres schwarzen Saab 9-3 aufklappen zu können. Jeden Monat opferte sie 2000 Kronen, um ihr Cabrio abzubezahlen.

Ehe sie nach Uppsala gefahren war, hatte sie noch einmal am Präsidium gehalten. Trotz der frühen Stunde war John Rosén schon zur Stelle gewesen. Als sie ihr bevorstehendes Treffen mit Ylva Malmbergs Bruder Roger in der Salabacksgatan in Uppsala erwähnt hatte, hatte Rosén erzählt, er kenne die Adresse. Verwandte von ihm hätten in der Vaksalagatan ganz in der Nähe gewohnt, und er habe sie als Kind besucht.

»Fahrendes Volk?«, hatte ihn Elina gefragt.

»Was sonst?«, hatte Rosén geantwortet und ihr den Weg beschrieben. »In diesen Bruchbuden am Ende der Vaksalagatan mussten die Zigeuner hausen. Alle wussten, wer sie waren. Damals war das der Stadtrand. Jetzt sind diese Häuser schon lange abgerissen und meine Verwandten sind weggezogen oder gestorben.«

Das Mehrfamilienhaus, in dem Roger Malmberg wohnte, besaß einen spitzen Giebel und wirkte frisch renoviert. Zwischen den Häusern lagen große Grünflächen. Die Stimmung und die Stille versetzten Elina in ihre Kindheit zurück. In ihrer Phantasie sah sie Ylva vor sich, ein Mädchen, das mit anderen Mädchen vor vierzig Jahren auf dem Hof Seil gesprungen war.

Roger Malmberg wohnte im zweiten Stock. Er öffnete wenige Sekunden nach ihrem Klingeln, als hätte er hinter der Tür gestanden und gewartet. Er hatte schütteres Haar und war nicht sonderlich groß. Elina wusste, dass er 52 Jahre alt war, sie wusste jedoch nicht, ob er verheiratet war und wo er arbeitete. Sie trat in eine kleine Diele. Die Wohnung wirkte perfekt aufgeräumt.

Roger Malmberg hatte Kaffeetassen auf den Tisch gestellt. Dieses Ritual war so normal, dass Elina erstaunt war, wenn ihr einmal kein Kaffee angeboten wurde. Vermutlich wollten sich die Vernommenen damit beweisen, dass von der Polizei keine Bedrohung ausging. Sie lehnte dankend ab, als er sie fragte, ob sie ein Butterbrot wollte. Sie wollte sich nicht mit vollem Mund unterhalten.

»Ich wohne schon fast mein ganzes Leben lang hier«, begann Roger Malmberg, nachdem sie sich gesetzt hatten. »Mit Ausnahme der allerersten Jahre. Wir sind 1954 hierher gezogen, in dem Jahr, in dem Ylva zur Welt kam. Es ist seltsam, wie wenig sich verändert hat. Fast so, als wäre die Zeit stehen geblieben.«

Er stand auf und deutete aus dem Fenster.

»Da draußen liegt Arken, die Arche. Ein Gemeindezentrum mit einer Bühne. In meiner Kindheit wurden dort Filme gezeigt. Außerdem fanden dort Tischtenniswettkämpfe statt. Da sieht es immer noch genauso aus. An der Ecke etwas weiter weg gibt es eine kleine Fahrradwerkstatt und einen Lebensmittelladen. Mir ist schleierhaft, wie die über die Runden kommen. Mitte der Sechzigerjahre habe ich die Hep Stars, die Mascots, die Maniacs und Downliner Sect erlebt, bei Schulpartys oder in der Aula der Branting-Schule hier den Berg runter. Ich denke oft daran, wenn ich an der Schule vorbeikomme. Manchmal kommt es mir so vor, als wäre das erst gestern gewesen.«

»Haben Sie die Wohnung von Ihrer Mutter übernommen?«, fragte Elina.

»Ja. Papa ist nach der Scheidung ausgezogen, und wir sind wohnen geblieben, also Mama, Ylva und ich. Als ich Anfang der Siebziger mit einer Frau, die Monica hieß, zusammen war und sie heiraten wollte, erbot sich meine Mutter auszuziehen. Ylva war kurz vorher in eine Kommune außerhalb der Stadt gezogen. Monica und ich haben die Wohnung dann übernommen, aber jetzt sind wir seit vielen Jahren geschieden. Wahrscheinlich waren wir zu jung, um eine feste Bindung einzugehen. Wir waren erst zwanzig.«

Langsam rührte er in seiner Kaffeetasse. Er schien seinen Erinnerungen nachzuhängen. Elina überlegte, ob Monica wohl die erste und letzte Frau in seinem Leben gewesen war. Aber statt zu fragen, wechselte sie das Thema.

»Ich bin froh, dass Sie sich heute freinehmen konnten«, sagte sie, um herauszufinden, was er für eine Arbeit hatte, ehe sie nach Ylva fragte.

»Ich bin Buchprüfer«, erwiderte er, als hätte er verstanden, worauf sie hinauswollte. »Ich habe eine eigene Firma mit zwei Angestellten. Heute Vormittag kommen sie allein zurecht.«

»Mir wäre es sehr recht, wenn Sie ein bisschen von Ylva erzählen würden.«

»Womit soll ich anfangen?«

»Mit ihrer Kindheit. Sie sind schließlich ihr älterer Bruder, Sie müssen sich doch an einiges erinnern. Aber über eine Sache habe ich nachgedacht, und danach möchte ich Sie doch zuerst fragen. Anfang Juni 1979 ist Ylva nach Jäkkvik gezogen. Dort wurde sie fast ein Jahr später tot aufgefunden. Sie hatte ihr Neugeborenes mitgenommen. Trotzdem hatte sie niemand suchen lassen oder herauszufinden versucht, wo sie steckte. Haben Sie oder Ihre Mutter sich nie gefragt, was ihr zugestoßen sein könnte, als sie nichts mehr von sich hören ließ?«

»Ich hatte Jäkkvik irgendwie im Hinterkopf. Im Frühjahr hatte sie mich angerufen und mich gefragt, ob ich glaubte, dass man in Großmutters Häuschen wohnen konnte. Ich habe anschließend nicht mehr so viel daran gedacht. Seit sie von zu Hause ausgezogen war, hatten wir nicht mehr viel Kontakt. Dass sie nichts von sich hören ließ, war also nicht so seltsam.«

»Und Ihre Mutter? Wollte sie ihr Enkelkind nicht sehen?«

»Sie wusste nicht, dass es existierte.«

Elina fragte sich einen Augenblick lang, ob sie richtig gehört hatte.

»Wusste sie das nicht? Aber bei der Vernehmung hat sie ausgesagt, dass sie Ylva nach der Geburt in Västerås besucht hat und dass das Mädchen so ausgesehen hat wie Ylva als Kind.«

Roger Malmberg trank einen Schluck Kaffee. Er ließ sich mit der Antwort Zeit.

»Sie schämte sich«, sagte er, »weil sie nicht wusste, dass sie eine Enkeltochter hatte. Ylva hatte nichts erzählt und sie auch kein einziges Mal besucht, seit sie schwanger geworden war. Ich hatte Mama erzählt, dass Ylva ein Kind bekommen hatte, und ich hatte das wiederum telefonisch von der Polizei erfahren, nachdem man Ylvas Leiche gefunden hatte.«

Er schüttelte den Kopf.

»Dieses Telefongespräch werde ich nie vergessen. Erst sagte der Beamte, Ylva sei ermordet worden, und dann ganz nebenbei etwas wie ›leider haben wir das Kind nicht gefunden‹. Ich habe gar nicht begriffen, was er meinte, und habe natürlich nachgefragt. So habe ich alles erfahren. Wann das Mädchen auf die Welt gekommen und dass der Vater unbekannt war. Dann bin ich zu Mama nach Hause gefahren und habe ihr alles erzählt. Zuerst, dass Ylva tot war. Sie war natürlich vollkommen schockiert. Als ich dann Ylvas Kind erwähnte, begriff sie erst gar nicht, wovon ich sprach. Als die Polizisten sie ein paar Tage später verhört haben, behauptete sie, sie hätte gewusst, dass es das Kind gibt, aber dass Ylva das hätte geheim halten wollen. Deswegen hätte sie es nicht einmal mir erzählt.«

»Aus dem Vernehmungsprotokoll geht hervor, dass man Sie nach Ylvas Verhältnis zu ihrer Mutter befragt hat. Aber davon haben Sie gar nichts gesagt. Warum nicht?«

»Wegen Mutter. Sie hat mich förmlich auf den Knien angefleht. Ich dachte, dass es wohl keine große Rolle spielt, wenn wir ... wenn wir in diesem Punkt etwas großzügiger sind. Ich weiß, das klingt vollkommen abwegig, aber für Mama war es damals fast wichtiger als alles andere.«

Elina lehnte sich auf ihrem Küchenstuhl zurück. Was Roger ihr erzählte, klang völlig aberwitzig. Was hatte die Familie zu verbergen? Hatte diese Lebenslüge irgendeine Bedeutung für den Mord? Rasch versuchte sie sich in die Lage der Mutter hineinzuversetzen. Die Tochter wird tot aufgefunden, und gleichzeitig erfährt sie, dass sie eine Enkeltochter hat, die verschwunden ist. Ließ sich ihre Reaktion durch den Schock erklären? Elina fand das alles sehr verwirrend.

Roger Malmberg unterbrach ihre Überlegungen.

»Ich kann verstehen, dass Sie unser Verhalten merkwürdig finden. Aber Mama hat die Scheidung nie überwunden, und zwar nicht so sehr, weil sie Papa geliebt hat, ich weiß nicht einmal, ob das überhaupt je der Fall gewesen ist, sondern weil sie stets den Schein wahren wollte. Wir waren die perfekte kleine Familie. Alles sollte immer ganz wunderbar sein. Doch dann hat er sie verlassen. Allen anderen gegenüber hat sie behauptet, die Trennung sei einvernehmlich und das Beste für die Kinder gewesen. Sie hat eine Welt aus Lügen um sich herum gebaut. Sie konnte einfach nicht zugeben, nichts von ihrer Enkelin gewusst zu haben. Dann hätte sie Ylva ein weiteres Mal verloren, nicht nur in ihren Augen, sondern auch in denen aller anderen.«

Zwei Gespräche, dachte Elina. Im ersten habe ich erfahren, dass Ylva Hasch geraucht hat. Und jetzt das. Zwei Informationen, die nicht in den Akten auftauchen. Die Menschen meiden die Wahrheit, um sich selbst zu schützen. Was werde ich wohl noch alles herausfinden?

»Hat Ylva noch mehr über das Häuschen in Jäkkvik gesagt?«, fragte Elina.

»Nein. Aber Ylva war rastlos. Wir waren vollkommen unterschiedlich, sie und ich. Ich hatte den wirtschaftlichen Zweig des Gymnasiums gewählt, bin Buchprüfer geworden und habe geheiratet. Ich glaube nicht, dass ich jemals etwas Überraschendes getan habe. Sie hingegen war wie ein Schmetterling im Wind.«

»Erzählen Sie von ihr.«

Roger Malmberg drehte sich um und nahm die Kaffeekanne von der Arbeitsplatte. Elina schüttelte den Kopf, als er sie ihr vor die Nase hielt.

»Als Kind denkt man nicht so viel darüber nach, wie man ist. Man *ist* einfach, wenn Sie verstehen, was ich meine. Das, was ich Ihnen jetzt erzähle, habe ich mir also erst viel später zusammengereimt. Ich erinnere mich, dass sie mal 15 Kronen aus meiner Hosentasche genommen und für das Geld Süßigkeiten gekauft hat. Das war damals viel Geld. Sie muss etwa zehn gewesen sein. Dann hat sie die Süßigkeiten mit zwei Mädchen aus ihrer Klasse geteilt, die hier gewohnt haben.«

Er deutete aus dem Fenster.

»Die eine wohnte dort, schräg gegenüber.«

Elina betrachtete das Haus gegenüber, als könnte die Mitschülerin jeden Augenblick in einem der Fenster auftauchen.

»Sie tat das, weil sie mit den beiden zusammensein wollte. Ich wurde natürlich wütend, und sie hat geheult. Aber im Nachhinein… sie hatte es vermutlich nicht leicht. Sie tat alles, um akzeptiert zu werden. So war es die ganze Zeit mit ihr. Kleine Unwahrheiten, Klauen, um zu beweisen, wie taff man ist, und Schuleschwänzen, wenn die anderen das taten. Und Mama konnte nie zugeben, dass es irgendein Problem gab, wenn ein Lehrer hier anrief. Papa war das egal, er hat sich zu der Zeit immer mehr von uns entfernt.«

»Und Sie?«, fragte Elina.

»Ich habe Eishockey gespielt. Durch das Training lernte man Disziplin und kam auf andere Gedanken. Außerdem war ich wie gesagt anders als sie, ich kam allein zurecht. Aber um Ylva hat sich niemand gekümmert. Als Papa und Mama sich 1968 scheiden ließen, war sie vierzehn. Sie hatte sich vorher schon nichts sagen lassen, aber da konnte man sie überhaupt nicht mehr kontrollieren. Sie war bis spätabends unterwegs, übergab sich oft auf dem Klo, wenn sie nach Hause kam, und fing sofort zu schreien an, wenn man etwas sagte. Das war ein richtiger Zirkus. Erst als die Schule damit drohte, sie in die Sonderklasse zu verweisen, nahm sie sich etwas zusammen. Dort wollte sie um keinen Preis landen, bei den Idioten, wie sie sich ausdrückte. Vermutlich war ihr klar, dass sie dann mit ihren Mitschülern noch größere Probleme bekommen würde.«

Er erhob sich, ging ins Wohnzimmer und kehrte mit einem Foto in der Hand zurück. Ein Mädchengesicht. Ylva mit blass geschminkten Lippen und langem, glatten Haar.

»Dieses Foto wurde an ihrem fünfzehnten Geburtstag aufgenommen. Das war im Herbst 1969. Später hat sie einen Platz an einem zweijährigen Zweig auf dem Gymnasium bekommen, hat aber im zweiten Jahr aufgehört. Sie hatte einen Typen kennen gelernt und zog raus zu ihm in diese Kommune. Ich glaube, das war im Frühjahr 1972. Ich versuchte sie dazu zu überreden, zumindest die Schule fertigzumachen, aber sie weigerte sich. Sie wollte lieber im Schneidersitz bei diesen Weltfremden herumsitzen. Ich war mal da, nur einmal, weil ich es nicht ausgehalten habe. Da hat es wirklich furchtbar ausgesehen. Statt Betten lagen Matratzen auf dem Fußboden, die Möbel waren vermutlich von der Müllkippe, ungespültes Geschirr überall. Sie wollten Selbstversorger sein und haben eigenes Gemüse angebaut, aber keiner von ihnen hat gewusst, wie das geht. Und dann war sie mit diesem Typen zusammen, ich glaube, er hieß Bernt, das war so ein Stoffel, dass es für Zwei gereicht hätte.«

»Wurde dort draußen Hasch geraucht?«

»Ich weiß nicht, aber es würde mich wundern, wenn sie es nicht getan hätten.«

»Ihr Typ, wie hat er sie behandelt? Er war immerhin ein gutes Stück älter.«

»Ich hatte den Eindruck, dass er sie herumkommandiert. Er war immer so von oben herab. Ich meine jedenfalls, mich daran zu erinnern. Das war so einer, der immer von Gleichberechtigung und Gerechtigkeit redete, aber jedes Mal, wenn es darauf ankam, alle unterbutterte. Große Schnauze, nichts dahinter. Sie schien das nicht zu begreifen, dass er ein Arsch war. Und ist darauf reingefallen.«

»Haben Sie sich hier mit ihr getroffen?«

»Wir haben uns fast ganz aus den Augen verloren. Erst als sie von Björklinge wieder nach Uppsala gezogen war, haben wir uns öfters gesehen. Aber da habe ich mit Monica zusammen gewohnt und mein eigenes Leben geführt. Dann war sie unterwegs, ein halbes Jahr, erst per Interrail und dann bis nach Indien. Ich fand, dass sie ziemlich verändert war, als sie zurückkam. Irgendwie ernster.«

»Haben Sie mit ihr darüber gesprochen?«

»Nein. Soweit ich mich erinnere, nicht. Sie hat nicht viel von ihrer Reise erzählt.«

»Glauben Sie, dass dort etwas Besonderes vorgefallen sein könnte?«

»Das habe ich mich auch gefragt. Was sie wohl durchgemacht hatte. Ich war jedoch froh, dass sie ihr Leben jetzt endlich etwas in den Griff bekam. Sie begann zu arbeiten, und fing dann diese Ausbildung an der Volkshochschule an. Aber wir haben uns immer weiter voneinander entfernt, besonders seit sie aus Uppsala weggezogen war.«

»Und Ihre Mutter? Hat sie nicht versucht, den Kontakt aufrecht zu halten?«

»Sie hat es vielleicht versucht, aber Ylva war, glaube ich, nicht so interessiert. Und Mama hat wie immer den Schein gewahrt. Sie behauptete, sie könnten sich nicht so oft sehen, weil sie beide so viel zu tun hätten.«

»Und Ihr Vater?«

»Der ist ganz von der Bildfläche verschwunden. Ich glaube, ich habe ihn nach der Scheidung nur noch drei Mal gesehen.«

Roger Malmberg sah Elina schweigend an.

»Hübsche Familie, nicht wahr?«, meinte er dann. »Aber wahrscheinlich recht normal. Was glauben Sie wohl, was hinter all diesen Fenstern abgeht? Meine eigene Scheidung war auch kein Zuckerschlecken.«

»Haben Sie eine Idee, wer der Vater von Ylvas Kind gewesen sein könnte?«

Er schüttelte den Kopf. »Nein. Keine Ahnung. Ich weiß auch nicht, wer sie ermordet hat. Was glauben Sie?«

Elina breitete die Arme aus. »Tut mir leid«, sagte sie. »Ich sehe nichts, was nicht schon jemand vor mir gesehen hat. Einen Verdächtigen gibt es auch nicht.«

»Es ist also hoffnungslos? In einem knappen Monat kann ihm nichts mehr zustoßen?«

»Vermutlich läuft es darauf hinaus. Aber ich werde mein Möglichstes tun. Ich wollte Sie noch etwas anderes fragen. Bei den Akten fehlen fünf Tagebücher. Haben Sie die bekommen?«

»Mama wollte sie haben. Als sie vor drei Jahren starb, habe ich einen Teil ihrer Sachen weggeworfen, weil ich nicht genug Platz für alles hatte. Aber ich glaube, dass ich die Tagebücher noch habe. Wahrscheinlich liegen sie in einem Karton auf dem Speicher. Wollen Sie, dass ich nachsehe?«

»Ja, danke.«

Sie erhoben sich vom Tisch. Roger Malmberg öffnete den Besenschrank und nahm einen Schlüssel von einem Haken. Er verschwand ins Treppenhaus und schloss die Tür hinter sich. Einige Minuten später kehrte er mit fünf Büchern in unterschiedlichen Umschlägen zurück. »Hier«, verkündete er. »Rufen Sie mich doch einfach an, wenn Sie noch Fragen haben.«

Roger Malmberg und Elina verließen gemeinsam die Wohnung. »Zur Arbeit«, meinte er, als er die Tür abschloss. Auf dem Hof spielten zwei Mädchen Himmel und Hölle. »Wie Ylva«, seufzte Roger Malmberg wehmütig.

Tina Möller hatte fast vollkommen schwarzes Haar. Außer an den Haarwurzeln, die waren grau. Rotes Brillengestell, weites, buntes Kleid, das ihr Übergewicht kaschieren sollte. Sie lächelte, als sie Elina vor dem Haupteingang des Stadttheaters an der Kungsgatan begrüßte. Elina fühlte sich bei ihrem Anblick an ein großes, frischgestrichenes Haus erinnert. Sie gingen in ein Café, das in der Nähe lag: noch mehr Kaffee. Tina Möller bestellte einen Kopenhagener. Elina lehnte ab, obwohl sie den warmen, süßen Gebäckduft verführerisch fand.

»Ylva«, hob Tina Möller an und leckte ihren Finger ab. »Sie war eigentlich noch ein Kind, als sie in den Bagargården einzog, also in dieses Kollektiv in Björklinge, das hieß so. Wenn Bernt sie nicht mitgebracht hätte, hätte sie dort nie wohnen dürfen, es gab deswegen auch Streit. Sie war viel zu unreif und unsicher. Ich konnte nicht begreifen, was er in ihr sah, aber im Nachhinein verstehe ich das etwas besser. Er konnte mit ihr machen, was er wollte. Zu Anfang war sie wie ein Welpe, der ihm die Hand leckt, sie war dankbar, dass er sich um sie kümmerte. Es gibt Männer, die sich in Gesellschaft solcher Frauen wohlfühlen. Fragen Sie mich nicht, warum, aber so ist es. Und sie war seine Matratze. In der Anfangszeit hat sie sich seinen Wünschen gefügt.«

»Und später?«, fragte Elina. »Sie hat schließlich mehrere Jahre dort gewohnt.«

»Als sie etwas älter wurde, hat sie versucht sich aufzulehnen, und zwar indem sie ihm immer häufiger widersprochen hat, indem sie eine eigene Meinung hatte und auch mit anderen Typen schlief. Ich glaube, sie hat mit allen anderen Typen im Kollektiv und mit vielen, die dort nur gelegentlich übernachtet haben, geschlafen. Er hat sie daraufhin nur noch stärker unterdrückt. Hat ihre Ansichten als schwachsinnig bezeichnet und sie immer zurechtgewiesen, wenn sie etwas falsch machte. Er hat sie im Beisein von uns anderen verhöhnt. Aber wenn er etwas von ihr wollte, hat er sich bei ihr eingeschleimt. Also wenn sie ihn ranlassen sollte. Oder wenn er gemerkt hat, dass er zu weit gegangen war. Dann gab er nach, verabreichte ihr ein paar Streicheleinheiten und machte sie glauben, sie bedeute ihm etwas. Spielte unglücklich, wenn sie damit drohte, ihn zu verlassen. Er hat sie die ganze Zeit manipuliert. Es war übel, das mitzuerleben. Ich begreife nicht, weshalb sie sich das alles gefallen ließ.«

Aber ich tue das, dachte Elina und ein vages Unbehagen breitete sich in ihrem Körper aus. »Hat er sie geschlagen?«, fragte sie, um dieses Gefühl rasch zu vertreiben.

»Soweit ich weiß, nicht. Eine Frau prügeln! Das würde gar nicht gehen in einem Kollektiv!«

Tina Möller verdrehte die Augen.

»Wissen Sie«, meinte sie, »im Bagargården sollte es so verdammt gleichberechtigt zugehen. Eine Zeitlang hatten wir sogar eine gemeinsame Kasse. Aber das hat nicht funktioniert, es gab die ganze Zeit Streit.«

»Wie kam es dazu, dass sie schließlich von dort ausgezogen ist?«

»Er hat ein Mädchen aufgegabelt, das gefügiger war. Im Prinzip hat er Ylva damals rausgeworfen. Aber ich weiß, dass er trotzdem noch manchmal zu ihr nach Hause gefahren ist, er ließ sie nie ganz los. Und dann hat sich das Kollektiv auch aufgelöst, viele waren bereits ausgezogen, neue Leute kamen und gingen. Ich erinnere mich, dass ich mich mit mehreren von den neuen nicht vertrug. Als ich die Aufnahme ins Lehrerseminar geschafft hatte, habe ich das Weite gesucht.«

»Wie haben Sie auf den Mord an Ylva reagiert?«

»Ich dachte, dass sie sich wohl wieder den falschen Typen ausgesucht hat. Einen wie Bernt, nur schlimmer. Bernt griff zumindest nicht zu körperlicher Gewalt, bei ihm war das nur psychologisch. Aber nach ihrem Auszug ist unser Kontakt eingeschlafen. Ich weiß nicht, was für Leute sie danach kennen gelernt hat. Und Bernt hatte ein Alibi, vermutlich stand er gar nicht unter Tatverdacht.«

Letzteres war mehr als Frage denn als Behauptung formuliert. »Nein«, antwortete Elina. »Er wurde nie verdächtigt. Sein Alibi war hieb- und stichfest.«

Elina war unwohl, als sie auf den Riksvägen 55 Richtung Västerås einbog. Sie griff zu ihrem Mobiltelefon und wählte Nadias Nummer.

»Hast du heute Abend Zeit?«, fragte sie. »Kannst du bei mir vorbeikommen, dann können wir ein Glas Wein trinken und reden? Oder wenn Nina bei dir ist, kann ich auch zu dir kommen.«

Nina sei zwar bei ihrem Vater, hieß es, aber ihre Freundin musste arbeiten. Samstag passte besser. Nadia wollte um sieben bei Elina vorbeikommen. Vielleicht würden sie dann zusammen essen gehen.

Elina fühlte sich nach dem kurzen Gespräch schon wohler. Sie dachte an Ylvas Bruder. War er jemals glücklich gewesen? Er führte ein sehr geregeltes Leben und war nach einer missglückten Ehe allein. Er war wie seine Wohnung, ordentlich und strikt. Bin ich wie er?, dachte sie. Worin lag der Unterschied? Das Leben einer Polizeibeamtin war vielleicht etwas abwechslungsreicher als das eines Buchhalters, aber eben auch geregelt. Und allein …

Sie dachte an den vergangenen Sommer, das Frühjahr und den Winter zurück. Ein langes Fieber, aus dem sie gerade erst erwacht war, eine Hitze, die ihren Körper befallen hatte. Die Hitze hatte zugenommen, nachdem sie von Martins Flehen um Zärtlichkeit gelesen hatte. In dem Augenblick, als sie kurz vor Weihnachten seine Mail beantwortet hatte, hatte sie ihren Widerstand aufgegeben. Sie hatte ihrer Hoffnung nachgegeben, dass sie wieder ein Paar werden würden und er seine Frau verlassen würde. Und er hatte ohne Zögern nach ihr gegriffen.

Im Februar waren sie auf eine Insel in der Karibik gereist. Die ersten zwei Wochen hatten sie in einem Meer aus Erotik, aus körperlicher Verschmelzung und totaler Abkapselung von der Umwelt verbracht. Elina hatte aufgehört nachzudenken und war nur noch von ihren Fantasien beherrscht worden. In der dritten Woche hatten sie begonnen, miteinander zu reden. Als sie nach Hause fuhren, war es endgültig vorbei.

Aber das Fieber hatte sie nicht losgelassen. Die brennende Hitze und eine zunehmende Gleichgültigkeit sich selbst gegenüber hatte sie zu Begegnungen getrieben, die sie sich früher nicht zugetraut hätte.

Doch schließlich hatte sie Angst bekommen. Jede Begegnung hatte einem Drahtseilakt geglichen. Sie wollte nicht führen, sie wollte geführt werden. Nur hinter ihrer Schwäche konnte sie sich verstecken. Aber plötzlich war die Angst da gewesen, die Kontrolle über ihr Leben zu verlieren. Sie hatte diese Angst körperlich wahrgenommen, eiskalt war ihr geworden und sie war erwacht. Als wäre sie aus dem Bett gerollt und auf einen Betonboden aufgeprallt. Aufzustehen hatte bedeutet, wieder allein zu sein.

Dann war die schleichende Erkenntnis gekommen, dass sie ihre Arbeit vernachlässigt hatte und dass sie die Position, die sie sich erkämpft hatte, nur dank der Geduld ihrer Kollegen hatte bewahren können. Alle hatten ihre Verfassung auf die Morddrohungen zurückgeführt, die gegen sie ausgesprochen worden waren. Niemand wusste von Martin und dem, was dann gekommen war. Aber mit der Nachsicht war es nun vorbei.

Und jetzt Ylva… Ylva Marieanne Malmberg sollte ihr helfen. Wenn Ylva die Geheimnisse ihres Lebens preisgab, dann würde auch sie sich deutlicher sehen. Sie würde Ylva danken, indem sie ihren Mörder fasste. Aber wie sollte sie das John Rosén erklären? Sie konnte ihn nur dann um Hilfe bitten, wenn Jönsson wieder etwas gegen sie unternahm, gegen sie und gegen Ylva. Die Unterstützung aus Stockholm würde seinen Angriff lediglich hinauszögern.

Es war kurz nach drei Uhr nachmittags, und das Polizeipräsidium war schon fast menschenleer, als Elina den Korridor betrat. Sie hatte ebenfalls vor, an diesem Freitag zeitig Feierabend zu machen, wollte aber noch ein Telefongespräch erledigen. Sie wollte in Erfahrung bringen, ob der Lebensmittelhändler in Jäkkvik, der Ylva vor fünfundzwanzig Jahren etliche Male begegnet war, immer noch in seinem Laden stand. Von der Auskunft erhielt sie die Nummer des einzigen Lebensmittelladens in Jäkkvik. Sie wählte. Nach dem vierten Klingeln hob jemand ab.

19. KAPITEL

Der Mann schirmte die Sprechmuschel mit der Hand ab und fragte:

»Sie entschuldigen doch, wenn ich kurz telefoniere?«

Kari nickte. Sie konnte auch selbst nach der Zahnpasta im Laden suchen. Robert stand vor der Kühltheke. Sie überlegte besorgt, was er anstellen würde, wenn niemand hinsah.

Ehe sie die Zahnpasta gefunden hatte, kam der Ladenbesitzer wieder zu ihr. »Das war ein merkwürdiges Gespräch! Eine Frau von der Polizei wollte wissen, ob ich diesen Laden vor fünfundzwanzig Jahren schon besessen habe. Nein, habe ich geantwortet. Der Vorbesitzer ist schon lange tot. Warum sie das wissen wollte, hat sie mir jedoch nicht verraten. Nur, dass es um ein weit zurückliegendes Verbrechen ginge. Hier steht die Zahnpasta.«

Kari nahm eine rote Tube und ging zu Robert. Sie legte sie in den Korb, dann bezahlten sie alles an der Kasse. Als sie wieder im Auto saßen, fischte Robert ein Paket mit gekochtem Schinken sowie zwei andere Pakete aus seinem Hemd.

»Wusste ich's doch«, sagte Kari.

»Ich kann schließlich nicht nur von dir leben«, meinte Robert und grinste.

Er ließ den Motor an und fuhr wieder auf die Landstraße, die den poetischen Namen Silvervägen trug. Das Letzte, was sie von Jäkkvik sahen, war ein kleines verlassenes Haus am Ortsrand auf einer Anhöhe.

Die Fjällkämme ragten vor ihnen auf, und die Wolken verdichteten sich Richtung norwegischer Grenze. Noch ehe sie Schweden verlassen hatten, begann es zu regnen.

Es war eine Viertelstunde vor Mitternacht, als Kari und Robert den Fährhafen von Skutvik erreichten. Es regnete immer noch, und sie beschlossen, im Wagen zu übernachten. Am nächsten Morgen wollten sie mit der Fähre über den Vestfjord auf die Lofoten übersetzen.

ZWEITER TEIL

Rutus' Hund

20. KAPITEL

Es war Wochenende, und es wäre ihm lieber gewesen, wenn die Enkel nicht zu Besuch gekommen wären. Aber Anita hatte es sich so gewünscht. Dann musste es wohl so sein. Schließlich war sie es, die sich um die Enkel kümmerte. Eigentlich waren es nicht einmal seine eigenen Enkel.

Er würde die meiste Zeit in seinem Arbeitszimmer sitzen und seine Papiere sortieren. Er würde die Tür hinter sich zumachen und ganz systematisch vorgehen. Das erschien ihm für den Beginn einer neuen Lebensphase wichtig. Denn so betrachtete er es, als eine neue Phase. Im kommenden Monat sollte die Verabschiedung stattfinden, die ganze Abteilung würde versammelt sein, und danach würde er sich selbst überlassen sein. Er glaubte nicht, dass ihm die Arbeit fehlen würde, obwohl er so erfolgreich gewesen war. In nur fünfzehn Jahren war er Rang um Rang die Karriereleiter hinaufgeklettert, mit Militär hatte das allerdings nichts zu tun. »Rang« war vielleicht der falsche Ausdruck, wenn es um eine Verwaltungskarriere im zivilen Bereich ging. Er schmunzelte darüber, dass er sein Schwedisch selbst in Gedanken korrigierte. Jeder Tag war ein Sprachtest! Er hatte aber wirklich Erfolg gehabt. Sich mit sechzig als Abteilungsleiter einer Behörde zur Ruhe zu setzen, war wirklich nicht übel.

Aber trotz allem konnte er sich eines leisen Gefühls des Bedauerns nicht erwehren. Hätte er rechtzeitig die richtige Bahn eingeschlagen, wäre er vielleicht sogar Generaldirektor geworden. Bei ihm herrschte Zucht und Ordnung, und nur wenige besaßen seine Fähigkeit, die richtigen Entscheidungen zu fällen. Das war ihm bei einem Vergleich mit anderen in seiner Stellung aufgefallen. Wie viele Memmen es doch gab! Schwach, sowohl was ihre intellektuelle Kapazität betraf, als auch hinsichtlich ihrer Tatkraft. Vermutlich musste man die richtige Veranlagung haben, die Einstellung war entscheidend! Es gefiel ihm, sich mit Fragen auseinanderzusetzen und anschließend zu entscheiden. Und er pflegte auch dafür zu sorgen, dass das, was er beschlossen hatte, durchgeführt wurde. Nicht nur Beschlüsse auf dem Papier, das war nicht sein Stil. Das hatte er im Ausland gelernt. Dort zählten nur Taten und Entschlusskraft. Einmal hatte man ihn auf einer Personalversammlung kritisiert. Sein Führungsstil sei zu autoritär, er würde seine Vorstellungen durchdrücken, ohne auf die Ansichten anderer Rücksicht zu nehmen. Er hatte geantwortet, er würde für Resultate bezahlt. Er sei bereit, sich sachliche Einwände anzuhören, seien diese jedoch nicht relevant, sei es seine Pflicht, eigenmächtig zu entscheiden.

Seine Vorgesetzten hatten auf ihn gehört. Mehrmals war er Mitglied einer Auswertungsgruppe gewesen. Der Generaldirektor hatte ihm spezielle Arbeitsaufträge erteilt. Obwohl er es nicht so weit gebracht hatte wie ursprünglich angestrebt, das konnte er sich jetzt schließlich am Ende seiner Karriere eingestehen, war er erfolgreich gewesen. Das würde ihm niemand nehmen können.

Er hörte, wie es klingelte und seine Tochter mit beiden Enkeln das Haus betrat. Er hörte Anita lachen. Er konnte sie verstehen. Die Enkel hatten ihr eine neue Aufgabe gegeben. Ein neues Familienleben sozusagen. Das war vermutlich nötig. Sie hatte es nicht immer so leicht gehabt, am allerwenigsten, seit ihre Tochter ausgezogen war. Wie ein Baum, den man einmal gepflanzt hatte und der nun die Sonne verdunkelte, war das Haus im Vorort zu groß geworden. Damals hatte alter Groll schnell seinen Schatten auf das Dasein geworfen.

Sie hatte von Scheidung gesprochen, aber er hatte sie zum Bleiben überredet. Er hatte sie abwechselnd des Verrats bezichtigt und angefleht zu bleiben. Wie sie finanziell über die Runden kommen wolle, hatte er sie gefragt. Schließlich hatte sie nachgegeben. Jetzt waren fast zehn Jahre vergangen, seit sie zuletzt dieses Thema angeschnitten hatte. Bei dem Gedanken an die Umstellung und daran, dass er keinen Arbeitsplatz mehr haben würde, an den er zurückkehren konnte, wurde es ihm richtig mulmig. Diese ganze gemeinsame Zeit. Worüber sollten sie sich unterhalten? Und dieses Eheliche, Fleischliche, damit war nicht viel. Nicht mehr in ihrem Alter. Damit war auch nie viel gewesen. Nach der ersten Verliebtheit war es mit dem meisten irgendwie zur Neige gegangen. Aber sie gehörte ihm. Er hatte sie immer behalten wollen.

Er hatte viel über seine Zukunft nachgedacht. Er fühlte sich nicht alt, auch wenn er nicht mehr so viel Energie besaß wie früher. Vielleicht konnte er in seiner Branche als Berater tätig werden oder seine kurze, abgebrochene politische Karriere wieder aufnehmen? Aber die Parteien wollten in letzter Zeit nur noch junge Leute. Und selbst wenn ihn irgendeine weniger altersfixierte Parteigruppierung wieder aufnähme, würde es trotzdem viel zu lange dauern, bis er eine wirklich einflussreiche Stellung bekleiden konnte. Davon, Wahlzettel auszuteilen und Stimmvieh im Gemeinderat zu sein, hatte er genug.

Die Tür wurde geöffnet. Anita hielt sie dem Jungen und dem Mädchen auf. »Sagt dem Opa guten Tag«, sagte sie. Er lächelte die beiden an, erhob sich aber nicht. Die beiden eilten gefolgt von ihrer Großmutter wieder davon. Er hörte, wie Anita ihnen versprach, gemeinsam Zimtschnecken zu backen. Vor dem Haus ließ die Tochter ihren Wagen an. Sie war nicht einmal hereingekommen, um ihn zu begrüßen. Vielleicht hatte sie gar nicht gewusst, dass er zu Hause war? Sie mochte ihn, das glaubte er zumindest. Aber so war das wohl mit Stiefvätern, sie hatten eine praktische Funktion, so lange die

Kinder noch klein waren. Die Mütter gaben die Wärme. Dem Kind seiner Frau stand er wirklich nicht nahe.

Rentner, er ließ das Wort auf der Zunge zergehen. Er hatte gern gearbeitet. Mit eindeutigen Beschlüssen dafür gesorgt, dass Dinge von anderen erledigt wurden. Nein, er würde vermutlich gezwungen sein, eine neue Beschäftigung zu finden. Um rauszukommen. Sonst würde das Leben zu einer langen Reihe von Sonntagen verkommen. Noch war er nicht zu alt.

21. KAPITEL

Der Mann hatte graues Haar und trug Hosenträger.

»Ich wohne jetzt schon seit zweiunddreißig Jahren hier und erinnere mich an alle. An meinem Gedächtnis ist wirklich nichts auszusetzen.«

Er zwinkerte Elina zu. »Es war sicher auch kein Fehler, dass ich früher hier Hausmeister war und für Ordnung gesorgt habe. Jetzt gibt es keinen Hausmeister mehr. Aber irgendwie sitzt einem das in den Knochen. Ich sehe immer noch zu, dass alles funktioniert und dass nicht eingebrochen wird, wenn jemand verreist ist. Einmal habe ich die Polizei gerufen, als der Einbrecher gerade durchs Fenster kletterte. Das war bei den Håkanssons im Erdgeschoss, also zwei Stockwerke unter mir. Sie waren in den Skiferien und …«

Elina unterbrach ihn: »Sie erinnern sich also an Ylva Malmberg?«

»Ja natürlich. Sie war schließlich meine unmittelbare Nachbarin und überhaupt. Nettes Mädchen. Dann habe ich gehört, was geschehen war. Wirklich schrecklich. Aber bleiben Sie doch nicht in der Tür stehen, kommen Sie rein.«

Elina zog in der Diele ihre Schuhe aus und ging in die Küche. Ein Glück, dass ich heute morgen keinen Kaffee getrunken habe, dachte sie. Über der Küchenbank hing eine Stickerei. »Eigener Herd ist Goldes wert.« Es roch nach Putzmittel. Auf dem Balkongeländer hingen zwei Flickenteppiche, die Balkontür stand offen. Die Brise, die in die Küche drang, hatte immer noch die Unbeschwertheit des Morgens. Draußen war es an diesem frühen Samstagmorgen recht still, und in der Sandgärdsgatan saßen vermutlich alle noch am Frühstückstisch. Der alte Mann goss ohne zu fragen Kaffee in zwei Tassen. Die Freude darüber, dass ihm jemand eine Weile lang Gesellschaft leistete, war ihm anzumerken, obwohl es sich bei der Besucherin um eine Polizistin im Dienst handelte.

»Erinnern Sie sich an irgendjemanden, der Ylva besucht hat?«, fragte Elina, nachdem ihr der Mann die Topfpflanzen auf seinem Balkon erläutert hatte.

»Bei ihr war nie was los, also Streit oder so oder laute Musik. Sie war eine ordentliche Nachbarin. Aber mir fiel natürlich auf, dass sie manchmal Besuch hatte. Vermutlich ihre Freunde. Es ist ein Menschenrecht, Freunde zu haben. Vielleicht hatte sie auch irgendwelche Männer. Keine Ahnung. Aber namentlich kannte ich niemanden.«

»Woran erinnern Sie sich, was die Männer angeht?«

»Gelegentlich fiel mir schon auf, dass sie spät mit einem jungen Mann nach Hause kam. Was sie dann taten, kann man nur vermuten. Aber wie gesagt, das ist ein Menschenrecht, und es hat mich auch nicht gestört. Nur einmal fand ich, dass es etwas zu weit ging, daran erinnere ich mich noch gut, das war in einer Nacht, als einer von ihnen, also einer dieser jungen Männer, Steine an ihr Fenster warf. Er brüllte und wollte zu ihr rein. Das, fand ich, ging etwas zu weit.«

»Wissen Sie denn, wer der junge Mann war?«

»Nein, es war dunkel, und ich bin nicht runtergegangen, um ihm die Haustür aufzuschließen. Wirklich nicht. Aber er war in ihrem Alter, vermute ich mal. Einer von ihrer Schule vielleicht. Sie hat doch irgendeine Schule besucht, nicht wahr?«

»Ja, das stimmt. Erinnern Sie sich noch an jemand anderen, jemanden, der oft kam?«

»Nein, jetzt wo Sie's sagen … da war einer, der kam manchmal. Nicht so oft vielleicht, möglicherweise habe ich ihn auch nicht jedes Mal gesehen, schließlich war ich nicht dauernd am Fenster und habe meinen Nachbarn hinterher spioniert. Aber irgendetwas an ihm war anders. Er kam immer sonntags. Immer nur sonntagnachmittags.«

Elina runzelte die Stirn. Sie konnte sich nicht entsinnen, diese Information irgendwo in der Akte gelesen zu haben.

»Wissen Sie, warum?«, fragte sie.

»Keine Ahnung. Ich weiß auch nicht, wer er war. Wissen Sie, Frau Kommissarin, ich habe ihn ja kaum gesehen. Ich habe nur gehört, wie er geklingelt und vielleicht ein paar Worte gesagt hat. Das Haus ist recht hellhörig. Ein paarmal habe ich ihn auch von oben vom Fenster gesehen, als er kam, und gelegentlich wieder, wenn er ging. Ich hatte den Eindruck, dass er etwas älter war als sie.«

»Wann war das?«

»Ich weiß nicht. Wie lange wohnte sie hier?«

»Ein Jahr lang. Frühsommer 1978 bis Juni 1979.«

»Ich weiß nicht recht. Vielleicht war es zu Anfang.«

Warum hatte sie diese Besuche nicht in ihrem Taschenkalender notiert?, überlegte Elina. Und wieso war er nur an Sonntagen gekommen?

»Aber das haben Sie der Polizei gegenüber damals nicht erwähnt?«

»Nein, vielleicht nicht. Vermutlich hat auch niemand direkt gefragt, und dann war das schließlich auch ein ziemlicher Schock, und man dachte nicht an alles. Außerdem war das ja auch lange bevor es ihr so schlecht erging. Ich wusste ja auch nicht, wer er war.«

Der alte Mann wollte Elina gar nicht mehr gehen lassen, und sie hörte sich geduldig Geschichten an, die irgendwo begannen und immer weiter ausuferten. Schließlich stand sie auf und verkündete, sie müsse jetzt gehen. Sie zog ihre Schuhe an, blieb aber vor der Wohnungstür noch einmal stehen.

»Wer wohnt hier denn jetzt?«, fragte sie und deutete auf die Nachbartür, auf die Tür von Ylva Malmbergs ehemaliger

Wohnung. Dort hatte sie sich vor nur fünf Tagen mit Ylva Hedlund unterhalten. Nun schien die Wohnung leerzustehen.

»Niemand«, antwortete der Mann und deutete auf den Briefeinwurf. »Eriksson, der Hauptmieter, wohnt im Augenblick im Ausland, aber Weihnachten kommt er zurück.«

»Niemand? Aber ich habe mich dort doch letzten Montag noch mit einer jungen Frau unterhalten.«

»Man darf hier nicht untervermieten. Deswegen wohnt da niemand.«

»Aber sie war doch da.«

»Vielleicht war das ja eine Verwandte von ihm, die sich um die Wohnung kümmert? Seit Juni wohnt dort niemand mehr. Haben Sie sich vielleicht im Aufgang geirrt?«

Elina musterte die Tür. »Nein…« Sie schüttelte den Kopf. »Danke für Ihre Hilfe.«

Sie fuhr nordwärts und befand sich recht bald auf der Ausfallstraße Richtung Bergslagen. Eine Verwandte? Die sich um die Wohnung kümmerte? Vielleicht, dachte sie. Aber nicht sehr wahrscheinlich. Schließlich hatte sie am Schreibtisch gesessen und gebüffelt. Und der Name hatte an der Tür gestanden.

Elina war ratlos. Wer war der Mann, der Ylva die sonntäglichen Besuche abgestattet hatte? Der unbekannte N? Er war zumindest einmal an einem Sonntag bei Ylva gewesen, am 27. August 1978. Ungefähr zu dem Zeitpunkt, zu dem Ylva schwanger geworden war. Aber wieso hatte sie gerade diesen Besuch notiert und die anderen nicht? Oder war es jemand anders? Regelmäßige Besuche… ein Liebhaber, der feste Gewohnheiten hatte? Das wäre wohl nicht sehr erbaulich für Ylva gewesen. Konnte es um Geld gegangen sein? Elinas Kopf füllte sich mit Fragen, auf die sie keine Antworten fand. Vielleicht wusste Mikaela Andersson mehr. Sie wollten sich um zehn in einem Café im Zentrum von Sala treffen. Mikaela war zusammen mit Ylva auf einem Foto abgebildet gewesen. Ein recht kräftiges Mädchen, das fröhlich in die Kamera lächelte. Elina fragte sich, wie sie wohl jetzt aussah.

Mikaela Andersson erhob sich von ihrem Stuhl, als Elina das Café betrat. Offenbar hatte sie Elina von einem Bild aus der Zeitung wiedererkannt. Elina hätte Mikaela Andersson von dem Foto, das sie gesehen hatte, kaum wiedererkannt. Sie war jetzt schlank und trug eine Brille. Das breite Lächeln hatte sie jedoch immer noch.

»Ich habe nach der Tärna Folkhögskola in einem Hort gearbeitet«, erzählte sie. »Dann habe ich geheiratet und Kinder bekommen, bin also nie mehr nach Härnösand heimgekehrt.« Sie lachte. »Mensch, ich sage immer noch heim. Mein Mann heißt auch Andersson, es gibt also Leute, die glauben, dass ich immer noch unverheiratet bin.«

Sie hob die linke Hand mit einem breiten Goldring am Ringfinger, wie um zu beweisen, dass sie wirklich verheiratet war.

»Wo arbeiten Sie jetzt?«, fragte Elina.

»Ich verwalte die städtische Kinderbetreuung, aber Sie wollten doch mit mir über Ylva Malmberg sprechen und nicht über mich.«

»Ich versuche zu begreifen, wer sie war. Können Sie nicht ein wenig von ihr erzählen?«

Mikaela Andersson lehnte sich zurück und holte etwas tiefer Luft. »Obwohl wir uns zwei Jahre lang kannten, wurde ich nie recht schlau aus ihr. Sie schien aus zwei verschiedenen Menschen zu bestehen. Im einen Moment sehr zielstrebig und stark, im nächsten total nachgiebig und unterwürfig. Ich habe miterlebt, wie das je nach Gesprächspartner unterschiedlich war. So verhielt sie sich Mitschülern gegenüber beispielsweise energisch, Lehrern gegenüber unterwürfig. Am nächsten Tag konnte es genau umgekehrt sein.«

»Wie erklären Sie sich das?«

»Wenn ich das wüsste. Aber sie war einfach so. Vielleicht lag es daran, dass sie so viel wollte, aber nicht recht wusste, was. Gleichzeitig war sie ganz nett, und wir hatten ähnliche Interessen. Wahrscheinlich wurden wir deswegen auch Freundinnen.«

»Um welche Interessen handelte es sich?«

»Wir interessierten uns für Entwicklungsländer. Die meisten aus der Klasse wollten den Armen in der Dritten Welt helfen. Wir waren sehr idealistisch und träumten davon, bei irgendeinem Projekt in Afrika oder Asien mitzuarbeiten. Aber keine von uns kam jemals weg. Ich blieb hier hängen, und Ylva… tja…«

»Wohin wollte Ylva denn? Hat sie das gesagt?«

»Nach Indien. Sie war bereits dort gewesen und fand die große Armut erschreckend. Ich erinnere mich, dass sie von einem Dorf erzählt hat, in dem es nur einen Brunnen und keine Toiletten für Frauen gab. Sie durften erst nach Einbruch der Dunkelheit aufs Feld gehen.«

»Und die Männer? Wie ging Ylva mit Männern um?«

»Auch so, fand ich. Sie konnte Typen gnadenlos abblitzen lassen, aber manchmal war es auch umgekehrt, sie klammerte sich förmlich an sie. Wenn ich ehrlich sein soll, dann war es mit ihrem Selbstwertgefühl nicht weit her. Sie hatte jedenfalls ein miserables Selbstbewusstsein. Und ich glaube, dass das ziemlich viele Typen ausgenutzt haben.«

»Können Sie ein paar Namen nennen?«

»Ich erinnere mich an einen, der Petter hieß, mit dem war sie eine Zeitlang zusammen. Aber die meisten Namen habe ich vergessen. Vielleicht würden sie mir wieder einfallen, wenn ich ein Klassenfoto vor Augen hätte.«

Elina fluchte, weil sie das Foto vergessen hatte, das in den Akten lag.

»Dann wurde sie schwanger«, fuhr Elina fort. »Wenn Sie ihre beste Freundin auf der Schule waren, warum hat sie Ihnen nicht erzählt, wer der Vater war?«

»Das war wirklich merkwürdig. Ich habe natürlich gefragt. Aber sie sagte kein Wort. Sie wollte nicht mal erklären, wieso. Ich lag ihr deswegen auch nicht in den Ohren, denn sie machte sehr deutlich, dass sie darüber nicht sprechen wollte.«

»Haben Sie eine Theorie, weswegen?«

»Die einzige Erklärung, die mir dazu einfällt, lautet, dass sie nicht wusste, wer der Vater war. Dass mehrere in Frage kamen.«

Elina nickte. Natürlich, so konnte es gewesen sein. Es war ihr peinlich, dass ihr dieser Gedanke gar nicht gekommen war. So viel waren ihre »Augen einer Frau« also wert. Aber welche Männer kamen in Frage? Der Mann für sonntags? Der unbekannte N? Oder handelte es sich dabei um ein und dieselbe Person? Konnte es sich um einen von Ylvas vielen zufälligen Liebhabern handeln? Das Gefühl der Unsicherheit wurde von einer gewissen Erregung abgelöst. Eine neue Hypothese. Andere Väter. Elina war einen Schritt weiter gekommen in ihren Überlegungen, hatte eine neue Spur, der sie folgen konnte.

»Könnte das auch der Grund dafür gewesen sein, dass sie nach der Geburt des Kindes verschwand? Was glauben Sie? Vielleicht wollte sie einer unangenehmen Situation entkommen?«

Mikaela Andersson schwieg einen Augenblick. »Darüber habe ich auch recht viel nachgedacht. Aber warum sollte sie nach der Geburt des Kindes verschwinden? Da hätte man die Vaterschaft auch ermitteln können, wenn es darum ging. Ich habe eher das Gefühl, dass es einen anderen Grund gab. Zu mir hat sie nichts gesagt, nur dass sie die Schule an den Nagel hängen wollte, weil es im Monat vor der Geburt zu beschwerlich wurde, immer nach Tärna und wieder zurück zu fahren. Dann ließ sie nichts mehr von sich hören. Ich klingelte am Tag nach ihrer Abreise an ihrer Tür. Ich wusste von nichts, aber ein Nachbar sagte, sie hätte mit Kinderwagen und einer Reisetasche das Haus verlassen.«

»Sie haben das Kind also nie gesehen?«

»Nein.«

»Gab es einen Lehrer, zu dem sie mehr Kontakt hatte als zu den anderen?«

»Ich erinnere mich nicht so genau… den meisten Kontakt hatte sie natürlich zu den Lehrern unseres Hauptfachs, Landeskunde der Entwicklungsländer. Aber mir fällt keiner im Besonderen ein.«

»Wie war denn das Verhältnis von Schülern und Lehrern?«

»Gut. Den Lehrkräften an der Tärna Folkhögskola waren ihre Ideale wichtiger als ihre Karriere. Der Umgang zwischen Lehrern und Schülern war sehr familiär. Meiner Meinung nach ging das manchmal etwas zu weit. Einige Lehrer flirteten zu viel. Nicht mit mir, ich war zu dick, aber mit den anderen.«

Mikaela Andersson lachte.

»Haben sie auch mit Ylva geflirtet?«

»Klar, sie war sehr beliebt.«

»Erinnern Sie sich noch an Namen? Von Lehrern, die eventuell etwas zu weit gegangen sind?«

Mikaela Andersson schüttelte den Kopf. »Ich weiß nur noch, dass es mir auffiel. Eine Hand auf dem Arm oder auf der Schulter, Zweideutigkeiten. Sie wissen schon. Manchmal liegt das einfach in der Luft.«

»Sie haben damals bei der Vernehmung erwähnt, Ylva hätte einen großen blauen Fleck auf dem Arm gehabt. Sie hat behauptet, gestürzt zu sein. Glauben Sie, dass sie die Wahrheit gesagt hat?«

»Vielleicht. Ich weiß es nicht. Ich habe damals nicht weiter darüber nachgedacht. Erst später habe ich mir Gedanken gemacht, ob jemand sie misshandelt haben könnte. Aber das war viel später, und da war sie bereits tot.«

22. KAPITEL

Es hatte während der gesamten Überfahrt gestürmt. Kari war an Deck gegangen und hatte sich übergeben. Sie war nicht einmal fähig gewesen, die grandiosen Felsen zu bewundern, die immer imposanter wurden, je näher sie den Inseln kamen.

Es war eine schlechte Nacht gewesen, und Karis Seekrankheit trug nicht unbedingt dazu bei, die Stimmung zu heben, als sie in Svolvær das Schiff verließen. »Ich habe gehört, dass man etwas essen soll, wenn einem schlecht ist«, sagte Robert vorsichtig. Kari öffnete die Beifahrertür und begann zu würgen. »So geht das nicht«, murmelte Robert. Er beugte sich über die zusammengekrümmte Kari und zog die Autotür wieder zu. Zärtlich strich er über ihr Haar. Dann ging er zum Fahrkartenschalter im Hafen. Kari legte ihren Kopf zwischen die Knie. Robert kam rasch wieder zurück, startete den Motor und fuhr wortlos weiter.

Eine Stunde und fünfzehn Minuten später lag Kari in einem frischgemachten Bett. »Wo sind wir?«, fragte sie.

»In der Jugendherberge in Svol-was-auch-immer«, erwiderte Robert.

»Versuch ein wenig zu schlafen, ich gehe so lange duschen. Danach besorge ich uns was zu essen.«

»Pass auf, dass dich niemand erwischt«, sagte Kari.

Am frühen Abend gingen sie ins Hafenviertel hinunter. Kari hängte sich bei Robert ein. »Danke«, sagte sie. Robert fühlte sich wie ein König.

Die Restaurants und Pubs füllten sich allmählich. Robert überlegte, ob sie sich wohl ein Bier leisten konnten. »Warte«, sagte er und verschwand in einer Kneipe, die aussah wie ein umgebauter Lagerschuppen.

Er schüttelte den Kopf, als er wieder herauskam. »Ein Bier kostet umgerechnet siebzig schwedische Kronen«, sagte er. »Die sind ja vollkommen verrückt.«

»Wir teilen uns eins«, sagte Kari und zog ihn am Arm. »Na komm schon.«

«Jetzt geht's schon wieder besser«, freute sich Kari, als sie mit dem Glas zwischen sich dasaßen. »Obwohl es noch ganz schön lange unter den Füßen geschaukelt hat.«

»Was machen wir jetzt?«, fragte Robert. »Wie beginnen wir mit der Suche?«

»Du hast gesagt, dass es Papiere über mich geben müsste, genau wie über dich.«

»Wo haben sie dich gefunden?«

»Auf der Treppe vor dem Haus meiner Adoptiveltern.«

»Und wo lag das Haus?«

»In einem Ort namens Flakstad. An das Haus kann ich mich kaum erinnern, aber so hieß der Ort.«

»Dann lass uns hinfahren. Vielleicht finden wir jemanden, der sich an deine Adoptiveltern erinnern kann. Dein Vater war doch Norweger, oder?«

»Ja.«

»Hat er hier Verwandte?«

»Weiß ich nicht. Vielleicht.«

»Na, das müssen wir dann auch erfragen.«

Sie tranken das Bier. Ganz langsam, denn vielleicht mussten sie gehen, wenn das Glas leer war.

»Ich habe Angst, Robert«, sagte Kari.

»Warum denn?«

»Stell dir vor, ich finde etwas heraus, wovon ich gar nichts wissen möchte.«

»Was sollte das denn sein? Ich meine, was wäre dir denn unangenehm?«

»Ich weiß nicht… warum haben sie mich weggegeben? Warum gibt man sein eigenes Kind weg? Ich kann das nicht begreifen.«

»Irgendeinen Grund muss es ja gegeben haben. Aber klar, komisch ist das schon. Angst kriegt man da schon.«

Kari schaute Robert lange an.

»Ich bin froh, dass du hier bist«, sagte sie schließlich.

»Morgen fahren wir hin«, sagte Robert. Er spürte, dass er errötete. »Gönnen wir uns noch ein Bierchen?«

23. KAPITEL

Na dann Prost.«

Nadia lächelte breit. Elina ging es gut. Die beiden Freundinnen saßen bei ihr zu Hause auf dem Sofa. Sie hatten auf einen Kneipenbesuch verzichtet und stattdessen gemeinsam gekocht. Gegrillter Halloumi und Wassermelone als Vorspeise. Fischsuppe aus Krebsbouillon als Hauptspeise. Sie waren bereits bei der zweiten Flasche Wein angelangt, an einem Samstagabend gab es keinen Wein aus dem Tetrapak.

Sie kannten sich erst seit zwei Jahren, aber es war Freundschaft auf den ersten Blick gewesen. In ihrem Umgang miteinander gab es keinen Missklang. Ihre Gespräche flossen unbeschwert dahin, nur selten entstanden Pausen. Beide beanspruchten gleich viel Raum in ihrer gemeinsamen Welt. Es herrschte vollkommene Gleichberechtigung, und beide interessierten sich gleichermaßen für die andere. Aber dieser Frühling war anders gewesen. Nadia war der inneren Reise Elinas nicht gefolgt. Diese vorübergehende Unterbrechung hatte etwas länger als ein halbes Jahr gedauert. Jetzt konnte ihr Dialog weitergehen.

»Am 7. Januar ist Schluss«, sagte Nadia. »Kannst du dir das vorstellen? Weißt du, was ich machen werde?«

»Nein, was?«

»Ich werde ihm Blumen schenken!«

Nadia schickte ihren eigenen Worten ein lautes Lachen hinterher. »Zuerst wollte ich ihm einfach den Finger zeigen. Aber dann dachte ich, njet Nadia, zeig ein bisschen Stil, schließlich bist du Russin! Vier Jahre lang hat er sich wie ein Schwein benommen. Sei besser als er! Er soll mich vermissen. Und dann wird er sich schämen, wenn er Blumen von mir bekommt.«

»Er wird nie wieder eine Kellnerin wie dich finden«, sagte Elina. »Und Blumen kann er wirklich gut gebrauchen. Wie wäre es mit einer fleischfressenden Pflanze?«

Nadia klatschte in die Hände, lachte und trank noch einen Schluck Wein.

»Am 10. Januar beginnt das Semester. Ich kann es kaum erwarten. Glaubst du, ich schaffe das?«

»Wenn du mit betrunkenen Gästen fertig wirst, dann schaffst du auch ein Psychologiestudium. Da gibt es keinen großen Unterschied.«

»Im Ernst, Elina, ich bin ein wenig nervös.«

»Von wegen. Du weißt genau, dass alles gutgehen wird.«

»Ich bin aber erst mit sechsunddreißig fertig. Und habe dann mindestens eine halbe Million Schulden.«

»Reden wir nicht vom Alter. Ich werde bald sechsunddreißig.«

»Wie geht es dir jetzt eigentlich?«, fragte Nadia etwas ernster.

»Höre ich da schon die Psychologin?«, lachte Elina, um nicht antworten zu müssen. Aber Nadia ließ nicht locker.

»Es war fast unmöglich, zu dir durchzudringen, bist du dir dessen bewusst?«

Elina zögerte. »Ich weiß, dass ich ein wenig... abwesend war.«

»Tut es dir leid, dass nach der Reise nichts mit Martin geworden ist?«

»Da war sowieso nichts, nichts Ernstes jedenfalls. Bloß in meinem Kopf. Das habe ich zu guter Letzt auch eingesehen. Ich wünschte nur, ich hätte das viel früher begriffen. Sechs Jahre meines Lebens habe ich darauf verschwendet, an ihn zu denken.«

»Jetzt ist es also vollkommen vorbei, auch in deinem Kopf?«

»Ich vermisse es, an jemanden denken zu können. Ich bin jetzt noch einsamer. Manchmal ist ein halber Mann besser als gar keiner. Aber sein Schatten stand mir im Weg. Aber es war auch nicht ganz umsonst. Ich habe einiges daraus gelernt. Darf ich dich etwas fragen?«

»Ich hatte schon seit einem halben Jahr keinen Sex mehr.«

»Wie schade. Aber darum ging es mir gar nicht. Sie heißt Ylva.«

»Wer ist sie?«

»Ein Mädchen, das vor fast fünfundzwanzig Jahren umgebracht worden ist. Ein Fall, mit dem ich mich gerade beschäftige. Ich versuche, mich in sie hineinzuversetzen.«

Elina erzählte, was sich ereignet hatte, bevor sie die Ermittlungen wieder aufgenommen hatte, und dass die Zeit nun knapp wurde.

»Alle beschreiben sie so unterschiedlich«, meinte Elina. »Manchmal versuchte sie, es allen fast bis hin zur Selbstverleugnung recht zu machen, dann wehrte sie sich wieder, weil sie sich schlecht behandelt fühlte. Sie floh vor Männern, schien aber unfähig, neue, fatale Affären zu meiden. Sie besaß eine destruktive Ader. Manchmal, wenn sie mit Männern schlief, wirkte es, als würde sie sie ausnutzen, manchmal schien es aber auch umgekehrt zu sein. Ausgewogen wirkten ihre Beziehungen nie.«

»Ganz typisch also«, meinte Nadia.

»Wie meinst du das?«

»Ich erkenne mich in deiner Beschreibung wieder. So war es bei mir auch, bevor ich erwachsen wurde. Und erwachsen wurde ich erst, als ich Nina bekam. Da blieb mir einfach nichts anderes übrig.«

»Dabei bist du dir bei allem immer so sicher!«

Nadia lachte ironisch. »Warst du nicht auch so? Eben noch ganz eisern, im nächsten Augenblick nachgiebig. Hast du dich nicht auch mal von einem Mann zu sehr dominieren lassen, und das nachher gar nicht begreifen können?«

»Woher wusstest du das?«, fragte Elina.

»Ich wusste es nicht. Ich habe geraten. Es war also so?«

»Ich wollte eigentlich nie darüber sprechen. Sich so unterbuttern zu lassen wie ich, ist eine Schande, die man nie wieder los wird.«

»Erzähl.«

Elina zögerte. »Der Wahrheit ins Gesicht zu sehen ist mir sehr schwer gefallen. Allein der Gedanke daran schmerzt.«

Nadia nahm ihre Hand. »Erzähl schon.«

»Ich war neunzehn, und er war, glaube ich, schon siebenundzwanzig. Er hat mich total beeindruckt, richtig lächerlich. Er war cool. Es ging sofort los. Er gab zu allem, was ich tat, seinen Kommentar ab. Er kritisierte oder lobte mich. Damals war mir das nicht bewusst, aber mein gesamtes Selbstbild hing von ihm ab. Unabhängig von ihm gab es nichts. Dann versuchte er zu ändern, was ihm nicht passte. Wurde sauer oder strafte mich mit Nichtachtung, wenn ich seine Anweisungen nicht befolgte. Außerdem hielt er mich davon ab, Freunde, also die Männer, später auch Freundinnen zu treffen, wenn er nicht mit dabei war. Er versuchte alles zu kontrollieren, was ich tat. Nicht einmal, wenn er die Hand hob, um mich zu schlagen, begriff ich, wie verkehrt das war. Er tat es nie. Die Drohung reichte.«

Elina schüttelte den Kopf. »Wie konnte ich nur?«

Nadia nahm sie in die Arme. »Du denkst, es war deine Schuld. Du hättest das nicht geschehen lassen dürfen. Und dann glaubst du, dass du die Einzige auf der Welt bist, die sich freiwillig selbst verleugnet hat.«

Nadia sah Elina an. »Aber bei mir war das genauso. Und bei dieser Ylva auch. Alle Frauen, die ich kenne, sind irgendwann mal in diese Situation geraten.«

»Nicht alle«, erwiderte Elina.

»Doch, alle. Jedenfalls fast. Die meisten machen noch

rechtzeitig einen Rückzieher, aber einigen gelingt das nicht. Oder sie haben Pech und kommen einfach nicht los. Aber die Männer verstehen nicht, wie das ist. Das ist zu weit von ihrer Welt entfernt.«

»Ich habe herausgefunden, dass er eine andere hatte. Da brach alles zusammen. Ich hatte mir eingebildet, dass er nur so besitzergreifend war, weil er mich liebte, aber ihm ging es nur um die Kontrolle. Als ich ihn zur Rede stellte, stritt er alles ab. Dann flehte er mich an. Zum Schluss bedrohte er mich.«

Sie hielt inne, schluckte und schwieg. »Ich habe es nicht geschafft, mich jemandem anzuvertrauen und mir helfen zu lassen. Da hätte ich dann ja erzählen müssen, was ich ihm alles erlaubt hatte. Das wäre für mich fast noch schlimmer gewesen. Glaubte ich jedenfalls damals. Es dauerte mehrere Jahre, bis ich endlich einsah, wie falsch das war. Aber da war es schon zu spät.«

Sie erhob sich vom Sofa und ging im Zimmer auf und ab. Nadia wartete.

»Ich verachtete mich so sehr, dass ich mich kaum noch im Spiegel anschauen konnte. Je länger ich schwieg, desto schwerer fiel es mir, die Sache hinter mir zu lassen. Aber Karate half mir dabei. Ich wollte in der Lage sein, mich wenigstens in körperlicher Hinsicht verteidigen zu können. Später entschloss ich mich, Polizistin zu werden, um zu verhindern, dass andere in meine Situation gerieten. Aber ich habe das Gefühl, dass diese Geschichte mein ganzes Leben überschattet. Eigentlich hätte ich etwas ganz anderes machen, einen anderen Beruf ergreifen, anders leben wollen, die Person sein wollen, die ich wirklich bin und nicht die, die aus mir wurde.«

»Und die Ereignisse im Frühjahr, diese ganzen Typen?«, fragte Nadia. Elina ließ sich wieder neben ihr auf das Sofa fallen.

»Ich weiß nicht… irgendwie ist mir alles entglitten und

aus mir wurde wieder dieses geduckte Wesen, das ich einmal gewesen war. Aber nur nachts, wenn mich niemand sehen konnte… das Begehren kann wirklich alle menschlichen Konturen ausradieren. Es war so verlockend, die Verantwortung für sich selbst einfach abzugeben. Es hat mich zugleich abgestoßen und angezogen.«

Die Weinflaschen waren geleert, und es war schon nach zwei, als Nadia mit dem Taxi nach Hause fuhr. Die Decke schaukelte, als sich Elina ins Bett legte. Sie sank in einen tiefen, traumlosen Schlaf.

24. KAPITEL

Zuerst sahen sie den roten Kirchturm. Er ragte vor dem gewaltigen Berg wie ein spitzer Hut auf. Neben der Kirche lag der Friedhof. Häuser standen im Tal verstreut. Sie sahen aus wie Spielzeughäuser, alles wirkte durch den kolossalen Berg kleiner. Robert parkte auf dem Kiesplatz vor der Kirche.

»Ist das alles?«, fragte er. »Ist das Flakstad?«

Kari antwortete nicht. Sie betrachtete den Friedhof. »Ob mein Vater da wohl begraben liegt?«, überlegte sie. Robert nahm ihre Hand. Sie entzog sie ihm nicht, sondern erwiderte seinen Händedruck. Gemeinsam öffneten sie ein kleines Tor und betraten den Gottesacker. Die Grabsteine standen in geraden Reihen. In Flakstad herrschte Ordnung bei den Toten.

»Wie hieß er denn?«, fragte Robert.

»Reidar Solbakken«, antwortete Kari.

Der Grabstein stand am Ende einer Reihe. Kari entdeckte ihn zuerst. Er war unscheinbar und grau und schien direkt aus dem Felsen gehauen zu sein.

»Geboren 1925, gestorben 1984«, sagte Robert. »Wie alt ist er geworden? Mathe war auf der Penne nicht gerade mein bestes Fach.«

»Neunundfünfzig«, sagte Kari mit so leiser Stimme, dass Robert sie kaum verstehen konnte. »*Im Auge des Glaubens funkelt das Licht von den Ufern der Ewigkeit.*« Sie las den Vers, der unter dem Namen in den Stein gehauen war, leise für sich. »Manchmal meine ich, mich an ihn zu erinnern«, sagte sie dann. »Wie er durch die Tür ins Haus kommt. Er war groß und sprach sehr laut. Aber vielleicht bilde ich mir das auch nur ein.«

Kari ließ ihren Blick schweifen. »Da«, sagte sie und deutete. »Dieses Haus.« Auf einer Anhöhe lag ein weißes Haus. »Da haben wir gewohnt.«

In der Ferne bellte ein Hund. Schweigend schauten Kari und Robert zu dem Haus hinüber. »Sollen wir hingehen?«, fragte Robert.

»Ich weiß nicht«, erwiderte Kari. »Ich weiß nicht, wer jetzt dort wohnt.« Robert fiel auf, dass sie leicht zitterte, als fröstelte sie.

»War es dort …? Er unterbrach sich und wusste nicht, ob er es aussprechen sollte. »Hat man dich dort gefunden?«

Kari antwortete nicht. »Komm«, meinte Robert. »Wir klopfen mal an. Deswegen sind wir schließlich hier. Irgendwo müssen wir anfangen.« Er nahm wieder ihre Hand und zog sie vorsichtig mit sich.

Der Hund bellte lauter, als sie näher kamen. Sie gingen langsam auf die Treppenstufen zu, die zur Haustür hochführten. Dann wurde die Tür geöffnet. Ein Mann erschien. Er war klein, etwa um die siebzig. Sein Gesicht war zerfurcht wie die Felsen, seine Augen waren schmal. »Sucht ihr jemanden?«, fragt er. Er klang weder freundlich noch unfreundlich.

»Ich habe früher hier gewohnt«, antwortete Kari. »Ich dachte …«

Robert sah Kari erstaunt an. Ohne es offenbar selbst zu merken hatte sie begonnen, Norwegisch zu sprechen. »Ich dachte …«, sagte sie und verstummte abrupt.

Der Mann in der Tür schwieg lange. »Wer bist du?«, fragte er schließlich.

»Kari Solbakken.«

Das Gesicht des Mannes veränderte sich, irgendetwas passierte mit seinen Gesichtszügen. Sie spannten sich, als würde in seinem Nacken eine Schraube angezogen.

»Du bist also Reidars Tochter?«

Kari nickte.

»Und was willst du hier?«

»Ich weiß es nicht genau«, entgegnete Kari. »Ich will mehr über mich erfahren und darüber, was damals passiert ist.«

»Du hast auf der Treppe gelegen. Genau hier.« Er deutete. »Dann haben sie sich um dich gekümmert. Mehr weiß ich nicht.«

»Darf ich eine Frage stellen?«, sagte Robert. »Haben Sie Karis Eltern gekannt?«

»Natürlich habe ich Berit und Reidar gekannt. Ich war mit Reidars Cousine verheiratet. Aber ich weiß nichts. Jetzt muss ich aufhören, ich hab zu tun.«

»Wer waren denn ihre richtigen Eltern?«, fragte Robert lauter, als der Mann schon wieder im Begriff war, die Tür zu schließen.

»Das weiß niemand«, antwortete dieser, und die Tür fiel ins Schloss.

Kari und Robert blieben auf dem Hof zurück. Der Hund hatte aufgehört zu bellen. Kari ergriff Roberts Arm und zog ihn fort.

Nur ein paar hundert Meter von der Kirche entfernt bei der schmalen Landstraße schnitt ein Fjordarm ins Land. Das Ufer war auf einem Abschnitt sandig, im Sommer vermutlich ein Badeplatz. In einem Schuppen befand sich eine Toilette, und ein Schild erläuterte, welche Regeln beim Zelten zu beachten waren. Robert drückte die Klinke der Toilettentür hinunter. Sie war nicht abgeschlossen, und im Inneren sah es sauber und ordentlich aus.

»Ich stelle das Zelt auf«, sagte er. Kari protestierte nicht.

Am Abend wurde Kari krank. Zitternd lag sie im Zelt auf ihrer Luftmatratze. Robert fragte, ob sie wieder seekrank geworden sei oder ob sie Fieber habe, aber sie schwieg. Robert legte seine Jacke über Karis Schlafsack. »Morgen können wir richtig mit der Suche beginnen. Natürlich nur, wenn du magst. Es gibt sicher viele Leute, die wir fragen können.«

Kari lag schweigend da. Sie zitterte immer noch. Erst gegen Morgen kam sie zur Ruhe und schlief erschöpft ein.

25. KAPITEL

Eine schwache Brise streifte Elinas Gesicht, als sie ihr Haus in Oxbacken verließ. Das Wetter war umgeschlagen und es roch nach Spätsommer. Der Himmel war blau.

Es war Montagmorgen, der 13. September. Am Vorabend hatte Elina Oskar Kärnlund im Krankenhaus besucht. Er wurde bald entlassen, um den Termin für die Operation zu Hause abzuwarten. Lange hatte sie an seinem Bett gesessen und von der Ermittlung erzählt. Er schien ihre Anstrengungen zu schätzen und sie geradezu als einen Freundschaftsdienst zu betrachten.

Sobald sie im Präsidium eintraf, schloss sie die Tür ihres Dienstzimmers hinter sich. Sie hatte nicht vor, an der Morgenbesprechung teilzunehmen. Sie wollte den anderen vom Dezernat nicht erläutern, womit sie sich beschäftigte. Das Risiko, dass die anderen finden könnten, sie versuche sich nur beschwerlichen Pflichten zu entziehen, war ihr zu groß.

Sie nahm sich Ylva Malmbergs Tagebücher vor und sortierte sie in chronologischer Reihenfolge. Acht Bücher mit verschiedenfarbigen Einbänden. Das erste war auf den Herbst 1965 datiert. Elina schlug es auf und las das Vorsatzblatt: »Dieses Tagebuch gehört Ylva Malmberg. Blättern verboten!!!« Elina hatte das Gefühl, als betrete sie unbefugt ein Sperrgebiet.

Der erste Eintrag stammte vom 30. September 1965. Ylvas elftem Geburtstag. Das Tagebuch war ein Geschenk gewesen. Elina fragte sich, wer es gekauft hatte. Sie schien es sich gewünscht zu haben. Zu Anfang gab es viele Einträge. Dann wurde der Text lückenhafter, manchmal verging eine Woche, ohne dass sie etwas notierte. Gegen Ende des Jahres war das Schreiben jedoch zu einer Gewohnheit geworden, und sie hatte jeden Tag etwas aufgeschrieben. Die Handschrift war ordentlich, aber noch unpersönlich. Auf mehreren Seiten fanden sich kleine Zeichnungen; Mädchen mit langem blonden Haar, Herzen, Pferde und Katzen. Das Buch erlaubte einen tiefen Einblick in das Leben einer Elfjährigen. An Lucia, dem 12. Dezember, hatte Ylva Lars-Erik aus der 5 b gefragt, ob er mit ihr gehen wollte. Er hatte es nicht gewagt zu antworten. Die Seite, auf der sie das aufgeschrieben hatte, war von den Tränen, die sie darüber vergossen hatte, fleckig und zerknittert.

Elina las rasch die Tagebücher der ersten Jahre. Am stärksten beeindruckten sie die bewegten Gefühle den Freudinnen, Mitschülern, Lehrern und Tieren gegenüber. Sie stieß jedoch auf nichts, was sie nicht auch selbst in diesem Alter hätte schreiben können. Ylva war nicht anders als andere Mädchen gewesen. Sie hatte ihre erste Regel mit dem Kommentar »eklig« vermerkt.

Die Scheidung ihrer Eltern 1968 hatte sie folgendermaßen kommentiert: »Ich hasse Papa.« Darauf folgten eine Menge Ausrufungs- und ein Fragezeichen. Einen Monat später schrieb sie, ihre Mutter wolle ihren eigenen und Ylvas Nachnamen ändern, aber Roger sei dagegen. Im Herbst dieses Jahres hatte sie zum ersten Mal »H« geraucht, »mit Bella und Leffe«. »Meine Güte, was Bella und ich kicherten. Wir konnten einfach nicht mehr aufhören.« Der Name Leffe tauchte in diesem Herbst mehrfach auf. An seinem siebzehnten Geburtstag war bei ihm sturmfreie Bude gewesen, und sie hatten zusammen »fast alles« gemacht. An einem Dezembertag war es mit ihrer Unschuld vorbei gewesen. Die Begebenheit wurde sachlich und gefühllos notiert, obwohl es sich um einen großen Wendepunkt ihres Lebens gehandelt hatte.

»Habe die Schule wirklich über« tauchte immer wieder in

verschiedenen Varianten auf, bis sie im Frühjahr 1972 vom Gymnasium der Celsiusschule abging. Die Versuche ihres Bruders Roger, sie dazu zu überreden weiterzumachen, waren es offenbar nicht wert gewesen, überhaupt notiert zu werden. Der erste Eintrag über Bernt, den Mann, in dessen Kollektiv sie später eingezogen war, datiert auf den 12. Februar desselben Jahres, einem Samstag: »Einen Supertypen kennen gelernt.«

»Durfte auf Bernts schmaler Matratze schlafen«, stand da nach der ersten gemeinsamen Nacht im Kollektiv. Knapp ein Jahr später ließen sich die ersten Konflikte mit Bernt erkennen. »Ich will zu Kajas Party, aber B will nicht. Manchmal ist er einfach so blöd.« Je mehr Elina las, desto ersichtlicher wurde, wie sehr er Ylva unterdrückt hatte. Ylvas Selbstbewusstsein schwand, und sie suchte alle Fehler bei sich. Erst im dritten Jahr im Kollektiv begann sie ein wenig aufzubegehren. »Ich scheiße auf Bernt. In Zukunft mach ich nur noch, was ich selber will.« Aber auch: »Keine Kraft« und »supertraurig«. Tina Möllers Behauptung, Ylva habe im Kollektiv mit allen geschlafen, wurde von den Tagebüchern nicht bestätigt. Außer in einem Fall, nach einem Streit mit Bernt: »Rächte mich mit L in seinem Bett, als T unterwegs war.« Elina fragte sich, ob T wohl Tina Möller gewesen sei.

Die letzte Zeit im Kollektiv war sehr knapp beschrieben. Bernt wurde fast gar nicht mehr erwähnt. Von dem Umzug war folgendermaßen die Rede: »Habe die Wohnung an der Ringgatan gekriegt. Wunderbar.«

Die Tagebücher wurden immer knapper, fast unpersönlich. Meist handelte es sich nur noch um einfache Notizen darüber, was sie am Tag getan hatte. Erst als sie mit »Peter und Kaj« im Sommer 1976 eine Interrail-Reise durch Europa unternahm, wurden die täglichen Eintragungen wieder ausführlicher. Elina fragte sich, ob der Reisegefährte Kaj Nilsson dieselbe Person war wie »Kaja«, dessen Party Ylva hatte besuchen wollen. In diesem Fall war Bernts Eifersucht vielleicht sogar berechtigt.

Bereits eine Woche nach der Abreise war folgender Eintrag zu lesen: »Schlief mit Kaj im Schlafsaal eines Grachtenboots, obwohl eine Menge andere Leute um uns herum waren.« Die körperliche Vereinigung hatte in Amsterdam stattgefunden. Der andere Reisegefährte Peter Fäldt hatte offenbar den Kürzeren gezogen, falls er überhaupt auf Ylva als Bettgefährtin während der Reise scharf gewesen war.

Der Beschluss, die Reise bis nach Asien auszudehnen, war gefallen, nachdem alle drei einen Monat lang in Savona in Italien in der Spülküche gearbeitet hatten. Im Januar 1977 hatten sie Indien erreicht. Ylva schrieb über Heimweh und Durchfall, schien aber wieder munterer geworden zu sein, als sie und ihre beiden Reisegefährten schließlich auf Goa, ihrem ersten Reiseziel in Indien, eingetroffen waren. Ende Februar fuhren alle drei zunächst nach Delhi und eine Woche später weiter ostwärts.

Der letzte Tagebucheintrag war auf den 11. März 1977 datiert. »Einen Typen im Ganges Hotel in Varanasi kennen gelernt. Wir beschlossen, gemeinsam nach Patna weiterzureisen.«

Das war alles. Eine Fortsetzung gab es nicht und auch keine Erklärung dafür, warum sie plötzlich aufgehört hatte, Tagebuch zu führen. Als sie im Herbst desselben Jahres an der Tärna Folkhögskola begann, machte sie sich zwar immer noch Notizen in ihrem Taschenkalender, aber mit dem Tagebuchschreiben war es definitiv vorbei.

Elina fragte sich, warum Ylva eine über zehn Jahre alte Gewohnheit aufgegeben hatte. Auch die Vernehmungen mit Peter Fäldt und Kaj Nilsson lieferten keine Erklärung dafür. Elina griff sofort zum Telefonhörer, sie hatte sich mit dem widerwilligen Peter Fäldt auf ein Gespräch im Verlauf der Woche geeinigt. Aber als er den Hörer abnahm, zögerte sie eine Sekunde. Dann sagte sie: »Entschuldigung, ich habe mich verwählt.« Zehn Minuten später fuhr sie die E 18 Richtung Uppsala entlang.

Peter Fäldt wohnte in Gottsunda. Elina hatte von diesem Vorort schon gehört, war aber noch nie dort gewesen. Sie musste eine Weile suchen, bis sie das richtige Hochhaus fand. Nach dreimaligem Klingeln wurde die Tür einen Spaltbreit geöffnet. »Ja, bitte?« Elina konnte sein Gesicht nicht sehen. »Elina Wiik. Ich komme von der Kriminalpolizei. Ich würde mich mit Ihnen gern über Ylva Malmberg unterhalten.«

Der Mann hinter der Tür schwieg einen Augenblick. »Wir wollten doch telefonieren.«

»Stimmt«, meinte Elina, »aber jetzt bin ich doch hier. Würden Sie vielleicht so freundlich sein, mich eintreten zu lassen?«

»Sie können hier nicht reinkommen.«

»Warum nicht.«

»Bei mir ist nicht aufgeräumt.«

»Das macht nichts. Würden Sie jetzt bitte aufmachen?«

»Das geht nicht.«

»Nicht?«, erwiderte Elina. »Dann muss ich Sie bitten, mich auf die Wache zu begleiten.«

»Das geht auch nicht.«

»Doch. Ziehen Sie sich bitte Schuhe an, dann gehen wir.«

»Warum?«

»Weil es um einen Mord geht, auch wenn er schon lange zurückliegt.«

Peter Fäldt schien zu zögern. »Okay«, sagte er schließlich. Elina wartete keine weitere Erklärung ab, schob die Tür auf und trat in die Wohnung. Ein unverkennbarer Haschischgeruch mischte sich mit dem Geruch einer nicht gelüfteten Wohnung. Elina ging zur Balkontür und öffnete sie, ohne zu fragen. »Sie wollen doch nicht, dass ich bei unserem Gespräch high werde?«, fragte sie. Er starrte sie wortlos an.

Sie sah sich um. Eine Einzimmerwohnung mit Küche. Was Peter Fäldt mit »nicht aufgeräumt« gemeint hatte, musste nicht näher erläutert werden. Sowohl das Zimmer als auch die Küche hätten eine Begegnung mit Besen und Putzmitteln dringend nötig gehabt. Elina verfluchte sich im Stillen, weil sie vor ihrem Besuch nicht an einer Tankstelle auf die Toilette gegangen war. Seinen Abort wollte sie sich keinesfalls antun, selbst wenn ihr die Blase platzte.

Sie räumte sich einen Platz auf dem Sofa frei und bat Fäldt, auf dem Sessel ihr gegenüber Platz zu nehmen.

»Sie scheinen nicht gerade in Topform zu sein, Herr Fäldt. Aber ich werde so tun, als hätte ich eine verstopfte Nase und würde diesen Geruch, Sie wissen schon, nicht wahrnehmen.«

Er trug eine Trainingsjacke und ein graues T-Shirt, eine verschlissene Jeans schlotterte um seine mageren Beine. Seine Augen waren halb geschlossen.

»Was wollen Sie?«, fragte er.

»Wissen Sie, wo Kaj Nilsson steckt?«, fragte sie. »Der Mann, mit dem Sie und Ylva nach Indien gereist sind.«

Peter Fäldt zuckte mit den Achseln. »Ich habe ihn seit zwanzig Jahren nicht mehr gesehen.«

»Und Ylva?«

»Wir hatten nach der Reise auch nichts mehr miteinander zu tun. Wir haben uns gelegentlich noch zufällig in der Stadt gesehen. Dann ist sie ja auch weggezogen. Und dann ist all das andere passiert.«

»Erinnern Sie sich an die Reise nach Indien?«

»Klar. Ich habe zwar seither einiges geraucht, aber an meinem Gedächtnis ist nichts auszusetzen.«

Elina bezweifelte das, widersprach aber nicht. »Ereignete sich irgendetwas Besonderes, während Sie in Indien waren?«

»Dauernd ist irgendwas passiert. War ja schließlich Indien. Wenn Sie mal dagewesen sind, dann verstehen Sie das.«

»Ich habe Ylvas Tagebuch gelesen. Sie war doch mit Kaj zusammen?«

»Ab und zu. Nicht die ganze Zeit.«

»Ach?«

»Sie stritten oft. Mehrmals beschlossen wir, getrennter

Wege zu gehen, aber letztendlich blieben wir doch immer zusammen.«

»Und warum sind Sie dann nach Hause gefahren?«

Er ließ sich mit seiner Antwort Zeit. »Das Geld war zu Ende, so war das wohl.«

»Wohl?«

»Ja, und dann waren wir auch dieses ewige Rumziehen leid. Das war auf Dauer recht anstrengend.«

»Geschah etwas, kurz bevor Sie nach Hause fuhren? Etwas, das dazu führte, dass Sie den definitiven Entschluss fassten?«

»Warum fragen Sie?«

»Ist nur so eine Überlegung. Bitte antworten Sie.«

Er schwieg. Elina wartete. Er schloss die Augen. Nach einer Weile wiederholte sie ihre Frage. Sie überlegte, ob er eingeschlafen sei. Aber dann sah er sie mit seinem stumpfen Blick an.

»Ich rauche einiges, das haben Sie doch begriffen, oder?«, sagte er.

»Allerdings«, erwiderte Elina.

»Und Sie sehen, wie es bei mir aussieht.«

»Ja. Nicht sonderlich aufgeräumt.«

»Ich will raus aus dem Ganzen. Wenn ich erzähle, können Sie dann dafür sorgen, dass mir geholfen wird?«

»Ich weiß nicht. Das kommt darauf an.«

»Nach dieser Sache ging's abwärts. Ich konnte nicht mehr richtig schlafen und rauchte immer mehr, um überhaupt durchzuhalten.«

»Was ist damals passiert?«

Seine Pupillen weiteten sich, und er begann zu schwitzen. Als säße ihm die nackte Angst im Nacken. Dann begann er langsam und wie in Trance zu erzählen.

»Wir waren in Varanasi, in diesem heiligen Badeort der Hindus am Ganges. Wir waren mit dem Zug aus Delhi gekommen, dritter Klasse, verdammt harte Bänke. Nach ein paar Tagen wollten wir weiter, es war nämlich wirklich übel da. Wir wollten nach Kalkutta. Aber dann traf Ylva diesen Typen in dem Hotel, in dem wir wohnten. Sie und Kaj waren zu diesem Zeitpunkt nicht zusammen. Das Hotel kostete übrigens fünf Rupien die Nacht für ein Bett und unzählige Kakerlaken. Das Scheißhaus war ein Loch im Boden hinter einer Tür auf dem Gang. Dieser Typ hatte ein Auto, mit dem er nach Patna fahren wollte. Das lag auf halbem Weg nach Kalkutta. Er fragte also Ylva, ob sie mitkommen wollte. Sie sagte, dass er uns in diesem Fall ebenfalls mitnehmen müsste, also Kaj und mich.«

»Wie hieß er?«

Peter Fäldt schüttelte den Kopf. »Keine Ahnung. Der Name ist ganz weg. Ich habe mich kaum mit ihm unterhalten. Er war ein Schwachkopf. Wir fuhren nachmittags los, daran erinnere ich mich noch. Die Straßen waren miserabel, und dann wird es auch verdammt schnell dunkel. Als würde jemand ein Rollo herunterlassen. Abends hielten wir irgendwo an, um zu essen. So ein Lokal, wo sie auf Kohlenbecken kochen und wo man draußen sitzt und isst, allerdings unter einem Dach. Ich hätte dort auch gerne übernachtet, direkt nebenan gab es ein paar billige Zimmer. Aber die anderen wollten weiterfahren. Ich begreife nicht, warum. Nachts war es wirklich unheimlich, keine Straßenlaternen und alle fuhren wie die Verrückten. Überall in den Straßengräben lagen umgekippte Lastwagen.«

Elina saß schweigend auf dem Sofa und hörte zu. Sie wollte seinen stockenden Bericht nicht durch Fragen unterbrechen.

»In Indien gibt es unzählige Menschen, sie sind überall. Aber nur, wenn es hell ist. Nachts beherrschen die wilden Hunde auf dem Land alles. Diese Hunde sind wie Wölfe, sie streifen in hungrigen Rudeln umher. Die Dörfer sind dunkel, die Leute trauen sich nicht auf die Straße. Es ist so warm, das können Sie sich gar nicht vorstellen, der Schweiß läuft einem runter, die Augen brennen vom Salz, und die Kleider kleben. In dieser Nacht … ich glaube, es war gegen elf, wir waren weitergefahren, obwohl ich anhalten wollte. Plötzlich knallten wir irgendwo gegen, wie gegen einen Sack Reis oder ein Schaf. Ylva schrie … wir hielten an und stiegen aus, und dann lag er da.«

»Wer?«

»Der Junge. Er kann nicht älter als zehn gewesen sein. Ich begreife nicht, was er so spät noch auf der Straße zu suchen hatte. Das Licht der Scheinwerfer ruhte auf ihm, er sah vollkommen unverletzt aus, kein Blut. Er sah aus, als schliefe er. Wir waren ratlos, also fasste ich an sein Handgelenk.«

»Und?«

»Mausetot. Kaj fühlte seinen Puls ebenfalls. Wir schrien um Hilfe, aber niemand hörte uns. Es war alles schwarz. Ich wollte ihn in ein Krankenhaus bringen, aber der Typ mit dem Auto meinte, dass wir dann nur Probleme mit der Polizei bekommen würden. Er sagte, dass sie uns ins Gefängnis stecken würden, obwohl wir unschuldig waren, denn das waren wir, es war ein Unfall, nichts anderes. Also … trugen wir ihn runter in den Graben.«

»Sie ließen den Jungen am Straßenrand zurück?«

»Ich weiß, ich weiß, das war eine Schweinerei, ich war dagegen, aber wir standen total unter Schock. Ich habe deswegen immer noch Alpträume, meine Nerven haben darunter sehr gelitten.«

»Wer saß am Steuer?«

»Ich bin mir nicht mehr sicher, glauben Sie mir, alles verschwimmt in meiner Erinnerung. Aber ich war es nicht, das weiß ich sicher, ich saß auf dem Rücksitz.«

»Wer, glauben Sie, saß am Steuer?«

»Ich glaube, es war Ylva.«

»Männer lassen sich doch nicht von der einzigen Frau chauffieren?«

»Wir hatten Hasch geraucht, vielleicht hatten wir auch zu viel geraucht und waren nicht mehr in der Lage zu fahren.

Ich erinnere mich nicht mehr. Aber ich glaube, dass Ylva in dieser Nacht fuhr.«

Elina lehnte sich zurück. Wieder hatte sie etwas erfahren, was nicht in den alten Vernehmungsunterlagen stand.

»Das war eine furchtbare Sache«, meinte sie. »Warum haben Sie nicht früher davon erzählt?«

»Weder Kaj noch ich wollten anschließend darüber reden. Es war wirklich fürchterlich. Wir haben es sozusagen verdrängt. Ich will immer noch nicht darüber reden, aber Sie haben mich ja gezwungen.«

Sein Blick bekam plötzlich etwas Aggressives, aber die Glut erlosch ebenso schnell, wie sie aufgeglommen war.

»Und Ylva?«, meinte Elina. »Wie hat sie reagiert?«

»Sie war genauso geschockt wie ich. Was später war, weiß ich nicht, wir haben uns anschließend kaum noch gesehen. Und als die Polizei uns ihretwegen verhört hat, war sie ja schon tot.«

»Was haben Sie nach diesem Vorfall getan?«

»Wir hatten alle keine Lust mehr, die Reise fortzusetzen. Wir fuhren mit dem Auto nach Patna, aber in meinem Kopf herrschte totales Chaos. Ein paar Tage später fuhren wir mit dem Zug zurück nach Delhi. Kaj und ich bekamen Geld von unseren Eltern, und Ylva ging auf die schwedische Botschaft und lieh sich Geld für ein Flugticket. Wir fuhren direkt nach Hause.

»Und was ist aus dem Mann geworden, dem das Auto gehörte?«

»Wir trennten uns in Patna. Seitdem habe ich ihn nicht mehr gesehen.«

26. KAPITEL

Elina wusste nicht, mit welchen Lehrern sie sich unterhalten sollte. Ylva Malmberg hatte im ersten Unterrichtsjahr an der Tärna Folkhögskola vier verschiedene Lehrer gehabt und im Jahr darauf drei neue. Keiner von ihnen hatte in den ursprünglichen Verhören etwas von besonderem Interesse zu sagen gehabt. Außerdem hatte sie einige von ihnen noch gar nicht ausfindig gemacht.

Sie rief zuerst Roger Malmberg an. Ob er von dem tödlichen Unfall in Indien gehört hatte? Er klang erschüttert, als sie ihm davon erzählte, und erklärte, von dem Vorfall keine Ahnung zu haben. Dann rief Elina die Mitschülerin Mikaela Andersson an. Auch sie hatte nie etwas von dem Unfall gehört. Mikaela äußerte die Vermutung, dass er zu Ylvas Entschluss beigetragen haben könnte, sich an der Tärna Folkhögskola mit Dritte-Welt-Fragen zu befassen, um so eventuelle Schuldgefühle zu verarbeiten.

Nach diesen beiden Gesprächen kam bei Elina ein leiser Zweifel auf. War Peter Fäldts Geschichte überhaupt wahr? Hatte sich dieser Unfall überhaupt ereignet? Vielleicht hatte er ihn erfunden oder verschiedene Ereignisse in seinem Haschischnebel durcheinandergebracht. Der Bericht an sich war jedoch klar und detailliert gewesen. Immerhin gab es einen Zeugen, der es sicher wissen musste: den anderen Reisegefährten Kaj Nilsson. Aber Elina hatte ihn noch nicht erreicht. Niemand war bei seiner c/o-Adresse ans Telefon gegangen.

Eine knappe Stunde später hatte sie die Adressen sämtlicher sieben Lehrerinnen und Lehrer eruiert sowie die Telefonnummern von fünf. Sie entschloss sich alle anzurufen, um sich dann vielleicht mit der- oder demjenigen zu treffen, die oder der am meisten zu wissen schien. Es war Dienstag, zehn Uhr vormittags, und sie probierte es erst mit den Handynummern. Niemand nahm ab. Vielleicht riskieren sie, dass man die Handys beschlagnahmt, wenn sie während der Unterrichtszeit klingeln, dachte Elina. Oder galt das nur für die Schüler? Sie hinterließ Nachtrichten bei den dreien, die eine Mailbox hatten. Dann versuchte sie es unter ihren Privatnummern.

Die erste, die sie erwischte, hieß Maja Beijer. Sie hatte Kunsthandwerk unterrichtet und wohnte mittlerweile auf Gotland.

»Ich habe mich darauf konzentriert, mein eigenes Talent weiterzuentwickeln statt das anderer«, erzählte sie. »Ich besitze hier eine Töpferei.«

Leiser Neid beschlich Elina. Eine Töpferei auf Gotland, das klang angenehmer, als Übeltäter und widerspenstige Zeugen zu vernehmen.

Maja Beijer behauptete, keine Ahnung zu haben, wer der Vater von Ylvas Kind war oder warum sie die Vaterschaft geheim gehalten hatte.

»Aber ehrlich gesagt«, meinte sie, »würde ich mich nicht an Ylva Malmberg erinnern, wenn sie nicht ermordet worden wäre. Klar, dass wir alle vollkommen entsetzt waren, als wir davon erfuhren. Aber … sonst hat sie sich nie sonderlich hervorgetan.«

Zwischen Lehrerschaft und Schülern hatte ein kameradschaftliches Verhältnis geherrscht. Falls ein männliches Mitglied des Lehrkörpers die Situation ausgenützt hatte, um sich »sexuelle Vorteile« zu verschaffen, sei es ihr jedenfalls nicht aufgefallen. Elina fand diese Formulierung sonderbar, Nachfragen erübrigten sich jedoch.

Die andere Lehrkraft, die sie erreichte, hieß Ulf Nyman. Er hatte das Fach Entwicklungsländer unterrichtet, Ylvas Hauptfach.

»Sie haben Glück, dass Sie mich erwischen«, sagte er. »Ich bin auf dem Sprung. Womit kann ich Ihnen helfen?«

»Es geht um eine ehemalige Schülerin von Ihnen. Ylva Malmberg.«

Am anderen Ende wurde es still. »Sie wurde vor fünfundzwanzig Jahren ermordet.«

»Ja, stimmt«, erwiderte Ulf Nyman. »Daran erinnere ich mich natürlich. Wirklich eine tragische Geschichte. Hat sich in dem Fall etwas Neues ergeben?«

»Wir haben die Ermittlung wieder eröffnet. Ich leite sie. Ich würde Ihnen gern ein paar Fragen stellen.«

»Kein Problem. Geht das telefonisch?«

»Was hatten Sie für ein Verhältnis zu ihr?«

»Verhältnis? Wie zu allen anderen Schülern auch. Ein entspanntes, wie es der Atmosphäre an der Schule entsprach. Aber ich kannte sie nicht sonderlich gut. Sie war recht zurückhaltend.«

»Wissen Sie, wer der Vater ihres Kindes gewesen sein könnte?«

»Diese Frage hat mir die Polizei damals auch gestellt. Meine Antwort damals lautete, dass ich keine Ahnung hätte, und heute weiß ich auch nicht mehr als damals.«

Elina ging ihren Fragenkatalog durch, hatte aber zehn Minuten später, als sie sich für das Gespräch bedankte, nicht den Eindruck, etwas Neues erfahren zu haben. Bis sie Feierabend machte, hatte sie sich mit sechs der sieben Lehrkräfte unterhalten. Einer von ihnen hatte erzählt, er habe den Verdacht gehegt, dass Ylva gelegentlich Hasch rauchte. Von dem tödlichen Unfall wusste keiner, aber einer von ihnen meinte, sich an einen »dunklen Unterton in Ylvas Leben« zu erinnern. Elina hatte ferner gefragt, ob jemandem irgendwelche unzulässigen sexuellen Avancen von Seiten der Lehrerschaft

Ylva gegenüber aufgefallen waren. Alle antworteten mit Nein. Niemand wusste, wer der Vater von Ylvas Kind gewesen sein könnte oder warum sie das geheim gehalten hatte. Eine der Lehrerinnen meinte, sich an Ylvas abweisende Reaktion zu erinnern, als sie sich nach dem Kind erkundigt hatte. Offenbar hatte Ylva nicht über die Sache reden wollen.

Als sie nach dem letzten Telefongespräch den Hörer auflegte, war sie kurz davor aufzugeben. Ihre Hoffnung, den Fall zu lösen, war fast gänzlich geschwunden. Sie entschied, dass es an der Zeit war, den Fall mit John Rosén zu besprechen, vielleicht hatte er eine Idee beizusteuern, die sie weiterbringen würde.

Rosén öffnete die Tür, als Elina bei ihm anklopfte. Vor ihm stand eine kleine Reisetasche. »Fährst du weg?«, fragte Elina.

»Nach Göteborg«, antwortete Rosén. »Mein Vater ist gestorben, und ich habe ein paar Tage freigenommen, um mich um alles zu kümmern.«

»Das tut mir aber leid«, erwiderte Elina und legte ihre Hand auf seine Schulter. »Mein aufrichtiges Beileid.«

»Er hatte ein raues Leben«, meinte Rosén. »Aber die letzten zehn Jahre war er trocken. Eigentlich ist es unglaublich, dass es ihm tatsächlich gelang, 72 Jahre alt zu werden. Mit sieben wurde er seinen Eltern weggenommen und in ein Kinderheim gesteckt. Meine Großeltern hielt man als Eltern für ungeeignet, weil sie dem fahrenden Volk angehörten. Man stahl ihnen ihre Kinder, um richtige Schweden aus ihnen zu machen. Aber Papa ging daran zugrunde, und niemand wollte dafür verantwortlich sein.«

»Und wie geht es dir?«

»Ich weiß noch nicht so recht. Im Augenblick bin ich hauptsächlich wütend. Aber du wolltest über etwas reden?«

»Das kann warten, John.«

»Wenn es um die Ermittlung geht, dann sollten wir jetzt darüber sprechen. Ich glaube nicht, dass ich vor nächster Woche zurück bin.«

»Wenn es dir nicht zu viel ist.«

John Rosén setzte sich und deutete auf den Besucherstuhl. Elina erzählte von ihren Nachforschungen, davon, wen sie vernommen und was sie in Erfahrung gebracht hatte.

»Ylva scheint ein recht chaotisches Mädchen gewesen zu sein«, meinte Elina. »Sie ließ sich immer mit Männern ein, von denen sie annahm, dass sie ihr eine starke Schulter bieten würden. Männer, die sie dann ausnützten und dominierten. Männer, die sich in ihrer Machtvollkommenheit gefielen.«

»Alle Übergriffe werden von Leuten verübt, denen ihre Macht gefällt«, erwiderte Rosén, »und die glauben, dass sie alles besser wissen und sich das Recht herausnehmen können, über andere zu bestimmen. Mein Vater fiel solchen Leuten zum Opfer. Die Macht hat ihn zerstört. Politiker, die sagen, dass sie die Macht lieben, ekeln mich an. Das ist, als würden sie sagen, dass sie gerne über andere Menschen bestimmen. Jemand will über mich bestimmen. Das ist pervers.«

»Sie war sensibel und leicht zu manipulieren. Diese Manipulationen verunsicherten sie dann noch mehr. Sie fand nie zu sich selbst. Ich habe den Eindruck, dass sie ständig in dieselben Verhaltensmuster zurückfiel. Sie wollte wahrgenommen werden, beliebt sein und wie eine Gleichberechtigte behandelt werden, wurde aber immer nur ausgenutzt.«

»Wirkte es, als wäre es ihr auch selbst aufgefallen?«

»Ich weiß nicht, vielleicht lese ich in die Geschichte zu viel hinein. Es heißt, sie habe sich im letzten Jahr recht widersprüchlich verhalten, als hätte sie neue Eigenschaften entwickelt. Vielleicht weigerte sie sich ja zu sagen, wer der Vater ist, nicht nur um ihm das Recht an dem Kind zu verweigern, sondern auch an ihr. Vielleicht war es ja so.«

»Du glaubst also, dass sie von jemandem ermordet wurde, der nicht loslassen konnte? Von einem dieser perversen Machtmenschen?«

Rosén verzog das Gesicht. Elina konnte den Schmerz ahnen, den er empfand, wenn er daran dachte, wie sein Vater und sein ganzes Volk und vielleicht auch er selbst behandelt worden waren.

»Ja«, antwortete sie. »Aber es gelingt mir nicht, ihn in den Akten einzukreisen. Er hat keine Spur hinterlassen.«

»Wahrscheinlich, weil Ylva ihn für sich behalten hat«, meinte Rosén. »Ihre Affäre war geheim. Sonst würde es Vermutungen geben, wer der Vater des Kindes gewesen sein könnte. Ich glaube, du musst nach etwas suchen, wovon Ylva aus irgendeinem Grund nichts erzählen konnte, schon *ehe* sie schwanger wurde.«

»Oder nach jemandem, der verlangte, dass sie schwieg. Einen verheirateten Mann.«

»Oder einen Lehrer an der Schule. Eine Beziehung zwischen einem Lehrer und einer Schülerin ist heikel und verstößt vermutlich auch gegen die Regeln.«

»Es könnte etwas sein, das die Behörden hätte aufhorchen lassen«, meinte Elina. »Ylva hat Hasch geraucht. Ein Dealer vielleicht? Die Gefahr, das Kind zu verlieren, könnte ein Grund gewesen sein, auch nach der Geburt zu schweigen.«

»Das Kind verlieren«, sagte John Rosén. »Sie wollten mich auch in Pflege geben, weil mein Vater Alkoholiker war. Aber es ist meiner Mutter damals gelungen, das zu verhindern.«

Er verstummte. Elina wusste nicht, was sie sagen sollte. »Aber daran hast du vielleicht schon gedacht«, meinte Rosén nach einer Weile.

»Das Problem ist, dass ich auf keinen Verdächtigen stoße. Ich weiß zwar mehr über Ylva, aber das nützt mir bislang nichts. Ich komme ebensowenig vom Fleck wie die Ermittler damals.«

»Was haben die Nachforschungen in unserer Kartei ergeben? Also damals vor fünfundzwanzig Jahren?«

»Keiner der Männer, die damals überprüft wurden, waren im Zusammenhang mit einem Gewaltverbrechen oder einem anderen schwerwiegenden Delikt bei der Polizei registriert. Es gab wirklich nicht die geringste Spur.«

»Ich muss jetzt los«, sagte Rosén. »Ich hoffe, du entdeckst noch einen Hinweis in den Akten. Irgendwo muss es etwas geben.«

Sie gaben sich feierlich die Hand. Dann umarmte Elina ihn. Das hatte sie noch nie getan. Aber in diesem Augenblick schien es das Richtige zu sein.

Sie ging zurück in ihr Zimmer und packte ihre Sachen zusammen, um nach Hause zu gehen. Als sie nach der Türklinke griff, klingelte das Telefon. Es war der Staatsanwalt, der den Fall mit der misshandelten Frau betreute. Er teilte mit, dass nun Anklage erhoben worden war. »Traurige Geschichte«, meinte er. »Da hätten wir schon viel früher durchgreifen müssen.«

Abends telefonierte Elina lange mit ihrem Vater. Sie erkundigte sich eingehend nach seiner Gesundheit. Er beteuerte, kerngesund zu sein. Seine Stimme klang fröhlich, er hatte mit den Herbstarbeiten im Garten begonnen. Elina freute sich mit ihm. Danach fiel es ihr schwer einzuschlafen, ihre Gedanken ließen ihr keine Ruhe. Erst nach einigen Stunden fiel sie in einen unruhigen Schlaf, wachte dann aber plötzlich auf. Das Fenster stand offen, und der Mond schien durch die Gardinen. Einen Augenblick lang meinte Elina ein Gesicht auf dem Muster der Gardine zu sehen. Das Gesicht einer Frau. Sie richtete sich im Bett auf. Was hatte sie gesagt? Die Frau, die misshandelt worden war? Sie hätten ihre Flitterwochen auf den Kanarischen Inseln verbracht. Da habe er sie zum ersten Mal geschlagen. Sie habe ihn erst viel später angezeigt, aber da sei es zu spät gewesen. »Wenn Sie ihn schon beim ersten Mal eingebuchtet hätten, wäre es nie so weit gekommen.« Das waren ihre Worte gewesen.

Diese Aussage hatte etwas zu bedeuten. Elina sprang förmlich aus dem Bett. Sie war aber noch zu verschlafen und konnte nicht klar denken. Sie ging in die Küche und trank ein Glas Wasser, vor allem um sich zu beschäftigen. Der Mann, der

der Körperverletzung bezichtigt wurde, war zum Zeitpunkt des Mordes an Ylva erst zwölf gewesen, aber darum ging es auch gar nicht, sondern um etwas anderes. Sie versuchte sich zu konzentrieren, alles Unwichtige auszuschalten. Sie kehrte ins Schlafzimmer zurück und legte sich rücklings aufs Bett. Sie versuchte, so langsam wie möglich zu atmen und sich so gut wie möglich zu entspannen. All ihre Kraft sollte sich auf ihr Gehirn konzentrieren. Die Zeit schien langsamer zu verstreichen.

»Ja«, flüsterte sie. »Ja.«

Jetzt wusste sie, wie sie es anpacken musste.

27. KAPITEL

Kari erwachte zuerst. Sie zwängte sich aus dem Zelt und reckte sich. In der Ferne sah sie das Haus auf der Anhöhe. Alles war friedlich, niemand war zu sehen, und der Hund bellte auch nicht. Sie erinnerte sich, dass auch sie einen Hund besessen hatte. Was war wohl aus ihm geworden, als sie mit ihrer Mutter nach Schweden gezogen war? Hatten sie ihn mitgenommen? Kari versuchte sich zu erinnern, wie er geheißen hatte. Snipp?

Fast fünf Jahre lang hatte sie in dem Haus gewohnt. Dann war sie an einen anderen Ort in einem anderen Land gezogen. Wieso überhaupt? Das hatte ihr ihre Mutter nie erklärt. Die Mutter hatte nichts über die Zeit auf den Lofoten erzählen wollen, es war nur gelegentlich von Reidar, ihrem Adoptivvater die Rede gewesen, der jetzt unter einem Stein, der direkt aus den Felsen gehauen war, auf dem Friedhof ruhte.

Kari fühlte sich ihrer ersten Jahre beraubt. Sie war ein Gegenstand gewesen, etwas, das man erst hatte weggeben und dann einfach irgendwohin hatte mitnehmen können. Vielleicht wusste sie aus diesem Grund nicht, wer sie eigentlich war.

Sie ging zu dem Toilettenhäuschen und wusch sich, so gut es ging. Als sie zurückkam, stand Robert neben dem Zelt. Er lächelte sie an. »Hallo«, sagte er. »Hallo«, erwiderte sie. »Ich habe nachgedacht«, meinte er.

»Ich dachte, du würdest noch schlafen.«

Er reckte sich. »Das schon, ich meinte, gerade eben. Ich

habe darüber nachgedacht, wie wir am besten vorgehen sollten. Der Typ in dem Haus wirkte ja nicht sonderlich redselig. Wir müssen jemanden auftreiben, der ein bisschen mehr weiß.« Robert deutete auf den Kirchturm. »Vielleicht der Pfarrer. Das kam mir gerade in den Sinn.«

»Ich bin hungrig«, sagte Kari.

Robert fuhr auf die schmale Landstraße, die sich eingekeilt zwischen den Bergen dahinschlängelte. Nach einigen Minuten erreichten sie einen kleinen Ort, der etwas größer wirkte als Flakstad. Die Häuser duckten sich, gegen den Berg lehnte sich niemand auf! Ein Schild verkündete, dass sie sich in Ramberg befanden. Robert parkte vor einem Gebäude, das wie ein kleineres Einkaufszentrum aussah.

Eine Kassiererin im Lebensmittelladen erbot sich, ihnen die Telefonnummer des Pfarrers herauszusuchen. Kari rief ihn an. Nachmittags um eins hatte er Zeit für sie.

Ein Mann mit Jackett und gewelltem Haar gab Kari und Robert die Hand, als sie das Gemeindehaus betraten. Robert hielt sich im Hintergrund, als Kari erzählte, wer sie war und dass Reidar und Berit Solbakken sie adoptiert hatten. Der Pfarrer nickte. Er konnte sich gut an die beiden erinnern.

»Ich hatte gerade hier angefangen, als das passiert ist«, sagte er. »Und Ihre Mutter? Wie geht es ihr?«

»Sie ist schon vor einigen Jahren gestorben.«

»Das tut mir leid. Womit kann ich Ihnen helfen?«

»Wissen Sie, wer es war?«, fragte Kari.

Robert hob den Kopf. Dass sie so direkt sein würde, hatte er nicht erwartet.

»Der Sie gebracht hat?«

»Ja. Wer war es?«

»Das weiß niemand. Es hat mehrere Vermutungen gegeben. Aber niemand weiß etwas.«

Kari wickelte eine Haarsträhne um ihren Zeigefinger.

Schweigend saßen sie sich gegenüber. Sie wusste nicht, wonach sie noch fragen sollte. Zwar schwirrten ihr unzählige Fragen im Kopf herum, aber keine davon ließ sich in Worte fassen.

»Ich will Ihnen sagen, was ich damals geglaubt habe«, sagte der Pfarrer schließlich. »Ich glaube, dass es jemand war, der Reidar und Berit kannte oder zumindest von ihnen gehört hatte. Ich glaube, dass es kein Zufall war, dass man Sie ausgerechnet auf ihre Schwelle gelegt hat.«

»Weshalb?«, fragte Kari.

»Weil Reidar hier in der Gegend ein wichtiger Mann war. Ein bedeutender Mann. Er war an allen Angelegenheiten der Gemeinde beteiligt und saß in mehreren Ausschüssen. Ihre Mutter war außerdem Sozialarbeiterin. Es wirkte fast so, als hätte man Sie den *Behörden* übergeben und nicht *Reidar und Berit*. Die Person, die das tat, muss gewusst haben, wer die beiden waren. Gleichzeitig muss ich mir allerdings selbst widersprechen. Hier kennt jeder jeden. Nichts bleibt geheim … Keine Frau hätte hier neun Monate lang schwanger sein können, ohne dass jemand etwas bemerkt hätte. Ihre richtige Mutter kann also nicht hier aus der Gegend gewesen sein.«

»Warum hatten sie keine eigenen Kinder?«, fragte Kari.

»Hat Ihre Mutter Berit nicht mit Ihnen darüber gesprochen?«

»Nein.«

Der Pfarrer seufzte.

»Ich vermute, dass es kein Geheimnis ist«, meinte er. »Sie konnten keine bekommen. Für Berit war das fürchterlich, sie wünschte sich sehnlichst ein Kind. Als Sie dann kamen, war das wie ein Geschenk des Himmels. Ich merkte, wie sehr es Berit gefreut hat, als Ihre richtigen Eltern unauffindbar blieben. Dann gab es ein ziemliches Hin und Her, bis Reidar und Berit Sie adoptieren durften. Sie waren schließlich schon recht alt. Aber zu guter Letzt klappte es dann.«

Robert öffnete den Mund, als wolle er etwas sagen, zögerte dann aber. Er wollte Kari nicht unterbrechen. Der Pfarrer bemerkte das und sah ihn an. Robert fasste sich ein Herz.

»Wo sollen wir am besten mit der Suche anfangen?«, fragte er.

»Das wird nicht leicht. Vielleicht weiß die Polizei etwas. In ihren Akten müsste schließlich etwas stehen. Und in der Adoptionsfrage hat das Jugendamt entschieden.«

»Die Polizei?«, fragte Robert.

»Hier in Ramberg gibt es eine Wache. Die ist auch für Flakstad zuständig. Fragen Sie dort. Und beim Jugendamt. Besuchen Sie auch das Gemeindeamt in Ramberg. Obwohl ich fürchte, dass Ihnen das alles nicht sehr viel weiterhelfen wird. Dort erreichen Sie wahrscheinlich nichts. Leider. Aber haben Sie schon mit Johannes gesprochen?«

»Wer ist das?«, fragte Kari.

»Der Mann, der heute in dem Haus wohnt.«

»Wir haben es versucht«, sagte Robert. »Aber er war nicht sonderlich gesprächig.«

»Johannes ist ein Eigenbrötler. Versuchen Sie es einfach noch einmal.«

»Warum wohnt er in unserem Haus?«, fragte Kari. Ihre Stimme klang vorwurfsvoll. Als gehöre das Haus immer noch ihr, als sei der Mann in dem Haus ein Eindringling.

»Er zog dort ein, als Reidar starb, und sie mit Ihrer Mutter nach Schweden zogen. Er und seine Frau. Sie ist inzwischen gestorben. Ich weiß nicht, was er mit Ihrer Mutter vereinbart hatte.«

Schweigend saßen Robert und Kari nebeneinander im Auto. Robert wagte nicht zu fragen, woran sie dachte. Sie wirkte verbissen.

»Stell dir vor, wenn die Polizei jetzt meinen Führerschein sehen will?«, meinte Robert, als sie vor der Wache parkten.

»Warum sollte sich ein norwegischer Polizist Gedanken

über deinen Führerschein machen?«, wollte Kari wissen. Sie klang verärgert.

Sie stiegen aus und blieben vor der Tür stehen. »*Sind im Einsatz*«, stand auf einem handgeschriebenen Zettel, darunter eine Handynummer. Als sie sich gerade zum Gehen wandten, fuhr ein Streifenwagen vor. Ein Polizist mit Kurzhaarschnitt, Mitte dreißig, stieg aus.

»Kann ich etwas für Sie tun?«, fragte er. Kari brachte stockend und unzusammenhängend ihr Anliegen vor.

»Es müsste eine Akte existieren«, meinte der Polizist, nachdem er ihr ein paar Fragen gestellt hatte. »Es müsste eine Ermittlung darüber geben, wie Sie auf der Treppe der Solbakkens gelandet sind und wer Ihre richtigen Eltern gewesen sein könnten. Aber wenn das fünfundzwanzig Jahre her ist... dann liegt die Akte nicht hier, sondern in Svolvær. Ich werde veranlassen, dass man sie heraussucht und hierherschickt. Kommen Sie einfach in ein paar Tagen noch mal wieder.«

Robert zupfte vorsichtig an Karis Pullover. Er wollte gehen, bevor der Polizist auf die Idee kam, sich danach zu erkundigen, woher sie kamen. Als sie bereits im Wagen saßen, kam der Polizist noch einmal zu ihnen. »Ich bin hier inzwischen der einzige Polizist«, meinte er. »Aber damals gab es mehrere. Ich weiß nicht, wer sich um Ihren Fall gekümmert hat, aber einer der Kollegen von damals wohnt in dem Haus da drüben.«

Er deutete auf ein weißes Holzhaus auf der gegenüberliegenden Straßenseite. »Versuchen Sie es da«, meinte er. »Jan Egil ist eigentlich immer zu Hause, wenn kein Wetter zum Fischen ist.«

Der Mann, der ihnen die Tür öffnete, erinnerte Robert an einen Holzklotz und erweckte den Eindruck von Unerschütterlichkeit. Ein weiteres Mal erklärte Kari, wer sie war, jetzt mit etwas größerer Sicherheit. »An Sie erinnere ich mich«, sagte der Mann. »Ich heiße Jan Egil Laursen. Ich habe die Ermittlung damals zwar nicht geleitet, aber kommen Sie trotzdem rein. Sie können die Schuhe anbehalten.«

Kari und Robert betraten ein Wohnzimmer, die Wände waren mit Fotos des alten Polizisten bedeckt, auf denen er entweder mit einem Dorsch oder einem Lachs in den Händen zu sehen war. Ich darf wohl dreimal raten, welches Hobby der hat, dachte Robert.

»Ein Kollege von mir hat sich damals um die Sache gekümmert«, sagte Laursen. »Nach der Pensionierung ist er nach Oslo gezogen. Aber ich weiß, dass er in Ihrem Fall nichts erreicht hat.«

»Hatten Sie denn gar keinen Verdacht?«, fragte Kari vorsichtig.

»Es gab alle möglichen Theorien. Manche glaubten, Sie seien aus einem der Samendörfer auf dem Festland gekommen. Dort leben die Leute recht weit voneinander entfernt, und eine Frau hätte eine unerwünschte Schwangerschaft gut geheimhalten können. Es gab andere, die glaubten, Sie seien das Kind von Drogenabhängigen, die sich nicht um Sie hätten kümmern können. Aber ich weiß nur, dass Sie vollkommen gesund waren, als man sie fand, und dass von Ihren Eltern jede Spur fehlte, wirklich jede.«

»Warum war das so schwierig?«, fragte Robert plötzlich. Der Ton seiner Frage erstaunte Kari, und sie drehte sich zu ihm um. »Ich meine, wie schwer kann es sein, eine Frau zu finden, die gerade ein Kind zur Welt gebracht hat?«, meinte er herausfordernd.

»Tja, mein Junge«, meinte Jan Egil Laursen. »Vielleicht wäre es leichter gewesen, wenn uns jemand geholfen hätte.«

»Wer denn?«, wollte Robert wissen, der nicht klein beigeben wollte.

»Setzt euch, dann erkläre ich alles.« Robert und Kari setzten sich auf das Sofa.

»Sie wissen doch, was Reidar für ein Mann war? Also Ihr Adoptivvater.«

»Ich kann mich kaum an ihn erinnern«, erwiderte Kari. »Er starb, als ich noch sehr klein war, und meine Mutter erzählte nicht so viel. Ich habe sie auch nie gefragt.«

»Sie waren erst vier oder fünf, als er starb, oder?«, meinte Laursen. »Alle wussten, wer Reidar Solbakken war. Oder sie waren sich seiner Existenz jedenfalls sehr bewusst. Ihr Vater hatte damals hier in der Gegend das Sagen. Er war noch vom alten Stamm. Alter Soldat. Zweimal von den Deutschen verwundet. Dann war er in die Politik gegangen. Die Arbeiterpartei. Besaß Fischkutter, mit denen er wahnsinnig viel Geld verdiente. Damals waren die Fänge noch enorm. Er war erfolgreich und wurde ein richtiger Machtmensch. Sie entschuldigen doch, dass ich das sage? Er hatte aber auch eine andere Seite. Er war sozial sehr engagiert. Vielleicht wegen ihrer Mutter. Sie war ja Sozialarbeiterin. Er schenkte Geld für wohltätige Zwecke und half Familien, die Probleme hatten. Kurz gesagt, er war ein bedeutender Mann. Ein Mann, dem niemand widersprechen wollte.«

Jan Egil Laursen stand auf und öffnete einen Schrank. Er nahm eine Medaille heraus.

»Die habe ich 1964 bekommen. Ich habe ein kleines Mädchen vor dem Ertrinken gerettet. Reidar Solbakken hat dafür gesorgt, dass ich die Medaille und eine Urkunde von der Gemeinde erhielt. Das war ein feiner Zug, und ich war sehr stolz. Gleichzeitig wusste er ganz genau, was er tat. Ich stand in seiner Schuld und reihte mich ein in die Gruppe derer, die sich ihm nur schwer widersetzen konnten.«

»Warum hätten Sie sich ihm denn widersetzen sollen?«, fragte Robert.

»Es gab keinen Anlass. Aber man konnte ja nie wissen, falls Sie verstehen, was ich meine.«

»Nicht richtig.«

»Als man Sie fand«, sagte Laursen und wandte sich an Kari, »hätte es einen Grund geben können. Unsere Pflichten kollidierten mit seinen Interessen. Seine Frau wollte Sie behalten. Das ließ Reidar Solbakken diejenigen, die die Adoptionsgenehmigung erteilen mussten, natürlich verstehen. Wir von der Polizei bekamen das auch zu wissen. Er übte zwar keinen direkten Druck aus, äußerte aber Ansichten wie, dass es auf der Hand liege, dass die richtigen Eltern das Kind nicht haben wollten, und dass es nun vor allem Sicherheit und Geborgenheit benötige. Hinzu kam, dass Reidar keine eigenen Kinder bekommen konnte, weil er von den Deutschen bei der Befreiung des Vaterlands verletzt worden war. So etwas war nicht misszuverstehen. Mein Kollege machte vermutlich seine Arbeit, aber ich glaube nicht, dass er sich mehr als nötig ins Zeug legte, um ihre leiblichen Eltern zu finden.«

Kari öffnete den Mund, brachte aber keinen Ton heraus.

»Heißt das, dass man sie hätte finden können?«, fragte Robert, »wenn man sich mehr Mühe gegeben hätte?«

»Ich glaube nicht, dass es wirklich geklappt hätte. Es gab keine einzige Spur von den Eltern. Wenn es leicht gewesen wäre, dann hätten wir sie auch gefunden, egal, was er gesagt hätte. Den einzigen Rat, den ich Ihnen geben kann, ist, die Akte genau zu lesen. Vielleicht entdecken Sie etwas, das wir damals nicht verstanden haben. Aber an Ihrer Stelle würde ich mir keine zu großen Hoffnungen machen.«

»Wussten Reidar und meine Mutter, wer meine Eltern waren?«, fragte Kari plötzlich und sah Jan Egil Laursen in die Augen.

»Diese Frage habe ich mir damals auch gestellt. Aber ich glaube es nicht. Haben Sie Ihre Mutter mal gefragt?«

»Ja. Aber sie hat nicht geantwortet. Und jetzt ist sie tot.«

»Dann werden wir es wohl nie erfahren«, entgegnete Laursen.

Robert versuchte, über die Worte des alten Polizisten zu sprechen, aber Kari schwieg. Sie waren im Lebensmittelladen. Kari legte Fleischwurst, Brot, Tomaten und eine Flasche Limo in ihren Korb. Sie zahlte und ging schweigend zum

Auto zurück. Robert fuhr Richtung Flakstad, hielt aber bevor sie den Ort erreichten, am Straßenrand. Gemeinsam gingen sie über eine Heide und setzten sich auf einen großen Felsen. Zu ihren Füßen breitete sich der Fjord aus, überall war Wasser. Möwen tauchten auf, als Kari das Brot auspackte.

»Sag schon was«, sagte Robert.

Sie schaute aufs Meer hinaus. Die Möwen kreischten. »Er hat mich gekidnappt«, sagte sie ruhig. »Reidar hat mich entführt.«

»Das ist doch undenkbar«, erwiderte Robert ungläubig. »Doch«, sagte Kari. »Reidar hat dafür gesorgt, dass niemand meine Eltern gefunden hat, weil er mich nicht zurückgeben wollte.«

Sie wandte sich an Robert. Ihre Stimme war immer noch ruhig. »*Ich* war ihm ganz egal. Es spielte keine Rolle, was das Beste für mich war. Er benutzte seine Macht, um seine eigenen Bedürfnisse zu befriedigen. Ich war ein hübsches kleines Geschenk für seine Frau. Bitteschön, hier ist die kleine Kari.«

»Aber deine richtigen Eltern wollten dich doch gar nicht«, wandte Robert ein. »Entschuldige, dass ich das sage, aber so war es. Sonst hätten sie dich wohl kaum auf dieser Treppe ausgesetzt.«

Kari warf ein paar Brotstücke in die Luft, die Möwen stürzten herab und prügelten sich um die Krümel. »Vielleicht wollten sie mich nur zu dem Zeitpunkt nicht. Vielleicht blieb ihnen keine andere Wahl. Vielleicht hätten sie mich zurückgeholt, wenn man ihnen geholfen hätte. Aber Reidar hat dafür gesorgt, dass sie diese Chance nie erhielten.«

28. KAPITEL

Das erste Mal, dachte Elina. Jetzt werde ich dein Schloss aufbrechen.

Sie wünschte, John Rosén wäre nicht weggefahren. Sie hätte ihre Idee gerne mit ihm durchgesprochen. Einen Moment lang überlegte sie ihn anzurufen, sah dann aber ein, dass das zu weit gegangen wäre. Wahrscheinlich war er erst am Spätabend in Göteborg eingetroffen und würde jetzt am Morgen seinen toten Vater sehen.

Ich sollte stattdessen mit Jönsson reden, dachte sie. Wenn ich ihn an der Ermittlung teilhaben ließe, ginge vielleicht alles besser. Sie verwarf diesen Gedanken rasch. Er war zwar angemessen, aber sie brachte es einfach nicht über sich. Ihr Widerwille war zu groß. Sie würde nie ungezwungen mit Jönsson zusammenarbeiten können. Er war einfach zu weit gegangen. Bestenfalls konnte sie für die Zukunft auf einen Waffenstillstand hoffen, bei dem sich jeder auf seiner eigenen Seite hielt. Das Einzige, was ihre Situation radikal zum Besseren wenden würde, wäre, dass er ihr gegenüber klein beigab. Mit weniger würde sie sich nicht zufrieden geben. Nicht sehr wahrscheinlich, dachte sie.

Elina hatte das Gefühl, dass es gerade jetzt noch einen weiteren Grund gab, aber sie vermied es sorgsam, diesen in ihrem Kopf in Worte zu fassen. Es ging darum, wem die Ehre zuteil werden würde, falls sich der Fall lösen ließ. Diese Ehre wollte sie auf keinen Fall mit Jönsson teilen.

Sie öffnete die Datei, die alle Namen enthielt, die in der Akte vorkamen sowie Angaben darüber, welche Rolle die Personen in Ylva Marieanne Malmbergs Leben gespielt hatten. Dann versuchte sie, die potenziellen Väter des Kindes herauszufiltern: natürlich die Liebhaber, die namentlich bekannt waren. Einige Mitschüler aus der Tärna Folkhögskola. Die vier Lehrer, die sie unterrichtet hatten. Ein paar flüchtige Bekannte aus Västerås. Die Reisegefährten aus Indien und die drei Mitglieder des Kollektivs aus Björklinge. Außerdem suchte sie alle Männer, dessen Vor- oder Nachnamen mit N begannen, heraus.

Auf der Liste standen schließlich vierunddreißig Namen mit jeweiliger Personenkennziffer und der damaligen Adresse. Mit Hilfe der polizeilichen EDV ermittelte Elina, wo sie jetzt wohnten und schrieb die neuen Adressen unter die Namen. Dann druckte sie die Liste aus. Anschließend rief sie beim Landesarchiv in Härnösand an. Sie wurde durchgestellt. Eine Frau war am Apparat. Ein bisschen schmeicheln schadet sicher nicht, dachte Elina.

»Mein Name ist Elina Wiik, ich bin Inspektorin bei der Kriminalpolizei in Västerås«, sagte sie und fuhr fort: »Vor zwei Jahren haben Sie uns schon einmal sehr geholfen. Ihre Informationen haben es uns ermöglicht, einen Mörder zu fassen und das Leben eines Menschen zu retten.«

Ersteres war halbwegs wahr, der dreifache Mörder Olavi Andersson hatte dank einer recht trivialen Information des Landesarchivs rascher ausfindig gemacht werden können. Dass sich dadurch auch ein Leben hatte retten lassen, war jedoch stark übertrieben.

»Das wusste ich nicht«, sagte die Frau. »Aber das freut uns natürlich. Wir sind Ihnen gerne auch weiterhin behilflich, das ist schließlich auch unsere Aufgabe.«

Elina kam sich wie eine ungewöhnlich nette Hochstaplerin vor.

»Es mag vielleicht seltsam klingen, aber dieses Mal habe

ich tatsächlich ein sehr ähnliches Anliegen«, fuhr sie fort und versuchte, ihrer Stimme einen vertraulichen Ton zu verleihen. »Es geht um eine Mordsache. Ich habe eine lange Liste mit Namen und müsste wissen, wo all diese Leute seit 1979 gewohnt haben.«

»Um wie viele Namen geht es denn?«

»Um vierunddreißig.«

»Wie Sie vielleicht wissen, sind Adressen erst ab 1991 im Computer der Meldebehörde gespeichert. Die älteren haben wir hier.«

»Ich weiß«, sagte Elina. »Ich wollte Sie daher auch bitten, sämtliche Adressen der betreffenden Personen von 1979 bis 1991 herauszusuchen. Nach 1991 kann ich selbst suchen. Leider ist es sehr eilig.«

»Vierunddreißig Personen. Das ist recht aufwändig. Andere Dinge haben eigentlich Vorrang. Aber wenn Sie sagen, dass es eilt, werden wir Ihnen natürlich wieder behilflich sein. Und wenn ich schon einmal dabei bin, kann ich auch gleich die neueren Angaben bis zum jetzigen Datum heraussuchen. Bei mir geht's vielleicht schneller, ich habe da Routine.«

»Das wäre wirklich zu freundlich. Soll ich Ihnen die Namen durchfaxen?«

»Sie können mir auch eine E-Mail schicken. Dann kann ich Ihnen die Informationen gleich wieder zurückmailen. Aber damit bin ich vermutlich den Rest des Tages beschäftigt.«

Ich sollte ihr einen Blumenstrauß schicken, dachte Elina, nachdem sie aufgelegt hatte. Sie sah sich die Liste an. Es gab bereits jetzt einiges zu tun. Elf der vierunddreißig Personen hatten in Uppsala gewohnt, und die übrigen dreiundzwanzig waren zum Zeitpunkt des Mordes in Västerås oder Sala gemeldet gewesen. Es zeigte sich, dass gut die Hälfte immer noch am selben Ort wohnte, der Rest war über ganz Schweden verteilt. Zwei waren im Register nicht mehr zu finden, sie waren entweder tot oder ins Ausland verzogen.

Das wird Zeit kosten, dachte sie und trommelte mit den

Fingerspitzen auf die Tischplatte. Sie hob den Hörer ab und wählte die Nummer einer Nebenstelle. »Hast du Zeit für ein Gespräch?«

Henrik Svalberg öffnete ihre Tür, nachdem er leise geklopft hatte. Er setzte sich auf den Besucherstuhl. »Wie sieht's aus?«, fragte sie. »Gut. Und bei dir?« Sie nickte. Die Begrüßungsfloskeln brachten sie immer rasch hinter sich.

Sie reichte ihm den Ausdruck. »Du weißt doch, woran ich arbeite, nicht wahr?«

»So in etwa«, antwortete er. »Du versuchst einen Mordfall zu lösen, der bald verjährt. Und außerdem tust du dein Möglichstes, um Jönsson zu provozieren.«

»Letzteres ist keine Kunst«, erwiderte sie. »Das erste ist weitaus schwieriger. Und die Zeit ist knapp. Könntest du mir bei einer Sache behilflich sein? Nur heute?«

Er wiegte unentschlossen den Kopf hin und her. »Ich habe ein paar Ermittlungen laufen, die abgeschlossen werden müssen. Aber klar, etwas Zeit hätte ich vielleicht trotzdem. Worum geht es denn?«

»Das ist die Liste der Männer, mit denen mein Mordopfer zu Lebzeiten zu tun hatte. Sie hieß Ylva Malmberg. Einige Monate vor ihrer Ermordung hat sie ein Kind zur Welt gebracht, eine Tochter. Das Kind verschwand zum Zeitpunkt des Mordes und ist nicht wieder aufgetaucht, weder tot noch lebendig.«

Henrik Svalberg zog die Brauen hoch, sagte aber nichts.

»Außerdem wusste und weiß niemand, wer der Vater war«, fuhr Elina fort. »Meine Theorie lautet, dass der Vater der Mörder ist. Zum einen, weil das rein statistisch recht wahrscheinlich ist, und zum zweiten, weil die Tatsache, dass sie den Vater geheimgehalten hat, darauf hindeutet, dass irgendetwas nicht so war, wie es sein sollte. Um mich kurz zu fassen, ich suche nach Vater und Mörder in einer Person.«

Sie deutete auf die Liste, die Svalberg auf den Knien liegen hatte.

»Die Liste umfasst vierunddreißig Namen. Aus den Akten geht nicht hervor, dass der Vater darunter ist.«

»Aber diese Liste ist dein einziger Anhaltspunkt?«, fragte Svalberg.

»Genau. Sollte der Mörder jemand anders sein, beispielsweise jemand, der Ylva Malmberg zufällig getroffen und im Affekt getötet hat, dann habe ich keine Chance. Ich kann den Mörder nur dann ausfindig machen, wenn er sich unter diesen vierunddreißig befindet. Außerdem habe ich einen Plan.«

Henrik Svalberg verzog den Mund. »Einen Plan?«

»Genauer gesagt eine Idee. Menschen, die grobe Gewaltverbrechen begehen, sind oft Wiederholungstäter. Ich will wissen, ob sich einer dieser Männer an anderen Frauen vergriffen hat.«

»Aber das werden die Kollegen doch schon vor fünfundzwanzig Jahren überprüft haben«, wandte Svalberg ein. »Das ist doch Routine. In der Kartei nachsehen. Man gleicht alles und alle mit unseren eigenen Daten ab.«

Elina erhob sich und trat ans Fenster. Unten auf dem Hof fuhr ein Streifenwagen vor. Sie folgte ihm mit dem Blick.

»Das haben sie auch getan. Und sie haben nicht das Geringste gefunden. Aber wir machen es umgekehrt.«

»Umgekehrt?«

»Es geht um die Perspektive. Vor einigen Tagen habe ich eine Ermittlung an die Staatsanwaltschaft weitergeleitet, bei der es um die Misshandlung einer Frau ging. Ihr Mann hatte sie jahrelang geprügelt. Sie sagte, das wäre nie passiert, wenn wir ihn schon nach dem ersten Mal verurteilt hätten.«

»Und?«

»Das erste Mal, Henrik. Ylva Malmberg war vielleicht die erste Frau, sein erstes Opfer. Vielleicht hat er fünf oder zehn Jahre später eine andere Frau misshandelt. Das konnten die Ermittler vor fünfundzwanzig Jahren noch nicht untersuchen und zwar aus dem einfachen Grund, weil es noch gar nicht geschehen war. Wir können das aber.«

»Du findest also, wir sollten vom Zeitpunkt des Mordes an nach vorn schauen und nicht zurück?«

Elina lächelte. Henrik Svalberg pfiff anerkennend. »Clever«, sagte er dann. »Das macht man sonst nie. Für uns ist ein Wiederholungstäter stets jemand, der bereits früher einmal straffällig geworden ist, aber nicht einer, der es erst in Zukunft werden wird. Bist du selbst darauf gekommen? Das ist wirklich genial!«

»Danke«, sagte Elina und blinzelte.

»Aber das ist eine Heidenarbeit!«

»Deswegen benötige ich auch deine Hilfe.« Sie schaute auf ihre Uhr. »In zwei Wochen ist die Zeit um. Viele dieser Männer sind mehrfach in Schweden umgezogen. Wir beginnen natürlich mit den Datenbanken. Aber was ältere Informationen angeht, müssen wir bei den verschiedenen Polizeibehörden anrufen und darum bitten, dass man in den Akten nachsieht.«

Henrik Svalberg klatschte in die Hände. »Okay«, sagte er. »Das wird ja richtig spannend. Sollen wir Jönsson irgendwie informieren?«

»Nur wenn er fragt.«

»Dann schlage ich vor, dass sich jeder von uns ein Register vornimmt. Du die Fahndungsliste und ich das Vorstrafenregister. Das müsste in ein paar Stunden zu schaffen sein. Dann treffen wir uns wieder hier.«

»Bombig!«

Es war Viertel nach zwei, als Svalberg erneut klopfte. »Herein«, rief Elina. »Bist du fertig?«, wollte er wissen. »Gerade eben«, antwortete sie. »Setz dich. Hast du etwas gefunden?«

Er nahm Platz und hielt ein paar Ausdrucke hoch. »Sehr wenig. Peter Fäldt aus Uppsala ist mehrfach vorbestraft. Drogen, Einbrüche, Ladendiebstahl und ähnliches.«

»Den habe ich vernommen«, sagte Elina. »Nur die Luft in

seiner Wohnung einzuatmen, würde für eine Verurteilung reichen.«

Svalberg blätterte weiter. »Mal sehen … hier haben wir einen Burschen, in deinen Papieren wird er als Liebhaber geführt. Vor vier Jahren wegen Betrugs verurteilt. Und einer der ehemaligen Schüler ist einmal wegen Trunkenheit am Steuer aufgefallen. Keine Körperverletzung, kein Sexualdelikt.«

»Und ich finde nur Peter Fäldt in der Fahndungsliste. Konntest du bei einigen Verdächtigen weiter als fünf Jahre zurückgehen?«

»In Peter Fäldts Fall gab es noch ein paar ältere Angaben. Aber sie reichten nur sieben oder acht Jahre zurück.«

»Bei mir war es genauso«, meinte Elina. »Dann gilt es nun, in den Akten zu wühlen. Diejenigen, die in Västerås und Sala wohnten, müssten in unserem Archiv zu finden sein. Die anderen müssen warten. Ich finde, wir sollten sofort anfangen.«

»Elina …« Henrik Svalberg zögerte ein wenig. »Jönsson hat kurz bei mir reingeschaut. Er hat gefragt, was ich da mache, und ich habe es ihm gesagt. Er erwiderte nur »aha« und ging.«

»Solange er nicht mehr sagt, können wir doch weitermachen. Oder?«

Svalberg zuckte mit den Achseln und erhob sich. Ein Berg alter Akten lag im Keller und wartete auf sie.

29. KAPITEL

Er trug einen Bart. Robert fand, dass er einem dieser Fischer von den Ölgemälden ähnlich sah. Aber er war der Chef der Sozialbehörde in Ramberg. Er saß hinter einem Schreibtisch. Ihm gegenüber hatten Kari und Robert Platz genommen.

»Ich wurde adoptiert«, sagte Kari. »Der Pfarrer meinte, dass Sie die Unterlagen darüber haben müssten. Ich würde sie mir gerne ansehen.«

»Ja, das haben Sie meiner Assistentin bereits gesagt«, entgegnete der Chef der Sozialverwaltung. »Ich habe mir die Akten angesehen. Nichts unterliegt der Vertraulichkeit. Sie können also alles lesen.«

Er reichte Kari einen kleinen Stoß Papiere. »Nehmen Sie doch bitte auf dem Gang Platz. Dort steht eine Bank.«

Kari las schweigend. Robert setzte sich und wartete.

»Und was steht da?«, fragte er nach zwanzig Minuten.

»Das meiste sind Sachen über Reidar und Berit«, erläuterte Kari. »Was sie für eine Arbeit haben, ob sie an Erbkrankheiten leiden, wie viel sie verdienen und vieles mehr. Dass sie sich immer Kinder gewünscht haben, aber keine bekommen konnten, weil Reidar im Krieg verletzt worden war.«

»Steht da was über ...«

»Warte, ich bin noch nicht fertig.«

Robert lehnte sich zurück und streckte die Beine aus.

»Reidar behauptete, keine Ahnung zu haben«, meinte Kari nach einer Weile.

»Wovon?«

»Wer meine richtigen Eltern sein könnten. Hier steht Folgendes: ›Herr Solbakken, wissen Sie, wer das Kind auf der Treppe des Hauses zurückgelassen haben könnte?‹ ›Nein‹, antwortet er. ›Ich habe nicht den blassesten Schimmer.‹ Dann fragen sie ihn nach den Eltern: ›Wissen Sie, wer die richtigen Eltern gewesen sein könnten?‹ ›Nein, das weiß ich wirklich nicht.‹«

»Und was sagte deine Adoptivmutter?«

»Dasselbe. Sie wussten beide nicht, wo ich herkam.«

Sie legte den Papierstoß beiseite. Robert fand, dass sie eher nachdenklich als traurig wirkte.

Spätabends krochen sie im Zelt in ihre Schlafsäcke. Kari lag auf der Seite und wandte Robert den Rücken zu.

»Ist das nicht ein bisschen komisch?«, sagte sie, mehr zur Zeltwand als zu Robert. Er fragte nicht gleich, was sie damit meine. Er hatte sich daran gewöhnt, dass sie nicht viel sagte, aber seit ihrem Besuch beim Jugendamt war sie noch schweigsamer als sonst. Schließlich fragte er doch.

»Was ist komisch?«

»Sie können keine Kinder bekommen, wollen aber sehr gerne eins haben. Und dann kommt jemand vorbei und deponiert ausgerechnet auf ihrer Treppe ein Baby.«

Robert dachte eine Weile nach, ehe er antwortete. »Der Pfarrer sagte ja, dass alle gewusst hätten, dass sie sich sozial engagiert haben.«

»Das schon«, meinte Kari. »Aber alle konnten doch unmöglich wissen, dass sie sich ein Kind wünschten.«

»Ich versteh nicht recht«, sagte Robert.

»Ich auch nicht. Ich versuche es. Aber das ist nicht so einfach.«

»Sag mir, was du denkst.«

»Also ungefähr folgendermaßen: Der Pfarrer glaubte, dass die Person, die mich auf ihrer Treppe abgelegt hat, wusste, dass Mama Sozialarbeiterin war und dass Reidar vielen Leuten geholfen hatte. Und da alle wussten, wer Reidar war, könnte es jeder hier aus der Gegend gewesen sein. Aber das muss schließlich nicht der Grund gewesen sein.«

»Sondern?«

»Meine richtigen Eltern haben mich vielleicht bei jemandem abgegeben, von dem sie wussten, dass er sich ein Kind wünscht.«

»Sie kannten sich also, meinst du?«

Kari antwortete nicht. Robert drehte sich zu ihr um und rückte näher. Er wagte erst nicht, sich an sie zu kuscheln, aber dann nahm er seinen Mut zusammen und schmiegte sich an ihren Rücken, einen Arm über ihrer Brust. Sie nahm seine Hand und hielt sie fest. Robert lag atemlos da. Er war erregt, hoffte aber, dass sie es durch die beiden Schlafsäcke hindurch nicht bemerken würde. Er machte seine Hand vorsichtig frei und schob sie in ihren Schlafsack. Dann umfasste er zärtlich ihre Brust.

»Jetzt schlafen wir«, sagte sie, schob seine Hand aber nicht weg.

30. KAPITEL

Elina merkte, dass Henrik Svalberg sofort vom Jagdeifer gepackt worden war. Ich bin also nicht die einzige verrückte Person hier, dachte sie. Um sieben Uhr abends saßen sie immer noch im Keller des Präsidiums und wühlten in alten Ermittlungsakten.

Sie hob den Kopf und betrachtete ihn, ohne dass er es bemerkte. Plötzlich überkam sie eine Woge der Zärtlichkeit. Sie hatte das Gefühl, für sein Wohlergehen verantwortlich zu sein, fast wie bei einem Mutterinstinkt. Sie wusste, dass er nie richtig mit ihr mithalten konnte. Er war einige Jahre jünger als sie und immer noch Kriminalassistent, während sie rasch Inspektorin geworden war. Geschickt, aber eben doch nicht so geschickt wie sie. Immer wenn sie zusammenarbeiteten, akzeptierte er ohne Einwände ihre Vorschläge, wenn sie besser waren als seine eigenen. Außerdem brachte er öfter seine Bewunderung für ihre Fähigkeit, Lösungen zu finden, zum Ausdruck. Er war ein guter Kamerad in dieser Männerwelt.

Beruflich hinkte er ihr hinterher, privat hatte er ihr jedoch einiges voraus. Er wohnte mit Minette zusammen und sie hatten ein Kind, einen Sohn. Elina hatte ihn abends, wenn es Zeit war, nach Hause zu gehen, oft darum beneidet.

»Deine Mordverdächtigen sind recht gesetzestreu«, meinte Svalberg und sah Elina an. Er zog die Brauen hoch, als er bemerkte, dass ihr Blick bereits auf ihm ruhte, sagte aber nichts.

»Ich komme nur auf vierzehn verschiedene Delikte«, fuhr er fort, »verteilt auf drei Personen. Und einer von ihnen hat zwölf davon verübt. Es handelt sich um Drogendelikte und Beschaffungskriminalität. Die anderen beiden haben nur gegen Verkehrsregeln verstoßen.«

»Lehrer an Volkshochschulen und Studenten, die sich für Dritte-Welt-Länder interessieren, gehören auch nicht gerade zu unseren Stammkunden«, meinte Elina. »Meine Ausbeute ist noch miserabler, nur ein einziges Delikt. Einschüchterung von Zeugen. Einer der Mitschüler hat seine Exfrau im Zusammenhang mit einem Sorgerechtsprozess bedroht. Das war vor zwölf Jahren.«

»Das könnte etwas sein. Was glaubst du?«

Elina war sich unschlüssig. »Nicht gerade die brandheiße Spur. Aber vielleicht sollte ich ihn mir mal genauer ansehen.«

»Was machen wir jetzt?«

»Ich habe das Landesarchiv in Härnösand darum gebeten, mir die verschiedenen Adressen der letzten fünfundzwanzig Jahre herauszusuchen. Dann muss ich bei sämtlichen Polizeibezirken anrufen, in denen einer von ihnen mal gewohnt hat, und irgendeinen netten Kollegen darum bitten, im Archiv zu wühlen.«

»Soll ich dir dabei helfen?«

»Ja bitte.«

Die Informationen des Landesarchivs landeten mit einem Klingeling Donnerstagmorgen kurz nach neun in Elinas Mailbox. Sie schickte zwar keine Blumen, bedankte sich aber überschwänglich per Mail bei der Frau, die sich die ganze Arbeit gemacht hatte. Allein die Auflistung musste sie Stunden gekostet haben. Seufzend stellte Elina fest, dass die vierunddreißig Männer zusammengenommen an dreiundzwanzig verschiedenen Orten im Land gewohnt hatten. Das bedeutete dreiundzwanzig verschiedene Polizeibezirke … und wahrscheinlich unzählige Anrufe, um dort überall jemanden ausfindig zu machen, der sich bereit erklärte, ihr zu helfen. Sie bat Henrik Svalberg, bei ihr vorbeizuschauen. Er war gerade von der Acht-Uhr-Besprechung zurückgekommen, die Elina inzwischen regelmäßig ausfallen ließ. Sie teilten sich die Arbeit: elf Polizeibezirke für Svalberg und zwölf für Elina.

Sechs Stunden später hatten sie sämtliche Anrufe erledigt. »Jetzt können wir nur abwarten«, meinte Elina. »Ich kümmere mich einstweilen um meine eigenen Fälle«, erwiderte Svalberg und wollte aufstehen.

In diesem Augenblick klopfte es an Elinas Tür. »Herein«, rief sie.

»Gut«, sagte Egon Jönsson, als er eintrat. »Gut, dass du hier bist, Henrik. Ich will mit euch beiden sprechen.«

Elina sah Jönsson schweigend an. Er schloss die Tür. »Gehe ich recht in der Annahme, dass du meine Arbeit übernommen hast?«, fragte er an Elina gewandt.

»Wie meinst du das?«

»Du verteilst die Arbeit. Offenbar befolgt Svalberg neuerdings deine Anweisungen.«

»Ich habe ihn gestern nur um Hilfe gebeten. Und heute.«

»Und du findest nicht, dass der Dezernatschef, also ich, entscheiden soll, wie das Personal am besten eingesetzt wird?« Sein Ton war giftiger als das Sekret einer Kreuzotter.

»Ich habe ihn einfach um Hilfe gebeten, das machen wir oft unter Kollegen.«

Elina versuchte gar nicht erst, sich zu verteidigen. Sie sah Jönsson direkt in die Augen, ohne zu blinzeln oder mit dem Blick auszuweichen. Sein Tonfall hatte in ihr die Streitlust geweckt. Jetzt habe ich mir das lange genug angehört, dachte sie. Wirklich lange genug.

»Svalberg erhält seine Aufgaben nicht zum Spaß«, sagte Jönsson, der ihrem Blick nicht standhielt. »Es gibt hier eine Arbeitsverteilung, an die wir uns alle halten, nur du nicht, Wiik.«

»Ich versuche, einen Mord aufzuklären, Jönsson, nichts anderes.«

»Nein, Wiik, du tust einfach immer nur das, wozu du Lust hast. Nur das. Nichts anderes. Aber jetzt ist die normale, ordentliche, langweilige Arbeit an der Reihe. Jetzt legen wir diese alte Ermittlung, die nie wieder hätte eröffnet werden sollen, ad acta. Von jetzt an kehren wir an diesem Dezernat zum normalen Dienst zurück. Deine Abordnung an die Mordgruppe ist beendet. Jan Niklasson übernimmt deinen Platz.«

Elina starrte ihn stumm an. Henrik Svalberg sah langsam zu dem stehenden Jönsson auf. »Findest du nicht, dass du jetzt etwas überreagierst, Jönsson?«

»Wir arbeiten hier bei der Polizei im Team. Wir können keine Leute gebrauchen, die ständig ihre privaten Regeln befolgen. Auch wenn das manchmal zu ... Ergebnissen führt, ist das demoralisierend und gefährdet im Grunde den gesamten Betrieb.«

Elina malte sich aus, wie sie sich von ihrem Stuhl erhob und Jönsson mit einem knallharten *Yakzuki* ihrer Rechten niederstreckte.

Aber sie blieb sitzen. »Hast du diese Ansprache vorher geübt, Jönsson?«, fragte sie stattdessen.

»Mach es nicht noch schlimmer, Wiik. Du hast sowieso keine Wahl.«

»Keine Wahl? Habe ich keine Wahl?«

»Nein. Das war alles, Wiik.«

Er drehte sich um und öffnete die Tür.

»Wenn du glaubst, dass ich das akzeptiere, dann hast du dich getäuscht«, sagte Elina zu Jönsson, der ihr bereits den Rücken zukehrte. Er trat auf den Gang, ohne ihr zu antworten.

»Mir fehlen die Worte«, meinte Svalberg.

Elina griff zum Telefon und wählte die Nummer einer Nebenstelle.

»Larsson«, sagte der Mann am anderen Ende. Kommissar

Per-Göran Larsson war der Chef der fünf Dezernate des Polizeibezirks und der unmittelbare Vorgesetzte von Egon Jönsson.

»Hier ist Wiik. Egon Jönsson hat mich gerade von der Aufklärung eines Mordfalls entbunden und mich aus der Mordgruppe gefeuert. Bist du darüber informiert?«

»Ja, leider, Wiik, also …«

»Du gibst ihm also auch noch Rückendeckung?«

»Ich finde das Ganze nicht sonderlich erfreulich, wenn du meine persönliche Meinung wissen willst. Aber das fällt in Jönssons Ressort. Es wäre falsch, wenn ich mich in die Details seiner Arbeit einmischen würde.«

»Die Details? Ich bin also ein Detail?«

»So habe ich das nicht gemeint, Wiik. Das weißt du.«

»Aber du billigst es?«

»Wie gesagt, es war Jönssons Entscheidung.«

»Wenn das Jönssons Entscheidung war, wie kommt es dann, dass du von der Sache wusstest?«

»Es liegt in der Natur der Sache, dass man seine Vorgesetzten über wichtige Personalentscheidungen in Kenntnis setzt. Also, Wiik, das ist keine Katastrophe. In gewisser Hinsicht ist es recht und billig, dass auch andere die Chance bekommen, in der Mordgruppe zu arbeiten. Jan Niklasson ist ein sehr kompetenter Ermittler, und du wirst uns bei anderen Fällen sehr nützlich sein.«

Elina legte auf. Die Gefahr, dass sie etwas Unüberlegtes sagen würde, war einfach zu groß. Sie nahm einen Kugelschreiber und brach ihn in der Mitte durch. Dann fuhr sie ihren Computer hoch und begann zu schreiben.

»Was machst du?«, fragte Svalberg.

Sie klickte auf Speichern, ehe sie antwortete. Auf dem Bildschirm stand: »Hiermit bitte ich darum, von meinem Dienst beim Kriminaldezernat Västerås entbunden zu werden.«

Sie wandte sich an Svalberg: »Ich höre auf.«

»Ganz und gar? Bei der Polizei?«

»Wenn nötig, ja.«

»Das kann nicht dein Ernst sein«, entgegnete Svalberg. »Denk erst noch einmal in aller Ruhe über die Sache nach.«

»Entweder Jönsson oder ich«, sagte sie. »Er hat offenbar Rückendeckung von oben. Ich habe keine Lust, für nichts und wieder nichts mit dem Kopf gegen die Wand zu rennen. Das ist er nicht wert.«

Svalberg erhob sich. »Ich muss ein paar Gespräche führen. Warte noch eine Stunde, bevor du dieses Papier abgibst.«

»Worauf?«

»Ich bitte dich. Warte eine Stunde.«

Elina ging in den Vasapark. Dieser hatte in den letzten Jahren eine seltsame Verwandlung erlebt. Früher hatte er einfach nur die Verbindung zwischen Stadtzentrum und Bahnhof dargestellt. Trotz der riesigen Laubbäume hatte dort außer den alkoholisierten Stadtstreichern, die auf den Bänken des Parks zwischenlandeten, nicht einmal im Sommer jemand sitzen wollen. Plötzlich aber hatte er sich zu einer Art Ausflugsziel entwickelt, wo man im Sommer Decken ausbreitete und picknickte. Ein neuer Konzertsaal war in einer Ecke der Grünanlage gebaut worden und zog ebenfalls Menschen an. Der Vasapark war zu einem Naherholungsgebiet geworden.

Elina setzte sich auf eine Bank. Dieselbe Bank, auf der Olavi Andersson vor zwei Jahren gesessen hatte. Er hatte gerade einen Mord begangen, und sie hatte davon keine Ahnung gehabt. Aber schließlich hatten sie ihn gefasst. Sie und Rosén. Rosén würde ihr fehlen. Aber jetzt gab es kein Zurück mehr. Sie war nicht wütend, sondern empfand eher ein Gefühl der Befreiung. Es war am besten so. Die Situation war bereits vergangenen Herbst unhaltbar gewesen, als sie den Mord an Annika Lilja und Jamal Al-Sharif aufgeklärt hatten. Sie hatte es damals nur noch nicht eingesehen, und im Frühjahr hatte sie nicht klar denken können. Ihr Körper, nicht ihr Kopf, hatte ihr Verhalten gelenkt. Doch was würde sie jetzt tun? Und Ylva… konnte sie sie wirklich im Stich lassen?

Ihr Handy klingelte in der Jackentasche. Sie erkannte die Nummer, es war John Rosén. Sie fragte ihn, wie es ihm gehe. Der Verlust eines Elternteils war trotz allem wichtiger als der Verlust der Arbeit. Er dankte der Nachfrage.

»Svalberg hat mich angerufen, und ich habe mit Jönsson gesprochen«, sagte er. »Darf ich dich vielleicht zuerst fragen, wie es *dir* geht?«

Elina überlegte. Erst war sie wütend gewesen. Dann resigniert. Anschließend hatte sie ein Gefühl der Befreiung empfunden. Zuletzt war sie streitlustig gewesen.

»Ich habe das Gefühl, versagt zu haben«, sagte sie und staunte über sich selbst.

»Versagt?«

»Weil ich mich nicht an die Erwartungen anderer anpassen kann. Weil ich nicht einsehen will, dass ich auch nur ein Rädchen im Getriebe bin. Weil ich vollkommen machtlos bin.«

»Ich hoffe, du hast deine Kündigung noch nicht eingereicht.«

»Nein.«

»Gut. Ich habe meinen Platz als Chef der Mordgruppe dir zur Verfügung gestellt.«

Elina verschlug es die Sprache.

»Hallo?«, sagte Rosen.

»Danke«, erwiderte Elina mit leiser Stimme. Sie wusste nicht, was sie sagen sollte.

»Svalberg kündigte an, ebenfalls die Mordgruppe verlassen zu wollen, falls dich Jönsson nicht zurücknimmt, aber ich habe ihm davon abgeraten. Es geht darum, Flagge zu zeigen, nicht den ganzen Betrieb lahmzulegen.«

»Was hat Jönsson gesagt?«

»Er warf mir illoyales Verhalten vor. Ich kann ihn verstehen. Aber er begeht einen gravierenden Fehler. Da muss er mit den Konsequenzen schon selbst klarkommen.«

»Aber er hat es sich nicht anders überlegt?«

»Nein.«

»Was soll ich deiner Meinung nach jetzt tun?«

»Abwarten. Das letzte Wort ist noch nicht gesprochen.«

»John. Ich kann nicht abwarten. In zwei Wochen verjährt der Mord an Ylva Malmberg. Jeder Tag zählt.«

»Jönsson lässt dich sowieso nicht an der Sache weiterarbeiten, selbst wenn er vielleicht hinsichtlich der Mordgruppe nachgeben muss. Es ist also ohnehin aussichtslos.«

»Im Augenblick ist mir das aber wichtiger als alles andere.«

»Dann weiß ich keinen Rat. Aber versprich mir, nicht zu kündigen.«

»Ich verspreche es. Bis auf weiteres zumindest. Danke John, das werde ich dir nie vergessen.«

Sie blieb auf der Bank sitzen. Sie musste auf eine Idee kommen, wie sie die Ermittlung ohne Zeit zu verlieren, fortsetzen konnte. Sie ging die Möglichkeiten durch: Beurlauben lassen? Würde sich Jönsson darauf einlassen? Krankschreiben lassen? Das wäre fast Betrug. Heimlich während der Arbeitszeit weiterermitteln? Man würde sie überwachen. In ihrer Freizeit? Das würde nicht ausreichen. Mit der Kündigung drohen? Jönsson würde vom Schreibtisch aufstehen, ihr die Hand geben und sagen: »Danke für die gemeinsame Zeit.«

Erneutes Handyklingeln unterbrach ihre Überlegungen.

»Hier ist Agnes Khaled. Störe ich?«

Agnes Khaled, Journalistin bei der Länstidningen. Sie hatte unfreiwillig eine komplizierte Rolle bei der Aufklärung des Doppelmordes vergangenen Herbst eingenommen, außerdem war sie Nachbarin des Bürgermeisters Wiljam Åkesson gewesen, der zwei Jahre zuvor ermordet worden war. Sie war eine Frau, vor der Elina großen Respekt hatte. Ihre Wege schienen sich ständig zu kreuzen, oder verliefen sie vielleicht parallel?

»Überhaupt nicht«, erwiderte Elina. »Du störst nicht. Ich sitze auf einer Bank im Vasapark und habe gerade nichts zu tun.«

»Fütterst du schon die Tauben? Ich habe gehört, dass du gefeuert worden bist? Stimmt das?«

»Wo hast du das denn her?«

»Ich habe so meine Quellen. Das weißt du doch wohl? Nach denen brauchst du gar nicht erst zu fragen. Das weißt du vermutlich auch. Also? Stimmt das?«

»Ich bin nicht vom Dienst suspendiert worden, aber aus der Mordgruppe geflogen.«

»Und warum?«

Elina wusste nicht, ob, und wenn ja, was sie antworten sollte.

»Frag meinen Chef«, erwiderte sie.

»Das mache ich schon noch. Aber ich wollte erst hören, was du dazu zu sagen hast.«

»Warum ist das für die Öffentlichkeit von Interesse?«

Agnes Khaled lachte. »Du hast in den letzten Jahren einige der spektakulärsten Morde Schwedens aufgeklärt, und jetzt hat man dich als Ermittlerin aus der Mordgruppe gefeuert. Genügt das, um deine Frage zu beantworten?«

»Vermutlich.«

»Können wir uns treffen? Jetzt gleich?«

Elina zuckte mit den Achseln. »Okay. Ich gehe in den Bagargården. Derselbe Tisch wie immer.«

Ylvas einzige Chance, dachte Elina. Vielleicht platzt Jönsson ja wie ein Troll in der Sonne, wenn das Licht der Medien auf ihn fällt.

31. KAPITEL

Elina erwachte davon, dass die Zeitung durch den Briefkastenschlitz in die Diele knallte. Bevor sie sie aufhob, stellte sie einen Topf Wasser auf den Herd, putzte sich die Zähne, tat zwei Löffel Pulverkaffee in eine Tasse, goss Wasser darüber und stellte die Tasse auf den Couchtisch im Wohnzimmer. Diese Morgenrituale nahmen dem Artikel einen Teil seines Schreckens.

Die Headline stand auf der unteren Hälfte der Seite eins und war zwei Spalten breit: »Bekannte Mordermittlerin gefeuert.« Einige Seiten weiter prangte ein Foto von ihr, das vergangenen Winter im Präsidium aufgenommen worden war. Hier verkündete die Überschrift: »Mörder kommt davon, wenn man mich stoppt.«

Die Buchstaben begannen vor Elinas Augen zu tanzen. Dann zwang sie sich, an sich selbst statt an die Meinung ihrer Kollegen zu denken.

Im Artikel wurde zunächst referiert, was vorgefallen war. Korrekt, soweit Elina das beurteilen konnte. Auch sie selbst wurde richtig, wenn auch nicht ganz wörtlich, zitiert. Weiter unten standen Egon Jönssons Kommentare. Er bestritt, dass man mit Elina Wiiks Arbeitseinsatz unzufrieden gewesen sei und lobte im Gegenteil ihr Geschick als Ermittlerin. Die Versetzung Wiiks beruhe allein darauf, dass die Arbeitsaufgaben gelegentlich umverteilt werden müssten, um dadurch die Flexibilität der Angestellten zu erhöhen. Der Mordfall sei an jenen Polizeibezirk zurückgegangen, wo er eigentlich hingehöre. Dort müsse man jetzt beurteilen, ob sich weitere Nachforschungen lohnten.

Schlau, dachte Elina. Er lässt durchschimmern, ich sei ein missverstandenes Frauenzimmer kurz vor dem Nervenzusammenbruch. Sie bereute bereits, bei dem Interview aufrichtig gewesen zu sein. Aber Agnes Khaled hatte sich auch noch mit einem Kriminologen unterhalten, der für seine drastischen Äußerungen bekannt war: »Altmodische, männliche Hierarchien bei der Polizei behindern die Frauen darin, sich zu entfalten«, wurde er zitiert. Elina war ihm nie begegnet, aber er sagte, er hätte die Akten zweier ihrer Ermittlungen gelesen und sei sehr beeindruckt: »Sie ist ein fremder Vogel, der jetzt zum Schweigen gebracht und auf das Mittelmaß zurechtgestutzt werden soll.«

Es war erst kurz nach sieben, aber sie beschloss, jetzt schon ins Präsidium zu gehen. Nach dem Interview am Vortag war sie nicht mehr in ihr Büro zurückgekehrt, und es war denkbar, dass sich bereits einer der Polizeibezirke, bei denen Svalberg und sie angefragt hatten, gemeldet hatte. Vielleicht gab es schon Hinweise auf einen möglichen Mörder. Niemand konnte sie davon abhalten, zumindest die Antworten auf ihre Anfragen zu lesen. Dann würde man weitersehen.

Auf dem Korridor herrschte Stille, als sie im Präsidium eintraf. Sie war die Erste. Sie schaltete den Computer ein und öffnete ihre Mailbox. Zwei Bezirke hatten geantwortet. Enttäuscht stellte sie fest, dass beide Antworten negativ waren. Sie forstete ihre noch offenen Ermittlungsakten durch und beschloss, zwei davon genauer durchzusehen. Bei der einen handelte es sich um Körperverletzung vor einer Kneipe, bei der anderen um den Diebstahl eines Pkw. Die Sache mit der Körperverletzung war einfach, sie musste nur die beiden Kontrahenten und zwei Zeugen vernehmen und den Fall dann an den Staatsanwalt weiterleiten. Der Diebstahl war schwieriger. Das lag nicht an der eigentlichen Schuldfrage, sondern an der Tatsache, dass der Dieb erst dreizehn Jahre alt war. Sie beschloss, mit der Körperverletzung anzufangen. Dieser Fall ließ sich am leichtesten unterbrechen, falls sich im *Fall Ylva* etwas Neues ergab.

Um Viertel vor acht klingelte ihr Telefon.

»Hallo«, ließ sich eine Stimme vernehmen. »Jesper Pärsson vom Aftonbladet. Sie wissen vielleicht noch, ich habe damals nach der Ermordung des Bürgermeisters einen Artikel über Sie geschrieben.«

Elina erinnerte sich dunkel. Ein Journalist, der sich dem Image gemäß gekleidet hatte. Jeans und Jeansjacke. Dreist und unverschämt.

»Schon möglich«, antwortete sie.

»Ich habe die Länstidningen im Internet gelesen. Sie sind gefeuert worden?«

»Aus der Mordgruppe. Das stimmt. Aber ich möchte darüber nicht sprechen.«

»Aber Sie bestätigen das?«

»Ich stehe zu den Zitaten in der Västmanlands Länstidnigen, falls Sie das wissen wollen.«

»Gut. Es geht darum, dass ich den Reichspolizeichef um einen Kommentar gebeten habe.«

»Er hat wohl kaum etwas damit zu tun.«

»Doch«, erwiderte Pärsson. »Ich wurde an einen Abteilungsleiter aus dem Stab des Reichspolizeichefs verwiesen. Er heißt Steve Klinga. Sagt Ihnen der Name was?«

»Ich weiß, wer er ist.«

»Ich hätte gern einen Kommentar zu seinem Kommentar. Er sagt Folgendes: ›Es wäre ein Versagen der Polizei, wenn man nicht alle Möglichkeiten ausschöpfen würde, ein so grobes Gewaltverbrechen zu lösen. So etwas darf nicht von Personalfragen abhängen. Ich gehe davon aus, dass die Polizei in Västerås diese Personalfrage lösen wird.‹«

Elina wollte etwas sagen, aber Pärsson kam ihr zuvor.

»Warten Sie«, sagte er, »es kommt noch mehr. Er sagt auch

noch Folgendes: ›Egal wie dieser konkrete Fall schließlich und endlich gehandhabt wird, scheint er mir ein Beispiel dafür zu sein, dass eine grundlegende Umorganisation der Polizei nötig ist. Die zentrale Führung muss gestärkt werden, und das geht leider nur auf Kosten der regionalen oder lokalen Leitung.‹ Na, was sagen Sie dazu?«

»Ich verstehe nicht recht, was er meint«, erwiderte Elina. »Und es geht mich auch nichts an. Ich bin nur daran interessiert, meine Arbeit so gut wie möglich zu machen.«

»Ich deute das so, dass die Macht innerhalb der Polizei noch weiter zentralisiert werden soll. Da ist irgendetwas los. Wie gefällt es Ihnen, dass man Sie als Beispiel dafür verwendet, dass die gesamte Polizei grundlegend umorganisiert werden muss?«

»Für mich geht es um ganz andere Dinge. Das ist alles, was ich zu sagen habe. Auf Wiederhören.«

Sie legte auf, ehe er eine weitere Fragen stellen konnte. Eine Sekunde später klingelte das Telefon bereits wieder. Heute bin ich wirklich gefragt, dachte Elina, ehe sie abhob.

»Elina? Hier ist Steve.«

»Ja bitte?«, erwiderte Elina, weil ihr nichts Besseres einfiel.

»Ich meine, Steve Klinga. Die Entwicklung in deiner Sache ist ja höchst bedauerlich.«

»Ja.« Sie kam sich etwas dumm vor, weil sie nichts Intelligenteres zu entgegnen wusste.

»Ich kann vermutlich nichts weiter unternehmen, um dir zu helfen. Leider werden solche Beschlüsse formell von Mitarbeitern gefasst, die vielleicht nicht immer die Bedeutung gewisser Spezialeinsätze begreifen. Aber wir wollen hoffen, dass du deine Ermittlung zurückbekommst, auch wenn …«

»Auch wenn was?«, fragte Elina.

»Tja, das wissen wir schließlich beide. Ein paar Wochen vor der Verjährung. Dass du deinen Fall löst, ist ungefähr so wahrscheinlich, wie eine Mücke, die einen Elefanten frisst.«

»Ich glaube, dass sich der Fall lösen lässt. Sonst hätte ich ihn nicht noch mal aufgerollt.«

»Ausgezeichnet, ausgezeichnet. Alle Mitarbeiter sollen natürlich von ihren Aufgaben überzeugt sein.«

Elina wusste nicht recht, wovon er redete, wurde aber langsam wütend. »Und du bist das nicht? Warum hast du mir dann Rückendeckung gegeben?«

»Manchmal sind andere Dinge wichtiger.«

»Zum Beispiel was? Was ist wichtiger, als einen Mordfall zu lösen?«

»Natürlich nichts. Ich meine bloß, dass es bei der Polizei nicht nur um diese eine Ermittlung geht. Wir müssen längerfristig denken. Viel Glück, Wiik. Ich hoffe, dass bei dir alles wieder ins Lot kommt.«

Er legte auf. Sie versuchte zu begreifen. Ihr Unbehagen wuchs. Schließlich glaubte sie, ersticken zu müssen. Sie wünschte sich, Rosén wäre da, um ihr zu helfen. Sie wehrte sich gegen die Schlüsse, die die Äußerungen von Jesper Pärsson und Steve Klinga nahelegten. Hatte man sie ausgenutzt? Ging es um einen Machtkampf in Stockholm, bei dem Steve Klinga sie dazu verwendete, seinen Argumenten Nachdruck zu verleihen? Es ging um eine Machtverschiebung auf Kosten der regionalen und lokalen Führungsebene. Und eines war sonnenklar: Steve Klinga war es vollkommen egal, was aus Ylva Marieanne Malmberg wurde.

Sie schaute auf die Uhr. In ein paar Minuten begann die Acht-Uhr-Besprechung. Was die Kollegen von dem Artikel in der Zeitung hielten, daran wollte sie gar nicht erst denken. Niklasson würde dort sein. Er beabsichtigte, ihren Platz in der Mordgruppe einzunehmen. Würde er ihr in die Augen schauen können? Und Jönsson …

Sie fasste einen Beschluss, stand auf und ging ohne zu zögern zu Jönssons Zimmer und klopfte an. Als er sein Herein rief, trat sie ein. Jönsson starrte sie an. Auf seinem Schreibtisch lag die Länstidningen mit dem aufgeschlagenen Artikel.

»Wieder die alten Tricks, Wiik?«, fauchte er sie an. »Nach der Zeitung rufen, wenn du mit der Zusammenarbeit mit uns nicht klarkommst. Super. Weißt du, wie ich diese Art von Verrat nenne?«

Doch wohl nicht Meinungsfreiheit, dachte Elina und bedauerte schon fast, Jönsson aufgesucht zu haben. Aber dann hob sie beide Hände, um seinen Wortschwall zu unterbrechen.

»Ich will Frieden schließen«, sagte sie.

»Frieden? Frieden! Nach dieser Sache hier?« Er hob die Zeitung hoch und knallte sie wieder auf den Tisch.

»Du hast Recht«, sagte Elina. »Du hast Recht.«

Diese Worte brachten Jönsson zum Verstummen. Zustimmung von Elina Wiik, das war neu. Er sah sie an, immer noch wütend, aber jetzt auch abwartend.

»Man hat mich benutzt«, sagte Elina. »Da ging es um ganz andere Dinge. Ich begreife noch nicht ganz, was eigentlich im Busch ist, aber irgendjemand will sich einen Vorteil verschaffen, indem er uns gegeneinander ausspielt. In Stockholm versucht die Führung, ihre Macht auf Kosten der Polizei in der Provinz zu stärken.«

Jönsson atmete ruhiger. Elina fuhr fort, ehe er etwas einwenden konnte.

»Ich gebe zu, dass es ein Fehler war, die Ermittlung hinter deinem Rücken zu betreiben. Ich bin auch damit einverstanden, die Mordgruppe zu verlassen. Aber ich will dich um eines bitten.«

»Um was?«

»Ich will an dem Ylva-Fall weiterarbeiten. Bis zur Verjährung sind es noch zwei Wochen. Gib mir diese Zeit.«

»Und dann akzeptierst du meine Beschlüsse?«

Elina ballte die Hände zu Fäusten. Sie zitterten leicht. Es widerstrebte ihr. »Ja«, sagte sie.

»Und was ist mit Rosén?«

»Das muss er natürlich selbst entscheiden. Aber ich kann

versuchen, ihn dazu zu überreden, Chef der Mordgruppe zu bleiben, wenn du das möchtest.«

»Das wäre gut. Jetzt beginnt die Acht-Uhr-Besprechung.«

Alle waren versammelt. Die Luft hätte sich mit einem Messer schneiden lassen. Jan Niklasson saß ganz vorn am Tisch und sah nicht in Elinas Richtung, als sie ein paar Schritte hinter Jönsson eintrat.

Egon Jönsson eröffnete die Besprechung damit, die Länstidningen in die Luft zu halten.

»Wiik und ich haben uns unterhalten. Wir sind uns einig. Sie verlässt die Mordgruppe und wird von Niklasson abgelöst. Vorher beendet sie die Ermittlung, die sie begonnen hat. Ich glaube, das ist alles, was es dazu zu sagen gibt.«

Nach der Besprechung ließ sich Elina in ihrem Büro auf ihren Stuhl sinken. Es war Freitagnachmittag. Sie sah ein, dass sie die knappe Zeit nutzen musste. Sie wollte noch einige Telefongespräche durchführen. Es gab viele, mit denen sie noch gar nicht gesprochen hatte. Aber sie fühlte sich so kraftlos wie ein ausgewrungener Putzlappen. Einer, der bald weggeworfen werden musste.

32. KAPITEL

Sie saßen vor dem Zelt und wollten gerade essen, als Robert den Streifenwagen auf der Landstraße entdeckte. Es wurde ihm ganz anders, als das Auto von der Straße abbog und zu ihnen hinunterfuhr. Der Beamte mit dem Kurzhaarschnitt saß am Steuer. Er kurbelte das Fenster herunter und winkte sie zu sich.

»Die Ermittlungsakten über Sie sind aus Svolvær eingetroffen. Sie können jetzt mitkommen, wenn Sie sie anschauen wollen.«

Robert atmete auf.

»Ist das alles?«

Die Akte lag vor Kari auf dem Schreibtisch. Sie war dünn.

»Zumindest ist das alles, was ich bekommen habe«, sagte der Polizist.

»Darf ich sie lesen?«

»Ja.«

Kari nahm den kleinen Stoß Papiere.

»Sie können die Papiere behalten«, meinte der Polizist. »Das sind Kopien. Das Original habe ich bereits wieder zurückgeschickt.«

Kari und Robert setzten sich wieder ins Auto und lasen. Die Akte hatte verschiedene Vorsatzblätter: Zusammenfassung, Ärztliches Gutachten, Protokoll der Spurensicherung und Vernehmungsprotokolle. Kari begann mit dem ärztlichen

Gutachten. Das Findelkind, von dem nur als »das Mädchen« die Rede war, war zwar gesund, aber aufgrund von Flüssigkeitsmangel etwas dehydriert gewesen. Das hatte sich jedoch innerhalb von vierundzwanzig Stunden ausgleichen lassen. Das Mädchen hatte, als es aufgefunden worden war, 6030 Gramm gewogen, und man schätzte das Alter auf fünf oder sechs Monate. Der Körper hatte keine besonderen Merkmale aufgewiesen. Das Mädchen war blond und blauäugig gewesen. Alle physischen Reaktionen und Verhaltensweisen hatten dem Alter entsprochen.

Der Korb, in dem das Mädchen gelegen hatte, war wahrscheinlich mehrere Jahre alt gewesen. Wo er gekauft worden war, hatte sich nicht mehr nachvollziehen lassen. Kriminaltechnisch verwertbare Spuren hatten an dem Korb oder den Kleidern des Mädchens nicht gesichert werden können, abgesehen von einigen Haaren, die nicht von dem Mädchen stammten, einem Schnuller und einer Babyflasche.

Die Zusammenfassung beschrieb den momentanen Stand der Ermittlung und alles, was bis dahin unternommen worden war. Das Kind war nachts bei einer Temperatur von drei Grad aufgefunden worden. Reidar Solbakken hatte die Polizei in Ramberg alarmiert. Keine Spuren der biologischen Eltern oder der Person, die das Kind dort zurückgelassen hatte, waren gefunden worden. Vernehmungen der Nachbarn von Herrn und Frau Solbakken hatten keine verwertbaren Informationen ergeben. Niemand hatte etwas gesehen, was sich mit dem Vorfall in Zusammenhang hätte bringen lassen. Ein deutscher Tourist, der in seinem Wohnwagen an der Straße nach Ramberg übernachtet hatte, gab an, dass gegen Mitternacht ein paar Autos vorbeigefahren seien. Der Mann war der Meinung, dass sie entweder norwegische oder schwedische Nummernschilder gehabt hatten. Er hatte nicht den Eindruck gehabt, dass eines dieser Autos nach Flakstad abgebogen war. Weitere Ermittlungen waren ergebnislos verlaufen. Im Dezember 1979 war das Mädchen schließlich in Erwartung eines Adoptionsentscheides dem Ehepaar Solbakken in Pflege gegeben worden.

Reidar und Berit. Man hatte sie einzeln verhört. Kari begann zu lesen, was Reidar gesagt hatte, und reichte Robert das Verhör mit Berit.

Reidar und seine Ehefrau hatten im Bett gelegen und geschlafen. Kurz nach Mitternacht war Reidar von einem Geräusch »wie dem eines verletzten Tieres« geweckt worden. Bei genauerem Hinhören hatte er den Eindruck gehabt, dass es eher wie ein schreiendes Kind klang. Er war aufgestanden und hatte aus dem Schlafzimmerfenster im Obergeschoss geschaut. Auf der Treppe hatte er einen Gegenstand ausgemacht. Er war ins Erdgeschoss hinuntergegangen und hatte die Haustür geöffnet. Vor ihm hatte der Korb mit dem schreienden Kind gestanden, das er sofort mit ins Haus genommen hatte. Anschließend war er zu seiner Frau ins Schlafzimmer zurückgegangen, hatte ihr von dem merkwürdigen Fund erzählt und dann die Polizei angerufen.

Berit war erwacht, als ihr Mann aufgestanden war. Sie war liegengeblieben, während sich ihr Mann ins Erdgeschoss begeben hatte. Dann war er wieder nach oben gekommen und hatte erzählt, auf der Außentreppe habe ein kleines Kind gelegen, das er ins Wohnzimmer gebracht habe. Das Kind hatte hungrig gewirkt. Er hatte sie gebeten, sich darum zu kümmern, während er bei der Polizei anrief. Beide waren sie natürlich vollkommen aus dem Häuschen gewesen. Zusammen mit ihrem Mann und dem Kind war sie dann mit dem Polizeiwagen zum Arzt nach Ramberg gefahren, der sie bereits erwartete. Beide hatten keinerlei Beobachtungen gemacht, die sich mit der Person oder den Personen, die das Kind auf ihrer Treppe abgelegt hatten, in Zusammenhang hätten bringen lassen. Sie hatten auch zum fraglichen Zeitpunkt keine Motorengeräusche gehört.

»Glaubst du das?«, fragte Robert, nachdem er die letzte Seite der Akte gelesen hatte.

»Ich weiß nicht«, meinte Kari. »Und du?«

»Du musst wirklich gut bei Stimme gewesen sein, um einen alten Mann mitten in der Nacht in seinem Haus aufzuwecken.«

»Sie scheint überhaupt nichts gehört zu haben, nicht einmal als sie aufgewacht ist, weil er aufgestanden ist. Und habe ich aufgehört zu schreien, als er mich ins Wohnzimmer getragen hat?« Kari schüttelte den Kopf. »Hätte nicht die Polizei diese Fragen stellen müssen?«

»Was ist deiner Ansicht nach eigentlich passiert?«

»Stell dir vor, sie wären nicht aufgewacht? Dann wäre ich erfroren«, sagte Kari aufgebracht.

»Nimm mal an, du hättest dir die Mühe gemacht, mit mir zu Reidars und Mamas Haus zu fahren, hättest du dann nicht auch dafür gesorgt, dass sie mich ins Warme tragen?«

»Doch, dass hätte ich vermutlich«, meinte Robert.

»Ich glaube, sie haben gelogen. Sie wussten, wer mich auf die Treppe gelegt hatte, taten aber so, als hätten sie keine Ahnung, und haben es der Polizei erschwert, meine Eltern zu finden.«

Am Samstag beschlossen Kari und Robert, nach Svolvær reinzufahren. Sie wollten sich waschen und wieder einmal in einem richtigen Bett schlafen. Also gingen sie in die Jugendherberge. Abends waren sie im Kino. Kari war es egal, dass die Karten teuer waren.

Morgens standen sie erst spät auf und frühstückten ausgiebig. Anschließend unternahmen sie einen Spaziergang durch die Stadt. Svolvær war ein merkwürdiger Ort, die Häuser wirkten wie willkürlich hingeworfen und erweckten den Eindruck eines Siedlerdorfes, in dem sich die Zuzügler einfach dort niedergelassen hatten, wo es ihnen gerade gefallen hatte. An diesem grauen Sonntagvormittag, dem 19. September, herrschte wirklich kein großes Gedränge in Svolvær. Es dauerte zehn Minuten, bis sie, abgesehen von allen kreischenden

Fischmöwen, den ersten lebenden Wesen, einem Mann mit seinem Hund, begegneten.

»Mir ist noch etwas eingefallen«, meinte Kari. »Im Café, in dem wir gefrühstückt haben, lag eine Zeitung, die Lofotposten. Vielleicht haben die noch alte Artikel, in denen etwas über mich drinsteht.«

»Glaubst du wirklich?«, zweifelte Robert.

»Oder über Reidar. Wenn er denn so wichtig war, wie alle behaupten.«

Robert zuckte mit den Achseln. »Wir können ja fragen. Aber ist da nicht sonntags zu?«

»Mal sehen.«

Kari ging zu einem Kiosk. Eine Minuten später war sie wieder zurück. »Die Redaktion liegt hier gleich um die Ecke.«

Kari ging voraus und fand das Haus sofort. Sie klingelte. Eine Frau um die dreißig öffnete.

»Gibt es hier alte Zeitungen, die man lesen kann?«, fragte Kari.

»Wie alt denn?«, wollte die Frau wissen.

»So fünfundzwanzig, dreißig Jahre.«

»Zeitungen nicht. Aber wir haben alte Zeitungsausschnitte. Sucht ihr etwas besonderes?«

Kari versuchte, es ihr so gut wie möglich zu erklären.

»Dann müssen wir wahrscheinlich unter dem Namen deines Adoptivvaters suchen«, meinte die Frau. »Vielleicht gibt es einen Umschlag mit alten Artikeln über ihn.«

Die Frau führte sie in ein Zimmer und bat sie, an einem Schreibtisch Platz zu nehmen. Einen Augenblick später kam sie mit einem braunen Umschlag zurück. Das Papier war brüchig und zerknittert.

»Reidar Solbakken. Er hat einen eigenen Umschlag. Offenbar wurde einiges über ihn geschrieben. Ihr könnt hier sitzen und euch die Artikel anschauen.«

Kari zog die vergilbten Artikel aus dem Umschlag und legte sie auf den Schreibtisch. Sie waren chronologisch geordnet.

Der erste stammte von 1945. Der norwegische König hatte den Kriegshelden auf den Lofoten Orden verliehen. Einer von ihnen war Reidar Solbakken gewesen. »20 Jahre«, stand hinter seinem Namen. Er wirkte jung und ernst.

Kari las alle Artikel durch und gab sie an Robert weiter, der gelegentlich nach Wörtern fragte, die er nicht verstand. Die Artikel beschrieben Reidar Solbakkens Erfolge. Reidar mit seinem ersten Fischerboot. Reidar wird für die Arbeiterpartei in die Gemeindeverwaltung gewählt. Reidar leitet eine Delegation, die in Oslo bei der Regierung vorstellig wird, um Geld für eine Fischfiletfabrik zu erbitten. Reidar weiht eine neue Brücke in der Gemeinde ein.

»Hast du das hier gesehen?«, fragte Robert und hielt einen Artikel über Rekordfänge der Lofotenfischer hoch.

Kari lehnte sich vor. »Ja«, erwiderte sie. »Und?«

»Lies mal die Bildunterschrift.«

Sie nahm den Ausschnitt. Er war von 1971. Das Bild zeigte die Besatzung vor einem Fischerboot. Vor der Besatzung stand Reidar Solbakken. Sie las leise. Dann sah sie zu Robert hoch. »Das ist Reidar«, sagte sie und las dann laut: »Hinter dem Eigner des Bootes steht die erfolgreiche Besatzung. Links: Pflegesohn Leif Oskar.«

»Wer ist Leif Oskar?«

Kari betrachtete das Foto. »Keine Ahnung. Ich habe noch nie von irgendeinem Leif Oskar gehört. Oder davon, dass Mama und Reidar einen Pflegesohn gehabt haben sollen.«

»1971. Das ist lange her. Aber vielleicht hatten sie auch später noch Kontakt zu ihm. Vielleicht weiß dieser Leif Oskar ja etwas über dich.«

»Ein Pflegesohn. Das ist ja fast wie …« Kari beendete den Satz nicht. »Ich würde ihn gern kennen lernen.«

»Ein Freund von meinem Vater war Pflegesohn bei einer Familie auf dem Land. Diese Familie hatte noch einen anderen Jungen, der auf die schiefe Bahn geriet. Vielleicht gibt es ja auch hier noch mehrere?«

»Mehrere Pflegekinder? Vielleicht sogar eine Pflegetochter?«

»Warum nicht?«

Kari betrachtete das Foto erneut. Leif Oskar war ein großer Junge, er schien nicht älter als sechzehn oder siebzehn zu sein. Auf dem Schwarzweißfoto wirkte er blond. Er war schlank und nicht sonderlich groß.

Kari las weitere Artikel und hoffte, auf andere Fotos von Leif Oskar zu stoßen, die eventuell sogar mit seinem Nachnamen versehen waren.

»Schau mal«, sagte Kari und reichte Robert einen anderen Artikel. Dasselbe Fischerboot war zu sehen. An Deck standen zwei Männer.

»Johannes«, sagte Robert. »Er arbeitete für Reidar. 1975.«

»Vielleicht weiß er, wer Leif Oskar ist«, meinte Kari.

»Vorausgesetzt, er will reden.«

Kari war zuversichtlich, als sie Svolvær verließen. Sie hatten keine weiteren Informationen über den Pflegesohn finden können. Aber trotzdem kam es ihr vor, als hätte sie einen entfernten Verwandten entdeckt.

33. KAPITEL

Die erste Person, der Elina am Morgen des 20. September im Präsidium begegnete, war John Rosén. Er bat sie, ihm in sein Zimmer zu folgen. Er wirkte betrübt. Beide waren erleichtert, weil es ihnen erspart blieb, sich so früh an diesem Morgen mit anderen zu unterhalten.

»Die Beerdigung findet in zwei Wochen statt«, sagte Rosén.

»Wie war's?«, fragte Elina.

»Mama geht es recht gut. Das ist das Wichtigste.«

»Und dir?«

»Zu mir war er immer nett. So werde ich ihn auch in Erinnerung behalten. Welche anderen Spuren er in mir hinterlassen hat, weiß ich noch nicht so recht. Ich brauche mehr Zeit. Es ist nicht leicht, ein ganzes Leben auf einen Nenner zu bringen.«

»John«, sagte Elina. »Es ist hier einiges vorgefallen, während du weg warst. Das betrifft auch dich. Willst du, dass ich dir jetzt davon erzähle?«

John Rosén nickte, und Elina erzählte, jedes Detail, jeden Schritt. Dass sie sich für ein Machtspiel missbraucht gefühlt und welche Konsequenzen sie daraus gezogen hatte. Dass sie sich entschieden hatte, dem Konflikt mit Jönsson vorerst auszuweichen. Dann dankte sie Rosén für seine Loyalität.

»Ich finde jedoch, dass du der Chef der Mordgruppe bleiben solltest«, sagte sie. »Obwohl es mir widerstrebt, das zuzugeben, war Jönssons Verärgerung über mich dieses Mal nicht unberechtigt.«

»Nein«, erwiderte Rosén. »Das stimmt nicht. Oft ist es unklug, sich querzustellen, aber klein beizugeben, wie du es jetzt tust, ist auch keine gute Idee. Es herrschen neue Zeiten. Der alte Kommandostil ist out. Ein Chef muss akzeptieren, dass nicht alle Untergebenen aus einem Guss sind. Du hattest Recht.«

»Ich habe mich bereits damit abgefunden, die Mordgruppe zu verlassen. Es ist zu spät, diesen Streit noch einmal aufzurollen.«

»Wie viel Zeit hat er dir für den Fall eingeräumt?«

»Eineinhalb Wochen.«

»Dann warte ich mit meiner Entscheidung ab und schiebe das auf die Beerdigung.«

Elina öffnete den Mund, aber Rosén hob die Hand.

»Keine Widerrede«, meinte er. »Danach sehen wir weiter.«

Gegen Mittag waren sieben Antworten von verschiedenen Polizeibezirken eingetroffen. Die arbeiten wirklich schnell, dachte Elina. Ihre dringende Bitte um rasche Bearbeitung hatte offenbar Wirkung gezeigt. Sie öffnete die siebte und neueste Mail und hoffte, dass sie etwas von Interesse enthielt. Sie war jedoch genauso belanglos wie die sechs anderen. Die Person, nach der sie gefragt hatte, »erscheint in keiner archivierten Ermittlungsakte als tatverdächtig«.

Am Nachmittag trafen weitere Antworten ein. Keine von ihnen ergab irgendeine Spur. Gegen zwei Uhr begann Elinas Hoffnung sachte zu schwinden. Bald würde ihr Scheitern eine vollendete Tatsache sein, und neue Ideen hatte sie keine. Ein Klingeln verkündete, dass eine weitere Antwort in ihrem Computer eingetroffen war und kurz darauf noch eine. In der ersten stand, dass Petter K., nach dem sie sich erkundigt hatte, im November 1992 wegen Steuerhinterziehung belangt worden war. Elina schaute auf ihrer Liste nach. Petter K. war einer von Ylvas Liebhabern gewesen. Elina meinte sich zu erinnern, dass er mit zwei Sternen bedacht worden war. Steuerhinterziehung … sie schüttelte den Kopf. Wertlos. Sie öffnete die andere Mail. Von der Polizei in Örebro, unterschrieben von einer Kriminalassistentin namens Hanna Ceder.

»Hallo«, begann sie fröhlich, »die Person, für die Sie sich interessieren, wurde im Mai 1988 wegen sexueller Belästigung rechtskräftig verurteilt. Die Ermittlungsakte umfasst acht Seiten. Wenn Sie wollen, kann ich sie Ihnen faxen. Das Urteil ist am Amtsgericht Örebro archiviert.« Hanna Ceder hatte die Telefonnummer des Amtsgerichts sowie das Aktenzeichen angegeben.

Elina betrachtete die Liste der 34 möglichen Väter. Sie fuhr mit dem Finger die Namen entlang, bis sie auf den Gesuchten stieß: Ulf Nyman.

Ulf Nyman. Sie hatte letzte Woche mit ihm telefoniert. Sie suchte ihre Gesprächsnotizen hervor. Nichtssagend. Das galt auch für das Vernehmungsprotokoll aus den alten Ermittlungsakten. Er war Ylvas Lehrer in »Praktischer Entwicklungshilfe« an der Tärna Folkhögskola gewesen, geboren 1944, also zehn Jahre älter als Ylva. Inzwischen wohnte er in Täby bei Stockholm. Sie schickte Hanna Ceder eine Mail und bat, ihr die Akten des Ermittlungsverfahrens zu faxen. Dann rief sie beim Amtsgericht Örebro an und bat um das Gerichtsurteil. Ein freundlicher Beamte versprach, sich darum zu kümmern.

Die Akten trafen nach ein paar Minuten ein. Die Sache war recht unkompliziert. Außer den Angaben zur Person gab es zwei Vernehmungen und eine Gesprächsmitschrift. Er war verdächtigt worden, eine Frau namens Lisbet Johansson mehrmals angerufen zu haben, obwohl sie ihn gebeten hatte, dies zu unterlassen. Er hatte sie weiterhin zweimal in ihrer Wohnung aufgesucht, auch, nachdem sie sich seine Besuche eindeutig verbeten hatte.

Einer, der sich nicht mit einem Nein zufrieden gibt, dachte

Elina und begann, die Vernehmungsprotokolle zu lesen. Laut Lisbet Johansson hatte sie Ulf Nyman bei einem Kurs in Loka Brunn ein halbes Jahr zuvor kennen gelernt. Alle Teilnehmer des Kurses waren Lehrkräfte gewesen und es war um neue Pädagogik gegangen. Abends hatte ihr Ulf Nyman Avancen gemacht, sie war nicht ganz nüchtern gewesen und hatte zugelassen, dass er sie küsste. Mehr war nicht passiert. Eine Woche später hatte sie sich bereit erklärt, ihn in einem Café in ihrem Heimatort Kumla zu treffen. Sie waren zusammen nach Einbruch der Dunkelheit spazieren gegangen, und er hatte sie wiederum küssen dürfen. Sie hatte ihn »anziehend« gefunden, aber als sie erfahren hatte, dass er verheiratet war, hatte sie von weiteren Begegnungen nichts mehr wissen wollen. Da hatte er damit begonnen, bei ihr anzurufen. Obwohl sie ihn ausdrücklich darauf hingewiesen hatte, dass sie auf weiteren Kontakt keinen Wert lege, hatte er sie nach wie vor angerufen. Er hatte versucht, sie umzustimmen. Einige seiner Anrufe waren spätabends erfolgt. Sie hatte diese Gespräche nicht direkt als bedrohlich, sondern als unbehaglich empfunden, aber er war aufdringlich gewesen. Laut Lisbet Johansson hatte es sich um zehn bis fünfzehn Anrufe gehandelt.

Als er sie schließlich in ihrer Wohnung aufgesucht hatte, hatte sie beschlossen, ihn anzuzeigen. »Ich hatte das Gefühl, dass die Situation außer Kontrolle geriet, und wusste nicht recht, wie weit er gehen würde. Ich wollte ihm Einhalt gebieten, ehe es zu Schlimmerem kommen konnte.« Auf die Frage, wovor sie Angst gehabt habe, antwortete sie: »Es machte nicht den Eindruck, als könne er gewalttätig werden, aber da er sich weigerte, meine Wünsche zu berücksichtigen, war ich mir nicht sicher.«

Ulf Nyman selbst leugnete, Lisbet Johansson belästigt zu haben. Sie waren sich bei dem Kurs begegnet, hatten sich gut verstanden und deswegen weiterhin Kontakt gehabt. Es war weder da noch später um irgendeine sexuelle Beziehung gegangen. Die Küsse, von denen sie gesprochen habe, waren eher freundschaftlich gemeint gewesen. Er bestätigte, dass sie ihn darum gebeten habe, weitere Annäherungen zu unterlassen, er habe das jedoch dahingehend gedeutet, dass sie deprimiert gewesen sei und ihn nicht mit ihren Sorgen habe behelligen wollen. Er habe sie nach wie vor angerufen, um ihr zu zeigen, dass sie sich weiterhin seiner Unterstützung als Freund gewiss sein könne. Er habe sie nicht im Stich lassen wollen.

Lisbet Johansson hatte die letzten beiden Telefonate auf Band aufgenommen, um ihre Anschuldigungen zu beweisen. Die Abschriften waren recht kurz:

Gespräch 1 (16. Dezember, 22.42 Uhr)
Ulf Nyman: Hallo. Ich bin's. Leg nicht auf, lass mich …
Lisbet Johansson: Habe ich dir nicht gesagt, dass du nicht mehr anrufen sollst? Oder was?
U.N.: Doch, aber hör mal, was ich zu sagen habe …
L.J.: Warum rufst du mich an, wenn ich dir sage, dass du das nicht sollst?
U.N.: Ich dachte, dass wir uns darüber aussprechen könnten.
L.J.: Es gibt nichts, worüber wir uns aussprechen müssten. Ruf einfach nicht mehr an.
(*Der Hörer wird aufgelegt.*)

Gespräch 2 (24. Dezember 1987, 18.37 Uhr)
Ulf Nyman: Hallo, hier ist Ulf. Ich wollte dir nur fröhliche Weihnachten wünschen.
Lisbet Johansson: Begreifst du nicht, dass ich nichts mit dir zu tun haben will?
U.N.: Können wir uns nicht sehen? Mir macht diese Sache wirklich zu schaffen.
L.J.: Das ist nichts im Vergleich dazu, wie es mir geht. Du hast sie wohl nicht mehr alle. Jetzt zeige ich dich an. Ich hab wirklich genug.

U.N.: Ich glaube nicht, dass das eine gute Idee ist, ich will doch nur, dass…
(*Abbruch, der Hörer wird aufgelegt.*)

Elina legte die Akte beiseite und ging zum Faxgerät. Das Urteil vom Amtsgericht Örebro war eingetroffen. Sie blätterte in der Urteilsbegründung. Sie war fast ebenso kurz wie die Abschriften der Telefongespräche. Das Amtsgericht hatte die Auffassung vertreten, dass Lisbet Johansson mehr Glauben zu schenken war als Ulf Nyman. Die Gesprächsmitschnitte waren als starker Beweis für ihre Aussage gewertet worden, sich unmissverständlich und ausdrücklich alle Annäherungen von Nyman verbeten zu haben. Seine weiteren Versuche, mit Johansson in Kontakt zu treten, waren als Tatbestand der Belästigung erachtet worden. Ulf Nyman war zu einer Geldstrafe und 1000 Kronen Schmerzensgeld an Lisbet Johansson verurteilt worden.

Elina ging nochmals ihre Aufzeichnungen zu dem Telefongespräch durch, das sie mit Ulf Nyman geführt hatte. »Auf dem Sprung«, hatte er gesagt. Vielleicht hatte er einfach nur nicht über diese Sache sprechen wollen, dachte Elina. Sie konnte sich nur noch vage an seine Stimme erinnern.

Lisbet Johanssons Personenkennziffer in der Ermittlungsakte machte es Elina leicht, sie ausfindig zu machen. Sie hieß inzwischen Lisbet Strand und wohnte in Skellefteå. Sie antwortete auf ihrem Handy.

Lisbet Strand klang erstaunt und beunruhigt, als sich Elina als Kriminalinspektorin aus Västerås vorstellte. Von der Polizei angerufen zu werden, ist vermutlich ebenso angenehm, wie auf ein Insekt zu treten, dachte Elina, ehe sie zur Sache kam.

»Es geht um das Urteil gegen Ulf Nyman, weil er Sie belästigt hat«, sagte sie und wurde sofort von Lisbet Strand unterbrochen: »Aber das ist doch mindestens fünfzehn Jahre her.«

»1988«, sagte Elina. »Darf ich Ihnen diesbezüglich ein paar Fragen stellen?«

»Ich wüsste nicht, weshalb. Aber natürlich, wenn es wichtig ist.«

»Hat er sich anschließend nochmals bei Ihnen gemeldet?«

»Nein. Kein einziges Mal. Glücklicherweise hat er es endlich kapiert, als es ihm an den Geldbeutel ging. Ich bin ihm ein halbes Jahr später in Örebro auf der Straße begegnet, aber er tat, als sehe er mich nicht. Und ich blieb natürlich auch nicht stehen, um mit ihm über das Wetter zu plaudern.«

»Erzählen Sie mir doch, wie er sich Ihnen gegenüber verhielt. Also vor dem Gerichtsurteil.«

»Anfangs habe ich den bösen Fehler begangen, ihm Hoffnungen zu machen. Er war ja nett und sah recht gut aus. Er hatte einiges erlebt, und wahrscheinlich war ich ein wenig beeindruckt. Aber dann zeigte sich, dass er verheiratet war, und da hatte ich auch bereits das Interesse an ihm verloren. Ich schlug ihm vor, dass wir uns mal zum Kaffeetrinken treffen könnten, wie gute Bekannte eben. Aber das wollte er nicht verstehen. Obwohl ich sehr deutlich wurde, gab er nicht nach. Er wurde aufdringlich. Als könnte er es nicht ertragen, einen Korb bekommen zu haben.«

»Hat er sie bedroht?«

»Nein, nicht direkt. Einmal packte er meinen Arm, aber als ich ihm sagte, er solle loslassen, tat er dies auch. Ich kann ziemlich energisch sein und lasse mich auch nicht so ohne weiteres einschüchtern.«

Na denn, dachte Elina.

»Was wissen Sie sonst noch über ihn?«

»Nicht viel. Er war viel gereist, also im Ausland. Das hatte mit irgendwelchen Entwicklungshilfeprojekten zu tun. Als wir uns begegneten, arbeitete er aber am Abendgymnasium, glaube ich. Irgendwas mit Schwedisch für Immigranten.«

»Was für einen Eindruck hatten Sie von ihm?«

Sie schwieg und schien nachzudenken.

»Er war ein Mensch, der es gewohnt war, seinen Willen durchzusetzen.«

Sie schwieg wieder einen Augenblick.

»Oder genauer gesagt«, meinte sie dann, »ein Mensch, der meistens seinen Willen durchsetzte und sich nicht damit abfinden wollte, wenn es ihm einmal nicht gelang.«

Ein Mann, der auf Seitensprünge aus war, dachte Elina, als sie aufgelegt hatte. Und der aufdringlich wurde, wenn er mal abblitzte. Nicht sonderlich ungewöhnlich, auch wenn das nur selten zu einer Anzeige wegen Belästigung führte. Aber er hatte keine Gewalt angewendet und nach einer Geldstrafe aufgegeben. Also kein Psychopath, nur ein kleiner Schritt über die Grenze der Anständigkeit hinaus. Kaum ein Mörder.

Sie öffnete ihre E-Mail. Drei neue Antworten aus verschiedenen Polizeibezirken. Sie sah sie vor sich, ihre Kollegen, die fieberhaft die Fragen einer Kriminalinspektorin Wiik im fernen Västerås zu beantworten suchten. Das Ergebnis war jedoch bescheiden: Die grobe Fahrlässigkeit eines ehemaligen Mitschülers am Steuer. Das war alles.

Sie ging das Urteil nochmals durch. Ulf Nyman. Der Anfangsbuchstabe N, auch wenn er im Nach- und nicht im Vornamen vorkam, Lehrer im Fach Entwicklungsländer und für Immigranten Quelle verbesserter Sprachkenntnisse. Wenn kein Wunder geschieht, bist du wahrscheinlich das einzige, was ich in der Hand habe. Also kann ich gleich loslegen.

Sie rief bei der staatlichen Versicherungsgesellschaft an und erkundigte sich, wo er arbeitete. Die Sachbearbeiterin bat darum, zurückrufen zu dürfen, ehe sie die Informationen preisgab.

»Er arbeitet bei der Entwicklungshilfebehörde Sida in Stockholm«, sagte sie. Elina dankte und rief sofort dort an. Sie bat darum, mit der Personalabteilung verbunden zu werden. Eine Viertelstunde später hatte sie Ulf Nymans Lebenslauf, mit dem er sich um die Stelle im Afrikaresort beworben hatte, vor sich liegen. Der Lebenslauf stammte vom 3. März 1989.

Elina war der schwedischen Bürokratie unendlich dankbar, weil sie ihr tagelange Nachforschungen erspart hatte. Auf dem Papier vor ihr waren sämtliche Arbeitsplätze Ulf Nymans verzeichnet. In einem Land, in dem der Mensch über seine Arbeit definiert wird, bedeutete dies eine Biografie, wenn auch gerafft.

Ulf Nyman war in Västervik in Småland zur Welt gekommen, hatte dort 1963 Abitur gemacht. Nach dem Wehrdienst und einem Magister an der Uni Lund hatte er ein Jahr lang in einem Kibbuz in Israel gearbeitet. Dann hatte er sechs Monate lang ohne Lohn bei einem Entwicklungshilfeprojekt in Tansania mitgearbeitet. Im Jahr 1971 hatte er Anita geheiratet.

Elina überprüfte das Melderegister: Ulf Nyman war immer noch mit Anita verheiratet. Sie war zwei Jahre älter als er. Anita hatte eine Tochter, die 1970 zur Welt gekommen war. Nach einigen Telefonaten wusste sie: Ulf Nyman war nicht der Vater. Er hatte das Mädchen auch nicht adoptiert.

Nach den Monaten in Tansania hatte Ulf Nyman vertretungsweise an verschiedenen Schulen gearbeitet. Anschließend war er bei einem einjährigen Entwicklungshilfeprojekt in Äthiopien tätig gewesen. Sieben Jahre lang wurden wechselweise Entwicklungshilfeprojekte in verschiedenen afrikanischen Ländern von Lehrerstellen in Schweden abgelöst. Der Lebenslauf listete mit bürokratischer Genauigkeit Dauer und Ort jeder Anstellung auf. Im Frühjahr 1977 war er dem afrikanischen Kontinent untreu geworden. »Frischwasser«, ein Brunnenbohrprojekt in Bangladesch.

Bangladesch. Elina griff zu Ylvas Tagebuch. Im März 1977 war sie in Indien gewesen. Der tödliche Unfall hatte sich auf der Straße zwischen Varanasi und Patna ereignet. Der Mann mit dem Auto war unbekannt. Im Tagebuch wurde er nicht namentlich erwähnt, und Peter Fäldt wusste ihn nicht. Sie suchte im Internet nach einer Landkarte. Das Land lag genau in Fahrtrichtung: Varanasi, Patna, Kalkutta und dann Bangladesch.

Zum Herbstsemester 1977 hatte er die Stellung im Fach Entwicklungsländer an der Tärna Folkhögskola bekommen.

Die Stieftochter ist Jahrgang 70, dachte Elina. Sie wurde also gerade eingeschult. Vielleicht ein Grund, sesshaft zu werden, das Nomadenleben aufzugeben.

Aber Ulf Nyman hatte die Tärna Folkhögskola schon nach dem Frühjahrssemester 1980 wieder verlassen.

Einen Monat nachdem Ylva tot im Fjäll aufgefunden worden war. Elina legte die Papiere beiseite. Er nimmt die Familie mit und lässt alles hinter sich, was er sich vermutlich in den drei Jahren aufgebaut hat. Die Tochter muss Freunde und Schule verlassen. Sie hat vermutlich gerade die dritte Klasse abgeschlossen.

Sie waren nach Sundsvall umgezogen, wo Ulf Nyman eine Stelle bei der Schulverwaltung bekommen hatte. Bereits im Jahr darauf war die Familie wieder nach Süden umgezogen. Dieses Mal nach Karlstad. Dort hatte er eine Stelle am Tingvalla Gymnasium bekommen. Dort hatte er von 1981 bis 1984 gearbeitet. Nach dem Umzug nach Karlstad hatte er für die Folkpartei im Stadtrat gesessen. Im Herbst 1983 hatte er sich für ein weiteres Entwicklungshilfeprojekt beurlauben lassen. Dieses Mal arbeitete er ehrenamtlich in Südafrika. Der nächste Stopp nach Karlstad war Klarälvens Folkhögskola in Värmland gewesen. Am Abendgymnasium in Örebro hatte er 1986 begonnen, und 1989 war dann also Sida an der Reihe gewesen. Dort arbeitete er immer noch. Es gab eine weitere Auskunft. Ulf Nyman hatte beantragt, mit sechzig in Rente gehen zu dürfen. Bis zu seinem Geburtstag war es noch ein knapper Monat.

In Örebro war er wegen Belästigung verurteilt worden. Diesen Umstand hatte Nyman taktvollerweise in seinem Lebenslauf ausgeblendet.

Sundsvall und Karlstad, dann Örebro und Stockholm: Die Karlstader Polizei hatte mitgeteilt, dass sie sich für die Personen auf Elinas Liste bisher nie interessiert hatte. Aus

Sundsvall und Stockholm hatte sie noch nichts gehört. Sie schickte eine Mail an beide Orte und bat um rasche Bearbeitung.

Elina nahm die Papiere, überquerte den Korridor und trat in Henrik Svalbergs Zimmer. Er hielt den Hörer in der Hand, bedeutete ihr aber, Platz zu nehmen.

»Hallo«, sagte er, nachdem er aufgelegt hatte. »Jönsson hat mir ausdrücklich untersagt, dir zu helfen. Aber niemand kann mich daran hindern, mich mit dir zu unterhalten.«

»Und ich habe versprochen, ihm nicht wieder auf die Zehen zu treten. Aber ich habe kleine Füße. Wir können doch jetzt einfach eine Tasse Kaffee trinken gehen und uns über das Wetter unthalten, und dann kannst du mich fragen, ob etwas Interessantes passiert ist.«

Sie traten auf den Gang und plauderten über das mäßige Herbstwetter. »Und was machst du für Fortschritte?«, fragte Svalberg dann lächelnd.

»Ich habe eine Menge Antworten auf meine landesweite Fragenaktion bekommen. Das Resultat ist jedoch mau. Interessant ist eigentlich nur ein gewisser Ulf Nyman. Er ist Abteilungsleiter bei der Sida. Damals war er Ylvas Lehrer an der Tärna Folkhögskola. Zehn Jahre nach dem Mord wurde er wegen Belästigung einer Frau rechtskräftig verurteilt.«

»Hat er sie sexuell belästigt?«

»Nein, nicht mal das. Er rief sie andauernd an, obwohl sie ihn hatte abblitzen lassen.«

»Das gibt nicht viel her. Lästige Männer gibt es zuhauf.«

»Wem sagst du das. Aber ich will ihn trotzdem überprüfen.«

»Natürlich. Folge dieser Spur. Sie ist vermutlich deine einzige Chance.«

Elina verzog das Gesicht. Die Lage war recht verfahren. »Ich habe vor, bei seinen ehemaligen Arbeitgebern anzurufen«, meinte sie.

»Warum?«

»Die Frau, die er belästigt hat, hat er bei einer Fortbildung getroffen. Ylva war eine seiner Schülerinnen gewesen. Wenn er wirklich in meinen Fall verwickelt ist, dann war er ein Lehrer, der nicht nur hinter seinem Lehrerpult stand.«

»Die Schule als Ort der Passionen und Leidenschaften. Ich kann mich nicht erinnern, dass es damals auf der Polizeischule geknistert hätte, trotz der Uniformen. Aber was kann ich für dich tun? Nur mit dir reden?«

»Eigentlich gar nichts«, meinte Elina. »Ich weiß, dass du mir bei meiner Arbeit nicht helfen kannst. Ich will hier im Präsidium einfach jemanden haben.«

Svalberg breitete die Arme aus. »Bei mir gibt es immer einen Platz auf der Couch.«

»Danke, Doktor Freud«, erwiderte sie, und sie betraten die Personalkantine. »Wenn wir schon mal hier sind, können wir doch wirklich eine Tasse Kaffee trinken?«

Sie rief die Auskunft an, um sich die Nummern der vier Arbeitgeber geben zu lassen, die Ulf Nyman zwischen seiner Stelle an der Tärna Folkhögskola und seinem Sidajob gehabt hatte. Die Dame von der Auskunft ratterte drei davon herunter. Die Klarälvens Folkhögskola besaß jedoch keinen Anschluss. Elina bat die Dame von der Auskunft, noch einmal nachzusehen, und erhielt den gleichen Bescheid.

Vielleicht gibt es die Schule nicht mehr, dachte Elina und rief die Schulverwaltung in Karlstad an. Die Dame im Sekretariat hatte von einer Klarälvens Folkhögskola noch nie gehört. »Es gibt allerdings eine Klarälvdalens Folkhögskola. Meinten Sie vielleicht die?«, fragte sie. »Könnte es vor zwanzig Jahren eine Schule mit diesem Namen gegeben haben?«, wollte Elina wissen.

»Nein. Ich bin schon lange genug hier«, antwortete die Dame. »Entweder ich bin senil, oder die Klarälvens Folkhögskola hat nie existiert.«

Vielleicht hat er sich verschrieben, dachte Elina. Ein Lapsus nach fünf Jahren. Sie wählte die Nummer der Klarälvdalens Folkhögskola. Die Dame in der Personalverwaltung bat sie zu warten, während sie in der Kartei nachsah. »Einen Angestellten namens Ulf Nyman haben wir nie gehabt.«

Weitere Telefonate: Nachdem sie sich dreimal von der Staatlichen Versicherung in Karlstad hatte durchstellen lassen, wurde ihr endlich geholfen. Ein Sachbearbeiter suchte Ulf Nymans alte Krankmeldungen heraus. »Mal sehen«, sagte er. Elina hörte, wie er in Papieren blätterte. »Ulf Nyman war bei uns hier in Karlstad vom 1. August 1981 bis zum 30. Juni 1986 registriert. Bis zum 25. August 1984 ist das Tingvalla Gymnasium als Arbeitgeber angegeben.«

»Und anschließend?«, fragte Elina.

»Warten Sie, ich sehe nach. Hier ist ... hier hat er die Internationale Entwicklungshilfeschule in Oslo als neuen Arbeitgeber angegeben.«

»Wie lange?«

»Bis er 1986 von Karlstad wegzog.«

»Also von August 1984 bis Juni 1986?«

»Ja.«

»Hat dieser neue Arbeitgeber auch eine Adresse?«

»Nur ein Postfach. Und eine Telefonnummer.«

Elina notierte sich die Angaben und bedankte sich. Sie wählte die Nummer, die sie bekommen hatte. *Kein Teilnehmer unter dieser Nummer.* Erneut rief sie bei der Auskunft an. Eine neue Nummer der Internationalen Entwicklungshilfeschule gab es weder in Oslo noch sonstwo in Norwegen oder Schweden.

Elina lehnte sich zurück. Eine internationale Entwicklungshilfeschule, dachte sie. Das klingt doch sehr vorzeigbar, wenn man sich um eine Stelle bei Sida bewirbt. Wieso hat er dann angegeben, bei einer Klarälvens Folkhögskola gearbeitet zu haben, die gar nicht existierte? Hatte er gehofft, dass niemand seine Angaben überprüfen würde? Wie beim Doktortitel des Betrügers Refaat El-Sayed und dem Publizisten Jesús Alcalá, der behauptet hatte, sein Großvater sei Präsident gewesen? Was hatte er zu verbergen?

Sie sah auf die Uhr. Es war Spätnachmittag. Die Behörden machten Feierabend, und alle gingen nach Hause. Es würde nicht leicht werden weiterzusuchen.

Ulf Nyman, dachte sie. Wohnhaft in Täby. Ganz in der Nähe von Mama und Papa in Märsta. Ein Besuch bei den beiden war ohnehin überfällig. Und vielleicht auch ein Blick auf Ulf Nyman.

34. KAPITEL

Der Pfarrer wusste nicht, wer Leif Oskar war. Er wusste nicht, dass Reidar und Berit Solbakken einen Pflegesohn gehabt hatten. »Fragen Sie Johannes«, sagte er.

Kari und Robert klopften bei Jan Egil Laursen, dem pensionierten Polizisten an. Er erinnerte sich vage, dass in den Sechzigerjahren oder Anfang der Siebziger ein oder zwei Jungen bei den Eheleuten Solbakken gewohnt hatten. Aber wer sie gewesen waren, wusste er nicht. »Fragen Sie Johannes«, hatte auch er geraten.

Der Hund bellte, als sie sich dem Haus auf der Anhöhe näherten. Kari klopfte an die Tür, aber niemand öffnete. Eine Gardine flatterte in einem Fenster. Robert sah gerade noch eine Hand. Kari wandte sich zum Gehen. Da wurde die Tür geöffnet. »Was wollt ihr?«, fragte Johannes.

»Eine Frage stellen«, antwortete Kari.

»Wartet«, erwiderte Johannes und schloss die Tür wieder. Kari und Robert wussten nicht, wie lange sie warten sollten. Dann wurde sie wieder geöffnet. Johannes trat ins Freie. Er trug Gummistiefel. »Kommt mit«, sagte er. Sie folgten ihm zur Bucht hinunter. Er machte ein Boot los. »Setzt euch ins Boot«, sagte er, »wir machen einen kleinen Ausflug.«

Er ruderte mit gleichmäßigen, kräftigen Schlägen. Es windete ziemlich stark, und die Wellen schwappten hart an den Bug. Das Boot schlug unsanft in den Wellentälern auf. Kari und Robert saßen achtern nebeneinander. Beide schwiegen. Als sie so weit vom Land entfernt waren wie nur möglich, hörte Johannes auf zu rudern. »Also«, sagte er, »was willst du von mir?«

»Ich weiß nicht«, sagte Kari mit leiser Stimme. Sie war im Lärm der Wellen kaum zu hören. »Ich dachte … dass Sie vielleicht etwas über mich wüssten.«

»Zum Beispiel was?«

»Vielleicht … wer ich bin.«

»Das ist eine große Frage.«

»Wer meine Eltern waren?«

»Schwer zu sagen.«

»Ich habe erfahren, dass Reidar und Mama Pflegekinder angenommen hatten.«

»Das ist lang her.«

»Wer ist Leif Oskar?«

Johannes betrachtete sie aus seinen kleinen Augen.

»An den Namen kann ich mich nicht erinnern.«

»Niemand scheint etwas zu wissen.«

»Ich auch nicht. Und meine Devise war auch immer, nie in der Vergangenheit herumzuwühlen.«

Er packte die Riemen und begann, wieder auf das Ufer zuzurudern. Als sie den Steg erreichten und Kari an Land klettern wollte, verlor sie das Gleichgewicht und wäre fast ins Wasser gefallen. Johannes fing sie auf. »Hier ist es tief«, sagte er.

Kari kletterte auf den Steg. Ihr war übel, aber sie war sich nicht sicher, ob das von der unruhigen See kam. Als sie das Auto erreichten, übergab sie sich. Robert wischte ihr mit seiner Hand den Mund ab und half ihr einzusteigen.

35. KAPITEL

Elinas Anruf bei ihren Eltern war eher eine Mitteilung als eine Frage. Sie war stets willkommen, und irgendwelche organisatorischen Probleme gab es nicht: Im Reihenhaus der Eltern in Märsta sah Elinas Mädchenzimmer im Großen und Ganzen aus wie damals, als sie von zu Hause ausgezogen war. Das war jetzt siebzehn Jahre her. Botwid Wiik und Elinas Mutter Maria bezeichneten das Zimmer als Gästezimmer, aber außer Elina übernachtete kaum jemand darin.

Sie teilte mit, dass sie im Laufe des Nachmittags eintreffen, dann aber noch einmal beruflich ein paar Stunden unterwegs sein würde. Maria Wiik wollte nur wissen, wann das Abendessen fertig sein sollte.

Den Vormittag verbrachte Elina damit, in allen erdenklichen Datenbanken alles über Ulf Nyman herauszusuchen. Das ergab zu Elinas Enttäuschung jedoch nichts. Mit Ausnahme des Urteils wegen Belästigung schien sich Ulf Nyman vorbildlich verhalten zu haben.

Botwid Wiik umarmte sie mit der Herzlichkeit eines Vaters seiner Tochter gegenüber. Sie setzten sich auf das Sofa im Wohnzimmer. Elinas Mutter war gerade beim Einkaufen. Ihr Vater erzählte, er sei erst am Tag zuvor von einer fünftägigen Reise zurückgekehrt. Elina wunderte sich, dass er ihr erst jetzt von dieser Reise erzählte. Sie fühlte sich sogar etwas gekränkt, zeigte es aber nicht.

»Du musst das verstehen, meine Kleine«, meinte er, »ich wollte allein fahren. Nicht einmal Mama durfte mitkommen. Deswegen habe ich auch vorher nichts gesagt.«

»Wo bist du denn gewesen?«

»Zu Hause.«

Elina zog fragend die Brauen hoch.

»Bei der Beerdigung meines Cousins Janne. Die Kinder wollten, dass ich komme. Aber bevor ich fuhr, wurde mir klar, dass es vermutlich das letzte Mal sein würde.«

»Warst du in Karleby?«

»Ja, auf dem Dorf, das liegt ja bei Karleby. Dort war ich. Ich wollte den Hof der Familie noch einmal sehen und die Schule, auf die ich gegangen bin auch. Ich wollte zwischen meinen Erinnerungen herumspazieren.«

Botwid Wiik war zehn Jahre alt gewesen, als er als Pflegekind während des Krieges aus dem schwedischsprachigen Teil Österbottens nach Schweden gekommen war. Dort war er dann auch nach dem Krieg geblieben. Seine Eltern waren so arm gewesen, dass sie eingewilligt hatten, ihn bei seinen Pflegeeltern in Luleå zu lassen. Die Pflegeeltern waren kurz nach Elinas Geburt gestorben, sie war ihnen nie begegnet. Sie hatte auch ihre richtigen Großeltern nie kennen gelernt. Ihr Vater sprach nie von ihnen. Jetzt waren sie schon lange tot. Elina ahnte, dass dies alles für ihren Vater sehr schmerzhaft gewesen war, so bitter, dass er sich nicht daran erinnern wollte. Zum ersten Mal erwähnte er nun einen Cousin und ihre Cousins und Cousinen zweiten Grades jenseits der Ostsee.

»Wie war es?«, fragte sie.

»Ich fühlte mich mehr zu Hause, als ich geahnt hatte. Als ich in der Kirche war, hatte ich das Gefühl, dass auch ich dort begraben werden möchte. Aber Maria wurde traurig, als ich davon erzählte, ich entschloss mich also, mir das wieder aus dem Kopf zu schlagen. Aber man besitzt doch tiefe Wurzeln, es ist schwer, entwurzelt zu werden und nicht den eigenen Boden unter den Füßen zu spüren.«

Kurz nach vier Uhr fuhr Elina los. Sie hatte versprochen, nur ein paar Stunden fortzubleiben. Sie vermutete, dass Ulf Nyman normale Arbeitszeiten hatte, und wollte ihn vor seinem Haus in Täby erwarten. Ulf Nyman wohnte in einem Ortsteil namens Ensta. Das Viertel war grün und ruhig, mit Einfamilienhäusern und kleinen, verzweigten Sträßchen. Erst fuhr sie langsam an seinem Haus vorbei, es war aus rotem Backstein, einstöckig und lag an einem Hang. Sie parkte in einer Querstraße, die einen Ausblick auf das Haus bot und hoffte, dass kein Nachbar sich nach ihren Absichten erkundigen würde. Ein an einem Zaun befestigtes Schild wies zwar auf nachbarschaftliche Wachsamkeit hin, aber Elina wusste, dass das eher einem frommen Wunsch entsprach und abschreckende Wirkung haben sollte.

In der Auffahrt stand ein Volvo, und Elina nahm an, dass zumindest eine Person zu Hause war. Hinter den Fenstern regte sich jedoch nichts. Sie beschloss, zwei Stunden abzuwarten und, falls sich bis dahin nichts nichts ereignet haben sollte, am nächsten Tag wiederzukommen. Zumindest konnte sie darauf hoffen, dass er sich zeigen würde. Sie wollte sehen, wie er aussah, wie er sich bewegte. Sie wollte wissen, mit wem sie es zu tun hatte.

Nach fünfunddreißig Minuten wurde die Haustür einen Spaltbreit geöffnet, eine Katze schlüpfte ins Freie, und die Tür wurde wieder geschlossen. Die Katze setzte sich auf die Treppe und sah sich um. Nach einer Weile bewegte sie sich träge auf das Grundstück des Nachbarn zu. Elina gähnte. Die Tür wurde wieder geöffnet, und eine Frau mit einer Plastiktüte trat heraus. Sie schien Anfang sechzig zu sein. Anita Nyman, dachte Elina. Sie war leicht übergewichtig, trug eine Brille und hatte einen geraden Haarschnitt. Die Frau kam direkt auf sie zu, ohne jedoch die Augen auf das Auto zu richten. Sie hob den Deckel der Mülltonne und warf die Plastiktüte hinein. Dann ging sie wieder ins Haus.

Eine Stunde später wurde die Tür erneut geöffnet. Von

einem Mann. Ulf Nyman. Sie erkannte ihn von dem Passfoto, das sie von der Polizei in Stockholm bekommen hatte. Offenbar war er die ganze Zeit über zu Hause gewesen. Er ging zum Auto in der Auffahrt und setzte sich hinter das Steuer. Elina ließ ihn ein paar Meter vorausfahren, startete ihren Wagen und folgte ihm. Sie versuchte, den größtmöglichen Abstand zu halten, ohne Gefahr zu laufen, ihn aus den Augen zu verlieren. Er fuhr Richtung Osten. In Täby Centrum bog er auf den großen Parkplatz ab und fand einen Platz. Elina ließ ihn nicht aus den Augen. Er ging in einen Videoladen. Sie parkte rasch und folgte ihm. Er stand vor den Top Twenty. Elina stellte sich vor das Regal mit den Spielfilmen und zog wahllos eine alte Videokassette heraus.

Sie betrachtete ihn schräg von hinten. Er war über ein Meter achtzig groß, hatte graumeliertes, nach hinten gekämmtes Haar, trug einen kurzen Bart und eine Brille mit schwarzem Gestell. Recht schlank, absolut kein sichtbares Übergewicht. Die Schultern etwas gebeugt. Braune Hosen und eine grüne Windjacke. Hätte sie sein Alter nicht gewusst, hätte sie ihn auf fünfundfünfzig oder etwas darüber geschätzt.

Nachdem er sich mehrere Kassettenhüllen angesehen hatte, entschied sich Ulf Nyman für die Nummer dreizehn der Liste. Elina sah, dass es sich um einen schwedischen Spielfilm mit mehreren bekannten Schauspielern handelte, die auch schon früher in erfolgreichen Kinofilmen mitgespielt hatten. Dann ging er langsam durch den Laden und sah sich die anderen Filme an. Er schien sich besonders für das Regal mit den Klassikern zu interessieren. Er ging in die Knie und betrachtete die Filme im untersten Fach. Anschließend bezahlte er die Gebühr für den Spielfilm. Elina blieb ihm auf den Fersen. In jenem Fach standen Pornofilme, die man kaufen konnte. Rasch mal aufgegeilt, dachte sie und betrachtete Ulf Nyman, der an der Kasse stand. Etwas, um die Fantasie anzukurbeln.

Sie folgte ihm aus dem Laden. Er setzte sich in sein Auto,

und sie entschloss sich, ihm weiterhin zu folgen. Die Zeit war knapp, und es galt, so viele Eindrück wie möglich zu sammeln. Wenn sie ihn später verhörte, würde sie besser vorbereitet sein.

Er fuhr dieselbe Strecke zurück und parkte wieder in seiner Auffahrt. Elina fuhr vorbei, ohne in seine Richtung zu schauen. Als sie gewendet hatte und wieder zurückfuhr, war niemand auf dem Grundstück zu sehen. Sie vermutete, dass er sofort ins Haus gegangen war. Sie wendete erneut und fuhr nach Märsta. Im Reihenhaus ihrer Eltern wartete bereits das Abendessen.

36. KAPITEL

Bei ihren Eltern fühlte sie sich immer wieder wie ein Kind, obwohl jetzt niemand von ihr verlangte, bei der Hausarbeit zu helfen. Ihre Mutter bestand darauf, sie mit Essen und Fürsorglichkeit zu verwöhnen. Das einzige, was sie von ihrer Tochter verlangte, war, dass diese ihr beim Kochen Gesellschaft leistete. Elina saß dann auf einem Küchenstuhl und hörte ihrer Mutter zu, wenn sie von ihrem Alltag und ihren Gedanken erzählte.

Elina beschloss, am nächsten Morgen nicht nach Täby zurückzufahren. Sie hatte Nyman gesehen, und ihn weiter zu beschatten, war unsinnig. Aber die Internationale Entwicklungshilfeschule... dieses Rätsel ließ ihr keine Ruhe. Was steckte dahinter, warum hatte Ulf Nyman diesen Arbeitsplatz nicht in seinem Lebenslauf erwähnt? Sie musste erst selbst eine Antwort auf diese Frage finden, ehe sie sie ihm stellte.

Am Morgen fuhr sie direkt ins Präsidium und ging ins Internet. Sie begann, nach dem ganzen Namen zu suchen. Unter Internationale Entwicklungshilfeschule gab es keine Treffer. Auch Entwicklungshilfe und Oslo waren ergebnislos. Erst die Erkenntnis, dass Entwicklungshilfe auf Norwegisch anders geschrieben wurde, brachte sie weiter. Bis 1996 hatte es eine Norads Entwicklungshilfeschule gegeben. Als sie unter Norad suchte, erfuhr sie, dass dies die Abkürzung für Norwegische Entwicklungshilfebehörde war. Diese Behörde hatte einen Pressechef, und von diesem Pressechef gab es eine Handynummer.

Nach dem zweiten Klingeln hatte sie ihn bereits am Apparat. Er unterrichtete sie darüber, dass die Norads Entwicklungshilfeschule und die Internationale Entwicklungshilfeschule nicht dieselbe waren. Aber er wusste von der Internationalen Entwicklungshilfeschule. Diese Schule war privat gewesen, existierte jetzt aber nicht mehr. Er nannte Elina den Namen einer Person, die mehr wusste. Elina rief dort an. Erhielt einen weiteren Namen. Rief wieder an. Erhielt einen dritten Namen, wählte auch diese Nummer und hatte eine Frau am anderen Ende: Heidi Jenssen.

»Ich war Direktorin der Schule«, antwortete sie auf Elinas Frage.

Endlich mal eine brauchbare Antwort, dachte Elina. »Dann wissen Sie vielleicht auch, wer Ulf Nyman ist?«

Am anderen Ende blieb es einen Augenblick still. »Warum wollen Sie das wissen?«, fragte Heidi Jenssen nach einer Weile.

»Es geht um eine Ermittlung, mit der ich mich gerade befasse.«

»Worum geht es dabei?«

»Um ein Gewaltverbrechen, das einige Zeit zurückliegt.«

»An der Entwicklungshilfeschule?«

»Nein. Ein Vorfall in Schweden.«

»Ulf Nyman hat Anfang der Achtziger zwei Jahre lang bei uns gearbeitet. Ich habe ihn damals eingestellt.«

Yes, sagte Elina lautlos. Vielleicht konnte sie endlich das Rätsel lösen.

»Zwei Jahre, sagen Sie?«, hakte Elina nach. »War das zwischen Herbst 1984 und Frühjahr 1986?«

»Ja.«

»Hat diese Entwicklungshilfeschule noch einen anderen Namen? Oder hat sie etwas mit einer gewissen Klarälvens Folkhögskola zu tun?«

»Nein.« Heidi Jenssen klang erstaunt.

»Was können Sie mir über Ulf Nyman erzählen?«, fragte Elina.

Sie merkte, dass die andere zögerte. »Er unterrichtete in Landeskunde. Soziographie könnte man vielleicht sagen.«

Sie verstummte. Elina fragte sich, warum sie so zögerlich war, warum sie ihr alles aus der Nase ziehen musste.

»War an Ulf Nyman etwas Besonderes?«

»Ich weiß nicht recht...«

»Frau Jenssen«, sagte Elina. »Ich bin mit der Ermittlung eines schweren Verbrechens befasst. Außerdem eilt es. Ich kann Ihnen leider nicht sagen, worum es geht, aber ich benötige Informationen über Ulf Nyman. Er hat bewusst verschwiegen, an der Entwicklungshilfeschule gearbeitet zu haben. Wenn Sie wissen, warum, so bitte ich Sie darum, es mir zu sagen, und zwar jetzt.«

Elina hatte mit weiterem Zögern und Gegenfragen gerechnet, stattdessen kam die Antwort sofort.

»Wir haben die Sache vertuscht.«

»Sie haben was vertuscht?«

»Ulf Nyman hatte eine Affäre mit einer unserer Schülerinnen. Bereits das verstieß gegen die Regeln. Dann glaubten wir auch zu wissen, dass er sich an ihr vergangen hatte. Sie bat uns jedoch, ihn nicht anzuzeigen, weil sie nicht wollte, dass der Vorfall publik wurde. Wir gaben nach. *Ich* gab nach. Vermutlich war das ein Fehler, aber es geschah ihretwegen. Nyman habe ich natürlich gefeuert.«

»In welcher Form hatte er sich an ihr vergangen?«

»Das Mädchen wollte natürlich keine Einzelheiten erzählen, aber wenn ich sie recht verstanden habe, handelte es sich um Erpressung. Er hat sie bedroht.«

»Wie hieß diese Schülerin?«

»Den Namen kann ich Ihnen nicht nennen, jedenfalls nicht ohne ihr Einverständnis.«

»Könnten Sie dieses Einverständnis einholen?«

»Ich weiß nicht einmal, wo sie jetzt wohnt. Oder wie sie mit Nachnamen heißt. Das ist schließlich lange her.«

»Wenn Sie ein schlechtes Gewissen haben, weil Sie damals vielleicht nicht das Richtige getan haben, dann ist das jetzt Ihre Chance, das wieder gutzumachen. Versuchen Sie bitte, sie ausfindig zu machen, und rufen Sie mich dann wieder an.«

»Ich kann Ihnen nichts versprechen, aber geben Sie mir doch Ihre Telefonnummer.«

»Ich wäre froh, wenn Sie die Sache gleich in Angriff nehmen könnten«, sagte Elina.

Beim ersten Mal, dachte Elina, als sie aufgelegt hatte. Wenn man ihnen beim ersten Mal Einhalt gebietet, dann passiert das nicht wieder. Und niemand hatte Nyman Einhalt geboten.

37. KAPITEL

Leider.«

Kari und Robert saßen im Büro des Chefs der Sozialbehörde. Das war Roberts Idee gewesen. Als einer seiner Freunde in eine Pflegefamilie gekommen war, hatte sich die Sozialbehörde darum gekümmert. Warum sollten sie also nicht den Chef der Sozialbehörde fragen? Er wusste vielleicht, wie die Pflegekinder der Solbakkens geheißen hatten.

»Ich darf diese Informationen nicht weitergeben.« Der Chef der Sozialbehörde legte die Hand auf eine braune Mappe, um zu verdeutlichen, dass diese geschlossen bleiben würde. Mit seiner Hand hinderte er Kari daran, den Inhalt zu lesen.

»Warum? Das ist wichtig für mich«, sagte Kari.

»Das verstehe ich. Aber das Gesetz verbietet mir, diese Informationen weiterzugeben. Daran kann ich nichts ändern. Das einzige, was ich Ihnen sagen kann, ist, dass Ihre Adoptiveltern drei verschiedene Pflegesöhne hatten und dass das mehr als dreißig Jahre her ist. Einer von ihnen ist, soweit ich weiß, tot.«

»Tot?«, sagte Kari.

»Das waren Jungen mit großen sozialen Problemen. Sie haben getrunken, Drogen genommen und geklaut. Dass nur einer von ihnen tot ist, muss man unter diesen Umständen sogar als positiv werten.«

»Können Sie uns nicht sagen, wer die beiden anderen sind?«, fragte Robert.

Der Chef der Sozialbehörde lächelte geduldig. »Nein. Das wäre eine Straftat. Das könnte mich meine Stelle kosten. Und das wollen Sie doch nicht, oder?«

Kari ließ den Kopf hängen, als sie die Dienststelle verließen. »Wir kommen nicht weiter«, sagte sie. »Ich will nach Hause fahren.«

»Noch nicht«, sagte Robert. »Wir geben noch nicht auf. Uns fällt sicher noch etwas ein.«

Ihm war etwas eingefallen. Aber er wollte es ihr nicht sagen. Noch nicht.

38. KAPITEL

Es nieselte auf das Zeltdach. Das Geräusch verbreitete Gemütlichkeit. Wie lange hatte sie geschlafen? Ein paar Stunden mindestens, es musste mitten in der Nacht sein. Sie musste mal austreten, wollte aber nur ungern aus ihrem warmen Schlafsack schlüpfen. Schließlich blieb ihr nichts anderes übrig. Sie drehte sich um und setzte sich auf. Roberts Schlafsack war leer. Seine Jacke, die sonst immer an einem Haken an der Zeltstange hing, war weg.

Plötzlich war sie hellwach. Sie versuchte, ihre Angst zu bekämpfen. Umständlich schälte sie ihre Beine aus dem Schlafsack und öffnete vorsichtig den Reißverschluss des Zeltes. Draußen war es still. Es roch nach Salzwasser und Tang.

»Robert? Bist du da?«

Es blieb still. Sie zog ihre Schuhe an und kroch aus dem Zelt. Die Berge waren in dunklen Umrissen vor dem Nachthimmel zu erkennen. Es schauderte sie, und sie rief wieder nach ihm. Das Auto stand nicht mehr an seinem Platz. Sie parkten immer ein Stückchen weiter weg, aber jetzt war kein Auto mehr da. Warum war er, ohne ihr etwas zu sagen, mitten in der Nacht weggefahren? Automatisch ging sie zur Straße hoch. Nirgends waren Scheinwerfer zu sehen. Um diese Uhrzeit war niemand unterwegs. In einiger Entfernung sah sie Flakstad, den Kirchturm und den Friedhof. Sie hockte sich an den Wegrand und verrichtete ihr Bedürfnis. Sie wünschte sich, Robert würde zurückkommen.

Als sie wieder aufblickte, meinte sie beim Zelt einen Schatten zu sehen, der sich bewegte. Bildete sie sich das nur ein? Sie kniff die Augen zusammen, vielleicht spielte ihr die Dunkelheit einen Streich? Doch, dort unten bewegte sich jemand. Konnte das Robert sein? Aber wo war dann das Auto? Sie wagte kaum zu atmen. Mit langsamen Schritten ging sie rückwärts. Dann knickte sie in einer Kuhle mit dem Fuß um und fiel nach hinten. Sie fing sich mit der einen Hand ab und spürte, dass sie sich dabei die Handfläche aufschürfte. Flink war sie wieder auf den Beinen und rannte in den Graben auf der anderen Straßenseite. Sie ging in die Knie und lauschte. Nur der Wind war zu hören.

Aus der Ferne näherten sich auf der Straße zwei Lichtkegel. Lieber Gott, dachte sie, lass das Robert sein. Das Auto kam näher, fuhr an ihr vorbei und bog von der Landstraße Richtung Zelt ab. Eine Autotür wurde geöffnet und sie sah, dass jemand auf das Zelt zuging. Als sie näher kam, sah sie, dass es Robert war.

Sie blieb vor ihm stehen. »Du darfst nicht einfach so verschwinden«, schrie sie. Er versuchte, sie in die Arme zu nehmen, aber sie schlug um sich. »Wo warst du?«

»Ich musste nur schnell etwas erledigen. Entschuldige, ich wollte dir keine Angst machen.«

Sie sah sich um. Sie waren allein. Hatte sie sich das nur eingebildet? Sie ging an ihm vorbei und schaute ins Zelt.

»Ich will jetzt nicht mit dir reden«, sagte sie. Er folgte ihr wie ein enttäuschter Welpe.

»Willst du es dir nicht wenigstens ansehen?«, flehte er.

»Nein«, sagte sie barsch und kroch in ihren Schlafsack. Demonstrativ drehte sie ihren Kopf von ihm weg.

39. KAPITEL

Der Donnerstag war eine einzige lange Quälerei gewesen. Elina war in ihrem Zimmer auf und ab gegangen. Sie hatte nicht stillsitzen können. Das Telefon klingelte nicht. Heidi Jenssen ließ nichts von sich hören. Sollte sie sie nochmals anrufen und ihr Dampf machen? Aber dafür war es noch zu früh. Würde Heidi Jenssen überhaupt begreifen, was es bedeutete, dass sie nur noch eine Woche Zeit hatte? Eine Woche von fünfundzwanzig Jahren. Die Worte würde sie verstehen. Aber wohl kaum das Gefühl. Elina kämpfte gegen die Uhr. Sie hatte das Gefühl, als würde die Zeit zwischen ihren Fingern zerrinnen, als würde man sie ihr bald wie einen Teppich unter den Füßen wegziehen. Sie wusste nicht, ob sie danach jemals wieder auf die Beine kommen würde.

Irgendetwas hatte sich zwischen Ulf Nyman und seiner Schülerin an der Entwicklungshilfeschule abgespielt und war von allen Beteiligten vertuscht worden. Elina fragte sich, welche Bedeutung das für ihre Ermittlung haben mochte. Es hatte kaum direkt mit Ylva zu tun. Aber es würde ihr ein besseres Bild davon vermitteln, wozu Ulf Nyman fähig war und somit für sie von Vorteil sein, wenn sie Nyman schließlich gegenüber stand. Ihr Wissen würde ihn vielleicht aus der Fassung bringen, in die Defensive zwingen und dazu bringen, etwas Unüberlegtes zu sagen.

Um elf Uhr abends lag Elina in ihrem Bett. Sie war schon fast eingeschlafen, da holte sie das Klingeln des Telefons unbarmherzig in die Wirklichkeit zurück. Die Stimme einer Frau. Sie sprach Norwegisch mit einem Akzent, den Elina von Einwanderern in Schweden kannte, geographisch jedoch nicht zuordnen konnte.

»Heidi Jenssen hat gesagt, dass ich Sie anrufen soll.«

Mit einem Mal war Elina hellwach.

»Sie sagte, es ginge um Ulf Nyman«, fuhr die Frau fort.

»Ja. Sie müssen seine ehemalige Schülerin sein.«

»Ich heiße Grace. Heidi sagte, es sei wichtig.«

»Es ist sehr wichtig. Ich würde gerne wissen, was zwischen Ulf Nyman und Ihnen vorgefallen ist.«

»Warum?«

»Das ist eine lange Geschichte. Aber es könnte erheblich zur Lösung eines sehr schweren Verbrechens beitragen. Ich möchte nicht näher darauf eingehen. Aber ich muss unbedingt wissen, was damals vorgefallen ist.«

Die Frau schwieg eine Weile. »Dann müssen Sie hierher kommen.«

»Nach Norwegen? Ich weiß nicht einmal, wo Sie wohnen.«

»In Oslo.«

»Ich treffe mich gerne mit Ihnen. Aber warum ist es so wichtig, dass ich zu Ihnen komme?«

»Ich will Ihnen etwas zeigen.«

»Und was?«

»Das werden Sie dann schon sehen.«

Elina zögerte kurz, dann suchte sie nach einem Stift und bat um die Adresse. »Ich komme morgen«, sagte sie.

»Nein. Kommen Sie am Samstag.«

»Mir wäre morgen lieber.«

»Das geht nicht. Samstag.«

Noch ein Tag verloren, dachte Elina. Aber es scheint mir nichts anderes übrig zu bleiben.

»Okay. Dann bis Samstag.«
»Ich erwarte Sie.«

Elina legte sich wieder ins Bett. Ihre Gedanken machten jeden Versuch einzuschlafen zunichte. Was wollte sie ihr zeigen? Hatte er sie misshandelt? War sie von ihm gezeichnet worden? Wer war sie? Und dann die praktischen Fragen: durfte sie als schwedische Polizistin überhaupt eine Vernehmung in Norwegen durchführen? Wohl kaum, aber sie entschloss sich, dieser Frage gar nicht erst nachzugehen. Sie hatte keine Zeit, sich um eine Unmenge Formalitäten zu kümmern. Sie würde sich am Samstagmorgen einfach ins Auto setzen und niemanden um Erlaubnis fragen.

40. KAPITEL

Jens Paulus Karlsen? Knut Niklas Einarsen? Leif Oskar Bjerre?«

Kari starrte auf den gelben Zettel. »Leif Oskar. Sind sie das?«

»Die Pflegekinder. Genau!«

»Wie hast du ihre Namen rausgekriegt?«

Sie standen vor dem Zelt, nachdem sie sich in dem Toilettenhäuschen an der Straße gewaschen hatten. Kari hatte die ganze Zeit geschwiegen, und Robert hatte es nicht gewagt, ein Wort zu sagen. Schließlich hatte er ihr den Zettel mit den Namen unter die Nase gehalten.

Robert lächelte und ließ sich mit der Antwort Zeit. Er wollte ihr imponieren.

»Ich habe ein Fenster geöffnet und bin reingeklettert.«

»Du hast ein Fenster geöffnet? Wie das? Und wann?«

»Heute Nacht. Entschuldige, dass ich einfach losgefahren bin, als du geschlafen hast. Es war kein Problem, das Fenster aufzubekommen, und die Mappe lag immer noch auf seinem Schreibtisch. Es hat mich keiner gesehen.«

»Du bist ja nicht ganz bei Trost«, meinte Kari.

Roberts Miene verfinsterte sich. »Ich habe das deinetwegen getan.«

Kari merkte ihm seine Enttäuschung an. Sie schüttelte den Kopf und lächelte ihm zu. Roberts Gesicht hellte sich wieder auf. Sie schaute auf die Namen auf dem Zettel.

»Wer von denen ist tot? Stand das auch irgendwo?«

»Nein.«

»Wie sollen wir an die drankommen?«

Robert zuckte mit den Achseln. Kari betrachtete den Zettel ein weiteres Mal. »Vielleicht mit Hilfe des Telefonbuchs«, meinte sie. »Stehen in norwegischen Telefonbüchern überhaupt Adressen?«

»Das lässt sich schnell feststellen.«

Robert merkte, dass Kari zögerte.

»Wir müssen es tun«, meinte Robert. »Stell dir vor, einer von ihnen ist dein Vater!«

Kari wich zurück. Sie öffnete den Mund, brachte aber keinen Laut über die Lippen.

»Hast du an diese Möglichkeit gar nicht gedacht?«, meinte Robert und ergriff vorsichtig ihre Hand. Sie lag ganz heiß in seiner, und er betete unhörbar und inständig darum, dass sie sie nicht wegziehen würde. Aber sie ließ ihn gewähren. »Ich habe darüber nachgedacht«, fuhr er fort. Als sie nicht antwortete, trat er einen Schritt näher an sie heran.

»Du glaubst ja auch, dass die Person, die dich auf die Treppe gelegt hat, wusste, dass Reidar und deine Adoptivmutter sich ein Kind gewünscht haben, aber keine eigenen bekommen konnten. Die Pflegesöhne wohnten doch im Haus, sie müssen das mit den Kindern doch mitbekommen haben.«

Kari sah ihn erschrocken an.

»Diese Jungs waren auf die schiefe Bahn geraten«, sagte Robert. »Stell dir vor, einer von denen hat vielleicht einem sehr jungen Mädchen ein Kind gemacht, um das sie sich dann nicht kümmern konnten. Also legten sie es einfach auf Reidars Treppe ab. Das ist nur eine Vermutung, aber so könnte es schließlich gewesen sein. Ich finde auch, dass dir dieser Bursche auf dem Foto, Leif Oskar, irgendwie ähnlich sieht.«

»Was sollen wir jetzt tun?«, fragte Kari und sah Robert an. Ihre Unterlippe zitterte.

»Wir sehen im Telefonbuch nach, wo sie wohnen. Dann

fahren wir hin und sehen sie uns an. Erst mal auf Abstand und ohne dass sie uns bemerken.«

»Wieso das?«

»Um herauszufinden, ob dir einer von ihnen ähnlich sieht natürlich.«

Kari brach in Tränen aus. Robert nahm sie in die Arme. Sie schmiegte sich an ihn und schluchzte herzerweichend. Dann ließ er sie los und holte Papier aus dem Häuschen an der Straße. Kari schnäuzte sich. »Komm«, sagte er und zog sie zum Auto.

Sie hielten am Einkaufszentrum in Ramberg. In einem Blumengeschäft bat Robert darum, in das Telefonbuch schauen zu dürfen. Kari beugte sich über seine Schulter. Sie fanden einen Knut N. Einarsen, der in Reine wohnte.

»Karlsen, Karlsen …«, sagte Robert und suchte weiter. »Es gibt viele Karlsen, aber keinen Jens Paulus. Es gibt einen Jens B. Karlsen. Aber das ist wohl der Falsche. Vielleicht ist dieser Karlsen derjenige, der schon gestorben ist.«

Robert blätterte zum Buchstaben B zurück und fuhr mit dem Finger die Seiten herunter. »Leif O. Bjerre«, sagte er. »Er wohnt in Straum … Straumsjøen.« Er hatte Mühe mit dem Ortsnamen.

Kari fragte die Verkäuferin, wo Reine und Straumsjøen lagen. »Reine ist südlich von hier«, lautete die Antwort. »Nicht sonderlich weit. Einfach nur diese Straße entlang. Straumsjøen liegt auf der Langøya.« Die Verkäuferin zeigte es ihnen auf einer Karte. Langøya lag weiter nördlich auf den Lofoten.

»Mit wem sollen wir anfangen?«, fragte Robert.

Kari antwortete nicht.

»Spielt keine Rolle«, meinte Robert. »Reine ist näher. Aber vielleicht sollten wir bis morgen warten? Es ist wahrscheinlicher, dass wir ihn an einem Samstag zu Gesicht bekommen.«

Sie setzten sich ins Auto. Robert schlug vor, etwas zu unternehmen, was Spaß machte. Vielleicht nach Svolvær reinfahren? Es war Freitag, und vielleicht gab es eine Musikkneipe. »Du brauchst ein bisschen Abwechslung«, entschied er. »Vielleicht können wir wieder in der Jugendherberge wohnen. Mal wieder zu duschen wäre gar nicht übel.« Kari strich ihm über die Wange, was ihn mit einem wahnsinnigen Glücksgefühl erfüllte.

Keinem von beiden fiel das Auto auf, das ihnen folgte, als sie von dem Einkaufszentrum wieder auf die Landstraße bogen.

41. KAPITEL

Die Straße flitzte unter den Rädern nur so dahin. Örebro, Karlskoga, Karlstad, Årjäng, über die Grenze, von Süden nach Oslo rein. Sie war früh losgefahren, und es war erst Viertel vor eins an diesem Samstag, dem 25. September. Elina versuchte sich daran zu erinnern, wann sie zuletzt in Oslo gewesen war. Es war lange her, und prompt verfuhr sie sich. Sie hielt an einer Tankstelle, kaufte einen Stadtplan und fragte nach dem Weg. Die Straße lag im Osten der Stadt. Ein großes Backsteinhaus an der Normannsgate hatte Grace gesagt, gegenüber der Kampens Schule.

Nachdem sie sich mehrmals verfahren hatte, hielt sie endlich vor dem Haus. Der Name stand unter der Klingel. Dritter Stock. Elina klingelte, und die Tür ging auf. Als sie die Treppe hochkam, erwartete sie eine Frau in der offenen Tür. Sie lächelte und hielt ihr die Hand hin.

»Grace Makondele«, sagte sie und führte Elina in die Wohnung. Sie nahmen in einem kleinen Wohnzimmer auf dem Sofa Platz. An der Wand hing ein Porträt von Nelson Mandela. Die beiden Frauen betrachteten sich eine Weile lang neugierig und schwiegen. »Sie wollten mir etwas zeigen«, sagte Elina schließlich. Grace Makondele nickte. Sie erhob sich und öffnete eine Tür.

»Kommst du?«

Elina hörte, wie ein Stuhl zurückgeschoben wurde. Dann erschien ein Mädchen in der Tür. Ihre Hautfarbe lag zwischen

Grace Makondeles dunkler und Elinas heller Tönung. Genau die Farbe, die das Kind gehabt hatte, das Elina sich gemeinsam mit Martin zusammenfantasiert hatte.

»Hallo«, sagte das Mädchen und lächelte strahlend. Sie war eine umwerfende Schönheit, und besaß die hohen Wangenknochen und schrägen Augen ihrer Mutter.

»Wir wollen dich nicht länger stören«, sagte Grace Makondele. Das Mädchen ging zurück in ihr Zimmer und machte die Tür hinter sich zu.

»Das ist meine Tochter Mary«, sagte Grace Makondele. »Sie besucht das Gymnasium. Ich wollte, dass sie zu Hause ist, wenn Sie kommen. In zwei Monaten wird sie achtzehn. Dann wird ihr Vater zum letzten Mal für sie bezahlt haben.«

Elina verstand. Grace Makondele musste ihr nicht erst sagen, wer der Vater war. »Hat sie ihn schon mal getroffen?«, fragte Elina.

»Nein. Er hat nie Kontakt mit uns aufgenommen, und sie wollte nicht. Bisher jedenfalls nicht. Vielleicht tut sie es, wenn sie erwachsen ist. Das ist dann ihre Sache.«

»Was ist damals passiert?«

Grace Makondele wandte den Blick ab und schaute aus dem Fenster. Ihr Blick verlor sich in der Ferne. »Ich war in Johannesburg an einem Ausbildungsprojekt für Kinder aus Soweto beteiligt, das einen Sommer und einen Herbst lang dauerte. Ulf war der Leiter, und ich kümmerte mich um das Telefon und solche Dinge. Ich war erst neunzehn.« Grace deutete auf die Tür. »Ungefähr so alt wie sie. Er war doppelt so alt, und er wollte mich. Ich hatte Angst, die Arbeit zu verlieren. Sie müssen wissen, dass wir damals vollkommen verunsichert und eingeschüchtert waren. Die Weißen hatten uns immer schon ausgenützt. Als das Projekt beendet war, dachte ich, er würde mich fallen lassen, aber er besorgte mir einen Platz an der Entwicklungshilfeschule. Mir war klar, dass er das seinet- und nicht meinetwegen tat, aber für mich war das eine Chance, die nie wiederkehren würde. Obwohl ich dafür bezahlen musste … sie verstehen, was ich meine? Norwegen gefiel mir, ich wollte bleiben, ich wollte nicht in die Apartheid zurück.«

Sie lächelte Elina an. »Haben Sie Kinder?«, fragte sie.

Elina schüttelte den Kopf.

»Als ich schwanger wurde, versuchte er mich zu einer Abtreibung zu zwingen«, sagte Grace Makondele, »aber ich weigerte mich.«

»Warum?«

»Ein Grund war der, dass ich hierbleiben wollte. Das war natürlich nicht der einzige. Mit einem Kind würde ich die Genehmigung eher bekommen, dachte ich. Aber er begann, mich zu bedrohen. Wenn ich nicht abtreiben ließe, würde er dafür sorgen, dass ich ausgewiesen würde. Er wisse schon, wie, sagte er. Er wurde immer bedrohlicher. Zum Schluss versteckte ich mich bei einer Freundin, bei einem Mädchen, das dieselbe Schule besuchte. Sie erzählte Heidi davon, und Heidi stellte Ulf zur Rede. Er stritt natürlich alles ab und sagte, es sei nicht sein Kind. Aber Heidi ist taff. Vermutlich wissen Sie das, Sie haben ja mit ihr gesprochen.«

»Ja«, sagte Elina.

»Heidi sagte, mit der Geburt des Kindes würde die Wahrheit ohnehin ans Licht kommen. Was würde er dann wohl sagen? Es blieb ihm nichts anderes übrig, als zu gestehen. Er verlor seinen Job an der Schule. Heidi fand, ich solle ihn wegen seiner Drohungen anzeigen. Sie fragte mich auch, ob er mich geschlagen hätte. Aber ich wollte ihr nicht antworten. Ich wollte nicht, dass man die Polizei einschaltete. Ich wünschte mir nur, bleiben zu dürfen und ihn loszuwerden. Heidi zwang ihn, für das Kind zu zahlen. Das hat er auch jeden Monat getan. Ich habe ihr viel zu verdanken.«

»Hat er Sie geschlagen?«

»Er hat damit gedroht, aber er tat es nie. Vielleicht hat er es nicht gewagt.«

»Wie meinen Sie das?«

»Ich ging schließlich in die Schule. Man hätte es gesehen.«
»Weiß seine Frau in Schweden davon?«
»Ich habe ihr nichts erzählt.«
»Warum nicht?«
»Das war meine Garantie dafür, dass er weiterhin für Mary zahlen würde. Wenn er sich geweigert hätte, wäre er ein großes Risiko eingegangen. Und ich hatte nichts zu befürchten. Heidi weiß Bescheid. Er kann mir nichts anhaben.«

Zwei Stunden später befand sich Elina wieder auf der E 18 auf dem Heimweg. Sie glaubte, ein gewisses Verhaltensmuster zu erkennen. Ulf Nyman nützte Frauen aus und bedrohte sie, wenn sie ihm nicht zu Willen waren. Er gab aber auch nach, wenn der Widerstand zu groß wurde. Man musste ihm beim ersten Mal Einhalt gebieten!

Ihre Gedanken überschlugen sich. Hatte Ylva in Jäkkvik damit gedroht, ihn auffliegen zu lassen? Hatte er es daraufhin nicht nur bei Drohungen belassen? Ylva war in der Einöde ganz allein gewesen. Niemand hatte ihr beigestanden. In Ylvas Leben hatte es keine Heidi Jenssen gegeben.

Sie sah ein, dass Grace Makondeles und Lisbet Strands Geschichten eigentlich nichts mit dem Mord zu tun hatten. Sie wusste nicht einmal, ob Ulf Nyman wirklich eine Affäre mit Ylva gehabt hatte. Aber möglich wäre es gewesen. Ylva hatte mehrere Liebhaber gehabt. Ulf Nyman interessierte sich für Frauen und war auch Affären mit Schülerinnen gegenüber nicht abgeneigt. War er der geheimnisvolle N? Oder der Unbekannte, der Ylva die sonntäglichen Besuche abgestattet hatte? Waren N und der Mann für sonntags ein- und dieselbe Person? War es Ulf Nyman?

Elina überlegte, wie sie ihn mit Ylva in Zusammenhang bringen und feststellen konnte, ob sie sich auch außerhalb des Unterrichts gesehen hatten.

Mit Hilfe des Alten aus der Sandgärdsgatan, Ylvas Nachbarn? Er hatte von dem Mann für sonntags erzählt. Er hatte ausgesagt, nie das Gesicht des Mannes, sondern nur seinen Kopf von oben gesehen zu haben. Trotzdem war es einen Versuch wert.

In Ylvas Körper waren Spermaspuren entdeckt worden, aber selbst wenn es ihr gelang, Ulf Nyman zu einer freiwilligen Blutprobe zu bewegen, würde die Zeit nicht ausreichen. Bis der DNA-Vergleich abgeschlossen sein würde, war der Fall bereits verjährt. Um ihn rechtzeitig in Untersuchungshaft nehmen zu können, war eine andere Methode erforderlich. Sie musste ihm beim Verhör eine Falle stellen. Das war ihre einzige Chance.

Vor Karlskoga musste sie anhalten und aussteigen. Durch den Stress hatte sie einen nervösen Magen. Sie konnte es nicht rechtzeitig schaffen.

Es war bereits nach sieben, als sie wieder in Västerås eintraf. Sie fuhr direkt ins Präsidium, das um diese Zeit fast menschenleer war, um die Broschüre der Tärna Folkhögskola mit dem Klassenfoto zu holen. Sie blätterte. Ob es dort wohl auch ein Foto von Ulf Nyman gab? Sie entdeckte ihn auf einem Gruppenbild aus dem Lehrerzimmer. Er trug ein Hemd mit riesigem Kragen und keinen Schlips. Er wirkte selbstbewusst. Man schrieb das Jahr 1978. Ulf Nyman war 34 Jahre alt gewesen.

Weniger als zehn Minuten später parkte sie vor dem Haus in der Sandgärdsgatan. Sie schaute zum zweiten Stock hinauf. Ylvas alte Wohnung wirkte immer noch verwaist. Aber das war ein Rätsel, für das sie momentan keine Zeit hatte.

Der alte Mann bat Elina sofort einzutreten, als ihm klar wurde, dass sie die Polizistin war, die ihn erst kürzlich besucht hatte. Sie gingen in die Küche. Elina legte die Broschüre auf den Tisch.

»Schauen Sie sich die Männer in dieser Broschüre an«, bat sie. »Achten Sie darauf, ob Sie jemanden wiedererkennen.«

Der Mann blätterte langsam und schweigend. Elinas Herz schlug schneller, als er zum Bild des Lehrerkollegiums kam.

Enttäuscht sah sie, dass er weiterblätterte, ohne zu reagieren.

»Nein«, sagte er schließlich. »Ich erkenne niemanden wieder.«

»Ich hatte gehofft, dass Sie mir den Mann, der immer sonntags kam, zeigen könnten«, sagte Elina.

»Wie gesagt, habe ich ihn nur von oben gesehen, und gelegentlich vielleicht auch von hinten. Ich hatte den Eindruck, dass er etwas älter war als sie, aber das ist alles, was ich sagen kann. Er kam immer um die gleiche Zeit und ging nach ein oder zwei Stunden. Jedesmal dasselbe.«

Elina nahm die Broschüre wieder an sich und schüttelte dem Mann die Hand. »Trotzdem vielen Dank«, sagte sie.

»Möchten Sie nicht eine Tasse Kaffee trinken?«

Elina lächelte den Mann an. »Ich habe leider keine Zeit.«

Sie warf einen raschen Blick auf die Tür der Nachbarwohnung, ging dann die Treppe hinunter und setzte sich in ihr Auto. Sie legte gerade den Sicherheitsgurt an, als ihr noch etwas einfiel. »Was hat er da gesagt?«, fragte sie laut. Sie stellte den Motor ab und ging wieder zu dem Mann hoch.

»Wollen Sie doch eine Tasse?«, sagte er strahlend.

»Nein danke, aber ich muss Sie noch etwas fragen.«

»Und zwar?«

»Sie sagten doch, er sei sonntags immer zur selben Zeit gekommen und dann nach ein oder zwei Stunden wieder gegangen.«

»Ja, das stimmt.«

»Er ist gegangen. Dass er die Treppe benutzt haben muss, ist mir klar, aber dann? Ist er zu Fuß gegangen, oder hatte er ein Auto?«

»Ich glaube, er war zu Fuß unterwegs. Ich kann mich jedenfalls nicht an ein Auto erinnern.«

»Haben Sie gesehen, in welche Richtung er ging?«

»Jetzt, wo Sie es sagen … er kam von der Malmabergsgatan, da bin ich mir sicher, und dann verschwand er auch wieder in diese Richtung. Einmal war ich hinterm Haus …« Der Mann deutete mit dem Daumen über die Schulter. » … und sah, wie er von hier wegging. Er überquerte die Malmabergsgatan und ging zum Hof der Korsängsskola. Das fiel mir auf, denn es war im Sommer, und es waren Schulferien. Außerdem war ja Sonntag. Es war immer Sonntag, wenn dieser Mann kam.«

»Könnte er nicht auf dem Schulhof geparkt haben? Was meinen Sie?«

»Da bin ich wirklich überfragt.«

»Trotzdem vielen Dank.«

Eine Viertelstunde später war sie zu Hause. Sie zog ihre Schuhe aus und nahm ein Paket mit Fischgratin aus dem Gefrierschrank. Zu mehr war sie nicht imstande nach einer schlechten Nacht und fast zehn Stunden im Auto. Aber der Fall ging ihr nicht aus dem Sinn. Was würde geschehen, wenn sie Ulf Nyman mit ihren Erkenntnissen konfrontierte? Die Vaterschaft von Mary Makondele konnte er nicht abstreiten, aber was war damit schon gewonnen? Er konnte auch die verbale Gewalt gegen Lisbet Johansson und Grace Makondele nicht abstreiten. Aber diese Umstände machten ihn noch lange nicht zu einem Mordverdächtigen im Sinne des Gesetzes.

Die Zeit wurde immer knapper. Sie musste rasche Beschlüsse fassen und durfte keine Risiken eingehen. Sie musste ihn aus dem Gleichgewicht bringen, ihn dazu bringen, Dinge preiszugeben, die er sonst vielleicht nicht gesagt hätte.

Sie ließ sich auf ihr Sofa sinken. Hatte sie Wein im Haus? Ganz unten in der Speisekammer stand Kartonwein, Weißer, halbvoll. Sie füllte ein Glas und trank die Hälfte, ohne abzusetzen. Da huschte ein Gedanke vorbei. So schnell, dass sie ihn nicht fangen konnte. Im selben Moment, in dem er aufgetaucht war, war er auch schon wieder verschwunden. Etwas, was sie übersehen hatte oder hätte begreifen müssen?

Sie schlug die Stirn leicht gegen die Tür der Speisekammer. Sie wusste, dass da etwas war, etwas Wichtiges, aber sie wusste auch, wie langsam sie in der Regel war. Ihre Ahnungen nahmen häufig erst nach Wochen Gestalt an. So viel Zeit hatte sie jetzt nicht. Sie wusste auch, dass sie die Einsicht nicht erzwingen konnte. Sie musste sich freiwillig zeigen.

Die Mikrowelle piepste. Das Gratin war heiß. Sie füllte das Glas erneut und setzte sich aufs Sofa.

Eine Stunde später war sie vor einem schlechten Fernsehfilm eingeschlafen.

42. KAPITEL

Kari wusste zuerst nicht, wo sie war. Dann erinnerte sie sich. In der Jugendherberge. Sie waren spät ins Bett gekommen. Sie hatten am Abend zuvor viel zu viel Geld ausgegeben, aber es ging ihr so gut wie schon lange nicht mehr. Und Robert … er war so schüchtern. Vermutlich war er der netteste Mensch, dem sie je begegnet war. Er wollte ihr immer nur Gutes tun. Natürlich wusste sie, dass er sich in sie verliebt hatte. Sie hatte nur so getan, als würde sie das nicht merken. Sie war viel zu sehr mit sich selbst beschäftigt, um sich richtig um ihn zu kümmern. Aber am Vorabend hatten sie sich an der Hand gehalten. Das war gut gewesen.

Sie reckte sich. Robert lag im Stockbett über ihr und schlief noch. Sie warf einen Blick auf die Uhr. Zwanzig vor elf. Die weichen Betten hatten ihnen einen tiefen Kinderschlaf beschert. Sie stand auf und merkte, dass sie hungrig war. Sie weckte Robert. Es war Zeit, sich fertig zu machen. Dann konnten sie zu ihrem Zelt zurückfahren und anschließend … Kari merkte, wie ihre Unruhe zurückkehrte. Knut Niklas Einarsen. Ob er ihr wohl ähnlich sah?

Der Wind hatte zugenommen, und als Kari und Robert bei ihrem Zelt aus dem Auto stiegen, begannen die Kirchenglocken zu läuten. Eine Hochzeit? Eine Beerdigung? Aus der Entfernung sah Kari ein paar Dorfbewohner in die Kirche gehen. Auf dem Kiesplatz davor standen drei Autos. Sie selbst war nie in die Kirche gegangen. Sie glaubte nicht an Gott. Es fiel ihr schon schwer genug, an sich selbst zu glauben.

»Ich muss noch schnell den Vergaser einstellen«, sagte Robert und verschwand unter der Kühlerhaube.

Kari ging los. Ihr blondes Haar flatterte im Wind. Das Zelt besaß ein gelbes Dach und blaue Wände. Ihr kam es vor, als sähe es anders aus, und sie überlegte, ob der Wind es wohl eingerissen hätte. Auf halbem Weg zögerte sie. Das Dach ... war irgendwie verkehrt.

Stirnrunzelnd ging sie weiter, machte die letzten Schritte. Im Zeltdach war ein langer Riss, mindestens einen Meter lang. Er war ganz gleichmäßig. Als hätte jemand das Dach mit einem Messer aufgeschlitzt. Sie betastete die Kante und sah sich um. Niemand war zu sehen, nur Robert unter der Kühlerhaube. Sie machte kehrt, hastete zurück und stolperte dabei über ihre eigenen Füße.

Eine Stunde später stand der Polizist vor dem Zelt. Der Beamte mit dem kurzgeschnittenen Haar, der die Ermittlungsakte über Kari besorgt hatte.

»Sieht so aus, als hätte sich hier jemand mit einem Messer zu schaffen gemacht«, stellte er fest. »Habt ihr eine Ahnung, wer das gewesen sein könnte?«

»Nein«, erwiderte Robert. Kari schwieg. Was sollte sie auch sagen? Dass sie in der dunklen Nacht jemanden gesehen hatte? Aber wen?

»Wann ist das passiert?«

»Wir haben heute in der Jugendherberge in Svolvær übernachtet«, erwiderte Robert. »Wir wissen es also nicht. Aber gestern Vormittag war das Zelt noch heil.«

»Irgendwann vergangene Nacht also. Oder heute früh.«

Der Polizist notierte sich etwas auf einem Block. »Vorläufig handelt es sich hierbei nur um Sachbeschädigung. Falls ihr nicht glaubt, dass mehr dahinter steckt.«

Kari schauderte es.

»Hat euch jemand bedroht?«

Robert schüttelte den Kopf.

Der Polizeibeamte sah Robert durchdringend an. »Vor ein paar Tagen wurde im Büro der Sozialbehörde eingebrochen. Ein Fenster ist aufgebrochen worden. Die Angestellten konnten aber nicht feststellen, dass etwas gestohlen worden war. Recht seltsam, nicht wahr?«

»Ja …« Robert schaute an dem Polizisten vorbei auf das Zelt.

»Wissen Sie vielleicht etwas darüber?«

»Nein. Keine Ahnung.«

»Nicht?« Er klappte seinen Block zu. »Ich nehme die Anzeige wegen Sachbeschädigung auf. Kommen Sie doch morgen zum Unterschreiben vorbei. Dann wollen wir hoffen, dass sich hier keine weiteren unerklärlichen Vorfälle ereignen.«

Robert sah dem Polizeiauto hinterher, das Richtung Ramberg auf die Landstraße einbog.

»Warum?« Kari sah Robert flehend an. Sie wünschte, er würde ihr erklären, was geschehen war und alles mit ein paar Worten wieder in Ordnung bringen.

»Wir müssen das Zelt abbauen«, sagte er und öffnete den Reißverschluss, damit sie die Luftmatratzen und Schlafsäcke herausholen konnten. Dann zog er die Heringe aus der Erde und zerlegte die Zeltstangen. Kari stand neben ihm und sah zu. Robert verstaute die Sachen im Kofferraum.

»Und wenn der Täter geglaubt hat, wir hätten im Zelt gelegen?«, meinte Kari.

Sie schaute sich um. Vereinzelte Autos auf der Landstraße, sonst war keine Menschenseele zu sehen. Der Berg warf seinen Schatten auf das Dorf. Der Wind hatte zugenommen.

»Ich will wieder nach Hause fahren«, sagte sie.

»Sollen wir nicht vorher die beiden Pflegesöhne ausfindig machen?«

Kari betrachtete das Zelt im Kofferraum. »Und wenn das jetzt irgendwie alles zusammenhängt?«

»Wie denn? Das ist sicher nur jemand, der die Schweden nicht mag. Oder sowas.«

»Ich will hier weg. Außerdem haben wir nichts mehr zum Wohnen.«

»Gib jetzt nicht auf, Kari. Jetzt hast du schließlich die Gelegenheit, sie auszufragen.«

Kari begann zu zittern. Sie schaute zu dem weißen Haus auf der Anhöhe hinauf. In einem Fenster erkannte sie eine Gestalt. Der Abstand war so groß, dass sie nur die Silhouette erkennen konnte, die sich bewegte. Dieselben Bewegungen wie in der Nacht.

»Johannes«, flüsterte sie. Dann sagte sie lauter an Robert gewandt: »Wir fahren jetzt nach Hause.«

Eine Weile standen sie schweigend da.

»Komm jetzt«, sagte er.

Kari ging zum Auto und stieg ein. Robert folgte ihr und setzte sich ans Steuer. Er ließ den Motor an und fuhr auf die Landstraße. Kari drehte sich zu ihm.

»Du fährst in die falsche Richtung«, bemerkte sie.

»Ich wollte dir noch was zeigen«, sagte er.

»Und was?«

»Etwas Wichtiges«, entgegnete Robert, ohne sie anzusehen.

Er fuhr über eine Brücke und eine schmale, kurvige Straße bergan. Nach etwa fünf Kilometern hielt er an einem Berg. Er zog seine Jacke an. Es war kalt und schwarze Wolken bedeckten den Himmel, aber es hatte noch nicht zu regnen begonnen.

»Komm«, sagte er zu Kari. Sie zog ihre Jacke über und trottete hinterdrein. Er ging den Hang hinauf, der immer steiler wurde. Sie hatte Mühe, mit ihm Schritt zu halten. »Wohin gehen wir?«, rief sie, erhielt aber keine Antwort. »Ich kann nicht mehr!« Trotzdem ging sie weiter.

Je höher sie hinaufgelangten, desto stärker zerrte der Wind an ihren Kleidern. Kari fiel es immer schwerer mitzuhalten, aber Robert blieb nicht stehen. Sie wollte nicht allein zurückgelassen werden. Nach einer Stunde hatten sie das Ende der Vegetation erreicht. Vor ihnen ragte eine kahle, fast senkrechte Felswand auf. Kari ließ sich ins Gras sinken. »Was willst du mir zeigen? Wohin wollen wir?«

Robert deutete auf den Fels. »Da hinauf.«

»Was ist da?«

»Du wirst schon sehen.«

»Ich kann nicht mehr.«

Robert beugte sich zu ihr herab, fasste unter ihre Arme und zog sie hoch. Dann begannen sie zu klettern. Kari folgte ihm jammernd. Sie klammerte sich an den Felsspalten fest, suchte mit den Füßen an den Felsabsätzen Halt und presste sich an den Stein, damit der Wind sie nicht wegriss. Sie rief nach Robert, aber er antwortete nicht. Er war weit über ihr. »Hilf mir«, rief sie, als ihre Kräfte sie verließen. Ihre Beine zitterten.

Der Berg ließ sich nicht von jedem bezwingen, aber als Kari aufgeben wollte, hatten sie den Gipfel schon erreicht. Unsicher erklomm sie das Gipfelplateau und lehnte sich gegen den Wind, der ihr durchs Haar fuhr. Weit unten ihnen lag die Straße, auf der sie gekommen waren. Sie sah das Meer, Berge und Täler.

»Wolltest du mir diese Aussicht zeigen?«, rief sie Robert zu. Sie versuchte den Wind zu übertönen.

»Nein. Ich wollte dir beweisen, dass du es schaffen kannst.« Er umarmte sie und küsste sie.

Sie setzten sich nebeneinander und schwiegen lange. Dann sagte Kari: »Jetzt müssen wir auch irgendwie wieder runterkommen.«

Kari kehrte erschöpft, aber seltsam zufrieden, zum Auto zurück. »Jetzt fahren wir los und sehen uns diesen Einarsen an«, sagte Robert. Kari antwortete nicht, nickte aber fast unmerklich.

Sie fragten sich zu der Adresse durch, die sie im Telefonbuch gefunden hatten. Sie hielten vor einem dreistöckigen Haus mit zwei Aufgängen.

»Warte«, sagte Robert und trat in den einen Hauseingang. Kari blieb im Auto sitzen. »Ganz unten steht Einarsen an der Tür«, meinte er, als er wieder zurückkam.

»Wenn jemand kommt, wie sollen wir dann wissen, wer das ist?«, wollte Kari wissen.

Robert schwieg einen Augenblick. »Es wäre einfacher gewesen, wenn er in einem einzelnen Haus gewohnt hätte«, erwiderte er.

»Aber das tut er nun mal nicht«, sagte Kari. »Hier können wir bis an unser Lebensende sitzen.«

»Da gibt es nur eine Möglichkeit.« Er öffnete wieder die Autotür.

»Was hast du vor?«

Er drehte sich um. »Klingeln.«

Kari packte ihn am Arm. »Nein.«

»Kari, das ist die einzige Möglichkeit.« Er schloss die Autotür und ließ den Motor an. »Ich parke ein Stück weiter weg, damit er dich nicht sieht, wenn er aus dem Fenster schaut.« Er fuhr zwei Straßen weiter und hielt an einem Zaun. »Warte hier«, sagte er und ging, ehe sie protestieren konnte.

Fünf Minuten später kam er zurück und ließ sich auf den Fahrersitz fallen. »Wie ist es gelaufen?«, fragte Kari.

»Er hat aufgemacht. Ich habe ihn nach dem Weg zur Fähre gefragt. Ziemlich bescheuert, aber mir fiel nichts anderes ein. Er hat ziemlich misstrauisch gekuckt. Aber jetzt weiß ich, wie er aussieht.«

»Sah er so aus wie …« Sie sprach nicht weiter.

»Soweit ich das beurteilen kann, nicht. Er ist groß und dunkelhaarig. Das kann man ja von dir nicht behaupten. Aber das Beste wäre, wenn du ihn dir auch ansehen würdest. Wir fahren wieder etwas näher heran und warten, bis er das Haus verlässt oder sich am Fenster zeigt. Okay?«

Er fuhr los und parkte dann so, dass er selbst nicht von der Wohnung aus zu sehen war.

»Ich habe Angst«, sagte Kari.

»Wieso denn?«, meinte Robert, »was soll daran schon gefährlich sein.«

»Da ist er!«, sagte Kari aufgeregt. »Er steht am Fenster!«

Robert beugte sich vor. »Ja, das ist er.«

»Er schaut zu uns herüber«, sagte Kari. »Fahr los, bitte.« Robert ließ den Motor an und rollte langsam weiter. »Was glaubst du?«, fragte er.

»Ich weiß nicht«, erwiderte Kari. »Ich habe mich in seinem Gesicht nicht wiedererkannt. Aber es war auch nicht so viel zu sehen.«

Robert hielt an. »Geh zurück«, sagte er. »Frag ihn, ob er etwas über dich weiß. Ich kann dich begleiten, wenn du willst.«

»Er wird denken, dass wir nicht ganz bei Trost sind.«

Robert zuckte mit den Achseln. »So what?«

Kari zögerte.

»Komm schon«, drängte Robert. »Was haben wir zu verlieren?«

Sie stiegen aus dem Auto und gingen auf die Haustür zu. Sie klingelten, und der Mann öffnete fast sofort.

»Bist du das wieder?«, sagte er und sah Robert an.

Ehe Robert den Mund aufmachen konnte, nahm Kari ihren ganzen Mut zusammen. »Ich heiße Kari Solbakken«, begann sie. »Meine Adoptiveltern, die Reidar und Berit hießen, wohnten in Flakstad. Ich würden Ihnen gerne ein paar Fragen über sie stellen.«

Der Mann runzelte die Stirn. »Ich verstehe nicht recht. Wie hießen die nochmal? Haben Sie Solbakken gesagt?«

»Ja«, erwiderte Kari verunsichert. »Reidar und Berit. Haben Sie nicht vor vielen Jahren bei ihnen gewohnt?«

»Ich?«

»Sind Sie nicht Knut Niklas Einarsen?«

»Ich glaube, Sie verwechseln mich mit jemandem. Ich heiße Knut Nestor Einarsen.«

»Sie sind also nicht...?« Robert verstummte mitten im Satz.

»Sind Sie mit jemandem verwandt, der Knut Niklas heißt?«, fragte Kari.

Der Mann schüttelte den Kopf. »Ich kann Ihnen leider nicht weiterhelfen.«

Sie saßen im Auto. Plötzlich begann Kari zu lachen. »Er muss wirklich geglaubt haben, dass wir vollkommen verrückt sind. Nestor. Kein Wunder, dass ich ihm nicht ähnlich sehe.«

»Na denn«, meinte Robert. »Dann ist Leif Oskar Bjerre unsere letzte Hoffnung.«

43. KAPITEL

Sie schreckte aus dem Schlaf hoch. Sie hatte wieder von Grace Makondele geträumt. Die surrealistische Logik des Traums hatte die Begegnung verfremdet.

Er würde die letzte Zahlung leisten. Grace hatte gesagt, dass Ulf Nyman bald den letzten Unterhalt für Mary bezahlen würde.

Sie blieb reglos im Bett liegen. Langsam wurde der Gedanke klarer. Zum Schluss hatte sie ihn deutlich für sich formuliert. Dann sprang sie förmlich aus dem Bett. Ungeduldig stellte sie fest, dass es erst Viertel nach sieben war. Es war noch zu früh, um zu telefonieren. Sie zwang sich zu ihrer Morgenroutine. Duschen, Frühstücken. Schließlich war es halb neun.

Elina hob den Telefonhörer ab und wählte eine Nummer mit der Vorwahl 00 47.

»Hier ist Grace.« Die Stimme klang hellwach.

»Elina Wiik von der schwedischen Polizei. Entschuldigen Sie, dass ich Sie schon wieder störe und das auch noch so früh am Sonntagmorgen, aber ich wollte Sie noch etwas fragen.«

»Und zwar?«

»Wie hat Ulf Nyman den Unterhalt für Mary bezahlt?«

»Wie meinen Sie das?«

»Hat er Ihnen das Geld überwiesen, oder wie haben Sie es bekommen?«

»Er hat es in einem Briefumschlag geschickt. Schwedische

Geldscheine in einem Umschlag. All die Jahre lang. Ich weiß nicht, wieso ihm das lieber war, aber es war wohl für ihn am sichersten. So wusste niemand, dass er es war, der zahlte.«

»Steht auf den Umschlägen ein Absender?«

»Nein. Daher glaube ich ja auch, dass ihm die Geheimhaltung so wichtig war.«

»Auf den Umschlägen stand also nur Ihr Name und Ihre Adresse?«

»Ja, genau.«

»Haben Sie noch einen von diesen Umschlägen?«

»Hm, lassen Sie mich nachschauen.«

Elina hörte, wie sie eine Schublade aufzog.

»Ja, tatsächlich. Ich habe den letzten Umschlag. Da sind auch noch ein paar Scheine drin.«

»Wie hat er Ihren Namen geschrieben? Mit der Hand oder mit der Maschine?«

»Mit der Hand.«

»Könnten Sie mir den Umschlag schicken? Am besten mit den Geldscheinen darin.«

»Das sind sechshundert Kronen.«

»Ich werde dafür sorgen, dass Sie sie so schnell wie möglich zurückbekommen.«

»Na gut.«

»Heute noch. Es ist von größter Wichtigkeit, dass Sie das heute noch erledigen.«

Elina gab ihr die Adresse der Präsidiums durch, bedankte sich und legte dann auf.

Ulf Nyman hatte regelmäßig Unterhalt für Mary Makondele bezahlt. Hatte er das bei Ylvas Kind ebenfalls getan? Ylva hatte die Vaterschaft nicht preisgegeben, falls wirklich er der Vater gewesen war. Auch sie hatte finanzielle Schwierigkeiten gehabt, so viel war klar. Hätte sie freiwillig auf Unterhalt verzichtet, vor allem wenn sie etwas gegen ihn in der Hand gehabt hätte?

Wenn sie sich bloß nicht falsch erinnerte!

Sie zog ihre Schuhe an und verließ die Wohnung. Es war ein klarer, kalter Sonntagmorgen. Auf dem Weg zum Präsidium begegnete sie keiner Menschenseele. Der Karton mit den Ermittlungsakten stand auf ihrem Schreibtisch. Sie suchte nach dem Protokoll der Spurensicherung. Vor Aufregung zitterten ihre Hände, doch sie fand die dreiseitige Liste. Beschlagnahmte Gegenstände aus dem Haus in Jäkkvik ... sie überflog die Liste. Da ... ein leerer Umschlag ohne Absender, adressiert an Ylva Malmberg in der Sandgärdsgatan in Västerås, nachgeschickt postlagernd Arjeplog. Er war in Västerås am 15. September 1979 abgestempelt worden.

Sie blätterte um. Eine Liste der Postsendungen, die die Post in Arjeplog aufbewahrt hatte, da sie nicht abgeholt worden waren. Kindergeld, das nicht ausgezahlt worden war. Einige Reklamebriefe. Der letzte vom Mai 1980, dem Monat, in dem sie tot aufgefunden worden war. Auf der Liste stand aber kein Umschlag ohne Absender.

Vor Elinas Augen drehte sich alles. Sie rannte den Gang entlang und hämmerte an John Roséns Tür. Er war natürlich an einem Sonntagmorgen nicht da. Sie versuchte es mit Svalbergs Tür. Er war zu Hause bei Frau und Kind. Nur sie war verrückt und alleinstehend genug, um zu dieser Tageszeit zu arbeiten. Sie fluchte. Sollte sie ihn anrufen?

Sie ging in ihr Büro zurück und suchte nach John Roséns Privatnummer. Nach dem dritten Klingeln war er am Apparat.

»Entschuldige, John. Hier ist Elina. Ich musste einfach mit jemandem reden.«

»Das merke ich«, sagte er. »Du klingst so, als würdest du gleich explodieren.«

»Ich glaube, ich bin auf etwas gestoßen.« Sie erzählte von Grace Makondele und von Ulf Nymans Kind, von dem Umschlag mit dem Geld für den Unterhalt und von den Gegenständen, die in Jäkkvik beschlagnahmt worden waren.

»Wenn, und ich sage, wenn, der Umschlag, der in Jäkkvik

gefunden worden ist, von Ulf Nyman geschickt wurde, dann ist er mit Sicherheit der Vater von Ylvas Kind. Ich kann ihn damit unter Druck setzen. Das ist dann auch fast schon ein Beweis für den Mord.«

»Inwiefern?«

»Verstehst du das denn nicht? Entschuldige, dass ich etwas unzusammenhängend bin, aber bei der Post in Arjeplog wurde kein weiterer solcher Umschlag gefunden!«

»Und?«

Elina nahm den Hörer vom Ohr und betrachtete ihn. Wieso begriff er nicht?

»Ulf Nyman hat Ylva kein Geld mehr geschickt, weil sie im Oktober gestorben war«, sagte sie langsam und überdeutlich. »Sie wurde aber erst im Mai gefunden.«

Am anderen Ende blieb es still. »Also wusste er bereits im Herbst, dass sie tot war«, sagte Rosén.

»Es war nicht nur unnötig, weiterhin Geld zu schicken, es hätte ihn sogar gefährdet«, meinte Elina.

»Meine Güte«, Rosén gluckste. »Elina, Elina. Was du nicht alles kannst! Du bist eine richtige Perle.«

Elina lächelte. Perle, klar! Wenn sie einen guten Tag hatte, sogar eine ganze Halskette. Dann zwang sie sich, wieder zum Thema zurückzukommen.

»Auf einem alten Umschlag müsste sich doch noch DNA sicherstellen lassen?«, meinte sie. »Speichelspuren, dort wo er zugeklebt ist, und an der Briefmarke?«

»Speichel enthält offenbar nur Mitochondriale-DNA. Ich glaube, dass die Mitochondriale-DNA bei einem Prozent der Bevölkerung übereinstimmt. Das stellt also keinen sicheren Beweis dar. Aber vielleicht findet sich sein Fingerabdruck auf dem Umschlag. Den hat er exklusiv. Was die Ermittler vor fünfundzwanzig Jahren mit dem Umschlag wohl gemacht haben?«

»Offenbar nicht viel. Ich glaube, dass man ihm keine große Bedeutung beigemessen hat. Er war schließlich an ihre Adresse in Västerås gegangen. Der Absender schien nicht gewusst zu haben, dass sie nach Jäkkvik umgezogen war. Zumindest glaube ich, dass die Kollegen damals so dachten.«

»Aber wenn es Ulf Nyman war, warum hat er dann das Geld nicht direkt nach Jäkkvik geschickt, also poste restante nach Arjeplog?«

»Ganz einfach ...«

»Ich verstehe«, sagte Rosén. »Ich verstehe. Ich bin sonntagmorgens einfach nur langsamer. Sie hat sich vor ihm versteckt, ihre neue Adresse war geheim. Hast du übrigens kontrolliert, ob sich der Umschlag noch unter den beschlagnahmten Sachen befindet?«

Elina zuckte zusammen. »Nein«, erwiderte sie. »Aber das muss er doch? Schließlich gibt es Regeln, was die Vernichtung von Beweismaterial angeht?«

»Ruf am besten gleich an. Gut gemacht, Wiik. Tschüß!«

Nachdem sie sich einige Male hatte verbinden lassen, erreichte sie einen Kollegen von der Polizei in Piteå, der ihr versprach, im Keller nachzusehen.

Eine Dreiviertelstunde später rief er zurück.

»Der Umschlag ist noch da.« Er klang einsilbig. Vermutlich war er einfach nur gelangweilt.

Elina schwenkte ihre Faust in der Luft und bat ihn, den Umschlag sofort mit der Post zu schicken. »Versuchen Sie ihn eingeschrieben zu schicken, sofern das an einem Sonntag möglich ist.«

Sie lehnte sich zurück und atmete tief durch. Sie fühlte sich glücklich.

44. KAPITEL

Es hatte schon zu dämmern begonnen, als das Auto in die Stadt rollte. Es war Sonntagnachmittag. Kari und Robert hatten auf dem Weg nach Straumsjøen über Nacht in Svolvær Halt gemacht. Sie hatten beschlossen, ohne Umschweife Leif Oskar Bjerre aufzusuchen und mit ihm zu sprechen. Ihm erst lange hinterherzuspionieren hatte keinen Sinn.

Als er einen älteren Herrn auf dem Bürgersteig sah, bremste Robert. Kari kurbelte das Seitenfenster herunter und fragte nach der Adresse. Ihr Norwegisch war inzwischen fast fließend. Der Mann deutete in eine Richtung und erklärte den Weg.

Auch Bjerres Haus war weiß. Kari bereitete das viele Weiß Unbehagen. Es erinnerte sie an Johannes. Er flößte ihr Angst ein. Sie war davon überzeugt, dass er das Zelt zerschnitten hatte. Sie hatte mit Robert darüber gesprochen. Er hatte seine Zweifel. Johannes? Warum?

Sie parkten und gingen zur Haustür. Kari klingelte mehrmals, aber niemand öffnete.

Sie fuhren ziellos herum, um einen Platz zum Schlafen zu finden. »Bald haben wir kein Geld mehr«, sagte Kari. »Aber ich habe ein Sparkonto. Da sind vielleicht noch ein paar Tausender drauf.«

»Wenn wir ihn ausfindig gemacht haben«, meinte Robert, »können wir nach Hause fahren.«

Außerhalb des Ortes entdeckten sie ein Bed-and-Breakfast-Schild an einer Hauswand. Robert bog in die Auffahrt. Das Zimmer sei frei, und sie könnten es billiger bekommen, denn die Saison sei schon vorbei.

Um acht Uhr abends standen sie wieder vor Bjerres Haus. Es war immer noch niemand da. Um halb zehn unternahmen sie einen weiteren Versuch. Ohne Ergebnis. Der Wind hatte zugenommen. Leif Oskar Bjerre war wie vom Erdboden verschluckt.

45. KAPITEL

Am Montag traf Elina frühmorgens im Präsidium ein. Sie wusste, dass die Post erst gegen Mittag kommen würde, aber sie wollte die Zeit vorher nutzen, um zu klären, ob Ulf Nyman der Mann für sonntags gewesen sein könnte.

Ulf Nyman hatte in dem Sommer, in dem die Sonntagsbesuche stattgefunden hatten, in Sala gewohnt. Wenn er der Besucher gewesen war, dann war er vermutlich mit dem Auto nach Västerås gefahren. Hatte er nur aus Vorsicht bei der Korsängsskola geparkt, damit ihn niemand sah? Oder gab es eine Verbindung zwischen ihm und der Schule?

Trotz einer unendlichen Anzahl von Telefonaten mit verschiedenen Behörden konnte Elina nichts erreichen. Dokumente, mit denen sich beweisen ließe, dass Ulf Nyman etwas mit der Korsängsskola zu tun gehabt hatte, schienen nicht zu existieren. Aber ein winziger Schritt in die richtige Richtung gelang ihr doch: Laut Finanzamt hatte Ulf Nyman im Jahre 1978 ein Einkommen von 4000 Kronen von der Gemeinde Västerås bezogen. Unterlagen darüber, um was für eine Art von Arbeit es sich dabei gehandelt hatte, gab es nicht mehr. Aber vielleicht hatte das ja etwas zu bedeuten?

Die Post kam um zwanzig vor zwölf. Elina zog Schutzhandschuhe an, ehe sie den Brief von Grace Makondele öffnete. Darin lag nur der Umschlag mit den Geldscheinen, sonst nichts. Dann öffnete sie vorsichtig den Brief aus Piteå. Der

Umschlag, der in Jäkkvik gefunden worden war, lag in einer Plastikhülle. Sie schloss die Augen und nahm ihn in die Hand. Mit geschlossenen Augen hielt sie die beiden Umschläge nebeneinander. Langsam machte sie die Augen wieder auf. Die Handschriften ähnelten sich, obwohl sie nicht identisch waren. Aber dazwischen waren immerhin fünfundzwanzig Jahre vergangen.

Sie legte das Kuvert von Grace in eine Plastikhülle und machte Fotokopien von beiden Umschlägen. Dann gab sie sie bei Erkki Määttä von der Spurensicherung ab. Er sollte eventuelle Fingerabdrücke sichern und sie dann zum DNA-Test an das Staatliche Kriminaltechnische Labor schicken. Määttä versprach, abends mit den Fingerabdrücken fertig zu sein.

Elina hatte sich ihre Strategie bereits zurechtgelegt. Es war an der Zeit, Ulf Nyman mit den Erkenntnissen zu konfrontieren. Sie wollte schrittweise vorgehen und ihm nach und nach den Boden unter den Füßen wegziehen. Sobald er meinen würde, sein Gleichgewicht wiedergefunden zu haben, wollte sie zum nächsten Schlag ausholen. Ihr blieben nicht mehr viele Tage. Sie wollte die Zeit so gut wie möglich nutzen.

Sie rief bei der Polizei in Täby an um zu fragen, ob am Nachmittag ein Verhörzimmer frei sei. Sie hatte Glück. Dann rief sie Ulf Nyman an. Elina stellte sich mit Namen und Dienstrang vor.

»Ja richtig«, meinte Ulf Nyman. »Wir haben doch vor einiger Zeit schon mal miteinander telefoniert?«

»Das stimmt. Und jetzt würde ich Sie gern in derselben Angelegenheit noch einmal treffen.«

»Ich weiß wirklich nicht, womit ich Ihnen noch helfen könnte.«

Gut, dachte Elina. Er sträubt sich. Die Sache ist ihm unangenehm.

»Ich habe bei der Polizei in Täby heute um 15 Uhr ein Verhörzimmer belegt. Ich fordere Sie auf, sich zu diesem Zeitpunkt dort einzufinden.«

»Ich verstehe nicht recht, wozu das gut sein soll.«

»Also abgemacht? Oder sollen wir uns lieber bei Ihnen zu Hause treffen?«

»Das wäre ja schon in drei Stunden. Ich weiß nicht, ob ich mir so kurzfristig freinehmen kann.«

»Sie kommen also um drei?«

»Vermutlich.«

»Ja oder nein?«

»Ja.«

»Gut. Fragen Sie am Empfang nach mir. Elina Wiik.«

Als sie aufgelegt hatte, überlegte sie, ob die Gefahr bestand, dass er sich aus dem Staub machte, das Land verließ und so lange untertauchte, bis der Mord verjährt war. Er musste eigentlich nur eine Last-Minute-Reise in den Süden antreten. Im Falle seiner Flucht konnte sie einen Haftbefehl ausstellen lassen. Bei einer bevorstehenden Verjährung galt das Datum des Haftbefehls. Ihre Begründung war jedoch vage. Aber ihr blieb nichts anderes übrig, als zu handeln. Die Zeit wurde mit jeder Minute knapper. Diese Vernehmung durfte ihr nicht missglücken.

Ulf Nyman trug Jackett und Schlips. Er lächelte nicht, als sie sich die Hand gaben. Elina bat ihn, Platz zu nehmen. Sie machte die Tür hinter ihm zu.

»Ich möchte Sie als Erstes davon unterrichten, dass es um den Mord an Ylva Malmberg geht«, sagte Elina und schaltete das Tonband ein.

Er antwortete nicht. Seine Haltung war abwartend, als sei er auf der Hut, wie sich die Situation entwickeln würde.

»1978 haben Sie von der Gemeinde Västerås ein Einkommen von 4182 Kronen bezogen. Um welche Arbeit handelte es sich dabei?«

Er wirkte erstaunt, mit dieser Frage hatte er nicht gerechnet.

»Das ist recht lange her, schwer zu sagen.«

»Das war zu der Zeit, als Sie an der Tärna Folkhögskola angestellt waren. Es handelte sich also um Nebeneinnahmen. Wofür?«

»Vermutlich habe ich irgendwelche Kurse gegeben.«

»Worin?«

»In einem meiner Fächer. Ich erinnere mich nicht. Warum fragen Sie?«

»Wo fanden diese Kurse statt?«

Er schaute zur Decke, um zu zeigen, dass er gezwungen war nachzudenken.

»Ich glaube an irgendeiner Schule.«

»An welcher?«

»Ich erinnere mich nicht mehr, wie sie hieß.«

»Wo lag diese Schule?«

»Irgendwo in der Nähe der E 18 war das wohl.«

»Die Korsängsskola?«

»Vielleicht hieß sie so.«

»Vielleicht?«

»Ich glaube, dass Sie das bereits wissen«, sagte Ulf Nyman. »Warum fragen Sie, wenn Sie es schon schwarz auf weiß haben? Wollen Sie mein Gedächtnis testen?«

»Es war also die Korsängsskola?«

»Ja.«

»Wann fanden diese Kurse statt?«

»Wie Sie sicher auch schon wissen, während der Sommerferien am Sonntagnachmittag.«

Nein wusste ich nicht, dachte Elina. Aber ich habe es geahnt.

»Erzählen Sie von diesen Sonntagnachmittagen.«

»Da war weiter nichts dabei. Ich bin mit dem Auto von Sala aus dorthin gefahren, habe den Unterricht abgehalten, es waren Doppelstunden, und dann bin ich wieder nach Hause zurückgefahren.«

»Jedes Mal?«

»Es kann sein, dass ich gelegentlich etwas in Västerås zu

tun hatte oder irgendwo noch eine Kleinigkeit gegessen habe. Aber im Prinzip bin ich hin- und zurückgefahren. Ich verstehe nicht, worauf Sie hinauswollen.«

Sie hielt ihren Blick fest auf ihn gerichtet. Sie wollte ihre mentale Oberhand nicht verlieren.

»Könnten Sie mir von Lisbet Johansson erzählen?«

Ulf Nyman zuckte zusammen. Er wurde aschfahl. Sein Atem ging stoßweise.

»Ich verstehe«, sagte er. »Jetzt verstehe ich. Sie haben mich im Verdacht.«

»Was für ein Verdacht denn?«, fragte Elina.

»Dass ich … dass ich …«

Er brachte es nicht über sich zu sagen: *Dass ich Ylva ermordet habe.*

»Müssen Sie mir das nicht mitteilen?«, sagte er. Es fiel ihm schwer, die Worte auszusprechen. »Müssen Sie das nicht irgendwie offiziell machen? Damit ich mir einen Anwalt nehmen kann?«

»Sie werden bisher noch keiner Straftat verdächtigt. Ich überprüfe nur einige Informationen. Das ist alles. Aber wenn Sie wollen, dass ein Anwalt zugegen ist, dann ist das natürlich Ihr gutes Recht.«

»Sie verdächtigen mich also nicht? Wieso kommen Sie dann mit dieser Geschichte mit Lisbet Johansson?«

Elina lehnte sich zurück. »Um gewisse Möglichkeiten auszuschließen«, sagte sie. »Aber wir können Lisbet Johansson auch auf sich beruhen lassen.«

»Könnte ich ein Glas Wasser bekommen?«, bat er. Er sah aus, als würde er ohnmächtig werden.

»Geht es Ihnen nicht gut?«, fragte Elina und erhob sich. Auf dem Gang stand ein Wasserspender mit Pappbechern. Sie füllte zwei Becher und stellte beide vor Ulf Nyman hin.

»Es wäre gut, wenn wir weitermachen könnten«, sagte sie. Ulf Nyman trank und nickte schwach.

»Lisbet Johansson, das war ein Missverständnis«, sagte er,

als er sich wieder etwas gefangen hatte. »Ich bin für etwas verurteilt worden, was ich nicht getan habe.«

»Wir können das, wie gesagt, auf sich beruhen lassen. Ich möchte, dass Sie mir jetzt von Ihrer Zeit an der Klarälvens Folkhögskola erzählen.«

Sie formulierte das wie eine vollkommen harmlose Frage. Er starrte sie mit offenem Mund an. Elina befürchtete schon, dass ihn gleich der Schlag treffen würde.

»Ich gehe bald in Pension«, stammelte er. »Was in meinem Lebenslauf steht, spielt keine Rolle mehr.«

»Mich interessiert auch nicht Ihr Lebenslauf. Es gibt zwar sicher einen Paragraphen über die Vorspiegelung falscher Tatsachen, aber die Sache ist wohl längst verjährt. Ich will wissen, was Sie in diesen Jahren getan haben.«

Sein Gesichtsausdruck wechselte zwischen Verzweiflung und Hoffnung. Er hofft, dass ich nichts davon weiß, dachte Elina.

»Ich hatte private Gründe dafür, keine genaueren Angaben zu machen. Alle haben in ihren Lebensläufen irgendwelche Löcher. Arbeitslosigkeit, Gefängnisstrafen. Dinge, mit denen man nicht unbedingt hausieren gehen will, wenn man sich um eine Stelle bewirbt.«

»Und was war es in Ihrem Fall?«

»Das hat mit dieser Sache nichts zu tun.«

Er hatte Mut geschöpft. Er war sich ziemlich sicher, dass sie nichts wusste.

»Vielleicht nicht«, meinte sie. »Aber erzählen Sie mir trotzdem davon.«

»Nein. Das ist privat.«

Sie sah ihm in die Augen. Er versuchte ihrem Blick standzuhalten, doch es es gelang ihm nicht ganz.

»Wie privat?«, fragte sie.

»Ich kann Ihre Fragen über Ylva … Malmberg beantworten. Falls Sie dazu keine Fragen haben, glaube ich, dass es für mich jetzt an der Zeit ist zu gehen.« Er verschränkte die

Arme vor der Brust, wie um weitere Verbalattacken abzuwehren.

Elina beugte sich vor und nahm ein Papier aus ihrer Tasche. Sie hielt es vor ihn hin. Er schloss die Augen.

Als er sie wieder öffnete, lag die Kopie des Umschlags an Grace Makondele vor ihm. Ihr Name in seiner Handschrift, eine Anklage, die ihm mit voller Kraft entgegengeschleudert wurde.

»Jetzt will ich, dass Sie mir von Ylva erzählen«, sagte Elina. »Alles. Und zwar genau und wahrheitsgemäß.«

Sie sah, dass er die ihm verbleibenden Optionen durchdachte. Der Mann, der Frauen seinen Willen aufgezwungen hatte, sah sich jetzt derselben Methode ausgesetzt. Grace Makondele schlug zurück. Lisbet Johansson schlug zurück. Jetzt war Ylva an der Reihe. Mit Elinas Hilfe würde sie seine Kraft gegen ihn selbst richten. Seine Taten hatten ihn eingeholt.

Sie betrachtete Ulf Nyman. Er schwitzte. Was sollte er über Ylva sagen? Was sollte er sagen?

Elina wartete. Sie hatte nichts gegen ihn in der Hand, außer diesen Umschlag. Jedenfalls nicht, solange sie nicht beweisen konnte, dass er auch den Brief an Ylva geschickt hatte. Mit einem Fingerabdruck oder mit Hilfe der DNA. Heute gab es noch keine Beweise, keine Belege, keine handfesten Spuren. Aber das wusste er nicht. Sie würde ihn in dem Glauben lassen, dass sie alles wusste. Das war ein heikler Balanceakt. Ein kleiner falscher Schritt und einer von ihnen würde abstürzen. Sie hatte vor, ihm den ersten Schritt zu überlassen. Aber sie machte sich keine Sorgen. Falls sie Nymans Fingerabdruck auf dem Umschlag an Ylva fanden, hatte sie morgen noch eine zweite Chance.

»Haben Sie sie getroffen?«, fragte er. Elina verstand nicht, wen er meinte.

»Also ...« Er warf einen Blick auf die Kopie.

»Ja«, erwiderte Elina. »Ein sehr hübsches Mädchen.«

Er nickte langsam. »Grace weigerte sich, abtreiben zu lassen. Sie dachte nur an sich und es war ihr egal, dass sie damit mein Leben zerstören konnte. Diese Abmachung war das Einzige, was mich retten konnte.«

»War es bei Ylva genauso? Weigerte sie sich auch zu tun, was Sie ihr sagten? Und dann lief alles aus dem Ruder?«

Er schwieg. Er musterte die Kopie des Umschlags. Nach einer Weile blickte er wieder auf. »Ich glaube, es ist jetzt Zeit für einen Anwalt«, sagte er.

»Dann sehen wir uns morgen um neun wieder hier«, entschied Elina und erhob sich.

46. KAPITEL

Sie hatten im Verlauf des Tages mehrmals bei ihm angeklopft, aber niemand war zu Hause gewesen.

Jetzt war es dunkel, und sie saßen vor Bjerres dunklem Haus im Auto.

»Er scheint verreist zu sein«, sagte Robert. »Vielleicht sollten wir aufgeben.«

Kari kaute auf ihrem Daumennagel. »Wie lange sind wir jetzt schon in Norwegen?«, fragte sie. »Doch bestimmt schon ganz schön lange.« Sie beantwortete damit ihre eigene Frage. »Vielleicht kommt er ja heute Abend. Oder morgen.«

»Vielleicht«, sagte Robert.

Kari drehte sich zu ihm.

»Kannst du nicht in sein Haus einbrechen? Und sehen, ob du etwas findest? Ich habe das Gefühl, dass sich dort irgendwas verbirgt.«

Robert sah sie verblüfft an. Hatte er recht gehört?

»Dort verbirgt sich etwas«, fuhr sie fort. »Warum sollte sonst jemand versuchen, uns abzuschrecken? Die Sache mit dem Zelt ist passiert, nachdem wir Johannes nach Leif Oskar gefragt hatten. Und diese Sache draußen im Boot war auch sehr seltsam. Ich glaube, Johannes will nicht, dass ich Leif Oskar treffe.«

»Bist du vollkommen übergeschnappt? Sollen wir da wirklich einbrechen?«

»Bei der Sozialbehörde ging das doch auch, oder? Und

wenn du mich dazu bringen kannst, auf einen Berg zu klettern, dann kannst du doch wohl auch in ein Haus reinkommen. Ich halte Wache.«

Um halb elf am selben Abend waren sie wieder zurück. In einiger Entfernung leuchtete eine Straßenlaterne. Die Lampen der Nachbarhäuser waren gelöscht. Es stand immer noch kein Auto in Bjerres Auffahrt. Zwischen den Vordersitzen lag die Taschenlampe, die Robert an einer Tankstelle gekauft hatte.

»Und wenn er eben gerade nach Hause gekommen ist?«, meinte Robert. »Sollten wir nicht erst mal anklopfen?«

Kari antwortete nicht. Sie hielt den Blick beharrlich auf das Haus gerichtet. »Was meinst du?«, fragte Robert.

»Ich gehe rein«, sagte sie.

»Du?«

»Du weißt doch gar nicht, wonach du suchen sollst.«

»Das weißt du auch nicht.«

»Nein, aber wenn ich es sehe, dann erkenne ich es wieder.«

»Das ist gefährlich.«

»Für mich auch nicht gefährlicher als für dich.«

Sie betrachtete wieder das Haus. »Wenn er mein Vater ist, dann hat er vielleicht ein Foto von mir. Vielleicht gibt es auch Briefe an Reidar und an Mama. Oder andere Unterlagen. Danach will ich suchen.«

Sie öffnete die Autotür. »Ich mache das jetzt.«

»Warte«, sagte er. »Du weißt doch gar nicht, wie man ein geschlossenes Fenster aufkriegt. Lass mich das machen, danach kannst du reingehen.«

Kari setzte sich wieder ins Auto. Robert nahm einen Schraubenzieher und ging um das Haus herum. Nach zwei Minuten war er zurück.

»Die Terrassentür. Ich musste sie nicht mal aufbrechen. Ich musste nur einen Haken an der Innenseite anheben.«

Sie öffnete die Tür auf ihrer Seite, aber er hielt sie auf.

»Was soll ich tun, wenn er kommt?«

Sie zuckte mit den Achseln. »Wenn ich ihn höre, dann verschwinde ich auf demselben Weg, den ich gekommen bin.«

Robert nahm ihre Hand und drückte sie fest. »Denk an die Taschenlampe und die Fenster«, sagte er. Sie verzog den Mund zu einem Lächeln. Er sah sie hinter dem Haus verschwinden. Die Straße war wieder leer. »Und du behauptest immer, du hättest so viel Angst«, murmelte er.

Sie öffnete die Terrassentür und verschwand wie ein Schatten. Sie lauschte. Alles war still. Ihr Herz klopfte so laut, dass ihr einen Augenblick lang schwindlig wurde. In der Dunkelheit tastete sie sich bis zum Wohnzimmerfenster vor und zog die Gardinen zu. Vor einigen Fenstern waren Rollos angebracht, die bereits geschlossen waren. Dann knipste sie die Taschenlampe an und sah sich um. Sie achtete darauf, nicht direkt auf ein Fenster zu leuchten. Rechts lag die Küche. Links ein Schlafzimmer mit einem schmalen, gemachten Bett. Dann betrat sie ein Zimmer mit einem Tisch voller Federn und Haken. An den Wänden hingen Vitrinen mit bunten Fliegen zum Fliegenfischen und Fotos eines Mannes mit großen Fischen in den Händen. Kari meinte, Bjerre von dem Zeitungsausschnitt wiederzuerkennen. Sie vermutete, dass sich Bjerre nicht weiter von den Männern unterschied, die ihr auf den Inseln begegnet waren. Sie hatten nichts als Fische im Kopf.

Das Wohnzimmer war ordentlich, aber schlicht möbliert. An einer Wand stand ein großer brauner Schrank mit zwei Türen. Kari öffnete ihn. Er hatte mehrere Fächer und Schubfächer. Im obersten Fach standen Videofilme, hauptsächlich amerikanische Actionfilme. Im unteren Fach standen Bücher, ein Nachschlagewerk in vier Bänden und Taschenbücher von Autoren, die Kari nicht kannte. Die Cover ließen auf Science-Fiction-Romane schließen. Daneben stand ein Ordner mit Papieren, bei denen es um das Haus zu gehen schien. Kari stellte ihn wieder an seinen Platz zurück.

Die Schubladen waren mit Krimskrams gefüllt, den Leif

Oskar Bjerre nicht hatte wegwerfen wollen. Reiseandenken, ein Schachspiel, Computerteile, kleine Batterien, eine Briefwaage, Kartenspiele, ein kleines Gemälde, Klebstoff in Tuben, Klebestreifen, Papier, alte Uhren, Ansichtskarten, Messer, Untersetzer aus Glas … Gegenstände, die sich im Laufe eines Lebens ansammeln. Kari nahm einen Stapel Ansichtskarten in die Hand. Sie waren von den Kanarischen Inseln und anderen Pauschalreisezielen abgeschickt worden. Die Namen sagten ihr nichts.

In einer Schublade weiter unten lag noch mehr Krimskrams. Ganz zuunterst stieß sie auf einen Stapel Farbfotos. Er war recht dick und die Fotos waren unterschiedlich groß. Farben, Kleidung und Frisuren verrieten, dass sie zu recht unterschiedlichen Zeitpunkten aufgenommen worden waren. Sie betrachtete die Männer auf den Bildern. Einer von ihnen tauchte immer wieder auf. Leif Oskar Bjerre …

Kari betrachtete ihn eingehend. Sah er ihr ähnlich? Es war, wie Robert gesagt hatte: Sie waren nicht vollkommen verschieden. War er ihr Vater?

Es gab mehrere Fotos, die Bjerre zusammen mit Fischern zeigten. Andere Aufnahmen zeigten Bjerre zusammen mit einem Hund. Auf einem Bild hatte er eine Frau im Arm. Sie schienen beide um die vierzig zu sein. Die Frau war dunkelhaarig. Kari fand überhaupt nicht, dass sie ihr ähnlich sah. Sie fragte sich, ob die beiden zusammen gewesen waren.

Sie blätterte weiter in der Hoffnung, ein Farbfoto zu finden, das sie als kleines Kind zusammen mit Reidar und ihrer Mama zeigte. Bjerre auf einem Balkon in Badehose. Dann einige verblichene Fotos. Kari erkannte Bjerre wieder, obwohl die Fotos schon sehr alt sein mussten. Er stand vor einer Art Tempel neben mehreren dunkelhäutigen Menschen. Das war weder Afrika noch Vietnam, dachte Kari. Vielleicht Indonesien? Oder Indien? Ein weiteres Foto mit demselben exotischen Hintergrund: Bjerre neben einem Auto. Neben ihm standen zwei Männer in seinem Alter, blauäugig und in weiter, weißer Kleidung. Bjerre hatte seinen Arm um eine blonde, von der Sonne gebräunte Frau gelegt, die lächelte. Kari fragte sich, wer sie wohl gewesen war. Sie drehte das Foto um, aber dort stand nichts.

Sie legte die Fotos wieder zurück und versuchte, alles so zu drapieren wie vorher. Das gelang ihr nicht ganz. Aber wer wollte schon so genau wissen, wie es in einer unordentlichen Schublade ausgesehen hatte? Sie sah sich um. Wo sollte sie nun suchen?

Sie ging ins Schlafzimmer. Im Schrank lagen nur Kleider. Als sie wieder ins Wohnzimmer kam, erstarrte sie. Das Geräusch eines Schlüssels im Haustürschloss rasselte durch die Stille. Rasch ging sie zur Terrassentür und versuchte, sie so vorsichtig wie möglich zu öffnen. Im selben Augenblick sah sie, dass in der Diele Licht gemacht wurde. Sie rannte zum Auto. Robert hatte bereits die Beifahrertür geöffnet und den Motor angelassen. Sie setzten zurück und bogen in eine Seitenstraße. Kari drehte sich um. Niemand war ihnen gefolgt.

»Er kam mit seinem Auto und ist gleich in seine Auffahrt gefahren«, sagte Robert. »Da hätte ich mir vor Angst fast in die Hose gemacht.« Er lachte erleichtert.

»Ihm wird auffallen, dass die Terrassentür offensteht. Und dass vor einem Fenster der Vorhang zugezogen ist.«

»Vielleicht. Aber vermutlich glaubt er, dass er vergessen hat, die Tür zuzumachen. Und wer erinnert sich schon an Vorhänge? Hast du was gefunden?«

»Nein. Außer Fotos von Bjerre.«

»Sieht er dir ähnlich?«

»Nicht besonders.«

»Jetzt ist er jedenfalls zu Hause. Sollen wir morgen mit ihm reden?«

47. KAPITEL

Der Anwalt musterte Elina. Er hatte einen durchdringenden Blick und erweckte den Eindruck, als würde er sich nicht sehr leicht über den Tisch ziehen lassen.

»Was für ein Verdacht liegt eigentlich gegen meinen Mandanten vor?«, fragte er gereizt.

»Keiner«, antwortete Elina. »Ich versuche nur, ein paar Unklarheiten, die einen Mord betreffen, aus der Welt zu schaffen.«

Ulf Nyman saß neben seinem Anwalt. Elina fragte sich, worüber er am Abend zuvor mit seiner Frau gesprochen haben mochte.

Sie sah der Vernehmung mit Zuversicht entgegen. Erkki Määttä hatte bestätigt, dass die Fingerabdrücke auf den beiden Umschlägen, die Elina ihm gegeben hatte, übereinstimmten. Sie erachtete es als sicher, dass sie von Nyman stammten. Sie würden das an diesem Morgen noch überprüfen.

»Und welche Unklarheiten sollen das sein?«, fragte der Anwalt. »Mein Mandant bestreitet, etwas mit...« Er nahm ein Papier aus seinem Notizbuch. »... dem Tod von Ylva Malmberg zu tun zu haben.«

»Sehr gut«, erwiderte Elina. »Dann hat er sicher nichts dagegen, mir die Informationen zu geben, die ich brauche.«

»Das wird sich zeigen«, meinte der Anwalt.

Elina wandte sich an Ulf Nyman. »Sind Sie der Vater von Ylva Malmbergs Tochter?«

»Ich sehe keine Veranlassung, diese Frage zu beantworten«, entgegnete Nyman.

»Die Tochter ist verschwunden, nicht wahr?«, schaltete sich der Anwalt ein.

»Das stimmt. Und die Mutter wurde ermordet. Aus für Sie sicher nachvollziehbaren Gründen möchte ich herausfinden, wer der Vater des Kindes ist.«

»Mit einem eventuellen Eingeständnis der Vaterschaft würde sich mein Mandant eines Mordes verdächtig machen, was kaum in seinem Interesse liegen dürfte.«

Elina bemerkte, dass Nymans Stirn vor Schweiß glänzte, obwohl es kühl im Zimmer war. Er versuchte, keine Miene zu verziehen. Ein Mann, der immer alles unter Kontrolle hat, dachte Elina. Ein Mann, der sich nichts vorschreiben lässt.

»Wie gesagt, wird ihr Mandant keiner Straftat verdächtigt. Bisher jedenfalls noch nicht. Ich versuche nur, Schritt für Schritt vorzugehen.«

Sie wandte sich direkt an Ulf Nyman, weil sie keine Lust hatte, jede Frage zuerst mit dem Anwalt abzuklären.

»Herr Nyman«, sagte sie. »Mir ist klar, dass es sich um eine heikle Frage handelt. Obwohl so viel Zeit verstrichen ist, werde ich beweisen können, dass Sie der Vater sind.«

»Wie das?«, mischte sich der Anwalt ein.

Elina hielt die Kopie des Briefes an Grace Makondele hoch. »Diesen Brief haben Sie mit dem Unterhalt für Mary an Grace geschickt. Nicht wahr?«

Ulf Nyman nickte.

»Bitte antworten Sie so, dass es auf dem Band zu hören ist. Haben Sie diesen Brief an Grace Makondele geschickt?«

»Ja.«

Elina griff zum Telefonhörer. »Könnten Sie jetzt bitte hereinkommen?«, sagte sie. Dann an Ulf Nyman gewandt: »Wir werden jetzt Ihre Fingerabdrücke abnehmen. Wir benötigen sie um festzustellen, ob sich Ihre Fingerabdrücke auch auf dem Umschlag befinden.«

»Aber ich habe doch zugegeben, dass ich diesen Brief geschickt habe.«

»Das ist trotzdem nötig.«

Ulf Nyman wirkte resigniert. Ein Mann, der keine Uniform trug, trat ins Zimmer. Die Prozedur mit den Fingern dauerte ein paar Minuten, dann ging er wieder und schloss die Tür hinter sich.

Elina schlug eine Mappe auf und nahm eine Kopie des anderen Umschlags heraus. Sie zeigte sie Nyman.

»Haben Sie diesen Brief auch geschickt?«

Ulf Nyman lehnte sich nach vorn. »Ich muss erst meine Lesebrille aufsetzen«, sagte er. Dann las er. Seine Lippen bewegten sich: *Ylva Malmberg.*

»Haben Sie diesen Brief geschickt? Ja oder nein?«

»Nein.« Ihm versagte fast die Stimme. »Das glaube ich nicht.«

»Dieselben Fingerabdrücke sind auf beiden Umschlägen. Wir werden gleich erfahren, ob es Ihre sind. Sollen wir eine kurze Pause einlegen?«

Sie erhob sich und verließ das Zimmer. Sieben Minuten später war sie wieder da. »Der Kriminaltechniker sagt, dass nicht der geringste Zweifel besteht. Es handelt sich um Ihre Fingerabdrücke. Warum haben Sie Ylva Malmberg diesen Brief geschickt?«

Ulf Nyman war grau im Gesicht. »Ich erinnere mich nicht mehr.«

»Lag in diesem Umschlag ebenfalls Geld, als er gefunden wurde?«, fragte der Anwalt an Elina gewandt.

Sie ignorierte die Frage. »Haben Sie ihr Geld geschickt, Herr Nyman?«

Er saß reglos, als sei er an seinem Stuhl festgefroren.

»Sind Sie der Vater von Ylvas Kind?«, fragte Elina.

Als sie keine Antwort erhielt, beugte sie sich zu ihm vor. »Die Technik macht Fortschritte. Im Haus, in dem Ylva Malmberg zuletzt wohnte, lagen mehrere Gegenstände, die dem Kind gehörten. Ein Schnuller und Fläschchen zum Beispiel. Gutes Vergleichsmaterial. Mit der modernen DNA-Technik ist es nur eine Frage der Zeit, bis wir darüber Klarheit gewinnen, ob Sie der Vater des Kindes sind.«

»Die Vaterschaft zu ermitteln, ist keine Angelegenheit der Polizei«, wandte der Anwalt ein. »Vater eines außerehelichen Kindes zu sein, ist glücklicherweise kein Verbrechen.«

Elina nickte. »Zugegeben. Wir interessieren uns auch für den Mord.«

Ulf Nyman zuckte zusammen. Elina hoffte, dass er nicht zusammenbrechen würde. Dafür hatte sie keine Zeit.

»Ich habe Ylva Malmberg nicht getötet«, sagte er mit schwacher Stimme.

»Ich werde beim Untersuchungsrichter sofort das Nötige veranlassen«, sagte Elina. »Wir brauchen eine Blutprobe. Da die Zeit knapp ist, werde ich aus ermittlungstechnischen Gründen beantragen, Anklage zu erheben. Der Untersuchungsrichter muss außerdem entscheiden, ob stichhaltige Gründe für eine Untersuchungshaft vorliegen.«

»Ich zweifle daran, dass das Gericht Ihrer Argumentation folgen wird«, sagte der Anwalt.

Elina schwieg einen Augenblick. Sie hatte ihren Trumpf noch nicht ausgespielt: Da Nyman nach Ylvas Tod keine Briefe mehr geschickt hatte, würde das Gericht vermutlich einer Untersuchungshaft zustimmen. Wenn er erst einmal in U-Haft saß, konnten sie den entscheidenden DNA-Vergleich durchführen. Mit der DNA des Spermas, das in Ylvas Leiche gefunden worden war.

»Mal sehen«, sagte sie und sah den Anwalt nachsichtig an. Dann wandte sie sich an Nyman: »Sie könnten die Untersuchungshaft jedoch auf eine Art umgehen.«

»Und zwar wie?«, fragte Nyman.

»Indem Sie freiwillig alles erzählen. Dann könnten Sie alle Unklarheiten, die diesen… Vorfall betreffen, beseitigen.«

Sie zwang sich, Ulf Nyman anzulächeln.

»Ich will erst mit meinem Anwalt sprechen. Unter vier Augen.«

Elena breitete die Arme aus und erhob sich. »Ich warte draußen. Sagen Sie einfach Bescheid.«

Etwa eine Stunde später wurde die Tür geöffnet. Der Anwalt bat Elina, wieder einzutreten. Sie nahm Ulf Nyman gegenüber Platz und wartete. Nyman sah auf den Tisch.

»Ich bin mir nicht sicher, ob ich der Vater des Mädchens bin«, sagte er und hob den Blick. »Aber es könnte sein. Vermutlich ist es so. Wir sind uns in der Schule begegnet und dann … hatten wir eine Affäre.«

Eine Affäre, dachte Elina. Ach, wirklich. Aber sie sagte nichts, sondern ließ ihn mit eigenen Worten erzählen.

»Sie hatte im Frühjahrssemester angefangen. Ich habe ihr dabei geholfen, die Wohnung in Västerås zu finden. Ich habe sie auch bezahlt, sie hätte sie sich sonst nicht leisten können.«

»Damit Sie sie ungestört treffen konnten?«

»Ich wollte ihr helfen. Im Sommer habe ich sie besucht, wenn sich die Gelegenheit ergab. Wir haben miteinander geschlafen. Ich benutzte eigentlich immer ein Kondom, aber vielleicht habe ich das mal vergessen. Dann wurde sie schwanger.«

»Waren Sie immer sonntags dort?«

Er nickte. »Der Sommerkurs in der Korsängsskola in Västerås. Anschließend ging ich zu ihr nach Hause.«

Der Sonntagsmann, dachte sie, war er.

»Ylva hat in ihrem Kalender notiert, dass sie sich mit jemandem getroffen hat, den sie N nannte. Waren Sie das?«

»Kalender? Ich habe keine Ahnung, was sie sich in ihren Kalender geschrieben hat. Ich wusste nicht einmal, dass sie einen benutzt hat.«

»Und das Kind?«, meinte Elina, ohne die Frage des Kalenders weiterzuverfolgen.

»Sie behauptete, es sei von mir. Aber ich weiß es nicht. Wie hätte ich das auch ganz sicher wissen sollen?«

»Aber sie haben Ylva Geld geschickt?«

»Ja. Sie weigerte sich, abtreiben zu lassen, obwohl ich sie dazu überreden wollte…«

Er verstummte abrupt.

»Und zwar wie?« Elinas Stimme klang plötzlich scharf. Angriffslustig beugte sie sich vor. Der Anwalt beugte sich ebenfalls vor, als trenne er zwei Gegner in einem Boxring.

»Mein Mandant würde gerne ausreden«, sagte er.

»Bitte«, sagte Elina. »Wie haben Sie versucht, sie zu einer Abtreibung zu überreden?«

»Ich war schließlich verheiratet«, flüsterte Nyman. »Ich versuchte, ihr klarzumachen, was das für mich bedeuten würde. Aber sie wollte nicht auf mich hören. Sie wolle das Kind behalten, sagte sie.«

»Mit welchen Methoden haben Sie versucht, sie zu einem Abbruch zu überreden?«

»Mit Argumenten, nicht mit Gewalt.«

»Ach? Zeugen haben ausgesagt, sie hätte einmal blaue Flecken am Arm gehabt. Wann hat sie Ihnen von der Schwangerschaft erzählt?«

»Daran erinnere ich mich nicht mehr. Nach ein paar Monaten, es war für einen Schwangerschaftsabbruch noch nicht zu spät.«

»Als sie sich weigerte, was taten Sie da?«

»Wir trafen eine Abmachung. So lange sie verschwieg, dass ich der Vater war, würde ich sie finanziell unterstützen.«

»Sie haben versucht, sich von Ihrer Verantwortung für das Kind freizukaufen?«

»Ylva wollte ohnehin nichts mehr mit mir zu tun haben.«

»Wie war das möglich? Erst hat sie den ganzen Sommer lang mit Ihnen geschlafen, und dann wollte sie plötzlich nichts mehr mit Ihnen zu tun haben? Das klingt seltsam.«

»Ich weiß nicht, das lag wohl daran…«

»Dass Sie sie geschlagen haben?«

»Nein, nein, ich habe sie nicht geschlagen, das war eher ein Unfall.«

»Was? Was war ein Unfall?«

»Nichts. Überhaupt nichts!«

Ulf Nyman suchte nach Worten. Sein Anwalt legte eine Hand auf den Tisch.

»Ich möchte die Vernehmung jetzt abbrechen. Mein Mandant ist zu aufgewühlt, um weitere Fragen zu beantworten.«

Elina beachtete den Anwalt nicht, sondern betrachtete unverwandt Nymans flackernden Blick.

»Ein Unfall? Wie meinen Sie das?«

»Wie schon gesagt, ist es jetzt an der Zeit, das Gespräch abzubrechen …«

»Nein«, sagte Elina. »Es ist an der Zeit, dass die Wahrheit endlich auf den Tisch kommt. Was für ein Unfall?«

»Die Sache mit den blauen Flecken.«

»Das waren also doch Sie. Wie kam es dazu?«

»Ich erinnere mich nicht mehr genau, das ist die Wahrheit, ich war recht aufgebracht, weil sie nicht begreifen wollte, wie sehr sie mir schadete.«

»Und dann taten Sie was?«

»Ich packte sie, ich hatte nicht vor, so fest zuzupacken.«

»War das in Jäkkvik genauso? Sie hatten nicht vor, so fest zuzupacken, und dann haben Sie sie aus Versehen erwürgt?«

»Nein, wirklich nicht. Ich war nicht einmal dort! Ich habe ihr Geld geschickt, das ist alles.«

»Das wäre Ihnen sowieso nicht erspart geblieben. Väter müssen Unterhalt zahlen, ob sie wollen oder nicht. Wie haben Sie sie dazu gebracht, nicht preiszugeben, wer der Vater ist?«

»Ich habe doch gesagt, dass sie nichts mehr mit mir zu tun haben wollte.«

»Ylva ist nach Norrland umgezogen. Das sieht eher wie eine Flucht aus. Sie hatten sie körperlich misshandelt.«

»Aber das war im Herbst 1978! Sie ist erst im nächsten Sommer weggezogen. Das zeigt, dass sie keine Angst vor mir hatte.«

»Sie haben sie vielleicht nach der Geburt des Kindes stärker unter Druck gesetzt?«

»Es ist nicht so, wie es vielleicht scheint.«

»Wie ist es dann?«

»Ich …«

Nyman sank in sich zusammen. Er schrumpfte förmlich vor Elinas Augen. Sie hatte das bereits früher erlebt. Die Abwehr brach zusammen. Der Verhörte hatte nicht mehr die Kraft zu lügen.

»Ich habe ihr verkündet, das Sorgerecht beantragen zu wollen, falls sie preisgäbe, dass ich der Vater sei.«

»Sie haben ihr also angedroht, ihr das Kind wegzunehmen?«

»Das wäre mein Recht gewesen. Auch Väter haben Rechte.«

»Aber die Absicht war doch, sie durch diese Drohung zum Schweigen zu bringen?«

»Drohung ist ein zu starkes Wort. Ich weiß nicht, inwiefern sie sich für die Mutterrolle geeignet hätte. Sie hatte keine Arbeit, und sie hat Haschisch geraucht.«

»Aber Ihr primäres Anliegen wird doch kaum das Wohl des Kindes gewesen sein?«

Ulf Nyman verstummte. Der Anwalt versuchte, seinen Absturz zu bremsen. Er ruderte mit den Händen und stieß unverständliche Laute hervor. Aber es war zu spät. Elina hatte nicht die Absicht, sich aufhalten zu lassen.

»Was geschah, nachdem sie nach Jäkkvik gezogen war? Hat sie es sich dort anders überlegt, wollte sie erzählen, dass Sie der Vater des Kindes seien? Oder forderte sie mehr Geld?«

»Nein, nein, nichts dergleichen. Sie tat gar nichts. Ich schickte das Geld, das war alles. Wir haben uns nicht wiedergesehen. Ich habe sie nie mehr besucht.«

»Sie wurde irgendwann im Oktober ermordet. Wahrscheinlich in der ersten Oktoberwoche. Was haben Sie in dieser Zeit getan?«

»Wie soll ich das jetzt noch wissen? Vermutlich war ich in der Schule, das war ja mitten im Herbstsemester.«

»Sind Sie in diesem Herbst verreist?«

»Diese Frage kann ich nicht beantworten. Ich weiß es nicht.«

»Wir werden das überprüfen. Wann haben Sie erfahren, dass Ylva ermordet worden war?«

»Als sie tot aufgefunden wurde.«

»Und wieso haben Sie nichts gesagt, als Sie von der Polizei verhört wurden?«

Ulf Nyman breitete die Hände aus. »Ich war verheiratet. Ich konnte das einfach nicht erzählen. Außerdem war mir klar, dass der Verdacht auf mich fallen würde.«

»Und das Kind? Was ist aus dem Kind geworden?«

»Keine Ahnung. Darüber weiß ich nichts.«

»Ihre Tochter, oder zumindest glaubten Sie, dass es sich um Ihre Tochter handelte, verschwand spurlos, und Sie haben nicht einmal darauf reagiert?«

»Ich konnte doch nicht darüber sprechen!« Sein Blick war fast flehend. Er heischte um Verständnis.

Elina lehnte sich zurück. »Ich glaube, Sie wissen, was geschehen ist.«

Der Anwalt hielt einen Finger in die Luft. Er wollte etwas sagen. »Wollen Sie damit sagen, dass mein Mandant offiziell des Mordes verdächtigt wird?«

»Nein. Ich sage, dass er der *Morde* verdächtig ist. Der Morde an Ylva Malmberg und ihrer Tochter Carolina Malmberg.«

»Sie haben uns bisher noch keinen einzigen Beweis oder auch nur irgendeinen verdächtigen Umstand vorgelegt, der darauf schließen ließe, dass sich Ulf Nyman dieses unerhört schweren Verbrechens schuldig gemacht hat.«

»Er glaubt selbst, dass er der Vater des Kindes ist. Er hat sie mit Gewalt und Drohungen zu einer Abtreibung zwingen wollen. Er hat für den fraglichen Zeitraum kein Alibi. Die Existenz des Kindes stellte für ihn eine Bedrohung dar. Für mich genügt das. Jetzt werde ich mit dem Staatsanwalt sprechen. Dann gehen wir das Ganze noch einmal durch. Von Anfang an.«

48. KAPITEL

Die Staatsanwältin in Täby hieß Boel Haraldson. Elina war froh, es mit einer Frau zu tun zu haben, denn sie vermutete, dass sie die Festnahme und die Untersuchungshaft leichter durchsetzen konnte.

Aufmerksam hörte Boel Haraldson Elinas Bericht an und unterbrach ihn nur mit kurzen Fragen. Anschließend schüttelte sie den Kopf.

»So etwas ist mir noch nie untergekommen«, sagte sie. »Wahrscheinlich ist es auch das erste und letzte Mal. Sie haben also drei Tage vor Ablauf der Verjährung einen Verdächtigen aufgetan. Das klingt wirklich unglaublich.«

Sie erhob sich von ihrem Schreibtisch und trat an das kleine Fenster ihres Büros. »Es stellt sich die Frage, wie wir mit dieser Situation umgehen sollen. Der Verdacht gründet sich ja bisher darauf, dass er selbst glaubt, der Vater des Kindes zu sein, und dass er sie einmal etwa ein Jahr vor dem Mord misshandelt hat. Dann sind da natürlich noch die Drohungen. Aber sein Anwalt hat Recht. Ich kann ihn aufgrund dessen nicht festnehmen lassen, von Untersuchungshaft ganz zu schweigen. Wie sieht es mit Spuren am Tatort aus?«

»Im Haus gab es viele Fingerabdrücke. Wir haben sie noch nicht mit denen Nymans abgleichen können.«

»Sollte sich herausstellen, dass Nyman in Jäkkvik war, dann hat er natürlich ein Problem. Aber er kann sich dort kaum aufgehalten haben, ohne an den Wänden und auf Gläsern oder wo immer man Fingerabdrücke sichert, Spuren hinterlassen zu haben. Sie wurde ja tot im Freien aufgefunden. Wenn wir Pech haben, hat er das Haus nie betreten.«

»Im Opfer wurde Sperma gefunden«, meinte Elina. »Einen DNA-Vergleich schaffen wir aber nicht innerhalb von drei Tagen.«

»Wenn es sich um sein Sperma handelt, könnte das für eine Verurteilung reichen. Jetzt geht es jedoch darum, den Verdacht zu erhärten. Sie haben gesagt, er habe nach ihrem Tod aufgehört, Geld zu schicken. Das deutet darauf hin, dass er wusste, dass sie tot war. Das müsste meines Erachtens für einen Haftbefehl ausreichen. Was sagt er selbst dazu?«

»Das habe ich noch nicht zur Sprache gebracht. Ich wollte das für später aufheben.«

»Fühlen Sie ihm hinsichtlich der eingestellten Zahlungen auf den Zahn. Anschließend fasse ich den Beschluss, ob gegen ihn ein Haftbefehl ergehen soll.«

Ulf Nyman war vollkommen verändert. Seine Gesichtszüge waren kraftlos, sein Blick war stumpf. Er antwortete knapp, oft einsilbig, auf die Fragen. Aber er gab nicht nach: Er hatte nichts mit dem Mord zu tun. Elina versuchte, irgendwo einen Schwachpunkt seiner Geschichte zu entdecken. Sie zwang ihn, von den Treffen mit Ylva zu erzählen, von ihrem Beischlaf, ihren Begegnungen in der Schule, dem Streit über die Abtreibung, dem Grund ihres Umzugs und ihren Diskussionen. Zum Schluss holte sie zum letzten Schlag aus.

»Sie haben gesagt, Sie hätten nichts von ihrem Tod gewusst, ehe davon die Rede gewesen sei. Wer hat davon erzählt?«

»Ein Lehrerkollege. Glaube ich. Ich erinnere mich nicht mehr, wer es war.«

»Sie erinnern sich nicht? Ihre ehemalige Geliebte war tot, ermordet. Ihr Kind war verschwunden. Sie riskierten, verdächtigt zu werden, und Sie wollen sich nicht erinnern, wer Ihnen davon erzählt hat?«

»Ich vermute, dass ich zu schockiert war.«
»Nun gut. Wann genau war das?«
»Direkt nachdem sie aufgefunden worden war. War das im April?«
»Im Mai.«
Elina zog ein Papier aus ihrer Mappe. Sie legte es vor Nyman hin. »Lesen Sie das hier«, sagte sie.
Ulf Nyman setzte seine Brille auf.
»Was ist das?«, fragte er.
»Das ist eine Liste der Postsendungen, die Ylva Malmberg nach ihrem Tod erhalten hat. Die Sendungen lagen noch auf der Post in Arjeplog, als die Polizei mit der Ermittlung begann. Es handelt sich um die Post von sieben oder acht Monaten. Fällt Ihnen an dieser Liste etwas auf?«
Ulf Nyman blickte erstaunt auf. »Ich verstehe nicht. Was soll ich da sehen?«
»Kein Brief von Ihnen.« Sie hielt ihm eine Kopie des Briefes hin, den er an Ylva geschickt hatte. »Dieser Brief ist am 15. September abgestempelt. Sie ist Anfang Oktober gestorben. Sie haben gerade behauptet, von ihrem Tod erst im Mai erfahren zu haben, also fast acht Monate später. Wie kommt es also, dass Sie kein Geld mehr geschickt haben?«
Ulf Nyman fuhr sich mit der Zungenspitze über die Lippen. Langsam wurde ihm klar, was das zu bedeuten hatte. Der Anwalt räusperte sich, aber Elina hob warnend die Hand.
»Ich … ich …«, stotterte Nyman.
»Ja? Erklären Sie mir das.«
»Ich habe ihr Geld geschickt! Jeden zweiten Monat!«
»Ich weiß, dass Sie es mit dem Unterhalt sehr genau nehmen. Grace Makondele hat mir das bestätigt. Jeden zweiten Monat, sagen Sie. Wo sind dann die Zahlungen für November, Januar, März und vielleicht sogar auch für Mai geblieben?«
Er starrte auf das Papier. Ruckartig hob er den Kopf und richtete seinen Blick auf Elina.
»Sie ist umgezogen!«

»Umgezogen? Als sie tot war?«

Elina lehnte sich vor und verschränkte die Arme auf dem Tisch. Sie versuchte, nicht belustigt zu wirken. Die Sache war zu ernst.

»Ich wusste doch nicht, dass sie tot war! Ich habe den ganzen Winter und das Frühjahr über noch Geld geschickt.«

»Herr Nyman«, sagte Elina. »Tote ziehen nicht um.«

»Aber sie tat es. Das ist die Wahrheit! Sie ist im Herbst umgezogen. Bevor sie ermordet wurde.«

Elina runzelte die Stirn. Die Erklärung klang vollkommen absurd. Wieso beharrte er auf so einem Schwachsinn?

»Herr Nyman«, wiederholte sie. »Sie ließ sich die Post ein ganzes Jahr lang aus der Sandgärdsgatan nachschicken. Wenn sie von Jäkkvik hätte wegziehen wollen, dann hätte sie das der Post in Västerås mitgeteilt und nicht Ihnen.«

»Aber so war es. Ich habe einen Brief bekommen.«

»Haben Sie den noch?«

»Natürlich nicht.«

Plötzlich kam etwas Leben in seine Augen, seine Glieder schienen wieder zu erwachen.

»Aber ich habe sie ja noch!«, rief er so laut, dass Elina zusammenzuckte. »Die Adresse! Ich sehe sie manchmal! Ich habe sie in mein Adressbuch geschrieben. Ohne Ylvas Namen oder eine weitere Erklärung natürlich. Ich benutze seit Anfang der Siebzigerjahre dasselbe Adressbuch. Darin stehen Hunderte von Telefonnummern und Adressen auf der ganzen Welt. Es wäre zu aufwändig gewesen, alles nochmals abzuschreiben.«

Elina schüttelte den Kopf. Das konnte nicht wahr sein, das durfte nicht wahr sein. Sie stellte das Tonband ab und erhob sich. »Dann holen wir jetzt dieses Adressbuch.«

»Ich gehe es selbst holen. Wie soll ich Anita erklären, dass ich mit einer Polizistin nach Hause komme?«

»Ich kann Ihnen nicht erlauben, das Beweismaterial allein zu holen. Sie müssen sich eine Erklärung einfallen lassen.«

Ulf Nymans Ehefrau wirkte erstaunt, als ihr Gatte mit einer unbekannten Frau das Haus betrat. »Das hier ist eine Kollegin«, sagte er. Elina Wiik reichte ihr die Hand und stellte sich vor, ohne ihren Dienstrang zu nennen. »Ich will von der Pensionierung noch ein paar Kontakte in Äthiopien weitergeben«, sagte Ulf Nyman. Anita Nyman lächelte höflich, als sie Elina die Hand gab.

Nyman ging in ein Zimmer mit einem Schreibtisch. Ein schwarzes Adressbuch lag oben auf einer Dokumentenablage. Er reichte es Elina. Es bestand aus einer Menge eingehefteter Seiten und war zweifellos alles andere als neu.

»Wir müssen zurück an die Arbeit«, sagte er zu seiner Frau. »Vielleicht verspäte ich mich heute Abend etwas. Ich rufe aber an.«

Sie hatten das Haus verlassen, noch ehe Anita Nyman etwas fragen konnte.

Ulf Nyman blätterte rasch bis zur richtigen Seite, als sie sich wieder im Verhörszimmer auf der Wache befanden. »Hier«, sagte er und zeigte. Elina las laut:

P.O. Box 68
Svolvær
Norwegen

»Wo in Norwegen liegt Svolvær?«, fragte sie.

»Auf den Lofoten«, antwortete Ulf Nyman. »Ich habe das Geld dann dorthin geschickt. Bis sie tot aufgefunden wurde. Da habe ich natürlich aufgehört.«

»Wann genau haben Sie diese Adresse erhalten?«

»Das weiß ich nicht mehr. Aber es muss irgendwann im Herbst gewesen sein.«

»Warten Sie hier«, sagte Elina und verließ das Zimmer. Sie wählte die Handynummer von Boel Haraldson und erreichte sie sofort.

»Wir müssen miteinander sprechen«, sagte Elina.

»Was hat das zu bedeuten?«, fragte Boel Haraldson, nachdem ihr Elina den Sachverhalt erklärt und das Adressbuch vorgelegt hatte.

»Ich weiß nicht. Ganz spontan fallen mir nur zwei mögliche Erklärungen ein.«

»Und zwar?«

»Dass Ylva wirklich auf die Lofoten umziehen wollte. Und das Nyman die Wahrheit sagt, was das Geld betrifft.«

»Aber sie wurde doch in Schweden tot aufgefunden?«

»Vielleicht wurde sie ermordet, als sie in Jäkkvik ihre Sachen holen wollte.«

»Und die andere Erklärung?«

»Ulf Nyman hat die Geschichte erfunden, um die Ermittler auf die falsche Fährte zu locken, falls man ihn verdächtigen würde.«

»Kann er irgendwie beweisen, dass er das Geld dorthin geschickt hat?«

»Nein. Aber ich kann auch nicht das Gegenteil beweisen.«

»Klingt er glaubwürdig?«

Elina antwortete nicht. Sie musste sich eingestehen, dass es nicht gewirkt hatte, als lüge er. Er hatte ganz spontan davon angefangen. Sie hatte das Gefühl, als würden ihre Zweifel all ihre Möglichkeiten, den Fall noch rechtzeitig zu lösen, zunichte machen.

»Sollten wir nicht herausfinden, ob die Post in dieser norwegischen Stadt weiß, wer dieses Postfach gemietet hat?«, meinte Boel Haraldson.

»Das ist fünfundzwanzig Jahre her. Aber ich werde dort anrufen.«

Auf der Hauptpost in Svolvær ging eine Frau ans Telefon. Sie versprach, nachzusehen und dann zurückzurufen. Etwa eine Stunde später rief sie zurück.

»Ich habe in unserem Lager noch nach den alten Verzeichnissen suchen müssen. Das hat etwas gedauert. Aber jetzt habe ich den Namen der Person, die am 15. Oktober 1979 das Postfach 68 gemietet hat.«

Elinas Herz klopfte schneller. »Und wer war das?«

»Er heißt Leif Oskar Bjerre.«

49. KAPITEL

Ein Anruf für Sie.«

»Für mich?« Kari schaute vom Frühstückstisch auf. Die Wirtin hielt ihr den Hörer entgegen. Zögernd griff Kari danach.

»Hallo«, sagte sie.

»Hier ist Leif Oskar Bjerre«, ließ sich eine Stimme am anderen Ende vernehmen. Kari lief es eiskalt den Rücken hinunter. Hatte er sie am Vorabend gesehen, obwohl es ihr gelungen war zu entkommen?

»Sie wollten mich sprechen, nicht wahr? Das wollten Sie doch?«, sagte Bjerre.

»Ja … aber woher wissen Sie das?«

»Der Ort ist klein, sehr klein sogar. Irgendjemand sagte, er hätte Sie vor meinem Haus gesehen, ja, so war das.«

Vor. Nicht in. Kari entspannte sich etwas.

»Also … was wollen Sie von mir?«, fragte Bjerre.

»Ich bin die Adoptivtochter von Reidar und Berit Solbakken. Sie waren doch der Pflegesohn der beiden? Ich würde mich gerne mit Ihnen unterhalten.«

»Worüber?«

»Ich suche nach meinen richtigen Eltern. Vielleicht können Sie mir dabei helfen.«

»Wie kommen Sie auf die Idee, dass ich das wissen könnte?«

»Bitte, ich will doch nur mit Ihnen sprechen.«

»Das dürfen Sie natürlich, das dürfen Sie.«

Kari fand, dass er einen seltsam singenden Tonfall hatte.

»Jetzt sofort?«, wollte sie wissen.

»Nein, nein. Ich bin nicht zu Hause, habe viel zu tun. Kommen Sie morgen Abend. Kommen Sie doch beide. Ich bin in meiner Fischerhütte. Ich erkläre Ihnen den Weg, das tue ich. Haben Sie was zu schreiben?«

Kari verstand nicht recht, was er damit meinte, bat die Wirtin aber trotzdem um ein Stück Papier und einen Kugelschreiber.

Robert sah sie an. Sie bewegte beim Schreiben leise die Lippen. Dann legte sie den Stift weg und hörte angestrengt zu.

»Nein«, sagte sie dann. »Es ist zu kalt zum Zelten. Wir haben stattdessen hier ein Zimmer gemietet.«

Sie legte auf und setzte sich wieder an den Tisch.

»Das war er«, sagte sie. »Er will, dass wir morgen Abend zu seiner Fischerhütte kommen. Und zwar wir beide.«

»Schien er zu wissen, dass wir in seinem …«

»Nein. Überhaupt nicht.«

»Na dann. Dann fahren wir eben morgen da hin.«

50. KAPITEL

Elina wunderte sich, dass Ulf Nyman nicht protestierte und verlangte, nach Hause gehen zu dürfen. Sie hatten ihn nicht einmal festgenommen. Vielleicht hielt er es auch für sinnlos, sich zur Wehr zu setzen. Oder sein Widerstand war gebrochen, seit das Geheimnis seines Lebens plötzlich enthüllt worden war.

Reglos saß er auf seinem Stuhl im Verhörzimmer. Der Anwalt wollte am Spätnachmittag wiederkommen. Elina wusste nicht, welche Anweisungen er Ulf Nyman gegeben hatte.

»Wer ist Leif Oskar Bjerre?«, fragte sie und hoffte nur, dass er sich nicht weigern würde zu antworten, ohne dass sein Anwalt zugegen war.

»Keine Ahnung«, antwortete Ulf Nyman. »Diesen Namen habe ich noch nie gehört.«

»Der Mann, der das Postfach mietete, hieß so.«

»Ylva hatte mir das mit der Adresse geschrieben. Und ich habe immer Ylvas Namen auf den Umschlag geschrieben.«

»Denken Sie noch einmal nach. Sagt Ihnen der Name wirklich überhaupt nichts?«

»Nein. Absolut nichts.«

Elina erhob sich und ließ Ulf Nyman allein. Sie ging in das Büro von Boel Haraldson hinüber. »Könnte es sich um einen Freund von Ylva handeln?«, schlug Boel Haraldson vor.

»Die Post in Svolvær sagt, er hätte das Postfach vom 15. Oktober 1979 bis zum 15. Juli 1980 gemietet. Ich habe das unangenehme Gefühl, dass er das Postfach aufgegeben hat, nachdem Ylva tot aufgefunden worden war.«

»Aber das war doch wohl im Mai, wenn ich mich recht erinnere?«

»Ja. Aber Juli, das ist nicht so viel später. Oktober 1979 bis Juli 1980. Das ist ungefähr die Zeitspanne, in der Ylva tot und verschwunden war.«

»Und was heißt das?«

»Ich weiß nicht, ich bin ziemlich durcheinander. Aber wenn Nyman die Wahrheit sagt?«

»Dann was?«

Elina setzte sich auf einen Besucherstuhl. Sie stützte ihren Kopf in beide Hände.

»Vielleicht wusste Bjerre, dass Ylva tot war und dass Nyman ihr Geld geschickt hat. Vielleicht hat Bjerre diese Chance ausgenutzt.«

Elina schaute zu Boel Haraldson hoch. »Ylva war unter der Erde. Für immer verschwunden. Aber ein Wolf hat sie ausgegraben. Die Kräfte der Natur haben dem Mörder einen Streich gespielt.«

»Ständige Zahlungen«, meinte Boel Haraldson. »Achtzehn Jahre lang. Wenn sie nicht gefunden worden wäre. Das wäre wirklich ein origineller Raubmord gewesen. Können wir diesen Bjerre irgendwo auftreiben?«

Elina schaute auf ihre Uhr. Jetzt handelte es sich nur noch um Stunden, nicht um Tage, ehe es zu spät war.

51. KAPITEL

»Möchten Sie etwas trinken?«

Die Stewardess beugte sich lächelnd zu Elina herab.

»Einen Orangensaft, danke«, antwortete Elina.

Es war halb zehn am Mittwoch, den 29. September. In Svolvær erwartete sie ein gewisser Kriminalinspektor Didriksen. Boel Haraldson hatte blitzschnell alle Formalitäten geregelt. Dieses Mal würde sich Elina an die Regeln halten.

Sie würde erst am Nachmittag eintreffen, da sie zweimal umsteigen musste, erst in Oslo, dann in Narvik. In ihrer Aktentasche hatte sie sämtliche Fingerabdrücke dabei, die im Haus in Jäkkvik gesichert worden waren und die mit Ausnahme jener auf dem Umschlag alle nicht mit denen von Ulf Nyman übereinstimmten.

Nyman hatte am Vorabend nach Hause gehen dürfen. Allerdings stand er immer noch unter Verdacht. Elinas Reise nach Norwegen oder die verstreichende Zeit würden über seine Zukunft entscheiden. Was er wohl seiner Frau sagen würde? Aber das konnte nicht Elinas Sorge sein.

Der Plan war einfach, zumindest auf dem Papier. Elina und ihr norwegischer Kollege Didriksen würden Leif Oskar Bjerre zu Hause aufsuchen und zur nächsten Wache mitnehmen. Dort würden sie ihn wegen des Postfachs verhören und ihm die Fingerabdrücke abnehmen. Falls die Fingerabdrücke mit denen aus Jäkkvik übereinstimmten, würde Boel Haraldson in Schweden sofort einen Haftbefehl gegen ihn ausstellen lassen. Falls die Abdrücke nicht übereinstimmten, dann hing alles von Elina ab und davon, ob sie ihn im Verhör zu irgendwelchen Geständnissen bewegen konnte.

Die Zeit verging. Am 1. Oktober um Mitternacht verjährte der Mord. Ylvas Universum bestand jetzt nur noch aus einem ganzen Tag, vierzehn Stunden und dreißig Minuten. Elina hatte also den Abend und den ganzen nächsten Tag Zeit.

Kriminalinspektor Didriksen holte sie mit dem Auto vom Flugplatz ab. Er war mittleren Alters, hatte gute Laune und wollte Elina zum Kaffee ins Präsidium einladen. Sie lehnte ab und bat darum, direkt nach Straumsjøen gefahren zu werden. Didriksen willigte ein und fuhr direkt auf die Landstraße. Er gehörte nicht zu den Leuten, die unnötig Probleme machten.

Im Auto versuchte Elina ihm die Situation zu erklären, merkte aber, dass sie sich in Details verlor. »Kurz gesagt, die Sache eilt«, meinte Didriksen, als sie einen Satz beendet hatte. »Der Kriminaltechniker weiß, dass wir kommen, und steht bereit. Wir wollen nur hoffen, dass wir Bjerre heute Abend auch antreffen.«

»Ich dachte, Sie halten ihn unter Aufsicht?«, erwiderte Elina entsetzt.

»Das Haus wird seit heute früh bewacht. Er hat sich jedoch noch nicht gezeigt. Entweder ist er heute den ganzen Tag im Haus geblieben, oder er hält sich irgendwo anders auf.«

Elina schloss die Augen. Er konnte eine Golfreise angetreten haben oder auf einem Gipfel in Transsilvanien meditieren. Es durfte einfach nicht an so etwas Simplem wie dem Umstand, dass er zufällig nicht zu Hause war, scheitern.

Elina fand es immer unerträglicher, ohne etwas unternehmen zu können, angeschnallt auf dem Beifahrersitz verharren zu müssen. Die Natur war an Schönheit nicht zu übertreffen, aber Elina sah das gar nicht. Sie hatte nicht die Ruhe, um über das Meer, die Berge und die Täler in Verzückung zu geraten. Es dauerte fast zwei Stunden, bis sie in Straumsjøen waren.

»Hier ist es«, sagte Didriksen und bog in eine kleinere Straße ein. Er hielt vor einem weißen Haus. In den Fenstern brannte kein Licht, obwohl es bereits dämmerte.

Ein jüngerer Mann kam scheinbar aus dem Nichts auf ihren Wagen zu. »Guten Abend, Didriksen«, sagte er, was dieser mit »Guten Abend« erwiderte.

»Wir haben niemanden kommen oder gehen sehen«, sagte der Mann, bei dem es sich offenbar um einen Fahnder in Zivil handelte. »Es war auch den ganzen Tag über niemand am Fenster zu sehen. Ich glaube nicht, dass er im Haus ist.«

»Das werden wir gleich wissen«, meinte Didriksen und stieg aus dem Auto. Er ging auf die Tür zu und klingelte. Nach einer Weile klingelte er erneut, dieses Mal länger und eindringlicher. Als auch nach dem dritten Klingeln niemand öffnete, trat Didriksen vor ein Fenster, schirmte mit den Händen sein Gesicht ab und spähte durch die Scheibe. »Ich sehe niemanden«, sagte er zu Elina, die auf der Straße stehen geblieben war. »Gehen Sie doch links ums Haus, dann gehe ich rechts herum.«

Das Haus war eher klein und hatte nur ein Stockwerk. »Tot«, meinte Elina, als sie Didriksen auf der Rückseite wieder begegnete. »Leer. Der einzige Raum, den man nicht einsehen kann, scheint die Toilette zu sein«, meinte Didriksen. »Aber er kann nicht den ganzen Tag auf der Toilette gesessen haben.«

Elina sah sich um. Sie hoffte, irgendwo eine Spur von Bjerre zu entdecken, der sie offenbar an der Nase herumführte. »Er hat doch wohl keinen Grund, sich zu verstecken, oder?«, meinte Didriksen. Elina schüttelte den Kopf. »Er kann nichts von meiner Ermittlung erfahren haben«, sagte sie.

Elinas Verzweiflung wurde größer, so groß, dass sie davon Bauchschmerzen bekam.

»Dann stellt sich die Frage, wo er stecken könnte«, meinte Didriksen immer noch vollkommen gelassen und ging auf ein Nachbarhaus zu. Er klingelte, und eine Frau um die sechzig öffnete.

»Guten Abend«, sagte Didriksen und stellte sich als vor. Die Frau begrüßte ihn nur mit einem knappen Nicken. »Wir würden gerne ein paar Worte mit Ihrem Nachbarn wechseln«, meinte Didriksen. »Wissen Sie, wo er gerade stecken könnte?«

»Meinen Sie Nordlys?«, fragte die Frau und deutete auf Bjerres Haus.

»Wird er so genannt?«, wollte Didriksen wissen.

»Seit seiner Kindheit«, antwortete die Frau.

Elina machte rasch einen Schritt auf die Frau zu. »Entschuldigen Sie. Was haben Sie eben gesagt? Wie haben Sie ihn genannt?«

»Nordlys.«

»Das bedeutet Nordlicht auf Norwegisch«, meinte Didriksen.

Nordlys. N. Auch dieses Rätsel war gelöst. Aber vielleicht nützte ihnen das nichts.

»Er fährt oft zum Fischen raus«, meinte die Frau.

»Wohin?«, wollte Didriksen wissen.

»Er besitzt eine Fischerhütte auf der Westseite des Fjords. Vielleicht ist er ja dort.« Sie trat vor ihr Haus und deutete in eine Richtung. »Fahren Sie zurück Richtung Sortland. Nach etwa zehn Kilometern zweigt eine kleine Straße links ab. Die teilt sich dann und führt beiderseits des Fjords weiter. Halten Sie sich hier auf der linken Seite. Das letzte Stück über den Berg müssen Sie dann zu Fuß gehen.«

Didriksen dankte ihr. »Dann düsen wir los«, sagte er zu Elina und ging auf den Wagen zu.

Leif Oskar Bjerre hatte sich vorbereitet. Er trug die Angelschnüre mit den vielen Haken ins Haus. Er würde sie dieses Mal nicht brauchen.

Er würde mit dem Jungen und dem Mädchen rausfahren. Dort konnte alles passieren. Die See war unersättlich und schrie immer nach Menschen. Sie wollte die beiden in ihrer unendlichen Umarmung empfangen.

Er wandte sich zum Wasser. Es wurde dunkel, und Horizont und Himmel verschmolzen. Er hatte das Meer immer geliebt. Es war das Einzige gewesen, was er in seinem ganzen Leben geliebt hatte, es war das Einzige, was ihm etwas zurückgab. Und das Boot? Man würde es weit draußen treibend finden, leer.

Robert schaute aus dem Fenster. Vor ihm stand eine Tasse Kaffee. Hinter ihm saßen zwei ältere Frauen und unterhielten sich. Andere Gäste befanden sich nicht im Café. Er rückte auf seinem Stuhl hin und her. Ihm gefiel die Sache nicht. Kari hatte darauf bestanden, allein zu fahren. Er begriff nicht, warum. Schließlich hatte es sich die ganze Zeit um ein gemeinsames Projekt gehandelt. Aber sie hatte folgendermaßen argumentiert: Wenn er mein Vater ist, dann wird es ihm leichter fallen, das zu sagen, wenn du nicht dabei bist. Das hatte sie gesagt. Robert hatte ihr widersprochen: Bjerre wollte doch, dass wir beide kommen! Aber Kari war unerbittlich. Diese letzte Reise wollte sie allein unternehmen. Robert vermutete, dass das mit ihrer Angst zu tun hatte. Sie hatte jetzt lange genug Angst gehabt.

Er war unruhig, ohne zu wissen, warum. Er war nicht für sie verantwortlich, sie war ein erwachsener Mensch. Wer war er denn schon? *Du bist arbeitslos und malst Graffiti.* Sie hatte ihn bereits bei ihrer ersten Begegnung durchschaut. Recht hatte sie. Und trotzdem: er wollte nicht, dass sie dort draußen in der Dunkelheit allein war.

Um diese Tageszeit war es im Ort vollkommen still. Die Geschäfte waren geschlossen, vermutlich waren alle zu Hause und kochten. Vor dem Fenster des Cafés fuhr ab und zu ein Auto vorbei. Er ging zum Tresen, goss sich noch eine Tasse Kaffee ein und setzte sich wieder ans Fenster.

In der Ferne sah er zwei Scheinwerferlichter näher kommen. Er hoffte, es wäre Kari, die es sich anders überlegt hatte und umgekehrt war, um ihn mitzunehmen. Er folgte dem

Auto mit dem Blick. Es fuhr langsam vorbei. Ein Volvo, älteres Modell, der Fahrer … Robert traute seinen Augen kaum. Johannes? Warum war er hier? Mehrere Autostunden von Flakstad entfernt.

Er stand auf, riss die Tür des Cafés auf und rannte auf die Straße. Die Rücklichter verschwanden in der Ferne, ließen den Ort hinter sich. »Was zum …« sagte Robert laut. Er versuchte nachzudenken. Warum? Das konnte kein Zufall sein.

Robert spürte, wie sich vor Unruhe sein Magen zusammenzog. Etwas stimmte hier nicht, aber er verstand nicht was. Seine Gedanken gingen im Kreis: Johannes hatte doch gesagt, er hätte noch nie von Leif Oskar gehört, aber jetzt war er hier. Die beiden steckten unter einer Decke, sie hatten irgendwie mit der Sache zu tun. Es konnte gar nicht anders sein. Erst nichts sagen wollen, dann die Sache mit dem Messer und dem Zelt …

»Kari!« Robert flüsterte ihren Namen, dann schrie er: »Nein!«

Er begann zu rennen. Nach hundert Metern war er vollkommen außer Atem, er würde es nicht schaffen, er würde zu spät kommen. In einer Seitenstraße stand ein Auto. Er drückte den Türgriff. Abgeschlossen, *aber damit kam er klar!* Er brauchte nicht einmal eine Minute, um die Tür zu öffnen und nicht mehr als zwei, um die Zündung kurzzuschließen. Er trat das Gas durch und ihm wäre fast der Motor abgesoffen, weil er die Kupplung zu schnell kommen ließ.

Die schmale Straße schlängelte sich den Berghang entlang. Kari brannte darauf zu erfahren, was er ihr zu sagen hatte. Vor ihr tauchte ein Fjord auf, der wie eine Speerspitze ins Land schnitt. Die Straße teilte sich an den Seiten des Fjords wie eine gespaltene Zunge. Sie bremste und hielt auf der Gabelung an. Sie war sich nicht sicher, ob sie Bjerres Wegbeschreibung richtig verstanden hatte und fuhr auf gut Glück nach links.

Sie fuhr ein paar Kilometer und kam an einem kleinen Haus vorbei, das dunkel und ohne Leben dalag. Die Straße wurde schlechter und endete plötzlich ganz. Der Straßenschotter ging unvermittelt in Vegetation über. Dort stand bereits ein Auto, das von Bjerre. So hatte er es beschrieben, sie hatte es gefunden. Dort sollte sie parken und dann zu Fuß geradeaus weitergehen, über den Berg und hinunter zur Fischerhütte.

Sie wendete und stieg aus. Sie leuchtete mit ihrer Taschenlampe voraus. Mit jeder Minute, die verging, wurde es dunkler, und sie bereute es, Robert nicht darum gebeten zu haben, sie zu begleiten. Aber jetzt war es zu spät. Sie begann zu gehen, der Boden war steinig und nicht sonderlich feucht. Es sei nicht weit, hatte Bjerre gesagt, nur zehn Minuten. Der Weg wurde von hohen Bergen flankiert. Der Pfad teilte sich, und sie wurde erneut unsicher, entschied sich aber wiederum für den linken.

Nach fünf Minuten tauchte das Meer im letzten, schwachen Abendlicht vor ihr auf, bleigrau, mit einer aufgewühlten Dünung, die schäumend am Ufer auslief. Direkt am Wasser lag ein kleines Haus mit einem erleuchteten Fenster. Das musste es sein, dachte sie und leuchtete vor ihre Füße, um nicht über Steine zu stolpern.

Eine Silhouette wurde im Fenster sichtbar. Mit einem Mal wurde ihr mulmig. Nach wenigen Schritten stand sie vor dem Haus. Sie klopfte und trat ein. Der Mann stand hinter der Tür. Seine Augen leuchteten, sein Blick erinnerte an den eines Wolfes. Kari wich zurück. Langsam veränderte sich sein Gesichtsausdruck.

»Wo ist Ihr Freund?«, fragte er.

»Er… er war verhindert«, sagte Kari stockend. Sie schaute zur Tür, die immer noch offen stand.

»Ich habe doch gesagt, Sie sollten beide kommen.« Er trat einen Schritt auf sie zu. Sie wich zurück. Er sah überhaupt nicht aus wie sie. Alles war grob, sein Körper und seine Gesichtszüge. Du bist nicht mein Vater, dachte Kari.

»Na dann«, meinte er. »Dann sind wir eben zu zweit. Mein Boot liegt vor der Tür. Wir fahren ein wenig raus.«

»Ich wollte mich nur unterhalten.«

»Kommen Sie schon.«

Sie wich einen Schritt zurück. Sie sahen sich abwartend an.

»Nein«, sagte sie. Langsam wurde der Gedanke deutlicher. *Das Boot… hier ist es tief.* Genau wie Johannes. *Zelten Sie nicht?* Das hatte Bjerre sie am Telefon gefragt. Woher hatte er das gewusst? Bestand da ein Zusammenhang? Sie drehte sich um und betrachtete das Boot, das an der Brücke vertäut lag und schwerfällig in der Brandung auf und ab wippte.

Die Tür war geöffnet, aber er versperrte ihr den Weg. Vielleicht war es ihr Blick, oder dass sie fast unmerklich zurückwich: Er schien ihre Gedanken lesen zu können. Er packte sie am Arm und stieß sie vor sich her. Sie versuchte sich zu wehren, merkte jedoch, dass er zu stark war. Mit der anderen Hand löste er das Tau und zog sie hinter sich in das Boot hinunter.

Das Boot schwankte unter ihrem Gewicht. Kari trat ihm auf den Fuß und warf sich gegen seinen Oberkörper. Er verlor das Gleichgewicht und fiel hintenüber ins Wasser. Mit knapper Not gelang es ihr, sich an der Reling festzuklammern und wieder auf den Steg zu klettern, ehe das Boot abtrieb. Sie sah noch, dass Bjerre an Land schwamm.

Sie rannte auf den Berg zu, stolperte über einen Stein, rappelte sich auf und lief weiter. Sie drehte sich um, konnte ihn in der Dunkelheit aber nicht sehen. Doch sie wusste, dass er da war, hinter ihr.

Das Auto… es stand vor ihr. Sie suchte in ihrer Hosentasche nach dem Schlüssel. Dann steckte sie ihn ins Zündschloss: *Geh schon an! Geh an!* Gerade als der Motor ansprang, riss er an der hinteren Tür. *Abgeschlossen!* Sie fuhr los, ohne sich umzudrehen, ohne sich darum zu kümmern, ob er sich am Auto festklammerte. Sie merkte schnell, dass sie ihn abgehängt hatte. Würde er sie verfolgen?

Plötzlich sah sie zwei Scheinwerferkegel vor sich. Ein

Auto. Sollte sie anhalten und um Hilfe bitten? Das Auto fuhr auf dem schmalen Weg ganz dicht an ihr vorbei. Der Fahrer musterte sie im Vorbeifahren. Sie drehte sich um und sah den Rücklichtern hinterher. *Ein Polizeiauto. Wieso das?* Dann schaute sie wieder nach vorn und sah zwei weitere Scheinwerfer. Ein Wagen, der sehr schnell zu fahren schien. Direkt vor ihr bremste er mit quietschenden Reifen abrupt ab. Er schleuderte und kam erst im Graben zum Stehen. Die Tür flog auf, der Fahrer sprang heraus. *Robert.*

»Alles in Ordnung?«, fragte er keuchend. Er war vor Aufregung ganz zittrig.

»Er wollte …« Sie stockte. »Er hat mich angegriffen!«

»Johannes«, sagte Robert. »Er war hier. Ich habe ihn im Ort gesehen. Sie haben sich gegen uns verbündet.«

»Warum wollen sie, dass ich nichts erfahre? Warum?«

Sie versuchte sich zu beruhigen. »Gerade eben ist hier ein Streifenwagen vorbeigefahren«, sagte sie. »Hast du …?«

»Ein Polizeiauto? Das muss eine Falle sein! Vielleicht wollte er dich festnehmen?« Er sah Kari in der Dunkelheit an. »Bjerre hat uns angelogen. Sie wollen uns drankriegen. Wir landen noch wegen des Einbruchs bei ihm und was weiß ich noch alles vor Gericht. Komm, schnell!« Er öffnete die Fahrertür und setzte sich hinter das Lenkrad. Kari nahm auf dem Beifahrersitz Platz.

»Da war noch mehr«, sagte sie, als sie losfuhren. »Das Boot. Er wollte mich nicht nur *festnehmen*.«

»Du Ärmste«, meinte er. »Aber jetzt fahren wir nach Hause. Hier können wir nicht länger bleiben.«

Kari erwiderte nichts. Sie schwieg, ließ sich zur Landstraße, von dort weiter auf die Fähre, die zum Festland übersetzte, und nach Schweden fahren.

Didriksen bremste. Im Scheinwerferlicht stand ein Mann mitten auf der Straße. Die Arme hingen kraftlos an seinem Körper herab. Didriksen und Elina stiegen aus.

»Sind Sie Leif Oskar Bjerre?«, fragte Didriksen.

»Und wer sind Sie?«, fragte der Mann zurück.

»Wir sind von der Polizei. Herr Bjerre?«

Bjerre nickte langsam.

»Was machen Sie hier?«

Als Bjerre nicht antwortete, ging Didriksen auf ihn zu. »Mensch, Sie sind ja tropfnass.«

Er nahm Bjerre am Arm und führte ihn zu ihrem Wagen. »Wir möchten mit Ihnen sprechen. Auf der Wache.«

52. KAPITEL

Schweigend saßen sie im Auto. Didriksen hatte Elina gebeten zu fahren. Er selbst hatte neben Bjerre auf dem Rücksitz Platz genommen. Als sie an eine Kreuzung kamen, bat Didriksen, statt nach Svolvær nach links über eine Brücke zu fahren.

»Wir fahren nach Harstad. Ich gehöre nicht zum Polizeibezirk von Svolvær. Bjerre im Übrigen auch nicht.«

Erst gegen neun Uhr abends trafen sie in Harstad ein. Für Bjerre lagen bereits trockene Kleider bereit.

Der Kriminaltechniker war nicht zur Stelle. Didriksen rief ihn an. »Er will wissen, ob er es auch morgen machen kann«, fragte er und hielt die Sprechmuschel zu.

»Nein«, antwortete Elina. »Lieber nicht.« Sie wollte keine Minute verlieren, wenn es sich vermeiden ließ.

Eine halbe Stunde später war der Kriminaltechniker im Präsidium. Nach einem knappen »Guten Abend« machte er sich ans Werk. Elina gab ihm die Fingerabdrücke aus Jäkkvik, und der Mann verschwand in einen anderen Raum.

Um 0.36 Uhr kehrte er zurück. Elina sprach ein stilles Gebet.

»Der Abdruck von Bjerres rechtem Daumen stimmt mit dem auf einem Glas aus dem Haus im schwedischen Jäkkvik überein«, sagt er, »und zwar ohne den geringsten Zweifel.«

Sie hatte das Gefühl, als bliebe die Zeit stehen. Elina schaute auf die Datumanzeige ihrer Uhr, dann sah sie Didriksen an. »Heute ist doch der 30. September? Nicht wahr?«

Didriksen lächelte. »Das stimmt. Ich gratuliere.«

Elina versuchte sich zu sammeln und ihre Gefühle im Zaum zu halten. »Ich muss sofort Boel Haraldson anrufen. Die Staatsanwältin. Bjerre muss noch heute in Untersuchungshaft genommen werden, damit die Verjährung nicht eintritt. Und er muss einen Anwalt bekommen.«

»Bitte schön, Frau Wiik. Benutzen Sie mein Telefon.«

Elinas Gedanken rasten, als sie in ihrem Hotelbett lag. Hatte sie den Mörder wirklich gefunden? Welche Konsequenzen ergaben sich daraus? Ein richtiges Glücksgefühl wollte sich nicht einstellen. Erst in der Morgendämmerung schlief sie ein, verschwitzt und mit Kopfschmerzen.

Kurz nach elf Uhr vormittags rief Boel Haraldson zurück.

»Der Haftrichter war etwas widerwillig, müssen Sie wissen«, sagte sie. »Aber zum Schluss konnte ich ihn doch überzeugen. Das Entscheidende war nicht der Fingerabdruck, sondern dass er gewusst haben musste, dass sie tot war. Eine andere Erklärung gibt es schließlich nicht für das Postfach.«

Elina brachte kein Wort heraus.

»Ich habe betont, dass die Zeit sehr knapp und heute der letzte Tag ist«, fuhr Boel Haraldson fort. »So etwas sollte eigentlich keine Rolle spielen, aber vermutlich dachte er an die Schlagzeilen, falls sich herausstellen sollte, dass er wirklich der Mörder ist.«

»Und die Tochter?«

»Der Haftbefehl ergeht nur wegen des Mordes an Ylva.«

»Aber …«

Boel Haraldson fiel ihr ins Wort.

»So sind nun mal die Gesetze. Wir haben keine Leiche. Und für uns spielt das in diesem Stadium auch keine Rolle.«

»Ich werde ihn verhören, sobald er einen Anwalt hat«, sagte Elina.

»Gut. Aber lassen Sie ihm zuallererst Blut abnehmen,

und schicken sie es per Eilboten zum Staatlichen Kriminaltechnischen Labor. Sie glauben vielleicht schon, dass sie die Deadline nicht überschritten haben, aber da muss ich Sie leider enttäuschen: Bjerre sitzt nur aufgrund von dringendem Tatverdacht in Untersuchungshaft. Das bedeutet, dass Sie ihn eine Woche lang festhalten können, aber keinen Tag länger. Dann muss ich dem Haftrichter etwas Neues vorlegen können. Der Verdacht muss sich bis dahin bis zu einem hinreichenden Tatverdacht erhärtet haben.«

»Andernfalls?«

»Andernfalls kommt er frei, und dann ist es für alles zu spät. Danach noch Beweise zu erbringen ist sinnlos, die Sache ist dann verjährt. *Finito*.«

»Das ist nicht fair! Und wenn der DNA-Test erst in zwei Wochen vorliegt?«

»Tut mir leid. Eine Woche. Das ist vertretbar, schließlich hatte die Polizei fünfundzwanzig Jahre Zeit. Sie müssen sich damit abfinden, Frau Wiik. Legen Sie sich ins Zeug.«

Gemeinsam mit Inspektor Didriksen betrat Elina die Zelle von Leif Oskar Bjerre im Präsidium. Didriksen erklärte ihm, dass er sich wegen des Mordes an Ylva Marieanne Malmberg in Untersuchungshaft befand.

Bjerre schaute zu Boden und sagte mit leiser Stimme: »Ich habe das gestern bereits gesagt. Ich weiß nicht, von wem Sie sprechen. Ich habe niemanden ermordet.«

»Jetzt nehmen wir Ihnen erst mal Blut ab. Wenn Ihr Anwalt hier ist, können wir uns weiterunterhalten.«

Er saß reglos auf seiner Pritsche, als sie die Tür wieder schlossen.

Der Anwalt traf eine Viertelstunde später ein. Elina überreichte ihm den Haftbefehl. Er bat darum, unter vier Augen mit seinem Mandanten sprechen zu dürfen und wurde in die Zelle gelassen.

Der Kriminaltechniker, der am Vorabend konstatiert hatte, dass die Fingerabdrücke übereinstimmten, schaute in Didriksens Büro. »Wir kommen gerade von Bjerres Haus«, sagte er. »Wir haben nichts Besonderes gefunden, aber ein paar Sachen mitgenommen. Wollen Sie sie sehen?«

Das wollte Elina. Die beschlagnahmten Gegenstände lagen in einem Pappkarton. Es handelte sich fast ausschließlich um Papiere. Sie blätterte sie rasch durch, ohne auf etwas zu stoßen, was mit dem Fall zusammenzuhängen schien. Zuunterst lagen etwa zehn Umschläge mit Farbfotos sowie ein Stapel loser Fotos.

Mitten im Stapel lag es. Elina erkannte Ylva sofort. Sie stand fröhlich und sonnengebräunt vor einem Auto. Bjerre war jünger, glich aber bereits seiner jetzigen Erscheinung. Es bestand kein Zweifel, dass es sich bei dem Mann, der seinen Arm um Ylva gelegt hatte, um ihn handelte. Indien. Der Unfall mit dem Jungen. Elinas Gefühle schwankten zwischen Trauer und Genugtuung.

»Mein Mandant hält an seiner Aussage von letzter Nacht fest. Er bestreitet jedes Verbrechen.« Der Anwalt sprach. Bjerre schwieg.

Elina beschloss, direkt zur Sache zu kommen. »Ihre Fingerabdrücke sind am Tatort im Haus gefunden worden. Wie erklären Sie sich das?«

»Mein Mandant beruft sich auf seine kriminelle Vergangenheit«, sagte der Anwalt. »Er beging sowohl in Norwegen als auch in Schweden Einbrüche. Wahrscheinlich war er irgendwann auch in dem fraglichen Haus. Können Sie die Fingerabdrücke datieren?«

Das konnte Elina natürlich nicht, zog es aber vor, die rhetorische Frage des Anwalts nicht zu beantworten.

»Mir wäre es lieber, wenn Ihr Mandant meine Fragen persönlich beantworten könnte.«

»Er hat sich dagegen entschieden, was sein Recht ist.«

»Herr Bjerre«, sagte Elina. »Im Oktober 1979 haben Sie ein Postfach in Svolvær gemietet. Wozu haben Sie dieses Fach genutzt?«

Bjerre schwieg beharrlich.

»Als wir mit Ihnen in der Zelle gesprochen haben, behaupteten Sie, nicht zu wissen, wer Ylva Malmberg sei. Stimmt das?«

Bjerre nickte. Gut, dachte Elina. Ich muss ihn dazu bringen, mit mir zu kommunizieren.

»Können Sie die Personen auf diesem Foto identifizieren?«

Leif Oskar Bjerre beugte sich leicht vor. Dann sank er wortlos in sich zusammen.

Elina wandte sich an den Anwalt. »Könnten Sie Ihrem Mandanten bitte vorschlagen, endlich mit uns zusammenzuarbeiten?«, sagte sie.

»Ich habe ihm geraten, die Fragen zu beantworten, aber er lehnt dies ab. Tut mir leid.«

»Dann reden Sie ihm noch mal gut zu.« Elinas Ton wurde schärfer.

»Natürlich bin ich der Meinung, dass er dazu beitragen sollte, eventuelle Unklarheiten in dieser Sache auszuräumen. Aber er will nicht.«

Elina versuchte, Bjerre in die Augen zu sehen. »Die Blutprobe, die wir Ihnen abgenommen haben, ist bereits auf dem Weg zum Staatlichen Kriminaltechnischen Labor in Linköping. In einer Woche werden wir wissen, ob sie mit Ylva geschlafen haben, bevor sie getötet wurde. Sie haben schlechte Karten. Nur Sie können klären, ob wir den Fall gänzlich missverstanden haben. Aber wenn wir Ihre Version von dem, was vorgefallen ist, nie zu hören bekommen, wird sich das Gericht nur anhören, was wir zu sagen haben. Dann laufen Sie Gefahr, wegen Mordes verurteilt zu werden.«

Bjerre erwiderte nichts. Stur starrte er auf den Tisch.

Elina erhob sich und trat hinter ihn. »Wissen Sie«, sagte

sie, »Sie tun mir in der Tat ein wenig leid. Sie sind vermutlich der erste Mensch überhaupt, der am Tag vor der Verjährung eines Mordes noch festgenommen wurde. Ein Tag später, und Sie wären davongekommen.«

Bjerre hob den Kopf. »Verjährt? Was heißt das, verjährt?«

Sie hatte ihn dazu gebracht, zu reagieren und den Mund aufzumachen. »Nach fünfundzwanzig Jahren kann man für einen Mord nicht mehr belangt werden, selbst wenn man der Schuldige ist.«

»Fünfundzwanzig Jahre?«

»Wussten Sie das nicht? Dieser Tag ist morgen. Wir haben Sie im allerletzten Moment noch festgenommen.«

Bjerre schwieg einen Augenblick. »Wenn der Mord also vor mehr als fünfundzwanzig Jahren begangen worden wäre, käme man davon, stimmt's?«

Elina fragte sich, warum er immer alles wiederholte.

»Ja«, erwiderte sie.

»Und dieser Tag wäre morgen, am 1. Oktober? Stimmt's?«

»Ja. Sie hatten wirklich maximales Pech.«

Bjerre fixierte Elina. Lange. Seine Gesichtszüge erstarrten. Dann brach er plötzlich in Gelächter aus. Ein lautes, verrücktes Gelächter. Er schien sich nicht mehr halten zu können. Zum Schluss kippte er vornüber auf den Tisch. Er zuckte konvulsivisch.

Elina wusste nicht, was sie tun sollte. Eine Wache trat ein. »Holen Sie einen Arzt«, sagte sie.

Sie führten Bjerre zurück in seine Zelle, um ihn auf seine Pritsche zu legen. Er keuchte schwer. Schließlich lag er still da. Lächelnd sah er Elina an. Der Blick war unangenehm. Seine Augen glichen denen eines Tieres.

Der Arzt sollte entscheiden, ob ein Psychiater konsultiert werden sollte.

»Da haben Sie ihn ja richtig erschreckt«, meinte Didriksen, nicht weniger gelassen als zuvor.

53. KAPITEL

Die ärztliche Untersuchung ergab, dass Leif Oskar Bjerre keine körperlichen Beschwerden hatte, aber da er nicht reden wollte, ließ sich über seine psychische Verfassung nichts sagen. Man beschloss, ihn trotzdem bis auf weiteres in seiner Zelle zu belassen. Elina beriet sich mit Boel Haraldson. Sie waren sich einig, dass es das Beste sein würde, die DNA-Ergebnisse des Kriminaltechnischen Labors abzuwarten. Falls diese positiv ausfielen, würden sie einen erneuten Versuch machen, ihn zu verhören. Bis dahin sollte Elina abwarten.

»Fahren Sie nach Hause«, sagte Haraldson. »Er ist in Gewahrsam. Wenn die Gerechtigkeit fünfundzwanzig Jahre lang warten musste, kann sie es auch noch eine weitere Woche lang tun.«

Elina dankte Inspektor Didriksen für seine Hilfe. Er versprach, von sich hören zu lassen, sobald sich etwas Neues ergab. Sie nahm die Abendmaschine nach Hause. Vor dem Zubettgehen zündete sie eine Kerze an. Es war Donnerstag, der 30. September, der fünfzigste Geburtstag von Ylva Marieanne Malmberg.

Um Viertel vor acht begab sich Elina zu Fuß zum Präsidium. Ihr Zimmer sah anders aus. Nichts hatte sich verändert. Alles war an seinem Platz, aber es war ein neues Zimmer. Sie sann darüber nach, woran das liegen könnte. Vielleicht war es passé und gehörte der Vergangenheit an.-

Sie beschloss, etwas verspätet zur Acht-Uhr-Besprechung zu kommen. Die Gespräche verstummten, als sie eintrat. Alle Blicke waren auf sie gerichtet. Jönsson saß wie immer am Tischende. Rosén, Svalberg und Niklasson waren anwesend. Eine weitere Handvoll Kollegen aus ihrem Dezernat saßen ebenfalls am Tisch. Ihr war klar, dass Rosén erzählt hatte, was geschehen war und warum sie nach Norwegen gefahren war. Alle wussten, was auf dem Spiel stand.

Sie setzte sich auf ihren Platz. Jönsson wirkte ratlos. John Rosén brach endlich das Schweigen.

»Wie ist es gelaufen?«

Elina ließ sich mit ihrer Antwort Zeit. Die kurze Stille war wie eine kleine, schimmernde Perle. Sie wusste, dass sie sie für immer in ihrem Innern bewahren würde.

»Seine Fingerabdrücke sind in dem Haus sichergestellt worden, aus dem die Ermordete verschwunden ist. Zu Hause hat er ein Foto von sich und Ylva Malmberg aufbewahrt. Das Postfach in Svolvær bringt ihn in einen direkten Zusammenhang mit dem verschwundenen Kind. Er wurde gestern in Untersuchungshaft genommen, genau dreizehn Stunden, bevor der Mord verjährt. Aber er will nicht reden. Bei den Verhören schweigt er. Jetzt warten wir auf den DNA-Test des Spermas. Falls er positiv ausfällt, glaubt die Staatsanwältin an eine Verurteilung.«

Mehr brauchte sie nicht zu sagen. Es wurde wieder still. Nur das Rauschen des Windes war durch das offene Fenster zu hören. Dann begann John Rosén zu klatschen, Svalberg fiel sofort ein. Die anderen klatschten ebenfalls. Als letzter applaudierte Jönsson.

Nach der Besprechung begleitete John Rosén sie in ihr Büro. Elina setzte sich, Rosén blieb stehen. »Setz dich«, forderte sie ihn auf. »Das sieht ja so aus, als würdest du vor mir in Hab-Acht-Stellung stehen. So besonders ist die Sache nun auch wieder nicht.«

»Was passiert jetzt?«, fragte Rosén und nahm ihr gegenüber Platz. »Es verhält sich so, wie ich gesagt habe«, antwortete Elina. »Wir warten auf das Testergebnis. Dann versuche ich nochmals, ihn zu vernehmen.«

»Das meinte ich nicht. Was hast du jetzt vor?«

»Was ich gesagt habe, gilt immer noch. Ich kann den Beschluss nicht ändern. Ich werde jedenfalls nicht beim Dezernat bleiben, egal was passiert.«

Rosén nickte. Er konnte sie verstehen. »Und du?«, fragte sie. »Ich weiß nicht«, antwortete er. »Vielleicht bleibe ich Chef der Mordgruppe. Da du Erfolg hattest, ist es nicht mehr so wichtig, dass ich aufhöre. Wir haben trotzdem gesiegt.«

»So sicher ist das nicht«, widersprach Elina. »Aber du hast trotzdem Recht. Wir haben die Sache durchgezogen, und wenn du weiterhin Chef bleiben willst, dann tu das auch.«

Sie erhoben sich. Rosén ging auf die Tür zu. Er hielt einen Augenblick inne, wandte sich um und hielt ihr die Linke hin. Sie nahm sie und drückte sie fest. Dann ging er.

Als sie sich wieder gesetzt hatte, rief sie beim Kriminaltechnischen Labor an. Boel Haraldson hatte ihr den Namen des Kriminaltechnikers gegeben, der den DNA-Test durchführte. Sie ließ sich durchstellen und hatte ihn am Apparat.

»Ich stehe im Labor und habe gerade mit der Arbeit angefangen«, sagte er. »Aber machen Sie sich keine großen Hoffnungen. Mit alten Proben gibt es oft Probleme.«

»Wieso das?«, wollte Elina wissen. Eine leise Unruhe stieg in ihr auf.

»Heutzutage braucht man nicht viel DNA-Material, um einen Vergleich durchführen zu können. Bis es dazu kommt, gibt es jedoch viele Probleme. Vorzugsweise sollte das Material sofort bei minus 70 Grad eingefroren werden. Aber das hat man vor fünfundzwanzig Jahren noch nicht gewusst. Außerdem hat es über ein halbes Jahr gedauert, bis das Material überhaupt gesichert werden konnte. Die Qualität könnte ganz einfach zu schlecht sein.«

»Und was bedeutet das?«

»Je weniger DNA-Material wir haben und je schlechter die Qualität ist, desto länger dauert es, eine ausreichende Menge für einen Test heranzuzüchten.«

»Wann können Sie denn fertig sein?«

»In zwei Wochen etwa.«

Elina war entsetzt. »Das geht nicht! Ich brauche in sechs Tagen eine Antwort. Allerspätestens. Sonst ist es zu spät.«

»Okay. Wir machen in einer Woche den ersten Versuch, egal, wie weit wir bis dahin sind.«

Das endet mit mir noch so wie mit Kärnlund, dachte Elina, nachdem sie aufgelegt hatte. Mit einem Herzinfarkt.

Abends fuhr sie zu Oskar Kärnlund nach Hause. »Du siehst aber munter aus«, sagte sie bereits in der Tür.

»Ich habe einen Termin für die Bypassoperation«, erwiderte er. »Der Arzt meint, dass ich wieder so gut wie ganz gesund werde.«

Sie erzählte detailgetreu alles, was geschehen war. »Der Typ hieß also Oskar? Kaum zu glauben!«, meinte er. Sie lachte.

»Danke, Elina«, sagte er.

»Nichts zu danken. Obwohl ich mich sehr für Ylva freue. Aber es gibt noch viel zu tun.«

»Ich habe nicht nur dafür gedankt«, meinte Oskar Kärnlund. »Das weißt du auch. Danke für alles.«

Vera trug Kaffeetassen herein. Elina blieb bis neun Uhr, bis Vera mit milder Gewalt ihren Mann ins Bett scheuchte. »Er hält sich für unsterblich«, sagte sie.

Elina schlief eine Minute nachdem sie ihren Kopf aufs Kissen gelegt hatte ein. Die Sorgen des nächsten Tages waren ausnahmsweise einmal weit weg.

54. KAPITEL

Um kurz nach zehn am Samstagvormittag rief Jesper Pärsson vom Aftonbladet an.

»Wir sind auf den Haftbefehl aufmerksam geworden«, sagte er. »Unglaublich! Was für eine Story!«

Er klang enthusiastischer, als sich Elina fühlte.

»Ich muss Sie treffen!«, fuhr er fort.

»Nein«, erwiderte sie. Er wollte sie überreden, aber sie fiel ihm rasch ins Wort. »Das steht noch nicht fest. Ich äußere mich erst, wenn Anklage gegen ihn erhoben worden ist. Sie müssen es gar nicht erst versuchen. Ich habe mich entschieden.«

»Ich habe mich mit Steve Klinga unterhalten«, meinte er. »Sie wissen schon, dem Abteilungsleiter. Er sagte, er hätte die ganze Zeit an Sie und an Ihre Kompetenz geglaubt. Diese Sache würde beweisen, wie weit es die Polizei mit Zielstrebigkeit und Entschlossenheit bringen kann.«

Klinga! Dieser verdammte Opportunist, dachte Elina, sagte aber nichts. Jedes Wort aus ihrem Mund würde zitiert werden. »Kein Kommentar«, sagte sie noch einmal. »Sie bekommen kein Wort aus mir heraus.« Jesper Pärsson bettelte weiter. Elina wollte nicht einfach auflegen; sie hatte keine Veranlassung unhöflich zu sein. Es reichte, eisern zu bleiben.

Eines muss man Jönsson zugute halten, dachte Elina, als der Reporter schließlich aufgegeben hatte. »Er ist zumindest kein Opportunist«, sagte sie laut zu sich selbst. Das waren in den letzten drei Jahren, wenn nicht sogar mehr, die ersten freundlichen Worte über Jönsson, die sie geäußert oder gedacht hatte.

Das Telefon klingelte erneut. Es war wieder eine Stockholmer Nummer, ein Anschluss der Reichskriminalbehörde. Wenn das mal nicht Klinga ist, dachte sie und hob ab. Es war Klinga.

»Gratuliere«, begann er. Sie konnte sein breites Grinsen förmlich vor sich sehen.

»Danke«, erwiderte sie. »Aber sowohl die Polizei von Västerås als auch ich kommen in Zukunft ohne dich aus. Das kannst du auch dem Reichspolizeichef ausrichten.«

»Ach«, meinte Klinga. »Ich verstehe, was du meinst. Aber sollten wir diese Differenzen nicht lieber hinter uns lassen und in die Zukunft blicken? Hier bei der Reichskriminalbehörde gibt es Kollegen, die durchaus an deinen Diensten interessiert wären.«

Elina verschlug es die Sprache. Hatte sie ihn richtig verstanden, oder war das wieder nur Taktik und er führte etwas ganz anderes im Schilde?

»Ist das eine Einladung?«

»Komm vorbei, wenn du Zeit hast.«

Elina war verwirrt. »Okay«, erwiderte sie nur. »Wenn hier alles fertig ist.«

»Wie gesagt, wann immer es passt.«

Nachdem sie aufgelegt hatte, geriet sie ins Grübeln. Eine Stelle bei der Mordkommission in Stockholm? Hatte er das gemeint? Sie kämpfte gegen den Impuls an, zu Rosén zu gehen und ihm davon zu erzählen. Vergiss es bis auf weiteres, dachte sie. Das Dasein ist auch so schon kompliziert genug.

55. KAPITEL

Kari und Robert trafen am späten Abend in Stockholm ein. Sie waren tagsüber fast ohne Unterbrechung gefahren und hatten zwei Nächte im Auto geschlafen. Sie nickten sich schweigend zu, ehe jeder in seiner Wohnung verschwand.

Gegen zwölf am nächsten Tag klingelte Robert bei Kari. Sie öffnete und ließ ihn wortlos eintreten. Er fühlte sich verunsichert.

»Ich habe vor, mich diesem Prozess zu stellen«, sagte er. »Man kann sich nicht immer nur verstecken. Dann höre ich mit dem Unsinn auf. Ich will nicht wieder geschnappt werden.«

»Und ich melde mich bei der Polizei«, meinte sie. »Ich komme schon klar.«

Er ging ganz langsam auf sie zu. Sie wirkte sehr klein, aber nicht mehr so zerbrechlich wie früher. Als er dicht vor ihr stand, nahm er sie in die Arme. Nach Sekunden, die ihm unendlich lange vorkamen, umarmte sie ihn ebenfalls.

Sie standen lange da, ohne etwas zu sagen.

56. KAPITEL

Boel Haraldson rief sie an. Es war Mittwoch, der 6. Oktober. Sechs Tage waren vergangen und Elina zählte die Stunden. Sämtliche Versuche, sich mit etwas anderem abzulenken, waren vergeblich gewesen.

»Ich habe gerade vom Labor Nachricht erhalten«, sagte Haraldson.

Elina hielt den Atem an.

»Das Ergebnis ist positiv.«

»Ach«, erwiderte Elina.

»Ja. So ist das.«

Vor dem Fenster war Autolärm zu hören und vom Korridor drangen Schritte und Stimmen in Elinas Büro. Das Leben ging weiter, als sei nichts geschehen. Trotzdem veränderte diese Nachricht alles. Merkwürdig, dachte Elina.

»Ich wollte es zuallererst Ihnen erzählen«, erklärte Boel Haraldson. »Jetzt rufe ich auf den Lofoten an und informiere seinen Anwalt. Dann wird die Untersuchungshaft verlängert. Das geht jetzt völlig problemlos. Es wäre gut, wenn Sie sich darauf vorbereiten könnten, so schnell wie möglich wieder hinzufahren. Vielleicht ändert Bjerre seine Einstellung zu einem Verhör nach diesem Ergebnis. Wenn nicht, müssen wir eben gleich die Anklageschrift vorbereiten.«

Kurz nach dem Mittagessen rief Leif Oskar Bjerres Anwalt bei Elina an.

»Ich habe mich jetzt eingehend mit meinem Mandanten beraten«, sagte er. »Nach dem positiven DNA-Test ist die Gefahr, dass er verurteilt wird, meiner Einschätzung nach sehr groß. Es hat etwas gedauert, bis er das einsehen wollte, aber jetzt sind wir uns einig, dass es nur einen vernünftigen Weg gibt.«

»Und der wäre?«

»Leif Oskar Bjerre wird gestehen, Ylva Malmberg getötet zu haben.«

Elina ließ den Hörer fallen. Krachend prallte er auf die Schreibtischplatte. Sie nahm ihn wieder zur Hand und entschuldigte sich.

»Er möchte in Ihrem Beisein das Geständnis ablegen«, erläuterte der Anwalt. »Wir hoffen, dass Sie bald herkommen können.«

»Ich komme, so schnell es geht.«

Sie rief Boel Haraldson an und erzählte ihr von dem Gespräch. Dann suchte sie John Rosén auf, der die anderen informierte. Um drei Uhr standen auf dem Tisch im Aufenthaltsraum zwei Torten. Die Kollegen waren zahlreich erschienen, nicht nur vom Dezernat. Rosén sagte ein paar schöne Worte. Elina wünschte sich, dass dieser Tag nie enden würde.

57. KAPITEL

Es dämmerte bei Elinas Landeanflug über den Inseln. Die Sonne war an dem glühenden Horizont untergegangen. Die Gipfel streckten sich Elina entgegen, und sie fühlte sich, als schwebe sie unantastbar auf den Wolken dahin.

Donnerstagabend erreichte sie Harstad. Didriksen erwartete sie im Hotel und hieß sie willkommen.

»Wir fangen morgen früh um acht Uhr an«, sagte er. »Ich begleite Sie gern, falls Sie nichts dagegen haben.«

»Gern. Wie geht es ihm?«

»Er war die ganze Zeit sehr schweigsam. Wir haben auch einen Arzt zu ihm geschickt. Aber im Großen und Ganzen wirkt er recht zuversichtlich. Er hat Appetit und scheint gut zu schlafen. Es ist sicher eine Erleichterung für ihn, endlich gestehen zu können.«

»Hat er etwas zu Ihnen gesagt?«

»Nein. Keinen Ton.«

Wird er erzählen, was er mit dem Mädchen gemacht hat?, überlegte Elina. Sie war sehr gespannt darauf, wie der nächste Tag verlaufen würde.

Der Anwalt war bereits eingetroffen, als Elina ins Polizeipräsidium kam. Er saß neben Bjerre. Elina nahm ihnen gegenüber Platz. Didriksen holte sich einen Stuhl und setzte sich hinter sie. Auf dem Tisch stand ein Tonbandgerät. Elina schaltete es ein, nachdem sie alle begrüßt hatte.

»Ihr Anwalt sagt, dass Sie mit uns sprechen wollen«, begann sie. »Darf ich Sie fragen, wie es Ihnen geht?«

»Es ging mir schon besser«, erwiderte Bjerre. »Aber ich will erzählen, was passiert ist. Ja, das will ich.«

Gut, dachte Elina. Ohne Umschweife. Er scheint reinen Tisch machen zu wollen, so dass keine Fragen offenbleiben.

»Bitte.«

»Ich habe Ylva in Indien kennen gelernt. Sie war dort mit zwei Bekannten unterwegs. Auch ich reiste herum, wollte die Welt sehen. Ich hatte ein Auto, ein indischer Geschäftsmann hatte mich angeheuert, es nach Patna zu überführen. Sie wollten in dieselbe Richtung und ich ließ sie mitfahren. Ja … und dann trennten wir uns. Nach Indien war ich dann eine Zeitlang in Schweden.«

Elina überlegte, ob sie ihn unterbrechen und nach dem tödlichen Unfall bei Patna fragen sollte, aber das konnte warten.

»Ich habe ein paar Einbrüche in Schweden gemacht und mich herumgetrieben. Dann fiel mir Ylva wieder ein. Wir hatten was miteinander gehabt, damals in Indien, bevor …«

Er verstummte. Elina ließ ihn selbst entscheiden, ob er erklären wollte, vor welchem Vorfall das gewesen war, aber er fuhr mit seinem Bericht in Schweden fort.

»Ich habe sie ausfindig gemacht. Wir waren wieder zusammen und rauchten Hasch, das ich besorgte, und hatten unseren Spaß. Sie kaufte auch Dope von mir, ich konnte ihr nicht alles schenken, das konnte ich mir nicht leisten. Dann wurde sie schwanger, ich dachte, es wäre mein Kind, aber sie stritt das ab. Sie sei sich einfach sicher, sagte sie. Ich wurde rasend, schließlich war sie meine Freundin. Davon könnte nicht die Rede sein, erwiderte sie. *Ich gehöre niemandem.* Es war mir unbegreiflich, wie sie so etwas sagen konnte. Dann kam ich in den Knast, wegen der Einbrüche und wegen des Dealens.«

Elina unterbrach ihn: »Sie saßen also in Schweden im Gefängnis?«

»Ich habe ein Jahr bekommen. Sie haben mich nach acht Monaten wieder laufen lassen. Ich habe Ylva geschrieben, aber sie hat mir nie geantwortet. Das machte mich wütend. Bevor ich rauskam, rief ich sie an. Sagte, dass ich kommen würde. Sie gehöre mir. Aber als ich rauskam, war sie weg. Zum Teufel mit ihr, dachte ich, das tat ich wirklich. Ich fahre einfach nach Hause! Ich trampte, ich hatte kein Geld. Aber dann erinnerte ich mich daran, dass sie mir von ihrer Großmutter und dem Haus in Lappland erzählt hatte. Ich begab mich also dorthin und traf sie dort.«

Er trank einen Schluck Wasser. Seine Hand zitterte nicht. Elina überlegte, wie er sich wohl fühlte.

»Es gab Streit. Ich wollte wissen, wer der Vater des Kindes war. Zum Schluss sagte sie es. Dieser Lehrer. Wo ist der Beweis, sagte ich. Beweise es mir! Da sagte sie, dass er für das Kind bezahlte und zeigte mir einen Brief mit Geld, den sie von ihm erhalten hatte. Wenn es nicht sein Kind wäre, weshalb sollte er dann bezahlen? So sagte sie.«

Einen Augenblick lang versagte ihm die Stimme. Also hat er doch Gefühle, dachte Elina. »›Ein letztes Mal‹, sagte ich. Dann trieb ich es mit ihr. Und dann …«

Elina nickte ihm aufmunternd zu. *Sprich weiter, hör jetzt nicht auf!*

»Dann habe ich sie erwürgt und sie vergraben, damit niemand sie finden würde.«

Er trank noch einen Schluck Wasser. Der Raum, in dem sie saßen, unterschied sich nicht von den anderen Büros. Der einzige Unterschied war das Tonband auf dem Tisch.

Das Band drehte sich fast lautlos. Didriksens Stuhl knarrte, als er sich anders hinsetzte. Der Anwalt starrte auf die Tischplatte. Elina und Leif Oskar Bjerre sahen sich an. Ylvas Gegenwart war im Zimmer zu spüren.

»Anschließend fiel mir das mit dem Geld ein. Ich schrieb diesem Mann, der der Vater war, wegen dem Postfach. Aber das ging nicht lange. Er hörte auf, Geld zu schicken. Ich wurde nervös, vielleicht war er misstrauisch geworden oder … Ich rief bei einer Zeitung auf dem Festland an und stellte ein paar Fragen. Ich tat so, als sei ich von einer norwegischen Zeitung. Ein Journalist sagte mir, dass eine Leiche gefunden worden war.«

Elina zögerte. Es widerstrebte ihr. »Und Carolina? Das Kind?«

Leif Oskar Bjerre erhob sich. Didriksen setzte sich gerader hin, gebot ihm jedoch nicht Einhalt. Bjerre trat ans Fenster und sah hinaus.

»Ihretwegen lege ich dieses Geständnis ab«, sagte Bjerre. »Nur ihretwegen.«

»Wie meinen Sie das?«, fragte Elina.

»Sie war hier.«

Elina starrte ihn an. »Hier?«

»Bevor Sie mich festgenommen haben.«

»Jetzt?«

»Ja, vor einer Woche.«

»Ist Carolina noch am Leben?«

»Ja, sie lebt noch. Ich konnte sie nicht auch noch umbringen. Vielleicht hat Ylva gelogen, obwohl ich das nicht glaube. Aber da, in diesem Moment, dachte ich, dass sie auch mein Kind sein könnte.«

Elina sah Didriksen an. Sein Blick war auf Bjerre gerichtet.

»Was haben sie mit ihr gemacht?«, fragte Elina.

»Ich habe sie bei meinen Pflegeeltern abgegeben. Sie haben sie adoptiert. Sie heißt Kari Solbakken. Sie und Berit sind von hier weggezogen, als sie noch klein war. Aber jetzt ist sie zurückgekommen und hat nach mir gesucht. Sie wollte wissen, wer ihre richtigen Eltern sind.«

»Und wo ist sie jetzt?«

»Jetzt, in diesem Moment? Ich weiß nicht, ich weiß es nicht.«

Elina schüttelte den Kopf. »Sie sagen also, dass …? Sie

meinen …? Dass Carolina zurückgekommen ist, als wir Sie festnehmen wollten? Und deswegen gestehen Sie, und zwar nur ihretwegen? So meinten Sie das doch?«

»Nein«, sagte er. »Nicht ihretwegen. Aber ich hatte keine Wahl. Ich musste gestehen.«

»Das müssen Sie uns erklären.«

Der Anwalt beugte sich vor. »Darf ich mich einmischen?«, fragte er. »Mein Mandant und ich haben eingesehen, dass er nach einem positiven DNA-Befund verurteilt werden könnte.«

»Das sagten Sie bereits am Telefon. Das ist natürlich eine realistische Einschätzung.«

»Es wäre also keine gute Idee gewesen, zu schweigen oder zu leugnen.«

»Nein. Natürlich nicht! Das ist es nie.«

»Deswegen gesteht er jetzt.«

»Gut, gut.« Elina versuchte zu begreifen, was er eigentlich meinte.

Bjerre wandte sich ihr zu. Er hatte vorher mit dem Gesicht zum Fenster gesprochen. Jetzt sah er ihr direkt in die Augen.

»Ich habe das Mädchen am 29. September bei Reidar und Berit Solbakken zurückgelassen.«

Elina starrte ihn an. Sie öffnete den Mund wie ein Fisch auf dem Trockenen.

»Mein Mandant«, sagte der Anwalt, »brachte das Mädchen in der Nacht zum 29. September zu den Solbakkens. Er hatte sie am Tag zuvor mit zu sich genommen. Leider nachdem er Ylva getötet hatte. Leider. Das ist äußerst tragisch. Aber der Mord wurde nicht zu dem von Ihnen vermuteten Zeitpunkt verübt, sondern drei Tage früher.«

Einen Augenblick wurde es im Zimmer vollkommen still. Die Zeit war stehen geblieben. Bjerre brach das Schweigen.

»Ich würde jetzt gerne nach Hause fahren«, sagte er.

Elina wandte sich an Didriksen. Ihr Blick flehte um Hilfe. Aber der Anwalt fuhr unerbittlich fort: »Bjerre wurde am 30.

September in Untersuchungshaft genommen. Das war zwei Tage zu spät. Der Mord verjährte am 28. September.«

Es dauerte genau eine Sekunde, bis Elina begriff, was genau das bedeutete.

»Das ist nicht wahr! Er versucht es mit einem Bluff!« Sie begann am ganzen Körper zu zittern. »Es gibt Zeugen! Es steht fest, dass der Mord frühestens am 1. Oktober begangen wurde. Es ist sinnlos, behaupten zu wollen, er sei früher verübt worden.«

»Ich verstehe Ihre Sicht der Dinge«, sagte der Anwalt ruhig. »Aber es besteht kein Zweifel. Es gibt Unterlagen darüber, wann er das Mädchen auf der Treppe der Solbakkens deponierte, und zwar die Ermittlungsakte der Polizei über das Findelkind.«

Er nahm einen Stapel Papier aus seiner Aktentasche und legte ihn vor Elina hin. »Ich habe diese Unterlagen gestern bekommen«, sagte er. »Sehen Sie selbst.«

Elina schaute auf das oberste Blatt. Ihr Blick blieb an einem Datum hängen. Didriksen, der neben ihr saß und den Text nicht lesen konnte, lehnte sich vor. »Wenn Bjerre die Tat bestritten hätte, hätte er wahrscheinlich verurteilt werden können«, sagte er mit vollkommen ausdrucksloser Miene. »Da er jedoch gesteht, können wir ihn nicht belangen.«

»Ja«, sagte der Anwalt. »Das ist wirklich ein Dilemma. Einen Mord zu gestehen, ist nicht leicht. Aber mein Mandant hatte keine Wahl. Seine einzige Chance besteht darin, zu beweisen, dass der Mord am 28. September begangen wurde. Das konnte er nur, indem er gestand, das Mädchen an sich genommen zu haben. Und das ist praktisch das gleiche, wie den Mord zu gestehen.«

Elina drückte fest auf die Stopptaste des Tonbandes und erhob sich. Ihre Zunge klebte am Gaumen. »Es gibt Zeugen«, sagte sie schließlich. »Ich kann das, was Sie sagen, nicht ohne weiteres akzeptieren. Er könnte das Kind erst mitgenommen und sie danach getötet haben.«

»Das ist recht unwahrscheinlich«, meinte der Anwalt. »Und was ist eine Zeugenaussage schon wert gegen die Akten der Polizei?«

Elina raffte ihre Papiere zusammen und verließ das Zimmer. Didriksen folgte ihr. Bjerre setzte sich wieder auf seinen Stuhl und wartete.

Eine große Müdigkeit hatte Elina befallen, aber sie riss sich zusammen. »Ich muss telefonieren«, sagte sie.

Boel Haraldson schwieg erst lange. Dann forderte sie Elina auf, den Zeugen ausfindig zu machen, der Ylva Malmberg am 1. Oktober 1979 noch gesehen haben wollte.

Elina bekam Henrik Svalberg an den Apparat und wies ihn an, die Vernehmung des alten Samen herauszusuchen.

»Er war doch damals schon dreiundsiebzig«, meinte Svalberg, als er das Vernehmungsprotokoll gefunden hatte.

»Ich weiß, ich weiß«, erwiderte Elina irritiert. Mach ihn ausfindig, er lebt vielleicht noch. Svalberg legte den Hörer beiseite. Elina hörte, wie er etwas in den Computer tippte.

»Da haben wir ihn. Geboren 1906, er ist aber immer noch im System. Warte, ich rufe eben die Auskunft an.«

Einige Sekunden später gab er Elina die Nummer. »Wie hieß er gleich noch?«, fragte sie.

»Nils Ivar Blind.«

Elina wählte. Ein Mann, dessen Stimme bedeutend jünger klang als die von Blind, kam an den Apparat.

»Martinssons Autos und Reparaturen, Martinsson.«

»Hier ist Elina Wiik von der Polizei in Västerås. Ich würde gerne mit Nils Ivar Blind sprechen.«

»Tut mir Leid«, sagte der Mann. »Mein Großvater ist am 1. Oktober gestorben.«

»Mein Beileid«, sagte Elina, tat sich aber hauptsächlich selbst leid. »Dürfte ich Ihnen eine Frage stellen?«, fuhr sie fort, nachdem sie sich etwas gesammelt hatte. »Nils Ivar Blind hat in einem Mordfall vor fünfundzwanzig Jahren eine Zeugenaussage gemacht. Haben Sie davon gehört?«

»Doch, doch, davon sprach er oft. Er sagte immer, Rutus' Hund hätte das Mädchen geholt.«

»Rutus' Hund?«

»Der Hund des Teufels. Das ist der alte Name der Samen für den Wolf.«

»Er hat mit großer Bestimmtheit behauptet, am 1. Oktober 1979 das Mordopfer noch lebend gesehen zu haben. Wissen Sie vielleicht, warum er sich bei dem Datum so sicher sein konnte?«

»Nein. Hat er das auch ganz sicher gesagt?«

»Ja.«

»Dann war das auch so. Er hatte eine besondere Gabe, die Tage ganz genau auseinanderzuhalten.«

»Jetzt zeigt es sich jedoch, dass das Datum vielleicht nicht gestimmt hat. Könnte es eine Erklärung dafür geben?«

»Diese Frage kann ich kaum beantworten. Hat er wirklich den 1. Oktober gemeint?«

»Ja. Oder vielleicht nicht genau so. Er sagte: ›Am ersten Tag des zehnten Monats.‹«

»Ach so. Das ist etwas anderes.«

»Wie meinen Sie das?«

»Die Samen haben ihren eigenen Kalender. Inzwischen ist er in Vergessenheit geraten, aber Nils Ivar hielt noch an der alten Zeitrechnung fest. Ein samischer Monat entspricht einem Mondumlauf, das heißt neunundzwanzig Tagen. Das ergibt ungefähr dreizehn Monate in einem Jahr.«

»Und …?«

»Der erste Tag im zehnten Monat ist eigentlich irgendwann im September.«

Elina hatte das Gefühl, keine Luft mehr zu bekommen. Mit Mühe bedankte sie sich bei Martinsson und legte auf. Sie legte den Kopf auf die Schreibtischplatte und wünschte sich, dass alles um sie herum aufhören würde zu existieren. Erst als Didriksen das Zimmer betrat, stand sie langsam wieder auf. In knappen Zügen versuchte sie ihm die Sachlage zu erläutern.

»Dann teile ich Bjerre mit, dass er nach Hause gehen kann, sobald der Staatsanwalt das Verfahren offiziell eingestellt hat«, sagte er. »Erledigen Sie jetzt bitte noch den Rest.« Er gab ihr die Hand. Sie erwiderte kraftlos seinen Händedruck.

Eine Stunde später war alles geregelt. Didriksen begleitete Elina zu einem Streifenwagen, der sie zum Flugplatz bringen sollte.

»Seltsam«, meinte er. »Das Mädchen war also hier. Ihre richtige Mutter ist schon lange tot. Sie hat eigentlich nur nach ihrem Vater gesucht.«

»Ja«, entgegnete Elina.

»Und Sie haben den Mörder gesucht.«

»Ich dachte, es handelt sich dabei um ein- und dieselbe Person.«

»Das Mädchen hat seinen Vater gesucht und den Mörder gefunden. Sie haben den Mörder gesucht, fanden aber den Vater.«

Elina hatte das Gefühl, dass der Boden unter ihren Füßen schwankte.

»Und jetzt ist alles zu spät«, sagte sie leise.

»Für sie vielleicht nicht. Denken Sie daran.«

Sie verabschiedeten sich voneinander. Als Elina einige Stunden später im Flugzeug saß, schaute sie auf die Berge herab. Sie umgaben die Menschen auf den Inseln wie eine Festungsmauer.

58. KAPITEL

Niemand betrachtete es als ein Versagen. Niemand außer Elina selbst. Sie bat Jönsson um etwas Zeit, um alles zu verarbeiten. Er gewährte sie ihr und ließ sie bis auf weiteres in Ruhe.

Fünf Tage nach ihrer Rückkehr von den Lofoten saß sie in ihrem Auto. Sie hatte die Musik voll aufgedreht und damit die Gedanken in ihrem Kopf fast zum Schweigen gebracht.

Sie parkte vor einem sechsgeschossigen Haus in Gröndal und ging in den zweiten Stock. Die junge Frau, die ihr öffnete, erinnerte an die Fotos von Ylva. Sie setzten sich in die Küche. Elina erzählte ihr die ganze Geschichte von der Mutter, dem Vater und dem Mörder der Mutter. Kari unterbrach sie nur mit kurzen Fragen.

Anschließend schwiegen beide. »Wo ist ihr Grab?«, fragte Kari schließlich.

»In Uppsala«, antwortete Elina. »Sie haben dort einen Onkel. Er heißt Roger Malmberg.«

»Einen Onkel«, sagte Kari. »Das hatte ich früher nicht.«

Elina erwartete weitere Fragen über den Vater. Aber Kari wollte nur wissen, wie sein Verhältnis zu Ylva gewesen war. Elina antwortete, so gut sie konnte. Das Bild von Ulf Nyman war nicht sonderlich einnehmend. Aber nach fünfundzwanzig Jahren Ungewissheit hatte Kari das Recht auf unbeschönigte Antworten.

Elina zog ein Foto hervor. Es war am Tag zuvor mit der Post gekommen. Sie reichte es Kari.

Kari betrachtete das dunkelhäutige Mädchen auf dem Foto. »Wer ist das?«, fragte sie und sah Elina an.

»Das ist Ihre Halbschwester. Sie heißt Mary. Sie wohnt in Oslo. Sie und ihre Mutter Grace lassen Ihnen ausrichten, dass Sie dort jederzeit willkommen sind. Grace sagt auch, dass Mary sich sehr darüber freut, eine Schwester bekommen zu haben. Sie freut sich sehr darauf, Sie kennen zu lernen.«

»Mary«, flüsterte Kari und betrachtete das Foto erneut.

Zwei Tage später klingelte das Telefon. Inspektor Didriksen war am Apparat.

»Ich habe mich noch ein paarmal mit Bjerre unterhalten«, sagte er. »Ich wollte gern eine Antwort auf sämtliche Fragen erhalten, obwohl kein Straftatbestand mehr vorliegt. Ich habe mich auch bei meinen Kollegen in Ramberg erkundigt, also in der Gemeinde, in der die Solbakkens gewohnt haben.«

»Und was haben Sie in Erfahrung gebracht?«, fragte Elina.

»Ich wollte wissen, wie das eigentlich war, als er das Kind auf die Treppe gelegt hat. Ich fand es seltsam, dass diese Sache mit dem Findelkind nie mit der Ermordeten aus Jäkkvik in Zusammenhang gebracht worden war. Und dann wollte ich auch wissen, wieso mir niemand erzählt hat, dass Kari Solbakken auf den Inseln gewesen ist. Sie hat nämlich mit der Polizei in Ramberg gesprochen.«

»Und?«

»Es scheint, dass Reidar Solbakken damals vor fünfundzwanzig Jahren dafür gesorgt hat, dass nicht weiter ermittelt wurde. Er wollte das Kind behalten. Und jetzt gab es niemanden, der den Besuch der Solbakken-Tochter in einen Zusammenhang mit Bjerre gebracht hat. Keiner meiner Kollegen wusste, dass Bjerre als Pflegesohn bei den Solbakkens gewohnt hatte. Niemand sah den Zusammenhang, mit einer Ausnahme.«

»Und zwar wem?«

»Er heißt Johannes Olsen. Er wohnt in dem Haus, in dem

früher die Solbakkens gewohnt haben. Kari hatte ihn aufgesucht. Bjerre erzählte, dass Johannes Olsen ihn angerufen und gewarnt hat, weil Kari Erkundungen über ihn eingeholt hat. Dann war er sogar zu Bjerre gefahren, um mit ihm zu besprechen, was zu tun sei.«

»Hat er Bjerre gewarnt? Wieso das?«

»Das wollte ich auch wissen. Welchen Grund hatte Johannes Olsen, Bjerre zu warnen? Es zeigte sich, dass Johannes wusste, dass Bjerre derjenige gewesen ist, der Kari auf die Treppe der Solbakkens gelegt hatte. Er hat ihn in jener Nacht beobachtet und sich dieses Wissen zunutze gemacht.«

»Wie das?«

»Reidar und Berit Solbakken glaubten natürlich zuerst, Bjerre sei der Vater. Schließlich wussten sie nichts von dem Mord. Sie wollten sämtliche Nachforschungen vermeiden, weil sie Angst hatten, das Kind zu verlieren. Johannes war wahnsinnig heimtückisch. So lange Reidar am Leben war, wagte er nichts zu unternehmen. Aber nachdem Reidar gestorben war, hat er Berit Solbakken erpresst, und zwar recht raffiniert, das muss ich schon sagen.«

Didriksen machte eine kleine Pause. Erzähl weiter, dachte Elina.

»Ich habe das Haus überprüft, in dem Kari als Kind gewohnt hat. Berit Solbakken ist immer noch als Besitzerin eingetragen. Johannes hat sie offenbar dazu gebracht, es ihm einfach so zu überlassen, als sie mit Kari nach Schweden umgezogen ist. Seither hat er dort gewohnt.«

»Als dann Kari auftauchte, stellte sie auch für Johannes Olsen eine Bedrohung dar.«

»Genau.«

»Berit Solbakken ist verstorben. Gehört das Haus jetzt Kari?«

»Ich bin kein Experte für diese juristischen Erbfragen. Aber es hat ganz den Anschein. Es ist sicher weitaus mehr als eine Million wert.«

Elina versprach, Kari davon zu erzählen.

»Noch etwas«, sagte Didriksen. »Heute morgen wurde Bjerres Boot gefunden. Es trieb weit draußen auf dem Meer. Leer. Leif Oskar Bjerre ist verschwunden. Ich glaube nicht, dass wir ihn finden werden.«

59. KAPITEL

Am nächsten Morgen fuhr Elina in die Sandgärdsgatan. Sie wusste nicht recht, warum, vielleicht um Ylva ein letztes Mal Lebewohl zu sagen. Ihre Zukunft als Polizeibeamtin war unklar. Aber sie sah ein, dass sie den Fall Ylva abschließen und hinter sich lassen musste.

Sie stieg die Treppe zur Wohnungstür hinauf. Niemand öffnete auf ihr Klingeln. Die Unterhaltung mit Ylva Hedlund in der Wohnung vor über einem Monat begann ihr wie ein Traum zu erscheinen. Sie schien nie stattgefunden zu haben. Sie wartete und betrachtete die Tür. Dort hatte Ylva Marieanne Malmberg gewohnt, dort hatte sie den Mann getroffen, der ihr Schicksal besiegelt hatte. Sie hatte Västerås und Nyman und Bjerre verlassen. Hatte sie sich von Leif Oskar Bjerre bedroht gefühlt? Oder war es gar keine Flucht gewesen? Vielleicht hatte sie ihre eigenen Gründe dafür gehabt, sich auf den Weg zu machen. Vielleicht hatte sie ihr Leben und das ihres Kindes endlich selbst in die Hand nehmen wollen. Das hatte mit ihrem Tod geendet. Ylva hatte nicht über ihr eigenes Dasein bestimmen dürfen.

Elina legte ihre Hand kurz auf die Tür. Dann ging sie weg.

Eine Woche später klingelte das Telefon. Es war Roger Malmberg. Er dankte ihr. Das freute Elina.

»Ich möchte Sie auch darum bitten, mir die Tagebücher zurückzuschicken«, sagte er.

»Entschuldigen Sie«, meinte Elina. »Das habe ich ganz vergessen. Ich hätte es natürlich schon längst erledigen sollen.«

»Das macht nichts. Vor ein paar Tagen war Kari hier. Wir haben uns einen ganzen Abend lang unterhalten. Das war sehr schön.«

»Ich wünsche Ihnen beiden wirklich viel Glück.«

»Ich habe ihr von den Tagebüchern erzählt. Kari würde sie sehr gern lesen.«

»Natürlich. Ich schicke sie heute noch ab. Wie geht es Kari?«

»Gut, glaube ich. Sie war sehr gefasst. Ein junger Mann hat sie dann abgeholt. Er wirkte sehr nett.«

Es blieb eine Weile lang still.

»Wissen Sie«, sagte Roger Malmberg. »Kari sprach davon, dass sie einen anderen Namen annehmen möchte. Malmberg. Denk gut darüber nach, habe ich zu ihr gesagt. Tu nichts Übereiltes. Du musst das Gefühl haben, dass es das Richtige ist.«

»Das klingt nach einem guten Rat«, meinte Elina.

»Wir waren ja damals in derselben Situation, als sich unsere Eltern scheiden ließen. Unsere Mutter wollte, dass wir ihren Mädchennamen annehmen. Ylva war einverstanden, ich aber nicht.«

»Ich erinnere mich, dass Ylva das in ihrem Tagebuch erwähnt. Welcher Name wäre das gewesen?«

»Hedlund.«

Hedlund. Ylva. *Wenn Sie wissen, wer sie war, finden Sie vielleicht den, der es getan hat. Alles hängt schließlich miteinander zusammen.*

Das hatte das Mädchen in der Wohnung gesagt. Ylva hatte zu ihr gesprochen.

Der tote Winkel

Aus dem Schwedischen von
Lotta Rüegger und Holger Wolandt

PROLOG

Die Windverhältnisse

1. KAPITEL

Wie Schorf aus Asphalt lag die Stadt über dem Sand ausgebreitet, ohne wirkliche Verankerung. Nur das Gewicht der Häuser und die Füße der Menschen schienen sie an ihrem Platz zu halten. Überall drohte die Natur sich den verlorenen Grund wieder zurückzuholen. Vom Stadtrand her, vom Strand im Norden und durch unzählige Risse im Asphalt blies Sand heran. Manchmal wehte er in rotgelben Stürmen von Süden heran und drang überall ein, auch durch noch so kleine Häuserritzen. Selbst vor den Mündern der Kinder machte er nicht halt.

Alles hier schien provisorisch zu sein. Die Häuser waren in Windeseile errichtet worden. Die Straßen besaßen etwas Vorläufiges. Die Menschen waren auf dem Sprung, obwohl es kein Entkommen gab. Nichts ließ darauf schließen, dass die Stadt bereits seit 3400 Jahren existierte und dass ihre heutige Bevölkerung sie nur wenige hundert Jahre später eingenommen hatte und seither dort geblieben war.

Am provisorischsten wirkte *Mokha'am Al-Shatea*, das Strandlager, obwohl dieser Platz seit über fünfzig Jahren Männer und Frauen mit ihren Kindern und Enkeln beherbergte. Die meisten, die dort lebten, sahen ein, dass das Provisorische in Wirklichkeit beständig war. Niemals würden Ahmed, Hussein, Samira, Fatima oder ihre Brüder und Schwestern, Stammesverwandten und Nachbarn einschließlich Cousins, Neffen,

Nichten und andere Angehörige in unüberschaubaren verwandtschaftlichen Verzweigungen das Glück haben, auf den Hügeln von Haifa, in den Tälern Galiläas oder in den Gärten Askalons zu wandern. Die Schlüssel und die verblichenen Einträge im Grundbuch, die zu ihren Häusern gehörten, die sie übernommen hatten oder die heruntergekommen waren, würden mit ihnen in der sandigen Erde Gazas begraben werden.

Fariz erwachte früh. Er hatte seiner Mutter versprochen, heute zur Schule zu gehen. Vorher würde er noch seine kleine Schwester und seine beiden jüngeren Brüder zu ihrer Schule am Ende der Gasse begleiten. Er lag im Bett und starrte an die Decke. Neben ihm stöhnte sein älterer Bruder im Schlaf und wedelte mit der Hand unsichtbare Fliegen weg. Der Bruder, der weder sprechen noch verstehen konnte und der mit dem Löffel gefüttert werden musste. Wenn der Vater einmal alt und schwach war, dann würde Fariz das Familienoberhaupt sein.

Er hatte jeden Tag dasselbe versprochen. Jeden Tag hatte er das Versprechen gehalten und dann gebrochen. Er war dorthin gegangen, wo er hatte hingehen sollen, war aber dann, sobald sich die Gelegenheit ergeben hatte, wieder von dort weggeschlichen. Er hörte ihre Ermahnungen, beachtete sie aber nicht. Auch an diesem Tag würde es nicht anders sein.

Als er seinen Humus mit Brot aß und brackig schmeckenden Tee dazu trank, ermahnte und beschimpfte ihn seine Mutter erneut. Er saß schweigend da, bis sie ihm ein neues Versprechen abverlangte. »*Aiwa*«, antwortete er, da das das Einzige war, womit sie sich zufrieden gab.

An der Mauer, die seine Schule umgab, hingen bereits drei Plakate mit Gesichtern. Am meisten bewunderte er den ältesten Jungen, Hamed, der siebzehn Jahre alt wurde und einen solchen Mut bewiesen hatte. Hamed hatte Fariz und drei weiteren Klassenkameraden erzählt, dass sein ältester Bruder beim letzten Mal getötet worden war. Er sei damals erst acht gewesen, könne sich aber noch gut an den blutigen Pullover seines Bruders erinnern. Er erzählte von den Versammlungen, denen er als Zuhörer hatte beiwohnen dürfen. Jetzt sei endlich er an der Reihe.

Ehe er die Schule betrat, blieb Fariz an der Mauer stehen und sah Hamed an. Sein Gesicht war auf einem grünen Plakat mit der Al-Aksa-Moschee im Hintergrund verewigt.

Die Unterrichtsstunden schlichen dahin, und Fariz hatte Mühe zuzuhören. Erst als der Lehrer die Schüler bat aufzupassen, weil der Präsident einen Beschluss gefasst habe, der insbesondere sie betreffe, wachte er auf. »Niemand unter fünfzehn Jahren darf an den Streitigkeiten teilnehmen«, sagte der Lehrer. »Die Komitees werden aufgefordert, alle Kinder abzuweisen.«

»Abweisen? Wie denn?«, fragte Fariz, noch bevor er es sich recht überlegt hatte.

»Dieser Beschluss gilt auch für dich, Fariz«, antwortete der Lehrer. »Deine Mutter hat mit mir gesprochen. Du weißt, dass du ihr gehorchen musst. Nach dem Unterricht müsst ihr alle nach Hause gehen.«

»Ich bin kein Kind, ich bin vierzehn«, protestierte Fariz.

»Du hast den Beschluss des Präsidenten vernommen«, sagte der Lehrer. »Du musst warten, deine Zeit kommt früh genug.«

In der Pause beschloss Fariz, sich davonzuschleichen. Bassam wollte ihn begleiten. Zusammen kletterten sie über die Mauer auf der Rückseite der Schule und rannten los. Als sie außer Sichtweite waren, wurden sie langsamer und gingen dann in normalem Tempo weiter. Bis zur Kreuzung war es ein ziemliches Stück. Sie versuchten zu trampen, aber kein Auto hielt an. Je näher sie kamen, desto mehr Jungen sahen sie auf der Straße. Die Schulen, die näher am Wachposten der jüdischen Siedlung lagen, hatten den Unterricht für diesen Tag beendet, und die älteren Jungen versammelten sich. Einige unterhielten sich, aber die meisten von ihnen schwiegen. Es war so weit.

Noch ehe Fariz und Bassam eintrafen, hörten sie die ersten Detonationen. Fariz konnte die verschiedenen Geräusche mühelos unterscheiden. Das Paffen der Tränengasgranaten, das dumpfe Knallen der gummiummantelten Stahlkugeln, das Pfeifen der Plastikgeschosse und das scharfe Knattern der Maschinenpistolen. Fariz zog die Schultern ein und sammelte, während sie weitergingen, Steine von der Straße auf.

Vor dem Zaun der Siedlung und dem Wachturm mit der weißblauen Flagge standen ein Panzer, zwei gepanzerte Fahrzeuge und mehrere Jeeps mit Soldaten. Fünfzig Meter weiter stieg schwarzer Rauch von brennenden Reifen auf. Jungen mit Schleudern rannten hinter dünnen Blechbarrikaden hervor und feuerten in raschen Angriffen ihre Steine ab. Fariz' Herz raste, aber Angst hatte er keine. Als er an einer Reihe wartender Krankenwagen des Roten Halbmonds vorbeikam, fuhren gerade zwei mit quietschenden Reifen und heulenden Sirenen los, um weitere Verletzte abzuholen.

»Ich habe keine Zwiebel«, sagte Fariz an Bassam gewandt. »Hast du eine?« »*Na'am*«, antwortete Bassam und zog zwei Zwiebelhälften aus der Hosentasche. Die eine reichte er Fariz, und sie rieben sich ihre Gesichter mit der Zwiebel ein, um das Tränengas besser ertragen zu können.

Sie rannten auf ein aufrecht stehendes Betonrohr zu und gingen mit zwei älteren Jungen dahinter in die Hocke. Fariz steckte die Hand in seine Tasche und zog drei Steine aus ihr hervor. Dann lief er so weit vor, wie er nur wagte, und warf einen Stein nach dem anderen, näher und näher. Er sah, dass er mit einem die Kühlerhaube eines Jeeps getroffen hatte. Ein Junge hinter ihm warf einen Molotowcocktail, der auf dem Hang vor den Soldaten aufflammte. Ehe der Junge wieder das

Betonrohr erreicht hatte, ertönte der dumpfe Knall eines Gewehrs, und er stürzte.

Ein Panzer rollte heran, weitere Tränengasgranaten wurden abgefeuert, und die Brigade der Steinewerfer zog sich vorübergehend zurück. Aber Fariz blieb stehen. Der Panzermotor dröhnte, und die Raupenketten fraßen sich im Lehm vorwärts. Fariz sah auf den Jungen, der immer noch bäuchlings auf der Erde lag, und anschließend auf den Panzer, der sich ihm näherte. Er bückte sich und hob ein paar Steine vom Boden auf, die schon zuvor als Waffen gedient hatten. Dann rannte er auf den Panzer zu und warf einen Stein nach dem anderen auf ihn. Der Panzerfahrer setzte etwas zurück, und Fariz verfolgte ihn. Jubelnd streckte er seine Arme in die Luft.

Ein Knall durchschnitt die Luft. Fariz fasste sich an den Hals. Blendendes Licht, das immer greller zu werden schien, als würde er in die Sonne starren. War es so?

Ihre schweren Glieder wollten sich nicht schnell genug bewegen. Wenn sie zu laufen versuchte, verfing sie sich in ihren Röcken. Als sie schließlich dort war, fehlten ihr die Worte, aber Worte wären sowieso überflüssig gewesen. Der Arzt bat sie, Platz zu nehmen.

»*Umm Fariz*, Ihr Sohn ist nun ein Märtyrer.« In diesem Augenblick blieb die Zeit für sie stehen. Der Arzt beschrieb, was vorgefallen war. Die Kugel hatte den Hals seitlich gestreift, unter normalen Umständen hätte er wahrscheinlich überlebt. Aber da es sich um ein Projektil gehandelt hatte, das zersplitterte, wenn es auf menschliches Gewebe traf, war ein Splitter ins Gehirn gedrungen. Er war an Ort und Stelle gestorben. *Umm Fariz* hörte zu, ohne zu verstehen. Von Fariz würden ihr nur die Erinnerung in ihrem Herzen und ein weiteres Plakat an der Schulmauer bleiben.

Am Tag darauf wurde der kleine Leichnam in die rot-grün-schwarz-weiße Flagge gehüllt und auf den Schultern von zehn Männern auf einer Bahre durch die Straßen getragen. Aus dem Strandlager waren Tausende gekommen, um Fariz die letzte Ehre zu erweisen. Ganz hinten im Leichenzug fuhr *Umm Fariz* in tiefster Trauer in einem Auto mit.

Am Steuer des Wagens saß Sayed, der jüngste Onkel von Fariz, der nur acht Jahre älter war. In der Tasche trug er ein Stück Papier mit sich:

Eine Blume,
von Gott gepflückt,
ehe sie noch geblüht hat.

Sayed spielte gern Fußball. Bevor die Intifada in diesem Herbst ausgebrochen war, hatte er oft mit Fariz gespielt. Er hatte versucht, ihm das Dribbeln beizubringen. Doch durch die Absperrungen, die im Zuge der Intifada durchgeführt worden waren, hatte er seine Arbeit als Tagelöhner auf der anderen Seite verloren. Und eine Ausbildung konnten sich Sayed und seine Familie nicht leisten.

Sayed wollte kein Märtyrer werden. Er wollte Fußballspieler werden. Als Fariz in der Grube verschwand, fasste er einen Entschluss. Er würde fliehen. Er wusste nicht, wie er es bewerkstelligen sollte oder was es kosten würde. Aus Gaza zu flüchten, das ein Gefängnis war, schien schier unmöglich. Aber er wusste, dass es Menschen gab, die Schlupflöcher kannten. Vielleicht wussten die auch, wie man weiterkam, wenn es einem geglückt war, die Grenze zu überwinden? Weiter nach Europa und in den hohen Norden.

2. KAPITEL

Sveiks, Janis!«

Janis drehte sich um und rief in die Wohnung zurück: »Mama, da ist Peteris! Wir gehen raus, spielen!« Zu Peteris sagte er: »Was sollen wir machen? Fußball spielen?«

»Nein«, antwortete Peteris, »lass uns unten im Hafen auf Schatzsuche gehen.« Das brauchte er Janis nicht zweimal zu sagen.

Da Ventspils über einen der größten Häfen Lettlands verfügte, gab es dort noch viele unerforschte Winkel, sogar für zwei neugierige, zehnjährige Jungen, die in dieser Stadt aufgewachsen waren. Von seinem Fenster aus hatte Peteris gesehen, dass mehrere Boote im Hafen verlassen wirkten. Sie lagen am Kai, ohne dass sich jemand um sie zu kümmern schien. Er hoffte, dass Janis es wagen würde, sich mit ihm zusammen an Bord zu schleichen. Wer konnte schon wissen, was man fand, wenn man erst einmal an Bord war? An Bord von Schiffen, die auf den *sieben Meeren* gefahren waren, von denen der Lehrer im Erdkundeunterricht erzählt hatte.

Am südlichen Kai lagen die Boote in mehreren Reihen nebeneinander. Kähne, Fischerboote, kleinere Frachtschiffe mit Autoreifen längsseits, die gegeneinander rieben. Einige Schiffe waren weiß und frisch gestrichen, an anderen war die Farbe längst abgeblättert. Janis und Peteris hofften, dass niemand sie wegjagen würde. Peteris machte den ersten Fund, eine rostige Laterne, die auf der Erde lag. Sie wagten sich an Bord eines Kahns, aber alle Türen waren abgeschlossen. Ein größerer, rostiger Frachter wirkte vielversprechend. Doch an Deck kamen sie nicht, weil es keine Gangway gab.

Etwas weiter, am Ende des Kais, entdeckte Janis ein Fischerboot, das im Trockendock stand. Als sie näher kamen, entdeckten sie, dass jemand eine Leiter an die Bordwand gelehnt hatte. Die Farbe war fast vollständig abgeblättert, nur eine Rostschicht kleidete das Boot.

»Wir klettern hoch«, sagte Peteris. Janis folgte ihm zögernd auf die Leiter. An Bord häufte sich der Müll: Plastikflaschen, alte Schuhe, Reste von Stahlseilen, Kartons, Tauenden, leere Dosen. Die Türen standen weit offen. Peteris trat in die Steuerkabine. Alle Instrumente fehlten dort, und ein Steuerrad gab es auch nicht mehr. Als er wieder an Deck trat, durchwühlte er zusammen mit Janis die Müllberge. »Was hältst du davon?«, meinte Janis und hielt eine Zigarettenschachtel aus Blech in die Luft. »Ach was!«, erwiderte Peteris, und Janis warf die Schachtel beiseite.

Janis ging vor zu einer großen Luke, die sich mitten auf dem Deck befand. »Hier wurde bestimmt der Fang verstaut«, sagte er. Er rüttelte an der Luke, die schwer, aber nicht abgeschlossen war. Gemeinsam öffneten sie sie. Im Inneren des Bootes gab es eine festgeschweißte Eisenleiter. »Komm«, sagte Peteris. »Es stinkt«, meinte Janis, kletterte aber doch hinterher. Unten lag noch mehr Abfall, und vieles war zerstört worden. Offenbar waren sie nicht die Ersten, die das Boot durchsuchten. Janis kroch durch ein Loch in den vorderen Laderaum.

»Schau mal, was ich gefunden habe«, rief er. »Was?«, fragte Peteris. Janis kroch wieder nach draußen. In der Hand hielt er ein Buch. Sie kletterten wieder an Deck und betrachteten es bei Tageslicht. Das Buch hatte einen goldgrün geprägten Deckel und sehr dünnes Papier. Die eine Ecke war feucht geworden und daher etwas dunkler und nicht mehr so schön, aber ansonsten war das Buch unbeschädigt. Merkwürdig waren jedoch die geschwungenen Zeichen auf der Rückseite. Janis und Peteris hatten so etwas noch nie gesehen und wussten nicht, was das für ein Buch war. Als sie es aufschlugen, sahen sie, dass alle Seiten mit ähnlichen Zeichen bedruckt waren.

»Das sind bestimmt magische Zeichen«, sagte Janis. »Glaubst du nicht auch?«

Ein Zettel fiel aus dem Buch. Janis bückte sich und hob ihn auf. Vier Zeilen, die ebenfalls aus diesen seltsamen Zeichen bestanden. Er legte den Zettel in das Buch zurück.

Als er wieder zu Hause war, zeigte Janis seiner Mutter ihren Fund. Sie fragte ihn sofort, wo er so ein schönes Buch entdeckt habe. Janis und Peteris erzählten, während sie sich gegenseitig ins Wort fielen, wie sie in das Fischerboot geklettert waren. Die Mutter schimpfte sie ein wenig, aber das Buch interessierte sie. Auch sie wusste nicht, um welche Schriftzeichen es sich handelte. »Ich frage Valdis«, sagte sie. »Der ist Kommissar und hat schon viel gesehen. Vielleicht kennt er sich damit aus.«

Da Valdis ihr Nachbar war, ging sie sofort ins Treppenhaus. Janis und Peteris wussten nicht, wie sie erklären sollten, dass sie das Buch einfach aus einem der Boote im Hafen mitgenommen hatten, und getrauten sich deswegen nicht mitzugehen. Aber Valdis schien nicht böse zu sein, jedenfalls sagte Janis' Mutter nichts dergleichen, als sie ein paar Minuten später zurückkam.

»Valdis sagt, dass sei Arabisch«, sagte sie. »Die Araber schreiben so. Und sie schreiben rückwärts. Die letzte Seite eines Buches ist bei ihnen die Titelseite.«

Janis nahm das Buch in die Hand und bestaunte es. Er hatte wirklich einen Schatz gefunden.

ERSTER TEIL

Das Auge des Waldes

3. KAPITEL

Vor ihr saß ein Mann. Er weinte.

Elina Wiik wusste nicht, was sie sagen sollte. Die Sache war eine menschliche Tragödie, nicht mehr und nicht weniger. Nachdem alle Details geklärt waren, gab es nichts mehr hinzuzufügen. Sie sammelte ihre Papiere zusammen und erhob sich.

»Ich werde dafür sorgen, dass man sie abholt.«

Der Mann hob schluchzend den Kopf.

»Werde ich dafür lange sitzen?«

»Ja. Das werden Sie.«

Sie trat auf den Korridor hinaus. Dort saß ein Mann an einem Schreibtisch und las die Lokalzeitung.

»Wir sind jetzt fertig.«

Mein Gott, wie unnötig!, dachte sie, als sie das Untersuchungsgefängnis verließ. Hätte er die Sache nicht einfach auf sich beruhen lassen können? Was kostet eine halbe Flasche? Hundert Kronen?

Genauso war es: Der Wert einer halben Flasche Schnaps war der Tageskurs für das Leben eines Menschen, der sich um seinen Sinn und Verstand gesoffen hatte. Elina hatte einen weiteren Mord gelöst, ihren dritten Fall. Die Ermittlungen waren in weniger als einer Woche abgeschlossen gewesen. Der Mann war sofort gefasst worden, nachdem der Nachbar die Polizei gerufen hatte. Er hatte seine Lebensgefährtin mit einer gusseisernen Bratpfanne erschlagen. Sie hatten darüber gestritten, wer wie viel von einer Flasche Explorer-Wodka mit 0,7 l Inhalt bezahlt habe. Sobald der Mann wieder einigermaßen nüchtern gewesen war, hatte er die Tat gestanden, obwohl ihn sein Gedächtnis an mehreren entscheidenden Punkten im Stich gelassen hatte. Die Spuren des Mordes, genaugenommen handelte es sich um Totschlag, hatte der Kriminaltechniker der Polizei von Västerås, Erkki Määttä, ohne größere Mühe sichern können. Ein weiteres Verhör mit dem reumütigen und allmählich nüchtern werdenden Täter war durchgeführt worden, dann hatte Elina Wiik sämtliche Dokumente ausgedruckt und zusammengestellt, und damit war der Fall erledigt gewesen. Elina hatte nicht einmal die Hilfe eines anderen Mitglieds der vier Mann starken Mordgruppe des Dezernats in Anspruch nehmen müssen.

Man konnte kaum von einer Mordermittlung sprechen, jedenfalls nicht im Vergleich zu jenen, die Elina in den letzten zwei Jahren durchgeführt hatte. Ermittlungstechnisch unterschied sich der Fall nicht sonderlich von den anderen, mit denen sie sich den größten Teil ihrer Arbeitszeit befasste, während sie auf *die großen Fälle* wartete: Betrug, Körperverletzung, Einbruch und anderes kamen in Västerås nicht selten vor, dann, wenn niemand hinsah. Irgendwelche unaufgeklärten Morde gab es jedoch nicht, jedenfalls keine, die nicht schon vor Jahren ad acta gelegt worden wären und bald verjähren würden. Jetzt war ein ganzes Jahr vergangen, seit sie ihren letzten Mordfall gelöst hatte. Damals war Olavi Andersson zwei Tage vor der Reichstagswahl im September 2002 festgenommen worden und hatte ohne Umschweife einen dreifachen Mord gestanden. Aber es war gerade nicht der Zeitpunkt, über die Vergehen anderer nachzudenken. Gerade interessierte sie sich vielmehr für ihre eigenen.

In ihrem Büro griff sie zum Telefon. »Ich bin's.« Dann

blieb sie lange stehen und schwieg. »Danke, Susanne. Wirklich.«

Das Oberlandesgericht hatte sie freigesprochen. Dass sie vergangenen Herbst Kurt Jörgen Hansson den rechten Mittelfinger in einem Restaurant auf der Insel Djurgården in Stockholm gebrochen hatte, den er ihr als Stinkefinger nur wenige Zentimeter vors Gesicht gehalten hatte, war nicht als Körperverletzung gewertet worden. Zu diesem Urteil war das Amtsgericht Västerås in einer früheren Instanz gekommen. Ihre Anwältin und beste Freundin Susanne Norman hatte das Oberlandesgericht davon überzeugt, dass die Handlung von Kurt Jörgen Hansson als Gewaltandrohung zu verstehen gewesen sei. Elina Wiiks Reaktion, den Finger zu packen und resolut zur Seite zu drücken, sei deshalb bloße Selbstverteidigung gewesen. Sie habe nicht die Absicht gehabt, Kurt Jörgen Hansson zu verletzen, seine Verletzung sei nur eine unglückliche Folge ihrer Notwehr gewesen.

Im Prozess vor dem Oberlandesgericht hatte Elina ausweichend auf die Fragen des Staatsanwaltes geantwortet, für wie ernst sie die Bedrohung gehalten habe. Dass ihr Motiv Wut und nicht Angst gewesen war, hatte sie mit keinem Wort erwähnt. Auch nicht, dass sie lange hochzufrieden darüber gewesen war, dass sie dem Mann den Finger gebrochen hatte. Sie hatte vor dem Oberlandesgericht zwar nicht gelogen, aber auch nicht die Wahrheit gesagt.

Als Susanne vorgeschlagen hatte, auszugehen und den Freispruch zu feiern, hatte Elina dankend abgelehnt. Der Sieges-Champagner hätte bitter geschmeckt.

Sie warf einen raschen Blick auf den Korb mit den Ermittlungsakten, die auf sie warteten, und ging dann auf den Flur hinaus. Auf der anderen Seite, ein paar Türen weiter, lag das Büro von Oskar Kärnlund. Sie klopfte und wartete auf sein »Herein«.

»Wiik«, sagte er. »Nimm Platz. Ich muss nur rasch was fertig machen.« Sie wartete schweigend, während er etwas auf Papier notierte. Dann sah er hoch. »Ja?«

»Das Oberlandesgericht hat mich freigesprochen«, sagte sie mit neutraler Stimme. »Sie haben das mit der Notwehr akzeptiert.«

Kärnlund klatschte in die Hände. »Ausgezeichnet. Ich wusste doch, dass meine Beamten keine Leute misshandeln.«

Elina starrte auf die Tischplatte. »Ich hatte eine gute Anwältin.«

»Hauptsache, du hast jetzt wieder eine weiße Weste.«

Sie wurde zwar freigesprochen, aber über die Verurteilung im Amtsgerichtsprozess hatten die lokalen Medien dennoch berichtet. Ganz sauber war ihre Weste also nicht, was Elinas schlechtes Gewissen etwas erleichterte.

»Ich habe auch etwas zu erzählen«, sagte er und runzelte die Stirn. »Eine Sache, über die du dich nicht sonderlich freuen wirst, glaube ich. Wie du weißt, gehe ich zum Jahreswechsel in Rente, ich höre noch vor Weihnachten auf.«

»Ich weiß«, erwiderte sie. »Bedauerlich, finde ich. Für mich, meine ich. Aber sicher schön für dich.«

»Was ich sagen wollte, ist Folgendes: Wahrscheinlich werde ich einen Nachfolger bekommen, der nicht unbedingt zu deinen Favoriten gehört.«

Elina war klar, wen er meinte. Egon Jönsson würde der neue Chef des Kriminaldezernates in Västerås werden. Jönsson wusste Polizistinnen ungefähr genauso zu schätzen wie eine Sommergrippe. Jönsson hielt sie vermutlich für eine besonders schlimme Infektion, seit sie ihm einmal vor zwei Jahren bei einem Brandstiftungsfall in Surahammar auf die Finger gehauen hatte. Jönsson hatte nicht den Schneid, für seine Fehler einzustehen. Er besaß auch nicht die Fähigkeit, mutmaßliche Kränkungen zu verzeihen.

»Jönsson!«, sagte sie und machte eine Miene, als hätte sie

in eine Zitrone gebissen. »Was für eine ausgezeichnete Wahl eines Chefs. Damit steht meiner eigenen Karriere ja nichts mehr im Wege. Als Nächstes werde ich wahrscheinlich in den Fahrradkeller abkommandiert.«

»Er hat auch gute Seiten«, meinte Kärnlund. »Deswegen hat er den Job bekommen. Er arbeitet ungewöhnlich strukturiert, und ein Chef muss sich schließlich auch um die ganze Verwaltung kümmern. Außerdem hat er zwanzig Jahre lang Erfahrungen hier am Dezernat gesammelt. Da kommt sonst keiner dran.«

Elina seufzte. »Und was passiert jetzt?«

»Formell ist der Beschluss noch nicht gefasst, aber in der Praxis steht er fest. Wir werden uns den Rest meiner Zeit die Verantwortung teilen. Ab morgen.«

»Er ist also ab morgen mein Chef?«

»Ja, allerdings bis auf Weiteres unter meiner Leitung, versteht sich.«

»Glaubst du, dass er an der Mordgruppe festhalten wird? Und an mir in der Gruppe?«

»Ich hoffe. Bislang hat es sich ja als richtige Initiative erwiesen, dass sich einige von uns auf Mordermittlungen spezialisiert haben. Außerdem war das eine Entscheidung, die an oberster Stelle gefällt worden ist. Du wirst vermutlich weitermachen dürfen.«

»Mal seh'n«, murmelte Elina und erhob sich. In der Tür drehte sie sich noch einmal um. »Ich habe den Fall an die Staatsanwaltschaft weitergeleitet. Du weißt schon, die Gusseisenpfanne. Morgen wende ich mich den Stapeln auf meinem Schreibtisch zu. Falls Jönsson nicht etwas anderes für mich geplant hat, versteht sich. Tschüs!«

Es regnete, als sie das Präsidium verließ. Sie hatte keinen Regenschirm dabei. Ein Auto besaß sie auch nicht mehr. Nach fünf Anzeigen war es ihr gelungen, den Micra zu verkaufen. Sie hatte das Gefühl, mit dem Erlös für die fünf Jahre alte

Klapperkiste gerade mal die Kosten der Anzeigen gedeckt zu haben. Der Gewinn, der ihr schließlich übriggeblieben war, würde höchstens für ein Moped reichen. Demnächst musste eigentlich von der Bank die Antwort auf ihre Nachfrage wegen eines Kredits kommen. Dann würde sie sich ein größeres und neueres Auto zulegen. Sie hoffte, dass sie mit einem neuen Auto auch wieder bessere Laune bekommen würde. Im Augenblick bemitleidete sie sich nur selbst, und das verabscheute sie.

Auf dem Nachhauseweg durch den Nieselregen dachte sie darüber nach, wem sie eine E-Mail schicken und wen sie anrufen sollte. Immerhin gab es doch einige Leute, die sich über ihren Freispruch freuen würden. Sie wollte als Erstes ihren Vater anrufen, vielleicht kam ja auch ihre Mutter an den Apparat. Sie hatten sich Sorgen gemacht. Mit Nadia wollte sie erst später sprechen, wenn sie sich das nächste Mal verabredeten. Nadia würde jubeln und finden, dass diesem Schwein im Anzug nur recht geschehen sei, dass sie ihm erst den Finger gebrochen hatte und dass er jetzt auch noch Elinas Freispruch erleben musste.

Elina lächelte, als sie an Nadia dachte. Und an Anton … ja, mit ihm sollte sie wohl ebenfalls sprechen.

Sie hatte Anton letzten Herbst kennengelernt, er war ein Bekannter eines Exfreunds. Sie waren rasch ein Paar geworden, ein erster Händedruck hatte genügt. Er war genauso alt wie sie, wohnte in einer Zweizimmerwohnung im Stockholmer Stadtteil Kungsholmen und schlug sich mit Dokumentarfilmen und als Fotograf durch. Im Winter und Frühjahr hatte sie noch an diese Beziehung geglaubt, aber dann hatten sie seine Marotten immer mehr gestört. Nach dem Urlaub vor zwei Monaten war sie zu dem Ergebnis gekommen, dass er nur ein Ersatz für Martin gewesen war. Mit Martin hatte sie Schluss gemacht, als er seine Frau nicht hatte verlassen wollen. Sie hätte jetzt am liebsten Martin angerufen.

Sie hatte Anton immer noch keinen reinen Wein eingeschenkt. Und morgen würde Jönsson als ihr neuer Chef an der Acht-Uhr-Besprechung teilnehmen. Sie tat sich wirklich leid.

4. KAPITEL

Sie hoffte, dass er Spaß daran haben würde. Vermutlich hatte er noch nie Preiselbeeren in einem schwedischen Wald gepflückt. Mit ihrem rostigen VW fuhr sie zu dem Haus in der Stigbergsgatan und parkte an der Bordsteinkante.

»Hallo, ich bin's«, rief sie in die Gegensprechanlage. »Ich komme runter«, antwortete eine Stimme in gebrochenem Schwedisch.

Er küsste sie auf die Wangen, bevor sie sich ins Auto setzten. Sie übernahm das Steuer.

»Wir fahren in einen Wald, der Lillhäradsskogen heißt«, sagte sie. »Ich glaube zumindest, dass er so heißt, denn er liegt in der Nähe von Lillhärad.«

»Ist das weit?«

»Zwanzig Kilometer vielleicht.«

Hinter dem Verkehrsknotenpunkt Skiljebo fuhr sie auf dem Österleden Richtung Norden. Keiner von beiden merkte, dass ihnen ein Auto folgte.

»Schau mal ins Handschuhfach«, sagte sie.

Er öffnete die Klappe und nahm eine kleine viereckige Kamera heraus.

»Das ist eine DV-Kamera.«

»DV?«

»Eine digitale Videokamera. Ich habe sie von meinem Papa geliehen. Ich dachte, wir könnten im Wald filmen.«

»Sozusagen als Andenken?«

»Ja«, erwiderte sie und lachte. »Als Andenken.«

Sie bog auf den Skultunavägen ein und dann direkt hinter der Kirche auf einen schmalen, kurvigen, aber immerhin geteerten Weg. Es ging über den träge dahinfließenden Svartån, und bald umgab sie dichter Wald.

»Lass uns hier in den Wald gehen«, sagte sie und hielt am Wegesrand an. Er stieg aus, öffnete den Kofferraum und nahm zwei Paar Gummistiefel und zwei Plastikeimer heraus.

»Brauchen wir die auch?«, fragte er und hob zwei rote Metallkästen mit Metallstangen auf einer Seite in die Höhe.

»Das sind Raffeln, sogenannte Beerenpflücker«, erwiderte sie.

In Stiefeln stapften sie in den Wald. Sie versuchten, einen Pfad zu finden, sahen sich aber gezwungen, über umgestürzte Bäume zu klettern und unter den Zweigen dichtgewachsener Tannen hindurchzukriechen. Erst nachdem sie lange spazieren gegangen waren, lichtete sich der Wald zu einem Hang hin, an dem Preiselbeeren wuchsen. Die Stille und der Geruch von feuchtem Laub umgaben sie.

Sie wusste, wie man die Raffeln benutzte. Er lachte über seine eigene Ungeschicklichkeit. Als es ihm schließlich gelang, zumindest ein paar Beeren von den Pflanzen zu streifen, holte sie ihre DV-Kamera hervor.

»Das will sich deine Familie bestimmt gerne ansehen«, sagte sie und beugte sich vor, um Nahaufnahmen seiner pflückenden Hände und seines Gesichts zu machen. Er warf den Kopf zurück und lachte in die Kamera.

»Jetzt zeige ich dir, wie es richtig geht«, sagte sie und steckte die Kamera in die Jackentasche. Sie machte sich systematisch an die Arbeit und hatte bereits ein Viertel des Eimers gefüllt, als sie zur Kuppe des Hangs gelangte. Er befand sich noch unten in der Senke und hatte eine wesentlich bescheidenere Ernte vorzuweisen. Als sie sich nach ihm umdrehte, sah sie, dass er auf einem Stein saß und rauchte. Sie wendete ihren Blick von ihm ab und schaute in die andere Richtung, über eine sandige Ebene. Wie eine Statue stand er da, der Elch. Gebannt starrte sie ihn an und zog langsam, ohne etwas anderes als den Arm zu bewegen, ihre DV-Kamera aus der Tasche und schaltete sie ein. Ihre Hände zitterten etwas, als sie den Zoom-Knopf suchte.

Nachdem sie den Elch im Kasten hatte, rief sie nach ihm.

»Jamal!«

Sie drehte sich um.

»Jamal?«

5. KAPITEL

Der Wald hatte Augen. Bereits am Tag danach verständigte ein Waldarbeiter wegen des alten VWs die Polizei. »Der Wagen steht schon seit gestern dort. Vielleicht hat sich ja irgendjemand beim Pilzepflücken verirrt?«, hatte er dem Diensthabenden auf der Wache von Västerås erklärt. Dieser hatte die Kriminalpolizei verständigt, und Oskar Kärnlund hatte Henrik Svalberg gebeten, der Sache nachzugehen. Svalberg war eines von vier Mitgliedern der Mordgruppe, musste sich aber genau wie Elina um Routinefälle kümmern, wenn keine Morde vorlagen.

Eine rasche Nachfrage bei der Zulassungsstelle ergab, dass der Volkswagen, ein blauer Passat, Baujahr 1985, Annika Lilja, Jahrgang 1979, gehörte, die in der Stenåldersgatan 31 in Västerås wohnte. *Eine Vierundzwanzigjährige aus Bjurhovda.* Svalberg schlug »Lilja« im Telefonbuch auf, aber bei Annika ging niemand an den Apparat. Dann setzte er seine Nachforschungen telefonisch fort. Die Eltern hießen Lennart und Disa und wohnten in der Fornminnesgatan. *Beide Anfang fünfzig, Branthovda.* Svalberg stellte fest, dass sowohl der Straßenname der Eltern als auch der der Tochter mit Geschichte zu tun hatte, ohne jedoch daraus irgendeinen besonderen Schluss ziehen zu können.

»Lennart Lilja«, sagte eine Stimme am anderen Ende der Leitung.

»Hier ist Henrik Svalberg von der Polizei Västerås. Entschuldigen Sie bitte die Störung. Ich hätte gerne mit Ihrer Tochter Annika gesprochen, falls diese bei Ihnen ist.«

»Annika wohnt schon seit einigen Jahren nicht mehr bei uns. Worum geht es denn?«

Svalberg erzählte, dass ihr Auto gefunden worden war und dass bei Annika zu Hause niemand ans Telefon ging. Er merkte, dass der Vater sofort hellhörig wurde.

»Vielleicht ist der Wagen ja gestohlen worden«, meinte Lennart Lilja, merkte aber dann sofort selbst an: »Obwohl, das hätte Annika bemerken müssen. Sie fährt meistens mit dem Auto zur Arbeit.«

Die Unruhe des Vaters drang durch den Telefonhörer zu Svalberg durch. Dieser stellte die logische Folgefrage: »Wo arbeitet sie denn?«

»In einer Werbeagentur.«

Er gab Svalberg die Telefonnummer.

»Hat sie einen Freund? Vielleicht hat sie ja bei ihrem Freund übernachtet und nicht bemerkt, dass ihr Wagen gestohlen worden ist?«

»Wenn sie ihn besucht, fährt sie immer mit ihrem Wagen dorthin.«

»Wer ist ihr Freund?«

»Er wohnt in Skiljebo. Sie sind jetzt seit ungefähr einem halben Jahr zusammen. Er heißt Jamal Al-Sharif. Ich habe keine Telefonnummer von ihm.«

Svalberg versprach, sich wieder zu melden, und legte auf. Er schaute auf die Uhr und wartete genau eine Minute lang. Dann rief er bei der Werbeagentur an.

»Sie ist nicht hier«, sagte jemand namens Niklas. »Sie ist heute nicht in die Agentur gekommen, hat sich aber auch nicht entschuldigt. Ihr Vater hat vor einigen Sekunden angerufen und genau dasselbe gefragt.«

Vater wusste nichts, schrieb Svalberg auf seinen Block.

Dann suchte er im Telefonbuch nach dem Nachnamen Al-Sharif. Fehlanzeige. Er gab die Daten in seinen Computer ein. Jamal Al-Sharif, 770101-9030. Svalberg suchte weiter: Geburtsort Gaza, Israel. Palästinenser. Aufenthaltsgenehmigung seit dem 15. Oktober 2000. Keine Vorstrafen. Auf der Fahndungsliste tauchte er ebenfalls nicht auf.

Mit dem Auto fuhr er zur Stigbergsgatan. Niemand öffnete, als er klingelte. Er läutete an der Nachbartür, ein Nachbar mit einem ausländischen Nachnamen. Der Nachbar hatte Jamal seit vergangenem Samstag nicht mehr gesehen, also vor zwei Tagen zum letzten Mal.

Zurück im Präsidium betrat Svalberg das Büro von Elina Wiik.

»Beschäftigt?«

»Setz dich.«

»Das hier ist vielleicht unerheblich, aber ich muss jetzt einen Entscheidung treffen. Seit gestern steht auf dem Weg, der zwischen Skultuna und Lillhärad durch den Wald führt, ein Auto. Es gehört einer Vierundzwanzigjährigen. Sie hat heute unentschuldigt bei der Arbeit gefehlt. Ihr Freund ist möglicherweise ebenfalls verschwunden. Der Vater macht sich Sorgen, sagt, das sei nicht ihre Art. Sie heißt Annika Lilja.«

»Wir müssen nach ihr suchen.«

»Das ist auch mein Gedanke. Und da dachte ich an dich. Du hast doch vor zwei Jahren Bertil Adolfsson im Grünen gefunden. Wie macht man so was?«

»Man fängt damit an, dass man das Herrchen von Boss anruft. Den Schäferhund Boss mit dem guten Geruchssinn und sein Herrchen, Hundeführer Magnus Carlén. Wenn es uns heute nicht gelingt, die Frau mit ihrer Hilfe zu finden, verständigen wir einen Suchtrupp.«

Boss schlug an. Es waren zwei Stunden und fünfundfünfzig Minuten vergangen, seit Elina Wiik mit Polizeiassistent Magnus Carlén gesprochen hatte. »Boss ist Leichenspezialist«, hatte Carlén gesagt. »Handelt es sich um Tote oder einfach um Leute, die sich verlaufen haben?«

»Leute, die sich verlaufen haben«, hatte Elina geantwortet. »Hoffe ich zumindest.«

Sie hatten sich bei dem VW verabredet. Carlén und Boss kamen aus der einen Richtung, Elina und Svalberg aus der anderen. Boss wedelte mit dem Schwanz. Mit einem einzigen Handgriff öffnete Carlén die verschlossene Autotür und ließ Boss die Witterung aufnehmen.

»Such!«

Der Hund zog an der Leine, und es ging in den Wald. Es duftete nach feuchtem Farn, und für Ende September war es recht warm. Carlén trug kräftige Gummistiefel. Elina fragte sich, warum sie immer vergaß, gescheite Schuhe anzuziehen.

Magnus Carlén gab dem eifrigen Hund mehr Leine. »Boss hat eine Fährte aufgenommen, bald finden wir etwas«, sagte er.

Der Trupp eilte über Stock und Stein, Elina und Svalberg hatten Mühe, bei dem Tempo mitzuhalten. Tannenzweige zerschrammten Elina das Gesicht. Plötzlich öffnete sich der dichte Wald zu einem Abhang. Der Hund bellte und zog noch heftiger an der Leine.

Svalberg und Elina erblickten ihn gleichzeitig. Einen schmächtigen Körper in Jeans und Jeansjacke mit dem Gesicht zur Erde. Sein Haar war schwarz und am Hinterkopf verfilzt und verklebt. Carlén hielt Boss zurück. Elina trat vor und tastete nach dem Puls des am Boden Liegenden. Am Hals spürte sie nichts. Sie tastete nach der Gesäßtasche. Ihre Hand zitterte etwas. Keine Brieftasche. Dann erhob sie sich und sah sich um. Einige Sekunden lang waren nur das schwache Rauschen der Baumwipfel und das Surren eines Insekts zu hören.

»Such, Boss, such!«, sagte Magnus Carlén und schluckte.

Eifrig setzte sich Boss wieder in Bewegung, den Hang hinauf und auf der anderen Seite wieder hinunter. Dort lag sie, ebenfalls mit dem Gesicht nach unten. Die Arme in dem grünen Regenmantel parallel zum Körper. Ein Stiefel ragte wie ein hohler Baumstumpf aus dem Sumpf. Den anderen trug sie noch am Fuß.

Elina atmete schwer, nicht nur, weil sie sich körperlich angestrengt hatte. Tote sollten nicht einfach so im Wald verstreut liegen, dachte sie und sträubte sich innerlich gegen das Bild, das sich ihr bot.

Henrik Svalberg und Elina zogen Schuhe und Strümpfe aus, krempelten die Hosenbeine hoch, untersuchten die Position der beiden Leichen zueinander und gingen dann, jeder für sich, in einem großen Bogen auf die tote junge Frau zu, um sich ihr aus zwei Richtungen zu nähern. Neben ihrem blonden, blutigen Kopf trafen sie sich wieder. Svalberg tastete nach ihrer Halsschlagader. *Tot*. Elina durchsuchte vorsichtig ihre Taschen. Sie fand eine Krankenversicherungskarte der Provinz Västmanland. Sie war auf Annika Lilja ausgestellt.

Erkki Määttä und Per Eriksson von der Spurensicherung trafen gefolgt von zwei Streifenwagen in weniger als einer halben Stunde am Waldrand ein. Sie warfen einen raschen Blick auf den VW, dann begleitete Svalberg die Kriminaltechniker und eine der Streifenwagenbesatzungen zu den Leichen. Määttä widmete sich der Frau, Eriksson dem Mann, dessen Identität noch unklar war, obwohl das Aussehen des Opfers durchaus dafür sprach, dass es sich dabei um Jamal Al-Sharif handelte. Die beiden Polizisten in Uniform begannen damit, den Tatort abzusperren.

»Habt ihr etwas gefunden, was als Mordwaffe hätte dienen können?«, fragte Määttä.

»Um was könnte es sich deiner Meinung nach handeln?«, fragte Elina zurück.

»Einen stumpfen Gegenstand. Vielleicht einen Stein oder irgendein Werkzeug. Aber such nicht jetzt danach. Wir müssen erst die Fußabdrücke sichern. Wer das getan hat, muss ihnen auf den Fersen gewesen sein.«

Elina sah sich um, ohne sich von der Stelle zu bewegen. Sie konnte in der dichten Vegetation nichts Bedrohliches entdecken.

»Ich lasse dann den Leichenwagen kommen, wenn ich mit den Opfern fertig bin«, sagte Määttä, während er weiter seine Arbeit verrichtete. »Vermutlich in einer Stunde. In anderthalb Stunden könnt ihr die Toten dann identifizieren lassen.«

»Und alles andere?«

»Das wird noch Tage dauern. Vielleicht auch Wochen. Wie lange habt ihr gebraucht, um hierher zu gelangen? Zwanzig Minuten? Wir müssen den ganzen Weg vom Auto bis hierher absuchen.«

Elina und Svalberg klingelten bei den Liljas in der Fornminnesgatan. Sie hatten entschieden, dass Elina das Wort übernehmen sollte, obwohl Svalberg als Erster Kontakt mit Lennart Lilja aufgenommen hatte. Sie hatten beide den Eindruck, dass eine Frau geeigneter war, eine Trauerbotschaft zu überbringen. Außerdem bekleidete Elina einen höheren Rang als Svalberg, sie war Kriminalinspektorin und er nur Kriminalassistent. Das war eine Art Respektsbezeugung den Hinterbliebenen gegenüber.

Elina bat darum, eintreten zu dürfen, und beantwortete Lennart Liljas Frage nicht, die dieser bereits in der Tür stellte. Mit einer zitternden Handbewegung führte er sie ins Wohnzimmer, in dem eine beigefarbene, geblümte Couchgarnitur stand. Ein dicker Teppich bedeckte das Parkett und auf dem Bücherregal waren Fotos zu sehen. Die Fensterbank zur Terrasse schmückten große Topfpflanzen. Die Gartenmöbel waren noch nicht weggeräumt worden. Ein gemütliches Zuhause, Sekunden bevor sich alles verändern würde.

Eine Frau saß auf der Kante eines Sessels. Sie schwieg und schien fürchterlich angespannt zu sein.

»Wir haben uns beide freigenommen«, sagte Lennart Lilja. »Wir hatten nicht die Kraft, zur Arbeit zu gehen, solange wir nicht wissen, wo Annika ist. Haben Sie etwas in Erfahrung gebracht?«

Er sah Elina an, und sein Blick flehte um Gnade. *Sagen Sie, dass sie in Sicherheit ist, bitte, bitte, sagen Sie nichts anderes!*

»Ich muss Sie auf das Schlimmste vorbereiten«, sagte Elina. Die Frau auf der Sesselkante hielt den Atem an. »Ich muss Sie bitten, uns zu begleiten. Es geht darum, eine Person zu identifizieren. Wir haben eine Frau gefunden … eine Tote, die Ihre Tochter sein könnte.«

Der Mann kniete sich vor seiner Frau hin, umarmte sie und begann zu weinen. Die Miene der Frau war wie erstarrt. Elina zog sich mit Henrik Svalberg in den hinteren Teil des Raumes zurück.

»Ruf einen Krankenwagen«, sagte sie leise. »Sag ihnen, wir haben eine Patientin im akuten Schockzustand.«

Lennart Lilja stand reglos vor der Bahre mit der Leiche seiner Tochter. Elina berührte ihn von hinten an beiden Armen, verweilte einen Augenblick und führte ihn dann behutsam weiter. Als er den Mann auf der Bahre erblickte, sprach er mit fast unhörbarer Stimme den Namen »Jamal« aus. »Jamal Al-Sharif?«, fragte Elina. Lennart Lilja nickte.

Elina hielt ihre Hände immer noch an seinen Armen, jetzt aber nicht mehr so fest. Sie wollte etwas sagen, ihn trösten, aber ihr fehlten die Worte.

Annikas Vater ließ den Kopf hängen. Die Vernehmung wird nicht einfach, dachte Elina. Aber wir können nicht warten.

»Herr Lilja«, sagte sie. »Ich werde dafür sorgen, dass Ihnen ein Arzt sofort etwas verschreibt.«

»Ich brauche nichts«, antwortete er. »Ich muss Disa helfen.«

Er schwankte. Elina stützte ihn. Sie nickte Svalberg zu, der hinter ihr stand. Gemeinsam fuhren sie ins Zentralkrankenhaus. Sie ließen Lennart Lilja mit seiner Frau, die einen Schwächeanfall erlitten hatte, allein. Nach zehn Minuten klopfte Elina vorsichtig an die Tür. Lennart Lilja lag auf dem Fußboden. Svalberg rannte los, um Hilfe zu holen.

Er bekam das Bett neben seiner Frau. Beide waren nicht ansprechbar.

»Wir müssen den Täter finden«, meinte Elina, als sie wieder bei ihrem Wagen waren. »Und zwar schnell. Der Vorsprung darf nicht zu groß werden.« Sie schaute auf die Uhr. »Schon halb vier. Wenn der Typ, der wegen des Volkswagens anrief, Recht hat, dann müssten die Morde gestern irgendwann um die Mittagszeit verübt worden sein. Dann hat er, entschuldige, es kann sich natürlich auch eine um eine *Sie* handeln, oder es können mehrere gewesen sein, also der oder die Täter hätten somit über vierundzwanzig Stunden Vorsprung.«

»Fürchterlich, findest du nicht auch?«, meinte Svalberg, aber mehr zu sich. »Eine so junge Frau, und der Mann natürlich auch. Aber irgendwie fand ich es schlimmer, das Mädchen dort liegen zu sehen.«

»Ich weiß nicht, was schrecklicher ist. Aber es war das Fürchterlichste, was ich bislang gesehen habe. In meinem ganzen Leben. Geschlachtet wie Opferlämmer.«

»Vielleicht hatte sie ja Geschwister? Und er könnte hier eventuell Verwandte haben. Wir müssen damit anfangen, ihre Angehörigen ausfindig zu machen. Wo Annika Lilja gearbeitet hat, weiß ich, aber seinen Arbeitsplatz kenne ich nicht, falls er überhaupt einen Job hatte.«

»Rosén und Enquist warten auf der Wache auf uns. Kärnlund hat versucht, so viele Leute wie möglich vom Dezernat zusammenzutrommeln.«

Neun Männer und eine Frau versammelten sich im Besprechungszimmer im zweiten Stock. Oskar Kärnlund saß an der Schmalseite des ovalen Tisches. Er war noch übergewichtiger geworden. Zu seiner Linken hatte Egon Jönsson Platz genommen, der sein absolutes Gegenteil war. Er hätte hinter Kärnlund ohne weiteres verschwinden können. Erik Enquist war von der Kripo Hallstahammar an die Mordgruppe delegiert worden. Er schien die Gegend, in der er lebte, besser zu kennen als sich selbst. John Rosén war Chef der Mordgruppe. Er war noch keine fünfzig, aber schon vollkommen grau. Sein Blick besaß allerdings immer noch eine jugendliche Schärfe, Frauen behandelte er altmodisch höflich, und seinem Beruf und seinen Kollegen gegenüber wahrte er stets eine gewisse Distanz. Trotzdem wurde er wie selbstverständlich als »Kapitän« der Mordgruppe wahrgenommen. Jan Niklasson erfüllte immer seine Aufgaben, nicht weniger, aber auch nicht mehr. Erkki Määttä, dem Kriminaltechniker aus dem Tornedalen, entging nur selten etwas. Sein Kollege Per Eriksson war aus demselben Holz geschnitzt wie er, nur etwas reservierter. Dann kamen Henrik Svalberg und Elina. Neben Elina saß ein großer Mann um die fünfundvierzig, der sein Bein auf den Stuhl ausgestreckt hatte. Der andere Fuß ruhte auf dem Boden. Er hatte die Arme hinter dem Kopf verschränkt. Elina konnte sich erinnern, ihn schon gelegentlich im Präsidium gesehen zu haben, wusste aber nicht, wie er hieß.

»Das hier ist Axel Bäckman«, sagte Kärnlund und machte eine rasche Handbewegung in Richtung des Neuankömmlings. »Er arbeitet bei der Ermittlungsbereitschaft und war die letzten Jahre bei der Sicherheitspolizei tätig. Davor gehörte er einer Abteilung an, die man vielleicht als die Ausländerpolizei hier in der Provinz bezeichnen könnte. Er hatte mit einem der Opfer zu tun …«

Kärnlund beugte sich vor und setzte seine Lesebrille auf.

»Al-Sharif. Als Bäckman erfuhr, was geschehen war, bot er uns seine Hilfe an, und ich glaube, dass uns seine Kenntnisse bei der Ermittlung durchaus nützen können. Wir müssen das nur noch von oberster Stelle genehmigen lassen. Wenn wir schon dabei sind, kannst du auch gleich erzählen, was du weißt, Bäckman.«

»Jamal Al-Sharif kam 1998 aus Gaza hierher«, begann Axel Bäckman. »Ich führte die erste Vernehmung durch, nachdem er seinen Asylantrag gestellt hatte. Damals behauptete er, er hätte einer Menschenrechtsorganisation angehört, und sowohl die palästinensischen Behörden in Gaza als auch die israelische Polizei würden wegen seiner politischen Aktivitäten nach ihm fahnden. In den darauffolgenden Verhören kam es zu Widersprüchen, und da er seine Verfolgung nicht belegen konnte, wurde seine Ausweisung beschlossen. Ehe es jedoch dazu kam, tauchte er unter. Er wurde von einer Flüchtlingsorganisation versteckt. Das alte Lied also.«

Er nahm sein Bein vom Stuhl und fuhr fort:

»Aber vor drei Jahren tauchte ein Dokument auf, das bestätigte, dass sich die Israelis wirklich für ihn interessierten. Ob dieses Dokument echt war oder nicht, sei dahingestellt. Egal, jedenfalls war das im Herbst 2000. Die Existenz dieses Dokuments sprach sich, wie auch immer das passieren konnte, zur Zeitung Länstidningen rum, die mächtig auf die Tränendrüse drückte. Da damals die Kämpfe im Nahen Osten gerade wieder aufflammten und man Al-Sharif nur über Israel wieder nach Gaza hätte zurückschicken können, durfte er bleiben. Er erhielt im Oktober 2000 eine Aufenthaltsgenehmigung.«

»Also ein politischer Flüchtling aus einem Krisengebiet«, sagte Kärnlund. »Wissen wir, welcher Art seine Beziehung zu dem Mädchen war?«

»Er war ihr Verlobter«, antwortete Svalberg. »Viel mehr haben wir bislang nicht in Erfahrung bringen können. Ihre

Eltern liegen mit Schock im Krankenhaus. Wir haben sonst noch niemanden ausfindig gemacht, der die beiden kannte.«

»Okay«, sagte Kärnlund. »Määttä?«

»Beiden wurde der Schädel eingeschlagen. Offenbar mit der Rückseite einer Axt. Wir suchen noch. An den Kleidern war nichts Auffälliges festzustellen. In dem sumpfigen Boden, dort, wo die Frau lag, fanden sich recht deutliche Spuren, Abdrücke von relativ großen Schuhen, Schuhgröße 45 oder so. Also vermutlich ein Mann. Wir suchen, so gut es geht, in dem Waldstück, wo der Wagen stand, und an dem Fundort der Leichen weiter. Leider handelt es sich um ein großes Areal, und wir wissen nicht genau, wo die Opfer entlanggegangen sind. Der einzige Anhaltspunkt ist die Spur, der Boss durch den Wald gefolgt ist. Carlén war klug genug oder besaß genügend Erfahrung, um sich genau an die Wegwahl seines Hundes zu erinnern. Das Auto haben wir abschleppen lassen. Morgen sehen wir es uns genauer an. Da es bald zu dunkel ist, um im Freien weiterzusuchen, beabsichtigen wir, heute Abend schon mit ihren Wohnungen anzufangen.«

»Also nichts«, stellte Kärnlund fest, »abgesehen von den Schuhen Größe 45.«

»Um genau zu sein: 45-46«, korrigierte sich Määttä.

Jönsson hatte bislang geschwiegen.

»Ich habe vor, persönlich an dieser Ermittlung teilzunehmen«, sagte er.

Der Frischbeförderte hatte gesprochen. Elina sah John Rosén an. Jetzt würde es sich entscheiden.

»Wenn du Zeit hast, ausgezeichnet«, sagte Rosén. »Als Leiter der Mordgruppe begrüße ich jegliche Unterstützung.«

Jönsson antwortete nicht. Der Konflikt wurde durch Kärnlund entschärft.

»John! Die Planung!«

»Niklasson und Jönsson fahren mit Per Eriksson in die Wohnung des Mädchens. Wiik und Svalberg nehmen sich mit

Määttä Jamals Wohnung vor. Enquist, Bäckman und ich ermitteln von hier aus. Wie versuchen, so viele Leute wie möglich ausfindig zu machen, die das Paar kannten, um sie zu befragen. Sobald die Wohnungen durchsucht sind, treffen wir uns wieder hier.«

»Versteckt«, meinte Elina und wandte sich an Axel Bäckman. »Weißt du von wem?«

»Nein, leider nicht.«

»Das müssen Leute sein, die Jamal recht gut gekannt haben, wenn er zwei Jahre lang bei ihnen gewohnt hat.«

»Wenn es die ganze Zeit dieselben Leute waren, dann schon. Aber selbst das weiß ich nicht.«

»Vielleicht wissen diese Leute ja, ob Jamal bedroht wurde.«

»Die Polizei ist nicht gerade gut Freund mit Leuten, die Flüchtlinge verstecken. Wenn die wissen, dass wir über sie Bescheid wissen, dann können sie ihre Sommerhäuser und Wohnungen nicht mehr so gut als Versteckplätze nutzen. Aber es gibt eine Organisation, deren Vertreter namentlich bekannt sind. Wir müssen ihnen halt erklären, wie die Sachlage ist, und können dann hoffen, dass sie mit uns zusammenarbeiten.«

»Welche Leute beschäftigen sich mit so etwas?«, fragte Enquist. »Ich meine, Flüchtlinge verstecken?«

»Ganz normale Schweden. Idealisten. Oft Leute, die in der Kirche aktiv sind.«

»Wir müssen alle Quellen anzapfen«, meinte Kärnlund. »Wir wissen nicht, ob er oder sie oder vielleicht alle beide die eigentlichen Opfer waren. Wer weiß, worum es hier in Wirklichkeit geht. Ein Eifersuchtsdrama. Eine rassistisch motivierte Tat. Vielleicht etwas Politisches, wenn man an den Hintergrund denkt. Vielleicht auch nur eine Abrechnung unter Kriminellen. Jamal war vielleicht nicht ganz unbescholten und ist nur durch Zufall bislang nicht in unseren Fahndungslisten aufgetaucht. Wir wissen überhaupt nichts. So, und jetzt fangen wir an.«

Määttä öffnete mühelos mit einem Dietrich die Wohnungstür in der Stigbergsgatan. Die Zweizimmerwohnung war so gut wie unmöbliert. Kahle Wände. Keine Teppiche. Keine Gardinen. In der Diele hing eine Jacke an der Garderobe. Auf dem Boden standen ein Paar Schuhe. Im Schlafzimmer ein Bett und ein Kleiderschrank. Die Einrichtung des Wohnzimmers bestand aus einer Couch, einem Fernseher und einem Ikea-Regal. Im obersten Regalfach fanden sich ein paar gerahmte Fotografien. Weiter unten lag ein Stapel Zeitungen. In der Küche stand ein Tisch mit zwei Stühlen, und im Badezimmer gab es Körperpflegeprodukte, einen Eimer, einen Schrubber und Putzmittel in Plastikflaschen. In der Wohnung hatte ein Mensch mit bescheidenen Bedürfnissen gelebt.

»Spartanisch«, sagte Määttä. »Das Sichern der Fingerabdrücke wird etwas dauern. Aber das hat Zeit bis später.«

»Ja«, erwiderte Elina. »Fingerabdrücke sind erst dann von Interesse, wenn wir einen Verdächtigen haben. Aber lass uns erst mal schauen, was es sonst so alles gibt.«

Sie zog ein paar dünne Plastikhandschuhe über und öffnete den Kleiderschrank im Schlafzimmer. Unterwäsche, ein paar Hemden, Hosen. Ganz unten stand ein Staubsauger. Sie ging ins Wohnzimmer und betrachtete die Fotos. Ein ernster Mann mit Schnurrbart und Palästinensertuch um den Kopf. Eine lächelnde Frau mit Kopftuch. Zwei junge Männer in Hemd und Hose. Eine junge, stark geschminkte Frau vor einem Haus aus grauem Beton. Alle posierten vor der Kamera, stumme Zeugen der Sehnsucht und des Verlusts.

Die Familie, dachte Elina. Wo erreichen wir sie? Annikas Eltern wissen das vielleicht. Wenn sie wieder ansprechbar sind.

Svalberg kam aus der Küche.

»Nur Küchenkram«, sagte er. »Habt ihr was gefunden?«

»Nichts«, sagte Määttä. »Nichts, was sich lohnt, es für weitere Untersuchungen mitzunehmen.«

Die drei standen in dem kahlen Wohnzimmer. Die Luft schien sich zu verdichten. Eine unheimliche Atmosphäre umgab sie, das spürten alle.

»Da stimmt was nicht«, brach Elina das Schweigen. »Irgendwas an dieser Wohnung stimmt nicht.«

»Ja.« Määttä nickte. »So etwas ist mir noch nie untergekommen.«

»Jamal hatte keine Brieftasche bei sich, als wir ihn fanden. Auch kein Handy. Das ließe sich dadurch erklären, dass der Mörder seine Opfer beraubt hat. Aber hier gibt es keine Papiere, kein Geld, keine Kontoauszüge, kein Telefon, keine Rechnungen, es gibt überhaupt keine Spuren von Leben. Nichts.«

»Entweder lebte er von Luft oder jemand hat die Wohnung ausgeräumt«, meinte Määttä. »Mir ist, wie gesagt, so eine leere Wohnung nicht mehr untergekommen, seit ich aus meiner letzten Wohnung ausgezogen bin.«

»Lasst uns mit den Fingerabdrücken anfangen«, meinte Elina und griff zu ihrem Mobiltelefon. Sie wählte eine Nummer und machte sich einige Notizen. Dann wählte sie eine weitere Nummer und wechselte ein paar Sätze mit der Person am anderen Ende der Leitung.

»Er hatte ein Vodafone-Handy. In einer Stunde faxen sie uns die Liste der Nummern, die er angerufen hat.«

»Jetzt hast du vermutlich die Arbeit von Enquist und … wie heißt er noch mal … erledigt.«

»Axel Bäckman. Dann bekommen wir die Liste eben zweimal. *So what?*«

Annika Liljas Wohnung war gemütlich eingerichtet gewesen, wie Elina Roséns Beschreibung entnahm, als sich die Gruppe wieder im Präsidium versammelte. Dort hatten sich auch ein Pass, persönliche Unterlagen und Rechnungen gefunden, eben alles, was in einer normalen Wohnung herumlag. Aber Spuren, die auf das Wer und Warum hingewiesen hätten, hatten sie nicht entdeckt.

Enquist und Bäckman, die versucht hatten, anhand von Computern und Telefonaten Informationen über die Opfer zu sammeln, hatten rasch in Erfahrung gebracht, dass Annika Lilja einen zwei Jahre jüngeren Bruder namens Gustav hatte. Enquist war sofort zu ihm nach Hause gefahren.

»Das Ganze ist ihm unbegreiflich«, erzählte Enquist, als er sich zu den anderen gesellte. Er blätterte in einem Notizblock. »Ich habe nicht sehr viel aus ihm herausbekommen. Er war vollkommen mit den Nerven fertig. Annika und Jamal haben sich in einem Restaurant kennengelernt und sind vor etwa einem halben Jahr ein Paar geworden. Jamal hat Schwedischkurse für Einwanderer an der Volkshochschule besucht und Teilzeit in diesem Einwandererladen am Kopparbergsvägen gearbeitet. Er sei nett und sympathisch gewesen, sagt der Bruder. Er konnte sich nicht vorstellen, dass Jamal kriminell oder an irgendwelchen zwielichtigen Geschäften beteiligt gewesen sein könnte. Seine Schwester arbeitete seit einem Jahr bei einer Werbeagentur. Ich habe den Namen ihres Chefs notiert. Von irgendeinem Ärger mit irgendwelchen Exfreunden war Gustav Lilja nichts bekannt. Er hat mir die Namen der beiden Freunde vor Jamal genannt. Weder Annika noch Jamal waren Mitglieder irgendwelcher politischen Vereinigungen, zumindest wusste er nichts davon. Aber er sagte auch, dass er sie nicht sonderlich oft getroffen hat.«

»Jamal besitzt, soweit bekannt, keinerlei Verwandtschaft in Schweden«, sagte Axel Bäckman. »Die Migrationsbehörde will uns seine Akte faxen.«

Elina sah Bäckman an.

»Du sagst, seine Akte. Du hast doch vorhin erzählt, es hätte eine Pressekampagne gegeben, damit er in Schweden bleiben dürfe. Das muss doch passiert sein, während er sich noch versteckt hielt?«

»Natürlich, das versteht sich.«

»Ist Jamal von der Länstidningen interviewt worden?«

»Ja, ... soweit ich mich erinnern kann, schon. Es gab da Fotos von ihm.«

»Der Reporter muss wissen, wer ihn versteckt hat. Sollten wir uns nicht mit ihm oder ihr unterhalten?«

»Ruf bei der Länstidningen an und bitte um die Artikel«, meinte Rosén. »Kannst du das gleich machen, Elina?«

Kärnlund seufzte.

»Das erinnert mich daran, dass wir eine Mitteilung an die Presse machen müssen. Ein Doppelmord lässt sich nicht unbedingt geheim halten. Sollen wir Jamals Angehörige in Gaza in Kenntnis setzen? Oder was sollen wir da unternehmen?«

»In der Akte stehen die Namen und die Adresse der Eltern«, meinte Bäckman. »Wir verständigen das schwedische Konsulat in Jerusalem.«

»Sobald ich mir die Zeitungsausschnitte über Jamal von der Länstidningen zukommen lasse, haben sie dort auch seinen Namen«, sagte Elina.

»Das ist ohnehin nur eine Frage der Zeit«, erwiderte Kärnlund. »Kümmer dich gleich drum, Wiik.«

6. KAPITEL

Es dauerte nur wenige Minuten, da hatte Elina die Artikel aus dem digitalen Archiv der Länstidningen erhalten. Elina saß in ihrem Büro und las sie am Bildschirm. Es waren insgesamt sechs Artikel. Die Fotos fehlten, nur die Bildunterschriften waren vorhanden. Jamal Al-Sharifs Konterfei würde ungesehen in den gebundenen Bänden der Zeitung langsam verblassen.

Dann griff Elina zum Telefon. Eine Frau meldete sich.

»Agnes Khaled.«

»Hier ist Elina Wiik von der Polizei Västerås. Erinnern Sie sich an mich? Der Fall Åkesson.«

»Natürlich. Rufen Sie deswegen an?«

»Nein, ich würde mit Ihnen gerne über eine andere Angelegenheit sprechen. Am liebsten sofort.«

»Das klingt ernst. Ist es das?«

»Ja. Aber nichts, worüber Sie sich Sorgen machen müssten, nichts, was Sie persönlich betrifft.«

»Ich habe gerade Zimtschnecken im Ofen. Wenn es eilig ist, müssen Sie herkommen.«

»Ich bin schon unterwegs.«

Elina parkte vor Agnes Khaleds gelbem Haus in Blåsbo. Vor dem Haus gegenüber stand ein Dreirad. Eine Familie mit Kindern war in das Haus von Wiljam Åkesson eingezogen. Der Oberstadtdirektor hatte vor etwa einem Jahr am Tag seiner Pensionierung den Löffel abgegeben.

Agnes Khaled trocknete sich die Hände an ihrer Schürze ab und gab Elina dann die Hand. Der Duft von frischgebackenen Zimtschnecken stieg Elina in die Nase und weckte angenehme Erinnerungen.

»Ich bereite meinen Fünfzigsten vor«, sagte Agnes Khaled. »Sie ahnen gar nicht, wie viele Zimtschnecken ich für das Fest backen muss.«

Elina schüttelte den Kopf. Nicht, weil sie nicht wusste, wie viele Zimtschnecken noch gebacken werden mussten, sondern weil sie nicht glauben konnte, dass die Frau mit dem wuscheligen blonden Haar und den neugierigen blauen Augen auf die fünfzig zuging.

»Es kommen also viele Gäste?«

»Fürchterlich viele.«

Elina zog die Schuhe aus.

»Sagen Sie jetzt bloß nicht, dass schon wieder einer meiner Nachbarn ermordet worden ist«, sagte Agnes Khaled und verschwand in der Küche.

»Nein«, antwortete Elina, »aber die Sache ist genauso schlimm.«

Agnes Khaled sah Elina ernst an. Ohne weitere Worte goss sie zwei Tassen Kaffee ein und stellte einen Korb mit dampfenden Zimtschnecken auf den Tisch. Sie setzten sich einander gegenüber an den Küchentisch.

»Lassen Sie mich hören.«

»Vor etwa drei Jahren haben Sie mehrere Artikel über einen Flüchtling namens Jamal Al-Sharif geschrieben. Daran erinnern Sie sich sicher.«

»Als ob es gestern gewesen wäre. Er ist doch nicht etwa tot?«

»Weshalb glauben Sie das?«

»Weil Sie gesagt haben, es sei genauso schlimm, also wie damals bei Åkesson.«

»Ja, er ist tot. Er ist gestern ermordet worden.«

»Nein! Jamal, der Ärmste!«

»Ich kann Ihnen aus ermittlungstechnischen Gründen noch keine Einzelheiten nennen«, sagte Elina rasch. »Mein Chef muss noch entscheiden, was an die Öffentlichkeit darf. Aber ich habe eben Ihre Artikel gelesen und muss dazu ein paar Fragen stellen.«

Agnes Khaled erhob sich und ging in der Küche hin und her.

»Er hat mich im Frühjahr wieder angerufen, und zwar hier zu Hause. Er sagte, er brauche Hilfe. Aber ausgerechnet zu diesem Zeitpunkt musste ich ins Ausland verreisen. Übrigens am selben Tag, am 23. April. Nach Palästina. Mein Mann Mohammad kommt von dort. Daran erinnern Sie sich vielleicht noch? Wir waren den ganzen Sommer dort und sind erst vor zwei Wochen zurückgekommen.«

»In Gaza?«

»Nein, in den besetzten Gebieten im Westjordanland, und zwar in Ramallah bei seiner Familie. Mohammads Vater war krank, und wir sind dort geblieben, bis er gestorben ist.«

»Mein Beileid.«

»Für Mohammad ist es hart, aber ich habe es recht gut verkraftet.«

»In welcher Hinsicht benötigte er denn Ihre Hilfe? Ich meine, Jamal?«

»Weiß nicht. Ich habe nicht gefragt, ich hatte so viel anderes im Kopf. Er erwähnte aber, dass es um einen Verwandten gehe.«

»Einen Verwandten? Hier oder in Palästina?«

»Keine Ahnung. Ich habe ihn an jemand anderen verwiesen, von dem ich glaubte, dass er ihm helfen könne.«

»An wen?«

»Ich kann mich ehrlich gesagt nicht mehr daran erinnern.«

»Warum hat er sich denn an Sie gewandt?«

»Weil ich diese Artikel geschrieben hatte, die dazu geführt

haben, dass er die Aufenthaltsgenehmigung erhalten hat. Ich vermute, dass er mir vertraute. Außerdem wusste er von meiner Verbindung zu seinem Heimatland.«

»Glauben Sie, er hoffte, Sie würden über diesen Verwandten schreiben? Damit auch diese Person in Schweden bleiben könnte?«

»Das weiß ich leider nicht.«

»Wie klang er? Besorgt?«

»Nein, das fand ich nicht. Besorgt klang er nicht. Aber sein Schwedisch war nicht sonderlich gut, und irgendetwas muss ihm schließlich Sorgen gemacht haben. Sonst hätte er doch vermutlich nicht um Hilfe gebeten?«

»Diese Artikel über Jamal«, meinte Elina. »Haben Sie die geschrieben, um ihm zu helfen?«

»Ja und nein. Ja, weil es nicht schwer war, ihn als Menschen sympathisch zu finden. Ich mochte ihn. Nein, weil ich die Story nach meiner journalistischen Beurteilung, auch ungeachtet dessen, was ich von ihm hielt, geschrieben hätte. Meiner Meinung nach hatte die Migrationsbehörde einen Fehler gemacht, der fast schon an Rechtsbeugung grenzte, als sie seinen Antrag ablehnte und ihn dadurch zwang, zwei Jahre lang unterzutauchen. Ich habe über mehrere solcher Fälle geschrieben. Darüber, dass die Migrationsbehörde bei Asylanträgen geschlampt hat und Leute fälschlicherweise abschieben wollte.«

»Und wie ist es in den anderen Fällen gelaufen? Durften die anderen bleiben?«

»Vier durften bleiben, zwei habe ich verloren. Trotzdem ein ganz hübsches Ergebnis, und zwar für mich und für die Rechtssicherheit.«

»Ich habe Ihre Artikel gelesen. Aber ich würde mir gerne noch einmal von Ihnen erzählen lassen, was damals passiert ist.«

»Jamal kam 1998 hierher. Bereits in einer der ersten Vernehmungen des Asylverfahrens sagte er aus, dass er von den Israelis steckbrieflich gesucht werde. Die Migrationsbehörde tat das aber als unglaubwürdig ab. Zwei Jahre später tauchte ein Dokument auf, ein israelischer Haftbefehl, der bewies, dass er die Wahrheit gesagt hatte. Dieses Dokument hatte der Behörde vorgelegen.«

»Und zwar wie lange?«, unterbrach sie Elina.

»Das weiß ich nicht. Das Papier hatte keinen Eingangsstempel und war auch nicht bei der Poststelle der Behörde als »Eingegangen« eingetragen. Niemand konnte sich die Sache so recht erklären.«

»Und wo hatten Sie das Papier her?«

Agnes Khaled sah Elina forschend an.

»Es ist Ihnen doch bewusst, dass Sie sich eines Vergehens schuldig machen, wenn Sie versuchen, meine Informanten ausfindig zu machen?«

»Sie haben mich missverstanden. Sie geben, soweit möglich, immer die Quelle einer Information an. Um die Glaubwürdigkeit zu stärken, nicht wahr? Ich dachte, dass es sich vielleicht um einen Informanten handelt, der nicht anonym bleiben muss. Beispielsweise um Jamals Anwalt.«

»Nun ja. Aber diesen Informanten kann ich nicht nennen.«

»Woher wussten Sie, dass das Dokument der Migrationsbehörde vorlag, obwohl es dort nicht in den Unterlagen auftaucht?«

»Weil einer der Abteilungsleiter diese Information bestätigte.«

»Das hat er aber erst einen Tag, nachdem Sie das Dokument veröffentlicht hatten, getan. Das geht aus Ihren Artikeln hervor. Sie wussten aber bereits vorher, dass die Behörde das Dokument in ihrem Besitz gehabt hatte.«

»Warum ist das so wichtig?«

»Ich weiß nicht. Leute haben in Jamals Leben eingegriffen.

Jetzt ist er ermordet worden. Seine Freunde wissen vielleicht auch, wer ihm an den Kragen wollte.«

»Ich möchte es einmal so ausdrücken«, sagte Agnes Khaled. »In der Migrationsbehörde gibt es Leute, denen es nicht gefällt, wie die Abläufe an ihrem Arbeitsplatz aussehen. Ich bitte Sie, keine weiteren Fragen darüber zu stellen.«

»Falls Sie einen Informanten in der Migrationsbehörde besitzen, könnten Sie ihn dann nicht bitten, mich anzurufen?«

»Nein. Für den Fall, dass ich wirklich einen Informanten in dieser Behörde hätte, würde ich ihn nicht preisgeben.«

»Dann frage ich anders. Jamal ist zwei Jahre lang versteckt worden, und zwar von jemandem in Västmanland, wenn man Ihren Artikeln glauben kann.«

»Das kann man.«

»Entschuldigen Sie, ich meinte nicht, dass Sie vielleicht etwas Unwahres geschrieben haben könnten, sondern, dass Sie betonen, dass er in Västmanland untertauchte. Wir wollen natürlich mit der Person oder den Personen, die ihn versteckt haben, sprechen.«

»Das würde es ihnen aber anschließend erschweren, weiterhin Flüchtlinge zu verstecken. Und diese Tatsache gefällt mir nicht, offen gestanden.«

»Vielleicht könnte uns das aber auch zu Jamals Mörder führen. Was ist wichtiger?«

»Ich werde mit ihnen sprechen. Sie sollen selbst entscheiden.«

»Wie war er denn als Mensch?«

»Jamal? Ein sensibler, netter Bursche. Eher weich. Aber intelligent. Aufgeweckt.«

»War er in irgendwelche strafbare Aktivitäten verwickelt?«

»Soweit ich weiß, nicht.«

»Können Sie mir sonst noch etwas über ihn erzählen? Irgendetwas, was ich wissen sollte?«

»Nein …, mir fällt nichts ein.«

Agnes Khaled begleitete Elina zur Tür.

»Was ist Ihrer Meinung nach geschehen?«, fragte Agnes Khaled.

»Diese Frage kann ich nicht beantworten.«

»Ihnen ist doch klar, dass ich wegen des Mordes jetzt sofort die Zeitung anrufe?«

»Wegen der Morde.«

»Wie bitte?«

»Jamals Verlobte wurde ebenfalls ermordet. Sprechen Sie mit meinem Chef darüber, mit Oskar Kärnlund. Und rufen Sie die Leute an, die Jamal versteckt haben. Am besten noch bevor Sie die Zeitung verständigen.«

7. KAPITEL

Der Morgen begann falsch. Anton war am Telefon. Er wollte kommen. Elina wich aus. Schob es auf die Ermittlungen. Die Länstidningen hatte den Doppelmord auf der ersten Seite über fünf Spalten ausgebreitet: Absperrbänder der Polizei im Wald. Agnes Khaled hatte einen Text geschrieben, der weiter hinten in der Zeitung platziert worden war. Korrekt, aber dürftig, was die Fakten anging. Name und Foto von Jamal, aber nicht von Annika. Von ihr war nur als Vierundzwanzigjährige aus Västerås die Rede. Mordwaffe und Vorgehensweise des Mörders wurden nicht erwähnt.

Die Ermittler versammelten sich um neun Uhr. Die Obduktion hatte ergeben, dass Annika Lilja und Jamal Al-Sharif mit einer Axt erschlagen worden waren, und zwar mit der stumpfen Seite. Jamal zuerst, sie danach. In ihrer Wunde fanden sich Spuren seines Blutes.

»Eine Axt«, sagte Kärnlund. »Verwenden Holzfäller eigentlich immer noch Äxte?«

Diese Frage konnte niemand beantworten.

Elina und Svalberg erhielten den Auftrag zu analysieren, welche Nummern von Jamals und Annikas Handy aus angerufen worden waren. Enquist sollte herausfinden, ob Jamal ein Bankkonto besessen hatte. Rosén, Bäckman und Niklasson sollten ermitteln, in welchen Kreisen sich die Mordopfer bewegt hatten. Dann würden sie alle verhören, die mit den beiden in letzter Zeit Kontakt gehabt hatten. Per Eriksson fiel die Aufgabe zu, den VW zu durchsuchen. Määttä wollte den Mordplatz samt Umgebung ein weiteres Mal absuchen.

Im Wald fühlte sich Erkki Määttä wohl. Die Geräusche und der Duft vertrieben die Unruhe der Stadt aus seinem Kopf. Jeden Sommer hackte er für seine betagten Eltern in ihrem Haus am Fluss so viel Holz, dass es den Winter über reichte, und mit knapp vierzig erinnerte sein sehniger Körper immer mehr an einen Baumstamm.

Systematisch durchsuchte er das Terrain innerhalb der Absperrung. Im Abstand von jeweils einem Meter spannte er Leinen in Längsrichtung auf und folgte ihnen dann wie ein Läufer auf einer Laufbahn, den Kopf aufmerksam auf den Boden gerichtet. Falls es hier etwas gab, würde er es finden.

Nach eindreiviertel Stunden fand Määttä sie. Sie lag wie ein silberner Fisch im sumpfigen Wasser und erinnerte an eine reglose Bachforelle. Er zog einen Plastikhandschuh über und hob sie hoch.

»Jetzt können wir nur hoffen«, sagte er zu der tropfenden DV-Kamera.

Es dauerte über zwei Stunden, bis die DV-Kassette trocken war. Eine weitere Stunde war nötig, die erforderliche Ausrüstung zu beschaffen, um sie abzuspielen.

Alle neun Mitglieder der Fahndungsgruppe versammelten sich im Besprechungsraum. Määttä hatte, als er sie um ihr Erscheinen gebeten hatte, nicht erläutert, worum es genau ging, sondern nur angedeutet, dass er möglicherweise etwas Interessantes gefunden habe. Er selbst hatte sich die Filmkassette bereits angesehen. Jetzt wollte er sie den anderen vorführen. Svalberg zog die Gardinen vor. *Ruhe. Film ab.*

00.00.03. Jamal auf den Knien mit einer Raffel in der Hand. Er lacht in die Kamera und zu Annika. Die Kamera kommt näher, im Spaß beugt er sich vor, und sein Auge füllt den Bildschirm. Dann richtet Annika die Linse auf sich. Lacht. Ein Schwenk auf die Landschaft. Tannen, ein paar Kiefern, eine Birke, der Hang. Preiselbeeren. Das Bild wackelt, als die Kamera abgestellt wird.

00.03.42. Ein Elch. Wird mit Zoom herangeholt. Ein leises Geräusch. Eine Stimme? Annikas Stimme: »Jamal!« Ein rascher Schwenk um 180 Grad. Ihre Stimme etwas leiser, fragend. »Jamal?« Ein deutliches Einatmen. Füße nähern sich im Laufschritt. Feste Schuhe, dunkle Hosen. Die Kamera ist auf den Boden gerichtet. Preiselbeerpflanzen und Kiefernzapfen auf dem Hang. Neuer Schwenk. Annikas Beine, bewegen sich hastig in den Sumpf hinein. Sie keucht, platschende Schritte. Das Bild wackelt fürchterlich. Sumpfiges Wasser und Grasbüschel kommen rasend schnell näher. Dann dreht sich der Bildausschnitt um sich selbst. Himmel und Baumwipfel. Für einen Bruchteil von Sekunden taucht ein kleiner schwarzer Gegenstand in der linken unteren Bildecke auf. Ein Knirschen, ein kurzes Stöhnen, als würde Luft entweichen. Das Aufschlagen eines Körpers. Ein Zittern, die Wasseroberfläche wird durchstoßen. Grashalme unter Wasser. Dunkelheit.

Ende. Stille.

Määttä beugte sich vor und stellte das Gerät ab. Svalberg öffnete die Vorhänge. Elina war übel geworden. Sie zwang sich dazu, die anderen anzuschauen, um die Bilder zu verdrängen. Rosén hatte die Augen geschlossen. Kärnlund fuhr sich über die Glatze. Bäckman war erblasst. Enquist erhob sich und begann auf und ab zu gehen.

Jan Niklasson brach das Schweigen. »Wenn sie nur nicht

in dem Moment, in dem sie sich umgedreht hat, die Kamera gesenkt hätte. Dann hätten wir *ihn* und nicht nur seine Füße auf dem Bild.«

»Wir müssen uns das hier noch einmal zumuten«, meinte Rosén. »Wir müssen uns ihretwegen zusammennehmen. Määttä, kannst du die Kassette noch einmal abspielen?«

Rosén ging auf den Fernseher zu und deutete auf den Monitor. »Was passiert eigentlich in dieser Sequenz?«

Elina fasste den Inhalt zusammen.

»Sie filmt den Elch, ruft Jamal, vielleicht will sie, dass er kommt und sich den Elch ebenfalls ansieht. Sie dreht sich um, sieht Jamal auf der Erde liegen und einen Mann mit einer Axt auf sich zukommen. Sie erfasst die Situation sehr schnell. Sie versucht, vor ihrem Verfolger wegzulaufen, verliert die Kamera. Den Rest wissen wir.«

Rosén drückte erst auf die Rückspultaste, dann auf Play.

»Was lässt sich zu den Füßen sagen?«

»Ein Mann«, meinte Enquist. »Mit Sicherheit ein Mann.«

Die anderen nickten. »Vielleicht können wir die Schuhmarke herausfinden, wenn wir die Bilder digital bearbeiten. Das gilt auch für die Hose. Jedenfalls handelt es sich nicht um eine Jeans.«

»Und was passiert hier am Schluss?«, fragte Rosén.

»Wie Elina sagt«, meinte Svalberg. »Sie verliert die Kamera, die dann vermutlich auf einem Grasbüschel landet und schließlich ins Wasser gleitet.«

»Sie lag recht tief«, sagte Määttä.

»Das, was man ganz am Schluss sieht, ganz unten im Bild … das, was da kurz aufblitzt.« Rosén ließ das Video in Zeitlupe weiterlaufen und drückte dann auf Pause.

»Glaubt ihr, das könnte …?«

Alle schwiegen. Kärnlund holte tief Luft.

»Das ist die Axt.«

Määttä beugte sich rasch vor und spulte zurück. Er stellte lauter. »Hört genau hin! Direkt nach dem Zoom.«

Der Elch. Jetzt wird er größer. Alle schauten genauer hin, obwohl sie ja nur genauer hinhören sollten. *Jemand sprach in einiger Entfernung.*

»Nochmal«, sagte Svalberg.

Sie lauschten.

»Kann das Jamals Stimme unten vom Felsen sein? Spricht er mit dem Mörder oder mit Annika?«

»Hört noch einmal hin«, sagte Määttä und ließ das Band ein weiteres Mal zurücklaufen. »Das klingt wie ein *ks*.«

»Oder ein *x*«, meinte Elina. »Vielleicht sagt er ja *Axt*. Er sieht, dass die Person eine Axt trägt, und kommentiert es.«

»Vielleicht glaubt er, dass es sich um einen Holzfäller handelt«, meinte Kärnlund.

Määttä spulte noch einmal zurück und drückte wieder auf Play. »Es wird noch etwas gesagt. Nach einer kurzen Pause und nicht mit denselben Worten. Klingt das nicht wie *is*? Meist hört man den S-Laut am besten.«

»*Ks, is*«, sagte Rosén. »Vielleicht ergibt eine akustische Analyse ja noch mehr.«

»Falls das Jamals Stimme sein sollte, dann glaube ich, dass er mit dem Mörder spricht«, meinte Elina. »Annika stand ein ziemliches Stück entfernt. Wenn er mit ihr gesprochen hätte, dann hätte er gerufen.«

»Und wenn er sich bedroht gefühlt hätte, dann hätte er geschrien«, sagte Rosén. »Er erkundigt sich vielleicht ganz ruhig nach der Axt.«

»Vielleicht spricht der Mörder auch mit Jamal«, meinte Enquist.

Määttä hielt die DV-Kassette in die Luft. »Das geht jetzt ans Staatliche Kriminaltechnische Labor. Wir haben hier nicht die Ausrüstung, um die Geräusche zu analysieren.«

Einer nach dem anderen verließ das Besprechungszimmer.

Elina war die Letzte. Sie rief Määttä hinterher: »Erkki! Kannst du noch mal zurückkommen?«

Er drehte sich um, und Elina streckte die Hand nach der DV-Kassette aus.

»Ich würde sie gerne noch einmal anschauen.«

Und dann noch einmal. Nach dem dritten Mal starrte sie ins Leere.

»Willst du dich in Hass-Stimmung bringen?«, fragte Määttä, nachdem er vergeblich auf ihren Kommentar gewartet hatte.

»Nein. Das ist es nicht. Da ist etwas. Etwas, was ...«

Erkki Määttä wartete.

» ... was wir sehen, aber doch nicht sehen.«

»Du meinst, dass wir die Sequenz der Ereignisse falsch deuten? Dass da eigentlich etwas anderes passiert?«

»Nein, das vielleicht nicht. Wir übersehen etwas.«

»Woher willst du das wissen?«

»Weil ich einen Flashback habe. In der Szene ist etwas, was ich schon einmal gesehen oder erlebt habe. Aber irgendwie anders oder irgendwo anders.«

»Vielleicht in einem Traum? Und ich mache mich jetzt nicht über dich lustig.«

»Das ist mir klar, Erkki. Aber das glaube ich nicht. Es ist zu wirklich.«

Elina betätigte die Eject-Taste und drückte Määttä die Kassette in die Hand.

»Zum SKL«, sagte sie. »Vielleicht hilft das ja.«

Elina und Svalberg teilten die Telefonnummern untereinander auf. Sie saßen sich in ihrem Büro am Schreibtisch gegenüber. Annika Lilja hatte mehrere Jahre lang ein Handy besessen, und die Liste der Teilnehmer, die sie angerufen hatte, war lang. Der Ausdruck der Nummern, die Jamal Al-Sharif angerufen hatte, war bedeutend kürzer. Er hatte sich sein Handy erst am 21. Mai 2003 zugelegt und es somit nur vier Monate lang verwendet.

Auf den ersten Blick war ersichtlich, dass sie vorwiegend miteinander telefoniert hatten. Auf beiden Listen strichen sie diese Nummern durch. Dann machten sie sich an Annikas Liste. Diese hatte recht oft ihre Eltern angerufen. *Ebenfalls gestrichen.* Der Arbeitsplatz, die Zentrale. *Weiteres Durchstreichen.* Dort immer wieder dieselbe Durchwahl. Elina griff zum Hörer und rief die Nummer der Zentrale an.

»Wer hat bei Ihnen die Durchwahl vier?« Sie wartete. »Danke.«

Elina legte auf.

»Der Projektleiter der Werbeagentur. Vermutlich war er Elinas direkter Vorgesetzter. Wir müssen das überprüfen.« Diese Nummer unterstrich Elina rot und schrieb den Namen daneben.

Der Bruder. Die staatliche Versicherung. Ein Fernsehgeschäft. *Ebenfalls durchstreichen.*

Privatanschlüsse. Svalberg forschte nach, erst bei der Auskunft, dann im Melderegister. »Junge Frauen, vermutlich Freundinnen. *Rote Striche.*

Die Mütterklinik. »War sie schwanger?«, fragte Elina. *Roter Strich.*

Als sie die Liste der Nummern, die Annika angerufen hatte, durchgegangen waren, zählte Svalberg die roten Striche zusammen. »Sieben müssen wir überprüfen. Diese Leute müssten einiges über Annika und vielleicht auch über Jamal wissen, vermutlich aber nichts, was mit den Morden zu tun hat.«

Elina nickte.

Jamals Liste. Nachdem sie Annikas Nummer durchgestrichen hatten, waren noch zweiundvierzig Gespräche übrig. Sieben davon hatte er mit Annikas Eltern geführt. Vierzehn Mal hatte er an seinem Arbeitsplatz angerufen, einmal bei Annikas Bruder Gustav. Viermal hatte er die Auskunft befragt.

Einmal hatte er sich mit der Staatlichen Versicherung in Verbindung gesetzt. *Alles durchgestrichen.* Blieben siebzehn Gespräche übrig.

Acht davon waren Anrufe ins Ausland. »Welches Land hat die Vorwahl 00972?«, fragte Elina. Svalberg blätterte im Telefonbuch.

»Israel.«

»Die Nummer fängt mit einer Sieben an. Das müsste die Ortsvorwahl sein.«

»Das ist Gaza.«

»Dann ist das sicher die Nummer der Eltern.«

Die Gespräche waren nicht lang gewesen. Sie hatten zwischen zwei und elf Minuten lang gedauert.

»Teuer«, meinte Elina. »Über zweiundzwanzig Kronen pro Minute. Aber es gibt noch eine Nummer ins Ausland, aber nicht nach Israel. Die Vorwahl lautet 007.«

»Russland.«

Svalberg beugte sich über die Liste. »Ortsvorwahl 95.«

Er fuhr mit dem Zeigefinger die Nummern im Telefonbuch entlang.

»Moskau.«

»Seltsam. Findest du nicht auch?« Elina schüttelte den Kopf. »Warum hat er in Moskau angerufen? Und noch dazu nur ein einziges Mal.«

Svalberg wählte die Nummer der Auslandsauskunft und erkundigte sich, ob irgendwie in Erfahrung zu bringen sei, wer sich in Moskau hinter dieser Nummer verberge. Vier Minuten später legte er auf.

»Die Dame von der Auskunft hat bei ihren Kolleginnen in Moskau gefragt. Es ging nicht. Zumindest gelang es ihnen nicht.«

»Wir müssen direkt dort anrufen. Später. Vielleicht hebt ja jemand ab und ist so nett, uns zu sagen, wer er ist und warum Jamal angerufen hat.«

Jetzt waren noch neun Telefonnummern von der Liste übrig. Zwei gehörten einer Pizzeria in Skiljebo. *Schwarzer Strich.* Eine weitere Nummer war ein Anschluss in Stockholm. Svalberg wählte.

»Amnesty«, sagte er dann. »Wieso?« *Roter Strich.*

Eine weitere Nummer plus dieselbe Nummer mit Durchwahl führten ebenfalls nach Stockholm. Elina rief als Erstes die Zentrale an.

»Rotes Kreuz«, sagte sie dann zu Svalberg, den Hörer noch in der Hand. Dann fragte sie den Telefonisten: »Wer hat die Durchwahl 36?«

Elina schrieb den Namen auf ein Papier, bedankte sich und legte auf. »Karl-Erik Ehn.« *Roter Strich.*

Auch die vier letzten Nummern gehörten zu Anschlüssen in Stockholm. Drei waren identisch. Svalberg rief die Auskunft an.

»Dieser Anschluss gehört einem Ahmed Qourir in der Tensta Allee in Stockholm«, sagte er. »Die anderen drei sind Telefonnummern bei der Migrationsbehörde, Region Stockholm.«

Elina zögerte. Dann griff sie zum Hörer und wählte. *»Sie haben die Durchwahlnummer 84 gewählt. Yngve Carlström ist heute dienstlich unterwegs.«*

»War Yngve Carlström der Sachbearbeiter Jamals, als er seinen Asylantrag stellte?«, fragte sie Svalberg.

»Weiß nicht. Ich habe seine Akte nur überflogen. Aber ich meine mich zu erinnern, dass die Papiere von einer Frau unterschrieben waren. Vielleicht war Carlström ja ihr Chef.«

»Hier gibt es viele offene Fragen«, meinte Elina und klopfte auf die Liste mit den rot unterstrichenen Telefonnummern. »Er hat vor drei Jahren die Aufenthaltsgenehmigung erhalten. Warum hat er dann jetzt bei der Migrationsbehörde angerufen? Und beim Roten Kreuz, bei Amnesty und in Moskau? Irgendetwas war los. In seinem Umfeld tat sich etwas. Als ich mich gestern mit Agnes Khaled unterhielt, sagte sie, Jamal hätte sie im Frühjahr angerufen. Er brauchte Hilfe. Es ging um einen Verwandten. Vielleicht hängen diese Anrufe ja damit zusammen?«

»Was sollen wir tun? Sollen wir diese Leute anrufen? Oder sollen wir sie aufsuchen?«

»Wir …«

Es klopfte. John Rosén wartete, bis Elina »Herein« sagte.

»Enquist ist gerade zurückgekommen«, sagte Rosén. »Jamal hatte seit Oktober 2000 ein Konto bei der Föreningssparbanken. Das Konto war immer ausgeglichen, nie überzogen, wies allerdings auch keinen sonderlichen Umsatz auf. Lohn oder Ausbildungsbeihilfe sind regelmäßig jeden Monat eingegangen. Er hat immer nur ein paar Hundert auf einmal abgehoben, außer zum Monatsende hin. Vermutlich musste er dann seine Rechnungen zahlen. Eine Sache ist jedoch rätselhaft. Im Dezember 2000 hat Jamal einen Kredit von 70 000 Kronen beantragt. Er erhielt einen abschlägigen Bescheid, da er kein festes Einkommen hatte.«

»Wusste die Bank, wofür er das Geld verwenden wollte?«, fragte Elina.

»Nein.«

»Vielleicht wollte er Möbel kaufen. Im Oktober hatte er die Aufenthaltsgenehmigung erhalten. Er hatte sein Versteck verlassen und wollte ein neues Leben beginnen.«

»Der Mann von der Sparkasse hatte Jamal damals gefragt, vermutlich aus reiner Neugierde, weil Jamal ohnehin keinen Kredit bekommen hätte. Aber Jamal hatte ihm geantwortet, er könne nicht sagen, wofür er das Geld benötige. So hatte er das ausgedrückt. Dass er es nicht sagen könne. Diese Antwort war so ungewöhnlich, dass sich der Typ von der Bank noch daran erinnern konnte.«

»Wie soll man das deuten?«, fragte Svalberg.

»Vielleicht, dass Jamal ein Geschäft plante, von dem er nichts erzählen wollte, aber zu ungeschickt war oder vielleicht auch nur zu schlecht Schwedisch sprach, um sich eine glaubwürdige Geschichte einfallen zu lassen.«

Elina zeigte Rosén die Listen mit den Telefonnummern.

»Das ist die Nummer seiner Eltern in Gaza«, sagte sie und deutete auf eine Nummer. »Ich habe sie gerade an das schwedische Konsulat in Jerusalem weitergegeben.«

»Man kann nur hoffen, dass die Eltern keine schwedischen Zeitungen lesen«, murmelte Svalberg.

»Was sollen wir mit den anderen Nummern machen?«, wollte Elina wissen.

»Durchtelefonieren und fragen, warum Jamal angerufen hat.«

Elina nickte.

»Gibt es jemanden bei uns, der Russisch kann?«, fragte Svalberg.

»Brauchen wir nicht«, meinte Elina. »Ich weiß, wen ich fragen kann.«

John Rosén blieb einen Augenblick in der Tür stehen. Elina sah, dass er über etwas nachdachte. Sein Blick war konzentriert, aber auf nichts Bestimmtes gerichtet.

»Ja?«, sagte sie. »Ist noch was?«

»Ich weiß nicht«, sagte er. »Aber ich habe das Gefühl, dass es um ihn geht und nicht um sie.«

»Warum?«

»Der Mörder hat ihn zuerst erschlagen. Sein Tod war wichtiger.«

»Er war der Mann«, wandte Elina ein, »und stärker als sie. Vielleicht lässt sich die Reihenfolge ja auch so erklären.«

»Wer kann sich schon gegen eine Axt verteidigen? Und denk an die DV-Kassette. Sie sprachen miteinander. Jamal hat ihn vielleicht erkannt?«

»Das ist ja der Normalfall. Dass sich Mörder und Opfer

kennen. Du könntest also Recht haben. Falls sich die beiden kannten, dann spricht sehr viel dafür, dass es sich um eine Abrechnung gehandelt haben könnte. Sie wurde getötet, damit es keine Zeugen gibt. Wenn es sich nicht um einen Eifersuchtsmord gehandelt hat!«

»Vielleicht hat es ja etwas mit diesem Geschäft zu tun, von dem du gesprochen hast?«, meinte Svalberg. »Diesem Kredit über 70 000 Kronen. Da die Bank ablehnte, lieh er sich das Geld vielleicht von einem Wucherer. Und dann konnte er es nicht mehr zurückzahlen.«

»Vielleicht weiß Agnes Khaled ja etwas darüber. Soll ich sie nach diesem Kreditantrag fragen?«

»Schreibt sie darüber dann in der Zeitung?«, fragte Rosén.

»Die Gefahr besteht.«

»Frag sie trotzdem. Wir müssen schon ein paar Risiken eingehen, wenn wir weiterkommen wollen. Sag, dass diese Information Bestandteil des Ermittlungsverfahrens ist, vielleicht ist sie dann ja so nett, die Einzelheiten nicht auszubreiten.«

Sie verabredeten sich im Brogården, sozusagen auf neutralem Territorium. Elina holte zwei Tassen Kaffee. Agnes Khaled begann. »Ich habe mich mit den Leuten unterhalten, die Jamal versteckt haben. Eine Frau aus der Familie wird Sie anrufen. Anonym. Sie wissen, warum.«

»Gut«, erwiderte Elina. »Mich interessiert die Information, nicht die Person. Jetzt wollte ich Sie allerdings etwas anderes fragen. Als Erstes muss ich jedoch wissen, ob alles, was ich sage, gedruckt wird?«

»Das kommt ganz darauf an. Ich kann nichts versprechen. Worum geht es denn?«

»Um eine Einzelheit, für die ich nach einer Erklärung suche.«

»Genau wie Sie muss ich Einzelheiten in einen größeren

Zusammenhang einordnen. Die Möglichkeit oder das Risiko, dass mir ein einziges Detail etwas nützt, ist also nicht sonderlich groß. Aber ich verspreche Ihnen nichts. Wenn Sie mit mir sprechen, dann sprechen Sie auch immer mit einer Journalistin, die ihre Arbeit macht.«

»*Fair enough.* Einige Monate nachdem Jamal die Aufenthaltsgenehmigung erhalten hat, stellte er bei der Bank einen Kreditantrag über 70 000 Kronen. Wissen Sie vielleicht, warum?«

»Nein. Keine Ahnung. Vielleicht wollte er zu Ikea?«

»Diesen Gedanken hatten wir auch. Aber wir sind uns nicht sicher. Als er Sie anrief, um Sie um Hilfe zu bitten, glauben Sie, dass es da um Geld gegangen sein könnte?«

»Das kann ich mir nicht vorstellen. Ich habe über ihn geschrieben, aber anschließend hatten wir keinen Kontakt mehr. Erst im Frühjahr wieder. Ich glaube, dass er mich anrief, weil ich Journalistin bin. Weil er wollte, dass ich über etwas schreibe, womit er selbst nicht fertig wurde. Mich rufen oft Leute an, weil sie sich der Willkür der Behörden ausgesetzt sehen. Wenn es eine Story hergibt, dann schreibe ich darüber. Sonst rate ich ihnen, sich einen Anwalt zu nehmen oder sich an die Gewerkschaft zu wenden oder was sich sonst noch anbietet.«

Elina trank ihren Kaffee. Sie schwiegen.

»Können Sie mir etwas über die Ermittlung erzählen?«, fragte Agnes Khaled.

»Nein. Leider nicht. Ich kann nur sagen, dass sie sich dahinschleppt. Sie verpassen also nichts. Die Konkurrenz erfährt auch nicht mehr.«

»Schade.«

»Ich habe allerdings noch eine Frage«, meinte Elina. »Wenn ein Flüchtling einmal eine Aufenthaltsgenehmigung erhalten hat, besteht für ihn dann noch Veranlassung, den Kontakt zur Migrationsbehörde aufrechtzuerhalten?«

»Nein, ganz und gar nicht. Ich wüsste nicht, weshalb. Warum fragen Sie?«

»Jamal hat in den letzten Monaten mehrmals bei der Migrationsbehörde angerufen, bei einem gewissen Yngve Carlström, der in Stockholm tätig ist.«

Die Hand, mit der Agnes Khaled ihre Tasse hielt, verkrampfte sich. Sie sagte nichts. Ihre Haltung sprach jedoch Bände.

»Kennen Sie ihn?«, fragte sie.

»Ich habe den Namen schon mal gehört.«

»Wenn ich weiterfrage, dann ist der Informantenschutz nicht mehr gewährleistet, nicht wahr?«

»Ich habe nicht vor, mich darüber zu äußern, wer meine Informanten sind. Ich schlage Ihnen also noch einmal vor, dieses Thema auf sich beruhen zu lassen.«

Elina sah Agnes Khaled hinterher, nachdem sie sich voneinander verabschiedet hatten. Sie ertappte sich dabei, dass sie sie bewunderte. Elina fühlte sich immer Frauen unterlegen, die auf dem Weg durchs Leben einem inneren Kompass zu folgen schienen. Sie selbst wusste nicht, was von ihrem eigenen Verhalten angelernt und was wirklich sie selbst war.

Wieder im Präsidium nahm Elina auf ihrem Schreibtischstuhl Platz, rollte näher an den Tisch heran und schaltete den Computer ein. Sie musste nachdenken. Mit den Fingern auf den Tasten versuchte sie, ihre Gedanken zu ordnen und in Worte zu kleiden.

Jamal versucht, Geld zu leihen. Hilfesuchend wendet er sich mehrere Jahre später wegen eines Verwandten in Schwierigkeiten an Agnes Khaled. Diese verweist ihn an einen Sachbearbeiter (Yngve Carlström?) bei der Migrationsbehörde. Carlström (?) ist die Person, die der Länstidningen ein internes Dokument zugespielt hat. Dieses Dokument be-

wirkt, dass sich Agnes K. für den Fall interessiert. Die Aufmerksamkeit der Medien führt dazu, dass Jamal bleiben darf.

Elina lehnte sich zurück. Ihre Gedanken schweiften ab: Agnes Khaled hatte die Interessen von sechs Flüchtlingen vertreten, vier davon erfolgreich. In allen Fällen waren der Migrationsbehörde Fehler unterlaufen. War Yngve Carlström ein Informant, auf den sie immer noch zurückgriff? Ein Mann mit einem Ordnungsfimmel, der gewissenhaft die kleinliche und oft stümperhafte Bearbeitung von Asylanträgen seines Arbeitgebers korrigierte?

Elina erwog, alle Artikel zu bestellen, die Agnes Khaled über die sechs Fälle in der Länstidningen geschrieben hatte. Sie wollte herausfinden, ob ein Zusammenhang bestand. Von einer solchen Anfrage würde Agnes Khaled jedoch zweifellos erfahren, und Elina hatte ihren Informationsquellen für die nächste Zeit genug hinterhergeschnüffelt.

Wie die ganze Sache auch nur theoretisch in Verbindung mit den Morden an Annika Lilja und Jamal Al-Sharif gebracht werden könnte, wusste sie nicht. Sie wusste nur, dass es einen Zusammenhang geben *könnte.* Jamal war aktiv gewesen. Er hatte sich genötigt gesehen, etwas zu unternehmen. Vielleicht hatte sich irgendjemand durch seine Umtriebigkeit bedroht gefühlt.

Sie schaute auf die Liste der Nummern, die Jamal angerufen hatte, und griff zum Hörer. Sie wählte die Nummer von Karl-Erik Ehn beim Roten Kreuz. Ehn hob ab.

Elina nannte ihren Namen und kam sofort zur Sache.

»Am 6. August hat ein Jamal Al-Sharif aus Västerås bei Ihnen angerufen. Sie haben sich laut mir vorliegender Liste 8 Minuten und 42 Sekunden miteinander unterhalten. Worüber haben Sie gesprochen?«

»Wir haben zweimal miteinander gesprochen. Ich erinnere mich noch sehr gut. Er wollte, dass ich ihm dabei helfe, seinen verschwundenen Cousin zu finden – oder genauer gesagt: das Rote Kreuz.«

Elina drückte den Hörer fester ans Ohr. Sie war jetzt ganz aufmerksam.

»Ich erklärte ihm, dass wir eine Anfrage an das Rote Kreuz in jenem Land schicken könnten, in dem sein Cousin verschwand, jedoch nicht viel mehr.«

»Was hat er noch zu Ihnen gesagt? Wie hieß dieser Cousin? Wann ... Aber lassen Sie mich eine Frage nach der anderen stellen: Wann soll dieser Cousin denn verschwunden sein?«

»Ich erinnere mich nicht mehr genau. Ich glaube, er sagte Winter 2001.«

»Wie hieß der Cousin?«

»Das weiß ich nicht, aber ich kann nachschauen. Wir haben diese Anfrage nämlich weitergeleitet. Warten Sie bitte einen Augenblick.«

»Danke.«

Elina hörte, wie geblättert wurde.

»Er hieß Sayed Al-Sharif.«

»Was sagte Jamal über die Umstände? Weshalb war dieser Cousin verschwunden?«

»Tja ... mal sehen, was ich hier geschrieben habe. Da steht Folgendes: Er ist mit Hilfe von Menschenschmugglern aus Palästina geflohen. Sein Ziel war Schweden, da er dort Verwandte besaß. Er verschwand jedoch auf dem Weg hierher. Das letzte Mal ließ er aus Moskau von sich hören. Wir wandten uns also an das Rote Kreuz in Russland und baten darum, dort Nachforschungen anzustellen.«

»Und?«

»Wir haben bislang keine Antwort erhalten. Die wird auch noch eine Weile auf sich warten lassen. Es dauert nämlich immer ein Jahr, bis uns die Russen Bescheid geben.«

8. KAPITEL

Elina öffnete die Tür und trat auf den Gang. John Roséns Büro lag ein Stück weiter den Korridor entlang. Vier Männer kamen ihr entgegen. Axel Bäckman grüßte. Egon Jönsson verzog keine Miene. Die anderen beiden nickten. Sie gingen an ihr vorbei. Elina drehte sich um und sah, wie sich die Tür von Bäckmans provisorischem Büro bei der Kriminalpolizei hinter ihnen schloss. Sie drehte sich erneut um und erblickte Rosén auf der Schwelle seines Zimmers.

»Was ist los?«, fragte sie.

»Komm mal kurz zu mir.«

Rosén schloss die Tür, nachdem sie bei ihm eingetreten war.

»Es kommt Bewegung in die Sache. Die Ermittlung wird aufgeteilt.«

»Wieso das?«

»Die beiden Herren, die du gerade gesehen hast, sind von der Sicherheitspolizei in Stockholm. Sie sollen *die Kompetenz in genau umrissenen Ermittlungsabschnitten erhöhen.*«

John lächelte gequält.

»Es verhält sich folgendermaßen«, sagte Rosén, als er wieder den Mund öffnete und sein strahlend weißes Gebiss zeigte. »Bäckman ist auf Informationen gestoßen, die nahelegen, dass der Mord an Jamal mit der Situation im Nahen Osten zu tun haben könnte. Wie er an diese Informationen gelangt ist, weiß ich nicht, aber schließlich gehörte er früher selbst einmal zu den Spähern. Das Motiv könnte sein, dass Jamal in Palästina in extremere Aktivitäten als die Verteidigung von Menschenrechten verwickelt gewesen ist. Diese Aktivitäten soll er dann von Schweden aus fortgesetzt haben.«

»Und jetzt haben ihn die Israelis also ins Jenseits befördert?«

»Ja, oder politische Gegner auf der palästinensischen Seite. Eine Art interne Abrechnung. Die Details kenne ich nicht. Ich werde sie wohl auch nicht erfahren. Betrifft dich nicht mehr, wie sich der neue Dezernatschef Jönsson ausgedrückt hat.«

»Sag bloß! Hat er dich als Chef der Mordgruppe gefeuert?«

Was wird jetzt aus mir?, dachte Elina, noch bevor Rosén antwortete.

»Nein. Ich bin nach wie vor der Chef. Und ich leite auch weiterhin die Ermittlung. Außer wenn es um die erwähnten *sicherheitspolitischen Aspekte* geht. Kurz gesagt, alles, was diese Aspekte betrifft, liegt bei Jönsson. Bäckman wird mit ihm zusammenarbeiten. Die beiden aus Stockholm angereisten Kriminalinspektoren werden sich ebenfalls beteiligen, aber vermutlich mehr als Aufpasser.«

»Und wir?«

»Du, Enquist, Svalberg und ich machen mit allem anderen weiter, also mit allem, was auf einen normalen Doppelmord schließen lässt, insofern man überhaupt von ›normal‹ sprechen kann, wenn es um den Mord an zwei jungen Menschen geht.«

»Also zwei unabhängige Ermittlungen? Das ist doch schwachsinnig! Wie soll das denn gehen?«

John Rosén lächelte und schüttelte den Kopf.

»Was glaubst du?«, meinte er.

»Sie bekommen von uns alle Informationen, und wir bekommen keine von ihnen.«

Roséns Kopfschütteln ging in ein Nicken über.

»Verdammt!«, rief Elina. »Von mir bekommen die keine Informationen.«

»Leider lässt sich das nicht ändern. Wir müssen. Im Prinzip ist Jönsson bereits unser Chef. Legen wir uns quer, dann können wir uns aus der Mordgruppe verabschieden.«

»Findest du dich damit ab?«

»Ja. Schließlich geht es nur um diese eine Ermittlung. Nächstes Mal ist alles wie gehabt. Davon gehe ich aus.«

Elina knirschte mit den Zähnen. Sie hätte gerne jemandem vors Schienbein getreten. Am liebsten Jönsson.

»Wolltest du eigentlich vorhin zu mir?«, fragte Rosén.

»Bitte?«

»Vorhin auf dem Gang. Du bist auf meine Tür zugegangen.«

»Ach ja, richtig, das stimmt. Ich glaube, ich bin ein Stück weitergekommen.«

»Gut. Dann wollen wir uns auf die Arbeit konzentrieren. Lass hören.«

»Ein Verwandter Jamals ist verschwunden. Ein Cousin namens Sayed Al-Sharif. Offenbar war das bereits im Winter 2001. Sayed wollte mit Hilfe von Menschenschmugglern nach Schweden kommen. Zeitlich fällt das auch mit Jamals Versuch zusammen, einen Kredit von 70 000 Kronen aufzunehmen.«

»Du glaubst, dass er mit diesem Kredit die Schmuggelkosten begleichen wollte?«

»Ja, aber das ist nur eine Vermutung. Jamal hat wegen dieses Verwandten diverse Telefongespräche geführt, erst mit Agnes Khaled und dann mit dem Roten Kreuz. Vermutlich hat er sich auch deswegen bei dieser Person von der Migrationsbehörde gemeldet, aber das habe ich noch nicht überprüft. Außerdem könnte der Anruf in Moskau damit zusammenhängen, weil Jamal das letzte Lebenszeichen von Sayed aus Moskau erhalten hatte.«

»Was ist mit dieser Person auf der Liste, die einen ausländischen Namen trägt?«

»Er heißt Ahmed Qourir. Könnte ebenfalls damit zu tun haben, aber das habe ich noch nicht überprüft.«

»Weißt du, warum er erst jetzt Nachforschungen angestellt hat? Dieser Cousin Sayed verschwand schließlich bereits vor zweieinhalb Jahren.«

»Nein. Aber wir haben schließlich nur eine Liste seiner Anrufe der letzten vier Monate. Er könnte auch schon vorher Nachforschungen angestellt haben.«

»Und warum soll das etwas mit den Morden zu tun haben?«

»Keine Ahnung. Aber irgendetwas scheint doch in Jamals Leben in Bewegung geraten zu sein. Und etwas anderes haben Svalberg und ich nicht entdecken können. Und es geht um Menschenschmuggel, Geld, einen Verschwundenen, da liegt der Gedanke an Gewalt doch recht nahe.«

»Ich glaube mehr an einen Eifersuchtsmord oder an einen fanatischen Rassisten, ohne das allerdings beweisen zu können, das muss ich zugeben. Ich glaube, wir vier ... oder fünf, wenn wir Niklasson behalten dürfen, müssen jetzt in der Anfangsphase unterschiedliche Richtungen einschlagen. Verfolge du mal deine Spur. Da ist schließlich noch einiges zu tun, nicht wahr?«

»Ja. Als Erstes möchte ich die übrigen Personen auf der Liste erreichen.«

Nadia hatte den Abend frei. Sie liebte Dienstage. Sie hatte abends frei, und ihre Tochter hatte Ballettstunde. Nadia würde zuschauen, und vor Glück und Stolz würde ihr das Herz aufgehen.

Es war Viertel vor fünf, als Elina anrief. Das Telefon klingelte. Nadia war gerade dabei, die frisch gewaschenen Kleider herauszusuchen, und Nina machte sich fertig.

»*Poka,* Elina! Meine liebe Freundin, wie geht es dir? Ich will gerade Nina zur Ballettstunde bringen. Kannst du nicht mitkommen und zuschauen? Das ist so wunderbar!«

Elina ging zu Fuß nach Herrgärdet. Die Bäume begannen ihr Laub zu verlieren, und der Geruch von Herbst lag in der warmen Luft. Klaviermusik klang aus den Räumen der Ballettschule nach draußen. Sie folgte der Musik eine Treppe hinauf. An einer Stange standen acht Mädchen und ein Junge auf Zehenspitzen, und in der Ecke spielte eine Frau mit langen grauen Haaren auf einem Flügel. Die Kinder sahen aus wie Engel. Die Lehrerin zählte den Takt, während sie den Winkel korrigierte, in dem die Schüler ihre Arme und Hände hielten. Elina blieb eine Weile fasziniert in der Tür stehen. Sie hatte in ihrem ganzen Leben keinen einzigen Ballettschritt gelernt und sah daher auch nicht, dass Nadias neunjährige Nina überdurchschnittlich begabt war.

Nadia stand weiter hinten und nickte im Takt der Schritte ihrer Tochter. Elina wollte nicht stören. Sie wartete, bis Nadia ihr den Blick zuwandte. Nadia winkte sie mit einem strahlenden Lächeln zu sich, legte ihr den Arm um die Schultern und flüsterte ihr ins Ohr: »Ist das nicht fantastisch? Die Lehrerin sagt, dass aus ihr etwas werden kann, wenn sie nur viel und ausdauernd trainiert.«

Als die Übung beendet war, lief Nina auf Elina zu und umarmte sie. »Wirklich schön, dass ich dich endlich einmal tanzen sehe«, meinte Elina. »Das kannst du wirklich gut!«

»*Spasiba*, Elina«, sagte Nina und lächelte verlegen. Sie sagte einige Worte auf Russisch zu ihrer Mutter, und diese antwortete in derselben Sprache. Dann unterhielten sie sich auf Schwedisch, da Elina dabei war.

Anschließend fuhren sie mit dem Bus zu Nadias und Ninas Haus in der Gunilbogatan, in dem sie eine Dreizimmerwohnung im obersten Stockwerk bewohnten. In der Einzimmerwohnung daneben wohnte Nadias Mutter, die nach Schweden gezogen war, um sich um Nina zu kümmern, wenn Nadia abends im Restaurant arbeitete. Der schwedische Vater der Tochter wohnte ebenfalls in Västerås, und Nina verbrachte jedes zweite Wochenende bei ihm, war aber sonst bei der Mutter. Elina war ihm in den Jahren, seit sie Nadia kannte, noch nie begegnet.

Elina hatte sich Nadia gegenüber in einer Weise geöffnet, die sie selbst erstaunte. Sie waren sich in dem Restaurant begegnet, in dem Nadia arbeitete. Nadia hatte Elina bedient. Dass sie dann abends ausgegangen waren, war Nadias Initiative zu verdanken. Elina meinte sich zu erinnern, dass sie sofort Freundinnen geworden waren, und zwar genauso, wie man sich auf den ersten Blick in einen Mann verlieben konnte. Elina wusste, dass das möglich war. *Martin.* Nach ihm war sie ihren eigenen Reaktionen gegenüber misstrauisch und vorsichtig geworden. Aber Nadia hatte ihr keinen Platz für Unentschlossenheit gelassen.

Nadia setzte Teewasser auf, während sie erzählte. Ein Mann hatte ihr Avancen gemacht, aber sie hatte ihn sofort abserviert. »Er glaubte, ich sei leicht zu haben, bloß weil ich keine Schwedin bin! Schon wieder! Wo gibt es in diesem Land bloß erwachsene Männer?« Sie erzählte von den Fortschritten, die Nina in der Schule machte, und davon, dass ihre scharfe Zunge ihr ständig Probleme mit dem Restaurantchef einbrachte. Elina berichtete von ihren Qualen wegen Anton. Nadia gab ihr den Rat, kurzen Prozess zu machen. Elina hatte auch nichts anderes erwartet.

Zum Schluss kam sie zur Sache.

»Diese Telefonnummer«, sagte Elina und legte Nadia einen Zettel hin. »Das ist eine Nummer in Moskau, aber ich weiß nicht, wem sie gehört.«

Nadia sprang vom Sofa auf.

»Das haben wir gleich.«

Sie blätterte in einem schwarzen Adressbuch und wählte

eine Nummer. Von der Unterhaltung verstand Elina nichts, sie hörte jedoch ganz am Anfang den Namen Sergej.

»Ich soll in einer Viertelstunde zurückrufen«, meinte Nadia, nachdem sie wieder aufgelegt hatte. »Bis dahin hat Sergej es rausgekriegt. Er schlägt mir nie etwas ab.«

»Natürlich nicht. Die Person möchte ich auch erst einmal sehen, die dir etwas abschlagen könnte. Wer ist denn Sergej? Ein Exfreund?«

»Natürlich. Noch dazu einer mit nützlichen Kontakten.«

Nadia zwinkerte ihr zu.

»Er hat früher beim KGB gearbeitet. Vielleicht tut er das auch immer noch, obwohl er behauptet, dass er dort aufgehört hat. Für mich spielt das keine Rolle. Er muss nur etwas herumtelefonieren, dann ist die Frage geklärt.«

»Ich kann deine Telefonate bezahlen, Nadia. Das hier kostet ein Vermögen.«

Nadia wehrt ab. »Auf gar keinen Fall.«

Zwanzig Minuten später. Das Telefon. Stift, Papier, Notizen. *Do Zavtra.*

»Unglaublich! Sergej sagt, dass die Nummer zur Wohnung 17 in der Profzojusnaja 368 gehört. In dieser Straße habe ich früher gewohnt, kannst du dir das vorstellen? Dort wohnen Tausende von Menschen, die Häuser sind riesig, alles sieht gleich aus. Ich würde dir wirklich gerne einmal Moskau zeigen! Sergej sagt, dass die Person, der diese Wohnung gehört, sie an Flüchtlinge untervermietet, die in Moskau hängengeblieben sind, weil sie überall abgewiesen werden. Selbst in ihren eigenen Ländern. Der Vermieter nimmt diesen Leuten wahnsinnig viel Geld ab. Er heißt Wladimir Petrow.«

»Wie hat dein Freund all das herausfinden können?«

Nadia zuckte mit den Achseln. »Melderegister, Kontakte, was weiß ich? Er hat vermutlich jemanden angerufen, der Zugriff auf die richtigen Informationen hat. In Moskau ist alles möglich.«

Elina dachte einen Augenblick nach. Vielleicht sollten sie ja einen Versuch unternehmen? Das verstieß zwar gegen die Regeln, aber die Ermittlung drohte schließlich ihr und der Mordgruppe aus den Händen zu gleiten.

»Nadia, ruf bitte die Nummer in Moskau an. Frage nach einem Sayed Al-Sharif. Falls er nicht dort sein sollte, dann frage, wo du ihn erreichen kannst und was aus ihm geworden ist.«

»Diesen Namen musst du mir aufschreiben.«

Elina schrieb. Nadia wählte. Dann legte sie wieder auf.

»Es geht keiner dran.«

»Wir versuchen es später noch einmal. Das kann warten.«

Es war bereits nach zehn, als sie wieder zu Hause war. Sie checkte ihre E-Mails. Ihr Vater wie immer. Er berichtete von der Herbsternte in seinem Gemüsegarten. Fragte, was sie gerade zu tun habe. Ob sie mit dem neuen Mordfall befasst sei, über den im Aftonbladet berichtet worden war. Elina schrieb eine kurze Antwort. Auch Anton hatte ihr geschrieben. Sie streckte die Hand nach dem Telefonhörer aus. Er hob ab, seine Stimme klang gequält. Sie wollte am nächsten Tag nach Stockholm und ihn anschließend treffen.

Auch gut, dann kann ich endlich einen Schlussstrich ziehen, dachte Elina.

9. KAPITEL

Verängstigt oder voller Hoffnung, vom Krieg vertrieben oder auf der Jagd nach materiellem Glück, auf der verzweifelten Suche nach einer Zukunft. Sie wurden in Scharen an unseren Küsten angeschwemmt, an ein Land, das zu wenige eigene Kinder hatte, aber die Kinder anderer abwies. An die Küste eines reichen Landes, das bald die menschliche Verarmung des kinderlosen Alterns erleben würde.

Als Elina die Nebenstelle der Migrationsbehörde betrat, meinte sie in eine andere Welt geraten zu sein. Auf der anderen Seite der Straße lag das Råsunda-Fußballstadion, ein Denkmal für alles Schwedische, in dem bei jedem Länderspiel dem Nationalismus leidenschaftlich freier Lauf gelassen werden konnte. In der Nebenstelle saßen Menschen, die eine Fahrkarte nach Schweden gelöst und jetzt eine Nummer gezogen hatten, um nach stunden- und tagelangem Warten mit einem Sachbearbeiter über ihr Bleiberecht verhandeln zu dürfen.

Elina wurde in ein Büro geführt. Hinter einem Schreibtisch saß Yngve Carlström. Um die fünfzig, verlebt, Stupsnase, schmaler Mund. Er schob seine Brille zurecht und reichte ihr dann die Hand. Ein weicher Händedruck.

Bloß kein vorschnelles Urteil fällen, dachte Elina.

Sie nahmen einander gegenüber am Schreibtisch Platz. Ihr Stuhl war etwas niedriger als seiner.

»Womit kann ich Ihnen dienen?«

»Es geht um drei Anrufe, die Sie im September erhalten haben. Von einem Mann aus Västerås, sein Name ist Jamal Al-Sharif.«

»Und?«

Er beugte sich vor und rückte seine Brille nochmals zurecht. Dann nahm er einen Stift und begann Männchen auf ein Papier zu kritzeln.

»Sie müssen doch gelesen haben, was ihm zugestoßen ist?«, meinte Elina. »Die Zeitungen waren in den letzten Tagen voll davon.«

»Nein, ich habe keine Ahnung.«

Elina betrachtete seine Hand, mit der er immer weiter strichelte. Er bemerkte ihren Blick und legte den Stift beiseite.

»Ich weiß, um wen es sich handelt«, sagte er. »Aber was ist passiert?«

»Er wurde letzten Sonntag zusammen mit seiner Freundin ermordet.«

»Das klingt schrecklich.«

»Das ist es auch.«

»Und was hat das mit mir zu tun?«

»Worum ging es bei diesen Anrufen?«

»Ich muss nachdenken.«

Er nahm die Brille ab und massierte seine Nasenwurzel.

»Ich glaube, wir sollten ihm dabei helfen, einen Verwandten ausfindig zu machen, der angeblich nach Schweden gekommen war. Ja, genau, so war es. Er wollte wissen, ob wir irgendwelche Unterlagen über ihn besitzen.«

»Was für Unterlagen hätten das sein sollen?«

»Irgendwas, woraus hervorgegangen wäre, dass dieser Verwandte einen Asylantrag gestellt habe. Ich glaube, er wollte wissen, ob diese Person in Schweden eingetroffen und dann abgeschoben worden war. Er wollte herausfinden, ob diese Person bereits auf dem Weg nach Schweden verschwunden war oder erst nach der Abschiebung.«

»Gab es irgendwelche Unterlagen darüber?«

»Normalerweise unterliegen unsere Akten der Geheimhaltung. Aber in diesem Falle fand ich, dass wir ihm helfen könnten. Es wirkte unwahrscheinlich, dass das uns oder diesem Verwandten hätte schaden können. Ich sah also nach. Uns lagen keine Informationen über eine Person mit diesem Namen vor.«

»Wann haben Sie Jamal das erzählt?«

»Ich rief ihn nach seinem ersten Anruf zurück.«

»Und die beiden anderen Anrufe? Weshalb rief er da an?«

»Soweit ich mich erinnern kann, wollte er wissen, ob es vielleicht noch anderswo Unterlagen geben könnte. Die Behörde hat schließlich mehrere Nebenstellen. Es war ihm ganz einfach sehr wichtig.«

»Und was haben Sie unternommen?«

»Ich habe das überprüft. Sein Verwandter hatte nirgendwo in Schweden eine Aufenthaltsgenehmigung beantragt.«

»Die beiden waren Cousins. Und der andere verschwand vor über zwei Jahren. Hat Jamal schon früher einmal wegen dieser Sache angerufen?«

»Nicht dass ich wüsste. Jedenfalls nicht bei mir.«

»Warum hat er gerade Sie angerufen?«

Yngve Carlström griff zu seinem Stift und begann wieder zu zeichnen. Einen runden Kopf mit Punkten als Augen.

»Ich weiß nicht. Vermutlich hat ihn die Zentrale zu mir durchgestellt.«

»Er hat aber direkt Ihre Durchwahl gewählt.«

»Vielleicht hatte er die ja von der Zentrale. Keine Ahnung.«

Elina lehnte sich zurück. Sie dachte nach: Sie konnte Yngve Carlström nicht fragen, ob Agnes Khaled Jamal an ihn verwiesen hatte. Damit hätte sie gewissermaßen versucht, einen Informanten der Länstidningen zu enttarnen. Damit hätte sie das Vertrauen von Agnes Khaled verloren. Das war zwar weniger wichtig, aber trotzdem. Außerdem würde Yngve Carlström diese Frage nicht beantworten, weil er damit eingestehen würde, vertrauliche Informationen der Migrationsbehörde weiterzugeben. Es handelte sich jedoch um einen Mordfall. Jamal war erschlagen worden. Vielleicht hatte ja sein verschwundener Cousin mit dieser Sache zu tun? Weshalb war er verschwunden?

Sie konnte nicht beurteilen, welche Informationen wichtig und welche unwichtig waren. Noch nicht. Sie schlug einen Mittelweg ein.

»Vielleicht hat ihn die Zentrale an Sie verwiesen, sagten Sie. Könnte auch jemand anderer ihn an Sie verwiesen und ihm Ihre Durchwahlnummer gegeben haben?«

»Wer hätte das sein sollen?«

»Vielleicht jemand, der Sie kennt?«

»Fragen Sie doch Jamal, hätte ich fast gesagt. Aber das geht ja nun nicht mehr. Ich habe keine Ahnung.«

Fragen Sie doch Jamal. Unangebracht persönlich, fand Elina.

»Hatten Sie vorher schon einmal mit Jamal zu tun? Haben Sie beispielsweise seinen Asylantrag bearbeitet, als er 1998 hierherkam? Oder als dieser Antrag zwei Jahre später noch einmal verhandelt wurde?«

»Nein, damit hatte ich nichts zu tun. Ich hörte erst im Herbst 2000 von ihm, als er die Aufenthaltsgenehmigung erhielt. Das schlug ziemlich hohe Wellen, da der Fehler auf das Konto meiner Abteilung ging.«

»Darf ich Ihnen eine etwas allgemeinere Frage stellen?«

Seine Antwort wartete sie nicht ab.

»Was halten Sie persönlich davon, wie Asylanträge in Ihrer Abteilung gehandhabt werden?«

»Wir halten uns an die Regeln, die von der Regierung und vom Reichstag vorgegeben werden.«

»Und was halten Sie von diesen Regeln?«

»Wie meinen Sie das?«

»Was halten Sie von der schwedischen Einwanderungspolitik? Ist sie zu kleinlich oder zu großzügig?«

Er schwieg. Elina vermutete, dass er darüber nachdachte, weshalb sie diese Frage stellte und wie er sie beantworten sollte.

»Ich finde, dass sie durchaus großzügiger sein könnte«, erwiderte er dann. »Aber ich gehe bei der Bearbeitung der Asylanträge selbstverständlich von den geltenden Regeln aus. Ich kann natürlich bei der Beurteilung der Asylgründe jedes einzelnen Antragstellers besondere Sorgfalt walten lassen.«

»Tun das nicht alle Sachbearbeiter?«

»Sind diese Fragen Bestandteil einer formellen Vernehmung?«

»Ich bin natürlich dienstlich hier, mache mir jedoch keine Notizen, wie Sie sehen können.«

»Dann möchte ich es einmal folgendermaßen ausdrücken: Abgesehen von den Regeln gibt es bestimmte unausgesprochene Vorgaben von Politikern, bei denen es um den Grad des Wohlwollens geht. Wollen wir die Flüchtlinge hierbehalten, oder wollen wir das nicht? Sollen wir Sachbearbeiter den Angaben der Flüchtlinge misstrauen, oder sollen wir eher davon ausgehen, dass sie der Wahrheit entsprechen? Im Augenblick sieht unsere Arbeit so aus, dass wir jeden noch so kleinen Widerspruch in ihren Berichten finden sollen, um die Flüchtlinge als unglaubwürdig abstempeln zu können.«

»Was hat das für Konsequenzen für die Flüchtlinge?«

»Dass die Gründe, die sie für ihren Antrag nennen, nicht genügen. Also Abschiebung. Jamals Fall ist ein Beispiel dafür. Niemand ging der Frage nach, ob die Israelis wirklich nach ihm fahndeten. Und als die Behörde schließlich ein Dokument erhielt, das dieses Faktum bestätigte, beachtete es niemand. Man legte das Dokument einfach zu seiner Akte. Erst als die

Medien von diesem Dokument erfuhren, wurde der Abschiebungsbeschluss aufgehoben.«

»Und wie konnte die Länstidningen davon erfahren?«

»Keine Ahnung. Das ist wirklich rätselhaft, nicht wahr?«

»Dann danke ich Ihnen für diese Antworten.«

Elina erhob sich und ging.

Mit ihrem Dienstwagen fuhr Elina nach Tensta. Diese Gegend war ihr fast vollkommen unbekannt. Wie so manch anderer hatte sie jahrelang in Stockholm gelebt, ohne sich sonderlich oft in die Vororte der Stadt zu begeben. In den Stadtzentren von London, Athen oder New York kannte sie sich besser aus als in Tensta. Mit Hilfe eines Stadtplans fand sie die Adresse.

Die Wohnung war über einen Balkon zu erreichen. Es war die letzte Tür. Elina musste auf dem Weg ein paar Satellitenschüsseln ausweichen. Das Glas über dem Namen Ahmed Qourir auf dem Briefkastenschlitz in der Tür hatte einen Sprung.

Nachdem Elina dreimal geklingelt hatte, zog sie eine Visitenkarte aus der Tasche und schrieb darauf: »Bitte rufen Sie mich an!« Dann steckte sie sie in den Briefkasten.

Auf dem Weg zurück zum Auto sah sie ein paar verschleierte Frauen mit schweren Einkaufstaschen und einem Rudel Kinder. Die Männer trugen Schnurrbärte. Sie fragte sich, wie Ahmed Qourir wohl aussah.

Sie schaute gen Himmel. Es war bewölkt. Ihr Magen rumorte. Jetzt stand ihr noch das Schlimmste bevor.

Elina klingelte, obwohl sie einen Schlüssel besaß. Anton öffnete. Er beugte sich vor und küsste sie leicht auf den Mund. Von seiner früheren Selbstsicherheit war nichts übrig.

Sie blieb bis zum Morgen. Die letzten Stunden schlief sie auf seiner Couch, er lag daneben. Er hatte geweint, gefleht, ihre Gründe hinterfragt, war wütend geworden und hatte wieder geweint. Er hatte seinen Kopf in ihren Schoß gelegt, und sie hatte ihm das Haar gestreichelt, hatte aber nicht nachgegeben. Es war Schluss. Sie legte den Schlüssel auf den Küchentisch, bevor sie ging.

10. KAPITEL

Die Wohnung wirkte unbewohnt. Das Schlafzimmer war trostlos. Sie legte sich in Kleidern aufs Bett und schlief traumlos ein.

Zwei Stunden später erwachte sie. Sie machte sich fertig, legte die Kleider vom Vortag in die Waschmaschine, begab sich ins Präsidium und klopfte an John Roséns Tür.

»Es ist halb elf«, sagte er. »Ich habe mir schon überlegt, wo du bleibst.«

Sie antwortete nicht. Er sah ihr an, dass die Angelegenheit persönlich war.

»Wie ist es gestern gelaufen?«

»Yngve Carlström von der Migrationsbehörde hat bestätigt, dass ihn Jamal wegen seines verschwundenen Cousins angerufen hat. Carlström konnte ihm nicht helfen.«

»Warum hat er sich ausgerechnet an Carlström gewandt?«

»Ich glaube, Carlström war es, der das Dokument, das Jamal vor drei Jahren rettete, an die Länstidningen weitergeleitet hat. Ich glaube, dass er das getan hat, weil er etwas mehr Mitgefühl mit den Flüchtlingen hat, als den Politikern recht ist. Und ich glaube, dass Jamal von Agnes Khaled zu Carlström geschickt worden ist.«

»Noch etwas?«

»Ahmed Qourir war nicht zu Hause. Wir wissen also immer noch nicht, wieso ihn Jamal angerufen hat.«

»Schlussfolgerungen?«

»Keine.«

»Was hast du jetzt vor?«

»Ich will versuchen, Ahmed Qourir aufzuspüren, diese Nummer in Moskau anrufen, mit Jamals Eltern in Gaza Kontakt aufnehmen und sie nach Sayed fragen. Sonst fällt mir nichts ein. Wie läuft es bei den anderen?«

»Wir haben Annikas Eltern endlich vernehmen können. Sie sagen, dass sie das Ganze nicht begreifen. Enquist hat mit ihnen gesprochen. Sie seien vollkommen am Boden zerstört gewesen. Er hat nichts Verwertbares in Erfahrung gebracht. Svalberg und ich haben mit einem Dutzend Leute gesprochen, die Annika und Jamal kannten, Kollegen und so. Mit dem gleichen niederschlagenden Ergebnis.«

»Und die anderen? Die im Nachbarzimmer?«

John Rosén verzog den Mund.

»Das musst du sie schon selbst fragen. Ich habe nicht das Geringste gehört, einmal abgesehen davon, dass Jönsson behauptet, es gehe voran und er glaube, recht bald die Lösung präsentieren zu können.«

Elina starrte auf den Tisch.

»Kann ich etwas für dich tun?«, fragte Rosén vorsichtig.

»Danke, dass du fragst, John. Aber es geht schon.«

Elina erhob sich, doch Rosén hielt sie auf.

»Noch etwas. Das SKL hat das Video analysiert.«

»Und?«

Rosén griff zu einem Blatt Papier.

»Es ergab nichts Neues. Sie sagen, dass es sich nur um eine Person handelt, die spricht. Es gab also kein Gespräch. Ob es sich um die Stimme von Jamal oder seinem Mörder handelt, wissen wir nicht.«

»Was sagt die Person?«

»Das SKL hörte nicht viel mehr als wir. Die Person spricht 7,2 Sekunden lang. Ein X-Laut ganz am Anfang ist deutlich zu vernehmen. Nach 5,1 Sekunden ist dieses kurze *is* zu hören. Und das letzte Wort meinte das SKL als *Wald* deuten zu können.«

»... x ... is ... Wald? Das ist zu wenig, um daraus einen vernünftigen Satz bilden zu können.«

»John, dieses Video ... das ist ...«

»Määttä sagte das schon. Du denkst an etwas Bestimmtes.«

»Ja, aber es ist wie immer. Das ist nur so ein Gefühl, ohne dass ich genau wüsste, warum. Lach mich bitte nicht aus.«

John Rosén schüttelte den Kopf.

»Warum sollte ich? Du hast in der Regel Recht, was deine Intuition angeht. Du siehst Dinge, die uns anderen entgehen. Das ist mit einer der Gründe, warum du Mitglied der Mordgruppe bist.«

»Noch einmal vielen Dank. Das wollte ich hören.«

»Manchmal bist du nur etwas langsam. Kannst du auf dem Weg zwischen Intuition und Gewissheit nicht eine Abkürzung nehmen?«

Elina verließ ihn mit einem Lächeln auf den Lippen.

Es dauerte Stunden, bis es Elina gelang, einen arabischsprachigen Dolmetscher aufzutreiben, der bei Jamal Al-Sharifs Eltern in Gaza anrufen konnte. Der Vater war am Apparat. Eine etwas konfuse Unterhaltung folgte, da der Vater zuerst glaubte, die Polizei habe den Mörder seines Sohnes gefasst. Dann ging es dem Vater hauptsächlich darum, seinen Sohn in Heimaterde begraben zu dürfen. Die Fragen nach Jamals Cousin Sayed verstand er falsch. Er glaubte zuerst, dass dieser ebenfalls getötet worden sei.

Elina überlegte, ob der Dolmetscher wohl schlecht übersetze oder ob der Vater wegen des Todes seines Sohnes verwirrt war.

Zu guter Letzt erzählte der Vater jedenfalls, dass Sayed

und Jamal nicht nur Cousins, sondern auch sehr gute Freunde gewesen seien. Sayed habe Gaza vor drei Jahren mit Hilfe einiger Autoschmuggler verlassen, mit der Absicht, nach Schweden und damit zu Jamal zu gelangen. Da Sayed nie in Schweden angekommen war, hatte Jamal begonnen, sich Sorgen zu machen. Sein Vater und er hatten im Laufe der Jahre mehrmals über diese Sache gesprochen, aber keiner von beiden hatte gewusst, was Sayed zugestoßen sein könnte. Der Vater berichtete, Sayeds Eltern hätte das Verschwinden ihres Sohnes sehr getroffen. Und inzwischen hätten sie die Hoffnung, ihren Sohn wiederzusehen, auch vollkommen aufgegeben.

Dann hatte Elina versucht, sämtliche Fragen des Vaters über den Tod seines Sohnes zu beantworten. Einmal machte der Dolmetscher eine Pause, hielt die Sprechmuschel zu und sagte: »Er weint.«

Als sich der Vater wieder etwas gefangen hatte und ihm auch keine weiteren Fragen mehr einfielen, fasste Elina einen raschen Beschluss: »Haben schwedische Behörden vor Jamals Tod schon einmal mit Ihnen Kontakt aufgenommen?«

»Nein«, sagte der Dolmetscher nach einer kurzen Diskussion mit dem Vater.

»Wurde nach Jamal gefahndet, ehe er Gaza verließ?«

Die Frage wurde erneut verneint.

»Weder bei den Israelis noch bei den Palästinensern?«

Ein weiteres Nein.

»War er in irgendeiner politischen Organisation in Gaza aktiv?«

Weitere Worte auf Arabisch. Am anderen Ende wurde geantwortet. Der Dolmetscher schüttelte den Kopf.

Elina stellte dieselben Fragen über Sayed und erhielt dieselben Antworten. Sayed sei geflohen, um nicht in den Kämpfen umzukommen.

Nachdem das Telefonat beendet war, fragte Elina den Dolmetscher, ob Sayed Al-Sharif Gaza wirklich mit Hilfe von Autoschmugglern verlassen habe. Ob es sich nicht um Menschenschmuggler gehandelt habe?

In gebrochenem Schwedisch erklärte der Dolmetscher: »Die Israelis verkaufen ihre Autos an Händler in Gaza und melden sie dann als gestohlen, um die Versicherung zu kassieren. Schmuggler schaffen diese Fahrzeuge dann auf verschiedenen Wegen nach Gaza. Früher war das mit einer militärischen Operation verbunden, heute funktioniert das nur noch durch Bestechung, wenn überhaupt. Diese Schmuggler sind die Einzigen, die über die richtigen Kontakte verfügen, um Leute aus Gaza herauszubekommen.«

»Können die Leute nicht einfach mit ihren Pässen ausreisen?«, fragte Elina.

Der Dolmetscher lächelte und schüttelte den Kopf. »Ohne Genehmigung darf niemand aus- und einreisen. Mit Beginn der Intifada verwandelte sich Gaza in ein israelisches Gefängnis.«

Elina dankte dem Dolmetscher. Sie blieb noch eine Weile sitzen und dachte nach. Sie konnte sich von dem Mord kein Bild machen. Die Teile passten nicht zusammen. Vielleicht hatte Rosén ja Recht, vielleicht handelte es sich wirklich um eine Eifersuchtstat? Oder um die Bluttat eines Rassisten, der mit einer Axt einen hochmotivierten, aber doch zufälligen Mord begangen hatte? Doch all das wollte nicht so wirklich zu den Fakten passen, die ihnen bislang bekannt waren.

Sie suchte ein Foto in ihren Papieren hervor. Das Passbild von Ahmed Qourir. Rundes Gesicht, Schnurrbart, durchdringender Blick.

Sie sahen sich an. Elina fixierte seine Nasenwurzel.

Sie drehte das Foto um. 630101. *Weshalb kamen eigentlich alle am 1. Januar zur Welt?* Zurück zu seinen Augen. *Tensta. Niemand zu Hause.*

Elina schaute auf die Uhr. Es war fünf nach halb fünf. Sie

war müde. Wieder ein Blick auf die Uhr. Dann auf das Foto. *Ahmed Qourir.*

Sie trat auf den Korridor und klopfte bei Henrik Svalberg an.

»Henrik? Kannst du mit mir nach Stockholm fahren? Jetzt sofort?«

»Jetzt? Ich habe in zehn Minuten Feierabend. Minette wartet schon mit dem Essen. Und mit Pontus.«

Minette war Henriks Lebensgefährtin. Sie war aus Dänemark. Vor fünf Monaten hatten sie einen Sohn bekommen. Pontus.

»Wir müssen uns vielleicht Einlass verschaffen. Ich will lieber nicht allein fahren.«

Svalberg seufzte. Griff zum Telefon. Entschuldigte sich.

»Ist schon okay«, sagte er auf Dänisch, nachdem er wieder aufgelegt hatte.

Elina erläuterte alles im Auto. Henrik wandte ein: »Benötigen wir nicht einen Durchsuchungsbefehl?« Sie erwiderte: »Vielleicht ist es ja ein Notfall.«

Sie suchte einen Parkplatz, sah sich aber schließlich gezwungen, direkt vor der Haustür zu halten. Im Treppenhaus suchte sie nach der Telefonnummer des Hausmeisterservices und speicherte die Nummer dann in ihrem Handy ab.

Sie machten einen Bogen um die Satellitenschüsseln. Elina klingelte bei Qourir. Niemand öffnete. Sie drückte die Klinke herunter. Abgeschlossen. Dann wählte sie die gespeicherte Nummer. Fünfundzwanzig Minuten später erschien ein Mann mit Pferdeschwanz und Werkzeuggürtel. Elina und Svalberg zeigten ihm ihre Dienstausweise. Das genügte als Erklärung. Der Mann zog einen Schlüsselbund aus der Tasche und schloss auf.

»Warten Sie bitte draußen«, sagte Elina zu dem Mann mit dem Pferdeschwanz.

Svalberg folgte ihr in die Wohnung. Ihre Visitenkarte lag neben einem Paar Turnschuhe auf dem Fußboden. Auf einem Bügel hing eine Jacke. Links war die Küche. Ungespülte Teller, ein voller Aschenbecher. Ein Wohnzimmer mit einem Perserteppich. Keine Gardinen. Eine Tür rechts. Elina öffnete sie und schaute hinein. Ein Doppelbett.

Er lag auf dem Rücken. Die Decke war bis zum Bauch hochgezogen, eine letzte Anstandsgeste dem nackten Körper gegenüber. Die Augen waren geöffnet und verdreht. Es roch süßlich. Auf den Armen waren die Leichenflecken deutlich zu erkennen.

»Scheiße«, sagte Svalberg. »Ich rufe Verstärkung.«

11. KAPITEL

Am nächsten Morgen versammelten sich beide Ermittlerteams um acht Uhr im Besprechungsraum. John Rosén saß auf der einen Seite des Tisches. Egon Jönsson auf der anderen. Kärnlund ergriff das Wort.

»Der Gerichtsmediziner sagt, dass er bereits seit zwei Tagen tot ist, in etwa zumindest. Also die Nacht von Montag auf Dienstag. Ich habe seinen Bericht gerade erhalten. Er hat einen festen Schlag auf den Kopf bekommen, aber die Todesursache ist Erdrosseln. Rosén, was meinst du?«

»Ahmed Qourirs bedauerliches Ableben hat zur Folge, dass wir wahrscheinlich meine beiden Lieblingstheorien zum Doppelmord abschreiben können. Es handelt sich also weder um ein Eifersuchtsdrama noch um eine zufällige Tat eines Rassisten. Es muss sich um etwas handeln, das Jamal und Qourir verbindet. Genau wie schon im Fall von Jamal fanden sich in Qourirs Wohnung keine persönlichen Papiere. Meine Folgerung ist, dass jemand beide eliminieren und gleichzeitig dafür sorgen wollte, dass niemand rekonstruieren kann, was die beiden verbindet.«

»Weshalb dieser Aufräumfimmel?«

»Weil uns die Verbindung zum Mörder führen könnte. Das ist eine recht naheliegende Schlussfolgerung.«

Jönsson mischte sich ein: »Wir glauben zu wissen, um was

für einen Zusammenhang es geht. Um gemeinsame terroristische Aktivitäten im Nahen Osten.«

»Terroristen? Das ist doch nicht dein Ernst?«, rief Rosén.

»Ahmed Qourir war seit 1991 in Schweden«, sagte Jönsson, ohne auf die Frage einzugehen. »Er gab damals an, Libanese zu sein …«

»Palästinenser aus dem Libanon«, korrigierte Axel Bäckman.

»Genau, richtig. Es steht jedoch fest, dass er eigentlich aus Syrien stammt. Das spielt vielleicht jetzt eine untergeordnete Rolle. Wie auch immer, Qourir wird schon lange von der Sicherheitspolizei überwacht, weil er Kontakte zur Terrororganisation Hisbollah im Libanon unterhält, die Krieg gegen Israel führt.«

»War er nicht Syrer?«, fragte Elina. »Kam er jetzt aus Syrien oder nicht?«

»Die politischen Verwicklungen in dieser Region sind kompliziert«, mischte sich Bäckman ein. »Wenn du gestattest?«, sagte er an Jönsson gewandt, der verstimmt nickte.

»Um noch einmal von vorn zu beginnen: Ahmed Qourir, der vierzig Jahre alt war, als er ermordet wurde, war palästinensischer Flüchtling in Syrien, ehe er vor zwölf Jahren nach Schweden kam. Die Sicherheitspolizei wurde früh auf ihn aufmerksam, weil er Kontakte zu Libanesen und Palästinensern in Schweden unterhielt, die die Hisbollah und dadurch auch das Terrornetzwerk Al-Qaida unterstützten. Aus diesem Grund wurde Qourir zeitweilig von der Sicherheitspolizei überwacht, und daher wissen wir auch, dass er und Jamal Al-Sharif sich kannten.«

Bäckman schaute in die Runde, um sich zu vergewissern, dass ihm alle folgen konnten.

»Jamal seinerseits«, fuhr er fort, »verließ Gaza, weil er an Terroraktivitäten beteiligt war und sowohl von den Israelis als auch von den Palästinensern gesucht wurde. Von den Israelis, weil sich der Terror gegen sie richtete, von den Palästinensern, weil er zu einer Gruppierung gehörte, die sich der Politik Yassir Arafats widersetzte.«

»Woher wisst ihr das?«, unterbrach ihn Elina.

»Dazu kann ich mich nicht äußern.«

»Warum? Das hier ist keine Zeitungsredaktion, es geht um die Aufklärung eines Mordes!«

John Rosén legte ihr unter dem Tisch eine Hand auf den Arm. Elina holte tief Luft. *Beruhige dich, Elina!*

»Ich habe mich gestern mit Jamals Eltern unterhalten«, sagte sie verbissen. »Sie sagten, ihr Sohn sei nicht politisch aktiv gewesen.«

»Ach? Wieso das?«, sagte Jönsson ungehalten.

»Weil es hier um einen Mord geht, das habe ich doch gesagt!«

»Das weiß ich auch, Wiik«, erwiderte Jönsson, »aber um die sicherheitspolitischen Aspekte dieser Ermittlung kümmern *wir* uns.«

Elina öffnete den Mund, aber Rosén bewegte sie erneut dazu innezuhalten. Dieses Mal packte er ihren Arm jedoch fester.

»Da wir nicht wissen, was ihr in eurer Gruppe tut, werden gewisse Dinge eben doppelt bearbeitet«, meinte Rosén ablenkend.

»Dass Eltern nicht wissen, was ihre Söhne so treiben, ist nichts Ungewöhnliches«, meinte Bäckman. »Es gab unzählige Artikel über diese Selbstmordattentäter im Nahen Osten, die zu Hause ganz brav waren. Hinterher waren alle stets ganz überrascht, dass diese sich selbst als Feuerwerkskörper in irgendeinem jüdischen Restaurant eingesetzt haben.«

»Können wir nicht zur Kernfrage zurückkehren?«, unterbrach ihn Kärnlund. »Falls also Jamal und Ahmed Qourir Sprengstoff als gemeinsames Hobby hatten, wer hat sie dann auf dem Gewissen? Und weshalb?«

»Wir sind dabei, den politischen Gegnern dieser Gruppe hier im Land nachzugehen«, sagte Bäckman. »Außerdem untersuchen wir, wer in den letzten Tagen nach Schweden eingereist und dann wieder ausgereist ist.«

»Ihr habt noch keine Namen?«

»Noch nicht.«

»Aber warum? Warum wurden sie gerade jetzt ermordet?«

»Das hat mit der sicherheitspolitischen Lage im Nahen Osten zu tun, den ständigen Kämpfen.«

»Hast du nichts Konkretes?« Kärnlund wurde langsam ärgerlich. Elina freute sich über seine Reaktion.

»Doch«, erwiderte Bäckman. »Unsere Kollegen von der Sicherheitspolizei haben die Vorgehensweise bei den Morden analysiert. Sie stimmt mit anderen Morden mit ähnlichem Hintergrund überein.«

»Also der Modus operandi«, meinte Kärnlund. »So was akzeptiert man vielleicht in Stockholm, aber nicht hier.«

»Annika Lilja«, mischte sich Svalberg ein. »Warum wurde sie ermordet? Bei ihr kann es sich doch wohl kaum um eine palästinensische Terroristin gehandelt haben?«

»Ich weiß nicht«, antwortete Bäckman. »Vielleicht war sie ja ein ziviles Kriegsopfer.«

Um die Vernehmung von Qourirs Nachbarn kümmerte sich die Kriminalpolizei Stockholm. Keiner der Bewohner seines Stockwerks hatte zum Zeitpunkt des Mordes jemanden kommen oder gehen sehen, falls die Zeitangabe des Gerichtsmediziners überhaupt zutraf. Egon Jönsson erhielt die Verhörprotokolle am Spätnachmittag und übergab sie Rosén, der sie Elina, Svalberg und Enquist zeigte.

»Eigentlich haben wir nichts in der Hand«, sagte Rosén zu seinen drei Ermittlern. »Wir gehen nach Hause. Morgen besprechen wir dann eingehend, wie wir weiterkommen können.«

Elina rief Susanne an: »Ich brauche Gesellschaft.«

Während Emilie zwischen ihren Beinen herumwieselte, erzählte Elina von ihrer letzten Nacht mit Anton, von der Ermittlung, die ihr aus den Händen zu gleiten drohte, und von dem Gefühl, jetzt mit allem von vorn beginnen zu müssen.

Um halb sieben war es Zeit, Emilie zu Bett zu bringen. Das Mädchen sträubte sich, weil Elina zu Besuch war. Susanne ging mit ihr ins Schlafzimmer, um für eine ruhige Stimmung zu sorgen.

Elina schaltete den Fernseher ein und senkte die Lautstärke. Die Werbung ging gerade zu Ende, und die Erkennungsmelodie der Nachrichten erklang. Die Schlagzeile bewirkte, dass Elina sofort wieder lauter drehte. Fassungslos hörte sie eine Frau mit Löwenmähne den ersten Beitrag ankündigen.

»Die Sicherheitspolizei geht von einem Zusammenhang zwischen einem Mord an einem vierzigjährigen Einwanderer im Stockholmer Vorort Tensta und dem brutalen Doppelmord an zwei jungen Leuten letzten Sonntag in Västerås aus. Die Polizei schweigt sich über das eventuelle Motiv aus, der Nyheterna gegenüber ließ sie jedoch verlauten, dass zwei der Opfer Mitglieder von Terrororganisationen im Nahen Osten gewesen seien. Wir machen darauf aufmerksam, dass gewisse Sequenzen des folgenden Beitrags recht verstörend sein könnten.«

Aufnahmen aus Ahmed Qourirs Wohnung in Tensta. Reporter mit Mikrofon: *Die Leiche des Mannes wurde hier gefunden. Sein Hintergrund. Die angenommene Verbindung zum Doppelmord.*

Interview: Der Chef der Sicherheitspolizei mit dem Aussehen eines Frettchens. *Terrororganisationen in Schweden, die wir bereits beobachteten, als der globale Krieg gegen den Terror noch nicht begonnen hatte.*

Sprecherstimme: *Die Polizei hat sich dafür entschieden,*

ein Video zu zeigen, das von einem der Mordopfer, kurz bevor es ermordet wurde, aufgenommen wurde.

Elina atmete tief ein und hielt dann die Luft an. Sie sah den Elch, es wurde gezoomt, »Jamal«, die rennenden Füße … alles!

Sie zwang sich dazu, aufmerksam zuzuhören. Dann folgte wieder das Interview. Der Chef der Sicherheitspolizei: »Aus dem Video geht die unerhörte Brutalität des Verbrechens hervor. Wir hoffen, dass Hinweise auf die Identität des Täters eingehen.«

Dann sprach der Reporter sein Resümee: *Den Nyheterna liegen Informationen vor, wonach die Sicherheitspolizei davon ausgeht, dass der Täter das Land bereits verlassen habe.*

Elina fuchtelte mit den Händen in der Luft. Sie konnte es nicht fassen. Sie schaute in Richtung Schlafzimmer. Die Tür war geschlossen. *Susanne, das darf nicht wahr sein!* Sie griff zum Telefon. Wählte die Privatnummer Roséns. Nach dem zweiten Klingeln hob er ab.

»Hast du das gesehen? Was zum Teufel geht da eigentlich ab?«

»Ich hab's auch gesehen. Jönsson hat mich vor einer Viertelstunde angerufen und es mir gesagt. Er und Bäckman seien dagegen gewesen. Das waren diese Geheimdienstler aus Stockholm, die vorgeschlagen haben, das Video ans Fernsehen zu geben. Der Chef der Sicherheitspolizei hat es abgesegnet, was ganz offensichtlich stimmt, denn er war schließlich höchstpersönlich im Fernsehen zu sehen. Vielleicht war es ja auch seine Idee.«

»Aber warum? Das ist doch vollkommen schwachsinnig! Denk nur an Annikas Eltern! Was für ein fürchterlicher Schock das gewesen sein muss. Sie hatten das Video ja noch gar nicht gesehen, und plötzlich führt man ihnen den Mord an ihrer Tochter im Fernsehen vor. Fühlt sich dafür jemand verantwortlich?«

»Ich kann nur hoffen, dass jemand sie vorher verständigt hat.«

»Aber warum? Warum haben sie das Video gezeigt?«

»Ich weiß nicht, Elina. Ich weiß es nicht. Du hast ja die Erklärungen des Chefs der Sicherheitspolizei selbst gehört. Er hofft, dass jetzt Hinweise auf den Täter eingehen. Aber das kann nicht der einzige Grund gewesen sein.«

»Und was glaubst du?«

»Ich weiß nicht. Da ist etwas im Gange, und wir dürfen nicht mitspielen.«

»Was sollen wir tun?«

»Die Ermittlungen einstellen. So kann es schließlich nicht weitergehen. Wir sind angeschmiert. Du, Enquist, Svalberg und ich. Was aus Bäckman und Jönsson wird, weiß ich nicht. Wir müssen morgen ausführlicher darüber reden, Elina. Ich komme gegen halb acht.«

Elina stand vom Sofa auf. Sie zitterte. Sie ging ein paar Schritte aufs Schlafzimmer zu, hielt dann aber inne. Es war besser, Emilie erst einschlafen zu lassen.

Eine halbe Stunde später wurde Elina ungeduldig. Das Klingeln ihres Handys riss sie aus ihren Gedanken. Es war Agnes Khaled. »Treffen? Möglichst sofort!«

Elina suchte ein Stück Papier und einen Stift und erklärte Susanne, weshalb sie überstürzt aufbrechen musste.

Zum Brogården waren es nur ein paar Schritte quer über die Straße. Auf dem Weg traf sie bereits Agnes Khaled, die aus der entgegengesetzten Richtung kam und es von der Länstidningen auch nicht weit gehabt hatte.

Sie setzten sich an einen Tisch ganz hinten im Kellergewölbe des Restaurants. Agnes Khaled begann:

»Ich glaube nicht daran. Ich glaube nicht, dass Jamal in irgendwelche Terroraktivitäten verwickelt war.«

»Sie kannten ihn doch gar nicht.«

»Nein, aber ich kenne viele Palästinenser in Schweden. Ich

habe nach dem Fernsehbeitrag mit einigen telefoniert. Nicht wenige haben Kontakt zu Organisationen in Palästina. Keiner meiner Freunde hat je von Jamal gehört. Außerdem existiert in Schweden kein palästinensischer Terrorismus, der diesen Namen verdient hätte. Es gibt Leute, die die Hamas und den islamischen Dschihad unterstützen, aber nur ideologisch, und wenn praktisch, dann nur mit Geld. Palästinenser arbeiten nicht so. Überlegen Sie doch mal, was hätte Jamal hier schon groß ausrichten können?«

»Ich habe keinen blassen Schimmer.«

»Soll das heißen, dass Sie nicht wissen, worauf sich die Verdachtsmomente gegen ihn beziehen? Also ganz konkret? Das würde ich gerne wissen.«

»Nein. Das ist bei dieser Ermittlung auch nicht mein Gebiet. Aber ich habe auch ein paar Fragen an Sie.«

»Okay. Und zwar?«

»Die Israelis? Töten sie ihre Gegner im Ausland?«

Eine Kellnerin servierte zwei Tassen Kaffee, eine Tätigkeit, die Elina so absurd normal vorkam, dass sie zusammenzuckte, weshalb ihr der Kaffee in die Untertasse schwappte. Agnes Khaled, die die Ellbogen auf den Tisch aufgestützt hatte, lehnte sich zurück, um Platz für ihre Tasse zu machen.

»In Norwegen ist das 1973 einmal vorgekommen«, fuhr Agnes Khaled fort. »Eine ungewöhnlich stümperhafte Aktion. Die Israelis hatten sich in der Person geirrt. Ihnen fiel ein vollkommen unschuldiger marokkanischer Einwanderer zum Opfer. Palästinenserführer im Exil hatten sie vor dem Oslo-Vertrag von 1993 ebenfalls auf dem Kieker. Seither ist aber, soweit ich weiß, außerhalb des besetzten Palästinas nichts mehr in dieser Art vorgekommen. Das spricht also gegen die Israelis als Täter.«

»Und die Palästinenser selbst?«

»Nein. So was ist nicht mal in Palästina passiert, vielleicht einmal abgesehen von lokalen, internen Machtkämpfen. Sie haben genug mit ihren eigenen Problemen zu tun. Warum sollten sie sich ausgerechnet um zwei Leute in Schweden kümmern?«

»Aber falls Jamal und Ahmed Qourir ...«

»Heißt er so?«

»Ja. Wenn die beiden nun ihre Organisationen verraten haben?«

»Nein. Es gibt zumindest bislang keine solchen Morde im Ausland. Die Kurden haben solche Morde begangen, aber nicht die Palästinenser.«

»Irgendwann ist immer das erste Mal«, meinte Elina. »Es spielt also kaum eine Rolle, was Sie oder ich *glauben*. Das Wichtigste ist, was es für Fakten in dieser Angelegenheit gibt.«

»Gestatten Sie mir zu bezweifeln, dass Sie je irgendwelche Fakten zu Gesicht bekommen werden.«

Elina verspürte Unbehagen. Hatte John Rosén Recht damit, dass hier ein Spiel gespielt wurde, in dem sie nicht einmal zum Bauernopfer taugten? Sie nahmen am Geschehen nicht teil, sondern blieben vollkommen außen vor. Weshalb unterhielt sie sich eigentlich mit einer Journalistin darüber? Agnes Khaled riss sie aus ihren Gedanken.

»Das Video war wirklich brutal. Aber wir werden trotzdem ein Bild daraus auf der ersten Seite abbilden. Und zwar das von den Füßen des Mörders. Das wird in allen Zeitungen abgebildet sein. Daneben ein Text, dass es Annika Lilja fast gelungen wäre, ihren eigenen Mörder zu filmen. Ich vermute, dass die Schlagzeile *Der tote Winkel* lauten wird.«

12. KAPITEL

Agnes Khaled behielt Recht. Das Bild von den rennenden Füßen des Mörders dominierte die erste Seite aller überregionalen Zeitungen. Eine von ihnen, eine Abendzeitung, hatte die Schlagzeile *Der tote Winkel* gewählt. Die anderen titelten mit *Schockierende Bilder, Annikas Foto von ihrem Mörder* oder *Die Sekunden vor dem Mord.*

Die Länstidningen hatte die Schlagzeile *Ein Bild schockiert Schweden.* Es war allerdings nicht Agnes Khaled gewesen, die den Artikel geschrieben hatte. Sie hatte einen kritischen Kommentar zum Auftritt des Sicherheitspolizeichefs in den TV4-Nachrichten am Vortag verfasst.

Elina betrachtete das Bild, während sie einen Joghurt aß. Die Reproduktion des Video-Standbilds war undeutlich. Genauso musste es gewesen sein: ein erstarrter, aber unbegreiflicher Augenblick des Schreckens.

Elina schaltete das Radio ein. Auf Kanal P1 wurde heiß diskutiert: Leute, deren Namen sie noch nie gehört hatte, sprachen darüber, welche Auswirkungen jetzt wohl zu erwarten seien, da das schwedische Fernsehen zum ersten Mal einen *Snuff-Movie* oder so etwas Ähnliches gezeigt hatte. Elina wusste nicht, was der Ausdruck bedeutete, begriff aber allmählich, dass es sich dabei um ein Video handelte, in dem Menschen real getötet wurden. *Verwerflich. Brutalisierung. Öffnet der Manipulation Tür und Tor.* So drückte sich eine

Frauenstimme aus. Der Moderator fragte: *Was bezweckt denn diese Manipulation?* Die Frauenstimme antwortete: *Dass wir die Botschaft der Polizei schlucken.*

Die Sonne stand hoch am Morgenhimmel, als Elina das Haus verließ und in die Lidmansgatan einbog. Das Laub der Bäume am Hang rötete sich. Noch konnte sie frei durchatmen. Sie wusste jedoch, dass der Tag äußerst anstrengend werden würde.

Zu ihrem Erstaunen traf sie bei John Rosén im Büro Egon Jönsson an. Elina war davon ausgegangen, dass sich nur der Teil der Mordgruppe treffen würde, der sich übergangen fühlte, um zu diskutieren, wie man weiter vorgehen sollte.

»Setz dich«, sagte Rosén. »Egon hat einiges zu erzählen.«

»Ich war dagegen, das Video ans Fernsehen weiterzuleiten«, sagte Egon Jönsson.

»Das habe ich gehört«, meinte Elina. »Warum ist es dann trotzdem passiert? Handelt es sich nicht um eine Ermittlung, für die die Polizei Västerås die Verantwortung trägt?«

»Das wollte ich ja gerade erzählen. Die gesamte Ermittlung ist an die Sicherheitspolizei in Stockholm übergegangen. Nur Axel Bäckman wird als Einziger von uns weiterhin involviert sein.«

»Warum ausgerechnet er?«

»Weil es ihm gelungen ist, die Informationen zu beschaffen, die laut Sicherheitspolizei eine Erklärung für die Morde liefern. Aber ehe ich weiter darauf eingehe, muss ich betonen, dass Bäckman absolut dagegen war, das Video zu veröffentlichen. Er meinte, dass das sowohl der Ermittlung als auch dem Vertrauen in die Polizei schaden könnte.«

Elina überlegte sich, warum Egon Jönsson plötzlich mit ihr sprach, als sei ihm ihre Meinung wichtig. Er hatte fast zwei Jahre lang kaum einen Ton zu ihr gesagt. Sie sah ihn an. Der neue Chef wirkte etwas zerknittert.

Vielleicht braucht er jetzt alle Freunde, die er mobilisieren kann, dachte sie. Der Sicherheitspolizei alles abzunicken gab nicht sonderlich viele Punkte.

»Weshalb wurde das Video veröffentlicht?«, fragte sie.

»Diesen Beschluss hat der Chef der Sicherheitspolizei gefasst. Ich weiß nicht, warum.«

»Und diese sogenannte Auflösung des Falls? Worum geht es da?«

»Mir haben sie nicht sonderlich viel gesagt. Bäckman und die zwei von der Sicherheitspolizei ziehen sich immer zurück, wenn sie reden wollen. Aber Bäckman hat angedeutet, worum es geht, als die anderen nicht dabei waren.«

»Ja? Um was?«

»Der Mörder kommt aus dem Nahen Osten. Ein Araber. Die offizielle Version lautet also, dass es sich bei den Morden um eine interne Abrechnung innerhalb einer Terrororganisation gehandelt hat.«

»Du sagst, die offizielle Erklärung! Gibt es noch eine andere?«

»Bäckman hat angedeutet, der Mörder sei eigentlich vom israelischen Sicherheitsdienst beauftragt worden. Diese Aussage ist natürlich wahnsinnig heikel. Schließlich arbeitet die Sicherheitspolizei mit den Israelis zusammen.«

»Die Wahrheit soll also unter den Teppich gekehrt werden, indem man den Palästinensern die Schuld zuschiebt?«

»Nicht ganz, aber so ungefähr. Und eigentlich ändert das auch nichts. Der Mörder ist trotzdem außer Reichweite.«

Elina schüttelte den Kopf. John Rosén griff in den Wortwechsel ein.

»Und was glaubst du? Ist das wahr?«

»Ich habe keine Dokumente zu Gesicht bekommen«, erwiderte Egon Jönsson, »daher fällt es mir schwer, die Angelegenheit zu beurteilen.«

»Und wir?«, meinte Elina. »Uns hat man aufs Abstellgleis geschoben?«

Egon Jönsson zuckte mit den Achseln.

»Bäckman macht wie gesagt mit den Burschen von der Sicherheitspolizei weiter. Für uns andere ist wieder Alltag angesagt.«

»Was soll das heißen?« Elina begann richtig wütend zu werden. »Du akzeptierst also, dass sie einfach ein paar von diesen Geheimniskrämern aus Stockholm mit der Sache betrauen, und wir können sehen, wo wir bleiben?«

John Rosén öffnete den Mund, Elina war klar, dass er hoffte, sie würde diese Chance nutzen, um ihre lange Fehde mit Jönsson zu beenden, wo dieser sich ihr gegenüber schon einmal entgegenkommend zeigte, aber für Elina war es dafür zu spät.

»Das wäre nicht passiert, wenn du uns verteidigt hättest, statt nach Stockholm zu rennen, um mit den großen Jungs zu spielen!«

»Ich habe nur getan, was mir für die Ermittlung am besten erschien«, erwiderte Jönsson unwirsch. »Das wäre so oder so passiert, egal, was du gesagt hättest oder ich.«

»Das spielt doch keine Rolle«, mischte sich Rosén ein. »Es scheint, als hätten wir in dieser Sache nicht mehr mitzureden. Für uns ist dieser Fall ein abgeschlossenes Kapitel.«

Elina erhob sich und verließ wortlos den Raum.

ZWEITER TEIL

Ungebrochene Kette

13. KAPITEL

Zerstreut sah sich Elina die Nachrichten an. Die Morde an Annika Lilja, Jamal Al-Sharif und Ahmed Qourir seien von einem Täter verübt worden, der das Land rasch wieder verlassen habe, wahrscheinlich über ein anderes Schengen-Land, was es unmöglich gemacht habe, ihn bei der Ausreise aufzuhalten, da die schwedischen Grenzen inzwischen nach Europa hin offen seien. Von dort sei der Mörder in den Nahen Osten weitergereist. Den Ansturm an Einwanderern im Schengen-Grenzgebiet aufzuhalten, sei gerade noch möglich, aber es sei unmöglich, einen Einzelnen daran zu hindern, die europäische Gemeinschaft zu verlassen. Überall wurde dieselbe Meldung gebracht. Der Mordfall war erledigt.

Die Tage vergingen wie Wasser, das träge in einem Graben versickert. Elina langweilte sich fast zu Tode. Ihre Gleichgültigkeit mäßigte auch den Konflikt mit Jönsson. Er hatte sie erst kaltstellen und dann ihre Sympathie gewinnen wollen. Sie wusste nicht, was sie eigentlich mehr verachtete.

Etwas anderes war in ihr Bewusstsein gedrungen. Allmählich machte sie sich Sorgen. *Das konnte einfach nicht möglich sein.* Sie schob den Gedanken von sich.

Ihr Sachbearbeiter bei der Bank meldete sich. Natürlich könne sie einen Kredit aufnehmen, bis zu einer Viertelmillion. Elina bat John Rosén um Rat. Sie hörte ihm zu und fasste anschließend ihren Entschluss. Ein zwei Jahre alter Saab 9-3 Cabrio. Schwarz und mit CD-Player. Der Wagen wirkte gut geölt, das Mundwerk des Verkäufers ebenfalls. Bei der Probefahrt fiel ihr rotes Ahornlaub auf den Rock.

Eine weitere Woche später hatte sie keine Wahl mehr. An einem Freitagvormittag ging sie in die Apotheke. Am Morgen darauf erwachte sie aus einem intensiven Traum. Sie schaute auf die Uhr: sechs.

Zehn Minuten später saß sie nackt in der Dunkelheit und wollte nicht wahrhaben, was sich nicht mehr verdrängen ließ. Sie war ratlos.

Sie zog sich an und verließ die Wohnung. Die Straßen lagen verlassen im braungelben Licht des Morgens da. Es regnete. Sie stieg auf den Djäkneberg, stellte sich an den Rand eines Felsblocks und schaute über die Stadt. Männliche Symbole ragten hoch über den Dächern auf: Dom, Rathausturm und ASEA-Turm.

Sie musste einen Beschluss fassen. Ihr Körper sagte Ja, ihr Kopf Nein.

Langsam kletterte sie auf der kahlen, felsigen Seite wieder abwärts. Benommen folgte sie der Stora Gatan zum Haus an der Brücke. Langsam ging sie die Treppenstufen hoch, wartete ein paar Sekunden, um sich zu sammeln, und klingelte dann.

Susanne öffnete im Bademantel und rieb sich den Schlaf aus den Augen.

»Elina?«

»Ich bin schwanger.«

Susanne nahm Elina am Arm und zog sie ins Wohnzimmer.

»Von Anton?«

»Ja, natürlich.«

Susanne nahm sie in die Arme. Eine warme Stille umfing beide.

»Ich weiß nicht, was ich tun soll«, sagte Elina schließlich. »Ich bin vierunddreißig. Stell dir vor, wenn das jetzt meine letzte Chance ist.«

»Nein, das ist nicht deine letzte Chance«, erwiderte Susanne. »Aber es ist trotzdem schwer. Ich kann dir auch keinen Rat geben, nur mit dir reden.«

Neun Tage später stand sie vor dem Eingang des Krankenhauses. Nach kurzem Zögern trat sie ein. Als sie das Krankenhaus wieder verließ, war sie kraftlos. Anton würde es nie erfahren.

Am Tag darauf klingelte Nadia bei ihr. Elina lag im Bett. Sie hatte sich krankschreiben lassen und mitgeteilt, dass es dauern könne, bis sie wiederkomme. Auf ihrer Krankmeldung war von mindestens zwei Wochen die Rede. Sowohl Kärnlund als auch Rosén hatten sich nach ihrem Befinden erkundigt. Sie hatte gesagt, sie sei ausgebrannt. Beide hatten das als Depression gedeutet und sie gefragt, ob sie etwas tun könnten. Elina hatte jedoch jede Hilfe abgelehnt.

»Du siehst furchtbar aus«, sagte Nadia. »Setz dich, dann kümmere ich mich um dich.«

Elina gehorchte willenlos. Nadia zog die Vorhänge beiseite, machte Elinas Bett und bereitete das Frühstück zu, das sie mitgebracht hatte.

»Ich habe drei Schwangerschaftsabbrüche hinter mir«, sagte Nadia und goss Elina eine Tasse Tee ein. »Zwei in Russland und einen hier. Jedes Mal hat es mir in der Seele gleichermaßen weh getan. Aber manchmal bleibt einem keine Wahl.«

»Alles geht schief«, erwiderte Elina, »alles, was irgendwie wichtig ist.«

»Arbeit und Liebe«, sagte Nadia und nickte. »Und jetzt auch noch das. Aber schließlich hast du mich.«

Elina schenkte ihr ein schiefes Lächeln.

»Du bist immer noch dieselbe«, meinte Nadia. »Wir mögen dich, ganz egal, was passiert. Ich habe einen Vorschlag. Willst du ihn hören?«

»Klar.«

»Meine Cousine Daina heiratet nächsten Sonntag. In Moskau. Sie ist viel hübscher als ich, du solltest sie mal sehen. Ich möchte dir vorschlagen, dass du Daina einmal kennenlernst. Begleite uns auf die Hochzeit. Sag Ja, Elina.«

»Aber ich kann nicht!«

»Weshalb?«

»Das kostet doch ein Vermögen. Ich habe gerade ein Auto gekauft.«

»Du bist doch wohl wichtiger als ein Auto. Das Ticket kostet nur 5000. Wir können in ihrer Wohnung wohnen.«

»Und was sagt ihr Zukünftiger dazu?«

»Er hat bei dieser Sache nicht mitzureden. Außerdem fahren sie am Tag danach in die Flitterwochen. Sag schon Ja!«

14. KAPITEL

Er war kleiner, als Elina ihn sich vorgestellt hatte. Sie hatte immer gedacht, dass der Rote Platz einer ganzen Armee, die dazu bereit war, die Welt zu erobern, Raum bieten könne. Jetzt kam sie sich vor wie in einem Freilichtmuseum, einem historischen Disneyland des Ostens. Pflichtschuldig machte sie ein Foto von den Zwiebeltürmen der Basiliuskathedrale.

Nadia streckte die Hand aus:

»Dort oben standen die Bonzen, alle. Lenin, Stalin und die anderen. Da drin liegt Lenin jetzt. Er sieht aus wie eine Wachsfigur.«

Es war Samstag, der Tag vor der Hochzeit. Elina war mit Nadias Verwandten und Freunden unterwegs gewesen. Sie hatte leichte Kopfschmerzen, was auf die Trinkgewohnheiten der Gesellschaft zurückzuführen war, die sie umgab. An diesem Tag war es ihr jedoch gelungen, den Wodkagläsern auszuweichen – bislang. Ob es dem Wodka oder den intensiven Eindrücken zuzuschreiben war, dass sich ihre Laune gebessert hatte, wusste sie nicht. Vielleicht hatte das auch nur mit dem Abstand zu Västerås, ihrer Wohnung und dem Polizeipräsidium zu tun.

Sie warteten auf einen weiteren von Nadias Freunden. Als sich Nadia umdrehte, stand er plötzlich da.

»Ah, *poka* Sergej!«

»*Poka*, Nadia.«

Sie küssten sich auf die Wangen. Sergej küsste auch Elina auf die Wange. Sie erwiderte den Kuss. Das kam ihr immer noch ungewohnt vor. Er roch sehr stark nach Rasierwasser.

Sergej sprach sie auf Englisch an. Er schlug vor, in der Tverskaja ein Café aufzusuchen. »*Da*«, erwiderte Elina. Die Tverskaja war die einzige Straße, die sie nach zwei Tagen in der Stadt wiederfand. Über den Roten Platz, über die Straße, ohne überfahren zu werden, auf der anderen Seite einen Hügel hinauf. *Da* war zwar nicht das einzige russische Wort, das sie konnte, aber so gut wie.

Nadia und Sergej redeten die ganze Zeit durcheinander. Als sie an einem McDonald's vorbeigingen, lachte Nadia und wandte sich an Elina.

»Sergej sagt, dass sie beim KGB nie so hübsche Polizistinnen hatten wie dich, mit Ausnahme von denen, die Spione anwerben sollten.«

Sergej schenkte ihr ein Lächeln, das einstudiert wirkte. Elina versuchte, eine vernichtende Antwort zu finden, ihr fiel aber nichts ein. Nadia lachte erneut und hakte sich bei Elina ein.

Das Café tauchte zehn Minuten später hinter einem Park auf. Schwere Gardinen von der Decke bis zum Boden, dunkles Mobiliar, Mädchen mit dicken Herbstjacken, blondiertem Haar und kurzen Röcken. Verqualmt. Nadia zündete sich eine Zigarette an. Sergej hielt Elina eine Schachtel hin, aber sie schüttelte den Kopf.

Nachdem sie ihren Kaffee getrunken hatten, schnitt Nadia das Thema an.

»Sollten wir nicht zu dieser Wohnung in der Profzojusnaja fahren, Sergej? Das könnten wir doch?«

»Klar«, antwortete Sergej. »Vielleicht ist euer Flüchtlingsfreund ja dort?«

»Ich kann in einem anderen Land keine polizeilichen Nachforschungen betreiben«, meinte Elina. »Das könnte zu diplomatischen Protesten führen. Außerdem ist die Ermittlung eingestellt.« Sie erklärte Sergej, was geschehen war.

»Na dann«, meinte Sergej, »wenn die Ermittlung ohnehin eingestellt ist, dann handelt es sich ja nicht mehr um eine polizeiliche Nachforschung. Du hilfst einfach nur ein paar Leuten dabei, ein verschwundenes Familienmitglied zu suchen.«

»Genau«, pflichtete ihm Nadia bei. »Du tust ihnen einen Gefallen. Komm schon, wir fahren gleich hin. Dann kann ich dir auch zeigen, wo ich aufgewachsen bin!«

Elina zögerte, aber ihre Neugier siegte. Als Nadia ihre Hand ergriff und sie aus ihrem Sessel zog, folgte sie bereitwillig.

Sie nahmen die Ringlinie der U-Bahn, auf der jede Station einem Museum glich. Nadia zeigte ihr die Profzojusnaja auf einem Übersichtsplan. Elina prägte sich ein, dass ein kyrillisches »P« einem Tor glich.

Die Profzojusnaja erinnerte an eine kleinere Stadt. Die Häuser standen an der breiten Straße wie aufgereihte Dominosteine. Nadia zeigte auf eines der Gebäude, von dem sich der Putz stellenweise großflächig gelöst hatte, sodass das Backsteinskelett sichtbar war.

»Dort, im obersten Stockwerk, drittes, nein, viertes Fenster von links. Dort wuchs Gottes Geschenk an die Menschheit auf.«

An der Haustür von Nummer 368 bückte sich Sergej und suchte die Fassade neben der Tür mit den Augen ab.

»Er sucht den Türcode«, sagte Nadia. »Es gibt immer irgendeine Mutter, die ihn an die Hauswand schreibt, falls ihre Kinder ihn vergessen sollten.«

Die Wohnung lag im fünften Stockwerk. Elina wollte schon fragen, ob sie es wirklich wagen konnten, den Fahrstuhl zu benutzen, stieg dann aber in die Kabine, ohne Einspruch zu erheben. Die Tür mit der Nummer 17 auf einem kleinen Blechschild war mit schwarzem Wachstuch verkleidet. Sergej klingelte. Niemand öffnete. Er hämmerte auf die Tür. Nach einer Weile ließ sich eine Stimme hinter der Tür vernehmen. Sergej brüllte:

»*Militsija! Otkrojte dver!*«

»Sergej sagt, dass er von der Polizei ist und dass sie aufmachen sollen«, sagte Nadia mit einem nachsichtigen Lächeln.

»Nein«, sagte Elina entsetzt. »Nicht von der Polizei!«

»Zu spät«, sagte Nadia und zuckte mit den Achseln. »Außerdem war das vermutlich die einzige Methode, sie dazu zu bringen, die Tür zu öffnen.«

Ein Schlüssel wurde umgedreht und die Tür einen Spalt weit geöffnet. Sergej öffnete sie ganz. Ein Mann mit gehäkelter Mütze, weiten Kleidern und schwarzem Vollbart stand in der winzigen Diele. Sergej sagte ein paar Worte auf Russisch und erhielt ein leises *Da* zur Antwort.

»Komm«, meinte Nadia. »Der Mann sagt, dass wir reinkommen dürfen.«

Wahrscheinlich ist er glücklich, dass Gäste kommen, dachte Elina.

An einem Tisch saßen vier weitere Männer, die ähnlich gekleidet waren.

»Afghanen«, sagte Sergej.

Nur einer der Männer sprach Russisch. Nadia übersetzte, was er sagte.

»Sie leben hier nun schon seit einem bis drei Jahren. Kein Land will sie aufnehmen, und nach Afghanistan können sie auch nicht zurück. Sie bekommen etwas Geld vom UNHCR, aber jedes Mal nimmt ihnen die Polizei einen Teil ab. Er hofft, dass wir nicht auch Geld von ihnen wollen.«

Elina schüttelte den Kopf. »Frag ihn, ob er sich an einen Palästinenser namens Sayed Al-Sharif erinnert.«

Nadia wandte sich an den Mann.

»Er sagt, er sei niemandem mit diesem Namen begegnet, es herrsche aber eine rege Fluktuation in dieser Wohnung.«

Sergej beugte sich zu dem Mann vor, der ihnen die Tür geöffnet hatte, und deutete dann auf die vier anderen, die auch in der Wohnung wohnten. Einige Worte auf Russisch, sie klangen wie eine Frage. Elina hörte den Namen Wladimir Petrow. Der Mann, der die Tür geöffnet hatte, antwortete. Sergej wandte sich an Elina.

»Wladimir Petrowitj Petrow wohnt hundert Hausnummern von hier entfernt. Das ist der Mann, der diese Wohnung vermietet. Sollen wir noch bei ihm vorbeischauen?«

Darauf kommt es jetzt auch schon nicht mehr an, dachte Elina und nickte.

Sie verließen die fünf Männer und gingen wieder nach draußen. Nadia, die Führerin der Verlorenen in Profzojusnajas Häuserdschungel, ging voran. Das Haus, in dem Wladimir Petrow wohnte, sah aus wie alle anderen.

Ein kleiner Mann, dem man die vielen Zigaretten, die er ständig rauchte, ansah, öffnete die Tür. Auf Sergejs Frage, ob er Wladimir Petrowitj Petrow sei, antwortete er mit einem Nicken. Sergej zeigte ihm seinen Ausweis und trat ein, ohne etwas zu sagen. Der Mann trat stillschweigend zur Seite. Er erlebte das offenbar nicht zum ersten Mal.

Sergej sprach. Petrow hörte zu. Nadia war aufmerksam. Sergej begann Fragen zu stellen. Petrow antwortete einsilbig und meist mit einem *Njet*. Elina merkte, dass Sergej den Druck auf Petrow immer weiter erhöhte. Plötzlich machte er einen Schritt nach vorn, packte den kleinen Mann am Arm und drehte ihm diesen auf den Rücken. Petrow schrie auf und sagte *da, da*. Sergej ließ den Arm los und zog einen Kugelschreiber aus der Tasche. Petrow diktierte ihm irgendwas. Elina hoffte, dass keiner ihrer Kollegen je erfahren würde, was sie mitgemacht und in gewisser Weise sogar selbst veranlasst hatte.

»Wladimir Petrowitj sagt, dass er sich an niemanden mit dem Namen Sayed erinnern kann, es hätten allerdings im

Winter 2001 Leute in seiner Wohnung gewohnt, die nach Schweden gewollt hätten. Erst wollte er mir nicht sagen, wie sie diese Reise geplant hatten, aber dann habe ich ihn dazu überredet.«

»Das war nicht zu übersehen«, sagte Elina.

»Sie wollten mit dem Boot nach Schweden, und zwar über ein anderes Land. Er sagt, mehr wisse er nicht.«

Er überreichte Elina den Zettel. Kyrillische Buchstaben.

Nadia beugte sich vor und las.

»Lettland«, sagte sie. »Sie wollten sich in Ventspils in Lettland einschiffen.«

15. KAPITEL

Die Hochzeit begann wie ein Traum und endete im Nebel. Elina hatte sich vorgenommen, so wenig wie möglich zu trinken. Trotzdem war die Menge beträchtlich. Auf Champagner folgten Wein, Wodka und Weinbrand. Dann kam wieder Wodka. Am Tag darauf hatte sie nur vage Erinnerungen an die letzten Stunden. Nadia sagte, Elina solle nicht über ihre rasenden Kopfschmerzen jammern, da sie diejenige auf dem Fest gewesen sei, die am wenigsten getrunken habe, von der schwangeren Braut und einer alten Babuschka aus der Verwandtschaft abgesehen, die in den vierziger Jahren den heroischen Versuch unternommen habe, auf ihrer Kolchose eine Abstinenzlerbewegung ins Leben zu rufen, und sich seither als ihr einziges Mitglied geweigert habe, auch nur einen Tropfen anzurühren.

Nach ihrer Rückkehr hatte Elina noch drei weitere Krankschreibungstage gut, beschloss aber, das Attest zu ignorieren und wieder zu arbeiten. Es war inzwischen November, ein Monat, der genauso grau war wie das Polizeipräsidium. Auf dem Gang traf sie Oskar Kärnlund.

»Wie geht es dir?«, fragte er.

»Viel besser. Und dir?«

»Countdown. Es ist nicht mehr viel los, Jönsson kümmert sich bereits um alles.«

»Hast du hinsichtlich des Doppelmordes noch etwas in Erfahrung gebracht?«

»Nein, nichts. Vielleicht ist da hinter den Kulissen noch etwas im Gange, aber mir ist nichts bekannt. Der Fall gilt als gelöst, obwohl niemandem der Prozess gemacht werden kann.«

»Was soll ich jetzt tun?«

»Dich um die Routinesachen kümmern.«

Sie ging in ihr Büro. In der Ablage auf ihrem Schreibtisch lag ihr Anteil, etwa vierzig zur Anzeige gelangte Straftaten, zu denen noch keine Ermittlungen stattgefunden hatten. Lustlos ging sie den Stapel durch. Körperverletzung an der Ecke Vasagatan/Sturegatan an einem Freitagabend, ein Auge war zu Schaden gekommen, sowohl Täter als auch Opfer waren betrunken gewesen. Diebstahl eines roten Mountainbike vor dem Bahnhof. Einbruch in ein Einfamilienhaus in Bäckby. Skier und eine Stereoanlage waren gestohlen worden. Ein Exhibitionist in Vallby. Ein jüngerer Mann auf einer Parkbank hatte vor einer vorbeigehenden Frau sein erigiertes Glied entblößt. Ein Einbruch in einen Keller in einem Mietshaus in der Malmabergsgatan. Von dieser Adresse stammten zwei Anzeigen. Listen der gestohlenen Gegenstände waren beigefügt.

Sie schob den Stapel beiseite und wünschte sich, sie hätte die verbleibenden drei Tage doch noch krank gefeiert. Wer würde ihr diese Fleißarbeit danken? Wohl kaum die Mitbürger, denen endlich etwas Aufmerksamkeit von Seiten der Polizei zuteil wurde, was ihr verlorenes Hab und Gut und ihr gekränktes Ego anging.

Ihre Handtasche lag auf dem Schreibtisch. Sie fasste hinein und zog den Zettel heraus, den sie von Sergej erhalten hatte. Ein paar Worte, die Nadia in lesbare Buchstaben transkribiert hatte. Sie wusste nicht, was sie mit dieser Information anfangen sollte.

Erneut blätterte sie in den unbearbeiteten Anzeigen. Im

Keller in der Malmabergsgatan hatte einer der Bestohlenen eine Menge wertvoller Gegenstände verwahrt. Er hieß Emilio Rodriguez.

Man sollte ihn wegen Versicherungsbetrugs anzeigen, dachte Elina.

Sie zog die andere Anzeige aus demselben Mietshaus hervor. Bert-Ove Bengtsson. Er war ehrlicher. Ihm waren nur zwei Gegenstände abhanden gekommen. Kleinigkeiten, fast nicht der Anzeige wert. Eine Axt und eine Kupferpfanne.

Elina legte die Papiere beiseite und stand auf, um sich einen Kaffee aus dem Automaten zu holen.

In der Tür blieb sie abrupt stehen, drehte sich wieder zu ihrem Schreibtisch um und nahm den Stapel mit den Anzeigen erneut zur Hand. Sie suchte nach dem Datum des Kellereinbruchs. 21. September.

Eine Axt. Sie war eine Woche vor dem Doppelmord gestohlen gemeldet worden.

Sie rief bei Bert-Ove Bengtsson an. Niemand da. Sie schaute auf die Uhr. Kurz vor halb zehn an einem Mittwoch. Auf der Anzeige stand auch noch die Telefonnummer des Arbeitsplatzes. Sie wählte und erreichte die Zentrale: »Er ist auf der Baustelle in der Lugna Gatan.«

Elina nahm ihren eigenen Wagen und war in weniger als zehn Minuten dort. Ein Polier deutete auf einen Mann in einem mit grauem Staub bedeckten blauen Overall und einem Schutzhelm. Sie ging auf den Mann zu, der gerade dabei war, einen Betonfußboden zu gießen. »Ich muss das erst fertig machen«, sagte er, nachdem sie sich vorgestellt hatte. »Warten Sie doch in der Baubude.«

Sie setzte sich in der Bauhütte an einen Tisch. Auf der Tischplatte fanden sich zwei Zeitschriften mit silikonbusigen Frauen, fünf ungespülte Kaffeetassen und ein Buch über Aktien.

Nach einer Viertelstunde erschien Bert-Ove Bengtsson. Er

nahm seinen Helm ab und legte ihn auf eines der Busenbilder auf dem Tisch. »Entschuldigen Sie bitte. Das sind nicht meine Zeitschriften.«

»Solche Frauen sind mir noch nie begegnet. Ich werde schon drüber wegkommen.«

»Kommen Sie wegen meiner Anzeige?«

»Ja.«

»Nicht schlecht. Ich hätte nie geglaubt, dass ich etwas von Ihnen hören würde. Ich habe das mehr wegen der Versicherung gemacht. Da hatte ich aber nichts davon. Die Selbstbeteiligung ist höher als der Wert der entwendeten Sachen.«

»Sie haben in Ihrer Anzeige geschrieben, dass der Wert der Axt 378 Kronen betrug. Wie konnten Sie das so genau wissen?«

»Ich hatte sie gerade erst gekauft und hatte den Kassenzettel noch. Ich dachte, dass ich sie vielleicht absetzen könnte.«

»Dann gehört dieses Buch hier auch Ihnen?«

Elina hielt *Der Weg des Aktionärs zur höheren Rendite* in die Höhe. Bert-Ove Bengtsson schaute aus dem Fenster. Es war nicht recht klar, was er dort draußen sah.

»Durch ehrliche Arbeit wird man nicht reich. Außerdem finde ich so etwas interessanter als Lottoscheine und Pferdewetten, obwohl ich letztes Jahr einige Verluste gemacht habe.«

»Wo haben Sie den Kassenzettel?«

»Das Original habe ich der Versicherung geschickt. Aber ich habe noch eine Kopie. Die liegt hier in meinem Spind.«

Er deutete hinter sich.

»Können Sie sie mir geben?«

»Warum ist das so wichtig?«

»Bitten Sie Ihre Versicherung, dass sie Ihnen für Ihre Steuererklärung das Original zurückschicken, und geben Sie mir die Kopie.«

Bert-Ove Bengtsson zuckte mit den Achseln und öffnete

das Zahlenvorhängeschloss an seinem Spind. Elina steckte den Kassenzettel ein.

»Sie schreiben in Ihrer Anzeige, dass der Einbruch zwischen dem 20. und dem 21. September begangen wurde. Sind Sie sich sicher?«

»Ja, da ich am Vorabend noch im Keller war, also am Abend des 20. Da fehlte noch nichts. Am Tag darauf sagte mein Nachbar Emilio zu mir, dass eingebrochen worden sei. Da bin ich runtergegangen und habe nachgeschaut.«

»Bei ihm ist offenbar ganz schön viel gestohlen worden?«

»Ja, vielleicht.«

»Haben Sie eine Vorstellung, wer eingebrochen haben könnte?«

»Nein. Keine Ahnung.«

»Ihren Nachbarn Emilio, kennen Sie den näher?«

»Geht so. Wie man seine Nachbarn eben so kennt. Glauben Sie, dass Sie das aufklären können? Es war eine recht gute Axt.«

Laut Kassenzettel hatte Bert-Ove Bengtsson die Axt in Sundströms Eisenwarenladen am 5. September gekauft. Elina fragte einen Verkäufer, und dieser deutete auf eine Wand. Dort hingen Äxte verschiedener Größe. Elina schaute auf die Preiszettel und hatte die richtige Axt rasch gefunden. Eine handliche, kleinere Axt ganz aus Stahl zum Preis von 378 Kronen.

Sie wandte sich wieder an den Verkäufer.

»Ich würde mir diese Axt gerne für den Rest des Tages ausleihen.«

Er sah sie amüsiert an. Sie zog ihren Dienstausweis hervor.

»Wir brauchen sie für eine Ermittlung. Sie bekommen eine Quittung. Ich bringe sie heute Nachmittag oder spätestens morgen zurück. Im Neuzustand.«

Erkki Määttä trug einen weißen Laborkittel. Elina erläuterte ihm ihr Anliegen.

»Ist dieser Fall nicht eingestellt?«

»Doch.«

Er zuckte mit den Achseln und nahm die Axt entgegen.

Zwei Stunden später klingelte bei Elina im Büro das Telefon.

»Die Verletzungen an den Köpfen von Annika Lilja und Jamal stimmen genau mit der Rückseite dieser Axt überein«, sagte Erkki Määttä. »Sag bloß, du hast die Mordwaffe gefunden?«

»In diesem Fall hätte ich Handschuhe getragen und dich untertänigst gebeten, nach Fingerabdrücken zu suchen. Das müsstest du doch wissen, Erkki. Diese Axt habe ich bei Sundströms ausgeliehen.«

Sie suchte Axel Bäckmans Durchwahlnummer heraus, entschloss sich dann aber, persönlich bei ihm vorbeizugehen.

Er saß wieder in seinem alten Büro bei der Ordnungspolizei. Sein provisorisches Büro bei der Kripo hatte er geräumt. Er hatte wieder mit seinen Routinesachen zu tun, der Mordfall war wirklich abgeschlossen. Er bat sie, Platz zu nehmen und wartete dann darauf, dass sie das Wort ergriff.

»Bist du dir ganz sicher, dass der Mörder aus dem Nahen Osten kam?«, fragte sie.

»Ja. So sicher, wie man sich nur sein kann, ohne einen absoluten Beweis zu haben. Warum fragst du?«

»Ich weiß nicht … vermutlich weil ich etwas unzufrieden bin, da ich in der Schlussphase nicht mehr dabei sein durfte.«

Er lächelte und breitete die Hände aus.

»Die Sicherheitspolizei hat die Sache an sich gerissen. Mir wäre es auch lieber gewesen, wenn es anders gelaufen wäre. Das Video im Fernsehen zu zeigen, war, ehrlich gesagt, wirklich übel. Und dass du, Rosén und die anderen übergangen worden seid, war auch schade. Ich finde aber trotzdem, dass wir recht weit gekommen sind. Schließlich konnten wir nachweisen, dass ein aktenkundiger Terrorsympathisant vor dem Mord nach Schweden eingereist ist und das Land wenig später verlassen hat.«

»Wie konntet ihr das nachweisen?«

»Mit Hilfe von Zeugen. Leider darf ich über diese Sache weiter nichts verraten.«

»Was spricht dafür, dass diese Person alle drei ermordet hat?«

»Wenn ich das sage, gebe ich preis, wie die Sicherheitspolizei arbeitet.«

»Dann sag mir einfach, was du sagen darfst und lass den Rest aus.« Sie merkte, dass ihr Ärger immer weiter zunahm. *Was bildete er sich eigentlich ein?*

»Okay, ich gehe einmal davon aus, dass du ein Recht darauf hast, die Wahrheit zu erfahren«, sagte Bäckman. »Wir, ich meine die Sicherheitspolizei, wissen, dass dieser Mann derselben Organisation angehört wie Jamal und Ahmed Qourir, also einer palästinensischen Extremistenorganisation. Aber als wir, also die Sicherheitspolizei, eine offizielle Anfrage über seine Person an die Israelis richteten, stritten diese ab, irgendetwas zu wissen.«

»Ach? Das verstehe ich nicht.«

»Normalerweise wissen die Israelis über alle Leute Bescheid, die nur den geringsten Kontakt zu diesen Extremistenorganisationen unterhalten. Sie sind auf Zack! Ihr Sicherheitsdienst hat jeden Palästinenser in seinen Verzeichnissen. Und wir erhalten die Informationen, die wir brauchen, von den Israelis, wenn es um solche Fragen geht. Aber in diesem Fall behaupteten sie, dass ihnen nicht einmal der Name bekannt sei. Daraus schlossen wir, dass es sich um einen Agenten gehandelt haben muss, den sie eingeschleust hatten und der für die Israelis arbeitete. Er war hierher geschickt worden, um Jamal und Qourir hinzurichten. Deswegen leugneten die Israelis auch, ihn zu kennen.«

»Und das machte den Fall dann so heikel?«

»Außerordentlich. Da wir den Mörder ohnehin nicht fassen konnten, wurden verschiedene Dinge gegeneinander abgewogen.«

»Alles wurde unter den Teppich gekehrt. Die Akten kamen in einen Pappkarton, und nach außen hin gab man den Palästinensern die Schuld. Eine interne Abmachung.«

»Ja, in etwa. Ich wäre dir dankbar, wenn du den anderen gegenüber Stillschweigen darüber bewahren würdest, was du gerade von mir erfahren hast.«

Elina nickte.

»Dieser Mann«, sagte sie, »also der Mörder, wann kam er nach Schweden?«

»Laut unseren Informationen am 26. September, also zwei Tage vor dem Doppelmord. Warum?«

»Details sind immer wichtig.«

»Du glaubst das alles nicht, oder?«, meinte Axel Bäckman.

»Ich wäre gerne etwas überzeugter.«

Axel Bäckman lehnte sich zurück. Er betrachtete Elina. Sie fühlte sich begutachtet.

»Rosén erwähnte, dass du einen Zusammenhang mit Jamals verschwundenem Cousin vermutest«, meinte er schließlich. »Warum glaubst du, dass sein Verschwinden etwas mit den Morden zu tun haben könnte?«

»Ich fand nur einen Umstand bemerkenswert. Ein Toter und ein Verschwundener in derselben Familie. Danke für dieses Gespräch, Bäckman. Ich muss jetzt wieder an meine Arbeit. Tschüs.«

Elina saß in ihrem Büro. In einer Hand hielt sie den Zettel, den Sergej ihr gegeben hatte. *Schiff ab Ventspils, Lettland.*

In der anderen Hand hatte sie einen Zettel, den sie selbst geschrieben hatte. *Der Mörder traf am 26. Sept. ein.* Darunter: *Axt, entwendet in der Nacht vom 20. auf den 21. Sept.*

Sollte sie mit Kärnlund sprechen? Mit Rosén? Was sollte sie ihnen dann sagen? Dass sie glaubte … dass sie vermutete … ja, was eigentlich? In diesem Land gab es eine Unmenge Äxte. Das einzig Neue, was sie herausgefunden hatte, war, dass Jamals Cousin Sayed möglicherweise via Ventspils nach Schweden hatte einreisen wollen. Aber auch das war nebulös. Sie konnte sich nicht einmal sicher sein, dass er wirklich in der Wohnung in Moskau gewohnt hatte. Sie wusste, wie die Reaktion ihrer Kollegen ausfallen würde. Misstrauen, Kopfschütteln. Man würde etwas Konkreteres von ihr verlangen. Außerdem Widerstand: Bäckman schien es nicht zu passen, dass sie seine Lösung, die sogenannte Lösung der Sicherheitspolizei, in Frage stellte.

Außerdem wollte sie nicht damit herausrücken, dass sie in Moskau Polizistin gespielt hatte.

Sie legte die beiden Zettel in die oberste Schreibtischschublade und ging nach Hause.

16. KAPITEL

Elina war erst gegen Morgen eingeschlafen. Sie erwachte davon, dass ihr der kalte Schweiß ausgebrochen war. Die Angst sickerte ihr aus den Poren. Im Traum hatte sie einen Kinderwagen den Oxbacken hinuntergeschoben. Auf halbem Weg war er ihr aus den Händen geglitten. Leute standen ihr im Weg, als sie ihm hinterherrennen wollte. Gerade als der Wagen vor einen blauen Bus rollte, erwachte sie.

Sie gähnte während der gesamten Acht-Uhr-Besprechung. Jönsson hatte den Vorsitz. Als er sie fragte, mit welchem Fall sie gerade befasst sei, konnte sie nichts erwidern. Sie sah ein, dass sie sich zusammenreißen musste.

Sie machte sich wieder an die offenen Fragen. Der Exhibitionist in Vallby. Sie rief die Frau an, die die Anzeige erstattet hatte. Ihre Stimme klang jung. Der Mann hatte auf einer Parkbank gesessen und onaniert. Die Frau glaubte, ihn identifizieren zu können. Sie hatte kein genaues Bild seines Gesichts mehr im Kopf, aber *er* sei recht klein gewesen. Elina bezweifelte, dass sich der Täter so identifizieren ließ, jedenfalls nicht bei einem Verhör, bei dem sicherlich nicht mit einem außerordentlichen Stehvermögen zu rechnen war.

Sie blätterte in den anderen Anzeigen und schob sie dann beiseite. In der obersten Schublade lagen zwei Zettel, die ihr keine Ruhe ließen.

Ventspils, Lettland. Jemand war dort vielleicht mit Sayed verabredet gewesen. Jemand hatte ihm dort eventuell einen Platz auf einem Schiff nach Schweden verschaffen sollen – die letzte Etappe einer langen Reise. Wahrscheinlich für Geld. Viel Geld. *Der Kredit. 70 000 Kronen.* Jemand wusste womöglich, ob Sayed auf dem Weg von Moskau nach Lettland oder zwischen Lettland und der schwedischen Küste verschwunden war. Es könnte doch sein, dass die lettische Polizei wusste, wer dieser Jemand war?

Das könnte auch früher schon mal passiert sein, dachte sie. Menschenschmuggler mit der festen Route Lettland-Schweden. Vielleicht haben die schwedischen Behörden ja einen Namen.

Elina griff zum Telefon. Eine Nummer mit einer Stockholmer Vorwahl. Sie bat darum, mit dem polizeilichen Nachrichtendienst, Dezernat für illegale Einwanderung, verbunden zu werden. Man stellte sie zum Chef durch. Die Antwort war einfach: Namen von Menschenschmugglern in Ventspils lagen keine vor. Jedenfalls nicht beim polizeilichen Nachrichtendienst.

Sie wählte eine weitere Nummer. Eine etwas träge Stimme:

»Migrationsbehörde, Yngve Carlström.«

»Hier ist Elina Wiik von der Polizei Västerås. Wir haben uns vor ein paar Wochen unterhalten, über …«

»Ich erinnere mich.«

»Ich frage mich, ob Sie mir vielleicht mit einer Auskunft weiterhelfen können? Wenn sie Flüchtlinge vernehmen, kommt es dann vor, dass die ihre Schleuser benennen?«

»Durchaus. Oft wissen sie es allerdings auch nicht oder wollen es nicht sagen. Aber es kommt vor.«

»Kennen Sie den Namen eines Schleusers in Lettland? In Ventspils?«

»Weshalb fragen Sie ausgerechnet mich?«, erwiderte Carlström misstrauisch.

»Weil ich den Eindruck hatte, dass Ihnen Ihre Arbeit wichtig ist. Dass Sie gründlich sind. Ich dachte, dass Sie vielleicht solche Fragen gestellt haben könnten.«

»Warum fragen Sie ausgerechnet nach Ventspils? Hat das mit dem Fall zu tun? Also mit dem, nach dem Sie beim letzten Mal gefragt haben?«

»Möglich. Ich weiß es nicht.«

»Leider kann ich Ihnen nicht helfen. Es kann sein, dass in irgendeiner Akte ein Name steht, ich erinnere mich jedoch nicht.«

»Kommen viele Flüchtlinge via Ventspils nach Schweden?«

»Das kam früher, bis Mitte der Neunziger, häufiger vor. Inzwischen bewachen die Balten ihre Grenzen viel besser.«

»Es ist also schon vorgekommen. Dann müsste die lettische Polizei eigentlich mehr darüber wissen.«

»Das ist naheliegend.«

Elinas Telefon blinkte.

»Ich habe ein Gespräch auf der anderen Leitung«, sagte sie. »Entschuldigen Sie einen Augenblick.«

Sie drückte auf Leitung zwei.

»Sie wollten mit mir sprechen«, sagte eine Frauenstimme. »Über Jamal.«

»Einen Augenblick bitte.«

Sie drückte auf Leitung eins und dankte Yngve Carlström für seine Hilfe. Dann wandte sie sich wieder ihrer Anruferin zu.

»Über Jamal?«, sagte Elina. »Ja, das will ich. Und wer sind Sie?«

»Jamal hat zwei Jahre lang bei uns gewohnt. Ich möchte Ihnen meinen Namen aber nicht sagen.«

Elina schaute auf das Display. *Unbekannt.*

»Es wäre besser, wenn wir uns treffen könnten«, meinte Elina.

Die Frau zögerte.

»Sie brauchen mir Ihren Namen nicht zu nennen«, meinte Elina. »Es handelt sich auch nicht um eine Vernehmung. Ich würde nur gerne mit Ihnen über Jamal sprechen.«

»Kommen Sie zur Stadtbücherei. Ich erwarte Sie am Eingang.«

Die Frau, die Elina erwartete, hatte kurzes graues Haar und ein faltiges Gesicht. Sie lächelte leicht, als sie Elina die Hand reichte, sagte aber nichts. Elina hatte den Eindruck, es mit einem Menschen zu tun zu haben, der ein ruhiges Leben geführt hatte. Sie wirkte ganz und gar nicht wie die Aktivistin einer Bewegung, die seit Jahrzehnten die Flüchtlingspolitik des Staates herausforderte.

Sie gingen ins oberste Stockwerk. Leise strichen Leute zwischen den Regalen hin und her, meist den Kopf zur Seite gelegt, um den Titel zu finden, den sie suchten. Der Raum und Elinas Anliegen legten ein leises Gespräch nahe. Die Frau nahm jedoch kein Blatt vor den Mund.

»Die Polizei glaubt, dass wir naiv sind und die Einwanderungsfrage beschönigen«, sagte sie, jedoch nicht weiter aggressiv. »Dass wir Idealisten sind, die Flüchtlinge verstecken, weil sie uns leidtun. Aber oft versuchen wir, diejenigen, die abgeschoben werden sollen, dazu zu bewegen, aus freien Stücken nach Hause zu fahren. Erst wenn sie wirklich nicht zurück können, helfen wir ihnen dabei, sich zu verstecken. Dann, wenn die Migrationsbehörde und die Revisionsbehörde ganz einfach einen falschen Beschluss gefasst haben.«

»War das bei Jamal der Fall?«

Die Frau dachte nach.

»Wir fanden, dass er wirklich gute Gründe hatte, in Schweden bleiben zu dürfen. Im Nachhinein bin ich mir jedoch nicht mehr so sicher, ob wir damit Recht hatten.«

»Wie meinen Sie das?«

»Irgendwann stellte sich ja heraus, dass Jamal von den Israelis gesucht wurde. Und zwar zwei Jahre nach seiner Ankunft. Deswegen erhielt er schließlich auch die Aufenthaltsgenehmigung. Ich hatte jedoch den Eindruck, dass er kein politischer Mensch war. Und seit ich nach dem Mord mit seinem Vater gesprochen habe, erscheint mir das noch zweifelhafter. Sein Vater sagt, dass Jamal nie irgendeiner Organisation angehört habe.«

»Wie lässt sich dann die israelische Fahndung erklären?«

»Es gibt nur zwei denkbare Erklärungen. Entweder wusste der Vater nicht, womit sich sein Sohn beschäftigte, oder der Steckbrief war gefälscht.«

»Gefälscht? Von wem?«

»Von jemandem, der Jamal helfen wollte. Der Hintergrund dieses Dokuments ist etwas sonderbar. Es tauchte in seiner Akte bei der Migrationsbehörde auf, ohne dass jemand hätte sagen können, wann und wie es dort hingeraten war. Dann hat es Agnes in die Finger bekommen, und nachdem sie einige Artikel dazu geschrieben hatte, war die Sache geklärt.«

»Falls er nicht politisch verfolgt wurde, warum ist er dann hierhergeflüchtet?«

»Aus demselben Grund wie viele andere. Er wollte leben. Er wollte eine Zukunft haben.«

»Wie war er als Mensch?«

»Nett. Intelligent. Während der zwei Jahre im Versteck kam er gut zurecht. Viele macht das vollkommen fertig. Das ist einer der Gründe, warum wir nie von uns aus vorschlagen, dass sie bleiben sollen. In Schweden auf der Flucht zu sein, ist schlimmer, als man meinen sollte. Die Unsicherheit, das Nichtstun, die Armut, die ständige Verfolgung, das alles ist wahnsinnig belastend. Aber Jamal kam damit klar, und auch anschließend ist er gut zurechtgekommen. Bis …«

»Wer hat ihn dann ermorden wollen? Hatte er Feinde?«

Die Frau schüttelte den Kopf.

»Mir ist das unbegreiflich. Aber ich weiß schließlich auch nicht genau, was er tat, nachdem er bei uns ausgezogen war.«

»Erwähnte er seinen verschollenen Verwandten?«

»Sayed? Seinen Cousin? Ja, das tat er.«

Elina beugte sich vor.

»Erzählen Sie alles, was Sie wissen. Einzelheiten, alles, was Sie über diese Sache wissen.«

»Jamal rief mich an, ich erinnere mich nicht mehr genau, wann, aber es ist ein paar Jahre her. Er sagte, sein Cousin Sayed hätte nach Schweden kommen sollen, aber irgendwas sei passiert. Jamal wusste nicht, was, und wollte, dass ich ihm helfe. Ich erkundigte mich bei verschiedenen Stellen, unter anderem beim Roten Kreuz, aber Sayed war spurlos verschwunden. Das letzte Lebenszeichen von ihm kam aus Moskau. Was dann geschah, weiß ich nicht.«

»Wissen Sie, wer Sayeds Reise bezahlte?«

»Nein.«

»Könnte das Jamal gewesen sein? Er versuchte ungefähr zu jenem Zeitpunkt, einen Kredit aufzunehmen.«

»Das klingt wenig wahrscheinlich. Sie waren schließlich nur Cousins, wenn Sie verstehen, was ich meine. Verwandt, aber sie standen sich nicht so nahe wie Brüder. Normalerweise sammeln die Familien im Heimatland Geld. Man bezahlt im Voraus. Aber es ist natürlich denkbar, dass Jamal das Geld vorstrecken wollte.«

»Kennen Sie jemanden namens Ahmed Qourir?«

»Im Zusammenhang mit Jamal?«

Elina nickte. Die Frau runzelte die Stirn.

»Nein, der Name sagt mir nichts. Aber ich habe hier etwas für Sie.«

Sie griff in ihre Handtasche. Ein Umschlag.

»Jamals Eltern haben mir geschrieben, nachdem wir telefoniert hatten. Sie wollen die sterblichen Überreste ihres

Sohnes in Gaza begraben. Sie haben mich um Hilfe gebeten. Ich tue was ich kann. Das muss ich. Aber ich bezweifle, dass es geht.«

Oskar Kärnlund sah Elina an und verzog missbilligend das Gesicht. Das hatte sie erwartet. Aber sie fand, dass ihr keine andere Wahl blieb. Sie musste es einfach versuchen.

»Das war nicht sonderlich viel«, meinte Kärnlund. »Der Cousin Sayed war im Winter 2001 in Moskau und hat sich seither in Luft aufgelöst. Ist das alles? Du hast also keine Ahnung, nicht die geringste Ahnung, ob das mit den Morden zu tun hat. Und jetzt willst du also nach *Lettland* fahren!«

»Ich sehe das folgendermaßen«, sagte Elina und versuchte, ihre Stimme überzeugend klingen zu lassen. »Zwei junge Menschen werden in Västerås totgeschlagen. Annika Liljas Eltern sind vollkommen verzweifelt, und ich gehe davon aus, dass Jamals Eltern genauso empfinden. Die einzige Antwort, die wir ihnen gegeben haben, ist, dass eine Person mit einem arabischen Namen nach Schweden eingereist ist, ihre Kinder erschlagen hat und dann wieder wie ein Schatten verschwunden ist. Für die Eltern kann das nicht ausreichen, egal, ob es jetzt wahr ist oder nicht. Wir müssen mehr unternehmen.«

»Okay, Wiik. Lass uns annehmen, dass sich die Sicherheitspolizei irrt. Wer war dann der Täter?«

»Vielleicht einer der Schleuser? Der sein Geld nicht bekommen hatte. Beispielsweise könnte es so ausgesehen haben: Sayed wandte sich an Menschenschmuggler, um nach Schweden zu kommen. Jamal sollte ihm das Geld für die Reise vorstrecken. Aber aus irgendeinem Grund verschwand Sayed auf dem Weg. Verunglückte womöglich tödlich. Die Schmuggler, die eine Menge Kosten für Sayed hatten, wollten ihr Geld trotzdem. Jamal weigerte sich zu zahlen. Die Schmuggler schlugen Jamal tot. Annika war zum falschen Zeitpunkt am falschen Ort und wurde ebenfalls ermordet.«

»Und Ahmed Qourir? Jamal hatte schließlich bei ihm angerufen. Die Morde hängen also irgendwie zusammen. Welche Rolle spielte er?«

»Ich weiß nicht. Ich habe nicht einmal eine Vermutung.«

»Hast du dir schon mal überlegt«, fragte Kärnlund, »dass sowohl in Jamals als auch in Qourirs Wohnungen sämtliche Unterlagen fehlten. Das legt nahe, dass Profis am Werk waren. Ich finde, dass das mehr nach Sicherheitsexperten aus dem Nahen Osten als nach stümperhaften Reiseveranstaltern in der Flüchtlingsschmugglerbranche aussieht.«

Elina hatte keine weiteren Argumente. Sie wusste nicht einmal, ob sie ihren eigenen Theorien glaubte. Oder ob sie ihre Motivation nicht einfach nur daraus schöpfte, dass man sie bei der Ermittlung übergangen hatte. *Verlangen nach Revanche.* Oder etwas noch Einfacheres: Unlust, sich den lächerlichen Anzeigen zu widmen, die auf ihrem Schreibtisch lagen.

»Ich will trotzdem fahren«, sagte sie nach einem langen Schweigen.

»Wiik, das sind wirklich die blödsinnigsten Gründe, die mir je untergekommen sind.«

»Ich bestehe darauf.«

Oskar Kärnlund sah sie an und schüttelte den Kopf.

»Ich habe weniger als drei Monate bis zur Rente. Willst du, dass ich vorher noch einen Herzinfarkt erleide?«

»Jönsson wird mich niemals fahren lassen. Du kannst das aber veranlassen, und darum muss es jetzt sein.«

Kärnlund legte die Handflächen auf den Tisch. Zeit für Elina aufzubrechen. Sie resignierte. Als sie schon halb auf dem Gang war, hörte sie ihn rufen.

»Ich werde sehen, was sich machen lässt.«

17. KAPITEL

Es war noch dunkel, als Elina ihr Hotel verließ und auf die Straße trat. Ein älterer Mann mit einer braunen Kunstlederjacke wich ihr auf dem Bürgersteig aus. Eine Straßenbahn fuhr vorbei. Eine blaue Neonreklame spiegelte sich in den regennassen Pflastersteinen. Es roch nach Dieselabgasen.

Sie versuchte, sich auf dem Stadtplan zu orientieren. Die Straße entlang zum Freiheitsdenkmal auf der rechten Seite, daran vorbei und dann nach links, hatte der Hotelportier gesagt.

Es regnete immer noch, und Elina hatte keinen Schirm dabei, aber sie erreichte ihr Ziel, noch bevor sie gänzlich durchnässt war. Dem Text auf dem goldgelben Blechschild am Eingang entnahm sie, dass sie die richtige Adresse gefunden hatte. *Imigracijas Policijas Parvalde.* Sie vermutete, dass *parvalde* so etwas wie Büro bedeutete.

Im Entree saß eine alte Frau in Mantel und mit Kopftuch. Sie saß zwischen Treppe und Wand eingeklemmt an einem Tisch. Im Treppenhaus war es feuchtkalt. Elina nahm einen Zettel aus ihrer Tasche und las ihr einen Namen vor. Die Frau antwortete, ohne ihre Augen von ihrer Handarbeit zu nehmen.

»Ich verstehe kein Lettisch«, sagte Elina auf Englisch.

Die Frau deutete mit zwei Fingern die Treppe hinauf.

Bis zum zweiten Stock knarrten die Stufen unter Elinas

Schritten. Sie ging auf gut Glück rechts den Gang hinunter und entdeckte den Namen, den sie suchte, auf einem Schild neben einer Tür. Sie klopfte. Ein Mann in einem grauen Anzug öffnete. Elina stellte sich vor. Der Mann küsste die Hand, die sie ihm hinhielt und sagte dann in gebrochenem Englisch:

»Ich bin Kommissar Normunds Kalmanis von der Immigrationspolizei. Willkommen in Riga. Wir werden alles tun, was in unserer Macht steht, um Ihnen zu helfen. Setzen Sie sich bitte.«

Kommissar Kalmanis stellte Elina einen Stuhl hin. Er ging um seinen Schreibtisch herum, auf dem ein blauweißer Wimpel der Polizei von Helsinki einen Ehrenplatz einnahm. Elina dachte dankbar an John Rosén, der ihr ein Paket Stoffabzeichen der Polizei von Västerås mitgegeben hatte. Kommissar Kalmanis nahm eines dieser Abzeichen dankbar entgegen. Dann lächelte er breit, als Elina ihm außerdem noch eine kleine Flasche Whisky überreichte, die sie im Flugzeug gekauft hatte. Auch dazu hatte Rosén sie aufgefordert, der offenbar wusste, was erwartet wurde.

»Wie gesagt«, sagte Kommissar Kalmanis, »was können wir für Sie tun?«

»Ich suche Informationen über einen Mann palästinensischer Abstammung namens Sayed Al-Sharif. Soweit ich weiß, ist er mit dem Schiff von Ventspils nach Schweden gereist oder hat es zumindest versucht.«

Elina war dankbar, dass sein Englisch noch unbeholfener war als ihres.

»Das geht aus Ihrer schriftlichen Anfrage hervor«, erwiderte Kommissar Kalmanis. »Wir haben bereits ein paar Nachforschungen angestellt, obwohl die Zeit knapp war. Der Mann taucht in unseren Unterlagen nicht auf. Er kann also nicht unter seinem eigenen Namen legal nach Lettland eingereist sein. Das schließt jedoch nicht aus, dass er sich zu dem genannten Zeitpunkt in Lettland aufgehalten hat.«

Er schaute auf ein Blatt Papier.

»Es handelt sich um den Winter 2001, nicht wahr? Mittlerweile haben wir unsere Grenzbewachung modernisiert und verschärft, und zwar wegen des bevorstehenden EU-Beitritts. Wir werden nicht mehr zulassen, dass Lettland von illegalen Flüchtlingen als Sprungbrett nach Europa benutzt wird. Wer unsere Barrieren dennoch überwindet, kommt entweder hier ins Gefängnis oder wird wieder nach Hause geschickt.«

Elina war wieder einmal dankbar, dass sie nicht zu den Leuten gehörte, die ein Sprungbrett benötigten, um sich ein erträgliches Leben zu verschaffen.

»Ich bin nicht davon ausgegangen, dass er legal hier war«, meinte Elina. »Meine größte Hoffnung ist, die Namen der Schleuser in Erfahrung zu bringen, die Verbindungen nach Schweden haben. Am liebsten würde ich natürlich jemanden finden, der weiß, was Sayed Al-Sharif zugestoßen ist.«

»Letzteres könnte schwierig werden«, meinte Kalmanis. »Kein Schleuser wird freiwillig etwas über diesen Fall preisgeben. Damit würde er schließlich eine Straftat zugeben, noch dazu eine, die zu internationalen Komplikationen führt, immerhin sind unsere Kollegen aus Schweden an der Sache interessiert. Wir wollen jedoch einen Versuch unternehmen.«

»Dafür bin ich sehr dankbar«, sagte Elina und fühlte sich plötzlich wie eine Verkünderin der Tugend der Dankbarkeit.

»Draußen wartet bereits ein Wagen. Mit dem fahren wir nach Ventspils. Dort erwartet uns der örtliche Kommandant der Immigrationspolizei zum Mittagessen.«

Elina wünschte sich, sie hätte noch eine Flasche Whisky gekauft, aber sie hatte die Hoffnung, dass sie sich in der Provinz vielleicht mit einem Stoffabzeichen begnügten, obwohl sie zum Essen einluden. Sie hoffte auch, dass sich ihre gesellschaftlichen Verpflichtungen in Lettland auf dieses eine Mittagessen beschränken würden.

Der Fahrer stellte sich als Raimonds vor. Ein junger Mann,

der strahlte, als er Elina erblickte. Kommissar Kalmanis hielt ihr die Beifahrertür auf und nahm selbst auf dem Rücksitz Platz. Fahrer Raimonds fuhr rasch und ließ sich von roten Ampeln nicht aufhalten; die Polizeisirene hielt den übrigen Verkehr auf.

Sie fuhren durch flaches Land und an abgeernteten Äckern, dichten Wäldern und Telefonmasten mit leeren Storchennestern vorbei. Sowohl der Kommissar als auch der Fahrer rauchten im Auto. Nach etwa einer Stunde hielten sie vor einem Haus an.

»Eine Tasse Kaffee gefällig?«, fragte Raimonds auf Lettisch, und Kalmanis übersetzte.

Das Café war mit drei runden Tischen und stapelbaren Plastikstühlen möbliert. In dem Regal hinter der Bar standen Schnapsflaschen mit lettischen Etiketten. In einem Kühlschrank gab es Erfrischungsgetränke, hauptsächlich Coca-Cola. Eine junge Frau servierte ihnen Kaffee. Kalmanis und Raimonds rauchten. Elina suchte nach einem Gesprächsthema.

»Haben Sie hier in Lettland viele illegale Flüchtlinge?«, fragte sie.

»Nein, vermutlich fast keinen Einzigen«, antwortete Kalmanis. »Niemand beantragt hier Asyl. Alle wollen weiter. Nach Deutschland oder nach Schweden. Aber wir erleben hier viele Tragödien. Auf dem Weg hierher sind wir an Olaine vorbeigefahren. Wir bezeichnen das zwar als Flüchtlingslager, in Wirklichkeit handelt es sich um ein Gefängnis. Dort sitzen Menschen aus allen möglichen Ländern. Es ist ihnen geglückt, hierher zu kommen, aber nicht weiter. Sie hoffen, dass sich irgendein Land ihrer erbarmt, was nicht geschehen wird. Sie sitzen dort also jahraus, jahrein.«

Er inhalierte tief und drückte seine Zigarette dann aus.

»Dieser Mann«, meinte er dann, »Sayed, warum ist er so wichtig?«

»Er ist der verlorene Sohn«, erwiderte Elina.

Sie erhoben sich und fuhren weiter. Nach etwa einer Stunde wurden Verkehr und Bebauung dichter. »Ventspils«, sagte Kalmanis. Sie fuhren über eine Brücke. Unter ihnen war ein Fluss, der in einiger Entfernung breiter wurde. Hier waren offenes Wasser und dinosaurierähnliche Kräne zu sehen. Sie fuhren ins Zentrum, breite Straßen, große Häuser, und hielten vor einem Gebäude an, das man für den Kulturpalast in der schwedischen Provinz hätte halten können, nur dass es etwas prächtiger und bedeutend mehr heruntergekommen war.

»Inspektor Lacis erwartet uns«, sagte Kalmanis.

Er führte Elina in ein Restaurant, dessen Einrichtung komplett rosafarben war mit weißen Tischdecken. Ein Mann um die fünfunddreißig mit gepflegtem Schnurrbart und in grauem Anzug erwartete sie. Ein weiterer Handkuss, das Vorstellungsritual und der Austausch von Höflichkeiten folgten.

Inspektor Lacis rückte Elina den Stuhl zurecht. Eine Kellnerin in kurzem blauem Rock und rosa Lippenstift servierte. Offenbar war alles vorbestellt. Rinderfilet mit Pilzen und Bratkartoffeln.

»Sonderlich viele Menschenschmuggler gibt es bei uns nicht«, sagte Inspektor Lacis kauend. »Früher gab es hier einige, aber die sind weggezogen, vermutlich ins Ausland. Ihr Business lohnte sich nicht mehr, nachdem wir die Grenzbewachung verschärft hatten. Da bedienten sie sich vermutlich ihrer alten Kontakte, um Richtung Westen zu ziehen. Nach *Europa*, so nennt man hier aus irgendeinem Grund die EU. Ich fürchte, wir können nicht viel mehr tun, als Ihnen die Namen und Personenbeschreibungen zu geben.«

Elina wurde von ihrer Enttäuschung wie von einer Welle erfasst. Das hätte sie auch telefonisch von Västerås aus klären können. Aber die lettische Polizei war bei den einleitenden Kontakten nicht auf Details eingegangen. Sie hatte die Reise gegen einigen Widerstand durchgesetzt, und jetzt würde sie mit leeren Händen nach Hause kommen.

Nach dem Mittagessen fuhren sie zum Polizeipräsidium im Zentrum von Ventspils. Inspektor Lacis hatte ein Büro im Erdgeschoss, ein kleines Zimmer mit furnierten Schränken. Sie nutzte die Gelegenheit, um ihm ein Stoffabzeichen zu überreichen. Sie war etwas verlegen, weil das Geschenk so schlicht war. Lacis schien sich jedoch zu freuen.

»Wir wissen die Zusammenarbeit mit der schwedischen Polizei sehr zu schätzen«, sagte er.

Elina Wiik, die Abgesandte für eine erweiterte polizeiliche Zusammenarbeit an der Ostsee, dachte Elina. Immerhin das kann ich nach meiner Rückkehr zu Hause erzählen.

Eine Frau mit grüner Brille und toupiertem Haar trat mit einer Aktenmappe ein. Sie legte sie auf den Tisch und verließ das Zimmer sofort wieder.

»Das ist, was wir haben«, sagte Lacis und öffnete die Mappe. »Die Menschenschmugglerbande in Ventspils bestand aus drei Personen. Einem Ehepaar, Jakob Diederman und seiner Ehefrau Katarina, und, das muss ich leider einräumen, einem Oberstleutnant der Küstenwache. Gregors Nikolajew. Er wurde natürlich vom Dienst suspendiert, nachdem sich der Verdacht gegen ihn bestätigt hatte. Aber es ist uns nicht gelungen, ihn festzunehmen.«

Lacis schaute aus dem Fenster, als hoffe er, dass dort der Oberstleutnant der Küstenwache auftauchen würde, der ihnen durch die Lappen gegangen war. Lacis' Miene ließ Elina vermuten, dass man ihn daran gehindert hatte, den Verdächtigen festzunehmen. Sie glaubte jedoch, dass es von ihr, der frisch ernannten Abgesandten der schwedischen Polizei, taktlos gewesen wäre, danach zu fragen.

Sie beugte sich über die offene Mappe. Jakob Diederman war 1963 geboren. Er war auf einem etwa vier auf fünf Zentimeter großen Schwarz-Weiß-Foto zu sehen und sah durchschnittlich aus. Elina war sich sicher, ihn nicht zu erkennen, falls sie ihm zufällig begegnen würde. Katarina Diederman war Jahrgang 1966 und hatte dunkles, glattes Haar, große Augen und einen schmalen Mund. Sie war leichter wiederzuerkennen.

Elina schob die Akten des Ehepaars beiseite. Darunter kam das Farbfoto eines Mannes in Uniform zum Vorschein. Oberstleutnant Gregors Nikolajew, geboren 1958.

So sieht man also aus, wenn Geld wichtiger wird als die Pflicht, dachte Elina.

Sie betrachtete Gregors Nikolajews Augen, den Blick von Katarina Diederman. Ihr Ehemann Jakob schaute an der Kamera vorbei. Sie überlegte, ob sie wohl fähig waren, einen anderen Menschen umzubringen.

»Sie haben mehrere Schiffsladungen Flüchtlinge geschmuggelt«, sagte Inspektor Lacis und riss Elina aus ihren Gedanken. »Immer in ausrangierten Booten, Seelenverkäufern, noch aus der Sowjetzeit. Aber seit Herbst 2001 haben wir diese Gestalten nicht mehr gesehen. Ich kann meine Assistentin bitten, Kopien aller Dokumente zu machen. Ich bedauere, dass wir sie nicht ins Schwedische übersetzen konnten.«

»Das ist nicht nötig«, beeilte sich Elina zu sagen. »Das können wir in Schweden machen. Wir sind Ihnen sehr dankbar für Ihre Hilfe.«

Immer dankbar, dachte Elina.

Die Frau mit der grünen Brille trat ein, nahm die Mappe und verschwand wortlos. Fünf Minuten später kehrte sie mit einem Stapel Papier zurück. Inspektor Lacis nahm die Kopien entgegen und reichte sie an Elina weiter.

»Ich weiß nicht, was wir sonst noch für Sie tun könnten«, meinte er, »aber ich will Sie zumindest noch meinem Chef, Kommissar Bek, vorstellen. Er hat sein Büro im ersten Stock.«

Elina folgte Inspektor Lacis die Treppe hinauf und dachte

angestrengt darüber nach, was sie noch fragen könnte. Ein paar Namen von Schleusern waren eindeutig zu wenig.

Ein weiterer Handkuss. Elina begann an dieser Geste Gefallen zu finden.

»Ich bin Kommissar Valdis Bek«, stellte sich der Chef vor. »Es ist mir eine Ehre, Sie in Ventspils willkommen zu heißen. Ich hoffe, Inspektor Lacis war zuvorkommend.«

»Natürlich, außerordentlich hilfsbereit«, sagte Elina.

Kommissar Bek bot ihr einen Stuhl an. Teetassen und Plätzchen mit Füllung standen bereits auf dem Tisch.

»Was führt Sie hierher nach Ventspils?«, fragte Kommissar Bek.

»Ich suche nach einer Antwort auf die Frage, warum eine Person namens Sayed Al-Sharif verschwunden ist«, erwiderte Elina. »Eventuell ist er auf dem Weg nach Schweden durch Lettland gekommen. Ich habe Grund zur Annahme, dass er sich in Ventspils eingeschifft hat, möglicherweise im Winter 2001.«

»Und, haben wir Ihnen behilflich sein können?«

»Leider liegen uns keine Informationen über den Verschwundenen vor«, mischte sich Normunds Kalmanis ein.

»Wir haben Inspektorin Wiik nur die Namen von drei aktenkundigen Schleusern geben können«, sagte Inspektor Lacis.

»Dieser Verschwundene«, meinte Kommissar Bek. »Sein Name klingt arabisch.«

»Er ist Palästinenser«, sagte Elina.

Kommissar Bek trommelte mit den Fingern auf die Armlehne seines Stuhls.

»Also ein Araber. Schiff von Ventspils. Hm.«

Er dachte nach. Elina wartete ab.

»Das erinnert mich an etwas«, sagte er nach einer Weile. »Vermutlich hat das nichts damit zu tun. Aber trotzdem.«

Er erhob sich.

»Wir fahren ein wenig spazieren«, sagte er.

Elina kam sich vor wie die Leiterin einer kleineren Delegation. Zwei Dienstwagen, Kommissar Bek, Kommissar Kalmanis, Inspektor Lacis, Fahrer Raimonds und sie, eine schwedische Kriminalinspektorin auf einer Goodwillreise bei den benachbarten Polizeibehörden an der Ostsee. Verkünderin der Tugend der Dankbarkeit sowie Lettlandtouristin auf Kosten der schwedischen Steuerzahler. Sie fuhren über die Brücke Richtung Riga, dieselbe Strecke, die sie gekommen waren, dann bogen sie in ein Wohnviertel ein.

»Hier wohne ich«, sagte Valdis Bek und deutete auf ein Haus. »Aber wir sind nicht deswegen hier. Wir wollen bei einer meiner Nachbarinnen vorbeischauen.«

Valdis Bek führte die Gruppe an, es ging eine Treppe hinauf. Er klingelte. Eine Frau öffnete.

»*Sveiks*, Valdis!«, sagte sie und trocknete sich die Hände an einer Schürze ab. Valdis Bek erwiderte: »*Sveika.*« Weitere Worte wurden gewechselt, die niemand für Elina übersetzte. Die Frau verschwand in der Wohnung, und Valdis Bek gab den anderen ein Zeichen, ihr zu folgen. Sie nahmen auf einem Sofa im Wohnzimmer Platz. Die Frau ging in ein anderes Zimmer und kam mit einem Buch in der Hand zurück. Sie reichte es Bek, der eine Weile darin blätterte.

»Ihr Sohn hat dieses Buch auf einem Boot gefunden«, sagte er. »Ein arabisches Buch. Ich vermute, dass es sich um den Koran handelt. Außerdem lag das hier in dem Buch.«

Er hielt einen Zettel in die Luft. Vier Zeilen, geschrieben mit schnörkeligen arabischen Lettern.

»Das ist zwar nichts Besonderes, aber ich dachte, es könnte vielleicht etwas mit Ihrem verschwundenen Araber zu tun haben.«

Elina beugte sich vor und betrachtete die Schrift auf dem Zettel. Genau so stellte sie sich arabische Buchstaben vor.

»Was wissen Sie über das Boot?«, fragte sie.

»Nichts«, antwortete Valdis Bek. Er sah die Frau mit der Schürze an und stellte noch eine Frage auf Lettisch. Sie schüttelte den Kopf und erwiderte dann ein paar Worte.

»Sie weiß auch nichts. Wir müssen warten, bis ihr Sohn nach Hause kommt.« Er schaute auf die Uhr. »Er müsste bald da sein. Die Schule ist aus.«

Elina nahm den Zettel und betrachtete ihn erneut, als könnte sie irgendwie verstehen, was darauf stand. »Können wir das übersetzen lassen?«, fragte sie.

Valdis Bek wandte sich an Inspektor Lacis. »Kennen wir jemanden, der Arabisch kann, Lacis?«

Lacis dachte über die Frage nach. »Nein, Herr Kommissar. Mir fällt niemand ein.«

Kommissar Kalmanis griff zu seinem Mobiltelefon. »Ich rufe im Lager in Olaine an«, sagte er, »dort haben sie vielleicht jemanden.«

Unterhaltung auf Lettisch. Elina verstand kein einziges Wort. Kalmanis schaltete das Telefon mit derselben Bewegung aus, mit der er seine Zigaretten ausdrückte. »Sie haben einen Araber. Sie wollen ihn noch fragen, ob er lesen kann. Dann faxen wir ihnen eine Kopie.«

In diesem Augenblick ging die Wohnungstür auf. Jemand kickte in der Diele seine Schuhe in eine Ecke. In der Tür des Wohnzimmers erschien ein etwa Zehnjähriger. Erstaunt betrachtete er die Versammlung Fremder auf dem Sofa. Schließlich fiel sein Blick auf Valdis Bek.

»*Sveiks*, Janis«, sagte Bek. Der Junge nickte ganz leicht. Seine Mutter kam ins Zimmer. »Diese Herren und die Dame wollen dir ein paar Fragen stellen«, sagte sie. »Aber hab keine Angst, es ist nicht gefährlich.«

»Dieses Buch«, sagte Valdis Bek und hielt das grüne Buch mit den goldenen Buchstaben in die Höhe, »erinnerst du dich, auf welchem Boot du es gefunden hast?«

Janis sah seine Mutter an. Sie nickte, als wolle sie ihn ermahnen zu antworten.

»Ja«, sagte er knapp.

»Kannst du uns hinführen?«

Janis nickte.

»Zieh dir Schuhe an, dann fahren wir.«

Elina war nun Teil einer Delegation, die um zwei Personen gewachsen war, Janis und seine Mutter.

Noch ist für eine weitere Person Platz in den Autos, dachte sie. Aber dann wird es eng.

Die beiden Fahrzeuge mit den sieben Delegationsteilnehmern bogen zum Hafen ab. Ein Wachmann in einem Schuppen löste ein Seil, mit dem das Gelände symbolisch abgesperrt war. Die Reifen rollten leise darüber.

»Dorthin«, sagte Janis und deutete nach links. Sie fuhren bis ans Ende der Teerstraße, dann stellten sie die Autos ab.

Kommissar Kalmanis' Handy klingelte. Er hörte zu und stellte es dann ab.

»Der Araber in Olaine kann lesen«, sagte er.

Janis sah Valdis Bek an, und dieser machte eine auffordernde Handbewegung. Janis führte die Delegation an, ein winziger General vor einer ausgewachsenen Truppe. »Dort«, sagte er und deutete vor sich. Fünfzig Meter vor ihnen stand ein schrottreifes Fischerboot an Land aufgedockt.

Elina trat langsam näher. Der Name am Bug war noch zu entziffern. *Mistral.* Sie wusste, dass sie das nicht aufzuschreiben brauchte, sie würde sich daran erinnern. Mistral. *Der Wind.*

Sie kletterten nacheinander an Bord. Nur Janis' Mutter blieb unten stehen. Über ihren Köpfen kreisten kreischende Möwen. Der Hafen stank nach Tang und Altöl. Janis deutete auf die Luke zum Vorratsraum. Bek und Lacis öffneten sie und kletterten nach unten. Elina und Janis folgten ihnen. »Dort drinnen«, sagte sie und deutete auf ein Loch im Schott.

Elina steckte den Kopf hindurch und suchte nach Spuren von Menschen. »Hier ist nichts mehr«, sagte sie nach einer Weile und zog den Kopf zurück.

Sie wühlten im Müll und betrachteten die Wände. Vielleicht hatte jemand eine Nachricht in das Schott geritzt? Schweigend untersuchten sie alle Gegenstände, die auf dem Boden des Vorratsraumes herumlagen. Dann kletterten sie wieder an Deck und machten dort weiter. Niemand fand etwas von Wert.

Elina hielt sich an der Reling fest, um beim Herabklettern auf der Leiter nicht das Gleichgewicht zu verlieren, da hörte sie die Stimme von Valdis Bek.

»Inspektorin Wiik? Seien Sie doch so freundlich und schauen Sie mal hierher.«

Er stand vor der Steuerkabine und deutete auf einen Punkt etwa einen Meter über dem Deck. Elina trat darauf zu und betrachtete ihn. Die Steuerkabine war aus dicken Eisenplatten. In einer Platte war ein runder Abdruck.

»Sieht aus wie ein Einschuss, nicht wahr?«, meinte Bek. »Die Kugel hat die Eisenplatte allerdings nicht durchschlagen.«

Elina nickte. »Irgendwas scheint hier auf dem Boot passiert zu sein«, erwiderte sie. »Wir können natürlich nicht wissen, wann.«

Von Neuem suchten sie jetzt das ganze Boot ab. Eine Stunde später gaben sie auf und kletterten wieder nach unten.

Janis sah seine Mutter und die anderen besorgt an.

»Wir haben sonst nichts mitgenommen, ehrlich«, sagte Janis zu Valdis Bek. »Schon gut«, erwiderte dieser und tätschelte dem Jungen den Kopf. »Dürfen wir das Buch behalten?« Janis erwiderte ein verzagtes Ja. Valdis Bek reichte es Elina. »Nehmen Sie das mit nach Schweden.« Elina sah Janis fragend an. »Janis sagt, das sei okay«, meinte Bek. Elina zog zwei Scheine aus der Tasche und reichte sie Janis. Zwei Zehn-Lats-

Scheine. Sie hatte keine genaue Vorstellung, wie viel zwanzig Lats in schwedischen Kronen waren. Janis nahm das Geld entgegen. Er war sprachlos.

Er hatte Recht gehabt. Er hatte wirklich einen Schatz gefunden.

18. KAPITEL

Das Faxpapier ringelte sich langsam aus der Maschine. Alle starrten es an. Das wäre wirklich zu viel verlangt, dachte Elina. Eine Nachricht aus dem Totenreich.

Der Text war auf Lettisch. Kommissar Bek riss das Papier ab und legte es auf den Schreibtisch. Mit einem Stift schrieb er die Sätze auf Englisch daneben und gab das Blatt dann an Elina.

Eine Blume,
von Gott gepflückt,
ehe sie noch geblüht hat.

SAYED AL-SHARIF

Die Worte verschwammen vor Elinas Augen und vollführten Saltos in ihrem Kopf. Sie durchdrangen sie ganz und lähmten sie.

Die anderen beugten sich über das Fax.

»Das ist er doch, nicht wahr?«, meinte Kommissar Kalmanis an Elina gewandt.

»Ja«, antwortete sie. »Das ist er.«

»Was soll das andere bedeuten? Blume? Gott?«

»Ich weiß nicht. Vielleicht ein Gedicht.«

Elina versuchte, ihre Gedanken zu ordnen. Wer konnte mehr über diese Sache wissen, wen konnte sie fragen?

»Kommissar Bek«, sagte sie dann. »Dieses Fischerboot, die Mistral. Weiß man, wer der Besitzer ist oder wer die Besatzung war? Sayed muss an Bord dieses Bootes gewesen sein, also muss jemand wissen, was ihm zugestoßen ist.«

Valdis Bek antwortete nicht, sondern trat an den Schreibtisch und griff zum Telefon. Weitere lettische Worte. Es klang, als versuche er jemanden von etwas zu überzeugen. Seufzend legte er auf.

»Der Hafenmeister geht seine Schiffslisten durch. Vielleicht findet sich dort etwas. Sie waren etwas unwillig und haben gesagt, die Akten von 2001 seien bereits archiviert. *Riesenproblem*, haben sie gesagt, aber das sagen sie immer. Aber so schwer kann es nicht sein. Etwas Gerenne. Seht zu, dass ihr bis morgen Vormittag fertig seid, habe ich zu ihnen gesagt.«

Elina war ausgesprochen guter Dinge. Sie hatte Glück gehabt. Sayed hatte aus dem Jenseits von sich hören lassen.

Sie entschied sich dafür, in Ventspils zu übernachten, obwohl sich ihr Gepäck in Riga befand. Kommissar Kalmanis und Raimonds waren in die Hauptstadt zurückgefahren. Raimonds wollte Elina am nächsten Tag, wenn alles erledigt war, abholen. Am Abend ging sie in ein Restaurant. Sie bestellte etwas, was als lettische Spezialität angepriesen wurde. Es handelte sich um frittierte Schweineohren und -schwänze. Sie fand den Geschmack nicht einmal so unangenehm, aber die Konsistenz war zäh und erinnerte an salzigen Kaugummi mit Grillsaucenaroma.

Das Essen kostete zwei Lats. Im Fenster einer Wechselstube konstatierte sie, dass das zweiunddreißig Kronen entsprach. Die zwanzig Lats, die sie Janis für das Buch gegeben hatte, würde sie kaum als Spesen geltend machen können, insbesondere weil sie keine Quittung hatte.

In der abendlichen Dunkelheit spazierte sie durch die Stadt. Die Straßen waren fast menschenleer. Die Umrisse einer Frau tauchten in einem erleuchteten Fenster auf. Sie fragte sich, womit die Bewohner von Ventspils ihre Freizeit verbrachten. Sie kochten, schauten fern, halfen ihren Kindern bei den Hausaufgaben, machten sich Sorgen über die Zukunft, stritten sich und hatten gelegentlich Sex. Die Leute waren überall gleich. Nur mehr oder weniger einsam. Sie dachte an Sayed. Wer war er? Was hatte er gedacht, als er seine Familie verlassen hatte? Wie hatte er sich seine Zukunft vorgestellt? Wie hatte er ausgesehen? Ein schlaksiger Mann mit erwartungsvollem und gleichzeitig unsicherem Blick? Ein junger Mensch mit denselben Träumen wie sie? Was war aus seinen Träumen geworden?

Sie versuchte logisch zu denken und zu analysieren. Er musste sich an Bord des Fischerbootes befunden haben. Das Boot war in den Hafen zurückgekehrt. Aber Sayed war verschwunden, und das seit fast drei Jahren. Er musste tot sein. War er auf dem Meer umgekommen? Oder hatte man ihn auf der schwedischen Seite an Land gesetzt? Und war er der einzige Flüchtling an Bord gewesen?

Elina konnte sich nicht vorstellen, dass er allein gewesen war. Schleuser transportierten Flüchtlinge immer in Gruppen. Wo waren die anderen? Waren sie ebenfalls tot? Oder war Sayed getötet worden, noch ehe das Boot abgelegt hatte? Aber in diesem Fall, warum? Geld? Hatte das Einschussloch mit dieser Sache zu tun?

Sie wusste nicht, was sie glauben sollte. Es gab zu viele Fragen. Sie konnte nur hoffen, dass Kommissar Bek jemanden auftrieb, der sie beantworten konnte.

Elina war mutlos, als sie in ihrem Hotelbett die Decke ans Kinn zog. Vielleicht würde sie ja erfahren, wieso Sayed verschwunden war. Vielleicht. Aber was hatte das mit den Morden an Annika Lilja und Ahmed Qourir zu tun? Wie hing alles zusammen? Hing es überhaupt zusammen?

Sie hatte tief geschlafen und erwachte voller Energie. Ihr kam eine Gedichtzeile von Karin Boye in den Sinn: »Orte, an denen man nur einmal schläft …«

Auf der Straße wartete Inspektor Lacis mit einem Wagen. Sie fuhren zum Polizeipräsidium und sprachen über das Wetter. Die Sonne schien zum ersten Mal seit langem.

Kommissar Bek erhob sich von seinem Schreibtisch, als Elina eintrat.

»Gute Nachrichten«, sagte er und küsste Elina die Hand. »Das Hafenamt hat den Namen des Kapitäns des Fischerbootes ausfindig gemacht. Er wohnt in Ventspils. Eine Streife holt ihn gerade. Darf ich Ihnen eine Tasse Tee anbieten, während wir warten?«

Nach einer halben Tasse wurde der Kapitän ins Zimmer geführt. Er trug einen Wollpullover und eine Trainingsjacke, war unrasiert und roch nach Schnaps. Man wies ihm einen Stuhl vor dem Schreibtisch an. Kommissar Bek starrte ihm fortwährend in die Augen. Der Kapitän schaute zu Boden.

Sie unterhielten sich lange, Kommissar Bek in aufforderndem Ton. Elina hörte, dass sie Russisch sprachen und nicht Lettisch. Einige Male hörte sie den Namen Mistral. Der Kapitän antwortete öfter mit *Njet* als mit *Da*.

Valdis Bek wandte sich an sie.

»Der Kapitän sagt, er habe zu keinem Zeitpunkt Flüchtlinge transportiert. Er könne sich nicht erklären, warum das Buch auf seinem Boot gelegen habe. Er glaubt, dass es dorthin geraten sein könnte, nachdem man die Mistral vor zwei Jahren im Hafen an Land gesetzt hatte. Von einem Sayed Al-Sharif hat er noch nie gehört. Und wer Jakob und Katarina Diederman oder Gregors Nikolajew sind, weiß er auch nicht. Er bestätigt, dass er der Kapitän des Bootes im Winter 2001 war, aber an die Namen der übrigen Besatzungsmitglieder kann er sich nicht erinnern, da diese so oft gewechselt hätten. Er verweist auf den Eigentümer des Bootes, einen Russen, der in Sankt Petersburg in Russland wohnt. Er hat jedoch weder eine Telefonnummer noch eine Adresse dieses Mannes. Kurz gesagt: Dieser Schweinehund leugnet, von Flüchtlingsschmuggel auch nur das Geringste zu wissen. Wir haben es mit keinem sonderlich kooperativen Menschen zu tun. Gibt es irgendwelche Fragen, die ich ihm stellen soll?«

»Kennt er vielleicht die Namen von anderen, die zu diesem Zeitpunkt Flüchtlinge transportiert haben?«

Bek übersetzte die Frage. *Njet.*

Ich weiß zu wenig, dachte Elina. Wenn ich genau wüsste, wann Sayed hier war, dann könnte ich den Kapitän in die Mangel nehmen. Was er damals für eine Last hatte. Seine Angaben kontrollieren.

»Noch etwas?«

Elina schüttelte den Kopf.

»Damit sind unsere Möglichkeiten vermutlich erschöpft«, meinte Bek.

19. KAPITEL

Als Elina aus dem Flughafenbus stieg, hing überall Weihnachtsbeleuchtung. Obwohl es sie ärgerte, dass der Weihnachtstrubel immer früher begann, gefiel es ihr, dass es mit der Weihnachtsbeleuchtung heller wurde. Schließlich war es Ende November bereits sehr dunkel.

Die Maschine war am frühen Vormittag gelandet, sie hatte in der Nacht gut geschlafen, und es war Mitte der Woche. Es gab keinen Grund, nicht direkt zur Arbeit zu gehen.

In der Eingangshalle traf sie John Rosén, der auf dem Weg nach draußen war. Er begrüßte sie lächelnd. »Wie ist es gelaufen?«

»Gut, glaube ich. Ich habe ein Fischerboot aufgetan, auf dem sich Sayed befunden haben muss. Außerdem habe ich die Namen von drei Schleusern bekommen.«

»Auf mehr konnten wir vermutlich nicht hoffen. Ich glaube, du solltest dich umgehend bei Jönsson blicken lassen. Er erwartet einen Bericht. Wir können uns dann anschließend unterhalten.«

Elina nickte. »Hoffentlich lässt er mich weitermachen.«

Sie stellte ihre Tasche in ihr Büro und schaltete ihren Computer ein. Einige E-Mails tauchten auf dem Bildschirm auf, als sie ihr Postfach öffnete. Nichts von Interesse. Niemand will was von mir, dachte sie. Warum arbeite ich eigentlich hier?

Sie verließ das E-Mail-Programm, klickte das Melderegister an und gab den Namen Jakob Diederman ein. Kein Treffer. Katarina Diederman. Ebenfalls negativ. Dasselbe bei Gregors Nikolajew. Keiner von den dreien wohnte unter eigenem Namen in Schweden.

Sie zog ihren Notizblock aus der Handtasche, legte ihn auf den Schreibtisch und hielt dann einen Augenblick lang beide Daumen. Dann griff sie zum Telefon und wählte eine Nummer aus dem Gedächtnis. Der Chef des Dezernats für illegale Einwanderung antwortete nach dem ersten Klingeln.

»Hier ist Elina Wiik von der Polizei Västerås«, sagte Elina. »Ich hatte Sie vor ein paar Tagen angerufen und nach den Namen von Schleusern gefragt.«

»Mit denen wir Ihnen leider nicht dienen konnten.«

»Ich habe jetzt drei Namen von der lettischen Polizei erhalten. Könnten Sie vielleicht feststellen, ob es eine Verbindung zwischen ihnen und irgendwelchen Personen in Schweden gibt?«

»Geben Sie mir die Namen«, erwiderte er. »Das dauert etwa eine halbe Stunde.«

Elina sah auf die Uhr. Es war fünf nach zehn. Gib mir einen Namen, dachte sie. Einer reicht. Damit ich etwas habe, womit ich weitermachen kann.

Nach vierzig Minuten rief er zurück.

»Ich habe einen meiner Inspektoren gründliche Nachforschungen anstellen lassen«, sagte er. »Leider ohne Resultat.«

»Verdammt«, rutschte es ihr heraus.

»Lassen Sie wieder von sich hören, wenn Sie weitere Hilfe brauchen.«

Das fängt ja gut an, dachte sie, als sie aufgelegt hatte. Jetzt der nächste Schritt.

Sie überlegte, ob sie Kärnlund aufsuchen oder Johns Aufforderung nachkommen und stattdessen Jönsson Bericht erstatten sollte. Sie entschied sich für Jönsson. Er beschloss schließlich auch, was weiter geschehen würde. Ob es ihr nun gefiel oder nicht, sie würde es akzeptieren müssen.

Egon Jönsson hatte die Füße auf dem Schreibtisch liegen, als sie bei ihm eintrat. Er nahm sie herunter und wies auf einen Stuhl. Sie nahm ihm gegenüber Platz. Er lächelte nicht, aber sie hatte auch keine Freundlichkeiten erwartet.

»Und?«, sagte er.

Elina merkte, dass der Ärger sofort wieder in ihr hochstieg. Jetzt bist du der Chef, dachte sie. Sieh erst mal zu, dass du in diese Rolle hineinwächst. Leg mal etwas Interesse an den Tag! Sie war nicht gewillt, sich von ihm zum Punchingball des Dezernats machen zu lassen.

»Was?«, sagte sie.

»Hat die Reise was ergeben?«

Sie holte tief Luft und erzählte von dem Buch und von dem Gedicht, das sie auf der Mistral gefunden hatten. Sie nannte ihm die Namen der drei Schleuser aus Ventspils, die sich leider nicht befragen ließen.

»Gibt es etwas, was darauf hindeutet, dass ausgerechnet diese drei Jamals Cousin geschmuggelt haben?«

»Nein, aber sie waren die Einzigen, die der Polizei in Ventspils bekannt waren. Und die Kollegen dort schienen einen guten Überblick zu besitzen.«

»Unterhielt jemand von den dreien Kontakte nach Schweden? Gibt es jemanden, den wir hier verhören könnten?«

Er kommt direkt auf den heiklen Punkt zu sprechen, dachte Elina. Sie musste zugeben, dass Jönsson eine rasche Auffassungsgabe besaß.

»Laut Reichskriminalamt nicht.«

»Und wir haben keinerlei Beweis dafür, dass sie etwas mit den Morden zu tun haben? Nicht wahr?«

Elina schwieg. Sie hatte nicht die Absicht, rhetorische Fragen zu beantworten.

»Also, was haben wir jetzt in der Hand?«, fuhr Jönsson fort

und beantwortete dann selbst seine Frage. »Der Cousin bleibt nach wie vor verschwunden, obwohl es dir gelungen ist, ihn auf der Landkarte näherrücken zu lassen. Wir verfügen über die Namen von lettischen Schleusern. Aber die sind genauso verschwunden wie der Cousin. Alle, die uns einen Hinweis darauf geben könnten, ob das überhaupt etwas mit den Morden zu tun hat, sind also nicht auffindbar.«

»Ich bin weitergekommen. Ich will weitersuchen.«

»Wiik, dass hier ist ein Fall, den die Leute, die sich auskennen, für gelöst halten.«

Elina schloss die Augen, um ihre innere Kraft zu mobilisieren und gelassen zu bleiben.

»Jönsson«, sagte sie, nachdem sie die Augen wieder geöffnet hatte. »Ich gehöre zu den Leuten, die sich auskennen. Ich bin Ermittlerin des Dezernats, das du ab Jahreswechsel leiten sollst, und ich bin der Meinung, dass in diesem Fall noch mehr zu tun ist.«

»Aber dieser Meinung bin ich nicht. Wenn unsere Mittel unerschöpflich wären, dann ja. Aber wir haben nun mal nicht die Möglichkeit, uns auf Gespensterjagd zu begeben.«

»Wenn ich jetzt nicht weitermache, dann war die Reise nach Lettland umsonst.«

»Genau, das war sie auch. Umsonst. Wenn es nach mir gegangen wäre, dann hätte sie nie stattgefunden.«

Elina erhob sich und ging zur Tür. Jönsson hielt sie auf halbem Weg auf.

»Du bist eine gute Ermittlerin, Wiik, aber unerfahren. Mit mehr Erfahrung wirst du zwischen handfesten Spuren und wilden Mutmaßungen unterscheiden können.«

Sie trat schon auf den Gang, da hörte sie seine Stimme erneut.

»Geh die Anzeigen durch, die auf deinem Schreibtisch liegen, und teile mir morgen bei der Acht-Uhr-Besprechung mit, welche du für die wichtigsten hältst.«

Sie ging, ohne die Tür zu schließen. Mit leicht zitternden Händen zog sie ihren Bürostuhl unter dem Tisch hervor und ließ sich darauf fallen. Auf dem Schreibtisch lagen die Anzeigen. Der Stapel wirkte größer als vor ihrer Reise.

Als sie sich beruhigt hatte, zwang sie sich zum Nachdenken. Hatte Jönsson Recht? Was sie und den Fall betraf? Vielleicht war sie wirklich nur eine unerfahrene Ermittlerin? Und ein unreifer Mensch, der mit Rückschlägen nicht fertig wurde und sich immer aufregte, wenn sich jemand benahm wie ... Jönsson.

Als sie ihren ersten Mordfall in Angriff genommen hatte, den verschwundenen Vater aus Surahammar, hatte Oskar Kärnlund zu ihr gesagt, dass ehrliche, methodische polizeiliche Arbeit immer am weitesten führe. Diese Worte hatten sich ihr eingeprägt. Sagte Jönsson nicht eigentlich dasselbe? Der Unterschied zwischen Spuren und Mutmaßungen? Zwischen dem Handfesten und der reinen Annahme?

Aber Kärnlund hatte an sie geglaubt. Das tat Jönsson nicht. Kärnlund glaubte an ihre Gabe, das Unsichtbare zu sehen und das Nicht-Greifbare zu spüren. Das nannte man gemeinhin Intuition. Jönsson hielt das für weiblichen Aberglauben. Mit Kärnlund als Chef gab es für sie einen Platz. Den würde ihr Jönsson allmählich wie einen Teppich streitig machen, der einem unter den Füßen weggezogen wird. Davon war sie jetzt überzeugt. Heute hatte er die erste Gelegenheit erhalten, etwas an diesem Teppich zu ziehen. Und die hatte er sich nicht entgehen lassen.

Sie erhob sich und starrte aus dem Fenster. Die Aussicht machte niemanden froh. Der Innenhof des Präsidiums. Asphalt. Streifenwagen. Was hatte sie sich eigentlich für ein Leben ausgesucht? Ihr Gesicht spiegelte sich in der Fensterscheibe wider. Plötzlich traten ihr Tränen in die Augen. Tränen, obwohl sie nicht weinte.

Am Nachmittag las sie die Anzeigen. Prioritäten setzen! Aber nichts interessierte sie, in Gedanken war sie ständig bei Jamal, Sayed und Annika, bei Ahmed Qourir, bei dem Ehepaar Diederman in Ventspils und bei dem strammen Oberstleutnant Gregors Nikolajew von dem Foto.

Zerstreut blätterte sie in den Papieren. Einbruch in ein Einfamilienhaus, Körperverletzung, ein aufgebrochenes Auto, Einbruch in einen Keller, ein weiterer Einbruch in einen Keller, Exhibitionist, vermutlich derselbe arme Teufel, Handtaschendiebstahl, Fahrraddiebstahl, Einbruch in einen Keller, Diebstahl einer Brieftasche in einem Café, Wohnungseinbruch ... Es würde nie ein Ende nehmen, das Begehren nach dem Eigentum der anderen. Es ließ sich nur durch die Qualität der Schlösser hemmen.

Plötzlich beugte sie sich über die Papiere. Als hätte sie mit einem Mal mehr Kraft zum Blättern in den Händen. Langsam kam ihr ein Gedanke. Sie begann von vorn und sortierte die Fälle in zwei Stapel. Schließlich war der eine Stapel fünfmal so hoch wie der andere. Sie nahm den größeren Stapel mit beiden Händen und legte ihn auf das Regal hinter sich. Dann zählte sie die übriggebliebenen. Neun Anzeigen.

Fertig. Sie wandte sich zum Fenster. Draußen war es dunkel, es war Viertel vor fünf. Sie lächelte ihr eigenes Spiegelbild an.

Jönsson, dachte sie, vielleicht fällt er ja drauf rein.

20. KAPITEL

Bereits um Viertel nach sieben war Elina am nächsten Morgen wieder im Präsidium. Sie freute sich auf diesen Tag. Sie betrachtete es von der sportlichen Seite. Sie hatte vor, zeitig Feierabend zu machen. Nadia hatte sie am Vorabend angerufen und gesagt, dass sie ab drei Uhr frei hätte. Vielleicht würden sie ja Weihnachtsgeschenke kaufen.

Um fünf vor acht kamen ihr Zweifel. Sollte sie mit John sprechen? Sich Rückendeckung holen, damit sie nicht zu weit ging? Sie entschloss sich, noch etwas damit zu warten, zumindest ein paar Tage.

Die Acht-Uhr-Besprechung war gut besucht. Alle diensthabenden Kräfte des Kriminaldezernats waren anwesend, zumindest vermisste Elina niemanden. Kärnlund war da, aber Elina sah, dass er sich nicht mehr engagierte. Noch drei Wochen bis zur Rente. Er wirkte zufrieden. Jönsson führte den Vorsitz. Eine Folge der Berichte über den Stand verschiedener Ermittlungen, eine kurze Diskussion über Probleme bei der Arbeit, eine Personalangelegenheit, Berichte über Verurteilungen vor dem Amtsgericht, ein paar Male wurde gelacht.

Sie saß ganz hinten im Raum, am hintersten Ende des ovalen Tisches. Ihr Stammplatz. Um Viertel vor neun sah Jönsson sie zum ersten Mal an diesem Morgen an.

»Wiik, was hast du?«

Ihre Lettland-Reise schien nie stattgefunden zu haben, das hatte sie eingesehen. Es hatte keinen Sinn, sie zu erwähnen. Sie legte die Hand auf den Stapel mit den neun Anzeigen.

»Eine Serie Kellereinbrüche«, sagte sie. »Vermutlich ist einer unserer Stammkunden rausgekommen und hat sich wieder an die Arbeit gemacht. Sollte nicht so schwer sein, ihn zu kriegen.«

»Hast du eine Vorstellung, wer es sein könnte?«

»Nein, aber er ist hauptsächlich in Malmaberg aktiv. Möglicherweise wohnt er dort. Einige Nachforschungen vor Ort und etwas Schreibtischarbeit reichen vermutlich aus. Ein paar Tage, höchstens eine Woche.«

»Okay«, Jönsson hatte bereits das Interesse verloren und wandte sich an den nächsten. Elina triumphierte insgeheim.

Nach der Besprechung kam Rosén auf sie zu. »Kommst du eben zu mir?«

Elina nickte. »Ich komme gleich mit.«

Er setzte sich an seinen Schreibtisch und sah sie forschend an. »Kellereinbrüche?«

»Klar«, erwiderte sie. »Es ist wichtig, dieser Tätigkeit Einhalt zu gebieten. Viele Geschädigte, obwohl es sich jedes Mal nicht um arg wertvolle Sachen handelt.«

»Malmaberg?«

»Hm.«

»Ist da nicht auch eine Axt gestohlen worden? In einem Keller in der Malmabergsgatan?«

»Es könnte sich um denselben Dieb handeln.«

Rosén verstummte. Sie sahen sich an. Elina beugte sich vor.

»Fall mir jetzt nicht in den Rücken, John. Ich glaube an die Sache. Ich brauche Zeit, das ist alles, und Jönsson will mir keine Sekunde mehr geben. Und wer weiß schon, was für einen Dieb ich in Malmaberg finde?«

»Du glaubst doch wohl selbst nicht, dass diese gestohlene Axt mit der Sache zu tun hat?«

»Nein, aber man kann nie wissen. Das gibt mir die Möglichkeit, verschiedene Spuren zu verfolgen, um es einmal so auszudrücken.«

»Du weißt, was Jönsson sagen und tun wird, wenn er dir auf die Schliche kommt?«

»Ehrlich gesagt, ist mir das scheißegal. Ich brauche einfach nur Zeit. Komme ich nur einen oder zwei Schritte weiter, dann sieht die Welt gleich ganz anders aus. Was meinst du?«

»Ich weiß nicht, Elina, ich weiß nicht. An diese Art von Alleingänge glaube ich nicht.«

»Und wenn ich jetzt Recht behalte?«

John Rosén seufzte.

»Ich habe das alles nicht gehört«, sagte er.

»Ich hatte auf mehr gehofft«, erwiderte Elina. »Aber das muss eben reichen. Danke. Eines musst du für mich jedoch noch tun.«

»Was?«

»Dafür sorgen, dass das hier übersetzt wird.«

Sie legte die Kopien der Personalakten der drei Schleuser auf seinen Schreibtisch. Er blätterte die Papiere rasch durch.

»Okay. Das kann ich veranlassen, das dürfte auch Jönsson gegenüber kein Problem sein. Wenn wir dich schon nach Lettland geschickt haben, dann müssen wir auch das Material verwerten, das du von dort mitgebracht hast, auch wenn das recht teuer wird.«

»Gut. Am besten so schnell wie möglich.«

Sie sprang beinahe auf, hob die Hand zu einem Abschiedsgruß und ging auf die Tür zu.

»Warte«, sagte Rosén. »Du hast das hier vergessen.«

Er drehte sich um und nahm einen Karton aus dem Schrank hinter sich.

»Die Ermittlungsakten über die Morde. Alles, was wir herausgefunden haben, mit Ausnahme der Resultate der Sicherheitspolizei.«

Elina nahm den Karton entgegen und lächelte.

Sie begann damit, nach aktenkundigen Kleinkriminellen in Malmaberg zu suchen. Es ging darum, Jönsson ein paar Verdächtige in den Rachen werfen zu können, wenn er nach Ergebnissen fragte. Es war nicht schwer, nach einer Stunde hatte sie eine Liste von einem Dutzend Gewohnheitsverbrechern beisammen, die in diesem Stadtteil wohnten. Alle waren Junkies oder Alkoholiker, alle saßen regelmäßig Gefängnisstrafen ab. Neun von den dreizehn waren Frührentner, die die Gesellschaft abgeschrieben hatte und die ihre Umgebung jetzt damit beglückten, bei jenen einzubrechen, die ihre Rente finanzierten. Drei von ihnen hatten längere Zeit im Gefängnis gesessen. Alle hatten im letzten Jahr eine Haftstrafe verbüßt. Sie schrieb sich die Zeiten auf.

Sie nahm die Anzeigen zur Hand, die sie am Vortag aussortiert hatte, alle Eigentumsdelikte, die nichts mit Kellern zu tun hatten. Sie sortierte alle Diebstähle aus, die in Malmaberg verübt worden waren. Autoeinbrüche, Wohnungseinbrüche, Einbrüche in Einfamilienhäuser. Dann suchte sie am Computer nach weiteren ähnlichen Anzeigen, die noch unbearbeitet bei ihren Kollegen lagen. Sie schrieb sich die Adressen aller Tatorte in Malmaberg auf und unterstrich diese, wenn es sich um einen Kellereinbruch handelte. An der Wand hing auf Styropor ein Stadtplan von Västerås. Mit einer Schachtel Stecknadeln mit verschiedenfarbigen Köpfen trat sie darauf zu.

Eine Stecknadel für jeden Tatort. Rote, leuchtende für Kellereinbrüche, diese stellten schließlich ihre Entschuldigung für diese Ermittlung dar. Anderthalb Stunden später bildeten die Stecknadelköpfe einen spärlichen Teppich mit gewissen

Verdichtungen. Dann brachte sie an den Adressen der aktenkundigen Einbrecher einen Reißnagel an.

Sie trat einen Schritt zurück, um sich einen Überblick zu verschaffen. Der Reißnagel von Leif-Erik »Hering« Berg lag mitten in einer dichten Ansammlung roter Stecknadeln, die sich wie Fliegen um einen Kuhfladen zu scharen schienen. Sie schaute nach, wann er gesessen hatte, und verglich diese Zeiten dann mit den Daten der Kellereinbrüche. Jedes Mal war er draußen gewesen. Wenn er sich hinter Schloss und Riegel befunden hatte, hatte es keine Kellereinbrüche in seiner Gegend gegeben.

Na, »Hering«, dachte sie. Du bist wirklich ein fauler Hund, etwas weiter hättest du dich bei deinen kleinen Ausflügen schon bewegen können. Bald hast du mich an der Backe. Etwas Beschattung, dann sitzt du bald wieder.

Sie wusste nicht, warum er »Hering« genannt wurde, aber alle Beamten kannten ihn unter diesem Namen. Einstweilen hatte »Hering« vor ihr noch Ruhe, diese Ermittlung würde in polizeilichem Normaltempo verlaufen und Elina damit Arbeitszeit für wichtigere Dinge bescheren. Erst Ende der nächsten Woche würde sie ihm für seine Hilfe danken, indem sie ihn festnahm.

Sie schaute auf die Uhr. Es war Viertel vor drei.

Etwas war noch zu tun. Sie gab drei Namen in den Computer ein. Jakob Diederman. Katarina Diederman. Gregors Nikolajew. Ihre Geburtsdaten, ihre letzten bekannten Adressen. Dann schickte sie die Angaben an Interpol mit einer formellen Anfrage über deren Verbleib während der letzten drei Jahre.

Elina war mit Nadia im angeblich verkehrsberuhigten Stadtzentrum auf der Vasagatan, Ecke Stora Gatan verabredet. Aber Busse, Lieferwagen und Autofahrer, die einfach eine Abkürzung wählten, bewirkten, dass man sich vorsehen musste, wenn man die Fahrbahn betrat. Lichterketten hingen über den Straßen. Die Kreuzung wirkte wie eine Koppel mit einem erleuchteten Zaun, der in der Luft hing.

Nadia traf eine Minute nach Elina mit dem Bus ein. Sie trug die Wildlederjacke, die sie zusammen mit Elina im Herbst gekauft hatte. Sie war teuer gewesen, aber Nadia hatte bezahlt, ohne mit der Wimper zu zucken.

Sie nahm Elinas Arm und zog sie lächelnd hinter sich her. »Nina zuerst«, sagte sie. »Ich habe eine wahnsinnig schicke Sportjacke für sie entdeckt. Die kann sie beim Skifahren benutzen.«

»Fährt Nina denn Ski?«, wollte Elina wissen.

»Noch nicht. Deswegen dachte ich, dass ich auch gleich ein Paar Ski für sie kaufe. Aber das mache ich später. Die soll ihr Vater bezahlen. Jetzt schauen wir Kleider an.«

Zwei Stunden später saßen sie in einem Café in der Galleria. Die Leute gingen mit roten Paketen oder mit Tüten bekannter Marken und gekleidet in denselben Marken vorbei. Diese Marken hatte Elina auch in Moskau und Riga gesehen.

Elina erzählte von ihrer Lettlandreise und davon, was seit ihrer Rückkehr geschehen war.

»Ha«, meinte Nadia, »dieser Jönsson ist wirklich ein Sonnenschein, fast wie ein Skorpion unter der Bettdecke. Aber du machst es richtig. Lass nicht locker. Zeig es ihnen.«

Elina lachte. Nadias Sicherheit war Stärke und Schwäche zugleich. Meistens jedoch eine Stärke, besonders wenn es Elina betraf. Es half ihr, Entschlüsse zu fassen, die sie dann auf Biegen und Brechen durchsetzte. Manchmal ging es natürlich schief. Für Elina hatte das aber keine Auswirkungen, was ihre Freundschaft mit Nadia betraf. Sie fühlte, dass es Nadia um sie ging, nicht um den einen oder anderen ihrer konkreten Pläne. Insgeheim hoffte sie, dass auch sie für all diejenigen, die sie mochte, eine bedingungslose und loyale Unterstützung war.

»Weißt du was?«, sagte Nadia eifrig und setzte sich kerzengerade hin. »Ich will wieder die Schulbank drücken.«

Ehe Elina etwas erwidern konnte, fuhr sie fort: »Ich weiß allerdings noch nicht, was genau ich lernen möchte. Aber ich habe von der Kellnerei genug. Schlecht bezahlt und fürchterliche Arbeitszeiten. Außerdem Männer, die ihre Hände nicht kontrollieren können.«

»Wunderbar«, sagte Elina und hoffte, dass das so begeistert klang, wie sie wünschte. »Ab wann denn?«

»Jetzt zum Frühjahr geht es vermutlich noch nicht. Aber vielleicht zum nächsten Herbst. Es muss endlich mal etwas aus mir werden. Wie wäre es mit Psychologin? Oder Krankenschwester, wenn das nicht geht. Glaubst du, dass ich mich dazu eigne?«

»Natürlich.«

»Polizistin kommt aber nicht in Frage. Alles hat seine Grenzen.«

21. KAPITEL

Bereits am frühen Freitagmorgen traf die Antwort von Interpol ein. Die Aufenthaltsorte des Paares Diederman und Gregors Nikolajew waren unbekannt. Seit Februar 2001 wurde via Interpol von der lettischen Polizei nach ihnen gefahndet, die Fahndung war jedoch ergebnislos geblieben.

Elina fragte sich, worin diese Fahndung wohl bestanden hatte. Wahrscheinlich waren sie ihre Datenbanken durchgegangen. Zum Suchen hatten sie wohl niemanden losgeschickt. Sie hatte schließlich auch keine Ahnung, wo man mit dem Suchen anfangen sollte. Es kam ihr vor, als wäre sie in eine Sackgasse geraten.

Es war der 28. November, und der grautrübe Morgen beflügelte sie nicht gerade. Stattdessen überließ sie ihren Fingern an der Tastatur ihres Computers das Denken. Sie massierte sie ein wenig, um sie geschmeidig zu machen, und starrte dann auf den Monitor, bis ihr Gehirn endlich in Gang kam.

Wenn sie den Spuren der Schleuser schon nicht folgen konnte, musste sie ihnen dafür auf andere Art auf die Schliche kommen. Irgendwo hatten sich die Wege der drei Schleuser mit den Opfern bestimmt gekreuzt. Sie musste die Spuren von Jamal, Annika oder Ahmed Qourir verfolgen. Weiter zurück und tiefer.

Wo war die Verbindung? Die Verbindung der verschiedenen Ereignisse? Jamal natürlich, er war die naheliegende

Schnittstelle. Er war derjenige, der Sayed, das Schmuggelgut, entgegennehmen sollte. Aber … was bewies das im Hinblick auf die Morde? Nichts.

Es gelang ihr nicht, klare Gedanken zu fassen. Sie entglitten ihr, waren ebenso flüchtig wie Sayed. Sie erhob sich, ging in ihrem kleinen Büro auf und ab und massierte sich den Nacken. Dann hielt sie mitten im Schritt inne und stöhnte auf. Das lag ja auf der Hand!

Sie griff zu dem Karton mit den Ermittlungsakten und wog ihn in den Händen. Dem Gewicht nach etwa 3000 Seiten. Sie stellte den Karton vor sich auf den Schreibtisch hin.

Ein rascher Blick zur Tür. Besser abschließen. Dann hatte sie einige Sekunden Zeit, die Papiere wegzuräumen, falls es Jönsson einfallen sollte, bei ihr vorbeizuschauen.

Rasch blätterte sie in den umfangreichen Akten. Was sie suchte, kam fast ganz zuunterst. Sämtliche Angaben über Ahmed Qourir. Sie setzte sich wieder an ihren Computer.

Diedermans und Nikolajew waren als Schleuser in Ventspils tätig gewesen. Sayed war bei dem Versuch, nach Schweden einzureisen, in Ventspils verschwunden. Sayed war Jamals Cousin. Jamal hatte Ahmed Qourir angerufen. Wenn Qourir Kontakt zu den Diedermans oder zu Nikolajew gehabt hatte, dann schloss sich der Kreis. Qourir war die fehlende Verbindung.

Ihre Finger huschten über die Tasten. *Sie musste die Spur Qourirs zurückverfolgen.*

Sie begann unter einem neuen Gesichtspunkt zu lesen.

22. KAPITEL

Er war 1963 zur Welt gekommen und hatte als Geburtsort und Heimatort Tyr im südlichen Libanon angegeben. Die palästinensischen Eltern hatten sich seit der Katastrophe von Al-Nakba 1948 auf der Flucht befunden. Ursprünglich stammten sie aus Haifa. Laut einer späteren Zeugenaussage war Qourir allerdings in Damaskus in Syrien aufgewachsen und hatte dort gewohnt, ehe er sich 1991 auf den Weg nach Schweden gemacht hatte. Das entdeckte man 2001, und es wäre eigentlich ein Grund gewesen, ihn auszuweisen, wenn er nicht 1998 die schwedische Staatsbürgerschaft erhalten hätte.

Qourir hatte in verschiedenen Restaurants gejobbt. Er hatte keine Vorstrafen. Unverheiratet, von einer Freundin war nichts bekannt. Seine Nachbarn beschrieben ihn als ruhig und etwas reserviert. An den Festen, die die Libanesen in Tensta gelegentlich veranstalteten, hatte er nicht teilgenommen.

Die Verhöre und Angaben zu seiner Person gaben keine Aufschlüsse darüber, warum er ermordet worden war. Elina fiel jedoch sofort auf, dass etwas fehlte. Sie griff zum Telefon und wählte die Nummer eines Hausanschlusses.

»John«, sagte sie. »Gibt es nicht noch weitere Akten?«

»Doch«, antwortete er. »Die Papiere der Sicherheitspolizei. Woran dachtest du im Besonderen?«

»Die Telefonliste von Qourir. Es gibt nur Angaben über die letzten beiden Jahre.«

»Ich weiß nicht, ob es noch weitere Listen gibt.«

Elina legte auf. Was hatte Bäckman gesagt? Die Sicherheitspolizei hätte Qourir seit seiner Ankunft in Schweden im Auge behalten. Es musste also eine Unmenge Informationen über ihn geben. Vielleicht hatten sie ja sogar sein Telefon abgehört.

Das früheste Telefongespräch, das verzeichnet war, hatte er im September 2001 geführt. Diedermans und Nikolajew wurden seit Februar 2001 gesucht. Sie rief bei Telia an und bat um Qourirs Telefonlisten der Jahre 1999 bis 2001. Man faxte sie ihr.

Genau wie in den letzten zwei Jahren hatte er eine Menge Auslandsgespräche geführt. Qourir hatte hohe Telefonrechnungen gehabt. Sie griff zum Telefonbuch, um die Ländervorwahlen nachzuschlagen. Sie fing 1999 an. Die meisten Anrufe gingen in den Libanon und nach Syrien, in der Türkei hatte er aber ebenfalls angerufen. Keine einzige Nummer nach Israel.

Jeden Monat dieselben Nummern. Dieselben Länder. Auch das Jahr 2000 ergab nichts Neues. Sie blätterte um. Januar 2001. Eine Ländervorwahl, die sie noch nicht gesehen hatte. 00371. Sie schaute im Telefonbuch nach.

Lettland.

Sie sah sich die Ortsvorwahl an. 34.

Liepaja.

Sie griff in eine ihrer Schreibtischschubladen. Die Visitenkarte lag ganz unten bei einigen anderen. Sie verwählte sich erst, versuchte es dann erneut, wählte wieder falsch, fluchte, wählte wieder. Eine Frauenstimme antwortete. Die Frau mit der grünen Brille, die nie einen Ton gesagt hatte? Elina hoffte, dass sie Englisch verstand.

»Hier ist Elina Wiik von der schwedischen Polizei. Könnte ich bitte mit Kommissar Valdis Bek sprechen?«

Ein schlichtes *Yes*, und Elina wurde durchgestellt. Seine Stimme klang, als säße er im Nebenzimmer. Bek war überaus freundlich. Es dauerte mehrere Minuten, bis Elina endlich ihr Anliegen vorbringen konnte.

»Ich brauche Hilfe. Wer hat folgende Telefonnummer?« Sie las sie vor. »Ich hätte auch gerne gewusst, ob Ihnen diese Person bekannt ist.«

Valdis Bek bat sie, am Apparat zu bleiben. Nach sieben Minuten hatte sie ihn wieder in der Leitung. Er entschuldigte sich dafür, dass sie hatte warten müssen. Sie erwiderte, das sei überhaupt kein Problem.

»Der Anschluss gehört Vera Komarowa. Sie wohnt in Liepaja, in einer Stadt etwa hundert Kilometer südlich von Ventspils. Wieso fragen Sie?«

»Weil …«

Sie wurde von seinem Lachen unterbrochen. Sie runzelte die Stirn. Was konnte daran so lustig sein?«

»Sagen Sie nichts«, meinte er. »Ich weiß es schon. Jemand hat bei ihr angerufen, nicht wahr? Jemand, der mit Ihrem Fall zu tun hat?«

»Ja. Ich versuche herauszufinden, wer sie sein könnte.«

»Sie wissen das also nicht?«

»Nein.«

»Vera Komarowa ist die Mutter von Katarina Diederman.«

23. KAPITEL

Das Telefonat war am 4. Januar 2001 erfolgt und hatte 7 Minuten und 14 Sekunden gedauert. Kommissar Bek sagte, das Ehepaar Diederman habe zwar eine Wohnung in Ventspils gehabt, man könne jedoch vermuten, dass Katarina Diederman ihre Mutter oft besucht habe, da diese alleinstehend und es nach Liepaja nicht weit sei. Wahrscheinlich war das Gespräch während eines ihrer Besuche bei der Mutter geführt worden, weil es keine Veranlassung zu der Annahme gebe, die alte Vera Komarowa hätte etwas mit dem Schleusergeschäft zu tun gehabt. Leider konnte die lettische Polizei nicht herausfinden, ob von ihrem Telefon oder von dem der Eheleute Diederman auch in Schweden angerufen worden war. Die dafür nötigen technischen Voraussetzungen waren nicht vorhanden.

Nach Jakob und Katarina Diederman und ihrem Kumpan Gregors Nikolajew wurde seit dem 17. Februar 2001 gefahndet. Man verdächtigte sie etlicher Straftaten. Zu diesem Zeitpunkt waren sie jedoch bereits untergetaucht. Man wusste auch, in welcher Richtung: Die Drei waren mit eigenen Pässen am 28. Januar mit dem Zug von Riga nach Tallinn in Estland gereist. Die Grenzpolizei hatte ihre Ausreise verzeichnet. Die Polizei in Ventspils hatte ihre estnischen Kollegen gebeten, nachzuforschen, wo sich das Trio aufhalte, aber keinen Bescheid erhalten. Inzwischen interessierte sich niemand mehr dafür.

»Mit Ausnahme von Ihnen, liebe Frau Kollegin«, hatte Kommissar Valdis Bek noch gesagt und ihr versprochen, wenn nötig, auch weiterhin zu helfen. Sie solle ihn einfach anrufen, dann würde er persönlich dafür sorgen, dass alles erledigt werde.

Nachdem Elina aufgelegt hatte, dachte sie, dass sich ihre Arbeit wesentlich einfacher gestalten würde, wenn ihr Chef auch nur halb so wohlwollend wie Valdis Bek wäre. Es war absurd, Arbeitszeit abknapsen und die Tür abschließen zu müssen, um einen dreifachen Mord aufzuklären. War das überhaupt akzeptabel?

Sie schaukelte auf ihrem Bürostuhl hin und her. Er federte etwas. Sie fixierte einen Punkt an der Wand, eine Stelle mit einem Schmutzfleck. Elina fiel er schon seit Monaten auf, aber irgendwie kam sie nicht dazu, ihn wegzuwischen.

Etwas stimmte nicht. Und zwar ganz und gar nicht. Die Sicherheitspolizei musste von Ahmed Qourirs Anruf in Lettland gewusst haben. Sie musste von Axel Bäckman erfahren haben, dass es eine Kollegin gab, die glaubte, die Morde könnten etwas mit Sayeds Verschwinden zu tun haben. Der Schleuserspur hätte man daraufhin gründlich nachgehen müssen. Weshalb hatte die Sicherheitspolizei diesen Gedanken ohne geringste Nachforschungen abgetan? Ihre eigene Erklärung der Morde war nicht bewiesen. Es handelte sich einfach um eine mehr oder weniger wahrscheinliche Theorie. Zumindest soweit sie das einschätzen konnte.

Sie versuchte, die Gedanken an eine Konspirationstheorie aus ihrem Kopf zu vertreiben. Eine Konspiration war unmöglich. Sogar Egon Jönsson hatte die Lösung, zu der die Sicherheitspolizei und Axel Bäckman gekommen waren, akzeptiert. Konnte es so einfach sein, dass sie sich auf eine Erklärung eingelassen hatten, die sie anschließend nicht mehr hatten in Frage stellen wollen? Hätten sie auf sie hören müssen? Wer war sie denn? Eine Frau, die man gerade zur Kriminalinspektorin befördert hatte, eine unerfahrene Ermittlerin, die einzige

Frau im Team, die sich vier gestandenen Männern gegenübersah, die außerdem noch den Sicherheitspolizeichef im Rücken hatten. Ging es um Prestige? Konnte das wirklich alles sein? Oder gab es eine andere, verborgene Erklärung? Was hatte John Rosén gesagt? *Da ist etwas im Gange, und wir dürfen nicht mitspielen.* Oder verfügte die Sicherheitspolizei noch über weitere Informationen, die sie nicht kannte? Waren die ihrer Sache sicherer, als sie ahnte?

Ihr Unbehagen nahm zu. Was würde jetzt geschehen, wo sie beweisen konnte, dass ein Zusammenhang zwischen den Ermordeten und den Schleusern bestand? Sie konnte sich die Reaktionen nicht vorstellen. Das Naheliegendste war, dass man die Ermittlung wieder eröffnen würde, dass man noch einmal von vorn anfangen würde, dass man nach den Eheleuten Diederman und nach Nikolajew fahnden würde, dass man jeden Stein noch einmal umdrehen würde. Aber sie war sich nicht sicher.

Sie griff zum Telefon. »John? Hast du Zeit?«

Er machte ihr die Tür auf und schloss sie, höflich wie immer, hinter ihr.

»Du siehst heute nicht mehr so streitlustig aus«, sagte er, nachdem sie sich gesetzt hatten. »Etwas bekümmert dich.«

»Jetzt wirst du doch in diese Sache reingezogen«, sagte sie, »obwohl du das nicht wolltest.«

Er zuckte mit den Achseln. »Spielt keine Rolle. Lass hören.«

Sie erzählte alles, was sie in Erfahrung gebracht hatte. Er hörte ihr zu, ohne sie zu unterbrechen.

»Und was glaubst du?«, fragte er, nachdem sie geendet hatte.

»Immer noch dasselbe. Aber mit noch mehr Überzeugung. Dass die Schleuser hinter den Morden stecken.«

»Ich tendiere dazu, dir Recht zu geben. Nachdem du jetzt bewiesen hast, dass Qourir mit ihnen zu tun hatte.«

»Ich glaube, dass es um Geldstreitigkeiten nach dem Verschwinden Sayeds ging.«

»Oder mit dem Anlass seines Verschwindens«, meinte Rosén.

Elina runzelte die Stirn. »Wie meinst du das?«

»Das Boot wies doch ein Einschussloch auf, nicht wahr?«

»Ja.«

»Vermuten wir mal, dass Sayed aus Gründen, die wir nicht kennen, auf dem Boot getötet wurde. Vielleicht hat Jamal davon erfahren. Vielleicht hat er die Schleuser ja bedroht oder ihnen angedroht, sie anzuzeigen.«

Sie beugte sich zu Rosén vor und wirkte jetzt eifriger.

»Du hast Recht. So könnte es natürlich auch gewesen sein. Aber was hat Ahmed Qourir mit der Sache zu tun?«

»Das weiß ich genauso wenig wie du.«

»Was machen wir jetzt?«

»Wir müssen versuchen, noch mehr herauszufinden. Wohin die Schleuser verschwunden sind, nachdem sie nach Estland eingereist sind. Über die Rolle Qourirs und darüber, was sich eigentlich auf dem Boot abgespielt hat. Es müssten noch weitere Flüchtlinge an Bord gewesen sein. Zeugen, falls sie noch am Leben sind. Sollten sie ebenfalls verschwunden sein, müsste es Angehörige geben, mit denen wir sprechen können.«

»Die Ermittlung ist eingestellt«, sagte Elina und lehnte sich zurück.

»Jetzt nicht mehr. Das kann ich mir nicht vorstellen.«

Elina überlegte, ob sie ihre Zweifel, was die Rolle der Sicherheitspolizei anging, erwähnen sollte, entschied sich dann aber dagegen.

John Rosén schaute auf die Uhr.

»Es ist Viertel nach drei«, sagte er. »Und es ist Freitag. Lass uns bis Montag warten. Ich werde eine Besprechung mit Jönsson anmelden und zusehen, dass Kärnlund ebenfalls dabei ist. Schließlich ist er immer noch der Chef des Dezernats. Ist das okay?«

Sie nickte.

»Was machen wir mit dem ›Hering‹?«

»Dem ›Hering‹?«

»Er steckt vermutlich hinter diesen Kellereinbrüchen.«

Rosén lachte.

»Das hast du also bereits herausgefunden. Gut gemacht. Aber ich finde, dass ihn jemand anders festnehmen soll. Wollen wir Feierabend machen?«

24. KAPITEL

Elina zündete eine Kerze an. Es war der erste Advent, und sie hatte am Samstag nach zwei Stunden im Dojo und einer Einkaufsrunde im Zentrum einige Zeit damit verbracht, ihre Wohnung weihnachtlich zu schmücken. Weihnachtssterne im Fenster, Moos im Adventskerzenhalter und einen Weihnachtswichtel aus Ton auf dem Tisch, von ihr eigenhändig im Kindergarten angefertigt und von ihren Eltern aufgehoben, als handele es sich um eine wertvolle Antiquität.

Sie sehnte sich nach ihren Eltern. Am liebsten wäre sie zu ihnen nach Hause nach Märsta gefahren, aber heute ging das nicht. Um zwei Uhr wollte sie Susanne und Johan auf eine Hausbesichtigung begleiten. Endlich hatten sie sich dazu durchgerungen, ein Haus zu kaufen. Sie fragte sich, wer wohl mitten im Vorweihnachtsstress verkaufte. Vermutlich ein Scheidungspaar, wer sonst?

Ihre eigene Wohnung wirkte freundlich. Aber leer. Nur wenn sie in den Spiegel schaute, sah sie ein menschliches Wesen. Eigentlich hätte die Luft der Wohnung auch von einem Mann eingeatmet werden sollen. Über den Fußboden hätten Kinderfüße rennen sollen. Bis vor kurzem hatte sie einen Mann gehabt und einen Embryo, ein sich entwickelndes Leben im Bauch. Jetzt hatte sie nichts mehr. Das war ihre Entscheidung. Die Liebe war nicht groß genug gewesen.

Sie versuchte sich damit abzulenken, ihre E-Mails durchzugehen. Eine neue. Sie war um 1.36 Uhr in der vergangenen Nacht geschickt worden. Sie war von Martin. Elina schloss die Augen. Zum ersten Mal seit mehreren Monaten ließ er wieder von sich hören. Sie hatte schon geglaubt, er habe aufgegeben, genauso wie sie ihn schon viel früher aufgegeben hatte.

Der Brief war lang, und er hatte ihn geschrieben, als seine Frau und sein Kind geschlafen hatten. Keine Bitten wie früher, dass sie zu seinen Bedingungen zurückkehren solle. Nur eine Beschreibung seiner Gedanken und Gefühle. Er schrieb, er denke jeden Tag an sie und dass sie neben ihm hergehe, auch wenn er mit anderen zusammen sei.

Sie las die E-Mail dreimal. Sein Ton hatte sich verändert, er war zärtlich und voller Sehnsucht. Sie war verwirrt. Die Wut darüber, dass er es ihr nicht ermöglichte, sich ungestört von ihm zu lösen, wurde von der Freude darüber abgelöst, dass sie noch in seinen Gedanken war, und zwar so deutlich, als sei sie körperlich anwesend. Sie bedeutete dem Menschen etwas, der auch ihr sehr viel bedeutete. Sie las den Brief ein weiteres Mal. Sie lächelte, während ihr die Tränen über die Wangen liefen. Sogar der Trost war schmerzlich.

Emilie warf sich in Elinas Arme und ließ sie erst nach einer Umarmung wieder los. Dann rannte sie im Garten des Hauses in Stallhagen hin und her. Sie hüpfte, lachte und sang.

»Scheint so, als ob sie sich hier bereits wohlfühlt«, sagte Elina zu Susanne und Johan.

»Mir gefällt es auch«, sagte Susanne. »Hier will ich wohnen. Wenn es drinnen nicht zu wüst aussieht.«

Johan belächelte die Entschlossenheit seiner Frau. Es sah aus, als wolle er sagen: »Ja, ja, mal sehen.«

»Das Haus scheint auch anderen zu gefallen«, meinte Elina, während ein Strom anderer Interessenten an ihnen vorbeiging.

»Das bilden die sich nur ein«, meinte Susanne.

Stallhagen war Elinas Lieblingswohngegend in Västerås. Sie war sogar noch im Winterdunkel schön. Hier wohnten die reichen Leute, die Tennis mit den Nachbarn spielten und ein Segelboot in der Marina liegen hatten. Durch Stallhagen zu gehen, gab einem das Gefühl, über der immer ramponierteren Industriestadt zu schweben, jenseits der Probleme des Alltags. Obwohl das nur eine Schimäre war, gefiel sie Elina. Für sie war das unerreichbar, zumindest jetzt. Aber das Arbeiterkind in ihr hätte diesen Aufstieg gerne vollzogen.

Für Susanne und Johan war das Haus in Reichweite gerückt. Sie arbeiteten als Anwälte und verdienten beide, und eine Eigentumswohnung im Zentrum, die sie verkaufen konnten, war auch noch vorhanden.

Das Haus war so gediegen, wie der Preis nahelegte. Elina sah sich die anderen Interessenten an. Es war alles dabei, angefangen von Familien mit Kindern, die Erfolg ausstrahlten, bis hin zu älteren Paaren, die wohl kaum so viel Platz benötigten.

»Schau dir die mal an«, flüsterte Susanne und deutete auf einen Mann und eine Frau um die sechzig in alltäglicher Bekleidung. »Glaubst du, dass die mitbieten werden? Nie im Leben! Für die ist das ein Sonntagsvergnügen. Die wollen sehen, wie andere Leute wohnen. Ein Makler hat mir mal von ihnen erzählt. Weißt du, was er gesagt hat? Sie seien seine eigene kleine Verhandlungsdelegation. Alle wissen von ihnen, doch Makler und Verkäufer akzeptieren sie, obwohl sie nur Schaulustige sind. Aber beim Besichtigungstermin entsteht so der Eindruck, als gäbe es viele Interessenten, und der Preis steigt.«

»Fürchterlich«, meinte Elina, und es schauderte sie bei dem Gedanken, dass fremde Leute bei ihr hereinstiefeln könnten, um sich neugierig umzusehen.

»Was meinst du?«, fragte Susanne. »Was hältst du von dem Haus?«

»Etwas eng, oder? Nur sechs Zimmer. Wo soll ich da wohnen?«

»Im Keller natürlich!«

Susanne hatte sich entschieden. »Oder nicht?«, sagte sie zu Johan. »Sollen wir uns nicht noch andere ansehen?«, erwiderte er. »Das ist schließlich das erste Haus, das wir besichtigen.« Susanne sah ihn mitleidig an. »Ich habe den Überblick«, meinte sie. »Etwas Besseres taucht nicht auf. Verlass dich auf mich, Liebling!«

Sie küsste ihn leicht auf die Wange. Er lächelte und schüttelte den Kopf. Elina sah Susanne an. Ihre Freundin war in ihrem Element. Sie sah es schon vor sich, wie sie mit der Geschicklichkeit einer Anwältin in die Preisverhandlung eintreten würde. Die anderen würden keine Chance haben.

Susanne trat auf den Makler zu, der mit einem Block in der Hand in der Diele stand. Sie reichte ihm ihre Visitenkarte. »Ich bin interessiert«, sagte sie. »Wir können uns jederzeit handelseinig werden. Rufen Sie mich bitte heute Nachmittag an, dann gebe ich ein Gebot ab.«

»Das ist nett«, sagte der Makler, »aber es gibt noch weitere Interessenten.«

»Schon möglich«, sagte Susanne. »Wie gesagt. Rufen Sie mich heute Nachmittag an.«

Sie waren zu Hause bei Susanne und Johan, als der Makler anrief. Elina lag auf dem Fußboden, und Emilie saß auf ihrer Brust und drückte ihr einen Stoffhasen ins Gesicht. »Hase Kuss«, sagte Emilie, und Elina schmatzte mit den Lippen.

»Ich habe 100 000 unter dem Ausgangspreis geboten«, sagte Susanne, als sie vom Telefon zurückkam. »Jetzt müssen wir abwarten.«

Um halb acht war Elina wieder zu Hause. Sie war gegangen, als Emilie, etwas später als sonst, ins Bett musste. Sie fühlte sich recht wohl, und das lag nicht nur an den zwei Gläsern Wein, die sie getrunken hatte. Sie schaute auf ihren Computer und überlegte, ob sie Martin antworten sollte. Die Widrigkeiten des nächsten Tages erschienen ihr ganz weit weg.

25. KAPITEL

John Rosén ließ sich sämtliche Informationen immer wieder durch den Kopf gehen. Er suchte nach anderen Erklärungen. Er zweifelte sein eigenes Urteilsvermögen an und kam dann zu dem Schluss, dass sie Recht hatte. Er überlegte, was zu tun sei, und entschied sich dafür, es drauf ankommen zu lassen.

Er ging zu Kärnlund ins Büro und erklärte sich. Er verließ sich darauf, dass Kärnlund ihn verstehen und auf seiner Seite sein würde. Dass er einem letzten Kampf, falls erforderlich, nicht ausweichen würde.

»Nach der Acht-Uhr-Besprechung«, sagte Kärnlund. »Bei mir. Ich lasse alle kommen, die die Informationen beurteilen können.«

Elina trug ein dunkelbeiges Kostüm. Niemand sollte ihr wegen ihrer Kleidung etwas anhaben können. Sei wie Susanne, dachte sie.

Die Acht-Uhr-Besprechung verlief wie immer. Elina ging davon aus, dass Jönsson sie fragen würde, wie die Ermittlung der Kellereinbrüche voranschreite. Nur zur Kontrolle. Sie hatte sich darauf vorbereitet, ihm den »Hering« hinzuwerfen. Aber Jönsson überging sie bei den Berichten, die alle, die am Tisch saßen, erstatteten. Er schaute sie nicht einmal an.

Gemeinsam mit John Rosén ging sie nach der Besprechung zu Kärnlunds Büro. Es war fünf vor neun. Sie waren die Ersten und warteten auf Kärnlund, der ihnen wenig später wegen seines Übergewichts keuchend die Tür aufschloss. Dann kam Jönsson.

»Wir müssen noch auf Bäckman warten«, sagte Kärnlund, nachdem sie sich gesetzt hatten.

»Bäckman?«, sagte Elina.

»Ich weiß, worum es geht«, erwiderte Kärnlund. »Ich will hören, was die andere Seite zu sagen hat.«

Axel Bäckman erschien Punkt neun. Er nickte Rosén und Elina freundlich zu und nahm neben Jönsson auf dem einzigen freien Stuhl Platz.

»Elina?«, sagte Kärnlund.

Sie trug die gesamte Geschichte mit allen Details einschließlich ihrer eigenen Schlüsse und Ansichten vor. Nur ihren eigenen Versuch, Jönsson an der Nase herumzuführen und ihre Überlegungen zur Sicherheitspolizei überging sie.

»Wiik hat mich die letzten Tage auf dem Laufenden gehalten«, sagte Rosén. »Wir haben über die Sache ständig Rücksprache gehalten.«

Elina warf Rosén einen dankbaren Blick zu. Er übernahm unaufgefordert die Verantwortung.

Jönsson starrte Rosén an und dann Elina. »Ich wäre auch dankbar gewesen, wenn man mich unterrichtet hätte«, sagte er.

»Alles ging so schnell«, meinte Rosén.

»Das bedeutet, dass wir die Ermittlung wieder aufnehmen müssen«, sagte Kärnlund. »Es ist vollkommen offensichtlich, dass ein Zusammenhang zwischen den Mordopfern und der Schleuserbande besteht und dass es zumindest zwei denkbare Mordmotive gibt. Aber ich will erst noch hören, was Bäckman zu sagen hat.«

Axel Bäckman lächelte Elina an.

»Gut gemacht«, sagte er. »Wir, also die Kollegen von der Sicherheitspolizei und ich, wussten natürlich, dass Qourir bei dieser Frau in Liepaja angerufen hatte. Wir maßen dieser Tatsache kein besonderes Gewicht bei, weil wir nicht wussten, wer sie war. Dass hat Wiik jetzt geklärt. Wie gesagt, gut gemacht!«

Er breitete die Hände aus und machte eine kleine Pause.

»Leider muss ich eure Begeisterung etwas dämpfen«, fuhr er fort. »Es geht hier um zwei Dinge. Kärnlund hat Recht, dass ein Zusammenhang zwischen den Opfern und den Schleusern besteht. Aber das muss nicht bedeuten, dass die Schleuser auch die Morde verübt haben. Es kann auch viel einfacher sein.«

»Wie meinst du das?«, fragte Rosén.

»Folgendermaßen: Wir wissen, dass Jamal und Qourir Kontakte zu Terroristen im Nahen Osten unterhielten. Das ist keine Vermutung, sondern wird sowohl von Dokumenten als auch von Zeugenaussagen untermauert. Alle Erfahrung der letzten fünfzehn Jahre spricht dafür, dass die Terrorsympathisanten im Ausland Geld auf illegalem Weg beschaffen. Am weitesten verbreitet ist Rauschgiftschmuggel. In letzter Zeit hat sich der Menschenschmuggel jedoch als eine immer lukrativere Branche erwiesen. Die Kontakte von Jamal und Qourir zur Schleuserbande könnten sozusagen Teil ihrer übrigen Betätigungen gewesen sein.«

Jönsson nickte. »So könnte es auch gewesen sein«, meinte er. »Es braucht gar nichts mit den Morden zu tun zu haben.«

»Ihr vergesst dabei nur eines«, wandte Elina ein. »Es gab einen privaten Grund für diesen Kontakt. Sayed.«

»Okay«, räumte Kärnlund ein. »Es gibt zwei denkbare Erklärungen für den Zusammenhang zwischen den Schleusern und den Mordopfern. Unsere Aufgabe besteht jetzt darin, herauszufinden, welche dieser Erklärungen die richtige ist. Wir eröffnen die Ermittlung wieder. Die Mordgruppe kümmert sich darum. John übernimmt natürlich die Verantwortung. Elina macht mit den Sachen weiter, mit denen sie angefangen hat. Ihr erstattet Jönsson Bericht. Er fasst die zentralen Beschlüsse. Diese Sache könnte sich in die Länge ziehen. Aber wir fangen jetzt an. Das entscheide ich.«

Auf dem Gang wandte sich Jönsson an Rosén. »Wir nehmen uns noch Henrik Svalberg. Wiik wird Hilfe brauchen.«

»Gut«, erwiderte Rosén. »Bitte ihn, so bald wie möglich bei mir vorbeizuschauen.«

Elina verzog den Mund. Klar, dass sie ihr einen Mann zur Seite stellten. Als Frau würde sie wohl kaum damit fertig werden! Aber Jönsson hatte natürlich Recht, allerdings auf eine andere Weise als er dachte. Es waren durchaus noch zwei Hände und ein Kopf nötig.

Sie versammelten sich im Büro von John Rosén. Svalberg, Rosén und Elina. Nur Erik Enquist fehlte, sonst wäre die Mordgruppe komplett gewesen. Elina fühlte sich rehabilitiert.

»Das lief ja einwandfrei«, meinte Rosén. »Elina, du übernimmst den Befehl, zumindest jetzt zu Anfang. Du bist schon so weit gekommen, dann wirst du auch noch weiter kommen.«

Henrik Svalberg nickte. Elina warf ihnen einen dankbaren Blick zu, sie war froh, mit zwei Leuten arbeiten zu dürfen, die sich wie Erwachsene benahmen.

»Das hier wird nicht leicht«, sagte sie. »Wir haben sehr viel von der grundlegenden Arbeit bereits beim letzten Mal erledigt, ohne dass das irgendwohin geführt hätte. Ich schlage vor, dass wir die Arbeit folgendermaßen aufteilen: Henrik kümmert sich um Ahmed Qourir. Seine Telefonanrufe habe ich bis ins Jahr 1999 überprüft, das brauchst du also nicht noch einmal machen. Erkundige dich aber bei der Sicherheitspolizei, ob sie noch mehr Informationen über seine Telefonate haben.«

»Falls sie uns die überlassen wollen«, meinte Svalberg.

»Genau«, sagte Elina. »Weiterhin glaube ich, dass wir uns um Qourirs Finanzen kümmern sollten.«

»*Follow the money*«, sagte Rosén.

»Brauchbarer Grundsatz, nicht wahr?«, meinte Elina. »Ich habe viel über Qourirs Rolle nachgedacht. Er könnte zur Schleuserbande gehört haben. Vielleicht war er ja ihr Kontaktmann in Schweden.«

»Dieser Gedanke ist mir auch schon gekommen«, warf Rosén ein. »Sprich weiter.«

»Vielleicht besaß die Bande hier in Schweden oder im Ausland noch weitere Mitglieder. Beim Schmuggel geht es letztlich immer um Geld. Wir müssen Unterlagen durchforsten. Bankanweisungen, Postanweisungen, Ein- und Auszahlungen auf Konten, alles. Wer weiß, was wir finden.«

Sie wandte sich an Rosén.

»Du hast letzten Freitag etwas Wichtiges gesagt. Dass Sayeds Tod und die Vorfälle auf dem Boot das Motiv ausmachen könnten. Dass vielleicht noch mehr Menschen an Bord waren. Flüchtlinge, die ebenfalls Angehörige haben. Vielleicht finden wir ja jemanden, der mehr weiß. Kannst du dich darum kümmern, John?«

Es war ihr unwohl dabei, das wie einen Befehl klingen zu lassen. John Rosén war so bescheiden gewesen, ihr die Leitung zu überlassen, aber das war noch lange kein Grund, zu weit zu gehen.

»Ich kann nachschauen, ob es irgendwelche Vermisstenmeldungen gibt, die zeitlich und örtlich passen könnten. Wann genau, glauben wir, dass Sayed verschwunden ist?«

»Ich habe nicht so viele Anhaltspunkte. Qourir rief Katarina Diedermans Mutter am 4. Januar 2001 an. Die Schleuser verließen Lettland am 28. Januar.«

Sie dachte nach.

»Und dann hatte sich noch dieser Mann vom Roten Kreuz, hieß er nicht Karl-Erik Ehn, eine Notiz über ein Gespräch mit Jamal gemacht. Ruf ihn an, dann erfährst du das genaue Datum. An diesem Tag muss Sayed definitiv verschwunden gewesen sein. Aber vermutlich war es irgendwann im Januar 2001.«

»Und du?«, fragte Svalberg.

»Ich suche nach dem Ehepaar Diederman und nach Gregors Nikolajew. Die estnische Polizei hat ihren lettischen Kollegen nicht geholfen, aber vielleicht ist sie ja bereit, uns zu helfen.«

»Man kann auf fünf Arten aus Estland ausreisen«, meinte Rosén. »Die erste ist die am wenigsten wahrscheinliche. Und zwar zurück nach Lettland. Die zweite wäre der Landweg nach Russland.«

»Der Eigentümer des Boots, der Mistral, stammte aus Sankt Petersburg«, meinte Elina.

»Stimmt«, meinte John. »Dort könnten sie hingefahren sein. Die dritte Möglichkeit ist die Fähre nach Helsinki, die vierte die Fähre nach Stockholm, die letzte ein Flug, und zwar irgendwohin auf der Welt.«

»Wenn sie jetzt hinter den Morden an Jamal, Annika und Ahmed Qourir steckten, dann sind sie nach Stockholm gefahren«, meinte Elina. »Und zwar irgendwie. Und zumindest einer von ihnen war in diesem Fall vor zwei Monaten immer noch hier. Einer der Männer, das verrät uns das Video.«

Sie schaute aus dem Fenster.

»Vielleicht ist er immer noch da. Irgendwo da draußen.«

DRITTER TEIL

Die Unsichtbaren

26. KAPITEL

Er saß mit gesenktem Kopf in seinem Zimmer und schaute auf seine Knie und seine großen Füße. Mit den Ellbogen auf den Knien beugte er sich vor und faltete die Hände. Nicht, um zu beten, aber wäre er religiös gewesen, so hätte er um etwas Glück gebetet. Bislang war ihm vieles geglückt, aber dann war doch alles vollkommen schief gelaufen. Drei Tote, mein Gott, was hatte er getan?

Es hätte nicht passieren müssen, wenn man ihn nicht gezwungen hätte, mit Amateuren zu arbeiten. Diese Frau und ihr verdammter Mann. Er sah sie vor sich. Sie hatte geflirtet. Okay, an ihrer Figur war nichts auszusetzen gewesen, nur hatte sie leider nichts im Kopf gehabt! Und erst der Mann, er war noch schlimmer. Als alles schiefgegangen war, waren sie in Panik geraten. Er fragte sich, wo sie jetzt wohl waren.

Und die anderen – waren die so viel besser? Sie waren ihm nützlich gewesen, das musste er zugeben. Aber wenn alle sich so professionell wie er selbst verhalten hätten, dann wäre alles anders gekommen.

Er erhob sich und schaute aus dem Fenster. Er dachte über die Fehler nach, die er selbst begangen hatte. Wie sie ihn zu fassen kriegen könnten. Die DV-Kamera natürlich. Wie hatte er die nur übersehen können? Das Video war ein Schock gewesen, es hätte ihm fast die Luft abgeschnürt. Zum Glück waren nur seine Waden zu sehen, aber es war schlimm genug gewesen, dass ganz Schweden die Bilder im Fernsehen hatte anschauen können. Vielleicht würde ihn jemand erkennen, obwohl es ihm unwahrscheinlich vorkam. Im Übrigen war er vorsichtig gewesen, hatte versucht, an alles zu denken, die Spuren zu verwischen. Aber irgendwas übersah man immer. Irgendwas blieb liegen. Niemand lief herum, ohne Spuren zu hinterlassen.

Es war nur eine Frage der Zeit, bis sie auf das kleine Zeichen stießen, das ihnen die richtige Richtung wies. Es konnte der Polizei gelingen, wenn sie nur wollte. Das wusste er.

Er musste planen. Verschiedene Auswege. War es erst einmal so weit, dann gab es kein Zurück. Er würde sich die Möglichkeiten, die es gab, zunutze machen. Auch wenn dazu ein viertes Opfer nötig sein sollte.

27. KAPITEL

Elina überlegte, ob sie nach Estland fahren sollte. Vor Ort zu sein war immer von Vorteil, egal worum es ging. Die Chancen, dass man ihr eine solche Reise genehmigen würde, schätzte sie jedoch gering ein, aber fragen kostete nichts.

Vorher waren jedoch noch einige Routinemaßnahmen zu erledigen. Falls diese ein Resultat zeitigten, dann war die Reise unnötig.

Sie ließ sich die Telefonnummer von der Zentrale des Reichskriminalamtes geben. Zwei Nullen und dann eine ganze Reihe Ziffern. Der Mann, der am anderen Ende an den Apparat ging, klang jung. Sie nannte ihren Namen und brachte ihr Anliegen vor.

»Ich hoffe, dass Sie mir helfen können«, sagte sie.

»Ich will einen Versuch unternehmen. Es müsste gehen. Sie müssen wissen, dass Kenneth, mein Vorgänger und Verbindungsmann hier in Tallinn, und ich dieselben Erfahrungen gemacht haben. Der estnischen Polizei ist es wichtig, uns behilflich zu sein. Sie sind an einem guten Verhältnis zu uns interessiert. Könnten Sie vielleicht präzisieren, welche Angaben Sie benötigen?«

»Die drei sind mit dem Zug am 28. Januar 2001 nach Estland eingereist. Ich will wissen, ob der Grenzpolizei Angaben über ihre Ausreise vorliegen. Falls das nicht der Fall ist, hätte ich gerne die Passagierlisten der Fähren und Flüge nach Finnland und Schweden.«

»Das ist schließlich schon drei Jahre her. Für die Passagierlisten bräuchten wir eine eigene Fähre, wenn wir alle beschaffen sollen.«

»Dann machen wir es folgendermaßen: Versuchen Sie die Listen für die Woche nach dem 28. Januar 2001 zu besorgen und dazu noch die Listen für die Woche vor dem Mord, also die Tage zwischen dem 21. und 28. September dieses Jahres.«

»Gut. Das ist etwas humaner. Ich lasse von mir hören, sobald ich etwas in Erfahrung gebracht habe.«

»Rufen Sie mich doch bitte heute im Laufe des Tages noch einmal an, ganz gleichgültig, wie weit Sie bis dahin sind. Ich hätte gerne gewusst, ob es überhaupt möglich ist.«

Er lachte.

»Sie wollen mich unter Druck setzen, nicht wahr? Damit ich sofort anfange?«

Sie wollte das schon abstreiten, aber er kam ihr zuvor.

»Keine Sorge«, sagte er. »Ich fange an, sobald wir aufgelegt haben. Und dann rufe ich Sie spätestens um drei Uhr auf Ihrem Handy an.«

»Danke«, sagte Elina und legte auf.

So einfach war das. Elina wünschte sich, dass sie immer jemand anderen bitten könnte, die Drecksarbeit zu machen. *It's a dirty job, so somebody else should do it,* dachte sie.

Sie hatte diesen Gedanken kaum zu Ende gedacht, da klingelte ihr Telefon.

»Mein Name ist Mohammed Hussein.«

Dann wurde es am anderen Ende still.

»Ja?«, sagte Elina. »Womit kann ich Ihnen helfen?«

»Ich Nachbar von ... Sie wissen schon.«

Er sprach sehr gebrochenes Schwedisch. Es fiel Elina schwer zu verstehen, was er sagte. Vor allen Dingen verstand sie nicht, was er meinte. Es klang, als hätte er einen Satz eingeübt, aber als wäre es ihm nicht gelungen, ihn richtig auszusprechen.

»Haben Sie Nachbar gesagt? Der Nachbar von wem?«

»Er, Jamal.«

Sie wurde hellwach.

»Wohnen Sie in der Stigbergsgatan?«

»Ja. Klar.«

»Sie wollen mir etwas erzählen. Ist das so?«

»Ja. Erzählen.«

»Mohammed Hussein, das war doch Ihr Name?«

»Ja.«

Sie schrieb seinen Namen auf.

»Wohnen Sie im selben Haus wie Jamal?«

»Ja.«

»Sind Sie jetzt zu Hause?«

»Ja.«

Sie warf einen Blick auf das Display und schrieb die Nummer auf dasselbe Papier wie den Namen.

»Welche Sprache sprechen Sie?«

»Arabisch. Irak.«

»Ich komme sofort zu Ihnen, wenn ich einen Dolmetscher gefunden habe. Okay?«

»Okay.«

»Warten Sie in Ihrer Wohnung auf mich. Gehen Sie nirgendwohin.«

»Nein.«

Elina brauchte vierzig Minuten, um eine Dolmetscherin aufzutreiben, die direkt in die Stigbergsgatan kommen konnte. Sie gab ihr die Adresse und bat sie, vor dem Haus zu warten. Ehe sie sich auf den Weg machte, suchte sie noch die Vernehmungen der Nachbarn heraus. Sie selbst hatte sie zusammen mit Svalberg durchgeführt. Sie hatten mit allen gesprochen außer mit Mohammed Hussein, der in der Wohnung unter Jamal wohnte. Sie hatte zweimal bei ihm geklingelt, und Svalberg war einmal bei ihm gewesen. Den letzten Versuch hatten sie zwei Wochen nach den Morden an Jamal und Annika unternommen. Sie hatten ihm Visitenkarten in den Briefkasten geworfen, die offenbar erst jetzt ein Resultat zeitigten. Sie fragte sich, wieso.

Sie suchte Mohammed Hussein im Melderegister. Er hatte erst am 23. November, also erst vor gut einer Woche, eine Aufenthaltsgenehmigung erhalten.

Vielleicht hat er sich vorher nicht getraut, mit uns zu sprechen, dachte sie. Wir haben unser Land so organisiert, dass gewisse Menschen Angst vor dem Arm des Gesetzes haben.

Sie schickte Rosén eine E-Mail, um ihm zu sagen, wohin sie unterwegs war. Dann nahm sie ihren eigenen Wagen. Für das Ausfüllen eines Dienstwagenformulars fehlte ihr die Zeit. Außerdem hatte sie sich von John anstecken lassen: Dieser fuhr am liebsten in seinem eigenen Wagen.

Die Dolmetscherin stellte sich als Mira vor. Sie schien Mitte zwanzig zu sein und sprach Schwedisch, als stamme sie aus Västerås. Elina konnte es nicht lassen. Sie musste auf ihr langes braunschwarzes Haar starren, als sie hinter ihr die Treppe hinauf ging.

Mohammed Hussein öffnete langsam die Tür. Elina fand, dass er verschreckt wirkte oder zumindest unsicher. Sie entschied sich, mit der Frage, warum er sich nicht bereits früher gemeldet habe, noch zu warten, damit er sich nicht angeklagt fühlen würde. Es war besser, mit seiner Zeugenaussage zu beginnen.

Die Dolmetscherin stellte sich vor und erklärte auf Arabisch und Schwedisch, dass sie genau übersetzen würde, was er sagte, und zwar wörtlich, ohne den Versuch zu unternehmen, das Gesagte zu deuten.

Profi, dachte Elina. Die muss ich mir merken. Festplatte.

Sie zog einen Notizblock aus der Tasche, und Hussein deutete ins Zimmer. Es war ebenso spartanisch wie die Wohnung von Jamal. Die Möbel in dem einzigen Zimmer beschränkten sich auf ein Bett und einen durchgesessenen Sessel, dazwischen ein kleiner Couchtisch. Hussein setzte sich auf das Bett und Mira neben ihn. Elina nahm auf dem Sessel Platz. Sie legte den Block auf den Tisch.

»Erzählen Sie«, sagte Elina. »Was wissen Sie über Jamal?«

Mohammed Hussein rutschte verlegen hin und her. Dann sah er der Dolmetscherin in die Augen und begann zu sprechen. Mira ließ ihn ungefähr fünf Sätze sagen, dann hob sie die Hand, um ihn zu unterbrechen.

»Er sagt Folgendes: Ich weiß, dass Jamal an einem Sonntag ermordet wurde. Ich erinnere mich nicht an das Datum, aber das wissen Sie vermutlich. In der Nacht lag ich in meinem Bett. Es war an diesem Sonntag, das weiß ich sicher.«

Sie machte mit dem Zeigefinger eine kreisende Bewegung, um ihm zu bedeuten fortzufahren. Dann dolmetschte sie weiter.

»Ich konnte nicht schlafen, weil ich mir Sorgen um die Zukunft machte. Mitten in der Nacht hörte ich, dass jemand in Jamals Wohnung herumging. Mir kam das seltsam vor, da Jamal nie so spät auf war. Es war nach zwei.«

Mohammed Hussein fuhr mit Hilfe der Dolmetscherin fort:

»Er ging recht lange dort oben auf und ab. Dann hörte ich jemanden auf der Treppe. Ich stand auf und schaute durch das Loch.«

Mira unterbrach sich.

»Ich glaube, er meint den Spion. Soll ich ihn fragen?«

»Bitte«, erwiderte Elina.

Die Dolmetscherin fragte, und Mohammed Hussein stand auf, ging zur Wohnungstür und zeigte auf den Spion. Elina nickte. Die Dolmetscherin fuhr fort.

»Es war dunkel draußen, aber ich sah ihn, als er die Treppe herunterkam. Er ging an meiner Tür vorbei, ohne mich anzusehen.«

»Wie sah er aus?«, fragte Elina.

»Recht groß. Älter als ich. Vielleicht vierzig oder fünfzig. Kein ganz kurzes Haar, aber auch nicht lang.«

»Sein Gesicht, erinnern Sie sich an Einzelheiten?«

»Nein, er sah durchschnittlich aus.«

»Kleider?«

»Ich erinnere mich nicht. Vielleicht eine Jacke.«

Elina versuchte, ihm weitere Einzelheiten zu entlocken, aber das ging nicht.

»Würden Sie ihn wiedererkennen, wenn Sie ihn noch einmal sehen würden?«

»Vielleicht. Aber auf der Treppe war es dunkel.«

»Warum haben Sie das nicht schon früher erzählt? Wir haben Sie mehrfach aufgesucht.«

»Nicht zu Hause«, sagte Mohammed Hussein auf Schwedisch.

»Und die Visitenkarte?«

Er wirkte besorgt. Sie erhielt keine Antwort.

»Na gut«, sagte Elina. »Es war gut, dass Sie dann schließlich doch von sich haben hören lassen. Vielen Dank.«

Er lächelte schwach. Das Unstete verschwand aus seinem Blick.

»Mir wäre es recht, wenn Sie morgen um neun auf die Wache kommen könnten, um sich ein paar Fotos anzusehen. Mira, können Sie dann?«

»Ich arbeite eigentlich, aber es wird schon gehen.«

Sie gaben Mohammed Hussein die Hand und ließen ihn in seiner Wohnung zurück.

Um drei Uhr rief der Verbindungsmann aus Tallinn wie versprochen an.

»Alles fertig«, sagte er. »Ich habe die Informationen.«

»Wirklich?«, erwiderte Elina und hörte selbst, wie kindisch das klang.

»Doch. Es war einfacher als ich und meine estnischen Kollegen geglaubt hatten. Von allen dreien ist die Ausreise festgehalten. Am 29. Januar 2001 sind sie mit der Fähre nach Helsinki gefahren.«

»Fantastisch, vielen Dank!«

»Keine Ursache. Dort müssen Sie aber schon selbst weitersuchen. Das wird wohl schwieriger. Innerhalb des Schengen-Gebietes gibt es keine Passkontrollen. Mit dem Auto können sie nach Schweden oder Norwegen eingereist sein, ohne dass jemand davon Notiz genommen hat.«

»Aber von den Flügen und Fähren müsste es ja wohl Passagierlisten geben?«

»Durchaus, das weiß ich. Seit dem Untergang der Estonia haben sie es damit überall sehr genau genommen. Fragen Sie nach, das würde ich an Ihrer Stelle tun.«

»Danke für diesen Rat. Und danke für Ihre Hilfe.«

Sie ging zu John Rosén ins Büro und erzählte ihm, was sie erfahren hatte.

»Ausgezeichnet«, sagte er. »Jetzt haben wir einen Zeugen. Es muss der Mörder gewesen sein oder möglicherweise ein Komplize, der in Jamals Wohnung war. Hast du gesagt, Zeugengegenüberstellung um neun Uhr? Das wird etwas schwierig. Mit Jakob Diederman haben wir keine Probleme, aber von Gregors Nikolajew haben wir nur das Foto in Uniform.«

»Wir müssen eben weitere Fotos von uniformierten Männern auftreiben«, meinte Elina. »Ich kümmere mich darum. Wie ist es bei dir und Svalberg gelaufen?«

»Bislang nichts. Wir legen die Leinen aus. Es kann ein paar Tage dauern, bis jemand anbeißt.«

28. KAPITEL

Die Empfangsdame bat Elina, nach unten zu kommen, nachdem sie mit gewisser Mühe verstanden hatte, zu wem Mohammed Hussein wollte. Elina holte ihn am Empfang ab. Obwohl er fast so groß war wie sie, fand sie, dass er klein wirkte. Sie fragte sich, ob er schon im Irak so klein ausgesehen hatte, oder ob er und andere Flüchtlinge in den Augen ihrer Umgebung schrumpften, wenn sie hierherkamen, sich der Willkür anderer ausgesetzt sahen und die Kontrolle über ihr Leben verloren.

»Hallo, willkommen«, sagte sie und lächelte. Mohammed Hussein nahm die Hand, die sie ihm entgegenhielt. Sie sah, dass ihm unbehaglich zumute war. »Wir warten nur noch eben auf Mira.«

Die Dolmetscherin ließ auf sich warten. Elina versuchte, mit Hussein eine einfache Unterhaltung zu führen, damit er sich etwas entspannte, aber es ging zäh. Zehn Minuten später erschien Mira, an deren Nachnamen Elina sich nicht erinnern konnte. Sie war ganz außer Atem und entschuldigte sich für die Verspätung. Elina erwiderte, das mache nichts.

Elina führte die beiden die Treppe hinauf in ihr Büro. Auf dem Schreibtisch hatte sie die Fotos von Männern ausgebreitet, die den beiden Verdächtigen möglichst ähnlich sahen. Fünf Männer in Uniform, einer von ihnen war Gregors Nikolajew, ein anderer war ein russischer Offizier, bei den drei übrigen handelte es sich um schwedische Polizisten. Sechs Fotos von Männern in Zivil: Jakob Diederman, zwei Polizisten und drei Personen aus der Verbrecherkartei. Mohammed Hussein sah sich die Fotos lange an. Dann sah er auf und sagte ein paar Worte zu Mira auf Arabisch.

»Es ist schwer«, übersetzte Mira.

Er betrachtete die Fotos erneut. Dann legte er den Finger auf einen der Männer in Zivil.

»Vielleicht der. Aber ich weiß es nicht«, ließ er die Dolmetscherin übersetzen.

»Sie müssen sich nicht genötigt fühlen, jemanden wiederzuerkennen«, meinte Elina.

Er hatte auf einen von Erik Enquists Kollegen aus Hallstahammar gedeutet, einen fünfzigjährigen Inspektor mit weder zu kurzem noch zu langem Haar.

Mohammed Hussein schüttelte den Kopf.

»Warum haben Sie auf diesen Mann gezeigt?«, fragte Elina.

Er verzog etwas den Mund. »Gewisse Ähnlichkeit. Das Haar und so. Aber vermutlich ist er es nicht.«

Elina verwünschte insgeheim, dass sich Gregors Nikolajew mit Uniformmütze hatte fotografieren lassen. Nicht einmal sie wusste, wie seine Frisur aussah.

»Dann danken wir Ihnen«, sagte sie. »Ich bringe Sie nach unten. Rufen Sie mich an, wenn Ihnen noch etwas einfällt.«

Er stand auf. Mira griff nach ihrer Handtasche, um mit ihnen nach draußen zu gehen.

»Können Sie noch einen Augenblick bleiben, Mira?«, bat Elina. »Ich würde mich gerne noch etwas mit Ihnen unterhalten.«

Die junge Frau wirkte erstaunt, nahm aber wieder Platz. Elina begleitete Mohammed Hussein die Treppe hinunter. Nach ein paar Minuten war sie wieder in ihrem Büro.

»Ich möchte Ihnen für Ihre ausgezeichnete Arbeit danken«, sagte sie. »Es gibt nicht so viele Dolmetscher für das Arabische, die fließend Schwedisch sprechen.«

»Ich kam hierher, als ich ein Jahr alt war. Die meisten anderen Araber in Schweden sind erst seit den Neunzigern hier, sie sind also nicht hier aufgewachsen. Wir stammen aus Jordanien, aber ich bin in London zur Welt gekommen. Mein Vater hat dort Medizin studiert. Dann hat er in Västerås als Chirurg angefangen.«

»Was für eine Arbeit haben Sie?«

»Das Dolmetschen ist für mich nur ein Nebenverdienst. Eigentlich arbeite ich im Krankenhaus, als Pflegehelferin, aber nach Neujahr fange ich mit dem Medizinstudium an, in Stockholm am Karolinska Institutet.«

»Gratuliere«, sagte Elina. »Darf ich Sie noch etwas ganz anderes fragen?«

»Natürlich.«

»Viele Menschen aus dem Nahen Osten kommen mit Hilfe von Schleusern hierher. Ich habe gerade mit einem Fall zu tun, bei dem es genau darum geht.«

»Ich dachte, Sie versuchen, diesen Mord aufzuklären, über den wir mit ihm gesprochen haben.« Sie deutete mit dem Kopf zur Tür, durch die Mohammed Hussein verschwunden war.

»Schon«, sagte Elina und verstummte einen Augenblick. Aufgewecktes Mädchen, dachte sie. Es kann nicht schaden, ihr etwas mehr zu erzählen. »Wir haben den Verdacht, dass ein Zusammenhang besteht. Meine Frage lautet also, ob Sie jemanden kennen … vielleicht einen Landsmann …«

»Einen Araber, der alles über Menschenschmuggel weiß? Der Ihnen ein paar Namen geben könnte? Einige Insiderinformationen?«

»Sie könnten Polizistin werden«, meinte Elina. »Oder Hellseherin.«

Mira lachte verlegen. Elina zog die Brauen hoch. War die Frage so falsch gewesen?

»Dieser Jamal wurde doch zusammen mit diesem Mädchen erschlagen. Hieß sie Anna?«

»Annika.«

»Es geht also nur darum, diesen Mord aufzuklären? Um sonst nichts?«

»Es geht mir nicht darum, Menschenschmugglern das Handwerk zu legen oder Leuten, die mit ihrer Hilfe nach Schweden gekommen sind, falls Sie das meinen.«

Mira kratzte sich an der Nase.

»Ich müsste kurz telefonieren«, sagte sie.

»Bitte. Da steht mein Telefon.«

»Sie müssen aber solange rausgehen und versprechen, nicht zu lauschen.«

Elina erhob sich, legte die Ermittlungsakten auf einen Stapel und schloss sie im Schrank hinter sich ein. »Bitte schön«, sagte sie und ging zur Tür.

»Im Übrigen sind wir schwedische Staatsbürger«, sagte Mira. »Meine Eltern, meine Geschwister und ich.«

»Entschuldigen Sie, so hatte ich das mit Landsleuten nicht gemeint ...«

»Ich verstehe schon, wie Sie es meinten. Ich bin auch Araberin. Meine Familie und ich haben eine doppelte Staatsbürgerschaft. Das verleiht uns eine doppelte Sicherheit. Für uns ist das gut, aber viele werden dadurch zu halben Menschen. Sie wissen nicht mehr, wer sie sind.«

Elina schloss vorsichtig die Tür und ging den Gang hinunter, um nicht zu hören, was in ihrem Büro gesprochen wurde. Sie musste so lange warten, dass sie schon fast ungeduldig wurde. Schließlich ging die Tür auf und Mira streckte den Kopf heraus: »Ich bin jetzt fertig.«

Elina kehrte in ihr Büro zurück und schloss die Tür hinter sich. Die beiden Frauen nahmen einander gegenüber Platz.

»Es verhält sich folgendermaßen«, sagte Mira und schaute Elina in die Augen, ohne zu blinzeln. »Mein Vater und ich arbeiten für eine Organisation. In unserer Freizeit geben wir Flüchtlingen, die sich in Schweden verstecken, medizinische

Hilfe. Wir versorgen also Leute, die nicht einfach ins Krankenhaus gehen können, aber trotzdem ärztliche Hilfe benötigen. So ein Leben tut niemandem gut. Andere Mitglieder dieser Organisation verstecken diese Flüchtlinge, wir helfen ihnen wie gesagt medizinisch. Ich habe schon Kinder in Sommerhäusern entbunden.«

Elina wurde von einer unfreiwilligen Bewunderung für die Frau erfüllt, die vor ihr saß. Sie wollte nicht gegen irgendwelche Gesetze verstoßen, aber das war genau, was sie tat. Elina erschien ihr Schreibtisch wie eine Demarkationslinie in einem Krieg, der schon lange sinnlos geworden war.

»Ich habe mit meinem Vater telefoniert«, fuhr Mira fort. »Er hat aus Gründen, die Sie sicher verstehen können, gezögert.«

Aus denselben Gründen wie die Frau, die Jamal versteckt hat, dachte Elina, sagte aber nichts.

»Aber ich habe ihn überredet. Ich habe gesagt, Sie seien cool.«

Elina lächelte. Sie wurde etwas verlegen.

»Wenn Sie wollen, können wir ein paar von den Leuten treffen, die sich verstecken. Ich weiß nicht, was Sie für Fragen haben, aber ich kann mitfahren und dolmetschen. Ich brauche Ihnen die Bedingungen doch wohl nicht zu erklären? Oder?«

»Ich glaube, ich habe Sie verstanden«, erwiderte Elina. »Mir wäre es jedoch lieber, wenn Sie sie klar und deutlich formulieren würden, damit es anschließend keine Missverständnisse gibt.«

»Ganz einfach. Sie versprechen, nie preiszugeben, wen Sie getroffen haben und wo. Das gilt auch, falls eine dieser Personen irgendwann einmal von Ihnen festgenommen werden sollte.«

»Okay«, erwiderte Elina. »Ich gebe Ihnen mein Ehrenwort. Was ist aber, wenn jemand von ihnen etwas weiß, was für einen eventuellen Prozess wichtig sein könnte? Falls ich will, dass jemand von ihnen in den Zeugenstand tritt?«

Mira lächelte breit.

»Ebenso einfach. Dann müssen Sie dafür sorgen, dass diese Person erst eine Aufenthaltsgenehmigung erhält.«

Elina öffnete den Mund, aber Mira unterbrach sie sofort:

»Das ist leider nicht verhandelbar. Keine der Personen, die Sie treffen werden, darf Ihretwegen irgendeinen Nachteil haben. Versprechen Sie mir das, sonst wird nichts draus.«

Elina nickte. Es gab nichts zu verlieren.

»Sprechen Sie es deutlich aus«, sagte Mira. »Versprechen Sie es.«

»Ich verspreche es.«

»Außerdem müssen Sie meine Dolmetscherdienste bezahlen. Die Organisation benötigt Geld.«

Elina lachte. Dass die Polizei jetzt auch noch das Verstecken von Flüchtlingen mitfinanzieren würde, war wirklich zum Lachen. Sie erklärte sich jedoch sofort ohne Vorbehalte damit einverstanden. Das war ein kleiner Schritt über die Demarkationslinie.

»Es wird jedoch etwas dauern«, meinte Mira. »Wir müssen erst die Leute verständigen, die die Flüchtlinge verstecken, und anschließend diejenigen, mit denen Sie sprechen sollen. Vielleicht klappt es erst nächste Woche. Ich rufe Sie an.«

Sie gaben sich die Hand. Elina begleitete Mira zum Haupteingang des Präsidiums, dann sah sie ihr nach, wie sie die Västgötagatan hinunter verschwand. Das dunkle Haar fiel ihr offen über den Rücken.

29. KAPITEL

Zwei Schritte vor und ein Schritt zurück.«

»Nicht zurück. Du trittst auf der Stelle.«

John Rosén und Elina spielten mit den Worten.

»Dass wir einen Zeugen gefunden haben und dass du herausgefunden hast, dass sie nach Helsinki gefahren sind, sind die zwei Schritte vor«, meinte John. »Dass die Fährgesellschaften nach Schweden keine Passagierlisten mehr hatten, ist noch lange kein Schritt zurück. Was die drei angeht, befinden wir uns immer noch in Finnland.«

Es war ein neuer Tag, ein neuer Tag winziger Ameisenschritte in die eine oder andere Richtung. Rosén warf einen Kugelschreiber in die Luft und fing ihn nach zwei Umdrehungen auf.

»Das Ergebnis der Anfrage hinsichtlich der Vermisstenmeldungen wird noch auf sich warten lassen. Aber ich glaube, dass bei Svalberg heute die Rückmeldungen von den Banken eingehen.«

»Und was tun wir?«

»Abwarten. Nachdenken. Ich habe übrigens das gesamte Aktenmaterial von der Sicherheitspolizei angefordert.«

»Und?«

»Negativ. Ich bekomme eine Zusammenfassung. Sie behaupten, um jeden Preis ihre Informanten schützen zu müssen. Sonst könnte es die gesamte Organisation gefährden. Das müsse man langfristig betrachten, behaupten sie.«

»Scheiße«, sagte Elina. »Die Polizei kann sich nicht mal auf die Polizei verlassen. Hast du je darüber nachgedacht, dir eine andere Arbeit zu suchen?«

Rosén warf seinen Stift erneut in die Luft.

»Häufiger, als du ahnst. Du kennst ja meinen Hintergrund.«

»Ich dachte, dass es dir deswegen besonders wichtig sei.«

»Der einzige Zigeuner bei der Polizei. Das führt zu ständigen Konflikten. Seine Herkunft wird man nicht los. Viele von denen, die ich eingebuchtet habe, gehören zu meinen Leuten. Sie sind in den Gefängnissen ganz klar überrepräsentiert.«

»Woher weißt du das?«

»Elina, das ist eine geheime Welt. Ich weiß, wer sie sind. Ich erkenne sie an den Nachnamen und oft an der Kombination der Vornamen. Und selbst wenn sie ganz gewöhnliche Namen wie Karlsson oder Johansson tragen, weiß ich es. Kleinigkeiten. Die Art zu denken oder sich auszudrücken.«

»Auch hier? In Västerås?«

»Nein, hier gibt es nicht so viele. Ich dachte mehr an Göteborg.«

»Willst du zurück?«

Er wiegte den Kopf.

»Ja, ich glaube schon. Oder nach Norrköping zu meinen Söhnen. Ich glaube nicht, dass ich sonderlich lange hier bleibe. Vielleicht wechsle ich auch den Beruf, obwohl es dafür fast schon zu spät ist.«

»Ich habe in Erfahrung gebracht, wie viele Flüchtlinge in Schweden versteckt werden. Weißt du, wie viele?«

»Nein.«

»Über siebentausend. Sie sind hierher gekommen, ihr Asylantrag ist abgelehnt worden, man hat sie aber nicht rauswerfen können, weil sie unauffindbar waren. Das ganze Land ist voll von Leuten, die in heimlichen Welten leben. Ihr, sie, vielleicht noch andere, von denen ich nicht einmal etwas weiß.«

»Und du?«, fragte Rosén. »Hast du auch darüber nachgedacht aufzuhören?«

»Aufhören nicht, aber mich zu verändern vielleicht. Das mit der Mordgruppe war eine positive Veränderung. Aber jetzt mit Jönsson als Chef bin ich mir da nicht mehr so sicher. Ich will nicht ständig darum kämpfen müssen, mich entfalten zu dürfen. Als müsste man sich dafür entschuldigen, gute Arbeit zu leisten.«

»Eigentlich ist Jönsson ganz okay. Aber er stößt oft an seine Grenzen. In allem. Als Polizist, als Mensch, in seiner Fantasie. Er verlässt die ausgetretenen Pfade nicht. Alles andere findet er unsicher. Dort kann er sich nicht orientieren und verliert die Kontrolle, und das ist das Schlimmste, was einem Chef, der keine richtige menschliche Reife besitzt, passieren kann. Außerdem ist er leicht zu beeindrucken. Beispielsweise von diesen Hanseln der Sicherheitspolizei aus Stockholm. Das kriegt er nicht in den Griff. Deswegen verhält er sich auch so. Er versucht, die Kontrolle zu behalten, indem er dich unterbuttert.«

»Was kann man tun? Was soll ich tun?«

»Auf deinem Standpunkt beharren. Ich bin schließlich auch noch dein Chef. Sturheit führt zu Ergebnissen. Aber Eigensinn schafft Ärger, und Ergebnisse schaffen einem Neider, besonders dann, wenn du alles im Alleingang machst. Du musst akzeptieren, dass ich einige andere Rücksichten zu nehmen habe und gelegentlich diplomatisch denke.«

»Ich will nur gute Arbeit leisten. Das ist alles. Warum wäre ich sonst hier? Das Salär ist schließlich nicht so bombig.«

Sie erhob sich und begann auf und ab zu gehen.

»Weißt du, John, ich verstehe durchaus, was du sagst. Und ich weiß auch, dass du einiges einstecken musst, um mir den Rücken zu decken. Wie unlängst. Das weiß ich zu schätzen. Ich weiß, dass du zu mir stehst. Aber ich werde nicht zu Kreuze kriechen, um meine Arbeit erledigen zu dürfen. Wenn Jönsson oder die Sicherheitspolizei oder irgendein eifersüchtiger Kollege mir Steine in den Weg legen, dann können sie mich mal. Ich höre lieber auf, als mich mit solchen Lächerlichkeiten abzugeben.«

»Werd jetzt nur nicht stur.«

»Gestern habe ich eine junge Frau namens Mira getroffen. Sie organisiert für mich ein Treffen mit den untergetauchten Flüchtlingen. Wie alt wird sie wohl gewesen sein? Fünfundzwanzig, nicht älter. Ich habe mich wie eine Drittklässlerin gefühlt, als ich mich mit ihr unterhalten habe. Sie unternimmt Dinge, weil sie sie für wichtig hält, und nicht, weil es ihr um sich selbst geht.«

»Alle haben private Motive. Nicht zuletzt Selbstbestätigung.«

»Okay. Aber ist es falsch, dass einen das, was man tut, mit Zufriedenheit erfüllt? Dass man nach einem Sinn fürs Leben sucht? In diesem Falle wäre alles, was man tut, egoistisch. Wer freut sich nicht, wenn alles so kommt, wie man gehofft hat? Aber niemand wird dadurch reich, dass er unentgeltlich verängstigten Menschen beisteht, die sich in eisigen Sommerhäusern verstecken.«

John Rosén sah ihr in die Augen.

»Irgendwas passiert, nicht wahr? Mit dir?«

»Ich weiß nicht, John. Ich weiß nicht. Ich bin wahrscheinlich einfach nur ungeduldig. Und dieser Fall – der ist auch etwas anderes. Anders als die anderen. Irgendwie nicht zu greifen. Dunkel. Alle diese Menschen. Dieser Fall hat etwas, was ich nicht verstehe. Ich kann in diese Welt nicht eindringen. Ich versuche, alles in meine Raster einzuordnen. Die Wege Sayeds, die Morde, wie alles logisch zusammenhängt. Die Schleuser sind die Täter, davon bin ich überzeugt. Es ging um Geld, oder sie befürchteten aufzufliegen. Aber ich weiß nicht ... meine Raster wirken zu beschränkt. Da gibt es noch etwas anderes. Diese Ermittlung führt mich an Orte, die mir fremd sind. Das macht mir Angst.«

Sie hatte jetzt John Roséns ganze Aufmerksamkeit.

»Ich versuche, dies in Worte zu kleiden. Aber es gelingt mir nicht. Es fing bereits an, als ich das Video sah, das Annika aufgenommen hatte. Ich hatte da bereits so ein merkwürdiges Gefühl. Und dann das mit der Sicherheitspolizei ... wieso verhalten die sich so? Wieso zeigen die das Video im Fernsehen, halten unbekannte Quellen geheim, halten uns außen vor? Das erinnert an Parallelhandlungen. Ich spiele nach einem Drehbuch, aber hinter den Kulissen geschieht etwas ganz anderes. Und jetzt werde ich die Versteckten, die Unsichtbaren treffen. Das ist, als würde ich in die Unterwelt hinabsteigen.«

Elina setzte sich wieder. Schweigend saßen sie sich gegenüber. Sie wurden aus ihren Gedanken gerissen, als es an der Tür klopfte. John erhob sich und öffnete. Henrik Svalberg stürmte herein. In der Hand hielt er zwei Papiere.

»Was haltet ihr davon?«, sagte er und wedelte mit ihnen. John streckte die Hand aus, aber Elina kam ihm zuvor. Sie griff nach einem der beiden Papiere, betrachtete sie und versuchte sich einen Reim daraus zu machen.

»Das ist die Kopie eines Bankwechsels«, sagte Svalberg. »Ich habe ihn von der Nordbanken. Sie haben ihn nach einer endlosen Sucherei gefunden.«

Elina stand auf und legte den Bankwechsel vor John Rosén auf den Schreibtisch. Beide lasen.

»Ausgestellt am 6. August 2001«, sagte Elina. »50 000 Kronen. An Katarina Danielowa. Wer ist das?«

»Ich weiß nicht«, erwiderte Svalberg. »Aber der Aussteller ist Ahmed Qourir.« Er reichte John Rosén das andere Blatt. »Das steht hier.«

John Rosén stieß einen leisen Pfiff aus.

»Glaubst du …«, sagte Elina.

»Warum nicht«, meinte Svalberg. »Die Initialen und der Vorname stimmen überein. Das ist einfacher so.«

»Katarina Diederman«, sagte John Rosén. Er rollte mit seinem Bürostuhl rückwärts und schaltete seinen Computer ein. »Mal sehen, was wir finden«, murmelte er.

Die beiden anderen stellten sich hinter ihn, aber er scheuchte sie weg. »Lasst mich nur machen«, sagte er. »Setzt euch.«

Elina fand, dass es unendlich lange dauerte. Schließlich schaute John Rosén auf.

»Hört zu. Katarina Danielowa, geboren 1968, erhielt am 5. April 2001 eine Aufenthaltsgenehmigung. Estnische Staatsbürgerin. Am selben Tag erhielt Jakob Danielow ebenfalls eine Aufenthaltsgenehmigung. Er ist 1964 geboren und auch estnischer Staatsbürger.«

»Das sind sie«, rief Elina. »Sie haben ihre Identität geändert.«

»Vermutlich fällt das einem Schleuser, der über gute Kontakte zu Urkundenfälschern verfügt, nicht sonderlich schwer«, meinte Svalberg.

»Hat die Migrationsbehörde die Angaben nicht in Estland überprüft?«, fragte Elina. »Diese Menschen kann es doch wohl kaum in Wirklichkeit gegeben haben?«

»Die Kontrollen sind vielleicht nicht so genau«, meinte Svalberg. »Wir müssen das überprüfen.«

»Wo sind sie jetzt?« Elina wandte sich an John Rosén.

»Die letzte bekannte Adresse ist die Stavangergatan in Stockholm. Das liegt in Kista, oder?«

»Ja«, sagte Elina. »Und weiter?«

»Abgemeldet am 7. Februar 2002. Alle beide.«

»Verdammt«, sagte Elina. »Sie sind ins Ausland verzogen.«

»Zumindest auf dem Papier«, meinte Rosén. »Aber jetzt haben wir immerhin einen Namen.«

»Wenn sie sich nicht eine weitere Identität zugelegt haben, dann schon«, sagte Svalberg.

»Ihr zwei sucht alles heraus, was es über diese beiden Namen in schwedischen Datenbanken gibt«, sagte Rosén. »Es könnte auch sein, dass sich Gregors Nikolajew ein Beispiel an den Eheleuten Diederman genommen hat und irgendwo als Gregors N. auftaucht.«

Er wandte sich wieder seinem Computer zu und gab den Namen Gregors ein. »Gehört nicht gerade zu den zehn beliebtesten Jungennamen«, meinte er. »Kein einziger Treffer. Also Niete. Wir müssen alle Balten überprüfen, die im Frühjahr 2001 eine Aufenthaltsgenehmigung erhalten haben. Vielleicht kommt uns ja irgendein Name verdächtig vor.«

»50 000«, meinte Svalberg. »Warum?«

»Ich finde, das passt«, sagte Elina. »Ahmed Qourir war der schwedische Kontaktmann der Bande. Ihr Kassierer. Das glaube ich. Es könnte sich um die Zahlung oder Anzahlung von Reisekosten handeln, die bei Qourir eingegangen war und die er dann an Katarina Diederman auszahlte.«

»Das scheint mir eine große Summe«, meinte Rosén. »Wird nicht immer im Voraus gezahlt?«

»Vielleicht gibt es ja Leute, die anschreiben lassen.«

John Rosén erhob sich. »Ich berichte Jönsson«, sagte er und blinzelte Elina zu. »Es ist Zeit für etwas Diplomatie.«

Um fünf Uhr schaltete Elina ihren Computer aus. Sie stand bereits mit ihrer Umhängetasche in der Tür, als das Telefon klingelte.

»Morgen Abend um sieben. Ich hole Sie mit dem Auto ab.«

Es war Mira. Nur noch ein Tag bis zum Ausflug in den Untergrund.

30. KAPITEL

Es dauerte, bis die Dokumente eintrafen. Unnötig lange, fanden sowohl Elina als auch Svalberg. Aber jetzt spuckte das Fax sie aus.

Es war bereits Nachmittag. Elina war den ganzen Morgen nervös gewesen. Es hatte sich wie ein mentaler Wetterumschwung angefühlt. Ihr Körper sandte Warnsignale aus. Etwas Neues zog auf.

Sie griffen sich den Stapel Papier und gingen in Elinas Büro.

»Nimm du die Papiere, die Jakob Danielow betreffen«, sagte Elina, »dann nehme ich die über Katarina.«

Fotos lagen den Unterlagen keine bei. »Schade«, meinte Svalberg. »Sonst wäre die Sache klar gewesen.«

Keine Auffälligkeiten, alles sah aus wie eine Routineangelegenheit. Schweigend lasen sie eine Seite nach der anderen.

»Schau mal«, sagte Elina. »›Identität zufriedenstellend dokumentiert‹, steht da. Wir müssen den Sachbearbeiter anrufen und fragen, wie genau das zugegangen ist.«

»Wer ist eigentlich der Sachbearbeiter?«, fragte Svalberg. »Wo steht der Name?«

Beide blätterten in ihren Papieren.

»Ich habe auf der vorletzten Seite einen Namen gefunden«, sagte Svalberg.«

Elina blätterte, schob ihr Gesicht näher an das Papier heran und ließ den Blick dann fassungslos sinken.

»Steht bei dir derselbe Name wie bei mir?«, fragte sie langsam.

»Ich weiß nicht. Woher soll ich das wissen? Bei mir heißt der Sachbearbeiter Yngve Carlström.«

»Bei mir auch. Mein Gott.«

»Das ist doch der, den wir vernommen haben. Ich meine, du.«

»Kann das Zufall sein?«

Sie griff zum Telefon.

»John? Kannst du eben rüberkommen? Svalberg ist schon da.«

John Rosén klopfte, wartete auf das Herein von Elina und lehnte sich dann in den Türrahmen. Elina erzählte.

»Das kann Zufall sein«, meinte Rosén. »Muss aber nicht.«

»Carlström hat der Länstidningen die Informationen über Jamal zugespielt«, sagte Elina. »Im Endeffekt hatte Jamal ihm seine Aufenthaltsgenehmigung zu verdanken. Und jetzt zeigt es sich, dass er auch den Leuten, von denen wir annehmen, dass sie Jamal ermordet haben, eine Aufenthaltsgenehmigung verschafft hat.«

»Fand sich seine Unterschrift auf Jamals Papieren?«, fragte Rosén.

»Nein. Aber seine Abteilung hat Jamals Antrag bearbeitet.«

»Bist du dir sicher, dass er der Informant der Länstidningen war?«

»Nein. Ich konnte schließlich nicht direkt danach fragen. Weder ihn noch Agnes Khaled, also die Person, die die Artikel damals geschrieben hat.«

»Lässt sich das überprüfen? Diskret?«

Elina dachte nach.

»Ich glaube, das Einzige, was wir tun können, ist zu überprüfen, ob Parallelen auftauchen. Agnes Khaled hat über sechs solcher Fälle geschrieben. In vieren hatte sie Erfolg.«

»Suche alle Unterlagen heraus, die es über diese sechs Fälle gibt. Die Artikel und die Akten der Migrationsbehörde, alles. Aber lass uns vorsichtig sein. Wir wollen nicht, dass Carlström davon erfährt.«

»Die Artikel können wir nur von der Länstidningen bekommen«, meinte Elina.

»Bestell sie dir«, sagte Rosén. »Auch wenn sie davon erfährt, weiß sie immer noch nicht, warum. Svalberg, bestell du sie. Das macht die Sache noch weniger durchsichtig. Wenn wir die Namen von den anderen fünf Flüchtlingen wissen, dann spreche ich mit dem Sicherheitschef der Migrationsbehörde. Er soll mir die Akten heraussuchen.«

»Ich frage mich wirklich, was wir entdecken werden«, meinte Elina.

Um fünf vor sieben ging Elina den kurzen Weg von zu Hause ins Präsidium. Sie hatte gerade eine lange E-Mail an ihren Vater geschrieben. Über den Fall hatte sie kaum etwas berichtet, sondern mehr über ihre Gedanken während der letzten Tage.

Mira wartete auf dem Parkplatz.

»Ich fahre«, sagte sie und setzte sich ans Steuer.

Sie fuhr den Bergslagsvägen Richtung Norden und bog dann in den Salavägen ein. Die Landschaft war platt, lehmschwarze Äcker, dazwischen wie Inseln Bäume mit kahlen Ästen. Es lag kein Schnee. Der Himmel war gelbbraun, die Wolken hingen tief. Vereinzelte Fahrzeuge, ein paar Häuser mit erleuchteten Fenstern. Keine Menschen.

Nach etwa dreißig Kilometern bog Mira in einen Forstweg in einen Tannenwald ein. Der Wagen rumpelte durch Schlaglöcher, die der letzte Frost hinterlassen hatte und die nicht aufgefüllt worden waren. Sie fuhren an einem dunklen, kleinen Haus vorbei. Elina fragte sich, wer dort wohl einmal gewohnt hatte. Sie gelangten immer tiefer in den Wald, der Weg teilte sich und wurde noch schlechter und schmaler. Die Wolken rissen auf, und ein paar Sterne funkelten in der Lücke. Es ging den Hang hinunter, und etwa fünfzig Meter vom Weg entfernt stand eine Häuslerkate. Etwas weiter in den Wald hinein stand ein größeres Gebäude, vielleicht hatte es früher einmal als Stall gedient. Mira bog zur Häuslerkate ein. Eine Petroleumlampe brannte in einem Fenster.

»Er war der Einzige, der mit Ihnen sprechen wollte«, sagte Mira. »Ich werde Ihnen seinen Namen nicht verraten, aber er kam vor sechzehn Monaten aus dem Nahen Osten. Seit neun Monaten hält er sich versteckt.«

Die Haustür quietschte, und sie kamen in eine kleine Diele. »Behalten Sie die Schuhe an«, sagte Mira, »der Fußboden ist kalt.«

Das Haus bestand nur aus einer Kammer und einer Küche. Ein Petroleumofen glühte neben dem ungemachten Bett. Ein Mann trat aus einer dunklen Ecke. Er war jung, hatte dunkles, welliges Haar und große Augen, mit denen er blinzelnd in das Licht der Petroleumlampe am Fenster schaute. Er gab ihnen die Hand, ohne etwas zu sagen.

»Das hier ist nur vorübergehend«, meinte Mira. »Über den Winter kann er nicht hierbleiben. Es gibt keinen elektrischen Strom.«

Elina sah sich nach einem Platz zum Sitzen um. Mira holte zwei Stühle aus der Küche, in der sie gleichzeitig eine Tasche mit Lebensmitteln abstellte. Der Mann setzte sich aufs Bett. Mira und er unterhielten sich in einer Sprache, die Elina nicht verstand. Langsam, als würde er jedes Wort auf die Goldwaage legen, begann er seine Geschichte zu erzählen. In seinem Heimatland war er an der Universität politisch aktiv gewesen und gehörte außerdem einer Minderheit an. Seinen Bruder hatte man festgenommen, daraufhin hatte man nie wieder etwas von ihm gehört. Schleuser hatten ihn über die Türkei außer Landes gebracht. Seine Eltern hatten das Gold der Familie verkauft, um seine Flucht bezahlen zu können. Im Kofferraum eines Autos war er über die Grenze geflohen, dann weiter mit dem Bus und in langen Fußwanderungen über das Gebirge. Von Polen aus hatten sie ein Boot genommen. Alle Ausweise hatten sie ins Meer geworfen. Er hatte alles wahrheitsgetreu erzählt, als er nach Schweden gekommen war. Trotzdem sollte er abgeschoben werden. Dann hatte man ihm dabei geholfen, sich zu verstecken.

»Eine recht typische Geschichte«, sagte Mira. »Es geht ihm nicht gut. Er ist deprimiert. Wir versuchen, ihn bei Laune zu halten, aber das ist schwer.«

»Wie hießen die Leute, die Sie hierher geschmuggelt haben?«, fragte Elina.

»Ich habe ihn bereits gefragt«, sagte Mira. »Wie die Leute in seinem Dorf hießen, weiß er. Aber die Namen der anderen kennt er nicht. Er hat 8000 Dollar bezahlt. Die Tickets sind teuer geworden. Aber er hat Ihnen etwas anderes zu erzählen. Etwas, was Sie vielleicht interessieren wird.«

Sie nickte dem Mann zu und sagte ein paar Worte auf Arabisch. Er begann erneut zu sprechen. Es schien ihn körperlich anzustrengen.

»Er sagt Folgendes«, übersetzte Mira. »Etwa einen Monat nachdem er sich versteckt hatte, kam sein Anwalt zu ihm. Der Anwalt erzählte ihm, ein Mann habe ihn angerufen. Er habe angeboten, ihm zu helfen. Er könne Informationen beschaffen, die bewirken würden, dass er …«

Sie deutete mit dem Kinn auf den Flüchtling auf dem Bett.

» … eine Aufenthaltsgenehmigung erhält. Das würde aber viel Geld kosten.«

»Was geschah dann?«, fragte Elina.

»Nichts. Es verlief im Sand. Wir wissen beide nicht, warum.«

»Erfuhr er, wie das hätte ablaufen sollen?«

Mira übersetzte. Der Mann schüttelte den Kopf.

»Sie müssen mir die Telefonnummer seines Anwalts geben«, sagte Elina an Mira gewandt.

»Damit würde ich seine Identität preisgeben.«

»Was spielt das für eine Rolle? Ich habe versprochen, ihn nicht den Behörden auszuliefern.«

»Okay. Ich verrate Ihnen seinen Vornamen. Yousef. Ich gebe Ihnen später den Namen des Anwalts. Zufrieden?«

Sie blieben noch eine Stunde. Elina lauschte der leisen Unterhaltung Yousefs und Miras, ohne zu fragen, worüber sie sich unterhielten. Als sie das Häuschen verließen, drehte sich Elina noch einmal in der Dunkelheit um. Yousefs Gesicht war gerade noch im schwachen Licht im Fenster zu erkennen.

Der Anwalt hatte seine Kanzlei in Köping. Um neun habe er einen Termin am Amtsgericht, aber falls ihn Kriminalinspektorin Wiik vorher aufsuchen wolle, sei das kein Problem.

Er hatte eine Brille, trug einen Anzug und schien um die vierzig zu sein.

»Was kann ich für Sie tun?«

Elina erzählte, was sie erfahren hatte. Er schwieg einen Augenblick.

»Wissen Sie«, sagte er dann. »Das war das erste Mal, dass ich so ein Angebot erhalten habe. Dass jemand Informationen verkaufen wollte. Ich habe natürlich abgelehnt. In so etwas kann ich mich als Anwalt nicht reinziehen lassen. Aber ich habe meinem Mandanten, also Yousef, davon erzählt, da er vielleicht wusste, um welche Informationen es sich handeln könnte. In diesem Fall hätte ich versucht, sie selbst zu beschaffen. Aber er war ebenso unwissend wie ich.«

»Woher wusste dieser Mann, dass Yousef Hilfe brauchte?«

Der Anwalt lachte. »Genau diese Frage habe ich mir auch gestellt. Ich habe das auch den Mann gefragt. Ich weiß es einfach, hat er erwidert. Das Ganze war sehr merkwürdig.«

»Wer war das? Hat er einen Namen genannt?«

»Nein. Aber er war Ausländer. Er schien aus dem Nahen Osten zu stammen.«

»Haben Sie ihn später noch einmal gesehen?«

»Nein, ich habe seinen Vorschlag so kategorisch zurückgewiesen, dass er sich nicht nochmals gemeldet hat.«

Elina beugte sich zu ihrer Tasche hinunter, die neben ihrem Stuhl stand.

»Ich habe ein paar Fotos. Kennen Sie eine dieser Personen?«

Sie legte fünfzehn Fotos nebeneinander vor den Anwalt hin. Dieser setzte eine Lesebrille auf.

»Ich werde alt«, meinte er und lächelte.

Er sah sich jedes Foto genau an.

»Das war er«, sagte er und deutete auf eines der Fotos in der Mitte. Elina blieb sitzen. »Wie sicher sind Sie sich?«, fragte sie. »Ganz sicher«, erwiderte er. Elina streckte die Hand aus und nahm das Foto, auf das er gedeutet hatte. Erst als sie das Foto vor dem Gesicht hatte, senkte sie den Blick.

Es war Ahmed Qourir.

31. KAPITEL

Vor Henrik Svalberg lagen 42 Artikel. Ausdrucke aus dem Textarchiv. Alle hatte Agnes Khaled geschrieben. Er las sie in chronologischer Reihenfolge. Die interessanten Angaben unterstrich er sich. Kurz bevor Elina aus Köping zurückkam, war er fertig.

»Jetzt habe ich alle Namen«, sagte er. »Jetzt kann Rosén ohne Schwierigkeiten ihre Akten anfordern.«

»Darf ich sie auch lesen?«, fragte Elina mit möglichst neutraler Stimme. Sie wollte nicht, dass Svalberg merkte, dass sie einfach nur überprüfen wollte, ob er etwas übersehen hatte. »Ich nehm die Artikel mit zu mir. Besprechung anschließend? Ich habe viel zu erzählen.«

Svalberg nickte. Er war der Einzige im Dezernat, der ohne weiteres akzeptierte, dass sie immer ihren eigenen Kopf durchsetzte. Dass sie nicht immer alles sofort erzählte und nach ihrer eigenen Vorstellung vorging, obwohl sie zusammenarbeiteten. Es kümmerte ihn auch nicht, dass er manchmal nach ihrer Pfeife tanzen musste. Eines schönen Tages würde sie ihm dafür ein Diplom geben.

Bei der Lektüre der Artikel sah Elina ein, dass sie nicht die Erste war, die sich in diesen Untergrund begeben hatte. Agnes Khaled war in dieser Hölle richtiggehend zu Hause. Sie kleidete das, was Elina am Vorabend gesehen hatte, in Worte. Worte verzweifelter, verängstigter und trauriger Menschen.

Und an der Oberfläche eine andere Wirklichkeit. Regeln, Vorschriften, Paragraphen auf dem Papier. Menschen mit einem festen Einkommen, Menschen mit Macht über andere. Menschen, denen die Welt gehörte. Hörten sie die Proteste?

»Die Erde gehört uns allen«, hatte Agnes Khaled einen zweiunddreißigjährigen Ingenieur zitiert, der an der technischen Fakultät der Universität Bagdad studiert hatte und jetzt in einem Haus im Wald in Mittelschweden saß. »Sie gehört den Menschen und den Tieren. Dürfen die Fische nicht in allen Meeren schwimmen? Wer hat das Recht zu bestimmen, dass ich nicht wohnen darf, wo ich will? Warum darf ein Land ein Gefängnis sein? Nicht nur in den Augen seines Herrschers, sondern auch in denen der Welt?«

Die Namen der Männer waren genannt, manchmal auch die ihrer Frauen und Kinder. Im Textarchiv fehlten die Fotos, aber Elina konnte sich die Bilder vorstellen. Kinder, die sich in die Arme ihrer Eltern flüchteten. Kinder, die nichts verstanden. Kinder, die spielen und glücklich sein wollten. Kinder, die keine Kinder sein durften.

Sie ging die Texte systematisch durch. Sie suchte nicht nur nach den Namen, die Svalberg bereits aufgelistet hatte, sondern auch nach neuen Informationen aus Agnes Khaleds Feder. Elina versuchte, ein Muster zu entdecken.

In drei Fällen hatte Agnes Khaled selbst die neuen Umstände entdeckt. Wie das zugegangen war, blieb unerwähnt. Eine Quelle wurde nicht genannt. In einem der Fälle, und zwar in dem Jamals, handelte es sich um eine Enthüllung. Agnes Khaled konnte zeigen, dass Dokumente existierten, die die Migrationsbehörde nicht berücksichtigt hatte. In den zwei letzten Fällen fand Elina keine neuen Informationen, alles war bereits vorher bekannt gewesen. Agnes Khaled schien nur über diese Fälle geschrieben zu haben, weil sie die Entscheidungen für inhuman hielt. In beiden Fällen ging es darum, dass die Migrationsbehörde Familien trennen wollte, ein

Elternteil und eines der Kinder hätten bleiben dürfen. Den anderen Elternteil und die übrigen Kinder hatte man ins Heimatland zurückschicken wollen.

Sie schrieb auf, worin die neuen Informationen in jedem einzelnen Fall bestanden. Das Gespräch mit dem Anwalt ging ihr noch durch den Kopf. Ahmed Qourir hatte versucht, Informationen zu verkaufen. Woher erhielt er die?

Sie schaltete ihren Computer ein und ordnete ihre Gedanken, indem sie alles niederschrieb, was sie wusste. Qourir hatte Kontakt zu Katarina Diederman gehabt. Das Ehepaar Diederman hatte von Yngve Carlström unter falschem Namen in Schweden eine Aufenthaltsgenehmigung erhalten. Yngve Carlström war in Sachen Jamal der Informant der Länstidningen gewesen. Wahrscheinlich war er auch in den anderen Fällen, über die Agnes Khaled geschrieben hatte, die Quelle gewesen. Der Kreis schloss sich.

Elina erhob sich und begab sich zu John Roséns Büro. Auf dem Weg bat sie Henrik Svalberg, sich ihr anzuschließen.

»Yngve Carlström ist also nicht nur ein gewissenhafter Mann, dem das Schicksal der Flüchtlinge am Herzen liegt«, sagte Rosén, nachdem sie die Zusammenhänge erläutert hatte, »er verdient sich auch noch etwas dazu, indem er Informationen weiterbefördert.«

»Kann schon sein«, erwiderte Elina. »Vielleicht war ja Ahmed Qourir sein Strohmann.«

»Und die Informationen an die Länstidningen?«

»Wer weiß, wie das abgelaufen ist«, meinte Elina. »Vielleicht war da ja auch Geld im Spiel.«

»Können wir nicht die Leute fragen, die aufgrund der Artikel bleiben durften?«, meinte Svalberg. »Drei von denen müssten noch in Schweden sein. Schließlich kennen wir ihre Namen.«

»Ich bezweifle, dass sie uns in dieser Sache reinen Wein einschenken«, erwiderte Elina. »Damit würden sie riskieren, dass ihr Fall noch einmal überprüft wird und dass man sie ausweist. Wir sollten auf jeden Fall noch damit warten, bis wir uns die Akten gründlich angesehen haben.«

»Falls es sich erweisen sollte«, meinte Rosén, »dass Yngve Carlström bei der Migrationsbehörde auch mit den anderen Fällen zu tun hatte, über die die Länstidningen geschrieben hat, wird er zum Mordverdächtigen oder zumindest zum Mitschuldigen.«

»Ich finde, das ist er bereits«, meinte Svalberg. »Ich finde, wir sollten ihn beschatten lassen.«

Rosén sah Elina an. »Das finde ich auch«, meinte sie. »Vielleicht führt er uns ja zu den Diedermans oder zu Gregors Nikolajew.«

»Wir müssen zusehen, dass man uns noch Enquist zuteilt«, sagte Rosén. »Ich werde mit Jönsson darüber sprechen. Ihr drei müsst euch die Überwachung teilen.«

»Ich kann ein paar Extraschichten übernehmen«, meinte Elina. »Carlström wohnt vermutlich in der Gegend von Stockholm. Schließlich arbeitet er dort. Meine Eltern wohnen in Märsta. Ich kann bei ihnen übernachten.«

»Wir sollten damit anfangen, ihn in seiner Freizeit zu beschatten«, meinte Rosén. »Beim Mittagessen und abends. Nach einer Woche können wir dann entscheiden, ob wir die Überwachung verstärken. Lasst uns Montag oder Dienstag anfangen. Spätestens Montag müssten wir die Akten über die fünf anderen Flüchtlingsfälle erhalten.«

»Ich überlege«, sagte Elina, als würde sie laut nachdenken, »ob ich wegen dieser Sache mit Agnes Khaled Kontakt aufnehmen soll.«

»Um sie zu fragen, ob Carlström ihr Informant ist?«, wollte Rosén wissen. »Das geht nicht. Das wäre ein Vergehen, und auch wenn wir irgendeinen Vorwand finden, wird sie uns diese Frage nicht beantworten.«

Es war Freitag Nachmittag, der 5. Dezember. Elina war zum ersten Mal seit langer Zeit wieder guter Dinge. Sie fragte sich, ob das daran lag, dass die Ermittlung Fortschritte machte, und zwar auf eine Art und Weise, die niemand hatte erwarten können. Jönsson hatte gegen die Überwachung von Carlström nichts einzuwenden gehabt. Elina entschloss sich, ihm noch einmal eine Chance zu geben. Sie dachte an Martins Brief. Daran, was er eigentlich wollte. Sie sah vor sich, wie er mit seinen großen, braungebrannten Händen mitten in der Nacht an sie schrieb. Sie sah seine Augen mit den schwarzen Wimpern. Fast meinte sie, seinen Geruch wahrzunehmen. Innerlich verfluchte sie ihre Schwäche.

Heute Abend wollte sie ins Kino gehen, in die Frühvorstellung. Zusammen mit Nadia. Anschließend wollten sie noch in eine Kneipe. Dort würden sie sich dann bis spätabends unterhalten. Elina zog ihre Jacke an und schaltete das Licht in ihrem Büro aus. Als sie den Haupteingang des Präsidiums hinter sich ließ, schneite es leicht. Sie schaute blinzelnd in den Himmel und ging dann auf ihr Auto zu.

Er stand ein Stück weiter die Källgatan hinunter. Er betrachtete Elinas Rücken, als sie auf den Parkplatz zuging. Sie stellte die größte Bedrohung dar, das wusste er. Wenn ihm jemand auf die Schliche kam, dann sie. Er musste sie bremsen, ehe es zu weit ging. Er wollte aber keine unnötigen Risiken eingehen. Er musste im richtigen Augenblick zuschlagen.

Er sah ihr nach, bis ihr Auto in Richtung Ringleden verschwand.

32. KAPITEL

Susanne rief bereits um Viertel vor neun an. Elina streckte die Hand nach dem Wecker aus, bis ihr klar wurde, dass es das Telefon war, das klingelte. Die Flasche Wein, die sie am Abend zuvor getrunken hatte, brachte sich in Erinnerung.

»Gebongt!«, hörte sie Susanne am anderen Ende. Ganz zweifellos war ihre Freundin fitter als sie.

»Was ist gebongt?«

»Das mit dem Haus! Heute unterschreiben wir.«

»Gratuliere«, sagte Elina mit belegter Stimme.

Susanne nannte den Kaufpreis. Elina rang ein wenig nach Luft.

»Man gönnt sich ja sonst nichts ... Wann zieht ihr ein?«

Susanne lachte.

»Der Umzug ist am 1. April. Wir warten mit dem Verkauf der Wohnung bis nach Neujahr. Kommst du morgen eigentlich zum Adventskaffee?«

Elina versprach es und ließ ihren Kopf dann wieder aufs Kissen sinken. Sie schaute sich in ihrer Wohnung um. Vielleicht sollte sie ja auch umziehen? Etwas in ihrem Leben verändern? Vielleicht sollte sie ja nach Stockholm zurückkehren? Aber wer würde ihr dort Nadia und Susanne ersetzen?

Das Leben in Västerås war im Grunde gar nicht so schlecht. Sie stand auf und stellte sich unter die Dusche. Anschließend kam sie zu dem Schluss, dass ihr Kopf nicht mit ins Dojo wollte, obwohl ihr Körper sich dorthin sehnte. Stattdessen setzte sie sich an ihren Computer und schrieb einen langen Brief. An Martin.

Sie las das Geschriebene noch einmal durch. War das voreilig? Sie legte den Brief in einem Ordner mit der Bezeichnung *Privat* ab. Die Entscheidung, ob sie ihn abschickte, konnte warten.

33. KAPITEL

Die Akten landeten kurz vor dem Mittagessen auf dem Schreibtisch von John Rosén. Er ging sie zusammen mit Elina und Henrik Svalberg durch.

»Damit wäre das erledigt«, sagte Rosén nach der letzten Akte. »Sämtliche Fälle sind von Yngve Carlströms Abteilung bearbeitet worden. Er hatte Einblick in alle Fälle oder hätte zumindest die Möglichkeit gehabt. Jetzt steht er wirklich auf unserer Liste der Verdächtigen.«

»Ich kann heute schon anfangen, ihn zu überwachen«, meinte Elina. Sie schaute auf die Uhr. »Viertel nach eins. Ich kann dann noch schnell nach Hause fahren und ein paar Kleider zusammenpacken und bin dann um vier vor der Migrationsbehörde.«

»Machen wir«, sagte Rosén.

Das Auto, in dem sie saß, war unauffällig. Ein grüner Saab 9000 aus den späten Neunzigern. Im Unterschied zu ihrem schwarzen Cabrio kein Wagen, der auffiel. Die Sonne war eine gute Stunde zuvor untergegangen, und die Straße wurde nur noch von den Laternen erhellt. Menschen begannen allmählich aus dem Gebäude zu strömen. Deren Arbeitstag war zu Ende. Sie kümmerten sie nicht. Sie hatte die Augen auf seinen Wagen gerichtet. Er würde ihn wohl kaum über Nacht dort stehen lassen.

Sie sah ihn bereits von weitem. Er war größer, als sie ihn in Erinnerung hatte. Vielleicht weil sie bei ihrem letzten Treffen gesessen hatten, oder weil sie sich in seiner Größe getäuscht hatte, weil er so unansehnlich war. Er ging etwas vornübergebeugt. Brauner Mantel, Brille, kurze Nase. Keine Mütze, abgetragene Kleidung. Er zog einen Autoschlüssel aus der Tasche und öffnete mit einem Knopfdruck die Zentralverriegelung.

Sie schob den Hebel der Automatik auf Drive und folgte ihm. Er nahm den Weg, mit dem sie gerechnet hatte, die kürzeste Strecke zur Ankdammsgatan in Solna. Elina fragte sich, warum er überhaupt das Auto zur Arbeit nahm, denn er wohnte nur ein paar Häuserblocks entfernt. Aber manchmal tat sie das schließlich auch, um ihr Auto rasch zur Hand zu haben.

Carlström fuhr an seinem Haus vorbei und hielt vor einem Lebensmittelladen etwas weiter die Straße entlang. Kurz darauf trat er mit einer Tüte in der Hand wieder auf die Straße. Er fuhr zurück und stellte seinen Wagen auf dem für ihn reservierten Parkplatz vor dem Haus ab. Er ging auf die Haustür zu. Öffnete sie. Seine Wohnung lag im siebten Stockwerk.

Elina zählte die Sekunden. Nach etwa einer Minute ging das Licht in seiner Wohnung an. Carlström schien direkt nach oben gegangen zu sein.

Es war fünf nach halb sechs. Vier Stunden und vierzig Minuten später ging das Licht aus. Elina wartete noch zehn Minuten, dann ließ sie den Motor an. Ihre Eltern wussten, dass sie kommen würde, obwohl es spät werden konnte.

34. KAPITEL

Spreche ich mit Henrik Svalberg?«

Die Stimme am anderen Ende klang bekannt, Svalberg konnte sie jedoch nicht richtig einordnen. Also antwortete er einfach nur: »Ja.«

»Hier ist Lennart Lilja, der Vater von Annika.«

Svalberg nickte schweigend.

»Darf ich fragen, wie es Ihnen und Ihrer Frau geht?«, sagte er.

»Danke. Wir leben von einem Tag zum nächsten.«

Es wurde still.

»Ich will Sie ein paar Sachen fragen, die Ihre Ermittlungen betreffen«, sagte Lennart Lilja. »Mir wäre es sehr recht, wenn Sie zu uns nach Hause kommen könnten. Ich habe keine große Lust, das Präsidium aufzusuchen.«

Svalberg schaute auf die Uhr.

»Das verstehe ich«, sagte er. »Ich könnte sofort kommen. Die Adresse habe ich.«

»Bis später.«

Svalberg parkte auf der Straße vor dem Einfamilienhaus. Die Einfahrt war leer, das Auto der Familie stand nicht dort. Lennart Lilja öffnete, noch ehe Svalberg klingeln konnte.

»Disa ist bei unserem Sohn Gustav«, sagte er. »Sie ist oft dort. Wir sind also allein.«

Svalberg zog sich in der Diele die Schuhe aus. Er warf einen Blick ins Wohnzimmer. Die Blumen auf den Fensterbänken mussten gegossen werden. Auf der Terrasse standen noch die Gartenmöbel. Vor einem Foto von Annika auf dem Regal stand eine brennende Kerze.

Sie setzten sich an den Küchentisch. Lennart Lilja war magerer geworden. Er sah älter aus.

»Es war schwerer, als ich es mir hätte vorstellen können«, sagte er. »Alle Eltern denken des Öfteren daran, wie es wäre, ein Kind zu verlieren. Während sie heranwachsen, macht man sich ständig Sorgen. In der Zeitung liest man davon, was anderen zustößt. Aber niemand kann verstehen, wie es ist, wenn es einem nicht selbst passiert ist. Für Disa ist es noch schlimmer. Sie hätte fast nicht bei der Beerdigung dabei sein können. Sie nimmt Medikamente. Wir haben beide noch nicht wieder angefangen zu arbeiten.«

Er verstummte. Henrik Svalberg wartete.

»Vielleicht wäre es uns ja leichter gefallen, wenn der Mord aufgeklärt worden wäre«, meinte Lennart Lilja mit einer gewissen Schärfe in der Stimme. »Die Erklärung, die wir erhalten haben, können wir einfach nicht glauben. Und wenn es so ist, warum ist es dann unmöglich, den Mörder zu finden?«

Henrik Svalberg zögerte.

»Herr Lilja«, sagte er nach einer Weile, »die Ermittlung ist wieder eröffnet worden. Aus Rücksicht auf Sie haben wir noch nichts gesagt, weil wir erste Fortschritte abwarten wollten.«

Lennart Lilja starrte Svalberg an.

»Was für Rücksichten?«

»Vielleicht verfehlte. Aber jedes Mal, wenn man sich mit Angehörigen in Verbindung setzt, reißt man Wunden wieder auf. Wir wollten einen handfesten Anlass haben, wieder mit Ihnen Kontakt aufzunehmen. Den habe ich jetzt durch Ihren Anruf erhalten.«

»Was ist passiert? Warum hat man die Ermittlung wieder aufgenommen?«

»Wir glauben, dass eine Verbindung zu Jamals Cousin besteht, also dem jungen Mann, der vor bald drei Jahren verschwand.«

»Wie kann das sein?«

»Der Cousin sollte nach Schweden geschmuggelt werden. Wir haben eine Verbindung zwischen den Schleusern und dem dritten Mordopfer, Ahmed Qourir, entdeckt.«

»Das verstehe ich nicht.«

»Dort schließt sich der Kreis. Von den Schleusern über Sayed zu Jamal, der Kontakt zu Qourir hatte. Und Qourir hatte Kontakt zu den Schleusern.«

»Waren Jamal und Annika in etwas Ungesetzliches verwickelt?«

»Nein, nein, so meinte ich das nicht. Jamal wollte in Erfahrung bringen, was Sayed zugestoßen sein könnte. Das ist seine Rolle in dieser Verkettung. Und Annika – sie kannte Jamal.«

Lennart Lilja schloss lange die Augen. Er begann zu sprechen, ehe er sie wieder öffnete.

»Ich verstehe. Ich glaube, ich verstehe. Und diese andere Theorie über die Terroristen?«

»Das eine muss das andere nicht unbedingt ausschließen. Aber wir wollen uns Gewissheit verschaffen.«

»Wir auch«, sagte Lennart Lilja.

Henrik Svalberg räusperte sich.

»Wir haben uns … schon einmal mit Ihrer Frau und Ihnen unterhalten. Damals wussten wir noch nicht, was wir heute wissen, also über Sayed. Darf ich Ihnen jetzt einige weitere Fragen stellen?«

»Gewiss, wenn es Ihnen weiterhilft.«

»Was wussten Sie über Jamals Cousin und über dessen Verschwinden?«

»Fast nichts. Aber Annika hat erzählt, dass Jamal versucht hat herauszufinden, was ihm zugestoßen sein könnte. Das ist vermutlich alles, was ich weiß.«

»Was hat Annika genau gesagt?«

Lennart Lilja schüttelte den Kopf.

»Daran erinnere ich mich nicht. Sie erzählte einfach nur davon.«

»Wie haben Sie reagiert?«

»Ich habe gesagt, er solle sich an die Polizei wenden. Obwohl ...«

»Obwohl was?«

»Jamal wollte das nicht.«

»Er wollte das nicht? Hat Annika gesagt, warum?«

»Ja, wenn ich jetzt nachdenke, hat sie das in der Tat getan. Jamal glaubte nicht, dass die Polizei ihm helfen würde.«

»Warum?«

»Das weiß ich nicht. Sie sagte einfach: ›Jamal glaubt nicht, dass die Polizei ihm helfen will.‹«

Elina saß in ihrem Wagen, als Yngve Carlström mit drei weiteren Personen aus dem Bürohaus trat. Kollegen, dachte sie. Sie gingen in Richtung Fußgängerzone die Straße entlang. Elina ließ ihnen etwas Vorsprung und stieg dann aus dem Auto. Sie folgte ihnen auf dem Bürgersteig auf der anderen Straßenseite. Nach ein paar hundert Metern betraten sie ein Restaurant.

Elina schaute auf die Uhr. Fünf nach halb zwölf. Wenn sie die ganze Mittagspause dort verbrachten, dann war sie für die Kälte zu dünn gekleidet. Sie sah sich nach einem Laden um, entdeckte aber keinen. Stattdessen ging sie zu ihrem Wagen zurück und parkte in der Nähe des Restaurants.

Nach vierzig Minuten kam das Quartett wieder aus dem Restaurant und ging auf direktem Weg zurück zum Arbeitsplatz.

Das erste Antwortfax traf nachmittags um Viertel vor zwei ein. Die deutsche Polizei teilte mit, drei Angehörige einer afghanischen Familie mit Angehörigen in Frankfurt seien seit Januar 2001 vermisst gemeldet.

John Rosén arbeitete sich mit seinem Schuldeutsch durch den Text. Soweit er verstand, war Moskau als letzter bekannter Aufenthaltsort angegeben.

Das war alles.

Eine knappe Stunde später kam das nächste Fax von der deutschen Polizei, dieses Mal aus Stralsund. Rosén schaute auf einer Landkarte nach, wo Stralsund lag: an der Ostsee, nicht weit von der polnischen Grenze gegenüber von Rügen, wo die Fähre nach Sassnitz anlegte. Dieses Mal war sein Schuldeutsch nicht ausreichend. Er schickte eine E-Mail an alle im Präsidium, er suche jemanden mit Deutschkenntnissen. Sieben Minuten später rief eine Assistentin von der Spurensicherung an. Sie hatte einen schwedischen Vornamen und einen deutschklingenden Nachnamen. Er nahm das Fax und ging sofort zu ihr.

»Sie schreiben, dass am 13. April eine männliche Leiche im Wasser an der Nordspitze Rügens gefunden wurde. Sie sei stark verwest gewesen. Bei der Obduktion habe man eine Kugel, Kaliber 357, rechtsseitig in der Brust des Toten gefunden. Bei der Obduktion habe nicht geklärt werden können, ob die Schusswunde tödlich gewesen oder ob der Tote ertrunken sei. Der Versuch, den Toten anhand des Zahnstatus zu identifizieren, sei in Ermangelung von Vergleichsobjekten gescheitert. Andere Identifizierungsmethoden …«

Sie schaute auf. »Hier steht allerdings nicht, welche.«

»Übersetzen Sie weiter.«

»Andere Identifizierungsmethoden hätten den Schluss nahegelegt, dass der Mann aus dem Fernen Osten stamme. Der Vorfall sei als Mord rubriziert worden. Die Ermittlungen habe man in Ermangelung von Spuren auf Eis gelegt.«

Sie reichte Rosén das Fax zurück.

»Das ist alles, was in dem Fax steht«, sagte sie, »plus Unterschrift und einer Telefonnummer, falls Sie mit ihnen reden wollen.«

Um Viertel vor fünf kam Yngve Carlström aus dem Bürohaus. Dieses Mal fuhr er direkt nach Hause, ohne noch in den Lebensmittelladen zu gehen. Fünf vor elf ging das Licht im Fenster aus. Sieben Minuten nach elf fuhr Elina von dort weg.

35. KAPITEL

Am Mittwoch hatte Elina ihre dritte Schicht. Sie war es bereits leid. Stundenlang in der Winterdunkelheit in einem Auto herumzusitzen gehörte nicht gerade zu ihren Lieblingsbeschäftigungen. Aber es war ihre vorletzte Schicht, am Freitag würde man sie ablösen.

Der Tag verlief wie der vergangene. Carlström ging mit zwei Kollegen zum Mittagessen. Elina glaubte, mit denselben wie am Vortag. Am Nachmittag direkt nach Hause, ohne einzukaufen.

Sie wartete auf der Straße vor der Haustür. Die Lampe im Fenster ging bereits um zwanzig vor zehn aus. Um zehn vor zehn ließ Elina den Motor an und parkte aus. Ein letzter Blick hoch zum Fenster im siebten Stock. Ein Blick auf die Haustür, die in diesem Augenblick geöffnet wurde. Ein Mann in Mantel trat ins Freie. Er ging auf den Parkplatz zu. Aus der Entfernung sah sie, dass es Yngve Carlström war. Endlich tut sich was, dachte Elina. Wohin bist du unterwegs? Er stieg in seinen Wagen und setzte zurück. Dann fuhr er in Richtung Stadt davon. Elina folgte ihm auf dem Frösundaleden mit zwei Fahrzeugen zwischen seinem und ihrem Wagen. Wäre sie eine Minute früher gefahren, dann hätte sie ihn verfehlt. Jetzt wollte sie ihn nicht im Verkehr aus den Augen verlieren.

An dem Bonnier-Haus in der Torsgatan vorbei fuhr er ins Zentrum, bog dann aber nach Kungsholmen ab. Es war wenig

Verkehr. Kurz vor der Kreuzung zur St. Eriksgatan näherte sich Elina ihm. Jetzt war nur noch ein Fahrzeug zwischen ihr und Carlström. Sie war sich bewusst, dass sie es möglicherweise nicht über Grün schaffte, falls er nach links abbog. Sie rutschte gerade noch bei Gelb durch. Carlström fuhr Richtung Süden über die Västerbron. Von dort ging es die Hornsgatan entlang wieder Richtung Stadt. Sie versuchte sich einen Reim darauf zu machen, wohin er wollte, wollte ihm gewissermaßen in Gedanken zuvorkommen. Aber seine Routenwahl ergab keinen Sinn.

Der Verkehr wurde etwas dichter, Elina verringerte den Abstand. Er fuhr in den Tunnel des Söderleden. Bei der Abfahrt Globen fuhr er raus, nur um wieder auf den Söderleden einzubiegen, dieses Mal in entgegengesetzter Richtung, zurück nach Norden. Sie verfolgte ihn durch die ganze Stadt, bei Norrtull auf die E4, dann nach Solna. Eine Stunde und zehn Minuten, nachdem er von zu Hause weggefahren war, war er wieder zurück, ohne ein einziges Mal angehalten zu haben.

Elina überlegte, ob er sie wohl entdeckt und deswegen nicht bis zu seinem Ziel gefahren war. In diesem Fall wäre er auf dem Weg weiter nach Süden gewesen, da er bei Globen kehrtgemacht hatte. Sie fragte sich, wen oder was es dort wohl gab. Sie glaubte jedoch nicht, dass er sie gesehen hatte. Sie war vorsichtig gewesen. Aber sollte er Verdacht geschöpft haben, dann war ihm ihr Auto natürlich aufgefallen. Es war unmöglich, jemanden, der wusste, dass er verfolgt wurde, unbemerkt zu beschatten, solange man nur ein Fahrzeug zur Verfügung hatte.

Am Morgen danach rief sie John Rosén zu Hause an und erzählte ihm, was vorgefallen war.

»Vielleicht hat er dich entdeckt«, meinte Rosén. »In diesem Fall hatte er etwas vor, von dem du nichts erfahren solltest.

Oder er ist einfach spazieren gefahren. Ich mache das auch manchmal.«

»Oder er ist nervös«, sagte Elina. »Er konnte nicht schlafen oder stillsitzen. Wie auch immer, ich werde ihn auch heute den ganzen Tag beschatten. Ich sitze bereits vor seiner Wohnung.«

»Enquist übernimmt das Wochenende. Er hat sich freiwillig gemeldet. Fand wohl, dass Svalberg das Wochenende mit der Familie verbringen soll. Sein Sohn kränkelt, glaube ich.«

»Ich spreche heute Nachmittag mit Erik wegen der Übergabe.«

Sie schaute auf die Haustür.

»Wenn er pünktlich bei der Arbeit sein will, muss er jetzt das Haus verlassen.«

Sie schaltete ihr Handy aus und schaute zum siebten Stockwerk hinauf. Ein steter Menschenstrom verließ das große Haus. Wo war Carlström? Er schien nicht der Typ zu sein, der verschlief.

Und wenn er sich heute Nacht dünngemacht hat, überlegte Elina, als ich bei Mama und Papa übernachtet habe? Wenn er mich gestern Abend entdeckt hat und zurückgefahren ist, dann seine Tasche gepackt hat und abgewartet hat, bis ich weg war? Sie schaute auf den Parkplatz. Sein Auto stand noch dort.

Zwei Stunden später rief sie Svalberg an.

»Ruf die Migrationsbehörde an und frage nach Carlström. Lass dir eine gute Ausrede einfallen, falls du ihn selbst am Apparat hast.«

Siebzehn Minuten später vibrierte ihr Handy.

»Entschuldige, dass es etwas gedauert hat«, sagte Svalberg. »Es war gar nicht leicht, zur Zentrale durchzukommen. Aber Carlström war nicht dort, und bei seiner Durchwahl gab es auch keine Mitteilung. Die Frau von der Zentrale meinte, das sei überhaupt nicht seine Art.«

»Etwas stimmt nicht«, meinte Elina. »Ich muss nachsehen.«

Sie stieg aus ihrem Wagen, trat in einen Zeitungskiosk und bat darum, das Telefon benutzten zu dürfen, weil sie nicht wollte, dass ihre Handynummer auf seinem Display auftauchte. Sie wählte seine Nummer. Er ging nicht an den Apparat. Sie trat auf die Straße und sah sich um. Was sie suchte, gab es nicht. Sie setzte sich in den Wagen und fuhr weg. In Solna Zentrum fand sie ein Fotogeschäft. Sie zeigte ihren Ausweis und erhielt, worum sie bat. Dann fuhr sie zur Ankdammsgatan zurück. Mit dem Fahrstuhl im Haus gegenüber fuhr sie in den siebten Stock und überlegte sich, welches die richtige Seite war. Sie klingelte an einer der Türen, niemand öffnete. Sie klingelte an der nächsten. Dasselbe. Sie schellte an einer dritten. Ein älterer Mann öffnete und lächelte, als er die junge Frau vor sich sah. Sie wies sich aus und erklärte, dass sie gerne einen Augenblick bei ihm aus dem Fenster schauen würde. Er ließ sie in die Wohnung. Sie schaute aus dem Fenster und versuchte, sich an der Hauswand gegenüber zu orientieren. Sie zählte die Stockwerke von unten, dann die Fenster von links, dann hielt sie das Fernglas vor die Augen und stellte die Schärfe ein. Zielte. Ihr stockte der Atem. Sie gab dem Mann die Hand und bedankte sich. Rannte runter auf die Straße. Zog ihr Handy aus der Tasche und wählte 112.

»Hier ist Kriminalinspektorin Elina Wiik von der Polizei Västerås. Schicken Sie einen Krankenwagen zur Ankdammsgatan 42 in Solna. Wir müssen in eine Wohnung im siebten Stock, Carlström.«

Sie rannte auf die Haustür zu, fand die Telefonnummer des Hausmeisterdienstes und rief dort an. Ein Mann antwortete, er könne in zehn Minuten dort sein. Der Krankenwagen war schneller. Elina und die beiden weißgekleideten Sanitäter fuhren mit dem Fahrstuhl in den siebten Stock. Eine Minute später trat der Mann vom Hausmeisterservice aus dem Lift und schloss die Wohnungstür auf. Elina und die Sanitäter traten ein.

An einem Haken an der Decke hing ein Seil. An dem Seil hing Yngve Carlström.

36. KAPITEL

Erkki Määttä traf als Letzter ein. Er kam direkt aus Solna. Die anderen hatten sich bei John Rosén versammelt. Elina, Erik Enquist, Henrik Svalberg und Rosén selbst, die gesamte Mordgruppe. Egon Jönsson war ebenfalls anwesend. Es gab nicht genug Sitzgelegenheiten für alle, Enquist und Jönsson standen. Määttä erhielt ebenfalls einen Stehplatz.

»Er hat einiges hinterlassen«, meinte Määttä als Eröffnungsbemerkung. »Wir haben 546 000 Kronen in der Matratze gefunden.«

»Bildlich gesprochen, natürlich?«, fragte Rosén.

»Nein, buchstäblich. Das Geld lag in der Matratze. Allerdings nicht eingenäht, mittlerweile gibt es schließlich Reißverschlüsse.«

»546 Riesen«, meinte Enquist.

»Es war Selbstmord, oder?«, wollte Svalberg wissen.

»Die Tür war abgeschlossen, nichts deutete auf einen Kampf hin, und auf dem Fußboden unter ihm lag ein umgestoßener Stuhl«, meinte Määttä. »Nichts deutet auf einen Mord hin.«

»Aber kein Abschiedsbrief«, meinte Elina. »Hätte er so nicht einiges erklären können, bevor er sich umbrachte, wenn ich mal etwas zynisch sein darf?«

»Sein Büro ist versiegelt«, sagte Rosén. »Die Kollegen von der Spurensicherung aus Stockholm filzen es gerade. Morgen fahren Svalberg und Enquist hin und gehen seine Papiere durch. Das wird dauern. Auf zwei Fragen benötigen wir eine Antwort. Einmal, ob er wirklich Informationen über Flüchtlinge verkaufte. Das Geld in der Matratze legt es nahe, was zur Folge hat, dass wir eine ganze Menge Fälle, die er bearbeitet hat, analysieren müssen. Zum anderen, ob Yngve Carlström unser Mörder ist.«

»Er könnte es sein«, meinte Määttä. »Er hat Schuhgröße 45. Ich habe das überprüft. Ihr erinnert euch doch? Der Mörder hatte Schuhgröße 45 oder 46.«

»Es gibt eine Methode, eine schnelle Antwort auf diese erste Frage zu erhalten«, meinte Elina. »Ich kann mit Agnes Khaled sprechen. Schließlich gilt jetzt keine Diskretion mehr, was die Informanten betrifft, oder gilt die auch für tote Zuträger?«

Diese Frage konnte niemand beantworten.

»Frag sie halt so schnell wie möglich«, sagte Rosén.

Weniger als eine halbe Stunde später war Agnes Khaled im Präsidium. Elina hatte diesen Treffpunkt vorgeschlagen, um zu unterstreichen, dass es sich um eine formale Zeugenvernehmung und nicht um eine normale Unterhaltung handelte. Sie hatte nicht erwähnt, worum es genau ging, nur dass es mit dem Mord an Jamal und Annika zusammenhing.

Sie saßen in Elinas Büro. Agnes Khaleds Wangen waren gerötet.

»Was Neues?«, fragte sie.

»Das kann man sagen«, erwiderte Elina. »Yngve Carlström ist tot.«

Agnes Khaled öffnete den Mund, aber ihr Unterkiefer schien sich zu verhaken, noch bevor sie ein Wort über die Lippen gebracht hatte.

»Er hat sich das Leben genommen. Wir glauben auch zu wissen, warum. Jetzt brauchen wir Ihre Hilfe, und zwar schnell. Darf ich direkt zur Sache kommen?«

»Ich weiß nicht, ob das etwas mit mir zu tun hat«, meinte Agnes Khaled, »aber kommen Sie nur zur Sache, dann sehen wir weiter.«

»Bei meinen Fragen geht es um die Informationen, die er Ihnen möglicherweise gegeben hat. Es geht also um das Pressegeheimnis. Ich will ehrlich sein, ich weiß nicht, ob dieser Schutz auch noch gilt, wenn der Informant verstorben ist. Folgendermaßen verhält es sich: Wir glauben, dass der Tod Yngve Carlströms mit den Morden an Jamal, Annika und Ahmed Qourir zu tun hat. Ich will nicht weiter erläutern, warum, aber wir haben für diese Annahme gute Gründe. Etwas kann ich Ihnen jedoch gleich sagen. Wir gehen der Frage nach, ob Carlström Informationen über Flüchtlinge verkauft hat, die dazu führten, dass diese eine Aufenthaltsgenehmigung erhielten. Wir wissen nicht, um welche Informationen es sich dabei handelte oder woher diese stammten, aber wir glauben, dass er Geld damit verdiente, seine Stellung als Sachbearbeiter für Flüchtlingsfragen bei der Migrationsbehörde zu missbrauchen. Und in diesem Zusammenhang tauchen Sie auf.«

»Ich fasse es nicht«, sagte Agnes Khaled. »Ich muss das erst einmal verarbeiten. Aber eines kann ich Ihnen direkt sagen. Bei meinen Artikeln über Flüchtlinge ist es nie um Geld gegangen, ganz gleichgültig, wie meine Kontakte zu Carlström ausgesehen haben könnten.«

Elina sah sie durchdringend an. Sie ließ ihr etwas Zeit, das Gehörte zu überdenken.

»Woher wissen Sie das?«, fragte Elina dann.

»Was?«

»Dass es nicht um Geld ging?«

»Wollen Sie damit andeuten, dass ich … es einfach …?«

»Dass Sie einfach nicht wussten, dass es um Geld ging. Allerdings. Genau das deute ich an.«

»Aber wie? Sie müssen schon entschuldigen, aber ich verstehe das nicht.«

»Vielleicht gelangte ja Geld aus den Händen Ihrer Flüchtlinge zu Carlström.«

»Warum?«

Elina lehnte sich zurück.

»Können wir noch einmal von vorn anfangen?«, fragte sie. »Um das hier zu klären, muss ich erst wissen, ob Carlström bei den sechs Fällen, über die Sie geschrieben haben, Ihr Informant war. Und ich muss wissen, welche Informationen er Ihnen genau gegeben hat.«

»Warum ist das so wichtig?«

»Ganz einfach. Dann können wir ein Puzzle legen. Wenn er Ihnen Informationen geliefert hat, die zu diesem Zeitpunkt noch nicht in den Akten der Flüchtlinge standen, dann ist die Sache klar. Dann hat er diese Informationen zurückgehalten, statt sie für die Entscheidung zu verwenden.«

»Mein Gott«, sagte Agnes Khaled. Sie stand auf und schüttelte den Kopf. »Ich muss meinen Chef anrufen.«

»Bitte«, sagte Elina und deutete auf das Telefon.

»Ich nehme lieber mein Handy. Wo kann ich ungestört sprechen?«

»Ich gehe raus und warte ganz hinten im Gang. Sie können mir Bescheid geben, wenn Sie fertig sind.«

Elina schloss ihren Schrank ab und ging nach draußen. Das kam ihr vor wie ein Déjà-vu.

Fünfundzwanzig Minuten später streckte Agnes Khaled ihren Kopf aus der Tür. Sie entschuldigte sich nicht dafür, dass es so lange gedauert hatte. Sie nahmen wieder in Elinas Büro Platz.

»Mein Chef hat mit dem Juristen der Zeitung geredet. Nach seiner Einschätzung können wir Ihnen die Informationen geben, weil Carlström tot ist und weil es um ein Kapitalverbrechen geht.«

»Gut.«

»Außerdem ...«

»Außerdem?«

»Will ich wissen, ob man mich betrogen hat.«

Das möchte ich auch gerne wissen, dachte Elina.

»Carlström war mein Informant«, sagte Agnes Khaled und es schien ihr richtiggehend Mühe zu bereiten, sich dazu zu bekennen. »Damit ich weiß, welche Informationen er mir genau gegeben hat, muss ich mir die Artikel noch einmal ansehen.«

Elina drehte sich um, schloss den Schrank auf und nahm die Ausdrucke heraus.

»Hier«, sagte sie. »Sie können gleich anfangen.«

»Sie vergeuden wirklich keine Zeit«, erwiderte Agnes Khaled.

Um Viertel nach sechs waren sie alle Artikel durchgegangen. Elina verfügte jetzt über eine Liste von insgesamt neun Informationen, die Yngve Carlström Agnes Khaled in vier der sechs Fälle zugespielt hatte. In Jamals Fall hatte es sich nur um eine einzige Information gehandelt, die jedoch entscheidend gewesen war. Er hatte ihr den Steckbrief der israelischen Polizei gegeben.

In den letzten beiden Fällen hatte Carlström der Länstidningen nur einen Tipp gegeben und keine neuen Informationen.

Als sie alle Artikel durchgegangen war, wirkte Agnes Khaled sehr erschöpft. Zum ersten Mal, seit Elina ihr vor einem Jahr begegnet war, zeigte sie Schwäche.

»Er wirkte so überzeugend«, sagte sie. »Bescheiden und seriös. Er war auch nicht übermäßig aufgebracht. Keine großen Worte, er drückte sich angemessen aus.«

»Haben Sie vielen Dank«, sagte Elina.

»Aber wie ist es zugegangen?«, fragte Agnes Khaled.

»Ich stelle es mir folgendermaßen vor«, sagte Elina. »Er hat den Flüchtlingen ein Angebot gemacht, das sie nicht ablehnen konnten. Gegen ein Honorar, das vielleicht erst fällig wurde, wenn es mit der Aufenthaltsgenehmigung geklappt hatte, sorgte er dafür, dass die richtigen Informationen auftauchten. Entweder in den Akten seiner Behörde oder in den Medien.«

»Und ich habe mich ausnutzen lassen«, meinte Agnes Khaled. »Pfui Teufel.«

»Haben Sie sich nie darüber gewundert, dass er über Informationen verfügte, die den Anwälten dieser Flüchtlinge fehlten?«

Agnes Khaled seufzte.

»Dieser Gedanke kam mir auch in den Sinn. Aber Carlström hat jedes Mal gesagt, dass ich es selbst überprüfen und meine eigenen Recherchen anstellen müsse, dass es den anderen in seiner Behörde vollkommen egal sei, ob die Verfahren zum Abschluss kämen. Er nutzte meinen journalistischen Instinkt aus, das ist vollkommen offensichtlich. Der Fehler war, dass ich nicht kritisch genug war. Ich habe das getan, was ein Journalist einfach nicht tun darf. Ich habe die kritische Überprüfung meiner Quelle unterlassen.«

Elina hatte plötzlich das Gefühl, die Frau, die vor ihr saß, trösten zu müssen.

»Falls die Informationen stimmen, dann hat sich Ihr Einsatz irgendwie doch gelohnt«, meinte sie. »Wir wissen beide, dass solche Informationen mehr Effekt haben, wenn sich die Medien ihrer annehmen. Nur die Umstände dieses Falles sind irgendwie verwerflich.«

»Falls sie zutreffen. Und wenn dem so ist, dann habe ich mich ausnutzen lassen. Daran ist nichts zu ändern.«

»Das wissen wir noch nicht sicher. Wir kennen noch nicht alle Fakten.«

»Ich gehe jetzt«, sagte Agnes Khaled und erhob sich.

Elina begleitete sie zum Empfang. Auf dem Rückweg schaute sie noch im Büro von John Rosén vorbei. Dieser war jedoch schon gegangen. Die anderen hatten ebenfalls Feierabend gemacht, und sie tat das nun auch.

Auf dem Heimweg kaufte sie ein Fertigessen. Seit drei Tagen war sie nicht mehr zu Hause gewesen. Während sie aß, las sie ihre E-Mails. Eine Antwort ihres Vaters, sonst nichts. Sie entschloss sich, den Brief, den sie an Martin geschrieben, aber noch nicht abgeschickt hatte, noch einmal zu lesen. Statt in dem Ordner mit den Dokumenten zu suchen, öffnete sie die zuletzt verwendeten Dokumente im Hauptmenü. Die letzten zehn Dokumente tauchten auf einer Liste auf.

Sie wollte gerade den Brief an Martin öffnen, da verschluckte sie sich fast. Der Brief an Martin war an dritter Stelle auf der Liste. Darüber stand die E-Mail an ihren Vater. Ganz oben fand sich ein Dokument mit dem Namen »Schlag zu«, das war ihr Karate-Trainingskalender.

Habe ich mir die E-Mail etwa schon angeschaut?, überlegte sie. Sie zermarterte sich das Hirn. Vielleicht hatte sie dort am Samstag etwas eingetragen, als sie erst ins Dojo hatte gehen wollen und es dann doch nicht getan hatte? Aber das letzte Mal, dass sie in dieser Datei etwas gespeichert hatte, war der Samstag davor gewesen. Ich hatte Samstagmorgen einen Kater gehabt, rief sie sich ins Gedächtnis. Hatte ich mich auch an den Computer gesetzt?

Sie schaute sich in ihrer Wohnung um. Alles war wie immer. Die Vorhänge hingen wie immer. Die Möbel standen auf ihren normalen Plätzen. Es roch vertraut. Nur das Gefühl war anders.

37. KAPITEL

Kann das möglich sein?«

John Rosén sah sie zweifelnd an.

»Bist du dir sicher mit den Dateien?«

»Nein«, erwiderte Elina. »Sicher bin ich mir nicht, aber ich glaube trotzdem, dass es so ist.«

Sie saßen am Freitagmorgen um Viertel vor acht in Roséns Zimmer.

»Aber warum?«, fragte Rosén. »Wer sollte bei dir einbrechen, um deine Festplatte zu durchsuchen?«

»Vielleicht nicht nur die. Vielleicht die ganze Wohnung.«

Es schauderte sie bei diesem Gedanken. Sie verdrängte ihn.

»Vielleicht habe ich es mir ja doch nur eingebildet«, sagte sie leise.

»Ich weiß nicht, was wir in dieser Sache tun könnten. Sollen wir Määttä bitten, deine Wohnung zu durchsuchen? Vielleicht findet er ja was?«

»Nein. Aber ich werde einige Maßnahmen ergreifen, wie man so schön sagt. Damit ich merke, wenn es wieder passiert. Haare im Türspalt und so.«

»Wir sollten ernst bleiben, Elina. Wer, warum?«

Elina knetete ihre Hände.

»Eine Sache bereitet mir Kopfzerbrechen, John. Vielleicht klingt das ja verrückt, aber trotzdem. Ich traue der Sicherheitspolizei in dieser Angelegenheit nicht recht über den Weg.«

»Inwiefern?«

»Sie haben den Fall ungewöhnlich schnell als eine Terroristengeschichte abgetan. Jemand sei nach Schweden eingereist und dann wieder ausgereist. Vielleicht eine Aktion eines israelischen Kommandos, vielleicht eine interne Abrechnung innerhalb einer palästinensischen Organisation. Dann wurde Geheimhaltung angeordnet. Entweder wissen sie sehr viel mehr, oder sie haben etwas zu verbergen.«

»Du denkst also, glaubst also, dass sich die Sicherheitspolizei über unsere Ermittlung auf dem Laufenden hält? Damit wir ihrem Geheimnis nicht zu nahe kommen? Dass jemand in deiner Wohnung war, um zu sehen, ob du deine Überlegungen am Computer oder auf einem Blatt Papier niedergeschrieben hast? So etwas?«

Elina zuckte mit den Achseln.

»Es kam mir einfach in den Sinn. Aber ich finde das selbst etwas an den Haaren herbeigezogen.«

»Was könnte die Sicherheitspolizei zu verbergen haben? Eine Verbindung zu Schleusern? Grenzwertige Kontakte zu einem der Mordopfer, ich denke da natürlich an Jamal oder Qourir? Vielleicht war Qourir ja ein V-Mann der Sicherheitspolizei? Oder er hat die Flüchtlinge irgendwie anders bespitzelt? Vielleicht war er ja der Diener zweier Herren?«

»Daran glaube ich nicht recht, schließlich geht es um Mord. Dass schwedische Polizisten eine Mordermittlung sabotieren, bloß weil sie …, das kann ich mir irgendwie nicht vorstellen.«

»Vielleicht lässt man sich ja beeinflussen«, meinte Rosén, »und wählt dann den bequemsten Weg. Man redet sich was ein und unterdrückt die Zweifel.«

Rosén stand auf und ging ans Fenster. Es war immer noch dunkel, und es schneite leicht.

»Svalberg hat mit Annikas Vater gesprochen«, sagte er.

»Laut Lennart Lilja wollte Jamal wegen Sayeds Verschwinden nicht die Polizei verständigen. Laut Lilja glaubte Jamal nicht daran, dass die Polizei ihm helfen würde.«

»Hat er erklärt, warum?«

»Nein.«

»Vielleicht war das ja nur das Misstrauen eines Flüchtlings uns gegenüber?«

»Vielleicht. Aber vielleicht wusste Jamal ja etwas. Über die Dinge, die wir soeben besprochen haben.«

»Das spielt alles keine Rolle«, meinte Elina. »Im Augenblick bleibt uns nichts anderes übrig, als unsere Spur zu verfolgen. Wir müssen Yngve Carlström überprüfen, so gut es geht. Ich meine, alles. Seine Papiere, Telefone, Konten, Reisen, alles. Wir müssen davon ausgehen, dass er der Mörder war. Vielleicht war er es ja auch.«

John Rosén nickte und setzte sich wieder.

»Ehe wir auf andere Dinge zu sprechen kommen«, meinte er. »Macht dir die Geschichte mit der Wohnung zu schaffen? Beunruhigt sie dich?«

»Die Sache ist mir ein wenig unheimlich. Der Gedanke, dass jemand bei mir eingebrochen ist. Ich habe zwar physisch keine Angst. Aber das ist ..., irgendwie macht mich das unsicher. Meine Wohnungstür sollte eigentlich mein Schutz vor der Umwelt sein. Ich verstehe langsam, wie sich Leute fühlen, bei denen eingebrochen worden ist.«

»Ruf mich an, falls was passiert. Egal wann.«

»Mach ich. Danke.«

John Rosén drehte sich zum Schrank hinter sich um. Er nahm einige Papiere heraus und schob sie Elina über den Schreibtisch.

»Die sind gekommen, während du Carlström beschattet hast. Drei verschwundene Afghanen und eine angetriebene Wasserleiche mit Schussverletzung. Deutsche Polizei. Der Zeitraum stimmt.«

Elina schnappte sich die Papiere.

»Könnte das der tote Sayed sein?«

»Wohl kaum. Laut Expressübersetzung handelt es sich um einen Toten aus dem Fernen Osten. Vietnam, Kambodscha, Thailand, irgendwo da her.«

Sie versuchte zu lesen, aber ihr Schuldeutsch war noch schlechter als das von John Rosén.

»Wir warten noch etwas ab, ob weitere Rückmeldungen eintreffen«, meinte Rosén. »Beispielsweise aus Deutschland. Dann muss jemand hinfahren. Jemand, der Deutsch spricht.«

»Vielleicht finden wir ja dort unser Motiv?«, meinte Elina. »Die Sache, die auf See passiert ist.«

»Jetzt müssen wir erst einmal abwarten, was Enquist und Svalberg über Carlström herausfinden.«

Er deutete mit seinem Kugelschreiber auf Elina.

»Wir beide versuchen, das Ehepaar Diederman und Gregors Nikolajew aufzutreiben. Wir müssen sie endlich finden.«

Nachmittags, kurz vor fünf Uhr, steckte Erkki Määttä seinen Kopf durch Elinas Tür.

»Svalberg und Enquist sind zurück«, sagte er. »Wir wollten das Wochenende mit einem Bier in der Stadt einläuten. Hast du Lust mitzukommen?«

»Ich dachte, das Baby von Henrik sei krank?«, meinte Elina.

»Dem geht es offenbar wieder besser.«

»Gerne. Jetzt sofort?«

Sie gingen zu Bill & Bob am Bondtorget. Enquist trank nur alkoholfreies Bier, Määttä, Svalberg und Elina richtiges. Enquist musste noch mit dem Auto nach Hallstahammar fahren. Er zündete sich eine Zigarette an und bot den anderen auch eine an. Diese lehnten ab.

»Ich habe aufgehört, als Minette schwanger wurde«, sagte Svalberg.

»Ich habe seit meiner Schulzeit nicht mehr geraucht«, meinte Elina.

»Ich habe vor zwei Jahren aufgehört«, bemerkte Määttä. »Damals habe ich eingesehen, dass alles, was Spaß macht, gefährlich ist.«

»Ach?«, meinte Svalberg. »Skifahren aber nicht.«

»Könnte aber gefährlich sein. Man kann stürzen.«

»Ich nicht.«

»Aber ich.«

Määttä hielt einen kleinen Finger hoch, der schief war.

»Eigentlich furchtbar«, sagte er. »Liegt man zu viel in der Sonne, dann stirbt man vielleicht an Krebs. Sonnt man sich zu wenig, dann bekommt man Depressionen, und es wird einem die Lichttherapie verschrieben. Hat man zu viele Affären, dann bekommt man eine Menge unaussprechlicher Krankheiten. Hat man zu wenig Sex, dann weiß man nicht, wo einem der Kopf steht und sieht sich außerdem zur Selbstbefleckung gezwungen. Trinkt man zu viel, dann macht die Leber schlapp. Trinkt man zu wenig, dann bekommt man ein Blutgerinnsel und wird außerdem ein schrecklicher Langweiler.«

»Und was soll man tun?«, fragte Elina.

»Alles mit Maßen. Skål!«

Alle hoben ihre Gläser.

»Und arbeitet man zu viel, dann ist man gestresst«, sagte Enquist. »Arbeitet man zu wenig, dann ist man auch gestresst. Das Leben ist ein einziger Balanceakt.«

»Am besten arbeitet man überhaupt nicht«, meinte Svalberg. »Apropos Arbeit. Carlström hat zu viel gearbeitet, und zwar zwei Schichten. Eine für die Migrationsbehörde und eine für sich.«

»Ach tatsächlich?«, fragte Elina. »Seid ihr sicher?«

»Wir haben mit diesen vier Fällen angefangen, über die die Länstidningen geschrieben hat. Das war am einfachsten. Einige dieser neuen Informationen standen auch in den Akten, die meisten tauchten dort jedoch nicht auf. Er spielte der Zeitung Informationen zu, die nur ihm zugänglich waren.«

»Wo hatte er die her? Also diese Informationen?«

Svalberg breitete die Hände aus.

»Keine Ahnung. Das finden wir vielleicht heraus, wenn wir uns intensiver mit ihm beschäftigen. Sobald wir wissen, mit wem er telefoniert hat, beispielsweise. Aber ich glaube, dass das schwierig wird. Er scheint recht schlau gewesen zu sein. Wenn er von der Arbeit aus telefoniert hat, dann immer über die Zentrale, und diese Gespräche lassen sich nicht zurückverfolgen.«

»Außerdem kamen die Informationen vielleicht auch über seine ›normalen‹ Kanäle«, meinte Enquist. »Einige kamen zu den Akten, andere sortierte er aus.«

»Nächste Woche werde ich die vier vernehmen, von denen wir wissen, dass Carlström mit ihrer Aufenthaltsgenehmigung getrickst hat«, meinte Svalberg. »Ich werde sie fragen, ob sie ihm etwas unter dem Tisch zugeschoben haben.«

»Drei«, sagte Elina. »Jamal ist tot.«

»Sorry. Ich meinte natürlich drei. Aber man muss es geschickt anfangen. Es könnte schwer werden, sie zum Reden zu bringen.«

38. KAPITEL

Auf Elinas Vorschlag hin hatte Henrik Svalberg Mira gebeten zu dolmetschen. Diese hatte sich aber erst nach dem Mittagessen freinehmen können. Svalberg parkte seinen Wagen vor einem der Hochhäuser in Hammarby.

»Was glauben Sie?«, fragte Svalberg, »soll ich eine andere Taktik verwenden als normalerweise? Sie kennen diese Menschen besser als ich.«

»Sie haben wahnsinnige Angst«, erwiderte Mira, »dass man sie abschiebt. Ich glaube, es spielt keine Rolle, welche Taktik Sie verwenden. Niemand wird antworten wollen.«

»Ich habe versucht, ihnen deutlich zu machen, dass wir ihnen nicht am Zeug flicken wollen.«

»Das spielt keine Rolle. Wenn sie dafür bezahlt haben, dass man ihnen mit ihrer Aufenthaltsgenehmigung hilft, dann wäre es viel zu riskant, das zuzugeben. Jedenfalls vermute ich, dass sie so denken.«

»Können Sie sie nicht irgendwie vom Gegenteil überzeugen?«

Mira sah Henrik Svalberg an, als sei dieser schwer von Begriff. Vermutlich stimmte das in diesem Fall auch.

»Ich bin selbst nicht ganz überzeugt«, meinte sie. »Sie behaupten, dass das für sie keine Konsequenzen haben wird. Aber wie wollen Sie das wissen? Sie sitzen schließlich nicht in der Ausländerbehörde.«

Sie stieg aus dem Auto und ging auf die Haustür zu. Er trottete hinter ihr her. Die Fassade war mit Graffiti beschmiert, und die ganze Gegend bedrückte Svalberg. Zuletzt war er in Hammarby gewesen, um ein paar Dealer festzunehmen. Mira drehte sich zu ihm um, ehe sie eintrat.

»Ich habe nur vor, das zu übersetzen, was Sie sagen. Wörtlich. Sonst nichts.«

Svalberg seufzte. Auf zwei aussichtslose Kandidaten würde vermutlich ein dritter folgen. Die beiden Ersten hatten den Mund nicht aufgemacht. Von Zahlungen für Informationen wollten sie nichts gewusst haben. Es blieb nur noch eine Chance. Eine letzte.

Der Mann wohnte in einer Einzimmerwohnung im zweiten Stock. Syrer. Aufenthaltsgenehmigung seit 1999. Svalberg klingelte. Die Tür wurde von einem Mann in Pantoffeln geöffnet. Mira stellte Svalberg und sich vor. Der Mann trat zur Seite und ließ sie eintreten. Die Wohnung war gemütlicher als die von Jamal. Teppich auf dem Boden. Vorhänge. Es schien auch eine Frau dort zu wohnen. Sie nahmen auf der Couch Platz.

»Es verhält sich folgendermaßen«, meinte Svalberg. »Wir haben eine große Geldsumme bei einer Person gefunden, die wir nicht für den rechtmäßigen Eigentümer halten. Wir glauben, dass ein Teil dieses Geldes Ihnen gehört. Ich würde Ihnen gerne ein paar Fragen stellen, um das zu klären.«

Langsam wandte sich Mira Svalberg zu statt dem Wohnungsinhaber.

»Übersetzen Sie«, sagte Svalberg, »genau, was ich gesagt habe.«

Mira schüttelte leicht den Kopf, kam Svalbergs Aufforderung jedoch nach. Der Mann hörte zu, reagierte aber nicht.

»Wir glauben, dass dieser Mann in den Besitz des Geldes gelangte, indem er Sie und andere erpresste«, fuhr Svalberg fort. »Er ließ sich für die Informationen bezahlen, die Ihren

Antrag auf Aufenthaltsgenehmigung in Schweden betrafen. Für so etwas sollen Sie nicht zahlen müssen.«

»Kann ich mein Geld zurückbekommen?«, fragte der Mann auf Schwedisch.

»Die Möglichkeit besteht«, erwiderte Svalberg wahrheitsgemäß. »Aber dazu müssen wir feststellen können, dass es sich wirklich um Ihr Geld handelt. Könnten Sie wohl so freundlich sein, mir zu erzählen, wie es zu dieser … Zahlung kam?«

Der Mann sah Mira an. »Es geht besser auf Arabisch«, sagte er. »Ich übersetze«, meinte Mira.

»Es geschah an jenem Tag, als ich die Entscheidung erhielt, dass ich nicht bleiben darf. Ich wohnte in einem Flüchtlingsquartier. Dieser Mann kam zu mir und sagte, ich solle abgeschoben werden. Nein, erwiderte ich, das stimmt nicht. Davon habe ich nichts gehört. Ruf deinen Anwalt an, sagte er. Das tat ich dann. Der Anwalt sagte, er würde das überprüfen. Eine halbe Stunde später rief er zurück und sagte, es stimme. Ich sollte abgeschoben werden.«

»Was geschah dann?«, fragte Svalberg.

»Der Anwalt meinte, dass er weiter nichts unternehmen könne. Er sagte, er habe alles versucht. Ich brach in Tränen aus. Ich war am Ende. Doch dann sagte dieser Mann zu mir, er könne mir helfen. Erst müsse ich mich jedoch verstecken, sagte er. Dann würde er dafür sorgen, dass ich bleiben dürfe. Wie das?, fragte ich. Das wollte er mir nicht sagen. Nur dass es Geld kosten würde. 60 000 Kronen. Die habe ich nicht, sagte ich. Du brauchst erst zu zahlen, wenn alles okay ist, entgegnete er. Dann kannst du es ein Jahr lang abbezahlen. Was sollte ich tun?«

Er hielt kurz inne und fuhr dann fort.

»Dann ging alles sehr schnell. Die Zeitung berichtete über meinen Fall. Alles, was sie schrieben, war wahr. Die Probleme, die ich in meinem Heimatland gehabt hatte. Die Zeitung hatte Zeugen gefunden. Das hatten sie wirklich gut gemacht. Daraufhin wurde mir die Aufenthaltsgenehmigung erteilt. Der Mann tauchte wieder auf und behauptete, er habe das veranlasst. Das war die Zeitung, sagte ich. Nein, sagte er, ich. Er hätte die Zeugen gefunden. Ruf an und frage, sagte er zu mir. Wenn ich nicht zahlen würde, würde ich in Schwierigkeiten geraten. Bitte?, sagte ich. Darfst du etwa nicht bleiben?, sagte er. Wenn er dafür sorgen könne, dann würde er auch dafür sorgen können, dass sie mich auswiesen. Was blieb mir also anderes übrig? Er bekam sein Geld. Aber es dauerte anderthalb Jahre, bis ich die Summe abbezahlt hatte. Ich fand es nicht in Ordnung. Schließlich hatte ich ein Anrecht darauf hierzubleiben.«

Svalberg nahm einen Ordner mit zwanzig Fotos aus seiner Tasche. Yngve Carlström, Ahmed Qourir, Jamal Al-Sharif, Jakob Diederman, Gregors Nikolajew und fünfzehn Personen, die nicht das Geringste mit dem Fall zu tun hatten.

Der Mann blätterte in dem Ordner. Beim zwölften Foto hielt er inne.

»Der war es.«

Er deutete auf Ahmed Qourir.

»Es ist klar, wie es funktioniert hat«, meinte John Rosén. »Yngve Carlström ließ sich für Informationen bezahlen, die dazu führten, dass die Flüchtlinge bleiben durften. Ahmed Qourir war sein Strohmann. Wenn nötig, benutzte Carlström die Medien, um eine Pressekampagne in Gang zu setzen. Mit Journalisten zu reden war ungefährlich, das Pressegeheimnis ist unerschütterlich.«

Sie saßen in der Kantine des Präsidiums. Weihnachtskochwurst mit Wurzelgemüsebrei und Senf.

»Jamal war einer dieser Fälle. Vielleicht wollte er deswegen direkt nach Erteilung der Aufenthaltsgenehmigung einen Kredit über 70 000 Kronen aufnehmen. Um Carlström und Qourir abfinden zu können.«

»Der Preis ist höher«, meinte Svalberg. »Der andere Mann hat nur 60 000 gezahlt.«

»Wo bekam Carlström alle Informationen her?«, fragte Elina. »Das ist mir nicht ganz klar. Ich finde, wir müssen den Ursprung jeder einzelnen Information, die er verkaufte, klären, um ganz sicher zu sein.«

»Warum?«, fragte Svalberg.

»Es könnten weitere Leute bei der Migrationsbehörde in diese Sache verwickelt sein.«

»Okay«, meinte Rosén. »Aber das ist eigentlich mehr eine Frage für die interne Ermittlung der Behörde. Wir müssen uns auf anderes konzentrieren.«

»Beispielsweise auf die Motive für den Mord«, meinte Elina, »und wer der Mörder gewesen sein könnte. Von Herrn und Frau Diederman und Gregors Nikolajew fehlt noch jede Spur. Wenn Carlström nicht der Mörder war, dann müssen sie die Taten begangen haben. Aber sie sind weg.«

»Wir haben noch nicht nach ihnen fahnden lassen«, sagte Rosén. »Die Letten haben sie schon einmal zur Fahndung ausgeschrieben, vielleicht sollten wir das jetzt ebenfalls tun.«

»Unter ihrem richtigen Namen und mit den Diederman-Decknamen«, meinte Elina. »Die Sache ist jedoch etwas heikel. Sollen wir sie wegen Mordverdachtes suchen lassen? Wir können Katarina Diedermans Alter ego Katarina Danielowa nur nachweisen, dass sie einen Bankwechsel von Ahmed Qourir entgegengenommen hat.«

»Wie wäre es mit Flüchtlingsschmuggel, Betrug sowie Besitz wichtiger Informationen in drei Mordfällen?«, meinte Svalberg. »Wir müssen uns eine gute Formulierung einfallen lassen. Hauptsache, wir erwischen sie.«

»Ich lasse mir etwas einfallen«, meinte Rosén. »Kärnlund und Jönsson sollen es dann absegnen.«

Elinas Handy klingelte.

»Hier ist Agnes Khaled«, sagte die Stimme am anderen

Ende. »Könnten Sie in die Redaktion kommen? Zu einer Besprechung?«

»Wann?«

»Wir richten uns nach Ihnen. Gleich, wenn Sie es einrichten können. Uns wäre es wichtig.«

»Okay. Soll ich am Empfang Bescheid sagen?«

»Ja. Ich hole Sie ab.«

»Sie warten«, sagte Agnes Khaled. Sie hatte vor dem Haupteingang der Länstidningen gewartet, als Elina eintraf.

»Wer?«

»Die Chefredakteurin und der Chef vom Dienst.«

Agnes Khaled stellte Elina der Chefredakteurin und dem Chef vom Dienst vor, nachdem sie ein riesiges Büro betreten hatten.

»Wir möchten uns zuallererst dafür bedanken, dass Sie uns auf ein Problem in unserer journalistischen Arbeit aufmerksam gemacht haben«, sagte die Chefredakteurin, nachdem sie Platz genommen hatten. »Es stellt sich jetzt die Frage, in welcher Form wir über diese Angelegenheit berichten sollen. Wir müssen natürlich darüber berichten. Das sind wir unseren Lesern schuldig, auch wenn es vielleicht ein schlechtes Licht auf unser Blatt wirft. Wenn ich das richtig verstanden habe, dann verdächtigen Sie unseren Informanten Yngve Carlström, bei einigen Artikeln seine Stellung bei der Migrationsbehörde missbraucht zu haben. Ist das korrekt?«

»Ja.«

»Und dafür auch seine Kontakte zur Länstidningen eingesetzt zu haben?«

»Ja.«

»Kann die Polizei das beweisen?«

»Es handelt sich um einen schwerwiegenden Verdacht«, antwortete Elina. »Die Ermittlungen sind jedoch noch nicht abgeschlossen.«

»Können Sie es uns wissen lassen, wie die Ermittlungen vorangehen? Sie betreffen schließlich auch uns, sozusagen als Opfer einer Straftat.«

»Ich habe Agnes Khaled bereits über diverse Einzelheiten unterrichtet.«

»Mehr haben Sie nicht? In diesem Falle bin ich nicht ganz davon überzeugt, dass das, was Sie sagen, richtig ist.«

»Es gibt weitere Informationen, die in dieselbe Richtung gehen.«

»Könnten wir diese Informationen ebenfalls bekommen?«

»Das ist eigentlich eine Sache, die nur mein Chef entscheiden kann. Aber ich vermute, nicht. Teils, weil die Ermittlung wie gesagt noch nicht abgeschlossen ist, teils, weil es sich um ein schwereres Verbrechen handelt, nämlich die Morde an Jamal Al-Sharif und Annika Lilja. Ich kann Ihnen auch gleich sagen, dass unsere Ermittlungen der Geheimhaltung unterliegen. Mein Chef kann dementsprechend keine Einzelheiten an Sie weitergeben.«

»Das kann ich verstehen. Aber Sie müssen auch Verständnis für unser Dilemma haben. Wir müssen darüber schreiben, was schwer fällt, solange wir kein klares Bild haben. Außerdem muss ein Journalist über die Verdächtigungen schreiben, die gegen Carlström bestehen, unabhängig davon, was die Länstidningen bei dieser Sache für eine Rolle spielt. Ein Korruptionsskandal bei der Migrationsbehörde unserer Region ist natürlich eine Sensationsnachricht. Es muss sowohl der Polizei als auch uns von der Länstidningen daran liegen, dass die Informationen korrekt sind.«

»Ich verstehe Ihr Problem. Aber ich sehe nicht, wie wir Ihnen dabei behilflich sein können, es zu lösen.«

»Agnes?«, sagte der Chef vom Dienst, der bislang geschwiegen hatte.

»Wir haben Ihnen geholfen«, sagte Agnes Khaled, »indem ich Ihnen offengelegt habe, welche Rolle Yngve Carlström beim Zustandekommen meiner Artikel gespielt hat. Ich finde, Sie oder Ihre Dienststelle könnte uns jetzt auch etwas entgegenkommen. Ich verstehe, dass der Zusammenhang mit den Morden heikel ist, aber über das, was Carlström betrifft, könnten Sie uns doch ins Bild setzen. Damit wir nicht wieder was Falsches schreiben.«

»Das würde ich gerne«, sagte Elina, »aber es ist schwierig. Sie müssen schon auf Ihre eigenen Leute zurückgreifen.«

Niemand schien noch etwas zu sagen zu haben. Elina nahm ihre Tasche und hängte sie sich über die Schulter.

»Darf ich noch etwas sagen?«, meinte sie. Die Chefredakteurin nickte.

»Ich kenne mich ja mit dem Journalismus nicht aus, aber wenn wir Sie über den Stand unserer Ermittlungen informieren würden, dann wären Sie ganz von uns abhängig. Schließlich wüssten Sie dann nicht, was wir verschweigen. Genau wie damals, als Sie in die Hände von Yngve Carlström geraten sind.«

»Wir haben dasselbe Problem wie die Polizei«, meinte die Chefredakteurin. »Wir sehen oft nur einen Teil des Bildes. Aber Sie können warten, bis die Ermittlung abgeschlossen ist. Wir bringen eine Tageszeitung heraus. Wenn es um eine große, aktuelle Sache geht, müssen wir oft täglich das Wenige, was wir wissen, publizieren. Gelegentlich ergibt sich am Schluss, obwohl die Einzelinformationen richtig waren, ein ganz anderes Bild, weil es auch Dinge gab, die wir nicht gesehen haben.«

»Es gibt auch bei polizeilichen Ermittlungen tote Winkel«, meinte Elina, »falls Ihnen das ein Trost ist.«

39. KAPITEL

Am Dienstagmorgen, dem 16. Dezember, um zehn nach acht, traf ein Fax beim Kriminaldezernat ein. Zu Händen von Kriminalinspektor John Rosén. Drei Minuten später lag es vor ihm auf dem Tisch. Es war das erste Fax, das John Rosén je von der Royal Canadian Mounted Police in Toronto erhalten hatte.

Zwei aus dem Irak stammende Brüder waren von Verwandten in Toronto am 19. Februar 2001 vermisst gemeldet worden. Letzter bekannter Aufenthaltsort: Moskau, Dezember 2000.

Um Viertel vor elf kam das nächste Fax. Aus Berlin. Acht Angehörige einer Familie Aziz aus Herat in Afghanistan waren am 1. März 2001 von ihrer Familie vermisst gemeldet worden. Fünf Erwachsene und drei Kinder. Letzter bekannter Aufenthaltsort: Moskau, Januar 2001.

Drei Stunden und fünf Minuten später traf ein Fax von der Polizei in Brüssel ein. Ein Kambodschaner, wohnhaft in Waterloo in Belgien, hatte am 28. Februar 2001 seinen Bruder vermisst gemeldet. Letzter bekannter Aufenthaltsort: Pnom Penh, Kambodscha, September 2000.

Weitere fünf Minuten später saßen Elina, Svalberg und Enquist bei Rosén im Büro.

Er legte die Faxe nebeneinander auf seinen Schreibtisch. Sie nahmen die halbe Fläche ein.

»Letzte Woche drei«, sagte er und deutete auf eines der Papiere. »Dann noch mal zwei. Hier acht. Und dieser Kambodschaner. Das sind insgesamt vierzehn.«

»Mit Sayed sind es fünfzehn«, meinte Elina.

»Der Kambodschaner könnte der Erschossene aus Rügen sein«, meinte Enquist.

Es klopfte.

»Es ist noch eins eingetroffen«, sagte die Sekretärin und reichte ein Papier herein. John Rosén nahm es entgegen. Er las es schweigend.

»Hört zu«, sagte er dann. »Das ist von der Polizei in Newcastle. Sie haben einen Palästinenser vernommen, der offenbar dort wohnt. Er sagt …, lass mal sehen …, dass sein Bruder seit dem 22. Januar 2001 verschwunden sei. Die Brüder hatten zwei Tage zuvor miteinander telefoniert. Der Verschwundene erzählte, dass er mit einer Gruppe von Flüchtlingen ein Schiff nach Schweden nehmen wollte.«

John Rosén sah zu den anderen hoch und betrachtete einen nach dem anderen.

»Der Bruder rief aus Ventspils in Lettland an.«

Elina applaudierte. Svalberg erhob sich.

»Und das ist noch nicht alles«, meinte Rosén. »Der Bruder hat zu Protokoll gegeben, dass über dreißig Personen nach Schweden fahren wollten, aber dass das Wetter so schlecht war, dass man nicht wusste, ob es gehen würde. Er erzählte auch, dass es bei der Besatzung Streit um Geld gab. Und er sagte …«

John Rosén hielt kurz inne, um Luft zu holen.

» … dass er auf der Reise vornehmlich mit einer Person namens Sayed zu tun gehabt habe, der ebenfalls Palästinenser gewesen sei. In der Gruppe seien Leute aus Afghanistan gewesen, unter anderem ein netter Mann namens Aziz.«

Elina stand auf und betrachtete die Faxe, die auf dem Schreibtisch lagen. Dann nahm sie eines in die Hand.

»Das sind die, die nach Berlin wollten!« Sie schrie beinahe.

»Mein Gott«, sagte Erik Enquist. »Über dreißig Personen. Es werden sicher noch weitere Faxe eintreffen. Wisst ihr, was das bedeutet?«

Die anderen wandten sich ihm zu.

»Wenn Sie in unseren Gewässern umgekommen sind«, fuhr er fort, »dann ist das eine der größten Flüchtlingskatastrophen unserer Geschichte.«

»Oder vielleicht etwas noch Schlimmeres«, erwiderte Rosén. »Der Schuss. Der Tote in Rügen. Wir wissen nicht, was da auf See passiert ist, nur dass sie verschwunden sind. Vielleicht war es ja mehr als ein Unglück. Es kann alles sein, angefangen von einem gigantischen, tragischen Unglück bis hin zum Massenmord.«

»Das Boot, die Mistral, kehrte nach Lettland zurück«, sagte Elina. »Was geschah mit den Menschen an Bord?«

Niemand sagte etwas. Niemand wusste es. Mutmaßungen reichten nicht aus. In Elinas Kopf tauchte ein Bild auf. Von Kindern, die sich an ihren Eltern festklammerten. Von Sturm und Eiseskälte. Von Menschen, die verloren waren.

»Von den Schleusern noch keine Spur.«

John Rosén sagte das, ehe die Stille zu bedrückend wurde.

»Dass es so schwer werden würde, diese drei Leute aufzutreiben ...«

»Das ist nicht so verwunderlich«, meinte Enquist. »Falls sie wieder die Namen geändert haben, weiß ich nicht, wie wir das überhaupt anstellen sollen. Dann haben wir nur noch ihre Fotos.«

»Und wenn sie jetzt immer noch in Schweden sind?«, meinte Elina. »Können wir sie irgendwie aus ihren Löchern locken? Können wir irgendwelche Informationen verbreiten, die sie zu einer Reaktion zwingen?«

»Entweder das«, meinte Rosén, »oder wir geben einen

Fahndungsaufruf an die Medien. Wir lassen die Fotos veröffentlichen und erklären, warum wir mit ihnen in Kontakt treten wollen.«

»Der Nachteil ist, dass sie dann wissen, was Sache ist«, meinte Elina. »Dann verlassen sie so schnell wie möglich das Land. Der Vorteil ist natürlich, dass jemand sie gesehen haben könnte und wir vielleicht erfahren, welche Namen sie im Augenblick verwenden und wo sie sich aufgehalten haben ..., also in letzter Zeit.«

»Was meint ihr?«, fragte Rosén. »Abstimmung? Wer dafür ist, dass wir die Fotos veröffentlichen, hebt die Hand.«

Langsam wanderten vier Hände in die Luft.

»Ich spreche mit den Verantwortlichen«, sagte Rosén. »Diese Aktion müssen wir von oberster Stelle absegnen lassen.«

»Und wenn sie Ja sagen, was machen wir dann?«, fragte Elina.

»Wir geben eine Pressekonferenz. Je mehr Leute wir erreichen, desto besser. Wir sagen dasselbe wie in der Fahndung.«

Rosén schaute auf seine Uhr.

»Heute ist es zu spät. Aber morgen Vormittag wäre vielleicht nicht schlecht. Mittwoch. Dann kommt es nachmittags im Radio, abends im Fernsehen, und am nächsten Morgen steht es in der Zeitung. Wenn wir das vor Weihnachten noch erledigen wollen, müssen wir es morgen durchziehen.«

»Du hast etwas vergessen«, meinte Svalberg. »Morgen Abend ist unsere Weihnachtsfeier. Kärnlund soll verabschiedet werden. Keiner von uns wird morgen Abend arbeiten und Hinweise entgegennehmen wollen. Und am Donnerstagmorgen sind wir wahrscheinlich alle nicht sonderlich fit.«

»Ich kann die Spielverderberin der Party sein«, meinte Elina. »Ich hatte ohnehin nicht vor, sonderlich viel zu trinken.«

Die anderen warfen ihr einen dankbaren Blick zu.

»*My hero*«, meinte Svalberg.

Elina räumte ihre Sachen zusammen und schloss alle wichtigen Schränke ab, ehe sie ging. Sie nahm ihre Tasche, machte das Licht aus und öffnete die Tür. Da klingelte das Telefon.

Wieso klingelt es eigentlich immer, wenn ich nach Hause will?, dachte sie und seufzte. Sie drehte sich um, setzte sich wieder in die Dunkelheit und griff zum Hörer.

»Hallo«, sagte eine Stimme. »Hier ist Bert-Ove Bengtsson. Erinnern Sie sich an mich?«

»Nein, nicht auf Anhieb«, erwiderte Elina. »Womit kann ich Ihnen helfen?«

»Es geht um den Kellereinbruch in der Malmabergsgatan. Sie haben sich auf der Baustelle mit mir unterhalten.«

»Ja, jetzt erinnere ich mich«, erwiderte Elina. »Wie gesagt, womit kann ich Ihnen helfen?«

»Ich wollte nur wissen, ob Sie mit Ihren Nachforschungen weitergekommen sind?«

»Wir hatten gerade sehr viel anderes um die Ohren«, meinte Elina. Sie merkte selbst, dass sie unnötig gereizt klang. Die Frage von Bert-Ove Bengtsson war berechtigt. »Wir hatten viel zu tun«, meinte sie beschwichtigend. »Leider müssen das immer diejenigen ausbaden, die von einer weniger schweren Straftat betroffen sind.«

»Ja, ich wollte mich auch nur mal erkundigen. Ich habe mir eigentlich auch keine größeren Hoffnungen gemacht. Glauben Sie, dass die Sache aufgeklärt wird?«

»Ja, davon gehe ich aus. Wir haben einen Verdächtigen.« Plötzlich erinnerte sie sich wieder an den »Hering« und ihre Stecknadeln.

»Gut. Sie können ja von sich hören lassen, falls sich etwas ergibt. Fröhliche Weihnachten, übrigens.«

»Ihnen auch.«

»Wissen Sie«, sagte Bert-Ove Bengtsson, gerade als sie auflegen wollte. »Mir ist da übrigens noch etwas eingefallen. Vielleicht hilft Ihnen das ja weiter, jetzt, wo Sie einen Verdächtigen haben.«

»Und zwar?«, fragte Elina und schaute auf die Uhr.

»Die Tür zu unseren Kellerabteilen war nicht aufgebrochen worden. Also die Tür zwischen Treppenhaus und Keller.«

»Vielleicht stand sie ja auf?«

»Sie schließt automatisch.«

»Na gut, vielen Dank für diese Auskunft.«

Sie griff zu einem Kugelschreiber und schrieb pflichtschuldig *Malmabergsgatan, keine Spuren eines Brecheisens* auf ihren Tischkalender, weil das das einzige Papier war, das sie in der Dunkelheit vor sich hatte.

»Also: Frohe Weihnachten.«

»Frohe Weihnachten.«

40. KAPITEL

Bei der Pressekonferenz war jeder Platz besetzt. In der Pressemitteilung, die der Bezirkspolizeichef unterzeichnet hatte, waren Fotos von Leuten angekündigt worden, die eines fast so schweren Vergehens wie Mord verdächtigt wurden. So jedenfalls wurde die Mitteilung von den Medien gedeutet, die davon ausgingen, dass die Gesuchten wichtige Informationen über die Morde an Jamal Al-Sharif, Annika Lilja und Ahmed Qourir besäßen.

An einem Tisch mit Mikrofonen saßen der Bezirkspolizeichef, John Rosén und Egon Jönsson. Jönsson wurde als neuer Chef des Kriminaldezernates vorgestellt, John Rosén als Leiter der Mordermittlung und der Bezirkspolizeichef als Bezirkspolizeichef. Seine Rolle bei der Pressekonferenz war allen unklar, einschließlich ihm selbst. Elina, die hinten im Saal in der offenen Tür stand, vermutete, dass der Bezirkspolizeichef der Veröffentlichung von Namen und Fotos der Verdächtigen eine Art höhere Legitimität verleihen sollte.

Egon Jönsson klopfte auf sein Mikrofon, obwohl er es selbst fünf Minuten zuvor getestet hatte.

»Wir suchen diese drei Personen.«

Mit einer Geste wie einst Hans Holmér, der Ermittler des Mordes an Olof Palme, hob er die Fotos dreier Personen in die Luft. Innerhalb eines Bruchteils einer Sekunde flammten etwa zehn Blitzlichter auf.

Morgen siehst du dich auf der Seite eins, Jönsson, dachte Elina und verzog den Mund.

»Die drei werden von uns, der lettischen Polizei und Interpol des großangelegten Flüchtlingsschmuggels verdächtigt. Wir würden sie auch gerne im Zusammenhang mit den Morden an Annika Lilja und Jamal Al-Sharif hier in Västerås und Ahmed Qourir in Stockholm vernehmen. Es ist von besonderer Wichtigkeit für uns zu erfahren, wo sich diese drei Personen im Augenblick aufhalten. Wir fordern die Öffentlichkeit auf, mit uns Kontakt aufzunehmen. Wir sind an allen Informationen interessiert, die diese drei Personen betreffen.«

Er las ihre Namen vor und die Decknamen, derer sie sich in Schweden bedient hatten.

»Was können die drei über die Morde wissen?«, fragte der Journalist von TV4, nachdem Jönsson geendet hatte. Elina sah, dass es derselbe war, der über den Videofilm berichtet hatte, nachdem dieser von der Sicherheitspolizei freigegeben worden war.

»Darüber kann ich mich aus ermittlungstechnischen Gründen nicht äußern«, sagte Jönsson.

»Die Sicherheitspolizei führt also erst ein Video vor und behauptet, die Morde seien von palästinensischen Terroristen begangen worden. Jetzt sagen Sie, dass es sich um lettische Menschenschmuggler handelt.«

»Das haben wir nicht behauptet«, unterbrach ihn Jönsson. »Wir möchten sie zu Informationszwecken vernehmen.«

»Wann haben Sie zuletzt die überregionalen Medien zu einer Pressekonferenz herbeizitiert, weil Sie irgendwelche Personen zu Informationszwecken vernehmen wollten?«

Der Sarkasmus des Reporters war nicht zu überhören.

Jönsson und Rosén sahen sich an. Der Bezirkspolizeichef griff ein. »Ich hoffe, dass Sie uns bei dieser Sache behilflich sein können«, sagte er.

»Natürlich«, sagte der TV4-Reporter. »Wenn Sie uns sagen, warum es auch dieses Mal wieder wichtig ist.«

Die Mordgruppe versammelte sich anschließend in Roséns Büro. Niemandem war nach feiern zumute.

»Sie werden die Fotos trotzdem zeigen«, sagte John Rosén. »Auch wenn die Berichterstattung etwas unfreundlich ausfallen dürfte.«

»Das war einmal zu viel«, meinte Enquist. »Journalisten haben nicht gerne das Gefühl, ausgenutzt zu werden.«

»Nein«, sagte Elina. »Da muss man nur Agnes Khaled fragen.«

»Uns trifft in dieser Sache keine Schuld«, meinte Henrik Svalberg. »Die Sicherheitspolizei hat das Vertrauen in die Polizei verspielt, als sie das Video zeigte. Das war ein Fehler.«

»Die Journalisten entscheiden selbst«, meinte Rosén. »Niemand zwingt sie zu verbreiten, was wir wollen.«

»Wie auch immer. Die Kollegen von der Sicherheitspolizei und nicht wir haben diesen Fehler begangen«, meinte Svalberg.

»Fehler?«, sagte Elina. »Vielleicht.«

Die Weihnachtsfeier sollte um sieben Uhr in der Kantine des Präsidiums beginnen. Um Viertel vor sechs stand Elina unter der Dusche. Die Kleider, die sie anziehen wollte, hatte sie schon auf dem Bett bereitgelegt. Schwarzer Rock, Schuhe mit Absätzen, ein smaragdgrünes Top und eine schwarze Jacke. Sie erhoffte sich nicht sonderlich viel von dem Fest. Im Jahr zuvor hatten ihr ein paar Kollegen von anderen Dezernaten etwas zu deutliche Avancen gemacht, als dass es am Tag darauf noch angenehm gewesen wäre. Außerdem hatte sie versprochen, nüchtern zu bleiben, falls jemand auf den Fahndungsaufruf in den Medien reagierte. Aber Kärnlund würde verabschiedet werden, und deswegen war sie gezwungen hinzugehen. Elina würde er fehlen.

Sie legte Make-up auf und machte sich fertig. Es war halb sieben, sie konnte sich Zeit lassen. Sie schaltete ihren Computer ein, um zu sehen, ob sie eine E-Mail bekommen hatte. Fast reflexmäßig schaute sie nach, welche Dokumente sie zuletzt geöffnet hatte. Die Reihenfolge stimmte. Dieses Mal gab es keinen Grund, Verdacht zu schöpfen.

Sie starrte auf den Computer. War wirklich jemand an jenem Tag in ihrer Wohnung gewesen? Sie dachte an die Ermittlung. Sie hatte versucht, gründlich zu sein. Aber was hatte sie eigentlich unternommen, um weiterzukommen? Sie hatte nach Zusammenhängen gesucht, nach Dingen, die die verschiedenen Menschen verbanden. Als sich der Kreis geschlossen hatte, hatte sie Bescheid gewusst. Da hatte sie die anderen dann überzeugen können. Der Zusammenhang war das Wichtige.

Ein neues Gefühl überwältigte sie. Sie hatte einen Zusammenhang übersehen. Einen klar ersichtlichen, unverhüllten Zusammenhang. Vor ihren Augen. Es war sogar davon die Rede gewesen. Er bestand ganz offensichtlich, sie hatte ihn bloß noch nicht unter die Lupe genommen. Aber worin bestand er? Die Lösung lag ihr wie eine Münze auf der Zunge. Wenn sie nur den Mund öffnete, so würde sie ihr funkelnd in den Schoß fallen.

Sie öffnete den Mund, als sei das wirklich möglich. Was? Wann? Es war so selbstverständlich gewesen, dass sie nicht einmal reagiert hatte. Aber sie bekam trotzdem nicht zu fassen, was es war.

Um Punkt sieben gab sie auf. Ihr Kopf entzog sich jeglichem Zwang. Sie zog einen Mantel über, nahm den Stoffbeutel mit den hochhackigen Schuhen und verließ ihre Wohnung.

Rote Tischdecken, ein Päckchen an jedem Platz, Girlanden an der Decke, ein Weihnachtsbaum in der Ecke und das Geräusch angeregter Unterhaltungen empfingen sie. Sie ging auf Henrik Svalberg zu, der mit einem Glas Wein in der Hand dastand.

»Nimmst du auch eins?«, fragte er.

»Ich trinke erst einen Schluck nach dem Essen. Telefonbereitschaft für die Hinweise, du weißt schon.«

»Es scheinen alle da zu sein.«

»Ich habe gehört, dass die Ordnungspolizei nur einen Notdienst hat. Eine Streife soll nach zehn am Bergslagsvägen Alkoholkontrollen durchführen. Vermutlich wird heute vielerorts gefeiert. Aber du hast schließlich nichts zu befürchten.«

Um Viertel vor acht setzten sich alle zu Tisch. Svalberg nahm neben ihr Platz. John Rosén ihnen schräg gegenüber. Axel Bäckman und ein weiterer Mann traten an den Tisch.

»Darf ich mich dazusetzen?«, fragte Bäckman.

»Natürlich«, erwiderte Rosén.

»Kennt Ihr Gunnar Pettersson schon?«, fragte Bäckman und deutete auf seinen Gefährten. »Er ist hier bei uns bei der Sicherheitspolizei. Gunnar und ich haben viele Jahre lang zusammengearbeitet.«

Die anderen nickten ihm zu. Sie kannten ihn vom Sehen, aber niemand hatte mit ihm beruflich zu tun gehabt.

»Ich war heute Nachmittag bei dir im Büro«, sagte Bäckman zu Elina, »aber du warst schon weg.«

»Ich bin etwas früher gegangen als sonst«, erwiderte Elina. »Worum ging es?«

»Ich wollte nur wissen, wie es mit den Ermittlungen aussieht.«

»Gut, finde ich. Es geht vorwärts, aber in einer anderen Richtung, als du zuerst dachtest.«

»Ihr glaubt also, dass diese Sache mit den Schleusern und dem verschwundenen Cousin zu tun hat?«

»Es hat ganz den Anschein«, meinte Rosén. »Du weißt doch, dass wir heute wegen der Fahndung nach den drei Schmugglern eine Pressekonferenz gegeben haben?«

»Ja, das habe ich gehört. Mal sehen, wer am Schluss Recht behält.«

Wir sollten das Thema wechseln, dachte Elina.

»Wo ist Kärnlund?«, wollte sie wissen.

»Er sitzt da drüben am Honoratiorentisch.«

Svalberg deutete auf einen Tisch, an dem auch der Bezirkspolizeichef saß.

Um halb zehn hatten sie gegessen. Der Bezirkspolizeichef stand auf und dankte allen für die gute Arbeit im vergangenen Jahr. Dann wandte er sich an Kärnlund.

»Und was dich betrifft, Oskar, habe ich dir für so viel mehr zu danken, nicht nur für die Arbeit eines Jahres, sondern für die Arbeit eines ganzen Lebens.«

Er beschrieb, was Oskar Kärnlund für das Kriminaldezernat bedeutete, und erzählte dann einige Anekdoten, die die meisten im Saal bereits kannten. Zum Schluss überreichte er ihm einen großen Blumenstrauß und ein Paket.

»Whisky«, sagte Rosén.

»Cognac«, meinte Axel Bäckman.

»Nein, etwas Dauerhafteres. Eine Bleikristallvase«, sagte Elina.

»Das Paket ist zu klein«, sagte Rosén. »Es muss eine Flasche sein.«

»Sollen wir wetten?«, erwiderte Elina.

»Okay.«

Elina zog eine Zehnkronenmünze aus der Tasche.

»Wappen, dann gewinne ich, Zahl, dann gewinnst du.«

Sie warf die Münze in die Luft, aber es gelang ihr nicht, sie aufzufangen. Sie fiel unter den Tisch. Sie beugte sich vor und suchte.

»Wappen«, sagte sie unter dem Tisch und verrenkte sich,

um wieder hochzukommen und knallte mit dem Kopf an die Tischkante.

»Au«, sagte Svalberg.

»Geht's?«, fragte Axel Bäckman.

»Alles okay?«, wollte Rosén wissen.

In diesem Augenblick entdeckte sie ihn. Den Zusammenhang. Der Groschen war gefallen. Verwirrt starrte sie die Männer an, die ihr gegenübersaßen.

»Ich glaube, es ist noch mal gutgegangen«, meinte sie.

Das kann einfach nicht möglich sein, dachte sie.

Alle applaudierten. Kärnlund bedankte sich für das Geschenk und die Blumen.

»Entschuldigt mich«, sagte Elina und erhob sich. »Ich muss noch eben etwas erledigen.«

Sie meinte, die Blicke im Rücken zu spüren, aber sie konnte nicht warten. Sie konnte nicht mehr still sitzen, sie zitterte bereits.

Sie rannte das letzte Stück, hatte Mühe, den Schlüssel ins Schloss zu stecken, machte Licht, schloss den Schrank hinter ihrem Schreibtisch auf und begann in dem Karton mit den Akten zu suchen. Endlich hatte sie die DV-Kassette gefunden. Sie atmete langsam und tief, um wieder etwas zur Ruhe zu kommen. Dann trat sie auf den Gang hinaus und ging ins Besprechungszimmer. Sie schloss die Tür hinter sich, machte aber kein Licht, sondern schob gleich die Kassette in das Abspielgerät.

Jamal ... Annika ... der Elch. Annika ruft Jamal. Die rennenden Füße von Annika. Annikas Keuchen, die Kamera über dem Sumpf.

Elina spulte das Band zurück. Sah es sich noch einmal an.

Vielleicht, dachte sie. Kann das sein?

Sie ließ den Film ganz zurücklaufen und spielte ihn ganz ab. Sie legte ihr Ohr an den Lautsprecher. Machte das Ganze noch einmal. Dann setzte sie sich auf einen Stuhl und vergrub das Gesicht in ihren Händen. Stand auf, ging auf und ab.

Mach jetzt keine Dummheiten, sagte sie zu sich. Denk stattdessen nach.

Sie ging in ihr Zimmer zurück und schloss die Kassette in ihren Schrank ein. Setzte sich. Sie hatte das Gefühl, die Wände würden auf sie zukommen, das Zimmer würde implodieren. Sie fixierte den Schmutzfleck an der Wand, als sei dieser ihre einzige, momentan existierende Konstante. Sie dachte angestrengt nach, ohne zu einem Ergebnis zu kommen.

Bert-Ove Bengtsson, dachte sie plötzlich. Bert-Ove Bengtsson. Sie schaute in ihren Kalender, der vor ihr auf dem Schreibtisch lag. *Malmabergsgatan, keine Spuren eines Brecheisens.* Plötzlich wusste sie, was sie zu tun hatte. Sie schaltete ihren Computer ein, klickte zum Melderegister weiter, trug einen Namen und eine Adresse ein und klickte auf Suchen. Keine Treffer. Sie griff zum Telefonhörer und erkundigte sich nach demselben Namen unter derselben Adresse. Unbekannt.

Sie saß regungslos da. Dann erhob sie sich, holte ihren Mantel aus der Garderobe vor der Kantine und trat auf die Straße. Die Källgatan entlang, dann nach links auf die Stora Gatan und den Oxbacken hinauf. Sie durchquerte den kleinen Park, gelangte auf die Lidmansgatan, öffnete die Fahrertür ihres Wagens und fuhr davon.

Sie parkte ihren Wagen in einer Querstraße der Malmabergsgatan und ging auf Bert-Ove Bengtssons Haustür zu. Ihr fiel ein, dass sie vergessen hatte, die Haustürcodes zu notieren. Sie rief die Zentrale im Präsidium an. Während sie wartete, schaute sie an der Fassade hoch. In jedem zweiten Fenster leuchteten Weihnachtssterne und elektrische Kerzen. Durch ein Fenster, das einen Spalt weit offen stand, hörte sie eine Kinderstimme. Auf der Straße war keine Menschenseele.

Elina erhielt sechs Türcodes und schrieb sie sich auf ihre Handfläche. Dann ging sie auf die Haustür von Bert-Ove

Bengtsson zu. Sie ging die vier Treppen hinauf und schaute auf die Namen sämtlicher Briefkästen. Daraufhin ging sie wieder auf die Straße und nahm sich den nächsten Treppenaufgang vor.

Er stand im Park gegenüber, versteckt hinter einem Baumstamm, und beobachtete sie. Aus dem einen Haus hinaus und hinein in das nächste. Er sah sie zwischen den einzelnen Stockwerken in den Fenstern des Treppenhauses.

Elina ging die vier Treppen hoch. Dann wieder hinunter. Er sah sie durch die Fenster. Sie kam wieder heraus, dann ging sie in den dritten Hauseingang. Die Treppen hinauf, wieder hinunter und nach draußen.

Jetzt sah er sie in den vierten Hauseingang laufen. Im Treppenhaus ging das Licht an. Er sah sie im Fenster zwischen dem ersten und dem zweiten Stock und zwischen dem zweiten und dem dritten. Im Fenster zwischen dem dritten und dem vierten Stock tauchte sie jedoch nicht auf.

Sie war im dritten Stock stehengeblieben. Jetzt wusste er, dass sie es wusste. Rasch trat er hinter dem Baum hervor.

Elina verließ das Haus und lief schräg über die Straße auf ihr Auto zu. Sie öffnete die Fahrertür und setzte sich ans Steuer. Sie zog ihr Handy aus der Tasche und wählte die Nummer von John Rosén.

Sie hatte nicht die Zeit zu reagieren, als sich der Arm um ihren Hals legte. Ihr Kopf wurde wie in einen Schraubstock an die Kopfstütze gepresst. Sie versuchte, Luft zu bekommen. Da spürte sie, wie etwas Kaltes an ihre Schläfe gedrückt wurde.

41. KAPITEL

Her mit dem Handy. Langsam.«

Elina streckte den Ellbogen aus. Eine Hand ergriff das Mobiltelefon.

»Die Verbindung kam nicht zustande. Gut.«

»Lass mich atmen«, fauchte sie.

Sie spürte, dass er seinen Griff etwas lockerte.

»Ich habe eine Pistole auf dich gerichtet.«

Es gelang ihr, den Kopf ein wenig zur Seite zu drehen und seinen Blick im Rückspiegel aufzufangen. Es waren Augen, die töten konnten.

»Mach keine Dummheiten«, keuchte sie. »Du kommst doch nicht davon.«

»Ich wusste, dass du mich schließlich finden würdest«, meinte er. »Aber sonst weiß es niemand. Ich werde meine Chancen nutzen.«

»Ich habe Rosén eine E-Mail geschickt, ehe ich herkam«, sagte sie. »Er weiß, dass ich glaube, dass du es warst.«

Sie merkte, dass er zögerte.

»Du lügst. Warum hättest du ihn dann jetzt anrufen sollen?«

Er drückte fester zu. Sie rang nach Luft.

»Um …« Sie keuchte und versuchte, klar zu denken. »Ich wollte ihm nur sagen, dass dein Name am Briefkasten stand.«

Sie sah, dass sich zwei Leute auf dem Bürgersteig näherten. Meine Chance, dachte sie.

»Wenn du hupst, dann erschieße ich dich und die beiden Passanten da vorn. Fahr los. Fahr ganz langsam aus der Parklücke. Wenn du tust, was ich sage, überlebst du.«

Elina schob den Hebel auf Drive und fuhr los.

»Folge jetzt meinen Anweisungen. Du fährst auf die Lugna Gatan und aus der Stadt hinaus. Ich werde dich irgendwo absetzen, von wo du so schnell nicht zurückfinden wirst. Dann könnt ihr mich nach besten Kräften suchen. Wenn du tust, was ich sage, wird dir und anderen nichts zustoßen. Es hängt ganz allein von dir ab.«

Sie fuhr langsam die Malmabergsgatan entlang und sah weder Autos noch Menschen. Sie passierte den ersten Kreisverkehr und fuhr auf den zweiten zu. Danach ging es nur noch geradeaus. Sie senkte die Hand und legte den Gang für sportliches Fahren ein.

Mitten im zweiten Kreisverkehr gab sie Vollgas. Als er von der Beschleunigung zurückgeworfen wurde, drückte sich sein Arm gegen ihren Hals. Rasch überschritt sie die 100.

»Langsamer!«, schrie er und drückte ihr die Pistole fest an den Kopf. Sie gab noch mehr Gas und überholte drei Autos.

»Langsamer.«

»Wenn du schießt, sterben wir beide«, schrie Elina.

Sie warf einen Blick aufs Armaturenbrett. Fünf nach zehn. Hoffentlich waren sie schon da.

Mit der Polizeikelle in der Hand trat der Polizist ein paar Schritte auf den leeren Bergslagsvägen. Sein Kollege hatte den Streifenwagen auf der Zufahrt zum Nordanby Gård so geparkt, dass er von der Straße aus nicht zu sehen war. Er schaute Richtung Süden zur Stadt hinunter, ohne ein einziges Fahrzeug zu sehen.

»Hier stehen wir, und die anderen schlagen sich den Bauch

voll«, sagte er. »Jammer nicht«, erwiderte sein Partner, »ich muss Heiligabend arbeiten, und zumindest das bleibt dir erspart.«

Der Polizist mit der Kelle seufzte. »Immerhin wird es ein ruhiger Abend.« Er drehte den Kopf herum und schaute den Bergslagsvägen in nördlicher Richtung hinunter. In diesem Augenblick schoss dreihundert Meter entfernt Elinas Wagen aus dem Kreisverkehr. Die Reifen quietschten. »Die spinnen!«, sagte er mit Nachdruck und hielt reflexmäßig die Polizeikelle hoch.

Elina fuhr mit 130 Sachen an der Streife vorbei. Mit der freien Hand drückte sie auf die Hupe. Beim nächsten Kreisverkehr fuhr sie eine ganze Runde, und zwar so schnell sie konnte, ohne sich zu überschlagen, und fuhr wieder zurück.

Der Motor heulte, die Hupe dröhnte. Sie sah, dass die Polizisten im Streifenwagen saßen und auf die Straße einbogen. Elina meinte auch zu sehen, dass einer von ihnen das Funkgerät in der Hand hielt.

»Bald haben wir sie alle hinter uns!«, sagte sie.

Im Rückspiegel sah sie das Blaulicht. Sie trat voll auf die Bremse, das Auto schleuderte eine halbe Umdrehung und landete mit dem Heck im Graben. Der Mann auf dem Rücksitz wurde nach vorne geworfen und verlor seine Pistole. In dem Moment, in dem der Wagen zum Stillstand kam, warf sich Elina aus der Fahrertür. Die beiden Polizisten hatten dreißig Meter entfernt angehalten und stiegen aus. Elina rannte auf sie zu und schrie:

»Zieht eure Waffen! Er hat eine Pistole!«

Die Polizisten gingen hinter den Türen in Deckung und zielten auf Elinas Auto. Elina rannte an ihnen vorbei und drehte sich dann erst um. Sie sah, dass eine der hinteren Türen geöffnet wurde, dann stieg eine große Gestalt aus. Er hielt die Arme ausgestreckt. Die Hände waren leer.

Die Polizisten gingen langsam auf ihn zu. Elina folgte ihnen, blieb aber einen halben Schritt hinter ihnen. Als sie näher kamen, machten die beiden Polizisten große Augen.

»Was soll das?«, fragte der eine. »Was machst du hier, Bäckman?«

Axel Bäckman verzog keine Miene.

42. KAPITEL

»So hatte ich mir das Ende meiner Karriere nicht gerade vorgestellt«, meinte Kärnlund und schüttelte den Kopf.

»Bäckman, kaum zu glauben. Das ist wirklich ein Alptraum. Und Elina, Elina. Was hast du dir nur gedacht? Da einfach abends allein hinzufahren?«

»Ich bin vollkommen fertig, Kärnlund. Ich habe die ganze Nacht nicht geschlafen. Jetzt habe ich keine Kraft mehr.«

Sie ließ den Kopf hängen und fühlte sich den Tränen nahe. Dann stand sie auf und trat ans Fenster. Sie stellte sich so, dass die anderen ihr Gesicht nicht sehen konnten. Rosén, Jönsson, Enquist und Svalberg folgten ihr mit ihren Blicken. Es war Viertel nach sechs Uhr in der Früh. Das Chaos im Präsidium hatte sich wieder gelegt. Bäckman befand sich in Untersuchungshaft. Um acht Uhr würde ein Rechtsanwalt erscheinen.

»Was ist passiert?«, sagte Rosén leise. »Versuch zu erzählen.«

Elina setzte sich wieder. Schluckte. Ihr Hals tat weh. Am Kehlkopf hatte sie blaue Flecken.

»Ich will es versuchen. Es war, als würde alles auf einmal passieren. Irgendetwas löste sich in meinem Kopf. Wo soll ich anfangen?«

Letzteres war mehr eine rhetorische Frage.

»Wir haben uns doch alle überlegt, was es für Verbindungen gibt, nicht wahr? Zwischen den Schleusern und Sayed, zwischen Sayed und Jamal und zwischen Jamal und Ahmed Qourir, zwischen Qourir und Carlström und zwischen Carlström und den Schleusern. Wir dachten alle, dass wir den Kreis geschlossen hätten, haben aber eine Verbindung vergessen. Axel Bäckman. Bäckman hatte die erste Vernehmung mit Jamal nach seinem Antrag auf Asyl durchgeführt. Er war ein Kettenglied.«

»Wer hätte gedacht, dass er in diese Sache verwickelt ist?«, meinte Jönsson.

»Niemand natürlich«, erwiderte Elina. »Darum hat auch niemand von uns einen Gedanken daran verschwendet.«

»Aber was hat er eigentlich getan?«

»Ich glaube, dass er die Informationen beschaffte. Er war Carlströms Kompagnon, sozusagen der Privatdetektiv in der Firma. Vermutlich beschaffte er den israelischen Steckbrief, mit dem Jamal gesucht wurde und der nach dem Ausweisungsbeschluss auftauchte. Das glaube ich zumindest.«

Sie legte eine Pause ein, um Luft zu holen.

»Als ich draufkam, dass wir Bäckman vergessen hatten, ging mir plötzlich auf, was mir an dem Video aufgefallen war. Darauf sehen wir Bäckmans Beine und Füße. Er ist der rennende Mann mit der Axt. Irgendwie erkannte ich den Stil wieder. Das fiel mir in dem Augenblick auf, als ich seine Füße unter dem Tisch sah.«

»Bitte?«, sagte Kärnlund.

»Bei der Weihnachtsfeier.« Elina machte sich nicht die Mühe, weiter zu erläutern, weshalb sie Bäckmans Füße unter einem Tisch gesehen hatte.

»Eins ergab dann gewissermaßen das andere. Ich verließ die Feier und sah mir das Video noch einmal an. Ich konnte da einfach nicht mit Bäckman vor der Nase sitzenbleiben. Das hätte ich nie und nimmer geschafft. Und dann versuchte ich erneut zu hören, was gesagt wurde. Diese ks- und is-Laute. Ich weiß nicht recht, aber vielleicht sagt Jamal ja gar nicht Axt, sondern Axel. Jamal kannte ihn sicher noch von dieser Vernehmung. Und dieser is-Laut, vielleicht steckt der ja im Wort Polizist. Vielleicht sagt Jamal ja etwas in der Art: ›Ist das nicht Axel Bäckman? Was macht ein Polizist im Wald?‹ Das ist nur eine Vermutung, aber vielleicht war es ja so.«

»Und die Wohnung in der Malmabergsgatan?«, fragte Svalberg.

»Als ich Bäckman ins Auge gefasst hatte, machte ich einfach weiter. Bert-Ove Bengtsson, dem seine Axt gestohlen worden war, hatte ausgesagt, die Kellertür sei nicht aufgebrochen worden. Also hatte jemand die Axt gestohlen, der einen Schlüssel besaß.«

»Bäckmans Sohn wohnt in dem Haus«, sagte Rosén.

»Ich habe aber keinen Bäckman im Melderegister gefunden.«

»Er ist bei seiner Mutter gemeldet«, entgegnete Rosén. »Unter einer anderen Adresse. Aber der Bäckman auf dem Namensschild, das ist also der Sohn. Vermutlich hatte sein Vater einen Schlüssel.«

»Ich habe auch bei der Auskunft angerufen«, meinte Elina, »aber die hatten auch keinen Bäckman.«

»Er hat ein Handy, aber nicht bei Telia.«

»Daran habe ich nicht gedacht. Ich war ziemlich außer mir. Deswegen bin ich auch nur dorthin gefahren, um zu sehen, ob sein Name an einem der Briefkästen steht. Bäckman muss begriffen haben, was Sache ist, als ich die Treppen rauf- und runterging. Ich bin dann ja vor der Tür mit seinem Namen stehengeblieben und die Treppe nicht weiter hochgegangen.«

»Ich will dich ja nicht kritisieren«, sagte Rosén. »Aber ich saß ja auch in der Kantine. Warum hast du nichts zu mir gesagt? Das war wirklich extrem schwachsinnig.«

In Elina flammte plötzlich die Wut auf. Schwachsinnig? Sie hatte doch verdammt nochmal den Fall gelöst!

»Was hätte ich denn tun sollen, John? Er saß neben dir. Hätte ich sagen sollen, hör mal, rechts von dir sitzt ein dreifacher Mörder? Ein gewisser Axel Bäckman? Er ist außerdem noch Polizist! Ich hätte dich natürlich bitten können, mit mir nach draußen zu gehen. Aber wie leicht, glaubst du, ist es, einen Kollegen zu beschuldigen, ohne sich sicher zu sein? Schließlich war das nur eine Vermutung, ein Glücksspiel, was weiß ich ...«

Sie senkte den Kopf und versuchte, nicht wieder in Tränen auszubrechen. Sie zitterte am ganzen Körper.

»Elina hat das ganz richtig gemacht«, meinte Kärnlund. »Und jetzt lassen wir sie ausruhen.«

»Ich begreife nicht, wieso Bäckman überhaupt dort war«, murmelte Elina. »Ich meine, in der Malmabergsgatan. Er konnte doch nicht wissen, was ich dachte.«

»Mal sehen, was er selbst sagt«, meldete sich Enquist zu Wort. »Bisher hat er beharrlich geschwiegen. Wir beginnen mit dem Verhör, wenn sein Anwalt eintrifft.«

»Er kommt um acht«, sagte Kärnlund. »Geh nach Hause und schlaf ein bisschen, Wiik. Wir können die einleitenden Fragen mit ihm klären, aber dann brauchen wir dich.«

»Dann bin ich kurz nach zehn wieder hier«, sagte Elina und erhob sich.

43. KAPITEL

Sein Körper wehrte sich. Er stemmte sich mit den Füßen gegen den Fußboden und vom Tisch weg. Die Arme hatte er vor der Brust verschränkt. Der Kopf war zurückgeworfen und etwas zur Seite geneigt. Seine Lippen waren verächtlich verzogen, die Augen starr geradeaus gerichtet – auf eines der Augenpaare auf der anderen Seite des Tisches. Hier saß ein Mann, der sich nicht kampflos geschlagen geben wollte.

John Rosén und Elina Wiik ließen sich Zeit, bauten das Tonband auf und legten umständlich Papier und Stifte vor sich auf den Tisch. Sie unterhielten sich leise und schauten auf die Uhr an der Wand. Rosén sah, dass es zwei Minuten nach vier war. Sie nickten sich zu und machten sich bereit.

Die erste Runde war nach zehn Minuten beendet gewesen, sie hatte von 8 Uhr 12 bis 8 Uhr 22 gedauert. Der Anwalt hatte erklärt, sein Mandant streite jegliche Verwicklung in die Morde ab. Sein Mandant gebe auch sonst keinerlei Straftat zu.

Anschließend hatte man Axel Bäckman wieder in seine Zelle gebracht, ohne ihm zu sagen, wann die nächste Vernehmung stattfinden würde.

Elina war um Viertel vor sieben nach Hause gegangen und hatte darauf verzichtet, ihren Wecker auf zehn Uhr zu stellen. Dann hatte sie bis etwa halb eins geschlafen. Sie war aufgestanden und hatte eine E-Mail an ihren Vater und Susanne geschrieben. Um Viertel nach zwei war sie wieder im Präsidium gewesen. Sie war direkt zu John Rosén gegangen. Er hatte sich für seine unbedachten Worte vom Morgen entschuldigt und sie für ihren Einsatz gelobt. Anschließend hatte sie zu Mittag gegessen, das Verhör zusammen mit John vorbereitet und ihre Finger geknetet.

John Rosén drückte auf Aufnahme.

»Axel Bäckman, verstehen Sie, was der Verdacht, der gegen Sie besteht, zu bedeuten hat?«

»Red keinen Schwachsinn.«

»Ein einfaches Ja oder Nein genügt.«

»Ja, verdammt.«

John Rosén wandte sich an Axel Bäckmans Anwalt.

»Haben Sie Gelegenheit gehabt, sich mit der Angelegenheit vertraut zu machen?«

»Ja. Das habe ich. Ich wäre Ihnen dankbar, wenn Sie jetzt mit der Vernehmung beginnen könnten.«

»Erzählen Sie uns, was Sie gestern Abend getan haben, Bäckman. Von dem Augenblick an, in dem Sie die Kantine verlassen haben, in der die jährliche Weihnachtsfeier der Polizei von Västerås stattfand.«

»Ich bin zur Wohnung meines Sohnes gefahren.«

»Weshalb?«

»Weil ich ihn treffen wollte.«

»Haben Sie ihn getroffen?«

»Nein. Als ich Inspektorin Wiik begegnete, habe ich es mir anders überlegt.«

»Weshalb?«

»Ich dachte, dass wir vielleicht zu dem Fest zurückfahren oder irgendwo ein Bier trinken gehen könnten.«

»Ein Bier?«

»Ja. Dann sind wir losgefahren.«

»Wie hat sie erklärt, dass sie sich in der Malmabergsgatan aufhielt?«

»Sie sagte was von der Ermittlung. Ich erinnere mich nicht mehr an den genauen Wortlaut.«

»Was ist dann passiert?«

»Wir sind wie gesagt losgefahren. Dann wurden wir ... von Kollegen auf dem Bergslagsvägen angehalten.«

»Was geschah im Auto?«

»Nichts.«

John Rosén lehnte sich zurück.

»Nichts?«

»Nein.«

»Wie erklären Sie die blauen Flecken an ihrem Hals?«

Elina neigte den Kopf zur Seite, damit er sie sehen konnte. Sie lächelte ihn an. Sie war nicht einmal aufgebracht. Er glaubte wohl, es sei schlau, alles abzustreiten. Dieser Strategie bedienten sich die Ganoven auch. Sie zwangen die Polizei dazu, jedes kleinste Detail zu beweisen, auch wenn es vielleicht nur darum ging, dass sie auf dem Klo gewesen waren. Aber seine Geschichte würde bald in sich zusammenfallen. Es würde ein Vergnügen sein, ihn fertig zu machen.

»Die muss sie schon vorher gehabt haben. Was weiß denn ich?«

Elina legte ein Papier vor ihn hin. Bäckman beugte sich vor.

»Ärztliches Attest.« Sie wandte sich an den Anwalt. »Finden Sie, dass ich Ihren Mandanten bitten soll vorzulesen, wann diese Verletzungen nach Ansicht des Arztes verursacht wurden und wie?«

»Das ist nicht nötig«, meinte der Anwalt, »wir können das alle lesen. Aber es wäre nett, wenn Sie heute noch irgendwann auf die eigentlichen Verdachtsmomente zu sprechen kämen.«

John Rosén und Elina sahen sich an und betrachteten dann den Anwalt.

»Falls Sie damit die Morde meinen, darauf kommen wir noch«, meinte John Rosén. »Zu gegebener Zeit. Wessen Pistole lag auf dem Boden von Elina Wiiks Wagen, als Sie, wie Sie sagten, von den Kollegen angehalten wurden?«

»Meine«, sagte Bäckman, »das weißt du bereits.«

»Weshalb lag sie da?«

Axel Bäckman kratzte sich an seiner schweißnassen Wange.

»Ich weiß es nicht«, erwiderte er.

»Sie wissen es nicht? Habe ich das wirklich richtig verstanden, dass Sie nicht wissen, weshalb Ihre Pistole auf dem Boden von Elina Wiiks Wagen lag?«

Axel Bäckman erwiderte nichts. John Rosén und Elina lehnten sich zurück. Beide sagten nichts.

»Dürfte ich mich wohl einen Augenblick mit meinem Mandanten beraten?«, fragte der Anwalt.

»Bitteschön«, antwortete Rosén. »Wir sehen uns morgen um acht Uhr wieder.«

Er drückte auf Stop.

44. KAPITEL

Der Anwalt rückte seinen tadellos gebundenen Schlipsknoten zurecht.

»Mein Mandant würde gerne sein Verhalten vorgestern Abend erklären«, sagte er.

»Ich hatte getrunken«, sagte Bäckman. »Auf der Feier. Als ich Elina Wiik vor der Wohnung meines Sohnes entdeckte, drehte ich durch. Ich versuchte mich ihr aufzudrängen. Das gebe ich zu. Deswegen lag die Pistole auch auf dem Boden.«

»Und das sagen Sie auf Anraten Ihres Anwalts aus?«, fragte John Rosén.

»Das ist die eigene Erklärung meines Mandanten, was sein Verhalten angeht«, meinte der Anwalt.

»Was genau versuchten Sie mit der Pistole zu erzwingen?«, fragte John Rosén.

»Ich weiß nicht«, erwiderte Axel Bäckman. »Du weißt schon, betrunken und dumm.«

»Nein, das weiß ich nicht. Vielleicht könnten Sie mir das näher erklären?«

»Ich will es versuchen. Ich …«

»Danke, das ist nicht nötig«, meinte Elina. »Wir brechen die Vernehmung hier und jetzt ab. John?«

»Ein Wärter holt Sie in etwa einer halben Stunde ab, Bäckman.«

Elina und Rosén erhoben sich und verließen den Raum, ehe Bäckman noch reagiert hatte.

Fünfundvierzig Minuten später wurde Axel Bäckman gemeinsam mit elf weiteren Personen in einen Raum geführt. Eine dieser Personen war Erik Enquists Kollege aus Hallstahammar. Hinter einer Fensterscheibe standen Elina, Rosén, Mohammed Hussein und Mira.

»Schauen Sie sich die Leute gründlich an«, sagte Rosén. »Erkennen Sie eine dieser zwölf Personen?«

Mira übersetzte die Frage ins Arabische.

»Ja«, antwortete Hussein auf Schwedisch. »Den dritten und den elften.«

»Woher kennen Sie diese zwei?«

Jetzt wurde konsequent gedolmetscht.

»Weil Nummer elf derjenige auf dem Foto war, auf das ich gezeigt habe.«

Nummer elf war Enquists Kollege.

»Und Nummer drei ist der, den ich nachts auf der Treppe gesehen habe.«

»Von welcher Nacht sprechen Sie?«

»Von der Nacht, in der mein Nachbar Jamal ermordet wurde.«

Nummer drei war Axel Bäckman.

Eine halbe Stunde später saßen Bäckman und sein Anwalt wieder im Vernehmungszimmer. Elina und Rosén hatten ihnen am Tisch gegenüber Platz genommen.

»Ich möchte Sie davon in Kenntnis setzen, dass der Zeuge Mohammed Hussein Sie als diejenige Person identifiziert hat, die er auf der Treppe von Jamal Al-Sharif gesehen hat, und zwar in der Nacht, in der dieser ermordet wurde.«

»Er irrt sich. Dort bin ich nie gewesen.«

John Rosén schwieg fast eine ganze Minute.

»Danke, dann sehen wir uns nächste Woche vor dem Haftrichter wieder«, sagte er dann.

Elina und er erhoben sich und packten ihre Unterlagen zusammen.

Axel Bäckman hob die Hand.

»Okay«, sagte er. »Okay.«

»Okay, was?«, erwiderte Elina.

»Setzt euch wieder, dann können wir reden.«

»Was hast du gestern gesagt?«, fragte Rosén. »Red keinen Schwachsinn, hast du gesagt. Du bist Polizist, also red jetzt keinen Unsinn. Leiste deinen letzten Einsatz als Polizist, denn das wird dein letzter sein. Du hast eben zugegeben, dass du dich Kriminalinspektorin Wiik mit Waffengewalt aufzwingen wolltest. Damit bist du bereits erledigt. Also hör jetzt auf, Schwachsinn zu erzählen.«

»Okay. Ich habe okay gesagt.«

Bäckman wandte sich an Elina.

»Führ du das Verhör«, sagte er. »Es ist, wie Rosén sagt. Ich bin Polizist. Es ist nur korrekt, dass du diese Sache zu Ende bringst.«

Elina sah Rosén an. Dieser machte eine Kopfbewegung Richtung Tür. Sie erhoben sich und gingen nach draußen.

Elf Minuten später trat Elina Wiik allein wieder in das Verhörzimmer. Bäckman sagte gerade ein paar Worte zu seinem Anwalt, verstummte dann aber und wandte sich ihr zu, als sie Platz nahm.

»Wenn ich dich richtig verstanden habe, dann willst du jetzt eine vollständige Erläuterung deiner Beteiligung an den Straftaten abgeben, derer wir dich verdächtigen?«, sagte sie.

»Ja.«

»Dann frage ich dich als Allererstes, was du zu dem Mordverdacht zu sagen hast.«

»Ich gestehe, Jamal Al-Sharif und Annika Lilja mit einer Axt getötet und Ahmed Qourir mit den Händen erdrosselt zu haben. Mit dem Tod von Yngve Carlström habe ich hingegen nichts zu tun. Vermutlich beging er Selbstmord, aber das ist nichts, worüber ich Näheres weiß.«

»Mir wäre es recht, wenn du den Tathergang in beiden Fällen detailliert beschreiben könntest. Vorerst möchte ich jedoch, dass du erklärst, warum du die Taten begangen hast.«

Axel Bäckman rieb seine Handflächen gegeneinander. »Wegen Geld. Das ist die einfache Antwort.«

»Du kannst mir die kompliziertere Antwort ebenfalls nennen.«

»Von Anfang an?«

»Du kannst dir aussuchen, wo du beginnen willst.«

»Es fing an, als ich die ersten Vernehmungen mit den Flüchtlingen durchführte, die einen Asylantrag gestellt hatten. Inzwischen macht die Polizei das ja nicht mehr. Das liegt jetzt ganz und gar in der Verantwortung der Migrationsbehörde. Aber damals fiel das noch in unser Ressort. Einer meiner damaligen Mitarbeiter war Yngve Carlström. Wir sorgten beide dafür, dass es immer darauf hinauslief, Fehler und Widersprüche in den Berichten der Flüchtlinge zu finden. Der kleinste Fehler, egal, welcher Art, führte zur Ablehnung. Bei leisestem Verdacht zweifelten wir alle übrigen Angaben auch an. Wir ließen sie unglaubwürdig erscheinen. Das erste Verhör wurde immer kurz nach dem Eintreffen der Asylbewerber in Schweden durchgeführt. Dann waren sie immer nervös und verängstigt. Einige waren so verwirrt, dass sie kaum noch wussten, wie sie hießen. Es war also nicht schwer, sie aus dem Konzept zu bringen. Die meisten hatten keine Chance. Und auch wenn sie Recht hatten, was Folter und Verfolgung anging, fiel es ihnen doch schwer, das alles zu beweisen.«

Er setzte sich zurecht.

»Yngve und ich dachten uns also, dass diese Menschen Hilfe brauchen könnten, was die Beschaffung solider Beweise angeht. So fing es an. Dann … ja, dann haben wir die ganze Sache weiterentwickelt. Es wurde zu einer Geschäftsidee. Wir suchten nützliche Informationen heraus oder hielten Informationen zurück, die wir ihnen dann verkauften.«

»Kannst du mir ein Beispiel nennen?«

»Ja, Jamal. Er hatte behauptet, in Gaza einer Menschenrechtsorganisation angehört zu haben. Ich weiß nicht, ob das stimmte. Aber nachdem er die Ablehnung erhalten und sich versteckt hatte, beschaffte ich ihm einen auf ihn ausgestellten Steckbrief aus Israel.«

»Wie lief das genau ab?«

»Ihr werdet da ohnehin draufkommen, also kann ich es genauso gut gleich erzählen. Ich habe mit einem vom Geheimdienst in Tel Aviv zusammengearbeitet. Ich kannte ihn aus meiner Zeit bei der Sicherheitspolizei. Ich verständigte ihn, und er besorgte mir das, was ich benötigte. Das Dokument ist also echt, nicht die Fahndung, aber das Dokument. Dieser Mann verfügte seinerseits über Kontakte in der Türkei und im Irak. Durch ihn und seine Kontakte konnte ich Zeugenaussagen und Dokumente aus diesen Ländern beschaffen. Der Kontaktmann im Irak besaß wiederum Gewährsleute in weiteren Ländern. Im Prinzip konnten wir alles beschaffen, was wir brauchten.«

»Hast du diese Leute bezahlt?«

»Natürlich. Zahlen muss man überall. So was ist nicht gratis.«

»Und Carlström?«

»Er leistete seinen Beitrag bei der Migrationsbehörden und leitete Informationen an die Medien weiter, wenn er auf die Tränendrüsen drücken wollte oder keine andere Möglichkeit sah, die Informationen in Umlauf zu bringen.«

»Welche Rolle spielte Ahmed Qourir?«

»Er kassierte bei den Flüchtlingen ab. Schließlich konnten Yngve und ich das schlecht selber machen.«

»Das war also eure Geschäftsidee. Wie lange ging das denn?«

»Jahrelang. Seit der zweiten Hälfte der Neunziger in etwa.«

»Dieser Geheimdienstmann in Israel, kannst du mir seinen Namen nennen?«

»Lieber nicht. Aber ... ihr werdet ihn ja doch finden. Ich brauche euch seinen Namen nicht zu sagen.«

»So viel zum Hintergrund also, Bäckman. Warum hast du Jamal, Annika und Qourir ermordet?«

»Carlström und ich kümmerten uns auch um die Transporte der Flüchtlinge. Ja, ich meine Menschenschmuggel. Das war eine natürliche Entwicklung. Statt nur auf eventuelle Fälle zu warten, konnten wir uns vorbereiten, wenn wir wussten, wer kommen würde. An einem der Flüchtlingstransporte waren Jakob und Katarina Diederman sowie Gregors Nikolajew beteiligt. Sie stellten gewissermaßen das letzte Glied der Schmugglerkette dar. Aber dann ging alles schief. Bei jenem Transport damals ist auch Jamals Cousin dabei gewesen.«

»Was ist passiert?«

Zum ersten Mal während des Verhörs hatte Elina den Eindruck, dass Bäckman unbehaglich zumute war. Bäckmans Blick wurde unstet, und er musste sich zusammennehmen.

»Ich weiß nicht genau, was vorgefallen ist. Katarina Diederman rief mich an, als das Boot zurückgekehrt war. Sie war die Einzige, die etwas Englisch sprach. Sie sagte, laut Besatzung habe auf See Chaos geherrscht. Es hatte an Bord Streit gegeben, ich weiß allerdings nicht, weswegen. Ein Mann sei erschossen worden. Dann seien alle Flüchtlinge gezwungen worden, in ein kleines Boot zu steigen. Mehr weiß ich nicht.«

Er verstummte. Elina sah die Bilder in ihrem Kopf. Bilder, die sie vermutlich lange verfolgen würden. Sie erhob sich und ging in dem Verhörzimmer auf und ab.

»Niemand gelangte an Land. Sie müssen also untergegangen sein«, sagte sie.

Axel Bäckman nickte. »Aber daran … daran konnte ich nichts mehr ändern.«

»Weißt du eigentlich, wie viele Kinder auf diesem Boot waren?«, fragte Elina und nahm wieder gegenüber Bäckman Platz. Er wich ihrem Blick aus.

»Viele, Bäckman. Viele Kinder.«

Er rührte sich nicht.

»Und dann hat Jamal angefangen, Fragen zu stellen«, sagte sie. »War es so?«

»Ja, er setzte alles in Bewegung.« Bäckman wirkte regelrecht dankbar, dass sie das Thema gewechselt hatte. »Er hat überall herumtelefoniert. Schließlich hat er sich an Ahmed Qourir gewandt. Jamal hatte 70 000 für diesen israelischen Haftbefehl gezahlt, der ihm die Aufenthaltsgenehmigung einbrachte. Er wusste also, wer Qourir war. Er fragte Qourir, ob er ihm dabei helfen könnte herauszufinden, was Sayed zugestoßen sei. Gegen Bezahlung. Qourir, der Idiot, dachte, das sei leichtverdientes Geld. Schließlich waren sie beide Palästinenser. Qourir gab ihm den Rat, Carlström anzurufen. Damit hatte er eine Lawine losgetreten. Carlström geriet in Panik. Er rief mich an und erzählte mir, was passiert war. Jamal schien eins und eins zusammenzuzählen, genau wie du später auch. Er war schlau. Meinen Namen kannte er zwar nur vom ersten Verhör, aber das Risiko bestand, dass er zur Zeitung gehen und alles erzählen würde. Damit war Carlström in Gefahr. Und wenn Carlström dran glauben musste, dann konnte ich auch abdanken.«

Elina beugte sich vor und drückte auf Stop.

»Wir machen eine kurze Pause. Ich bringe dir dann einen Kaffee mit.«

Sie erhob sich und verließ den Raum.

45. KAPITEL

»Wie geht's?« John Rosén saß an seinem Schreibtisch, als Elina mit zwei Tassen Kaffee eintrat.

»Er packt aus. Ich glaube, dass er alles erzählen wird.«

»Fein. Geht es eigentlich gut, ihn allein zu verhören?«

»Solange er redet, muss ich schließlich nicht viel tun.«

»Wie wirkt er? Ist er immer noch so aggressiv?«

»Überhaupt nicht. Er ist ruhig. Am Anfang hat er so berichtet, als würde er bei einer Einladung eine interessante Anekdote zum Besten geben. Er wirkt nicht recht bei Sinnen. Aber als wir auf die verschwundenen Flüchtlinge zu sprechen kamen, schien es ihm doch nahezugehen.«

»Wusste er, was sich da auf See abgespielt hatte?«

»Man hatte die Leute gezwungen, in ein kleines Boot zu steigen. Mehr wusste er nicht. Das muss grauenvoll gewesen sein.«

Elina hatte zwei Tassen Kaffee dabei, als sie das Verhörzimmer wieder betrat. Sie reichte Bäckman eine, die andere gab sie dem Anwalt. Dann schaltete sie das Tonband wieder ein und schaute auf die Uhr.

»Wir setzen die Vernehmung um 10 Uhr 42 fort. Bäckman, du hast ausgesagt, dass Jamal anfing, Fragen zu stellen, und dass du Angst hattest, alles könne auffliegen. Was hast du dann getan?«

»Ich habe Jamal beschattet. Er fuhr in den Wald hinaus. Das war meine Chance.«

»Was ist dort draußen passiert?«

»Er hat mich wiedererkannt.«

»Sagte er deinen Namen?«

»Ja. Aber ich erinnere mich nicht mehr an den genauen Wortlaut. Aber er erkannte mich. Und deswegen ...«

Elina wartete.

»Deswegen habe ich die beiden erschlagen.«

»Und Qourir?«

»Er wurde für Carlström und mich zum Sicherheitsrisiko.«

»Wusste Carlström, dass du sie ermorden wolltest?«

»Nein.«

»Was hast du dann getan?«

»Als die Ermittlungen begannen, sorgte ich dafür, dass ich dabei bin. Um einen Einblick zu haben und den Verdacht von mir abzulenken.«

»Und was hatte das mit dieser Terrorgeschichte auf sich? Dieser sogenannte Aufklärung des Falls von Seiten der Sicherheitspolizei und dir?«

»Ganz einfach. Ich beschaffte eine gefälschte Zeugenaussage und sprach mit meinem Gewährsmann in Israel ab, was er tun sollte. Er arbeitet schließlich bei einer Abteilung, die Kontakt zur Sicherheitspolizei hat. Er beantwortete die Anfrage zwar nicht selbst, war aber an den Beratungen beteiligt, wie auf diese Anfrage reagiert werden sollte.«

»Und die Sicherheitspolizei hat das alles einfach so geschluckt?«

»Das passte in ihr Weltbild.«

»Und das Video im Fernsehen zu zeigen, wessen Idee war das?«

»Die des Chefs der Sicherheitspolizei. Er ging davon aus, dass er damit die Öffentlichkeit überzeugen könne, unsere

Aufklärung des Falls zu akzeptieren. Ihm war klar, dass sie eigentlich etwas dürftig wirkte.«

»Aber, soweit ich mich erinnern kann, warst du dagegen?«

»Klar! Schließlich waren meine Beine zu sehen.«

Der Rest der Vernehmung gestaltete sich eher mühsam. Axel Bäckman hatte, soweit Elina und John Rosén das einschätzen konnten, alles erzählt. Wo Jakob und Katarina Diederman sowie Gregors Nikolajew sich aufhielten, wusste er nicht. Elina und Rosén glaubten ihm.

Elina saß in Roséns Büro. Es war der Tag vor Heiligabend. Der Weihnachtstrubel erschien ihnen unendlich weit weg.

»Sobald die Migrationsbehörde ihre Nachforschungen beendet hat, müssen wir die Verhöre mit Bäckman fortsetzen«, meinte Rosén. »Es gibt noch viele offene Fragen. Sie betreffen die Asylanträge, die er bearbeitet hat. Das wird noch Monate dauern.«

»Was machst du an Weihnachten?«, fragte Elina.

»Ich fahre nach Norrköping. Ich werde mit meiner Ex und den Jungs feiern.«

»Und was sagt ihr neuer Mann dazu?«

»Sie haben sich getrennt. Mal sehen, wie das wird. Was hast du für Pläne?«

»Ich fahre zu meinen Eltern. Ich muss ein paar Kilo zunehmen. Es ist wirklich Zeit, Feierabend zu machen, Zeit fürs Wochenende.«

Sie erhob sich.

»Elina«, sagte Rosén. »Eines fehlt noch in den Verhörprotokollen. Wie konnte Bäckman wissen, dass du an diesem Abend zu der Wohnung seines Sohnes fahren würdest?«

»Ich weiß.« Elina lachte. »Ich habe vergessen, ihn das bei den Verhören zu fragen. Aber heute Morgen bin ich noch einmal ins Untersuchungsgefängnis gegangen. Bäckman sagte, er hätte mich seit geraumer Zeit beobachtet. Er war auch in meiner Wohnung gewesen und hatte in meinem Computer herumgeschnüffelt. Am Abend der Weihnachtsfeier war er dann eine Stunde vorher hier im Präsidium in meinem Büro gewesen. Deswegen hat er auch behauptet, er habe mit mir sprechen wollen, falls ihn jemand gesehen haben sollte.«

»Und?«

»Auf meinen Tischkalender hatte ich geschrieben: ›Malmabergsgatan, keine Spuren eines Brecheisens.‹ Da hat er natürlich gedacht, ich würde ihn verdächtigen und dass es nur noch eine Frage der Zeit sei, bis man ihn festnehmen würde.«

John Rosén lächelte.

»Jönsson hat heute gesagt, dass die Mordgruppe bestehen bleibt, wenn er nach Neujahr die Leitung übernimmt.«

»So wie ich mich jetzt fühle, hoffe ich nur, dass sie eine Weile lang nicht in Aktion treten muss.«

Sie öffnete die Tür, machte einen Schritt auf den Gang und hob dann die Hand.

»Frohe Weihnachten, John.«

»Frohe Weihnachten, Elina.«

Auf dem Heimweg fasste sie einen Entschluss. Sie musste es einfach drauf ankommen lassen. Noch ehe sie ihre Jacke ausgezogen hatte, schaltete sie ihren Computer ein und rief das Dokument auf. Sie verschickte die E-Mail, ohne sie noch einmal durchzulesen.

Fröhliche Weihnachten, Martin, dachte sie.

EPILOG

Wiedervereinigung

46. KAPITEL

Drei Wochen später erhielt Elina innerhalb von anderthalb Stunden zwei Briefe und einen Telefonanruf. Mira war am Apparat.

»Ich wollte Ihnen nur etwas erzählen, was Sie vielleicht interessiert«, sagte sie. »Yousef darf bleiben. Der junge Mann in dem Haus im Wald. Wir haben heute den Bescheid erhalten.«

Im ersten Brief lag die Kopie des vorläufigen Berichts der Ermittlung, die die Migrationsbehörde, Region Stockholm, durchgeführt hatte. Zwei unabhängige Juristen hatten die Ermittlung zusammen mit einem Angestellten der Behörde aus einer anderen Region durchgeführt. Sie waren zu dem Ergebnis gekommen, dass Carlström seit 1997 über vierzig Anträge auf Asyl manipuliert hatte. Axel Bäckman und die Personen, mit denen er im Ausland in Verbindung stand, hatten in mindestens dreißig Anträgen Spuren hinterlassen. Die Ermittlungen, die die mangelnde Kontrolle innerhalb der Behörde betrafen, würden weitergehen. Vierzig Fälle würden noch einmal verhandelt werden. Es handelte sich sowohl um Fälle, in denen Flüchtlinge abgeschoben worden waren, als auch um Fälle, in denen sie hatten bleiben dürfen. Die Ermittler bedauerten die Aufregung, die die neuen Verhandlungen bei den Leuten, die eine Aufenthaltsgenehmigung erhalten hatten, auslösen würden.

Die beiden Juristen hatten darüber hinaus noch einen eigenen Bericht verfasst. In diesem wurde festgestellt, dass die Bearbeitung von Asylanträgen bei der Migrationsbehörde durchweg zu beanstanden sei. Eine Liste von Beispielen war beigefügt.

Anträge waren falsch datiert worden oder verschwunden. Angaben der Antragsteller waren ohne Angabe von Gründen als unglaubwürdig abgetan worden. Zeugen für Folter oder Verfolgung im Heimatland waren gar nicht oder nur unzureichend vernommen worden. In den Vernehmungsprotokollen waren ganz offensichtliche Übersetzungsfehler gefunden worden. Informationen von den Botschaften der Herkunftsländer waren den Anwälten der Flüchtlinge vorenthalten worden. Die Berichte der Flüchtlinge waren stets als unglaubwürdig abgetan worden, weil sich einzelne Fakten als falsch erwiesen hatten.

All das, stellten die Juristen fest, gefährdete die Rechtssicherheit der Flüchtlinge und hatte erst die Voraussetzungen für die strafbaren Handlungen von Yngve Carlström und Axel Bäckman geschaffen.

Der andere Brief war mit der Hand geschrieben und in schlechtem Englisch. Ganz unten war eine arabische Unterschrift. Er enthielt eine dringende Bitte. Elina beschloss, alles zu unternehmen, um dem Wunsch des Briefschreibers nachzukommen.

47. KAPITEL

Der Wind wehte über die Köpfe der Menschen hinweg, die sich auf dem offenen Platz versammelt hatten. Die Männer standen mit leeren Händen da. Den Frauen liefen Tränen über die Wangen. Mit den Blicken folgten sie der Bahre, die langsam in die Erde hinuntergelassen wurde. Ein älterer Mann beugte sich vor und küsste dem Jungen die Stirn, ehe er für immer verschwand.

Jamal war wieder mit der sandigen Erde Gazas vereint.

NACHBEMERKUNGEN

Dieses Buch widme ich jenen siebenunddreißig Menschen, die unter ungeklärten Umständen in der Nacht auf den 22. Januar 1995 zwischen der litauischen und der schwedischen Küste umkamen.

Als Journalist habe ich versucht, Klarheit in den Vorfall zu bringen. Im TV4-Programm »Kalla fakta« berichtete ich am 13. Oktober 1998 von einer dreizehnköpfigen Flüchtlingsfamilie mit Angehörigen in Schweden, die auf der anderen Seite der Ostsee spurlos verschwunden war. Seither sind eine ganze Reihe neuer Informationen aufgetaucht. Die Katastrophe betraf bedeutend mehr Menschen. Einundzwanzig der Umgekommenen stammten aus Afghanistan, sechzehn aus dem Irak. Viele Kinder waren darunter. Die Gruppe befand sich auf dem Weg zu Verwandten nach Deutschland, England, den USA, Kanada und Schweden. Die Personen, die die Flüchtlinge aus dem Baltikum schmuggelten, sind identifiziert, ebenso das Schiff und die Besatzung, die sie für den Transport über die Ostsee gechartert hatten.

Die schwedische Polizei hat in Zusammenarbeit mit der Polizei in den baltischen Ländern die Suche fortgesetzt, jedoch ohne Erfolg. Niemand ist für die eventuellen Straftaten, die im Zusammenhang mit dem Verschwinden begangen worden sind, festgenommen worden.

Das endgültige Schicksal dieser siebenunddreißig Menschen ist unbekannt.